fuyant - évasère
embûches   pit falls traps

maussade - Sullen

balivernes — nonsense

penaud - Sheepish

~~engueuler~~ — bawl out

paillasson — door mat

désinvolte - casual

susciter - arouse

Navrer - upset

je suis navré

frayer - open

Naguerer - taunt

railler - jeer mock
aguichant — enticing
néfaste - ill fated
grignota - nibble
Chavivrer — overturn
c'est un gageure - attempt the impossible
happer - snatch ; hit
denré - commodity - (food)
friable - crumbly
secousse - ~~bang~~ bump. Shock
rictus - grin
sournois - deceitful - underhanded

Simone de Beauvoir

L'invitée

Gallimard

Simone de Beauvoir a écrit des Mémoires où elle nous donne elle-même à connaître sa vie, son œuvre. Quatre volumes ont paru de 1958 à 1972 : *Mémoires d'une jeune fille rangée, La force de l'âge, La force des choses, Tout compte fait,* auxquels s'adjoint le récit de 1964 *Une mort très douce.* L'ampleur de l'entreprise autobiographique trouve sa justification, son sens, dans une contradiction essentielle à l'écrivain : choisir lui fut toujours impossible entre le bonheur de vivre et la nécessité d'écrire. D'une part la splendeur contingente, de l'autre la rigueur salvatrice. Faire de sa propre existence l'objet de son écriture, c'était en partie sortir de ce dilemme.

Simone de Beauvoir est née à Paris le 9 janvier 1908. Elle fait ses études jusqu'au baccalauréat dans le très catholique cours Desir. Agrégée de philosophie en 1929, année où elle rencontre Jean-Paul Sartre, elle enseigne à Marseille, à Rouen et à Paris jusqu'en 1943. *Quand prime le spirituel* est achevé bien avant la guerre de 1939 mais ne paraît qu'en 1979. C'est *L'invitée* (1943) qu'on doit considérer comme son véritable début littéraire. Viennent ensuite *Le sang des autres* (1945), *Tous les hommes sont mortels* (1946), *Les mandarins,* roman qui lui vaut le prix Goncourt en 1954, *Les belles images* (1966) et *La femme rompue* (1968).

Outre le célèbre *Deuxième sexe,* paru en 1949, et devenu l'ouvrage de référence du mouvement féministe mondial, l'œuvre théorique de Simone de Beauvoir comprend de nombreux essais philosophiques ou polémiques, *Privilèges,* par exemple (1955), réédité sous le titre du premier article *Faut-il brûler Sade ?,* et *La vieillesse* (1970). Elle a écrit, pour le théâtre, *Les bouches inutiles* (1945) et a raconté certains de ses voyages dans *L'Amérique au jour le jour* (1948) et *La longue marche* (1957).

Après la mort de Sartre, Simone de Beauvoir publie *La cérémonie des adieux* (1981), et les *Lettres au Castor* (1983) qui rassemblent une partie de l'abondante correspondance qu'elle reçut de lui. Jusqu'au jour de sa mort, le 14 avril 1986, elle collabore activement à la revue fondée par elle et Sartre, *Les Temps modernes*, et manifeste sous des formes diverses et innombrables sa solidarité totale avec le féminisme.

A Olga Kosakievicz

Chaque conscience poursuit la mort de l'autre.
Hegel.

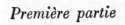

Première partie

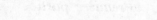

Françoise leva les yeux. Les doigts de Gerbert sautillaient sur le clavier, il regardait le manuscrit d'un air
farouche ; il semblait fatigué ; Françoise avait sommeil,
elle aussi ; mais sa propre fatigue avait quelque chose
d'intime et de douillet : elle n'aimait pas ces cernes
noirs sous les yeux de Gerbert ; son visage était fripé,
durci, il paraissait presque ses vingt ans.

— Vous ne voulez pas qu'on s'arrête ? dit-elle.

— Non, ça va, dit Gerbert.

— D'ailleurs, je n'ai plus qu'une scène à mettre au
net, dit Françoise.

Elle tourna une page. Deux heures avaient sonné
depuis un moment déjà. D'ordinaire à cette heure il n'y
avait plus personne de vivant dans le théâtre ; cette
nuit il vivait ; la machine à écrire cliquetait, la lampe
répandait sur les papiers une lumière rose. Et je suis là,
mon cœur bat. Cette nuit, le théâtre a un cœur qui
bat.

— J'aime travailler la nuit, dit-elle.

— Oui, dit Gerbert, c'est tranquille.

Il bâilla. Le cendrier était plein de mégots blonds, il
y avait deux verres et une bouteille vide sur le guéridon. Françoise regarda les murs de son petit bureau,
l'air rose rayonnait de chaleur et de lumière humaine.
Dehors, c'était le théâtre inhumain et noir, avec ses

11

couloirs déserts, autour d'une grande coque creuse.
Françoise posa son stylo.

— Vous ne boiriez pas encore un coup ? dit-elle.

— Eh, ça ne serait pas de refus, dit Gerbert.

— Je vais chercher une autre bouteille dans la loge
de Pierre.

Elle sortit du bureau. Elle n'avait pas tant envie de
whisky : c'étaient ces corridors noirs qui l'attiraient.
Quand elle n'était pas là, cette odeur de poussière, cette
pénombre, cette solitude désolée, tout ça n'existait pour
personne, ça n'existait pas du tout. Et maintenant elle
était là, le rouge du tapis perçait l'obscurité comme une
veilleuse timide. Elle avait ce pouvoir : sa présence arrachait les choses à leur inconscience, elle leur donnait
leur couleur, leur odeur. Elle descendit un étage et
poussa la porte de la salle ; c'était comme une mission
qui lui avait été confiée, il fallait la faire exister, cette
salle déserte et pleine de nuit. Le rideau de fer était
baissé, les murs sentaient la peinture fraîche ; les fauteuils de peluche rouge s'alignaient, inertes, en attente.
Tout à l'heure ils n'attendaient rien. Et maintenant elle
était là et ils tendaient leurs bras. Ils regardaient la
scène masquée par le rideau de fer, ils appelaient Pierre,
et les lumières de la rampe et une foule recueillie. Il
aurait fallu rester là toujours, pour perpétuer cette solitude et cette attente ; mais il aurait fallu être aussi ailleurs, dans le magasin d'accessoires, dans les loges,
au foyer : il aurait fallu être partout à la fois. Elle traversa une avant-scène et monta sur le plateau ; elle
ouvrit la porte du foyer, elle descendit dans la cour où
moisissaient de vieux décors. Elle était seule à dégager
le sens de ces lieux abandonnés, de ces objets en sommeil ; elle était là et ils lui appartenaient. Le monde lui
appartenait.

Elle franchit la petite porte de fer qui fermait l'entrée des artistes, et s'avança jusqu'au milieu du terre-
plein. Tout autour de la place, les maisons dormaient,
le théâtre dormait ; un seul de ses carreaux était rose.

Elle s'assit sur un banc, le ciel brillait noir au-dessus des marronniers. On se serait cru au cœur d'une sous-préfecture tranquille. En cet instant, elle ne regrettait pas que Pierre ne fût pas auprès d'elle, il y avait des joies qu'elle ne pouvait pas connaître en sa présence : toutes les joies de la solitude ; elle les avait perdues depuis huit ans, et parfois elle en éprouvait comme un remords. Elle se laissa aller contre le bois dur du banc ; un pas rapide résonnait sur l'asphalte du trottoir ; sur l'avenue un camion passa. Il y avait ce bruit mouvant, le ciel, le feuillage hésitant des arbres, une vitre rose dans une façade noire ; il n'y avait plus de Françoise ; personne n'existait plus nulle part.

Françoise sauta sur ses pieds ; c'était étrange de redevenir quelqu'un, tout juste une femme, une femme qui se hâte parce qu'il y a un travail pressé qui l'attend, et ce moment n'était qu'un moment de sa vie comme les autres. Elle posa la main sur la poignée de la porte et elle se retourna le cœur serré. C'était un abandon, une trahison. La nuit allait engloutir à nouveau la petite place provinciale ; la vitre rose luirait vainement, elle ne luirait plus pour personne. La douceur de cette heure allait être perdue à jamais. Tant de douceur perdue par toute la terre. Elle traversa la cour et monta l'escalier de bois vert. Ce genre de regret, elle y avait renoncé depuis longtemps. Rien n'était réel que sa propre vie. Elle entra dans la loge de Pierre et prit une bouteille de whisky dans l'armoire, puis elle remonta en courant vers son bureau :

— Voilà qui va nous rendre des forces, dit-elle. Comment le voulez-vous, sec ou à l'eau ?

— Sec, dit Gerbert.

— Est-ce que vous serez capable de rentrer chez vous ?

— Oh ! je commence à tenir le whisky, dit Gerbert avec dignité.

— Vous commencez..., dit Françoise.

— Quand je serai riche et que j'habiterai chez moi,

j'aurai toujours une bouteille de Vat 69 dans mon armoire, dit Gerbert.

— Ce sera la fin de votre carrière, dit Françoise. Elle le regarda avec une espèce de tendresse. Il avait sorti sa pipe de sa poche et il la bourrait d'un air appliqué. C'était sa première pipe. Tous les soirs, quand ils avaient vidé leur bouteille de beaujolais, il la posait sur la table et il la regardait avec un orgueil d'enfant ; il fumait en buvant une fine ou un marc. Et puis ils partaient par les rues, la tête un peu brûlante à cause du travail de la journée, du vin et de l'alcool. Gerbert marchait à longues enjambées, sa mèche noire en travers du visage, et les mains dans les poches. Maintenant, c'était fini ; elle le reverrait souvent, mais ce serait avec Pierre, avec tous les autres ; ils seraient de nouveau comme deux étrangers.

— Vous aussi, pour une femme, vous tenez bien le whisky, dit Gerbert d'un ton impartial.

Il examina Françoise :

— Seulement vous avez trop travaillé aujourd'hui, vous devriez dormir un peu. Je vous réveillerai si vous voulez.

— Non, j'aime mieux en finir, dit Françoise.

— Vous n'avez pas faim ? Vous ne voulez pas que j'aille vous chercher des sandwiches ?

— Merci, dit Françoise. Elle lui sourit. Il avait été si prévenant, si attentif ; chaque fois qu'elle se sentait découragée, elle n'avait qu'à regarder ses yeux gais et elle reprenait confiance. Elle aurait voulu trouver des mots pour le remercier.

— C'est presque dommage que nous ayons fini, dit-elle, je m'étais bien habituée à travailler avec vous.

— Mais ce sera encore plus amusant quand on mettra en scène, dit Gerbert. Ses yeux brillèrent ; l'alcool avait mis une flamme à ses joues.

— C'est si plaisant de penser que dans trois jours tout va recommencer. J'adore les débuts de saison.

— Oui, ce sera amusant, dit Françoise. Elle attira vers elle ses papiers. Ces dix jours de tête-à-tête, il les voyait s'achever sans regret ; c'était naturel, elle ne les regrettait pas non plus ; elle ne pouvait tout de même pas demander que Gerbert eût des regrets tout seul.

— Ce théâtre tout mort, chaque fois que je le traverse, ça me donne le frisson, dit Gerbert, c'est lugubre. J'ai vraiment cru que ce coup-ci il allait rester fermé toute l'année.

— On l'a échappé belle, dit Françoise.

— Pourvu que ça dure, dit Gerbert.

— Ça durera, dit Françoise.

Elle n'avait jamais cru à la guerre ; la guerre, c'était comme la tuberculose ou les accidents de chemin de fer ; ça ne peut pas m'arriver à moi. Ces choses-là n'arrivent qu'aux autres.

— Vous pouvez vous imaginer, vous, qu'un vrai grand malheur tombe sur votre propre tête ?

Gerbert fit une grimace :

— Oh ! très facilement, dit-il.

— Pas moi, dit Françoise. Ce n'était pas même la peine d'y penser. Les dangers dont on pouvait se défendre il fallait les envisager, mais la guerre n'était pas à une mesure humaine. Si elle éclatait un jour, plus rien n'aurait d'importance, pas même de vivre ou de mourir.

— Mais ça n'arrivera pas, se répéta Françoise. Elle se pencha sur le manuscrit ; la machine à écrire cliquetait, la pièce sentait le tabac blond, l'encre et la nuit. De l'autre côté de la vitre, la petite place recueillie dormait sous le ciel noir ; au milieu de la campagne déserte un train roulait. Moi, je suis là. Mais pour moi qui suis là, la place existe, et le train qui roule ; Paris tout entier, et toute la terre dans la pénombre rose du petit bureau. Et dans cette minute toutes les longues années de bonheur. Je suis là au cœur de ma vie.

— C'est dommage qu'on soit obligé de dormir, dit Françoise.

— C'est surtout dommage qu'on ne puisse pas se sentir dormir, dit Gerbert. Dès qu'on commence à se rendre compte qu'on dort, on se réveille. On ne profite pas.

— Mais vous ne trouvez pas que c'est fameux de veiller pendant que les autres gens dorment? Françoise posa son stylo, et tendit l'oreille. On n'entendait aucun bruit, la place était noire, le théâtre noir.

— J'aimerais m'imaginer que tout le monde est endormi, qu'en ce moment il n'y a que vous et moi de vivant sur terre.

— Ça me donnerait plutôt les jetons, dit Gerbert. Il rejeta en arrière la longue mèche noire qui lui tombait sur les yeux. C'est comme quand je pense à la lune : ces montagnes de glace et ces crevasses et personne là-dedans. Le premier qui grimpera là-dedans, il faudra qu'il soit culotté.

— Je ne refuserais pas si on me le proposait, dit Françoise. Elle regarda Gerbert. D'ordinaire, ils étaient côte à côte ; elle était contente de le sentir près d'elle mais ils ne se parlaient pas. Cette nuit elle avait envie de lui parler. Ça fait drôle de penser aux choses telles qu'elles sont en votre absence, dit-elle.

— Oui, ça fait drôle, dit Gerbert.

— C'est comme d'essayer de penser qu'on est mort, on n'y arrive pas, on suppose toujours qu'on est dans un coin à regarder.

— C'est marrant tous ces trucs qu'on ne verra jamais, dit Gerbert.

— Ça me désolait autrefois de penser que je ne connaîtrais jamais qu'un pauvre petit morceau du monde. Vous ne trouvez pas?

— Peut-être, dit Gerbert.

Françoise sourit. Quand on causait avec Gerbert, on rencontrait parfois des résistances, mais c'était difficile de lui arracher un avis positif.

— Je suis tranquille à présent, parce que je me suis persuadée que où que j'aille, le reste du monde se déplace

16

avec moi. C'est ce qui me sauve de tout regret.

— Des regrets de quoi ? dit Gerbert.

— D'habiter seulement dans ma peau, alors que la terre est si vaste.

Gerbert regarda Françoise.

— Oui, surtout que vous avez une vie plutôt rangée.

Il était toujours si discret ; cette vague question représentait pour lui une espèce d'audace. Est-ce qu'il trouvait la vie de Françoise trop rangée ? Est-ce qu'il la jugeait ? Je me demande ce qu'il pense de moi... Ce bureau, le théâtre, ma chambre, des livres, des papiers, le travail. Une vie si rangée.

— J'ai compris qu'il fallait se résigner à choisir, dit-elle.

— Je n'aime pas quand il faut choisir, dit Gerbert.

— Au début ça m'a coûté ; mais, maintenant je n'ai plus de regrets, parce que les choses qui n'existent pas pour moi, il me semble qu'elles n'existent absolument pas.

— Comment ça ? dit Gerbert.

Françoise hésita ; elle sentait ça très fort ; les couloirs, la salle, le plateau ne s'étaient pas évanouis quand elle avait refermé la porte sur eux ; mais ils n'existaient plus que derrière la porte, à distance. A distance le train roulait à travers les campagnes silencieuses qui prolongeaient au fond de la nuit la vie tiède du petit bureau.

— C'est comme les paysages lunaires, dit Françoise. Ça n'a pas de réalité. Ce ne sont que des on-dit. Vous ne sentez pas comme ça ?

— Non, dit Gerbert, je ne crois pas.

— Et vous n'êtes pas agacé de ne jamais voir qu'une chose à la fois ?

Gerbert réfléchit :

— Moi, ce qui me dérange, c'est les autres gens, dit-il ; j'ai horreur qu'on me parle d'un type que je ne connais pas, surtout si on m'en parle avec estime : un type qui vit là, de son côté et qui ne sait même pas que j'existe.

C'était rare qu'il en dît si long sur lui-même. Sentait-il lui aussi l'intimité émouvante et provisoire de ces dernières heures ? Ils étaient seuls à vivre dans le cercle de lumière rose. Pour tous les deux la même lumière, la même nuit. Françoise regarda les beaux yeux verts sous les cils recourbés, la bouche attentive : — Si j'avais voulu... Il n'était peut-être pas trop tard. Mais que pouvait-elle vouloir ?

— Oui, c'est insultant, dit-elle.

— Dès qu'on connaît le type, ça va mieux, dit Gerbert.

— On ne peut pas réaliser que les autres gens sont des consciences qui se sentent du dedans comme on se sent soi-même, dit Françoise. Quand on entrevoit ça, je trouve que c'est terrifiant : on a l'impression de ne plus être qu'une image dans la tête de quelqu'un d'autre. Mais ça n'arrive presque jamais, et jamais tout à fait.

— C'est vrai, dit Gerbert avec élan, c'est peut-être pour cela que ça m'est si désagréable quand on me parle de moi, même si on m'en parle aimablement ; il me semble qu'on prend une supériorité sur moi.

— Moi, ça m'est égal ce que les gens pensent de moi, dit Françoise.

Gerbert se mit à rire.

— Ça, on ne peut pas dire que vous ayez trop d'amour-propre, dit-il.

— Leurs pensées, ça me fait juste comme leurs paroles et leurs visages : des objets qui sont dans mon monde à moi. Élisabeth s'étonne que je ne sois pas ambitieuse ; mais c'est aussi pour ça. Je n'ai pas besoin de chercher à me tailler dans le monde une place privilégiée. J'ai l'impression que j'y suis déjà installée. Elle sourit à Gerbert :

— Vous non plus, vous n'êtes pas ambitieux.

— Non, dit Gerbert, pour quoi faire ? Il hésita. J'aimerais pourtant bien être un jour un bon acteur.

— Comme moi, j'aimerais bien écrire un bon livre. On aime faire bien le travail qu'on fait. Mais ça n'est pas pour la gloire et les honneurs.

— Non, dit Gerbert.

Une voiture de laitier passa sous les fenêtres. Bientôt la nuit allait pâlir. Le train avait dépassé Châteauroux, il approchait de Vierzon. Gerbert bâilla et ses yeux devinrent roses comme ceux d'un enfant ensommeillé.

— Vous devriez aller dormir, dit Françoise.

Gerbert frotta ses yeux.

— Il faut qu'on montre ça à Labrousse tout fini, dit-il d'un ton buté. Il prit la bouteille et se versa une rasade de whisky.

— D'ailleurs, je n'ai pas sommeil, j'ai soif! Il but et reposa son verre ; il réfléchit un instant.

— Peut-être c'est que j'ai sommeil après tout.

— Soif ou sommeil, décidez-vous, dit Françoise gaiement.

— Je ne m'y reconnais jamais bien, dit Gerbert.

— Écoutez, dit Françoise, voilà ce que vous allez faire. Couchez-vous sur le divan et dormez. J'achève de revoir cette dernière scène. Vous la taperez pendant que j'irai chercher Pierre à la gare.

— Et vous ? dit Gerbert.

— Quand j'aurai fini, je dormirai aussi ; le divan est large, vous ne me dérangerez pas. Prenez un coussin et installez-vous sous la couverture.

— Je veux bien, dit Gerbert.

Françoise s'étira et reprit son stylo. Au bout d'un instant, elle se retourna. Gerbert gisait sur le dos, les yeux fermés ; un souffle égal s'échappait de ses lèvres. Il dormait déjà. Il était beau. Elle le regarda un long moment ; puis elle se remit à son travail. Là-bas, dans le train qui roulait, Pierre dormait lui aussi la tête appuyée contre les coussins de cuir, avec un visage innocent. Il sautera du train, il se haussera de toute sa petite taille ; et puis il courra sur le quai, il prendra mon bras.

— Voilà! dit Françoise. Elle examina le manuscrit avec satisfaction. Pourvu qu'il trouve ça bien! Je crois qu'il le trouvera bien. Elle repoussa son fauteuil. Une

19

vapeur rose se levait dans le ciel. Elle ôta ses souliers et se glissa sous la couverture à côté de Gerbert. Il gémit, sa tête roula sur le coussin et vint s'appuyer contre l'épaule de Françoise.

— Pauvre petit Gerbert, comme il avait sommeil, pensa-t-elle. Elle remonta un peu la couverture et resta immobile, les yeux ouverts. Elle avait sommeil, elle aussi, mais elle ne voulait pas dormir encore. Elle regarda les fraîches paupières de Gerbert et ses longs cils de jeune fille ; il dormait, abandonné, indifférent. Elle sentait contre son cou la caresse de ses cheveux noirs et doux.

— C'est tout ce que j'aurai jamais de lui, pensa-t-elle.

Il y avait des femmes qui caressaient ces beaux cheveux de Chinoise, qui posaient leurs lèvres sur les paupières enfantines, qui serraient dans leurs bras ce long corps mince. Un jour il dirait à l'une d'elles :

— Je t'aime.

Le cœur de Françoise se serra. Il était encore temps. Elle pouvait poser sa joue contre cette joue et dire tout haut les mots qui lui montaient aux lèvres.

Elle ferma les yeux. Elle ne pouvait pas dire : je t'aime. Elle ne pouvait pas le penser. Elle aimait Pierre. Il n'y avait pas de place dans sa vie pour un autre amour.

Pourtant il y aurait des joies semblables à celles-ci, pensa-t-elle avec un peu d'angoisse. La tête pesait lourd sur son épaule. Ce qui était précieux, ce n'était pas ce poids oppressant : c'était la tendresse de Gerbert, sa confiance, son abandon, l'amour dont elle le comblait. Seulement Gerbert dormait et l'amour et la tendresse n'étaient que des objets de rêve. Peut-être, quand il la tiendrait dans ses bras, elle pourrait encore se prendre au rêve ; mais comment accepter de rêver un amour qu'on ne veut pas vivre pour de bon !

Elle regarda Gerbert. Elle était libre de ses paroles, de ses gestes, Pierre la laissait libre. Mais les gestes et les paroles ne seraient que des mensonges ; comme était mensonger déjà le poids de cette tête sur son épaule.

Gerbert ne l'aimait pas ; elle ne pouvait pas souhaiter qu'il l'aimât.

Le ciel rosissait derrière la vitre. Dans le cœur de Françoise montait une tristesse avide et rose comme le petit jour. Pourtant elle ne regrettait rien ; elle n'avait même pas droit à cette mélancolie qui engourdissait son corps ensommeillé. C'était un renoncement définitif et sans récompense.

CHAPITRE II

Assises au fond du café maure sur des coussins de laine rêche, Françoise et Xavière regardaient la danseuse arabe.

— Je voudrais savoir danser ainsi, dit Xavière ; ses épaules frémirent, une ondulation légère parcourut son corps. Françoise lui sourit, elle regrettait que la journée s'achevât ; Xavière avait été charmante.

— A Fez, dans le quartier réservé, nous en avons vu, Labrousse et moi, qui dansaient nues, dit Françoise, mais ça ressemblait un peu trop à une démonstration anatomique.

— Vous en avez vu des choses! dit Xavière avec une nuance de rancune.

— Vous en verrez aussi, dit Françoise.

— Hélas, dit Xavière.

— Vous ne resterez pas à Rouen toute votre vie, dit Françoise.

— Qu'est-ce que je peux faire? dit Xavière tristement ; elle regarda ses doigts d'un air méditatif, c'étaient des doigts rouges de paysanne qui contrastaient avec ses fins poignets. Peut-être je pourrai essayer d'être une gruc, mais je ne suis pas encore assez aguerrie.

— C'est un dur métier, vous savez, dit Françoise en riant.

— Ce qu'il faut, c'est ne pas avoir peur des gens, dit

Xavière d'un ton réfléchi ; elle hocha la tête. Je suis en progrès : quand un type me frôle dans la rue, je ne crie plus.

— Et vous entrez toute seule dans les cafés, c'est déjà très beau, dit Françoise.

Xavière la regarda avec confusion : — Oui, mais je ne vous ai pas tout dit : dans ce petit dancing où j'ai été hier soir, il y a un marin qui m'a invitée à danser, et j'ai refusé. J'ai vite fini mon calvados et je me suis enfuie comme un lâche. Elle fit une grimace. C'est atroce, le calvados.

— Ça devait être un joli tord-boyau, dit Françoise. Je crois que vous auriez pu danser avec votre marin, j'ai fait un tas de trucs comme ça dans mon jeune temps et ça n'a jamais mal tourné.

— J'accepterai la prochaine fois, dit Xavière.

— Vous n'avez pas peur que votre tante se réveille, une nuit ? J'imagine ce que ça donnerait.

— Elle n'oserait pas entrer chez moi, dit Xavière avec défi. Elle sourit et fouilla dans son sac : J'ai fait un petit dessin pour vous.

Une femme qui ressemblait un peu à Françoise était accoudée à un zinc ; ses joues étaient colorées en vert et sa robe en jaune. En dessous du dessin, Xavière avait écrit avec de grosses lettres violettes : Le chemin du vice.

— Il faut me le dédicacer, dit Françoise.

Xavière regarda Françoise, elle regarda le dessin et puis elle le repoussa.

— C'est trop difficile, dit-elle.

La danseuse s'avança vers le milieu de la salle ; ses hanches ondulaient, son ventre tressaillit au rythme du tambourin.

— On dirait un démon qui cherche à s'échapper de son corps, dit Xavière. Elle se pencha en avant, fascinée. Françoise avait été bien inspirée en l'amenant ici ; jamais Xavière n'avait parlé si longuement d'elle-même, elle avait une manière charmante de raconter les histoires. Françoise s'enfonça dans les coussins ; elle aussi, elle était touchée par tout ce clinquant facile, mais ce qui l'enchantait surtout c'était d'avoir annexé à sa vie cette petite existence triste ; car à présent, comme Gerbert, comme Inès, comme Canzetti, Xavière lui appartenait ; rien ne donnait jamais à Françoise des joies si fortes que cette espèce de possession ; Xavière regardait attentivement la danseuse, elle ne voyait pas son propre visage que la passion embellissait, sa main sentait les contours de la tasse qu'elle serrait, mais Françoise seule était sensible aux contours de cette main : les gestes de Xavière, sa figure, sa vie même avaient besoin de Françoise pour exister. En cet instant, pour elle-même, Xavière n'était rien d'autre qu'un goût de café, une musique lancinante, une danse, un léger bien-être ; mais pour Françoise l'enfance de Xavière, ses journées stagnantes, ses dégoûts composaient une histoire romanesque aussi réelle que le tendre modelé de ses joues ; et cette histoire aboutissait précisément ici, parmi les tentures bigarrées, en cette minute exacte de la vie de Françoise où Françoise se tournait vers Xavière et la contemplait.

— Il est déjà sept heures, dit Françoise. Ça l'assommait de passer la soirée avec Élisabeth, mais ça ne pouvait pas s'éviter. Vous sortez avec Inès ce soir ?

— Je suppose, dit Xavière d'une voix morne.

— Combien de temps restez-vous encore à Paris ?

— Je repars demain. Un éclair de rage passa dans les yeux de Xavière. Demain, tout ça sera encore là ; et moi, je serai à Rouen.

— Pourquoi ne suivez-vous pas des cours de sténodactylo comme je vous l'avais conseillé ? dit Françoise, je pourrais vous trouver un emploi.

Xavière haussa les épaules avec découragement.

— Je ne serais pas capable, dit-elle.

— Bien sûr que si, ce n'est pas difficile, dit Françoise.

— Ma tante a encore essayé de m'apprendre à tricoter, dit Xavière, et ma dernière chaussette a été un désastre. Elle regarda Françoise d'un air morne et vague-

ment provocant. Elle a raison : on ne fera jamais rien
de moi.

— Sans doute pas une bonne ménagère, dit Françoise
gaiement. Mais on peut vivre sans ça.

— Ce n'est pas à cause de la chaussette, dit Xavière
d'une voix fatale. Mais c'est un signe.

— Vous vous découragez trop vite, dit Françoise.
Vous avez pourtant bien envie de quitter Rouen? vous
ne tenez à rien ni à personne là-bas?

— Je les hais, dit Xavière. Je hais cette ville crasseuse,
et les gens dans les rues avec leurs regards comme des
limaces.

— Ça ne peut pas durer, dit Françoise.

— Ça durera, dit Xavière. Elle se leva brusquement.
Je vais rentrer.

— Attendez que je vous accompagne, dit Françoise.

— Non, ne vous dérangez pas. Je vous ai déjà pris
tout votre après-midi.

— Vous ne m'avez rien pris, dit Françoise. Comme
vous êtes drôle! Elle examina avec un peu de perplexité
la figure maussade de Xavière ; c'était un petit personnage déconcertant ; avec ce béret qui cachait ses cheveux blonds, elle avait presque une tête de garçonnet ;
pourtant c'était un visage de jeune fille qui avait charmé
Françoise six mois plus tôt. Le silence se prolongea.

— Excusez-moi, dit Xavière. J'ai un affreux mal de
tête. Elle toucha ses tempes d'un air douloureux. Ça doit
être ces fumées : j'ai mal là ; et là.

Le dessous de ses yeux était gonflé, son teint brouillé ;
en fait l'épaisse odeur d'encens et de tabac rendait l'air
presque irrespirable. Françoise appela le serveur.

— C'est dommage : si vous n'étiez pas si fatiguée, je
vous aurais emmenée ce soir au dancing, dit-elle.

— Je croyais que vous deviez voir une amie, dit
Xavière.

— Elle viendrait avec nous, c'est la sœur de Labrousse, une fille rousse coiffée à la garçonne, que vous
avez aperçue à la centième de *Philoctète*.

— Je ne me rappelle pas, dit Xavière. Son regard s'anima. Je ne me souviens que de vous : vous aviez une longue jupe noire tout étroite, un chemisier en lamé et une résille d'argent dans les cheveux ; comme vous étiez belle !

Françoise sourit : elle n'était pas belle, mais elle aimait bien sa figure, ça lui faisait toujours une surprise agréable quand elle la rencontrait dans un miroir. D'ordinaire elle ne pensait pas qu'elle en avait une.

— Vous, vous aviez une charmante robe bleue toute plissée, dit-elle, et vous étiez saoule.

— J'ai apporté ma robe, je la mettrai ce soir, dit Xavière.

— Est-ce sage, si vous avez mal à la tête ?

— Je n'ai plus mal à la tête, dit Xavière, c'était juste un vertige. Ses yeux brillaient, elle avait retrouvé son beau teint nacré.

— Alors ça va, dit Françoise ; elle poussa la porte. Seulement Inès sera fâchée si elle compte sur vous.

— Eh bien! Elle sera fâchée, dit Xavière avec une moue hautaine.

Françoise arrêta un taxi.

— Je vous pose chez elle ; et à neuf heures et demie je vous retrouve au Dôme. Vous n'aurez qu'à suivre le boulevard Montparnasse tout droit.

— Je connais, dit Xavière.

Françoise s'assit dans le taxi à côté d'elle et passa son bras sous le sien.

— Je suis contente que nous ayons encore quelques grandes heures devant nous.

— Je suis contente aussi, dit Xavière à voix basse.

Le taxi s'arrêta au coin de la rue de Rennes. Xavière descendit et Françoise se fit conduire au théâtre. Pierre était dans sa loge, en robe de chambre, il mangeait un sandwich au jambon.

— Ça a bien marché, la répétition ? dit Françoise.

— On a bien travaillé, dit Pierre. Il désigna le manuscrit posé sur son bureau.

— Ça va, dit-il. Ça va très bien.

— C'est vrai ? comme je suis contente! Ça m'a fait un peu mal au cœur de couper la mort de Lucilius, mais je crois qu'il le fallait.

— Il le fallait, dit Pierre. Tout le mouvement de l'acte en est changé. Il mordit dans son sandwich. Tu n'as pas dîné ? Tu veux un sandwich ?

— Je veux bien des sandwiches, dit Françoise ; elle en prit un et regarda Pierre avec reproche. Tu ne te nourris pas assez, tu es tout pâle.

— Je ne veux pas engraisser, dit Pierre.

— César n'était pas un maigre, dit Françoise ; elle sourit. Si tu téléphonais à la concierge d'aller nous chercher une bouteille de Château-Margaux ?

— Ce n'est pas une si mauvaise idée, dit Pierre. Il décrocha le récepteur et Françoise s'installa sur le divan; c'était là que Pierre dormait quand il ne passait pas la nuit chez elle ; elle aimait bien cette petite loge.

— Voilà, tu vas être servie, dit Pierre.

— Je suis contente, dit Françoise. Je croyais ne jamais venir à bout de ce troisième acte.

— Tu as fait de l'excellent travail, dit Pierre. Il se pencha vers elle et l'embrassa. Françoise jeta les bras autour de son cou. C'est toi, dit-elle. Tu te rappelles ce que tu me disais à Délos ? Que tu voulais apporter au théâtre quelque chose d'absolument nouveau ? Eh bien! ce coup-ci, ça y est.

— Tu le penses vraiment ? dit Pierre.

— Tu ne le penses pas ?

— Je le pense un peu.

Françoise se mit à rire.

— Tu le penses tout à fait, tu as l'air tout confit. Pierre! Si seulement on n'a pas trop d'ennuis d'argent, quelle belle année ça va être!

— Dès qu'on sera un peu riches, on t'achètera un autre manteau, dit Pierre.

— Je suis bien habituée à celui-là.

— Ça ne se voit que trop, dit Pierre. Il s'assit dans un fauteuil près de Françoise.

— Tu t'es bien amusée avec ta petite amie ?

— Elle est gentille. C'est dommage qu'elle pourrisse à Rouen.

— Elle t'a raconté des histoires ?

— Un tas d'histoires, je te les raconterai une fois.

— Alors, tu es contente, tu n'as pas perdu ta journée ?

— J'aime bien les histoires, dit Françoise.

On frappa et la porte s'ouvrit. La concierge apportait d'un air pompeux un plateau avec deux verres et une bouteille de vin.

— Merci bien, dit Françoise. Elle remplit les verres.

— S'il vous plaît, dit Pierre. Je n'y suis pour personne.

— Entendu, monsieur Labrousse, dit la femme. Elle sortit. Françoise prit son verre à la main et mordit dans un second sandwich.

— Je vais emmener Xavière avec nous ce soir, dit-elle. On ira au dancing. Ça m'amuse. J'espère qu'elle neutralisera Élisabeth.

— Elle doit être aux anges, dit Pierre.

— La pauvre gosse, elle m'a fendu l'âme. Ça l'écœure tellement de rentrer à Rouen.

— Est-ce qu'il n'y a aucun moyen de l'en sortir ? dit Pierre.

— Guère, dit Françoise. Elle est si veule et impotente ; jamais elle n'aura le courage d'apprendre un métier ; et son oncle n'envisage pour elle aucun autre avenir qu'un mari pieux et beaucoup d'enfants.

— Tu devrais la prendre en main, dit Pierre.

— Comment veux-tu ? Je la vois une fois par mois.

— Pourquoi ne la fais-tu pas venir à Paris ? dit Pierre. Tu la surveillerais, tu la forcerais à travailler ; qu'elle apprenne la sténo, et l'on trouvera bien à la caser quelque part.

— Sa famille ne lui permettra jamais, dit Françoise.

— Eh bien ! qu'elle se passe de permission. Elle n'est pas majeure ?

— Non, dit Françoise. Mais ce n'est pas tant la question. Je ne pense pas qu'on enverrait des gendarmes à ses trousses.

Pierre sourit.

— Quelle est la question?

Françoise hésita ; à vrai dire, elle n'avait jamais soupçonné qu'aucune question se posât.

— En somme tu proposes de la faire vivre à Paris à nos frais en attendant qu'elle se débrouille ?

— Pourquoi pas ? dit Pierre. En lui présentant ça comme un prêt.

— Oh! sûrement, dit Françoise. Ça l'étonnait toujours cette manière qu'il avait de faire naître en quatre mots mille possibilités imprévues ; là où les autres gens apercevaient d'impénétrables maquis, Pierre découvrait un avenir vierge qu'il lui appartenait de façonner à sa guise. C'était le secret de sa force.

— Nous avons eu tant de chance dans notre vie, dit Pierre. Il faut bien en faire profiter les autres chaque fois que nous le pouvons.

Françoise examina avec perplexité le fond de son verre.

— En un sens, ça me tente bien, dit-elle. Mais il faudrait que je m'occupe vraiment d'elle. Je n'ai guère le temps.

— Petite fourmi, dit Pierre tendrement.

Françoise rougit légèrement.

— Tu sais, je n'ai pas beaucoup de loisirs, dit-elle.

— Je sais bien, dit Pierre, mais c'est drôle cette espèce de recul que tu as dès que quelque chose de neuf s'offre à toi.

— La seule nouveauté qui m'intéresse, c'est notre avenir commun dit Françoise. Que veux-tu, je suis heureuse comme ça! Il ne faut t'en prendre qu'à toi.

— Oh! je ne te blâme pas, dit Pierre ; au contraire, je te trouve tellement plus pure que moi. Il n'y a rien qui sonne faux dans ta vie.

— C'est que, toi, tu n'attaches pas tant d'importance

à ta vie en elle-même. C'est ton travail qui compte, dit Françoise.

— C'est vrai, dit Pierre ; il se mordit un ongle d'un air perplexe. Chez moi, en dehors de mes rapports avec toi, tout est frivolité et gaspillage.

Il continuait à se ronger la main ; il ne serait content que lorsque le sang jaillirait.

— Mais dès que j'aurai liquidé Canzetti, tout sera fini.

— Tu dis ça, dit Françoise.

— Je le prouverai, dit Pierre.

— Tu as de la chance, tes histoires se liquident toujours bien.

— C'est qu'au fond aucune de ces petites bonnes femmes n'a jamais vraiment tenu à moi, dit Pierre.

— Je ne pense pas que Canzetti soit une fille intéressée, dit Françoise.

— Non ; ce n'est pas tant pour avoir des rôles ; seulement elle me prend pour un grand homme, et elle s'imagine que le génie lui remontera du sexe au cerveau.

— Il y a de ça, dit Françoise en riant.

— Ça ne m'amuse plus, ces histoires, dit Pierre. Si au moins j'étais un grand sensuel ; mais je n'ai même pas cette excuse. Il regarda Françoise d'un air confus. Ce qu'il y a, c'est que j'aime bien les commencements. Tu ne comprends pas ça ?

— Peut-être, dit Françoise, mais moi ça ne m'intéresserait pas une aventure sans lendemain.

— Non ? dit Pierre.

— Non, dit-elle, c'est plus fort que moi : je suis une femme fidèle.

— On ne peut pas parler de fidélité, ou d'infidélité entre nous, dit Pierre ; il attira Françoise contre lui. Toi et moi, on ne fait qu'un ; c'est vrai, tu sais, on ne peut pas nous définir l'un sans l'autre.

— C'est grâce à toi, dit Françoise. Elle saisit le visage de Pierre entre ses mains et se mit à couvrir de baisers ces joues où l'odeur de la pipe se mêlait à un parfum

29

enfantin et inattendu de pâtisserie. On ne fait qu'un, se répéta-t-elle. Tant qu'elle ne l'avait pas raconté à Pierre, aucun événement n'était tout à fait vrai : il flottait, immobile, incertain, dans des espèces de limbes. Autrefois, quand Pierre l'intimidait, il y avait pas mal de choses qu'elle laissait comme ça de côté : des pensées louches, des gestes irréfléchis ; si on n'en parlait pas, c'était presque comme si ça n'avait pas été ; ça faisait en dessous de la véritable existence une végétation souterraine et honteuse où l'on se retrouvait seule et où l'on étouffait ; et puis, peu à peu, elle avait tout livré ; elle ne connaissait plus la solitude, mais elle était purifiée de ces grouillements confus. Tous les moments de sa vie qu'elle lui confiait, Pierre les lui rendait clairs, polis, achevés, et ils devenaient des moments de leur vie. Elle savait qu'elle jouait le même rôle auprès de lui ; il était sans repli, sans pudeur ; il ne se montrait sournois que lorsqu'il était mal rasé ou que sa chemise était sale ; alors il feignait d'être enrhumé et il gardait obstinément un foulard autour de son cou ce qui lui donnait un air de vieillard précoce.

— Il va falloir que je te quitte, dit-elle avec regret. Tu restes dormir ici ou tu viens chez moi ?

— J'irai chez toi, dit Pierre. Je veux te revoir le plus tôt possible.

Élisabeth était déjà installée au Dôme, elle fumait en regardant le vide d'un œil fixe. Quelque chose ne va pas, pensa Françoise. Elle était maquillée avec soin, mais son visage était bouffi et fatigué. Elle aperçut Françoise et un brusque sourire parut la délivrer de ses pensées.

— Bonjour, je suis bien contente de te voir, dit-elle avec élan.

— Moi aussi, dit Françoise. Dis-moi, cela ne t'ennuie pas que j'emmène avec nous la petite Pagès ? Elle meurt d'envie d'aller dans un dancing ; nous pourrons causer pendant qu'elle dansera, elle n'est pas encombrante.

— Il y a des siècles que je n'ai pas entendu de jazz, dit Élisabeth, ça m'amusera.

— Elle n'est pas encore là? dit Françoise. C'est étonnant. Elle se retourna vers Élisabeth : Alors ce voyage? dit-elle gaiement. Tu pars demain décidément?

— Tu crois que c'est si simple, dit Élisabeth ; elle eut un rire désagréable. Il paraît que cela pourrait faire de la peine à Suzanne et Suzanne a été si éprouvée par les événements de septembre.

C'était donc ça... Françoise regarda Élisabeth avec une pitié indignée, Claude était vraiment écœurant avec elle.

— Comme si tu n'avais pas été éprouvée aussi.

— Mais moi, je suis quelqu'un de lucide et fort, dit Élisabeth avec ironie. Moi, je suis la femme qui ne fait jamais de scènes.

— Enfin, Claude ne tient plus à Suzanne, dit Françoise. Elle est vieille et moche.

— Il n'y tient plus, dit Élisabeth. Seulement, Suzanne c'est une superstition. Il est persuadé qu'il ne peut arriver à rien sans elle. Il y eut un silence. Élisabeth suivait avec application la fumée de sa cigarette. Elle savait se tenir ; mais comme il devait faire noir dans son cœur! Elle avait tant attendu de ce voyage : peut-être ce long tête-à-tête déciderait-il enfin Claude à une rupture avec sa femme. Françoise était devenue sceptique ; ça faisait deux ans qu'Élisabeth attendait l'heure décisive. Mais elle ressentait la déception d'Élisabeth avec un serrement de cœur qui ressemblait à du remords.

— Il faut dire que Suzanne est très forte, dit Élisabeth. Elle regarda Françoise. Elle est en train d'essayer de faire jouer la pièce de Claude chez Nanteuil. C'est aussi une des raisons qui le retiennent à Paris.

— Nanteuil, dit Françoise mollement. C'est une drôle d'idée. Elle regarda la porte avec un peu d'inquiétude. Pourquoi Xavière n'arrivait-elle pas?

— C'est imbécile. Élisabeth affermit sa voix. D'ailleurs c'est simple, je ne vois que Pierre qui puisse monter *Partage*. Il serait formidable dans le rôle d'Achab.

31

— C'est un beau rôle, dit Françoise.

— Tu crois que ça le tenterait ? dit Élisabeth. Il y avait dans sa voix un appel anxieux.

— *Partage* est une pièce très intéressante, dit Françoise, seulement elle ne va pas du tout dans le sens des recherches de Pierre.

— Écoute, dit-elle avec empressement. Pourquoi est-ce que Claude ne porte pas sa pièce chez Berger ? Veux-tu que Pierre écrive un mot à Berger ?

Élisabeth avala péniblement sa salive.

— Tu ne te rends pas compte de l'importance que ça aurait pour Claude si Pierre prenait sa pièce. Il doute de lui à un tel point. Il n'y a que Pierre qui pourrait le sortir de là.

Françoise détourna les yeux ; la pièce de Battier était détestable. Il n'était pas question de l'accepter. Mais elle savait tout ce qu'Élisabeth avait misé sur cette dernière chance ; en face de son visage décomposé, c'était bien du remords qu'elle éprouvait. Elle n'ignorait point combien son existence et son exemple avaient pesé sur le destin d'Élisabeth.

— Franchement, ça ne peut pas marcher, dit-elle.

— Pourtant *Luce et Armanda* a été un joli succès, dit Élisabeth.

— Justement, après *Jules César*, Pierre veut essayer de lancer un inconnu.

Françoise s'interrompit. Avec soulagement elle vit que Xavière approchait. Elle était coiffée avec soin, un maquillage léger effaçait ses pommettes, affinait son gros nez sensuel.

— Vous vous connaissez, dit Françoise. Elle sourit à Xavière. Vous arrivez bien tard. Je suis sûre que vous n'avez pas dîné. Vous allez manger quelque chose.

— Non merci, je n'ai pas du tout faim, dit Xavière. Elle s'assit et baissa la tête ; elle semblait mal à son aise. Je me suis un peu perdue, dit-elle.

Élisabeth faisait peser sur elle un regard insistant ; elle la jaugeait.

— Vous vous êtes perdue? Vous venez de loin?

Xavière tourna vers Françoise un visage désolé :

— Je ne sais pas ce qui m'est arrivé, j'ai suivi le boulevard, il n'en finissait pas, je me suis trouvée sur une avenue toute noire. J'ai dû passer devant le Dôme sans le voir.

Élisabeth se mit à rire.

— Il y faut de la bonne volonté, dit-elle.

Xavière lui lança un regard noir.

— Enfin, vous voici, c'est le principal, dit Françoise. Qu'est-ce que tu dirais d'aller à la Prairie? Ce n'est plus la même chose que dans notre jeunesse, mais ce n'est pas déplaisant.

— C'est comme tu veux, dit Élisabeth.

Elles sortirent du café ; sur le boulevard Montparnasse, un grand vent balayait les feuilles de platanes ; Françoise s'amusa à les faire crisser sous ses pieds, ça sentait la noix sèche et le vin cuit.

— Voilà au moins un an que je ne suis pas retournée à la Prairie, dit-elle.

Il n'y eut pas de réponse. Xavière serrait frileusement le col de son manteau ; Élisabeth avait gardé son écharpe à la main, elle semblait ne pas sentir le froid et ne rien voir.

— Que de monde déjà, dit Françoise. Tous les tabourets du bar étaient occupés ; elle choisit une table un peu écartée.

— Je prendrai un whisky, dit Élisabeth.

— Deux whiskies, dit Françoise. Et vous?

— La même chose que vous, dit Xavière.

— Trois whiskies, dit Françoise. Cette odeur d'alcool et de fumée lui rappelait sa jeunesse ; elle avait toujours aimé les rythmes du jazz, les lumières jaunes et le grouillement des boîtes de nuit. Comme il était facile de vivre comblée, dans un monde qui contenait à la fois les ruines de Delphes, les montagnes pelées de Provence et cette floraison humaine! Elle sourit à Xavière.

— Regardez au bar, la blonde au nez retroussé : elle habite dans mon hôtel ; elle traîne pendant des heures

33

dans les couloirs, en chemise de nuit bleu ciel ; je crois
que c'est pour aguicher le nègre qui habite au-dessus de
ma tête.

— Elle n'est pas jolie, dit Xavière ; ses yeux s'agran-
dirent. Il y a une femme brune à côté d'elle qui est bien
belle. Comme elle est belle !

— Sachez qu'elle a pour amant de cœur un champion
de catch ; ils se baladent dans le quartier en se tenant
par le petit doigt.

— Oh! dit Xavière avec reproche.

— Ce n'est pas de ma faute, dit Françoise.

Xavière se leva ; deux jeunes gens s'étaient approchés
et souriaient d'un air engageant.

— Non, je ne danse pas, dit Françoise.

Élisabeth hésita et se leva aussi.

— Elle me hait en ce moment, pensa Françoise. A la
table voisine une blonde un peu marquée et un très
jeune garçon se tenaient tendrement les mains ; le jeune
homme parlait à voix basse, d'un air ardent ; la femme
souriait avec précaution sans qu'aucune ride vînt cra-
queler son joli visage passé ; la petite grue de l'hôtel
dansait avec un marin, elle se serrait tout contre lui les
yeux mi-clos ; la belle brune, assise sur un tabouret,
mangeait d'un air lassé des ronds de banane. Françoise
sourit avec orgueil ; chacun de ces hommes, chacune de
ces femmes étaient là, tout absorbé à vivre un moment
de sa petite histoire individuelle, Xavière dansait, des
sursauts de colère et de désespoir secouaient Élisabeth.
Au centre du dancing, impersonnelle et libre, moi je suis
là. Je contemple à la fois toutes ces vies, tous ces visages.
Si je me détournais d'eux, ils se déferaient aussitôt
comme un paysage délaissé.

Élisabeth revint s'asseoir.

— Tu sais, dit Françoise, je regrette que ça ne puisse
pas s'arranger.

— Oh! dit Élisabeth, je comprends bien... Son visage
s'affaissa ; elle ne pouvait pas tenir longtemps une colère,
du moins en présence des gens.

— Ça ne marche pas bien avec Claude en ce moment ?
dit Françoise.

Élisabeth secoua la tête ; elle fit une vilaine grimace
et Françoise crut qu'elle allait pleurer ; mais elle se
contint.

— Claude est en pleine crise. Il dit qu'il ne peut pas
travailler tant que sa pièce n'est pas prise, qu'il ne se
sent pas vraiment délivré. Quand il est dans ces états-là,
il est terrible.

— Tu n'es quand même pas responsable, dit Françoise.

— Mais c'est toujours sur moi que tout retombe, dit
Élisabeth. De nouveau ses lèvres tremblèrent. Parce que
je suis une femme forte. Il n'imagine pas qu'une femme
forte peut souffrir autant qu'une autre, dit-elle avec un
accent de pitié passionnée.

Elle éclata en sanglots.

— Ma pauvre Élisabeth! dit Françoise en lui saisissant la main.

Dans les larmes, le visage d'Élisabeth retrouvait une
espèce d'enfance.

— C'est idiot, dit-elle ; elle tamponna ses yeux. Ça
ne peut pas durer comme ça, toujours Suzanne entre
nous.

— Qu'est-ce que tu voudrais, dit Françoise, qu'il
divorce ?

— Jamais il ne divorcera. Élisabeth se remit à pleurer
avec une espèce de rage. Est-ce qu'il m'aime ? Et moi,
je ne sais même plus si je l'aime. Elle regarda Françoise
avec des yeux égarés. Depuis deux ans je lutte pour cet
amour, je me tue à lutter, j'ai tout sacrifié, et je ne sais
même pas si nous nous aimons.

— Bien sûr tu l'aimes, dit Françoise lâchement. En
ce moment tu lui en veux, alors tu ne sens plus rien, mais
ça ne veut rien dire. Il fallait à tout prix rassurer Élisabeth ; ça serait terrible ce qu'elle découvrirait si un jour
elle se mettait à être sincère jusqu'au bout ; elle devait en
avoir peur elle aussi, ses éclats de lucidité s'arrêtaient
toujours à temps.

— Je ne sais plus, dit Élisabeth.

Françoise serra sa main plus fort, elle était vraiment émue.

— Claude est faible, c'est tout, mais il a donné mille preuves qu'il tenait à toi. Elle releva la tête ; Xavière était debout à côté de la table et considérait la scène avec un drôle de sourire.

— Asseyez-vous, dit Françoise gênée.

— Non, je retourne danser, dit Xavière ; il y avait sur son visage du mépris et presque de la méchanceté. Françoise reçut avec un choc désagréable ce jugement malveillant.

Élisabeth s'était redressée ; elle repoudrait son visage.

— Il faut de la patience, dit-elle. Sa voix s'affermit. C'est une question d'influence. J'ai toujours joué trop franc jeu avec Claude et je ne lui en impose pas.

— Lui as-tu jamais dit clairement que tu ne pouvais pas supporter la situation ?

— Non, dit Élisabeth. Il faut attendre. Elle avait repris son air averti et dur.

Aimait-elle Claude ? Elle ne s'était jetée à sa tête que pour avoir elle aussi un grand amour ; l'admiration qu'elle lui vouait, c'était une manière encore de se défendre contre Pierre. Pourtant elle éprouvait à cause de lui des souffrances sur lesquelles ni Françoise ni Pierre ne pouvaient rien.

— Quel gâchis, pensa Françoise avec un serrement de cœur.

Élisabeth avait quitté la table, elle dansait les yeux gonflés et la bouche crispée. Françoise fut traversée d'une espèce d'envie. Les sentiments d'Élisabeth pouvaient bien être faux, et sa vocation fausse, et fausse l'ensemble de sa vie : sa souffrance présente était violente et vraie. Françoise regarda Xavière. Xavière dansait, la tête un peu rejetée en arrière, le visage extatique ; elle n'avait pas de vie encore, pour elle tout était possible, et cette soirée enchantée contenait la promesse de mille enchantements inconnus. Pour cette jeune fille, pour cette femme au cœur lourd, ce moment avait une saveur âpre et inoubliable. Et moi ? pensa Françoise. Spectatrice. Mais ce jazz, ce goût de whisky, cette lumière orange, ce n'était pas seulement un spectacle, il aurait fallu trouver quelque chose à en faire. Et quoi ? Dans l'âme farouche et tendue d'Élisabeth la musique se changeait doucement en espoir ; Xavière la chargeait d'une attente passionnée. Et Françoise seule ne trouvait rien en elle qui s'accordât avec la voix émouvante du saxophone. Elle chercha un désir, un regret ; mais derrière elle, devant elle s'étendait un bonheur aride et clair. Pierre, jamais ce nom ne pourrait éveiller une souffrance. Gerbert, elle ne se souciait plus de Gerbert. Elle ne connaissait plus de risque, ni d'espoir, ni de crainte ; seulement ce bonheur sur lequel elle n'avait même pas de prise ; aucun malentendu n'était possible avec Pierre, aucun acte ne serait jamais irréparable. Si elle essayait un jour de se faire souffrir, il saurait si bien la comprendre que le bonheur se refermerait encore sur elle. Elle alluma une cigarette. Non, elle ne trouvait rien d'autre que ce regret abstrait de n'avoir rien à regretter. Sa gorge était serrée, son cœur battait un peu plus vite que de coutume, mais elle ne pouvait même pas croire qu'elle était sincèrement lasse du bonheur ; ce malaise ne lui apportait aucune pathétique révélation ; ce n'était qu'un accident parmi d'autres, une modulation brève et quasi prévisible qui se résoudrait dans la paix. Elle ne se prenait jamais plus à la violence des instants, elle savait bien qu'aucun d'entre eux n'avait de valeur décisive. « Enfermée dans le bonheur », murmura-t-elle ; mais elle sentait une espèce de sourire au-dedans d'elle.

Françoise regarda avec découragement les verres vides, le cendrier débordant de mégots ; il était quatre heures du matin, Élisabeth était partie depuis longtemps, mais Xavière ne se lassait pas de danser ; Françoise ne dansait pas, et pour passer le temps elle avait trop bu et trop fumé ; sa tête était lourde et elle sentait dans tout son corps les courbatures du sommeil.

— Je crois qu'il serait temps de partir, dit-elle.

— Déjà! dit Xavière ; elle regarda Françoise avec regret. Vous êtes fatiguée?

— Un peu, dit Françoise ; elle hésita. Vous pourriez rester sans moi, dit-elle. Ça vous est déjà arrivé d'aller seule au dancing.

— Si vous partez, je vous accompagne, dit Xavière.

— Mais je ne veux pas vous forcer à rentrer, dit Françoise.

Xavière haussa les épaules d'un air un peu fatal.

— Oh! je peux bien rentrer, dit-elle.

— Non, ce serait trop dommage, dit Françoise ; elle sourit. Restons encore un peu. Le visage de Xavière s'illumina.

— C'est tellement plaisant, cet endroit, n'est-ce pas? Elle sourit à un jeune homme qui s'inclinait devant elle et elle le suivit au milieu de la piste.

Françoise alluma une nouvelle cigarette ; après tout, rien ne l'obligeait à reprendre son travail dès demain ; c'était un peu absurde de passer des heures ici sans danser, sans parler à personne, mais si seulement on en prenait son parti, on trouvait du charme à cette espèce d'enlisement ; depuis des années ça ne lui était pas arrivé de demeurer ainsi, perdue dans les fumées de l'alcool et du tabac, à poursuivre de petits rêves et des pensées qui ne menaient nulle part.

Xavière revint s'asseoir près de Françoise.

— Pourquoi ne dansez-vous pas? dit-elle.

— Je danse mal, dit Françoise.

— Alors, vous vous ennuyez? dit Xavière d'une voix plaintive.

— Pas du tout. J'aime bien regarder. Ça m'enchante au contraire d'entendre la musique, de voir les gens.

Elle sourit ; c'est à Xavière qu'elle devait cette heure et cette nuit ; pourquoi donc refuser d'introduire dans sa vie cette fraîche richesse qui s'offrait : un petit compagnon tout neuf avec ses exigences, ses sourires réticents et ses réactions imprévues ?

— Je comprends bien, ça ne doit pas être amusant pour vous, dit Xavière. Son visage était devenu tout morne ; elle avait l'air un peu fatiguée, elle aussi.

— Mais puisque je vous assure que je suis contente, dit Françoise ; elle effleura le poignet de Xavière. J'aime bien être avec vous.

Xavière sourit sans conviction ; Françoise la regarda avec amitié ; elle ne comprenait plus bien les résistances qu'elle avait opposées à Pierre ; ce qui la tentait justement, c'était ce léger parfum de risque et de mystère.

— Vous ne savez pas ce que j'ai pensé cette nuit ? dit-elle abruptement. C'est que vous ne ferez jamais rien tant que vous serez à Rouen. Il n'y a qu'une solution : c'est de venir vivre à Paris.

— Vivre à Paris ? dit Xavière étonnée. Je voudrais bien hélas !

— Je ne dis pas ça en l'air, dit Françoise ; elle hésita, elle avait peur que Xavière ne la trouvât indiscrète. Voilà ce que vous pourriez faire : vous vous installeriez à Paris, dans mon hôtel, si vous voulez ; je vous avancerais l'argent nécessaire et vous apprendriez un métier : la sténo, ou mieux, j'ai une amie qui dirige un institut de beauté et qui vous emploierait dès que vous auriez un diplôme.

Le visage de Xavière s'assombrit.

— Mon oncle n'y consentira jamais, dit-elle.

— Vous vous passerez de son consentement. Il ne vous fait pas peur ?

— Non, dit Xavière. Elle fixa attentivement ses ongles pointus ; avec son teint pâle, ses longues mèches blondes dont la danse avait dérangé l'ordonnance, elle avait l'air piteux d'une méduse sur du sable sec.

— Alors ? dit Françoise.

— Excusez-moi, dit Xavière. Elle se leva pour rejoindre un de ses danseurs qui lui faisait signe, et la vie reparut sur son visage. Françoise la suivit des yeux avec

39

étonnement ; Xavière avait d'étranges sautes d'humeur, c'était un peu déconcertant qu'elle ne se fût même pas donné la peine d'examiner la proposition de Françoise. Pourtant ce projet n'avait rien que de raisonnable. Elle attendit avec un peu d'impatience que Xavière regagnât sa place.

— Alors, dit-elle. Que pensez-vous de mon projet ?

— Quel projet ? dit Xavière. Elle semblait sincèrement ahurie.

— De venir à Paris, dit Françoise.

— Oh ! vivre à Paris, dit Xavière.

— Mais c'est sérieux, dit Françoise. On dirait que vous prenez ça pour une idée chimérique.

Xavière haussa les épaules.

— Mais ça ne peut pas se faire, dit-elle.

— Il suffit que vous le vouliez, dit Françoise. Qu'est-ce qui vous gêne ?

— C'est irréalisable, dit Xavière d'un air irrité. Elle regarda autour d'elle. Ça devient sinistre, vous ne trouvez pas ? tous les gens ont les yeux au milieu de la figure ; ils prennent racine ici parce qu'ils n'ont même plus la force de se traîner ailleurs.

— Eh bien ! allons-nous-en, dit Françoise. Elle traversa la salle et poussa la porte ; une petite aube grise se levait. On pourrait marcher un peu, proposa-t-elle.

— On pourrait, dit Xavière ; elle serra son manteau autour de son cou et se mit à marcher d'un pas rapide. Pourquoi refusait-elle de prendre au sérieux l'offre de Françoise ? C'était irritant de sentir à côté de soi cette petite pensée hostile et obstinée.

— Il faut que je la persuade, pensa Françoise. Jusqu'ici, la discussion avec Pierre, les vagues rêveries de la nuit, le début même de cette conversation, ce n'avait été que du jeu ; brusquement, tout était devenu réel : la résistance de Xavière était réelle et Françoise voulait la vaincre. C'était scandaleux : elle avait tellement l'impression de dominer Xavière, de la posséder jusque dans son passé et dans les détours encore impré-

40

vus de son avenir! et cependant il y avait cette volonté butée contre laquelle sa propre volonté se brisait.

Xavière marchait de plus en plus vite et fronçait douloureusement les sourcils ; il n'était pas possible de causer. Françoise la suivit un moment en silence puis elle perdit patience.

— Ça ne vous ennuie pas de vous promener ? dit-elle.

— Pas du tout, dit Xavière ; une grimace tragique déforma son visage. Je hais le froid.

— Il fallait le dire, dit Françoise. On entrera dans le premier bistro qui sera ouvert.

— Non, promenons-nous puisque vous en avez envie, dit Xavière, avec une abnégation courageuse.

— Je n'en ai plus tellement envie, dit Françoise. Et je prendrais bien un café chaud.

Elles ralentirent un peu le pas ; près de la gare Montparnasse, au coin de la rue d'Odessa, des gens se pressaient au comptoir d'un café Biard. Françoise entra et s'assit dans un coin, tout au fond de la salle.

— Deux cafés, commanda-t-elle.

Devant une des tables, une femme dormait, le corps plié en deux ; il y avait des valises et des ballots sur le sol ; à une autre table trois paysans bretons lampaient des calvados.

Françoise regarda Xavière.

— Je ne comprends pas, dit-elle.

Xavière lui jeta un regard inquiet.

— Je vous agace ?

— Je suis déçue, dit Françoise. Je croyais que vous auriez le courage d'accepter ce que je vous proposais.

Xavière hésita ; elle regarda autour d'elle d'un air torturé.

— Je ne veux pas faire du massage facial, dit-elle plaintivement.

Françoise se mit à rire.

— Rien ne vous y oblige. Je pourrais aussi vous trouver une place de mannequin par exemple ; ou décidément, apprenez la sténo.

— Je ne veux pas être sténo-dactylo ou mannequin dit Xavière avec violence.

Françoise fut décontenancée.

— Dans mon idée, ça ne serait qu'un début. Une fois un métier en main, vous auriez le temps de voir venir. En somme, qu'est-ce qui vous intéresserait ? Faire des études, du dessin, du théâtre ?

— Je ne sais pas, dit Xavière. Rien de spécial. Est-ce qu'il faut absolument faire quelque chose ? demanda-t-elle avec un peu de hauteur.

— Quelques heures de travail ennuyeux, ça ne me semblerait pas payer trop cher votre indépendance, dit Françoise.

Xavière fit une grimace de dégoût.

— Je hais ces marchandages : si on ne peut pas avoir la vie qu'on désire, on n'a qu'à ne pas vivre.

— En fait, vous ne vous tuerez jamais, dit Françoise un peu sèchement. Il vaudrait autant essayer d'avoir une vie correcte.

Elle but une gorgée de café ; c'était un vrai café de petit matin, âcre et sucré comme celui qu'on boit sur le quai des gares après une nuit de voyages, ou dans les auberges campagnardes en attendant le premier autocar. Cette saveur pourrie attendrit le cœur de Françoise.

— Comment faudrait-il que ce soit, la vie, à votre idée ? demanda-t-elle avec bienveillance.

— Comme c'était quand j'étais petite, dit Xavière.

— Que les choses vous saisissent sans que vous ayez à les chercher. Comme lorsque votre père vous emportait sur son grand cheval ?

— Il y avait un tas d'autres moments, dit Xavière. Quand il m'emmenait à la chasse à six heures du matin et qu'il y avait sur l'herbe des toiles d'araignées toutes fraîches. Tout me faisait si fort.

— Mais à Paris, vous retrouveriez de pareils bonheurs, dit Françoise. Pensez, la musique, le théâtre, les dancings.

— Et il faudrait faire comme votre amie : compter

les verres que je bois et regarder sans cesse ma montre pour aller à mon travail le lendemain matin.

Françoise se sentit blessée ; elle avait regardé l'heure, elle aussi. « On dirait qu'elle m'en veut ; mais de quoi ? » pensa-t-elle. Cette Xavière maussade et imprévue l'intéressait.

— Finalement, vous acceptez une existence bien plus minable que la sienne, dit-elle. Et dix fois moins libre. Au fond, c'est simple, vous avez peur ; peut-être pas de votre famille ; mais peur de rompre avec vos petites habitudes, peur de la liberté.

Xavière baissa la tête sans répondre.

— Qu'y a-t-il ? dit Françoise doucement. Vous êtes toute butée ; vous n'avez pas du tout l'air en confiance avec moi.

— Mais si, dit Xavière sans chaleur.

— Qu'y a-t-il ? répéta Françoise.

— Ça m'affole de penser à ma vie, dit Xavière.

— Mais ce n'est pas tout, dit Françoise, toute la nuit vous avez été drôle. Elle sourit. Ça vous ennuyait qu'Élisabeth soit avec nous ? vous n'avez pas trop de sympathie pour elle ?

— Comment donc, dit Xavière ; elle ajouta avec cérémonie : c'est sûrement quelqu'un de très intéressant.

— Vous avez été choquée de la voir pleurer en public ? dit Françoise. Avouez-le ; je vous ai choquée aussi ; vous m'avez trouvée bassement humide ?

Xavière écarquilla un peu les yeux ; c'étaient des yeux d'enfants, candides et bleus.

— Ça m'a fait étrange, dit-elle d'un ton ingénu.

Elle restait sur la défensive ; c'était inutile de poursuivre. Françoise réprima un petit bâillement. Je vais rentrer, dit-elle. Vous allez chez Inès ?

— Oui ; je vais tâcher de prendre mes affaires et de filer sans la réveiller, dit Xavière. Sans ça elle me sautera dessus.

— Je croyais que vous aimiez bien Inès ?

— Mais oui, je l'aime bien, dit Xavière. Seulement

43

c'est une de ces personnes, on ne peut pas boire un verre de lait devant elles sans se sentir une mauvaise conscience. L'aigreur de sa voix visait-elle Inès ou Françoise ? En tout cas il était plus prudent de ne pas insister.

— Eh bien! partons, dit Françoise ; elle posa la main sur l'épaule de Xavière. Je regrette que vous n'ayez pas passé une bonne soirée.

Le visage de Xavière se décomposa soudain et toute sa dureté fondit ; elle regarda Françoise d'un air désespéré.

— Mais j'ai passé une bonne soirée, dit-elle ; elle baissa la tête et dit très vite : c'est vous que ça ne devait pas amuser de me traîner comme un petit caniche.

Françoise sourit. « Voilà donc! pensa-t-elle. Elle a cru que je la sortais par pure pitié. » Elle regarda avec amitié cette petite personne ombrageuse.

— J'étais toute contente au contraire de vous avoir avec moi, sans ça je ne vous l'aurais pas proposé, dit Françoise. Pourquoi avez-vous pensé ça ?

Xavière la regarda d'un air tendre et confiant.

— Vous avez une vie si remplie, dit-elle. Tant d'amis, tant d'occupations : je me suis sentie un atome.

— C'est stupide, dit Françoise. C'était étonnant de penser que Xavière avait pu être jalouse d'Élisabeth. Alors, quand je vous ai parlé de venir à Paris, vous avez cru que je voulais vous faire l'aumône ?

— Un peu, dit Xavière humblement.

— Et vous m'en avez haïe, dit Françoise.

— Je ne vous ai pas haïe ; je me suis haïe, moi.

— C'est la même chose, dit Françoise. Sa main quitta l'épaule de Xavière et glissa le long de son bras. Mais je tiens à vous, dit-elle. Je serais si heureuse de vous avoir près de moi.

Xavière tourna vers elle des yeux ravis et incrédules.

— Est-ce que nous n'étions pas bien ensemble cet après-midi ? dit Françoise.

— Si, dit Xavière avec confusion.

— Nous pourrions avoir un tas de moments semblables! ça ne vous tente pas ?

Xavière serra avec force la main de Françoise.

— Oh! je voudrais tant, dit-elle avec élan.

— Si vous le voulez, c'est une chose faite, dit Françoise. Je vous ferai envoyer une lettre par Inès disant qu'elle vous a trouvé une situation. Et le jour que vous déciderez, vous n'aurez qu'à m'écrire : J'arrive ; et vous arriverez. Elle caressa la main chaude qui reposait avec confiance dans sa main. Vous verrez, vous aurez une belle petite existence toute dorée.

— Oh! je veux venir, dit Xavière ; elle se laissa aller de tout son poids contre l'épaule de Françoise ; un long moment elles demeurèrent immobiles, appuyées l'une contre l'autre ; les cheveux de Xavière frôlaient la joue de Françoise ; leurs doigts restaient emmêlés.

— Je suis triste de vous quitter, dit Françoise.

— Moi aussi, dit Xavière tout bas.

— Ma petite Xavière, murmura Françoise ; Xavière la regardait, les yeux brillants, les lèvres entrouvertes ; fondante, abandonnée, elle lui était tout entière livrée. C'était Françoise désormais qui l'emporterait à travers la vie.

— Je la rendrai heureuse, décida-t-elle avec conviction.

CHAPITRE III

Un rai de lumière filtrait sous la porte de Xavière ; Françoise entendit un léger cliquetis, un froissement d'étoffe ; elle frappa. Il y eut un grand silence.

— Qui est là ? dit Xavière.

— C'est moi, dit Françoise. Ça va être l'heure de partir.

Depuis que Xavière avait débarqué à l'hôtel Bayard, Françoise avait appris à ne jamais frapper chez elle à l'improviste, à ne jamais devancer l'heure d'un rendez-vous ; malgré cela, son arrivée créait toujours de mystérieuses perturbations.

— Voulez-vous bien m'attendre une petite minute ? Je monte chez vous tout de suite.

— Bon, je vous attends, dit Françoise.

Elle monta l'escalier. Xavière avait le goût des cérémonies, elle n'ouvrait sa porte à Françoise que lorsqu'elle s'était préparée en grande pompe à la recevoir ; être surprise dans son intimité quotidienne, ça lui aurait semblé obscène.

Pourvu que tout aille bien ce soir, pensa Françoise, on ne sera jamais prêts dans trois jours. Elle s'assit sur le divan et saisit un des manuscrits empilés sur la table de nuit ; Pierre lui avait confié la tâche de lire les pièces de théâtre qu'il recevait : c'était un travail qui la divertissait d'ordinaire. *Marsyas* ou *la Métamorphose incertaine*. Françoise contempla le titre sans courage. Ça n'avait pas du tout marché dans l'après-midi, tout le monde était crevé ; Pierre était à bout de nerfs, il y avait huit nuits qu'il ne dormait plus. A moins de cent représentations avec salle comble, on ne couvrirait pas les frais.

Elle rejeta le manuscrit et se leva ; elle avait tout le temps de se refaire une beauté ; mais elle était trop agitée. Elle alluma une cigarette et sourit. Dans le fond, elle n'aimait rien tant que cette fièvre de la dernière heure ; elle savait bien qu'au moment voulu tout serait prêt ; en trois jours, Pierre pouvait faire des prodiges. Ces éclairages au mercure, on finirait par les régler. Et si seulement Tedesco se décidait à jouer dans le mouvement...

— Je peux entrer, dit une voix timide.

— Entrez, dit Françoise.

Xavière portait un gros manteau et son vilain petit béret ; dans sa face enfantine s'esquissa un sourire contrit.

— Je vous ai fait attendre ?

— Non, c'est très bien, nous ne sommes pas en retard, dit Françoise précipitamment. Il fallait éviter que Xavière pût se croire en faute, sinon elle deviendrait rancuneuse et maussade. Je ne suis même pas tout à fait prête.

Elle passa un peu de poudre sur sa figure, par principe et se détourna vite de la glace ; ça ne comptait pas son visage de ce soir, il n'existait pas pour elle et elle avait le vague espoir qu'il serait invisible pour tout le monde. Elle prit sa clef, ses gants et ferma la porte.

— Vous avez été au concert ? dit-elle, c'était beau ?

— Non, je ne suis pas sortie, dit Xavière. Il faisait trop froid, je n'ai plus eu envie.

Françoise lui prit le bras.

— Qu'est-ce que vous avez fait toute la journée ? racontez-moi.

— Il n'y a rien à raconter, dit Xavière d'un ton implorant.

— Vous me répondez toujours ça, dit Françoise. Je vous ai pourtant expliqué, ça me fait plaisir d'imaginer dans le détail votre petite existence. Elle l'examina en souriant. Vous vous êtes fait un shampooing.

— Oui, dit Xavière.

— Votre mise en plis est superbe, un de ces jours je me ferai coiffer par vous. Et puis ? Vous avez lu ? Vous avez dormi ? Comment avez-vous déjeuner ?

— Je n'ai rien fait du tout, dit Xavière.

Françoise n'insista plus. Il y avait un genre d'intimité qu'on ne pouvait pas avoir avec Xavière ; les menues occupations d'une journée, ça lui paraissait aussi indécent d'en parler que de ses fonctions organiques ; et comme elle ne quittait guère sa chambre, c'était rare qu'elle eût quelque chose à raconter. Françoise avait été déçue par son manque de curiosité : on avait beau lui proposer des programmes alléchants de cinéma, de concert, de promenade, elle restait obstinément chez elle. C'était une petite exaltation chimérique qui avait soulevé Françoise ce matin où dans un café de Montparnasse elle avait cru mettre la main sur un butin précieux. La présence de Xavière ne lui avait rien apporté de neuf.

47

— Moi, j'ai eu une journée remplie, dit Françoise gaiement. Le matin, j'ai été dire son fait au perruquier qui n'avait pas livré la moitié des perruques, et puis j'ai couru les magasins d'accessoires. C'est difficile de trouver ce qu'on veut, c'est une vraie chasse au trésor ; mais si vous saviez comme c'est plaisant de fouiller parmi ces drôles d'objets de théâtre : il faudra que je vous emmène une fois.

— J'aimerais bien, dit Xavière.

— L'après-midi, il y a eu une longue répétition et j'ai passé un grand moment à retoucher des costumes ; elle se mit à rire : il y a un gros acteur qui s'était mis une paire de fausses fesses au lieu de ventre, si vous aviez vu sa silhouette !

Xavière pressa doucement la main de Françoise.

— Il ne faut pas trop vous fatiguer : si vous alliez tomber malade !

Françoise regarda avec une soudaine tendresse le visage anxieux ; il y avait des moments où la réserve de Xavière fondait ; ce n'était plus qu'une petite fille aimante et désarmée dont on aurait voulu couvrir de baisers les joues nacrées.

— Il n'y en a plus pour longtemps, dit Françoise. Vous savez, je ne mènerais pas éternellement cette existence, mais quand ça ne dure que quelques jours et qu'on espère réussir, c'est un plaisir de se dépenser.

— Vous êtes si active, dit Xavière.

Françoise lui sourit.

— Je pense que ça va être intéressant ce soir. C'est toujours à la dernière minute que Labrousse a ses meilleures trouvailles.

Xavière ne répondit rien ; elle semblait toujours gênée quand Françoise parlait de Labrousse, quoiqu'elle affichât pour lui une grande admiration.

— Ça ne vous ennuie pas au moins d'aller à cette répétition ? dit Françoise.

— Ça m'amuse beaucoup, dit Xavière. Elle hésita. Évidemment j'aimerais mieux vous voir autrement.

— Moi aussi, dit Françoise sans chaleur. Elle détestait ces reproches voilés que Xavière laissait parfois échapper ; sans doute, elle ne lui accordait pas beaucoup de temps, mais elle ne pouvait quand même pas lui sacrifier ses rares heures de travail personnel.

Elles arrivaient devant le théâtre ; Françoise regarda avec affection la vieille bâtisse dont la façade s'ornait de festons rococo ; elle avait un air intime et discret qui touchait le cœur ; dans quelques jours elle prendrait son visage de gala, elle brillerait de toutes ses lumières ; ce soir, elle était plongée dans l'obscurité. Françoise se dirigea vers l'entrée des artistes.

— C'est drôle de penser que vous venez là tous les jours, comme vous iriez dans un bureau, dit Xavière ; ça m'a toujours fait si mystérieux, les intérieurs d'un théâtre.

— Au temps où je ne connaissais pas encore Labrousse, dit Françoise, je me rappelle comme Élisabeth prenait des airs solennels d'initiée en m'emmenant dans les coulisses ; je me sentais moi-même toute gonflée. Elle sourit ; le mystère s'était dissipé ; mais en devenant un paysage quotidien cette cour encombrée de vieux décors n'avait rien perdu de sa poésie ; un petit escalier en bois, vert comme un banc de jardin, montait vers le foyer des artistes ; Françoise s'arrêta un instant pour écouter la rumeur qui venait de la scène. Comme toujours lorsqu'elle allait voir Pierre, son cœur se mit à battre de plaisir.

— Ne faites pas de bruit, nous allons traverser le plateau, dit-elle. Elle prit Xavière par la main et elles se glissèrent à pas de loup derrière les décors ; dans le jardin planté de buissons verts et pourpres, Tedesco marchait de long en large d'un air tourmenté ; il avait ce soir une drôle de voix étouffée.

— Installez-vous, je reviens tout de suite, dit Françoise. Il y avait beaucoup de monde dans la salle ; comme d'habitude, les acteurs et les figurants s'étaient tassés dans les fauteuils du fond ; Pierre était seul au premier rang de l'orchestre ; Françoise serra la main d'Élisabeth qui était assise à côté d'un petit acteur dont elle ne se séparait plus depuis quelques jours.

— Je reviendrai te voir dans un moment, dit-elle. Elle sourit à Pierre sans rien dire ; il était tout ramassé sur lui-même ; sa tête était enfouie dans un gros cache-nez rouge ; il n'avait pas l'air content du tout.

— C'est manqué, ces massifs, pensa Françoise. Il faut changer ça. Elle regarda Pierre avec inquiétude et il eut un geste d'impuissance accablée : jamais Tedesco n'avait été si mauvais. Était-ce possible qu'on se fût à ce point trompé sur lui ?

La voix de Tedesco se brisa tout à fait, il passa la main sur son front.

— Excusez-moi, je ne sais pas ce que j'ai, dit-il. Je crois qu'il vaut mieux que je me repose un moment ; d'ici un quart d'heure, ça ira sûrement mieux.

Il y eut un silence de mort.

— C'est bien, dit Pierre. Pendant ce temps-là on va régler les éclairages. Et puis qu'on appelle Vuillemin et Gerbert ; je veux qu'on me retape ce décor. Il baissa la voix. Comment vas-tu ? Tu as une sale mine.

— Ça va, dit Françoise. Tu n'as pas l'air frais non plus. Arrête à minuit, ce soir ; on est tous en bouillie, on ne tiendra pas jusqu'à vendredi.

— Je sais bien, dit Pierre. Il tourna la tête. Tu as amené Xavière ?

— Oui, il va falloir que je m'occupe un peu d'elle. Françoise hésita : Tu ne sais pas ce que j'ai pensé ? On pourrait aller prendre un verre tous les trois en sortant. Ça t'ennuie ?

Pierre se mit à rire.

— Je ne t'ai pas dit : ce matin comme je montais l'escalier, je l'ai aperçue qui descendait ; elle a détalé comme un lièvre et elle a couru s'enfermer dans les cabinets.

— Je sais bien, dit Françoise. Tu la terrorises. C'est pour ça que je te demande de la voir une fois. Si tu es un bon coup aimable avec elle, ça arrangera les choses.

— Moi, je veux bien, dit Pierre. Je la trouve plutôt marrante. Ah! te voilà, toi! Où est Gerbert?

— Je l'ai cherché partout, dit Vuillemin qui arrivait tout essouflé. Je ne sais pas où il est passé.

— Je l'ai laissé à sept heures et demie au magasin d'habillement, il m'a dit qu'il allait essayer de dormir, dit Françoise. Elle éleva la voix : Régis, voulez-vous aller voir dans les ateliers si vous trouvez Gerbert.

— C'est affreux cette barricade que tu m'as foutue là, dit Pierre. Je t'ai dit cent fois que je ne voulais pas de décor peint ; refais-moi ça, je veux un décor construit.

— Et puis la couleur ne va pas, dit Françoise. Ça pourra être très joli, ces buissons, mais pour l'instant ça donne un rouge sale.

— Ça c'est facile à arranger, dit Vuillemin.

Gerbert traversa la scène en courant et sauta dans la salle ; son blouson de daim bâillait sur une chemise à carreaux, il était tout poussiéreux.

— Excusez-moi, dit Gerbert, je dormais comme un sourd. Il passa la main dans ses cheveux hirsutes ; il avait le teint plombé et de grands cernes sous les yeux. Tandis que Pierre lui parlait, Françoise regarda avec attendrissement son visage fripé ; il ressemblait à un pauvre singe malade.

— Tu lui en fais trop faire, dit Françoise quand Vuillemin et Gerbert se furent éloignés.

— Je ne peux me fier qu'à lui, dit Pierre, Vuillemin fera encore du gâchis si on ne le surveille pas.

— Je sais bien, mais il n'a pas notre santé, dit Françoise. Elle se leva. A tout à l'heure.

— Nous allons enchaîner les éclairages, dit Pierre à voix haute. Donnez-moi la nuit ; le bleu du fond seul allumé.

Françoise alla s'asseoir à côté de Xavière.

— Je n'ai pourtant pas encore l'âge, pensa-t-elle. C'était indéniable, elle avait des sentiments maternels pour Gerbert ; maternels, avec une discrète nuance incestueuse ; elle aurait voulu prendre sur son épaule cette tête fatiguée.

— Ça vous intéresse-t-il ? dit-elle à Xavière.

— Je ne comprends pas bien, dit Xavière.

— C'est la nuit, Brutus est descendu dans son jardin pour méditer, il a reçu des messages qui l'invitent à se dresser contre César ; il hait la tyrannie, mais il aime César. Il est perplexe.

— Alors, ce type en veston chocolat, c'est Brutus ? dit Xavière.

— Quand il a sa belle robe blanche et qu'il est maquillé, il ressemble beaucoup plus à Brutus.

— Je ne l'imaginais pas comme ça, dit Xavière avec tristesse.

Ses yeux brillèrent.

— Oh! que c'est beau cet éclairage!

— Vous trouvez ? Ça me fait plaisir, dit Françoise. On a peiné comme des chiens pour arriver à donner cette impression de petit matin.

— Le petit matin ? dit Xavière. C'est si aigre. Cette lumière ça me fait plutôt..., elle hésita et acheva d'un trait : une lumière de commencement du monde, quand le soleil, la lune et les étoiles n'existaient pas encore.

— Bonjour, Mademoiselle, dit une voix rauque. Canzetti souriait avec une coquetterie timide ; deux grosses boucles noires encadraient son charmant visage de bohémienne, la bouche et les pommettes étaient violemment maquillées.

— Est-ce que c'est bien maintenant, ma coiffure ?

— Je trouve que ça vous va à merveille, dit Françoise.

— J'ai suivi votre conseil, dit Canzetti avec une moue tendre.

Il y eut un bref coup de sifflet et la voix de Pierre s'éleva.

— On reprend la scène depuis le début, avec les éclairages et on enchaîne. Tout le monde est là ?

— Tout le monde est là, dit Gerbert.

— Au revoir, Mademoiselle, merci, dit Canzetti.

— Elle est plaisante, n'est-ce pas ? dit Françoise.

— Oui, dit Xavière ; elle ajouta avec vivacité : j'ai horreur de ce genre de visage et puis je trouve qu'elle a l'air sale.

Françoise se mit à rire.

— Alors vous ne la trouvez pas plaisante du tout.

Xavière fronça les sourcils et fit une affreuse grimace.

— Je me ferais arracher un à un tous les ongles plutôt que de parler à quelqu'un comme elle vous parle ; une limande est moins plate.

— Elle était institutrice aux environs de Bourges, dit Françoise, elle a tout lâché pour tenter sa chance au théâtre ; elle crève de faim à Paris. Françoise regarda avec amusement le visage fermé de Xavière ; tous les gens qui approchaient Françoise d'un peu près, Xavière les haïssait ; sa timidité devant Pierre était mêlée de haine.

Depuis un moment, Tedesco arpentait de nouveau la scène ; dans un religieux silence, il commença à parler ; il semblait avoir retrouvé ses moyens.

— Ce n'est pas encore ça, pensa Françoise avec angoisse. Dans trois jours. Ce serait la même nuit dans la salle, la même lumière sur la scène et les mêmes mots traverseraient l'espace ; mais au lieu du silence ils rencontreraient tout un monde de bruits : les sièges craqueraient, des mains distraites froisseraient le programme, des vieillards tousseraient avec entêtement. A travers des épaisseurs et des épaisseurs d'indifférence, les phrases subtiles devraient se frayer un chemin jusqu'à un public blasé et indocile. Tous ces gens attentifs à leur digestion, à leur gorge, à leurs beaux vêtements, à leurs histoires de ménage, les critiques ennuyés, les amis malveillants, c'était une gageure de prétendre les intéresser aux perplexités de Brutus ; il faudrait les prendre par surprise, malgré eux : le jeu mesuré et terne de Tedesco n'y suffirait pas.

Pierre avait la tête baissée ; Françoise regretta de n'être pas retournée s'asseoir près de lui ; que pensait-il ?

C'était la première fois qu'il appliquait ses principes esthétiques sur une si grande échelle et avec une pareille vigueur ; il avait façonné lui-même tous les acteurs, Françoise avait adapté la pièce selon ses directives, le décorateur même avait obéi à ses ordres. S'il réussissait, il imposait définitivement sa conception du théâtre et de l'art. Dans les mains crispées de Françoise un peu de sueur perla.

— On n'a pourtant plaint ni le travail, ni l'argent, pensa-t-elle la gorge serrée. En cas d'échec on ne serait pas à même de recommencer avant bien longtemps.

— Attends, dit brusquement Pierre. Il monta sur la scène. Tedesco s'immobilisa.

— C'est bien ce que tu fais, dit Pierre, c'est tout à fait juste ; seulement, vois-tu, tu joues les mots, tu ne joues pas assez la situation ; je voudrais que tu gardes les mêmes nuances, mais sur un autre fond.

Pierre s'adossa au mur et inclina la tête. Françoise se détendit. Pierre ne savait pas très bien parler aux acteurs, ça le gênait d'être obligé de se mettre à leur portée ; mais quand il indiquait un rôle il était prodigieux.

— *Il faut qu'il meure... je n'ai rien contre lui personnellement, mais le bien public...*

Françoise regardait le prodige avec un étonnement qui ne s'usait jamais ; Pierre n'avait en rien le physique du rôle, son corps était trapu, ses traits désordonnés, et pourtant quand il releva la tête ce fut Brutus lui-même qui tourna vers le ciel un visage harassé.

Gerbert se pencha vers Françoise, il était venu s'asseoir derrière elle sans qu'elle l'eût remarqué.

— Plus il est de mauvais poil, plus il est fameux, dit-il ; il est ivre de colère en ce moment.

— Il y a de quoi, dit Françoise. Vous croyez que Tedesco finira par sortir de son rôle ?

— Il y est, dit Gerbert. C'est juste un départ à prendre et le reste suivra.

— Tu vois, disait Pierre, c'est ce ton-là qu'il faut me

donner et alors tu peux jouer aussi contenu que tu veux,
je sentirai l'émotion ; si l'émotion n'y est pas, tout est
foutu.

Tedesco s'adossa au mur, la tête inclinée.

— *Il n'y a pas d'autre moyen que sa mort : quant à moi
je n'ai aucun grief personnel contre lui mais je dois considérer le bien public.*

Françoise sourit victorieusement à Gerbert ; ça semblait tellement simple ; et pourtant elle savait que rien
n'était plus difficile que de faire naître chez un acteur
cette brusque illumination. Elle regarda la nuque de
Pierre ; jamais elle ne se lasserait de le voir travailler ;
parmi toutes les chances dont elle se félicitait, elle
mettait au premier rang celle de pouvoir collaborer avec
lui ; leur fatigue commune, leur effort, les unissaient plus
sûrement qu'une étreinte ; il n'était pas un instant de
ces répétitions harassantes qui ne fût un acte d'amour.

La scène des conjurés s'était passée sans accroc ;
Françoise se leva.

— Je vais saluer Élisabeth, dit-elle à Gerbert. Si on
a besoin de moi, je serai dans mon bureau, je n'ai pas le
courage de rester ; Pierre n'en a pas fini avec Portia. Elle
hésita ; ce n'était pas très gentil d'abandonner Xavière,
mais elle n'avait pas vu Élisabeth depuis des éternités,
ça devenait désobligeant.

— Gerbert, je vous confie mon amie Xavière, dit-elle,
vous devriez lui montrer les coulisses pendant le changement de décor ; elle ne sait pas ce que c'est qu'un
théâtre.

Xavière ne dit rien ; depuis le début de la répétition,
il y avait un air de blâme dans ses yeux.

Françoise posa la main sur l'épaule d'Élisabeth.

— Tu viens fumer une cigarette, dit-elle.

— Avec joie ; c'est draconien d'interdire aux gens de
fumer. J'en toucherai deux mots à Pierre, dit Elisabeth
avec une indignation rieuse.

Françoise s'arrêta sur le seuil de la porte; on avait
repeint la salle à neuf, quelques jours plus tôt, dans une

couleur jaune clair qui lui donnait un air rustique et accueillant ; il y flottait encore une légère odeur de térébenthine.

— J'espère qu'on ne le quittera jamais, ce vieux théâtre, dit Françoise, comme elles montaient l'escalier.

— Est-ce qu'il reste quelque chose à boire ? dit-elle en poussant la porte de son bureau ; elle ouvrit une armoire à demi pleine de livres et examina les bouteilles rangées sur la dernière planche.

— Juste un fond de whisky. Ça te va ?

— On ne peut mieux, dit Élisabeth.

Françoise lui tendit un verre et elle avait si chaud au cœur qu'elle eut un élan de sympathie vers elle ; elle éprouvait la même impression de camaraderie et de détente qu'autrefois, lorsqu'au sortir d'un cours intéressant et difficile, elles se promenaient bras dessus bras dessous dans la cour du lycée.

Élisabeth alluma une cigarette et croisa les jambes.

— Qu'est-ce qu'il a eu Tedesco ? Guimiot prétend qu'il doit se droguer, tu crois que c'est vrai ?

— Je n'en ai aucune idée, dit Françoise ; elle avala avec béatitude une grande lampée d'alcool.

— Elle n'est pas jolie, cette petite Xavière, dit Élisabeth. Qu'est-ce que tu en fais ? Ça s'est arrangé avec la famille ?

— Je n'en sais rien, dit Françoise. Il se peut que l'oncle se ramène d'un jour à l'autre et fasse un scandale.

— Fais attention, dit Élisabeth d'un air important. Tu pourrais avoir des ennuis.

— Attention à quoi ? dit Françoise.

— Tu lui as trouvé un métier ?

— Non. Il faut d'abord qu'elle s'acclimate.

— Pour quoi est-elle douée ?

— Je ne crois pas qu'elle puisse jamais fournir beaucoup de travail.

Élisabeth rejeta d'un air pensif la fumée de sa cigarette.

— Qu'est-ce que Pierre en dit ?

— Ils ne se sont pas beaucoup vus ; il a de la sympathie pour elle.

Cet interrogatoire commençait à l'agacer ; on aurait dit qu'Élisabeth la mettait en accusation ; elle coupa court.

— Dis-moi donc, il y a du nouveau dans ta vie, dit-elle. Élisabeth eut un petit rire.

— Guimiot ? Il est venu me faire la conversation l'autre mardi, pendant la répétition. Tu ne le trouves pas beau ?

— Très beau, c'est même pour ça qu'on l'a engagé. Je ne le connais pas du tout, il est plaisant ?

— Il fait bien l'amour, dit Élisabeth d'un ton détaché.

— Tu n'as pas perdu de temps, dit Françoise un peu déconcertée. Dès qu'un type lui plaisait, Élisabeth parlait de coucher avec lui ; mais en fait, depuis deux ans, elle restait fidèle à Claude.

— Tu connais mes principes, dit Élisabeth gaiement, je ne suis pas une femme qu'on prend, je suis une femme qui prend. Dès le premier soir, je lui ai proposé de passer la nuit avec moi ; il en était bleu.

— Est-ce que Claude sait ? dit Françoise.

Élisabeth détacha d'un geste volontaire la cendre de sa cigarette : chaque fois qu'elle était embarrassée, ses mouvements, sa voix devenaient durs et décidés.

— Pas encore, dit-elle. J'attends un moment propice. Elle hésita : c'est compliqué.

— Tes rapports avec Claude ? Il y a longtemps que tu ne m'en as pas parlé.

— Ça ne change pas, dit Élisabeth. Les coins de sa bouche s'abaissèrent. Seulement moi, je change.

— La grande explication du mois dernier, ça n'a rien donné ?

— Il me répète toujours la même chose : c'est moi qui ai la meilleure part. J'en ai marre de ce refrain ; j'ai failli lui répondre : merci, c'est trop bon pour moi, je me contenterais de l'autre.

— Tu as dû être encore trop conciliante, dit Françoise.

— Oui, je crois. Élisabeth regarda fixement au loin ; une pensée désagréable la traversait. Il s'imagine qu'il peut me faire tout avaler, dit-elle, il va être étonné.

Françoise la considéra avec un peu d'intérêt : en ce moment, elle ne choisissait pas son attitude.

— Tu veux rompre avec lui ? dit Françoise.

Dans le visage d'Élisabeth quelque chose fléchit. Elle prit un air raisonnable.

— Claude est quelqu'un de trop attachant pour que je le laisse jamais sortir de ma vie, dit-elle. Ce que je veux, c'est tenir moins à lui.

Ses yeux se plissèrent, elle sourit à Françoise avec une espèce de connivence qui ne ressuscitait entre elles que bien rarement.

— Nous sommes-nous assez moquées des femmes qui se laissent victimiser ! Je ne suis quand même pas de la viande dont on fait les victimes.

Françoise lui rendit son sourire ; elle aurait voulu lui donner un conseil, mais c'était difficile ; ce qu'il aurait fallu, c'est qu'Élisabeth n'aimât pas Claude.

— Une rupture intérieure, dit-elle, ça ne mène pas loin. Je me demande si tu ne devrais pas carrément l'obliger à choisir.

— Ce n'est pas le moment, dit Élisabeth vivement. Non, j'estime que j'aurai fait un grand pas quand j'aurai reconquis, du dedans, mon indépendance. Et pour ça, la première condition, c'est que j'arrive à dissocier en Claude l'homme de l'amant.

— Tu ne coucheras plus avec lui ?

— Je ne sais pas ; ce qui est certain, c'est que je coucherai avec d'autres.

Elle ajouta avec une nuance de défi.

— C'est ridicule, la fidélité sexuelle, ça conduit à un véritable esclavage. Je ne comprends pas que tu acceptes ça pour ta part.

— Je te jure que je ne me sens pas esclave, dit Françoise. Élisabeth ne pouvait pas s'empêcher de faire des confidences, mais c'était régulier, aussitôt après elle devenait agressive.

— C'est drôle, dit Élisabeth lentement, et comme si elle eût suivi avec une bonne foi étonnée le cours d'une méditation ; je n'aurais jamais supposé telle que tu étais à vingt ans, que tu serais la femme d'un seul homme. C'est d'autant plus étrange que, de son côté, Pierre a des histoires.

— Tu m'as déjà dit ça, je ne vais quand même pas me forcer, dit Françoise.

— Allons donc! Ne me dis pas que ça ne t'est jamais arrivé d'avoir envie d'un type, dit Élisabeth. Tu fais comme tous les gens qui se défendent d'avoir des préjugés : ils prétendent que c'est par goût personnel qu'ils y obéissent, mais c'est de la blague.

— La pure sensualité, ça ne m'intéresse pas, dit Françoise. D'ailleurs ça veut-il même dire quelque chose : la pure sensualité ?

— Pourquoi non ? et c'est bien agréable, dit Élisabeth avec un petit ricanement.

Françoise se leva.

— Je crois qu'on pourrait descendre, le changement de décor doit être fini maintenant.

— Tu sais, il est vraiment charmant ce petit Guimiot, dit Élisabeth en sortant de la pièce. Il mérite mieux que de la figuration. Ça pourrait être une recrue intéressante pour vous, il faudra que j'en parle à Pierre.

— Parle-lui en, dit Françoise. Elle fit à Élisabeth un sourire rapide.

— A tout à l'heure.

Le rideau était encore baissé ; sur la scène, quelqu'un tapait avec un marteau, des pas lourds ébranlaient le plancher. Françoise s'approcha de Xavière qui était en train de causer avec Inès. Inès devint toute rouge et se leva.

— Ne vous dérangez pas, dit Françoise.

— Je m'en allais, dit Inès ; elle tendit la main à Xavière. Quand est-ce que je te revois ?

59

Xavière eut un geste vague.

— Je ne sais pas, je te téléphonerai.

— Demain, entre les deux répétitions, on pourrait dîner ensemble?

Inès restait plantée devant Xavière d'un air malheureux; Françoise s'était souvent demandé comment l'idée de faire du théâtre avait pu germer dans cette grosse tête de Normande; depuis quatre ans qu'elle travaillait comme un bœuf, elle n'avait pas fait le moindre progrès. Pierre lui avait donné, par pitié, une phrase à dire.

— Demain... dit Xavière. J'aime mieux te téléphoner.

— Ça ira très bien, vous savez, dit Françoise d'un ton encourageant; quand vous n'êtes pas émue vous avez une bonne diction.

Inès eut un faible sourire et s'éloigna.

— Vous ne lui téléphonez jamais? dit Françoise.

— Jamais, dit Xavière avec irritation; ce n'est quand même pas une raison parce que j'ai couché trois fois chez elle pour que toute ma vie je sois obligée de la voir.

Françoise regarda autour d'elle; Gerbert avait disparu.

— Gerbert ne vous a pas menée dans les coulisses?

— Il me l'a proposé, dit Xavière.

— Ça ne vous amusait pas?

— Il avait l'air tellement gêné, dit Xavière, c'était pénible. Elle regarda Françoise avec une rancune avouée. J'ai horreur de m'imposer aux gens, dit-elle violemment.

Françoise se sentit en faute; elle avait manqué de tact en confiant Xavière à Gerbert, mais l'accent de Xavière l'étonna; est-ce que Gerbert aurait été vraiment grossier avec Xavière? Ce n'était pourtant pas son habitude.

— Elle prend tout au tragique, pensa-t-elle agacée.

Elle avait décidé une fois pour toutes de ne pas laisser empoisonner la vie par les morosités puériles de Xavière.

— Comment a été Portia? dit Françoise.

— La grosse brune? M. Labrousse lui a fait répéter

vingt fois la même phrase, elle la redisait toujours de travers. Le visage de Xavière devint tout fulgurant de mépris. Est-ce qu'on peut vraiment être une actrice quand on est stupide à ce point ?

— Il y en a de toutes sortes, dit Françoise.

Xavière était ivre de fureur, c'était clair ; elle trouvait sans doute que Françoise ne s'occupait pas assez d'elle, ça finirait bien par lui passer. Françoise regarda le rideau avec impatience ; c'était beaucoup trop long ce changement de décor, il fallait absolument gagner au moins cinq minutes.

Le rideau se leva ; Pierre était à demi étendu sur le lit de César et le cœur de Françoise se mit à battre plus vite ; elle connaissait chacune des intonations de Pierre et chacun de ses gestes ; elle les attendait si exactement qu'ils lui semblaient jaillir de sa propre volonté ; et cependant c'est en dehors d'elle, sur la scène, qu'ils se réalisaient. C'était angoissant ; de la moindre défaillance elle se sentirait responsable, et elle ne pouvait pas lever un doigt pour l'éviter.

— C'est vrai que nous ne faisons qu'un, pensa-t-elle avec un élan d'amour. C'était Pierre qui parlait, c'était sa main qui se levait, mais ses attitudes, ses accents faisaient partie de la vie de Françoise autant que de la sienne ; ou plutôt il n'y avait qu'une vie, et au centre un être dont on ne pouvait dire ni lui, ni moi, mais seulement nous.

Pierre était sur la scène, elle était dans la salle et cependant pour tous deux, c'était la même pièce qui se déroulait, dans un même théâtre. Leur vie, c'était pareil ; ils ne la voyaient pas toujours sous le même angle ; à travers ses désirs, ses humeurs, ses plaisirs, chacun en découvrait un aspect différent : ça n'en était pas moins la même vie. Ni le temps, ni la distance ne pouvaient la scinder ; sans doute il y avait des rues, des idées, des visages qui existaient d'abord pour Pierre et d'autres existaient d'abord pour Françoise ; mais ces instants épars, ils les rattachaient fidèlement à un ensemble uni-

que, où le tien et le mien devenaient indiscernables.
Aucun des deux n'en distrayait jamais pour soi la moindre parcelle ; ç'aurait été la pire trahison, la seule possible.

— Demain après-midi, à deux heures, on répète le
trois sans costumes, dit Pierre, et demain soir, on reprend
tout, en ordre et en costumes.

— Je me tire, dit Gerbert. Est-ce que vous avez besoin de moi demain matin ?

Françoise hésita ; avec Gerbert les pires corvées devenaient presque amusantes ; ça serait désertique cette
matinée sans lui ; mais il avait une pauvre figure fatiguée
qui fendait le cœur.

— Non, il n'y a plus grand-chose à faire, dit-elle.

— C'est bien vrai ? dit Gerbert.

— Absolument vrai, dormez sur vos deux oreilles.

Élisabeth s'approcha de Pierre.

— Tu sais, il est vraiment extraordinaire ton Jules
César, dit-elle ; son visage prit une expression appliquée.
Il est tellement transposé et en même temps si réaliste.
Ce silence au moment où tu lèves la main, la qualité de
ce silence... c'est prodigieux.

— Tu es bien gentille, dit Pierre.

— Je vous promets que ce sera une réussite, dit-elle
avec force. Elle toisa Xavière d'un œil amusé.

— Cette jeune fille ne semble pas beaucoup aimer le
théâtre. Si blasée déjà ?

— Je ne croyais pas que c'était comme ça, le théâtre,
dit Xavière d'un ton méprisant.

— Comment pensiez-vous ? dit Pierre.

— Ils ressemblent tous à des petits commis de magasin ; ils ont l'air tellement appliqués.

— C'est émouvant, dit Élisabeth. Tous ces tâtonne-
ments, tous ces efforts confus d'où jaillit à la fin quelque
chose de beau.

— Moi, je trouve ça sale, dit Xavière ; la colère balayait la timidité, elle regardait Élisabeth d'un air noir ; un effort ça n'est jamais joli à voir, et quand l'effort avorte par-dessus le marché, alors..., elle ricana, c'est burlesque.

— Dans tous les arts, c'est ainsi, dit Élisabeth sèchement ; les belles choses ne se créent jamais facilement ; plus elles sont précieuses, plus elles exigent de travail. Vous verrez.

— Ce que j'appelle précieux, moi, dit Xavière, c'est ce qui vous tombe du ciel comme une manne. Elle fit une moue. Si ça doit s'acheter, c'est de la marchandise comme le reste, ça ne m'intéresse pas.

— Quelle petite romantique! dit Élisabeth avec un rire froid.

— Je la comprends, dit Pierre, toutes nos petites cuisines n'ont rien de bien ragoûtant.

Élisabeth tourna vers lui un visage presque agressif.

— Tiens! Première nouvelle! Tu crois en la valeur de l'inspiration à présent ?

— Non, mais c'est vrai que notre travail n'est pas beau ; c'est un gâchis plutôt infect.

— Je n'ai pas dit que ce travail était beau, dit Élisabeth précipitamment, je sais bien que la beauté n'est que dans l'œuvre réalisée ; mais je trouve saisissant le passage de l'informe à la forme achevée et pure.

Françoise jeta à Pierre un regard implorant ; c'était pénible de discuter avec Élisabeth ; si elle n'avait pas le dernier mot, elle croyait avoir démérité aux yeux des gens ; pour forcer leur estime, leur amour, elle les combattait avec une mauvaise foi haineuse ; ça pouvait durer des heures.

— Oui, dit Pierre d'un air vague, mais pour apprécier ça il faut être des spécialistes.

Il y eut un silence.

— Je crois qu'il serait sage de rentrer, dit Françoise.

Élisabeth regarda sa montre.

— Mon Dieu! Je vais manquer mon dernier métro,

dit-elle d'un air effaré, je file tout de suite. A demain.

— On va t'accompagner, dit mollement Françoise.

— Non, non, vous me retarderiez, dit Élisabeth ;
elle saisit son sac, ses gants, jeta dans le vide un sourire
incertain et disparut.

— Nous pourrions aller boire un verre quelque part,
dit Françoise.

— Si vous n'êtes pas fatiguées ? dit Pierre.

— Moi, je n'ai aucune envie de dormir, dit Xavière.
Françoise ferma la porte à clef et ils sortirent du
théâtre. Pierre fit signe à un taxi.

— Où va-t-on ? dit-il.

— Au Pôle Nord, on sera tranquilles, dit Françoise.

Pierre donna l'adresse au chauffeur. Françoise alluma
le plafonnier et se passa un peu de poudre sur le visage ;
elle se demandait si elle avait été bien inspirée en propo-
sant cette sortie ; Xavière était toute maussade et déjà
le silence devenait gênant.

— Entrez, ne m'attendez pas, dit Pierre en cherchant
la monnaie pour régler le taxi.

Françoise poussa la portière de cuir.

— Cette table dans le coin, ça vous plaît ? dit-elle.

— Très bien ; c'est joli cet endroit, dit Xavière ;
elle enleva son manteau.

— Excusez-moi une minute, je me sens toute défraîchie et je n'aime pas toucher ma figure en public.

— Qu'est-ce que je vous commande ? dit Françoise.

— Quelque chose de fort, dit Xavière.

Françoise la suivit des yeux.

— Elle a dit ça exprès parce que je me suis repou-
drée dans le taxi, pensa-t-elle. Quand Xavière prenait
de ces discrètes supériorités, c'est qu'elle écumait de
colère.

— Où est passée ta petite amie ? dit Pierre.

— Elle se refait une beauté ; elle est d'une drôle
d'humeur ce soir.

— Elle est vraiment peu charmante, dit Pierre. Qu'est-ce que tu prends?

— Un akvavit, dit Françoise. Commandes-en deux.

— Deux akvavit, dit Pierre. Donnez-nous le vrai akvavit. Et un whisky?

— Comme tu es gentil! dit Françoise. La dernière fois on lui avait servi un mauvais alcool de fantaisie, ça faisait déjà deux mois, mais Pierre n'avait pas oublié : il n'oubliait jamais rien de ce qui la concernait.

— Pourquoi est-elle de mauvaise humeur? dit Pierre.

— Elle trouve que je ne la vois pas assez. Ça m'agace, tout ce temps que je perds avec elle et elle n'est même pas contente.

— Il faut être juste, dit Pierre, tu ne la vois pas beaucoup.

— Si je lui donnais plus, je n'aurais plus une minute à moi, dit Françoise vivement.

— Je comprends bien, dit Pierre. Seulement tu ne peux pas lui demander de t'approuver du fond du cœur. Elle n'a que toi, et elle tient à toi : ça ne doit pas être gai.

— Je ne dis pas, dit Françoise. Elle était peut-être un peu désinvolte avec Xavière ; l'idée fut désagréable : elle n'aimait pas avoir le moindre reproche à s'adresser. La voilà, dit-elle.

Elle la regarda avec un peu de surprise ; la robe bleue moulait un corps mince et épanoui et c'était un fin visage de jeune fille qu'encadraient les cheveux bien lissés ; cette Xavière féminine et déliée, elle ne l'avait jamais revue depuis leur première rencontre.

— Je vous ai commandé un akvavit, dit Françoise.

— Qu'est-ce que c'est? dit Xavière.

— Goûtez, dit Pierre en poussant le verre devant elle.

Avec précaution, Xavière trempa ses lèvres dans l'eau-de-vie limpide.

— C'est mauvais, dit-elle en souriant.

— Vous voulez autre chose ?

— Non, c'est toujours mauvais l'alcool, dit-elle d'un ton raisonnable, mais il faut en boire. Elle renversa la tête en arrière, ferma à demi les yeux et porta le verre à sa bouche.

— Ça m'a brûlé toute la gorge, dit-elle ; elle effleura du bout des doigts son beau cou svelte ; lentement sa main descendit le long de son corps. Et puis ça m'a brûlé là et là. C'était étrange. J'avais l'impression qu'on m'éclairait par le dedans.

— C'est la première fois que vous assistez à une répétition ? dit Pierre.

— Oui, dit Xavière.

— Et ça vous a déçue ?

— Un peu.

— Est-ce que tu penses vraiment ce que tu as dit à Élisabeth, dit Françoise, ou l'as-tu dit parce qu'elle t'agaçait ?

— Elle m'agaçait, dit Pierre ; il sortit un paquet de tabac de sa poche et se mit à bourrer sa pipe. Par le fait, pour un cœur pur et non prévenu, ça doit paraître gaulois ce sérieux avec lequel nous cherchons la nuance exacte d'objets inexistants.

— C'est bien forcé, puisque justement on veut les faire exister, dit Françoise.

— Si au moins on réussissait d'un seul coup, en s'amusant ; mais non, on est là à geindre et à suer. Un tel acharnement pour fabriquer de faux semblants... Il sourit à Xavière. Vous trouvez que c'est de l'obstination ridicule ?

— Moi, je n'aime jamais me donner du mal, dit Xavière avec modestie.

Françoise était un peu étonnée que Pierre prît tellement au sérieux des boutades de petite fille.

— C'est l'art tout entier que tu remets en question, si tu vas par là, dit-elle.

— Oui, pourquoi non ? dit Pierre. Tu te rends compte ? En ce moment le monde est en ébullition, nous aurons peut-être la guerre dans six mois. Il happa entre ses dents la moitié de sa main gauche. Et moi, je cherche comment rendre la couleur de l'aube.

— Qu'est-ce que tu veux faire? dit Françoise. Elle se sentait toute déconcertée ; c'était Pierre qui l'avait convaincue qu'on n'avait rien de mieux à faire sur terre que de créer de belles choses ; toute leur vie était bâtie sur ce credo. Il n'avait pas le droit de changer d'avis sans prévenir.

— Eh! Je veux que *Jules César* soit un succès, dit Pierre, mais je me fais l'effet d'un insecte.

Depuis quand pensait-il ça? Était-ce un vrai souci pour lui, ou une de ces illuminations brèves dont il s'amusait un moment et qui disparaissaient sans laisser de trace? Françoise n'osa pas pousser la conversation. Xavière ne paraissait pas s'ennuyer mais elle avait mis son regard en veilleuse.

— Si Élisabeth t'entendait, dit Françoise.

— Oui, l'art, c'est comme Claude, il ne faut pas y toucher du bout du doigt, sinon...

— Ça s'effondrerait tout de suite, dit Françoise, on dirait presque qu'elle le pressent. Elle se tourna vers Xavière. Claude, vous savez, c'est ce type qui était avec elle au Flore l'autre soir.

— Cet horrible brun! dit Xavière.

— Il n'est pas si laid, dit Françoise.

— C'est un faux bel homme, dit Pierre.

— Et un faux génie, dit Françoise.

Le regard de Xavière s'éclaira.

— Qu'est-ce qu'elle ferait si vous lui disiez qu'il est stupide et laid? dit-elle d'un air engageant.

— Elle ne le croirait pas, dit Françoise ; elle réfléchit. Je pense qu'elle romprait avec nous et qu'elle haïrait Battier.

— Vous n'avez pas de trop bons sentiments pour Élisabeth, dit Pierre gaiement.

— Pas trop bons, dit Xavière avec un peu de confusion ; elle semblait disposée à se montrer aimable

67

avec Pierre ; peut-être pour signifier à Françoise que sa mauvaise humeur la visait tout spécialement ; peut-être aussi était-elle flattée qu'il lui eût donné raison.

— Qu'est-ce que vous lui reprochez au juste ? dit Pierre.

Xavière hésita.

— Elle est tellement fabriquée ; sa cravate, sa voix, la manière dont elle tape sa cigarette contre la table, tout est fait exprès. Elle haussa les épaules. Et c'est mal fait. Je suis sûre qu'elle n'aime pas le gros tabac : elle ne sait même pas fumer.

— Depuis l'âge de dix-huit ans, elle se travaille, dit Pierre.

Xavière eut un sourire furtif, un sourire de connivence avec elle-même.

— Je ne déteste pas qu'on se déguise pour les autres, dit-elle. Ce qu'il y a d'irritant chez cette femme-là, c'est que, même quand elle est seule, elle doit marcher d'un pas décidé et faire des mouvements volontaires avec sa bouche.

Il y avait tant de dureté dans sa voix que Françoise se sentit blessée.

— J'imagine que vous aimez vous déguiser, dit Pierre, je me demande ce qu'est votre visage sans la frange et ces rouleaux qui en cachent la moitié. Et votre écriture, elle est déguisée aussi, n'est-ce pas ?

— J'ai toujours déguisé mon écriture, dit Xavière fièrement. Longtemps j'ai écrit tout en ronds, comme ça. Du bout des doigts elle traça des signes dans les airs. Maintenant j'écris pointu, c'est plus décent.

— Le pire chez Élisabeth, reprit Pierre, c'est que même ses sentiments sont faux ; au fond, elle se fout de la peinture ; elle est communiste et elle avoue qu'elle se fout du prolétariat.

— Ce n'est pas le mensonge qui me gêne, dit Xavière, ce qui est monstrueux, c'est qu'on puisse décider de soi-même comme ça, par décret. Penser que tous les jours à heure fixe elle se met à peindre sans avoir envie de peindre ; elle va aux rendez-vous de son type qu'elle ait ou non envie de le voir... Sa lèvre supérieure se souleva dans un rictus de mépris. Comment peut-on accepter de vivre par programme, avec des emplois du temps et des devoirs à faire comme en pension! J'aime mieux être une ratée.

Elle avait atteint son but. Françoise fut touchée par ce réquisitoire. D'ordinaire les insinuations de Xavière la laissaient froide, mais ce soir ce n'était pas pareil ; l'attention que Pierre leur portait donnait du poids aux jugements de Xavière.

— Vous, vous prenez des rendez-vous et vous n'y allez pas, dit Françoise ; c'est très joli quand il s'agit d'Inès, mais vous gâcheriez aussi bien de vraies amitiés avec ces manières-là.

— Si je tiens aux gens, j'aurais toujours envie d'aller aux rendez-vous, dit Xavière.

— Ce n'est pas du tout forcé, dit Françoise.

— Alors tant pis! dit Xavière ; elle eut une moue hautaine : j'ai toujours fini par me brouiller avec tout le monde.

— Comment pourrait-on se brouiller avec Inès! dit Pierre, elle a l'air d'un mouton.

— Oh! Il ne faut pas s'y fier, dit Xavière.

— Vraiment, dit Pierre ; ses yeux se plissèrent gaiement, il était tout alléché. Avec cette grosse face inoffensive elle serait capable de mordre? Qu'est-ce qu'elle vous a fait?

— Elle n'a rien fait, dit Xavière d'un ton réticent.

— Oh! racontez-moi, dit Pierre de sa voix la plus enjôleuse : ça me charmerait de savoir ce qui se cache dans les fonds de cette eau dormante.

— Mais non, Inès est un paillasson, dit Xavière. Ce qu'il y a, c'est que je n'aime pas qu'on se croie des droits sur moi. Elle sourit et le malaise de Françoise se précisa ; quand elle était seule avec Françoise, Xavière laissait le dégoût, le plaisir, la tendresse, envahir malgré elle un visage sans défense, un visage d'enfant ; à présent, elle se sentait une femme en face d'un homme et sur ses traits se peignait exactement la nuance de confiance ou de réserve qu'elle avait décidé d'exprimer.

— Elle doit avoir l'affection encombrante, dit Pierre d'un air complice et ingénu auquel Xavière se laissa prendre.

— Voilà, dit-elle tout illuminée. Une fois je l'ai décommandée à la dernière minute, le soir où on a été à la Prairie ; elle a fait un visage d'une aune...

Françoise sourit.

— Oui, dit Xavière vivement, j'ai été cavalière mais elle s'est permis des réflexions déplacées ; elle rougit et ajouta : sur un sujet qui ne la regardait pas.

C'était donc ça ; Inès avait dû interroger Xavière sur ses rapports avec Françoise et peut-être en plaisanter avec sa calme lourdeur normande. Sans doute y avait-il ainsi derrière tous les caprices de Xavière un monde de pensées obstinées et secrètes ; c'était un peu inquiétant à penser.

Pierre se mit à rire.

— Je connais quelqu'un, la petite Éloy, si un camarade décommande un rendez-vous, elle répond toujours : justement je n'étais plus libre. Mais tout le monde n'a pas ce tact-là.

Xavière fronça le sourcil.

— En tout cas, pas Inès, dit-elle. Elle avait dû sentir vaguement l'ironie car son visage s'était fermé.

— C'est compliqué, vous savez, reprit Pierre sérieusement. Je comprends bien que ça vous dégoûte d'observer des consignes ; pourtant, on ne peut pas non plus vivre dans l'instant.

— Et pourquoi pas ? dit Xavière. Pourquoi faudrait-il toujours traîner après soi un tas de vieilles ferrailles ?

— Voyez-vous, dit Pierre, le temps n'est pas fait d'un tas de petits morceaux séparés dans lesquels on puisse s'enfermer successivement ; quand vous croyez vivre tout simplement au présent, bon gré, mal gré, vous engagez l'avenir.

— Je ne comprends pas, dit Xavière. Son accent n'était pas aimable.

— Je vais essayez de vous expliquer, dit Pierre. Quand il s'intéressait à quelqu'un, il était capable de discuter pendant des heures avec une bonne foi et une patience angéliques. C'était une des formes de sa générosité. Françoise ne se donnait presque jamais la peine d'exposer ce qu'elle pensait.

— Supposons que vous ayez décidé d'aller à un concert, dit Pierre ; au moment de sortir, l'idée de marcher, de prendre un métro vous est insupportable ; alors vous vous déclarez libre par rapport à vos résolutions passées, et vous restez chez vous ; c'est très joli, mais quand dix minutes après vous vous retrouvez sur un fauteuil en train de vous ennuyer, vous n'êtes plus libre du tout, vous ne faites que subir les conséquences de votre geste.

Xavière eut un rire sec.

— C'est encore une de vos belles inventions, les concerts! Qu'on puisse avoir envie de musique à heure fixe! Mais c'est extravagant. Elle ajouta d'un ton presque haineux : Françoise vous a dit que je devais aller à un concert aujourd'hui?

— Non, mais je sais qu'en général vous ne vous décidez jamais à sortir de chez vous. C'est dommage de vivre à Paris comme une séquestrée.

— Ce n'est pas cette soirée qui me donnera envie de changer, dit Xavière avec dédain.

Le visage de Pierre s'assombrit.

— Vous perdez comme ça un tas d'occasions précieuses, dit-il.

— Avoir toujours peur de perdre quelque chose! Il n'y a rien qui me fasse aussi sordide! Si c'est perdu, c'est perdu, voilà tout!

— Est-ce que votre vie est vraiment une suite de renoncements héroïques? dit Pierre avec un sourire sarcastique.

— Vous voulez dire que je suis lâche? Si vous saviez

71

comme ça m'est égal, dit Xavière d'une voix suave, en retroussant un peu sa lèvre supérieure.

Il y eut un silence. Pierre et Xavière avaient pris tous les deux des visages de bois.

— On ferait mieux de rentrer se coucher, pensa Françoise.

Le plus agaçant, c'était qu'elle-même n'acceptait plus la mauvaise humeur de Xavière avec autant de négligence que pendant la répétition. Xavière s'était mise à compter soudain, sans qu'on sût trop pourquoi.

— Vous avez vu la bonne femme en face de nous ? dit Françoise, écoutez-la un peu ; ça fait un grand moment qu'elle expose à son partenaire les secrètes particularités de son âme.

C'était une jeune femme aux lourdes paupières ; elle fixait sur son voisin un regard magnétique.

— Je n'ai jamais pu me plier aux règles du flirt, disait-elle, je ne supporte pas qu'on me touche, c'est maladif.

Dans un autre recoin, une femme jeune, coiffée de plumes vertes et bleues, regardait avec incertitude une grosse main d'homme qui venait de s'abattre sur sa main.

— Il y a toujours un tas de couples ici, dit Pierre.

Il y eut encore un silence. Xavière avait élevé son bras à la hauteur de ses lèvres et elle soufflait délicatement sur le fin duvet qui nimbait sa peau. Il aurait fallu trouver quelque chose à dire, mais tout sonnait faux par avance.

— Est-ce que je vous avais jamais parlé de Gerbert avant ce soir ? dit Françoise à Xavière.

— Un tout petit peu, dit Xavière. Vous m'aviez dit qu'il était plaisant.

— Il a eu une drôle de jeunesse, dit Françoise. Il était d'une famille d'ouvriers entièrement misérables, la mère est devenue folle quand il était tout petit, le père était chômeur ; le gosse gagnait quatre sous en vendant des journaux ; un beau jour un copain l'a

72

emmené avec lui chercher de la figuration dans un studio et il s'est trouvé qu'on les a engagés tous deux. Il pouvait avoir dix ans à ce moment-là, il était très gracieux, on l'a remarqué. On lui a confié de petits rôles, puis de plus grands ; il a commencé à gagner de gros billets que son père a royalement dilapidés. Françoise regarda sans gaieté un énorme gâteau blanc, garni de fruits et d'astragales qui était posé sur une desserte voisine, rien qu'à le voir on se sentait le cœur barbouillé ; personne n'écoutait son histoire. Des gens se sont mis à s'intéresser à lui ; Péclard l'a quasi adopté, il habite encore chez lui. Il a eu jusqu'à six pères adoptifs à une certaine époque ; ils le traînaient après eux dans les cafés et dans les boîtes, les femmes lui caressaient les cheveux. Pierre en était, il donnait des conseils de travail et de lecture. Elle sourit et son sourire se perdit dans le vide ; Pierre fumait sa pipe tout ratatiné sur lui-même ; Xavière avait l'air tout juste poli. Françoise se sentit ridicule, mais elle poursuivit avec une animation têtue. On lui faisait une drôle de culture à ce gosse, il connaissait à fond le surréalisme sans avoir jamais lu un vers de Racine ; il était touchant parce que pour combler ses lacunes il allait dans les bibliothèques compulser des géographies et des arithmétiques en bon petit autodidacte ; mais il s'en cachait. Et puis il y a eu un dur moment pour lui ; il grandissait, on ne pouvait plus s'en amuser comme d'un petit singe savant ; en même temps qu'il perdait ses emplois au cinéma, ses pères adoptifs le laissaient tomber l'un après l'autre. Péclard l'habillait et le nourrissait quand il y pensait, mais c'était tout. C'est alors que Pierre l'a pris en main et l'a persuadé de faire du théâtre. Maintenant, c'est bien parti ; il manque encore de métier mais il a du talent, et une grande intelligence de la scène. Il fera quelque chose.

— Quel âge a-t-il ? dit Xavière.

— On lui donnerait seize ans, mais il en a vingt.

Pierre eut un petit sourire.

— Au moins, tu sais meubler une conversation, dit-il.

— Je suis contente que vous m'ayez raconté cette histoire, dit Xavière vivement. C'est amusant comme tout d'imaginer ce petit garçon et tous ces types importants qui lui donnent avec condescendance des bourrades et qui se sentent forts et bons, et protecteurs.

— Vous me voyez volontiers dans ce rôle, n'est-il pas vrai ? dit Pierre d'un air mi-figue, mi-raisin.

— Vous ? Pourquoi ? Pas plus que les autres, dit Xavière d'un air naïf ; elle regarda Françoise avec une tendresse appuyée : J'aime toujours bien comme vous racontez les choses.

C'était un renversement des alliances qu'elle proposait à Françoise. La femme aux plumes vertes et bleues disait d'une voix sans timbre :

— ... Je n'ai fait qu'y passer rapidement, mais du point de vue petite ville, c'est très pittoresque. Elle avait pris le parti d'abandonner son bras nu sur la table et il reposait là, oublié, ignoré ; la main d'homme étreignait un morceau de chair qui n'appartenait plus à personne.

— C'est étrange, dit Xavière, l'impression que ça fait quand on se touche les cils ; on se touche sans se toucher, c'est comme si l'on se touchait à distance.

Elle se parlait à elle-même et personne ne répondit.

— Vous avez vu comme c'est joli, ces vitraux verts et dorés ? dit Françoise.

— Dans la salle à manger, à Lubersac, dit Xavière, il y avait aussi des vitraux, mais ils n'étaient pas lymphatiques comme ceux-ci, ils avaient de belles couleurs profondes. Quand on regardait le parc à travers les carreaux jaunes, on voyait un paysage d'orage ; à travers le vert et le bleu, on aurait dit un paradis, avec des arbres en pierre précieuse et des pelouses de brocart ; quand le parc devenait rouge je me croyais dans les entrailles de la terre.

Pierre fit un visible effort de bonne volonté.

— Qu'est-ce que vous préfériez ? dit-il.

— Le jaune naturellement, dit Xavière ; elle resta le regard au loin, comme en suspens. C'est terrible comme on perd les choses en vieillissant.

— Vous ne pouvez pas tout vous rappeler? dit Pierre.

— Mais non ; je n'oublie jamais rien, dit Xavière avec dédain. Justement, je me souviens bien comme de belles couleurs ça me transportait autrefois ; maintenant..., elle eut un sourire désabusé, ça me fait plaisir.

— Eh oui! Quand on vieillit, c'est toujours comme ça, dit Pierre gentiment. Mais on retrouve d'autres choses ; maintenant vous comprenez des livres et des tableaux et des spectacles qui ne vous auraient rien dit dans votre enfance.

— Mais je m'en fous de comprendre, juste avec ma tête, dit Xavière avec une soudaine violence ; elle eut une sorte de rictus. Je ne suis pas une intellectuelle, moi.

— Pourquoi êtes-vous si désagréable? dit Pierre abruptement.

Xavière écarquilla les yeux.

— Je ne suis pas désagréable.

— Vous savez bien que si ; tous les prétextes vous sont bons pour me haïr ; je me doute pourquoi, d'ailleurs.

— Qu'est-ce que vous croyez donc ? dit Xavière.

La colère mettait un peu de rose à ses pommettes ; elle avait un séduisant visage, si nuancé, si changeant qu'il ne semblait pas fait de chair ; il était fait d'extases, de rancunes, de tristesses, rendues magiquement sensibles aux yeux ; pourtant malgré cette transparence éthérée, le dessin du nez, de la bouche était lourdement sensuel.

— Vous avez cru que je voulais critiquer votre manière de vivre, dit Pierre, c'est injuste ; j'ai discuté avec vous comme je l'aurais fait avec Françoise, avec moi-même ; et précisément parce que votre point de vue m'intéressait.

75

— Naturellement, vous allez tout droit à l'interprétation la plus malveillante, dit Xavière. Je ne suis pas une petite fille susceptible ; si vous estimez que je suis veule et capricieuse et je ne sais quoi encore, vous pouvez parfaitement me le dire.

— Au contraire, je trouve que c'est enviable comme tout cette manière que vous avez de sentir si fort les choses, dit Pierre, je comprends que vous teniez à ça avant tout.

S'il s'était mis dans la tête de reconquérir les bonnes grâces de Xavière, on n'en avait pas fini.

— Oui, dit Xavière d'un air sombre ; un éclair passa dans ses yeux ; j'ai horreur que vous pensiez ça de moi, ce n'est pas vrai, je ne me suis pas vexée comme une enfant.

— Pourtant voyez, dit Pierre d'un ton conciliant, vous avez arrêté la conversation et à partir de ce moment vous n'avez plus du tout été aimable.

— Je ne m'en suis pas rendu compte, dit Xavière.

— Tâchez de vous rappeler, sûrement vous vous rendrez compte.

Xavière hésita.

— Ce n'était pas pour ce que vous croyez.

— Pourquoi était-ce?

Xavière eut un mouvement brusque.

— Non, c'est idiot, c'est sans importance. A quoi ça sert de revenir sur le passé? C'est fini maintenant.

Pierre s'était carré en face de Xavière, il passerait plutôt la nuit que d'abandonner la partie. Une telle ténacité semblait parfois indiscrète à Françoise, mais Pierre ne craignait pas l'indiscrétion ; il n'avait de respect humain que dans les petites choses. Que voulait-il au juste de Xavière? des rencontres courtoises dans les escaliers de l'hôtel? Une aventure, un amour, une amitié?

— C'est sans importance si nous ne devons jamais nous revoir, dit Pierre. Mais ce serait dommage : ne croyez-vous pas que nous pourrions avoir des rapports bien plaisants? Il avait mis dans sa voix une sorte de timidité câline. Il avait une science si consommée de sa physionomie et de ses moindres inflexions, c'en était un peu troublant.

Xavière lui jeta un regard défiant et pourtant presque tendre.

— Si, je le crois, dit-elle.

— Alors, expliquons-nous, dit Pierre, que m'avez-vous reproché? Son sourire sous-entendait déjà une entente secrète.

Xavière tiraillait une mèche de ses cheveux; elle dit tout en suivant des yeux le mouvement lent et régulier de ses doigts.

— J'ai pensé soudain que vous faisiez effort pour être aimable avec moi à cause de Françoise et ça m'a été déplaisant. Elle rejeta en arrière la mèche dorée. Je n'ai jamais demandé à personne d'être aimable avec moi.

— Pourquoi avez-vous pensé ça? dit Pierre; il mâchonnait le tuyau de sa pipe.

— Je ne sais pas, dit Xavière.

— Vous avez trouvé que je me mettais trop vite sur un pied d'intimité avec vous? Et ça vous a fâchée contre moi, et contre vous-même? N'est-ce pas? Alors, par morosité, vous avez décrété que mon amabilité n'était qu'une feinte.

Xavière ne dit rien.

— C'est-il ça? dit Pierre gaiement.

— C'est un peu ça, dit Xavière avec un sourire flatté et confus. De nouveau elle saisit quelques cheveux entre ses doigts et elle se mit à les lisser en louchant vers eux d'un air niais. En avait-elle pensé si long? Certainement, par paresse, Françoise avait simplifié Xavière; elle se demandait même, avec un peu de malaise comment elle avait pu pendant les dernières semaines la traiter en petite fille négligeable; mais est-ce que Pierre ne la compliquait pas à plaisir? En tout cas ils ne la voyaient pas avec les mêmes yeux; si léger qu'il fût, ce désaccord était sensible à Françoise.

— Si je n'avais pas eu envie de vous voir, c'était si simple de rentrer à l'hôtel tout de suite, dit Pierre.

— Vous pouviez avoir eu envie par curiosité, dit Xavière, ça serait naturel, vous mettez tellement tout en commun, Françoise et vous.

Tout un monde de rancunes secrètes perçait dans cette petite phrase négligente.

— Vous avez cru que nous nous étions donné le mot pour vous faire la morale? dit Pierre, mais ça n'avait aucun rapport.

— Vous aviez l'air de deux grandes personnes morigénant une enfant, dit Xavière qui ne semblait plus guère bouder que par scrupule.

— Mais je n'ai rien dit, dit Françoise.

Xavière prit un air entendu. Pierre la fixa en souriant sérieusement.

— Vous vous rendrez compte quand vous nous aurez vus plus souvent ensemble que vous pouvez nous regarder sans crainte comme deux individus distincts. Je ne pourrais pas plus empêcher Françoise d'avoir de l'amitié pour vous qu'elle ne pourrait me forcer à vous en manifester si je n'en éprouvais pas. Il se tourna vers Françoise. N'est-il pas vrai?

— Certes, dit Françoise avec une chaleur qui ne parut pas sonner faux ; son cœur était un peu serré ; on ne fait qu'un, c'est très joli ; mais Pierre revendiquait son indépendance ; naturellement qu'en un sens ils étaient deux, elle le savait très bien.

— Vous avez tellement les mêmes idées, dit Xavière, on ne sait plus bien qui des deux parle ni à qui on répond.

— Ça vous paraît monstrueux de penser que je puisse avoir pour vous une sympathie personnelle? dit Pierre.

Xavière le regarda en hésitant.

— Il n'y a pas de raison ; je n'ai rien d'intéressant à dire et vous, vous êtes... vous avez tant d'idées sur tout.

— Vous voulez dire que je suis si vieux, dit Pierre.

C'est vous qui avez le jugement malveillant : vous me prenez pour un important.

— Comment pouvez-vous penser! dit Xavière.

Pierre prit une voix grave et qui sentait un peu son comédien.

— Si je vous avais tenue pour un charmant petit être sans conséquence, j'aurais été plus poli avec vous ; je voudrais autre chose entre nous que des rapports de politesse, justement parce que j'ai une profonde estime pour vous.

— Vous avez tort, dit Xavière sans conviction.

— Et c'est à titre tout personnel que je souhaite d'obtenir votre amitié. Voulez-vous bien faire avec moi un pacte d'amitié personnelle ?

— Je veux bien, dit Xavière. Elle ouvrit tout grands ses yeux purs et elle sourit d'un sourire consentant et charmé ; presque un sourire d'amoureuse. Françoise regarda cette figure inconnue, pleine de réticences et de promesses et elle revit un autre visage, enfantin, désarmé qui s'appuyait sur son épaule, par un petit matin gris ; elle n'avait pas su le retenir, il s'était effacé, il était perdu peut-être à jamais. Et soudain, avec remords, avec rancune, elle sentait combien elle aurait pu l'aimer.

— Tope là, dit Pierre ; il posa sur la table sa main ouverte, il avait de plaisantes mains sèches et fines. Xavière ne tendit pas sa main.

— Je n'aime pas ce geste, dit-elle un peu froidement, je trouve que ça fait bon garçon.

Pierre retira sa main ; quand il était contrarié, sa lèvre supérieure pointait en avant, ça lui donnait un air guindé et un peu cuistre. Il y eut un silence.

— Vous viendrez à la répétition générale? dit Pierre.

— Bien sûr, je me réjouis de vous voir en fantôme, dit Xavière avec empressement.

La salle s'était vidée ; il ne restait plus au bar que quelques Scandinaves à moitié saouls ; les hommes étaient rouges, les femmes décoiffées, on s'embrassait à pleine bouche.

— Je crois qu'il faut rentrer, dit Françoise.

Pierre se tourna vers elle avec inquiétude.

— C'est vrai, tu te lèves tôt demain, on aurait dû partir plus tôt. Tu n'es pas fatiguée?

— Pas plus qu'il ne faut, dit Françoise.

— On va prendre un taxi.

— Encore un taxi? dit Françoise.

— Tant pis, il faut que tu dormes.

Ils sortirent et Pierre arrêta un taxi; il s'assit sur le strapontin en face de Françoise et de Xavière.

— Vous avez l'air d'avoir sommeil vous aussi, dit-il aimablement.

— Oui, j'ai sommeil, dit Xavière, je vais me faire du thé.

— Du thé, dit Françoise, il vaudrait mieux vous coucher, il est trois heures.

— Je déteste dormir quand je tombe de sommeil, fit Xavière d'un air d'excuse.

— Vous préférez attendre d'être bien réveillée? dit Pierre d'un ton amusé.

— Ça me dégoûte quand je me sens des besoins naturels, dit Xavière dignement. Ils sortirent du taxi et montèrent l'escalier.

— Bonsoir, dit Xavière; elle poussa sa porte, sans tendre la main. Pierre et Françoise montèrent encore un étage; la loge de Pierre était sens dessus dessous en ce moment; il couchait tous les soirs chez Françoise.

— J'ai cru que vous alliez encore vous fâcher, dit Françoise, quand elle a refusé de te toucher la main.

Pierre s'était assis sur le bord du lit.

— J'ai cru qu'elle faisait encore sa réservée et ça m'a agacé, dit-il, mais réflexion faite, ça partait plutôt d'un bon sentiment; elle ne voulait pas qu'on traitât comme un jeu un pacte qu'elle prenait au sérieux.

— Ça lui ressemblerait en effet, dit Françoise; elle

avait dans la bouche un drôle de goût trouble qui ne voulait pas s'en aller.

— Quel petit démon d'orgueil, dit Pierre, elle était bien disposée pour moi au début, mais dès que je me suis permis l'ombre d'une critique elle m'a haï.

— Tu lui as fourni de si belles explications, dit Françoise ; c'était par politesse ?

— Oh ! Il y en avait long dans sa tête ce soir, dit Pierre. Il ne poursuivit pas, il semblait absorbé. Dans sa tête à lui, qu'y avait-il au juste ? Elle interrogea son visage, c'était un visage trop familier qui ne parlait plus ; il n'y avait qu'à étendre la main, pour le toucher, mais cette proximité même le rendait invisible, on ne pouvait rien penser sur lui. Il n'y avait même pas de nom pour le désigner. Françoise ne l'appelait Pierre ou Labrousse qu'en parlant aux gens ; en face de lui ou dans la solitude elle ne l'appelait pas. Il lui était aussi intime qu'elle-même et aussi inconnaissable ; un étranger, elle aurait pu au moins s'en faire une idée.

— Qu'est-ce que tu veux d'elle somme toute ? dit-elle.

— A vrai dire, je me le demande, dit Pierre. Ce n'est pas une Canzetti, on ne peut pas attendre d'elle une aventure. Pour avoir une histoire plaisante avec elle il faudrait s'engager à fond et je n'en ai ni le temps ni l'envie.

— Pourquoi pas l'envie ? dit Françoise. C'était absurde cette fugitive inquiétude qui venait de la traverser ; ils se disaient tout, ils n'avaient rien de caché l'un pour l'autre.

— C'est compliqué, dit Pierre, ça me fatigue d'avance. D'ailleurs il y a quelque chose d'enfantin en elle qui m'écœure un peu, elle sent encore le lait. Je voudrais juste qu'elle ne me haïsse pas et qu'on puisse causer de temps en temps.

— Ça, je pense que c'est acquis, dit Françoise.

Pierre la regarda en hésitant.

— Ça ne t'a pas été désagréable que je lui propose des rapports personnels avec moi ?

— Bien sûr que non, dit Françoise. Pourquoi ?

— Je ne sais pas, tu m'as paru un peu chose. Tu tiens à elle, tu pourrais désirer être seule dans sa vie.

— Tu sais bien qu'elle m'encombre plutôt, dit Françoise.

— De moi, je sais bien que tu n'es jamais jalouse, dit Pierre en souriant. Quand même, si ça t'arrivait une fois, il faudrait me le dire. Là aussi, je me fais l'effet d'un insecte : cette manie de conquêtes ; et ça compte si peu pour moi.

— Naturellement, je le dirais, dit Françoise. Elle hésita, le malaise de ce soir, peut-être il fallait appeler ça de la jalousie ; elle n'avait pas aimé que Pierre prît Xavière au sérieux, elle avait été gênée des sourires que Xavière adressait à Pierre ; c'était une morosité passagère dans laquelle il entrait beaucoup de fatigue. Si elle en parlait à Pierre, au lieu d'une humeur fugitive ça deviendrait une réalité inquiétante et tenace ; il serait obligé d'en tenir compte désormais alors qu'elle n'en tenait pas compte elle-même. Ça n'existait pas, elle n'était pas jalouse.

— Tu peux même tomber amoureux d'elle si tu veux, dit-elle.

— Il n'est pas question, dit Pierre ; il haussa les épaules. Je ne suis même pas sûr qu'elle ne me haïsse pas encore plus qu'avant.

Il se glissa entre les draps. Françoise s'étendit à côté de lui et l'embrassa.

— Dors bien, dit-elle tendrement.

— Dors bien, dit Pierre ; il l'embrassa aussi.

Françoise se tourna contre le mur. Dans sa chambre en dessous d'eux, Xavière buvait du thé ; elle avait allumé une cigarette, elle était libre de choisir l'heure où elle se coucherait, seule dans son lit, loin de toute présence étrangère ; elle était totalement libre de ses sentiments, de ses pensées ; et sûrement à cette minute elle s'enchantait de cette liberté, elle en usait pour condamner Françoise ; elle voyait Françoise allongée au côté

82

de Pierre et tout écrasée de fatigue et elle se complaisait en un orgueilleux mépris. Françoise se raidit, mais elle ne pouvait plus simplement fermer les yeux et effacer Xavière. Xavière n'avait cessé de grandir toute la soirée, elle remplissait la pensée aussi lourdement que le gros gâteau du Pôle Nord. Ses exigences, ses jalousies, ses dédains, on ne pouvait plus les ignorer puisque Pierre se mêlait d'y attacher du prix. Cette Xavière précieuse et encombrante qui venait de se révéler, Françoise la repoussait de toutes ses forces ; c'était presque de l'hostilité qu'elle sentait en elle. Mais il n'y avait rien à faire, aucun moyen de revenir en arrière. Xavière existait.

CHAPITRE IV

Élisabeth ouvrit avec désespoir la porte de son armoire ; évidemment, elle pouvait garder son tailleur gris, il n'était déplacé nulle part, c'est même pour ça qu'elle l'avait choisi ; mais pour une fois qu'elle sortait le soir elle aurait aimé changer de robe ; une autre robe, une autre femme ; Élisabeth se sentait languissante ce soir, inattendue et capiteuse ; une blouse pour toutes les heures, je les aime bien avec leurs conseils d'économie pour millionnaire.

Au fond de l'armoire, il y avait une vieille robe de satin noir que Françoise avait trouvée jolie deux ans plus tôt ; elle n'était pas trop démodée. Élisabeth refit son maquillage et enfila la robe ; elle se regarda dans la glace avec perplexité ; elle ne savait trop que penser, en tout cas la coiffure n'allait plus ; d'un coup de brosse elle ébouriffa ses cheveux. Vos cheveux d'or bruni. Elle aurait pu avoir une autre vie ; elle ne regrettait rien, elle avait librement choisi de sacrifier sa vie à l'art. Les ongles étaient vilains, des ongles de peintre, elle avait beau les couper court, il y restait toujours accroché un peu de bleu ou d'indigo, heureusement, on fait des vernis épais à présent. Élisabeth s'assit devant sa table et commença d'étaler sur ses ongles une laque crémeuse et rose.

— J'aurais été vraiment raffinée, pensa-t-elle, plus raffinée que Françoise, elle ne fait jamais achevé.

La sonnerie du téléphone retentit. Élisabeth replaça soigneusement dans le flacon le petit pinceau humide et se leva.

— C'est Élisabeth ?

— Elle-même.

— C'est Claude, comment ça va ? Tu sais, ça colle pour ce soir. Je te retrouverai chez toi ?

— Pas chez moi, dit Élisabeth vivement ; elle eut un petit rire. J'ai envie de changer d'air. Cette fois, elle irait jusqu'au bout de l'explication ; pas ici ; pour que ça recommence comme le mois dernier.

— Comme tu veux. Où alors ? Au Topsy, à la Maisonnette ?

— Non, allons simplement au Pôle Nord, c'est là qu'on est le mieux pour parler.

— O. K. Minuit et demie au Pôle Nord. A tout à l'heure.

— A tout à l'heure.

Il s'attendait à une soirée idyllique, mais Françoise avait raison, pour que ça serve à quelque chose une rupture intérieure, il fallait la lui signifier. Élisabeth revint s'asseoir et reprit son travail minutieux. Le Pôle Nord, c'était bien ; des capitonnages de cuir étouffaient les éclats de voix et la lumière tamisée était clémente aux désordres du visage. Toutes ces promesses que Claude lui avait faites ! Et tout restait obstinément pareil ; il avait suffi d'un moment de faiblesse pour qu'il se sentît rassuré. Une bouffée de sang envahit le visage d'Élisabeth ; quelle honte ! Un moment il avait hésité, la main sur la poignée de la porte ; elle l'avait chassé avec des mots irréparables, il ne lui restait qu'à partir, mais sans rien dire, il était revenu vers elle. Le souvenir était si cuisant qu'elle ferma les yeux ; elle sentait de nouveau sur sa bouche, cette bouche si chaude que ses lèvres s'étaient ouvertes malgré elle, elle sentait sur ses seins les mains pressantes et douces ; sa poitrine se gonfla et elle soupira comme elle avait soupiré dans l'ivresse de la défaite. Si seulement la porte s'ouvrait à présent, s'il entrait... Élisabeth porta vivement la main à sa bouche et mordit son poignet.

— On ne m'a pas comme ça, dit-elle tout haut, je ne suis pas une femelle. Elle ne s'était pas fait mal, mais elle vit avec satisfaction que ses dents avaient laissé sur sa peau de petites traces blanches ; elle vit aussi que sur trois de ses ongles le vernis tout frais était écaillé ; il y avait dans l'ourlet une sorte de dépôt sanglant.

— Quelle idiote! murmura-t-elle. Huit heures et demie ; Pierre était déjà habillé ; Suzanne endossait une cape de vison par-dessus sa robe impeccable, ses ongles brillaient. D'un geste brusque Élisabeth tendit la main vers la bouteille de dissolvant ; il y eut un bruit cristallin et sur le sol une flaque jaune à l'odeur de bonbon anglais où baignaient des débris de verre.

Des larmes montèrent aux yeux d'Élisabeth ; pour rien au monde elle n'irait à la générale avec ces doigts de boucher, il valait mieux se coucher tout de suite ; sans argent, c'était une gageure de vouloir être élégante ; elle enfila son manteau et descendit l'escalier en courant.

— Hôtel Bayard, rue Cels, dit-elle au chauffeur de taxi.

Chez Françoise, elle pourrait réparer le désastre. Elle sortit son poudrier ; trop de rouge aux joues, le rouge à lèvres était mal mis. Non, il ne faut toucher à rien dans les taxis, on abîme tout ; il faut profiter des taxis pour se détendre ; les taxis et les ascenseurs, petit répit des femmes surmenées ; d'autres sont couchées sur des chaises longues avec des linges fins autour de la tête comme sur les réclames d'Élisabeth Arden et des mains douces leur massent le visage, des mains blanches, des linges blancs dans des pièces blanches, elles auront des visages lisses et reposés et Claude dira avec sa naïveté d'homme :

— Jeanne Harbley est vraiment extraordinaire.

Nous les appelions avec Pierre des femmes en papier de soie, on ne peut pas lutter sur ce plan-là. Elle descendit du taxi. Un moment, elle demeura immobile devant la façade de l'hôtel ; c'était agaçant, elle n'approchait jamais sans un battement de cœur des endroits où la vie de Françoise s'écoulait. Le mur était gris, un peu écaillé. C'était un hôtel minable comme beaucoup d'autres ; pourtant elle avait bien assez d'argent pour se payer un studio chic. Elle poussa la porte.

— Je peux monter chez M\ue Miquel ?

Le garçon d'étage lui tendit la clef ; elle monta l'escalier où flottait une vague odeur de choux ; elle était au cœur de la vie de Françoise, mais pour Françoise, l'odeur de choux, le craquement des marches ne recelaient aucun mystère ; elle passait sans même le regarder à travers ce décor que la curiosité fiévreuse d'Élisabeth défigurait.

— Il faudrait imaginer que je rentre chez moi, comme chaque jour, se dit Élisabeth en tournant la clef dans la serrure. Elle resta debout sur le seuil de la chambre ; c'était une vilaine chambre tapissée de papier gris à grosses fleurs, il y avait des vêtements sur toutes les chaises, un tas de livres et de papiers sur le bureau. Élisabeth ferma les yeux, elle était Françoise, elle revenait du théâtre, elle pensait à la répétition de demain ; elle rouvrit les yeux. Au-dessus du lavabo, il y avait une pancarte :

MM. les Clients sont priés :
De ne pas faire de bruit après dix heures.
De ne pas faire la lessive dans les lavabos.

Élisabeth regarda le divan, l'armoire à glace, le buste de Napoléon posé sur la cheminée entre un flacon d'eau de Cologne, des brosses, des paires de bas. Elle referma les yeux, elle les ouvrit de nouveau : c'était impossible d'apprivoiser cette chambre ; avec une évidence irrémédiable, elle apparaissait comme une chambre étrangère.

Élisabeth s'approcha de la glace où tant de fois le visage de Françoise s'était reflété, et elle vit son propre visage. Ses joues étaient en feu ; elle aurait dû au moins garder son tailleur gris, c'était entendu qu'il lui allait bien. Maintenant, il n'y avait plus rien à faire contre cette image insolite, c'était l'image définitive que tous les gens emporteraient d'elle ce soir. Elle saisit un flacon de dissolvant et un flacon de vernis et s'assit devant le bureau.

Le théâtre de Shakespeare était resté ouvert à la page que Françoise était en train de lire lorsque d'un mouvement brusque elle avait repoussé son fauteuil ; elle avait jeté sur le lit sa robe de chambre qui gardait dans ses plis désordonnés l'empreinte de son geste négligent : les manches étaient restées gonflées comme si elles emprisonnaient encore des bras fantômes. Ces objets abandonnés offraient de Françoise une image plus intolérable que sa présence réelle. Quand Françoise était auprès d'elle, Élisabeth éprouvait une espèce de paix : Françoise ne livrait pas son vrai visage, mais du moins pendant qu'elle souriait avec amabilité, ce vrai visage n'existait plus nulle part. Ici, c'était la vraie figure de Françoise qui avait laissé sa trace, et cette trace était indéchiffrable. Quand Françoise s'asseyait devant ce bureau, toute seule avec elle-même, que restait-il de la femme que Pierre aimait ? Que devenaient son bonheur, son orgueil tranquille, sa dureté ?

Élisabeth attira vers elle des feuilles couvertes de notes, des brouillons des plans tachés d'encre. Ainsi raturées, mal écrites, les pensées de Françoise perdaient leur air définitif ; mais l'écriture elle-même, et les ratures jaillies de la main de Françoise affirmaient encore son existence indestructible. Élisabeth repoussa les papiers avec violence ; c'était idiot ; elle ne pouvait ni devenir Françoise, ni la détruire.

— Du temps, qu'on me laisse du temps, pensa-t-elle avec passion. Moi aussi, je serai quelqu'un.

Il y avait un tas d'autos arrêtées sur la petite place ; Élisabeth jeta un coup d'œil d'artiste sur la façade jaune du théâtre qui luisait à travers les branchages nus ; c'était joli, ces lignes d'un noir d'encre se détachant sur ce fond lumineux. Un vrai théâtre, comme le Châtelet et la Gaieté-Lyrique qui nous émerveillaient tant ; c'était quand même formidable de penser que le grand acteur, le grand metteur en scène dont tout Paris parlait, c'était Pierre ; c'était pour le voir que la foule bruissante et parfumée se pressait dans le hall ; nous n'étions pas des enfants comme les autres, nous l'avions bien juré que nous serions célèbres, j'ai toujours eu foi en lui. Mais c'est pour de bon, pensa-t-elle éblouie. Pour de bon, pour de vrai : ce soir c'est la répétition générale des Tréteaux, Pierre Labrousse joue *Jules César*.

Élisabeth essaya de prononcer la phrase comme si elle était une Parisienne quelconque, et puis de se dire brusquement : « C'est mon frère », mais c'était difficile à réussir. C'était agaçant, il y avait comme ça un tas de plaisirs qui restaient là autour de vous, en puissance et dont on n'arrivait jamais bien à se saisir.

— Qu'est-ce que vous devenez ? dit Luvinsky. On ne vous voit plus.

— Je travaille, dit Élisabeth. Il faudra venir voir mes toiles.

Elle aimait ces soirs de générale. C'était peut-être puéril, mais elle goûtait un grand plaisir à serrer les mains de ces écrivains, de ces artistes ; elle avait toujours eu besoin d'un milieu sympathique pour prendre conscience d'elle-même : au moment où l'on peint, on ne sent pas qu'on est un peintre, c'est ingrat et décourageant. Ici, elle était une jeune artiste au bord de la réussite, la propre sœur de Labrousse. Elle sourit à Moreau qui la regardait d'un air admiratif, il avait toujours été un peu

88

amoureux d'elle. Au temps où elle fréquentait au Dôme avec Françoise des débutants sans avenir, de vieux ratés, elle eût considéré avec de grands yeux pleins d'envie cette jeune femme virile et gracieuse qui parlait avec aisance à un tas de gens arrivés.

— Comment allez-vous ? dit Battier ; il était très beau dans son complet sombre. Au moins les portes sont bien gardées ici, ajouta-t-il avec humeur.

— Comment allez-vous ? dit Élisabeth en tendant la main à Suzanne. On vous a fait des difficultés ?

— Ce contrôleur, il examine tous les invités comme si c'étaient des malfaiteurs, dit Suzanne. Il a retourné notre carte entre ses doigts pendant cinq minutes.

Elle était bien, tout en noir, très classique ; mais elle avait nettement l'air d'une vieille dame à présent, on ne pouvait guère supposer que Claude eût encore des rapports physiques avec elle.

— On est obligé de faire attention, dit Élisabeth. Regardez ce bonhomme qui colle son nez aux vitres, il y en a des tas comme ça sur la place qui essaient de se faire refiler des invitations : c'est ce que nous appelons des hirondelles.

— Un nom pittoresque, dit Suzanne. Elle sourit avec politesse et se tourna vers Battier : Je crois qu'il faudrait entrer, ne pensez-vous pas ?

Élisabeth entra derrière eux ; un instant, elle resta immobile au fond de la salle ; Claude aidait Suzanne à ôter sa cape de vison, il s'asseyait à côté d'elle ; elle se pencha vers lui et posa la main sur son bras. Élisabeth fut traversée d'une douleur aiguë. Elle se rappelait ce soir de décembre où elle avait marché par les rues, ivre de joie, triomphante, parce que Claude lui avait dit : « C'est toi que j'aime. » En rentrant se coucher, elle avait acheté un grand bouquet de roses. Il l'aimait, mais rien n'avait changé, son cœur était caché ; cette main sur son bras était visible à tous les yeux ; et tous les yeux admettaient sans surprise qu'elle avait trouvé là sa place naturelle. Un lien officiel, un lien réel, c'est peut-être même la seule réalité dont on puisse être vraiment sûr ; notre amour à nous, pour qui existe-t-il ! En ce moment elle n'y croyait même pas, il n'en restait rien nulle part.

— J'en ai assez ! pensa-t-elle ; elle allait souffrir tout ce soir encore, elle prévoyait, les frissons, la fièvre, la moiteur des mains, les bourdonnements dans la tête, elle en était écœurée à l'avance.

— Bonjour, dit-elle à Françoise. Comme tu es belle !

Elle était vraiment belle ce soir, elle avait planté un grand peigne dans ses cheveux et sur sa robe éclataient des broderies hardies ; beaucoup de regards se tournaient vers elle sans qu'elle parût s'en apercevoir. C'était une joie de se sentir l'amie de cette brillante et calme jeune femme.

— Toi aussi, tu es belle, dit Françoise. Cette robe te va si bien.

— C'est une vieille robe, dit Élisabeth.

Elle s'assit à la droite de Françoise. A gauche, il y avait Xavière, insignifiante dans sa petite robe bleue. Élisabeth froissa entre ses doigts le tissu de sa jupe. Posséder peu de choses, mais des choses de qualité, ç'avait toujours été son principe.

— Si j'avais de l'argent, je saurais m'habiller, pensa-t-elle. Elle regarda avec un peu moins de souffrance la nuque soignée de Suzanne ; Suzanne appartenait à la race des victimes ; elle acceptait n'importe quoi de Claude ; nous, nous sommes d'une autre espèce ; elles étaient fortes et libres et elles vivaient leur propre vie ; les tortures de l'amour, c'est par générosité qu'Élisabeth ne les refusait pas, mais elle n'avait pas besoin de Claude, elle n'était pas une vieille femme. Je lui dirai doucement, fermement : j'ai réfléchi, Claude, vois-tu, je crois que nous devons mettre nos rapports sur un autre plan.

— Tu as vu Marchand et Saltrel ? dit Françoise, au troisième rang à gauche. Saltrel tousse déjà, il prend de l'élan. Castier attend le lever du rideau pour sortir son crachoir ; tu sais qu'il promène toujours son crachoir avec lui, une petite boîte très coquette.

Élisabeth jeta un coup d'œil sur les critiques, mais elle n'avait pas le cœur à s'en amuser. Évidemment, Françoise était tout occupée du succès de la pièce ; c'était naturel, il n'y avait aucun secours à attendre d'elle.

Le lustre s'éteignit et trois coups métalliques résonnèrent au milieu du silence. Élisabeth se sentit devenir toute molle ; si seulement je pouvais être prise par le spectacle, pensa-t-elle ; mais elle le connaissait par cœur. Le décor était joli ; les costumes aussi ; je suis sûre que je ferais au moins aussi bien, mais Pierre, c'est comme les parents, on ne prend jamais au sérieux les gens de sa famille, il faudrait qu'il voie mes dessins sans savoir que c'est de moi. Je n'ai pas de façade sociale ; c'est marrant, il faut toujours qu'on leur jette de la poudre aux yeux. Si Pierre ne me traitait pas en petite sœur négligeable, j'aurais pu apparaître à Claude comme quelqu'un d'important et de dangereux.

La voix bien connue fit tressaillir Élisabeth.

— *Calphurnia, veillez à vous placer sur le passage d'Antoine...*

Pierre avait vraiment une allure formidable en Jules César, il y avait mille choses à penser sur son jeu.

— C'est le plus grand acteur de l'époque, se dit Élisabeth.

Guimiot arrivait en courant sur la scène et elle le regarda avec un peu d'appréhension : deux fois au cours des répétitions il avait renversé le buste de César ; il traversa fougueusement la place et tourna autour du buste sans l'accrocher, il tenait un fouet à la main, il était presque nu, avec seulement un slip de soie autour des reins.

— Il est rudement bien balancé, se dit Élisabeth sans réussir à s'émouvoir ; c'était charmant de faire l'amour avec lui, mais quand c'était fini, on n'y pensait plus, c'était léger comme du blanc de poulet ; Claude...

— Je suis surmenée, pensa-t-elle, je ne peux plus fixer mon attention.

Elle se força à regarder la scène. Canzetti était jolie avec cette frange épaisse sur le front. Guimiot prétend que Pierre ne s'occupe plus beaucoup d'elle et qu'elle fait la cour à Tedesco ; je ne sais pas, ils ne me disent jamais rien. Elle examina Françoise, son visage n'avait pas bougé depuis le lever du rideau, ses yeux étaient rivés sur Pierre ; comme son profil était dur! Il aurait fallu la voir dans la tendresse, dans l'amour, mais elle était capable de garder encore cet air olympien. Elle avait de la chance de pouvoir s'absorber ainsi dans l'instant présent, tous ces gens avaient de la chance. Élisabeth se sentit perdue au milieu de ce public docile qui se laissait remplir d'images et de mots ; en elle, rien ne pénétrait, le spectacle n'existait pas, il n'y avait que des minutes qui s'égouttaient lentement ; la journée s'était passée dans l'attente de ces heures et ces heures s'écoulaient à vide, elles n'étaient plus à leur tour qu'une attente. Quand Claude serait en face d'elle, Élisabeth savait qu'elle attendrait encore, elle attendrait la promesse, la menace qui nuancerait d'espoir ou d'horreur l'attente de demain ; c'était une course sans but, on était indéfiniment rejeté dans l'avenir, dès qu'il devenait présent, il fallait fuir ; tant que Suzanne resterait la femme de Claude, le présent serait inacceptable.

Les applaudissements crépitèrent. Françoise se leva, ses pommettes avaient un peu rougi.

— Tedesco n'a pas flanché, tout a passé, dit-elle avec agitation, je vais voir Pierre ; s'il te plaît viens plutôt au prochain entracte, celui-ci on est affreusement bousculés.

Élisabeth se leva aussi.

— Nous pourrions aller dans les couloirs, dit-elle à Xavière, nous entendrons les réflexions des gens, c'est amusant.

Xavière la suivit docilement. Qu'est-ce que je pourrais bien lui dire? se demanda Élisabeth ; elle ne la trouvait pas sympathique.

— Une cigarette ?

— Merci, dit Xavière.

Élisabeth lui tendit du feu.

— Ça vous plaît la pièce ?

— Ça me plaît, dit Xavière.

Comme Pierre l'avait vivement défendue l'autre jour !
Il était toujours disposé à faire crédit à une étrangère ;
mais ce coup-ci il n'avait vraiment pas bon goût.

— Vous aimeriez jouer la comédie ? dit Élisabeth.

Elle cherchait la question cruciale, la question qui
arracherait à Xavière une réponse d'après laquelle on
pourrait définitivement la classer.

— Je n'y ai jamais pensé, dit Xavière.

Sûrement elle parlait à Françoise avec un autre ton et
un autre visage ; mais jamais les amis de Françoise ne se
montraient à Élisabeth sous leur vrai jour.

— Qu'est-ce qui vous intéresse dans la vie ? dit Élisabeth abruptement.

— Tout m'intéresse, dit Xavière d'un ton poli.

Élisabeth se demanda si Françoise lui avait parlé
d'elle. Comment parlait-on d'elle, derrière son dos ?

— Vous n'avez pas de préférence ?

— Je ne crois pas, dit Xavière.

Elle tirait sur sa cigarette d'un air appliqué. Elle avait
bien gardé son secret ; tous les secrets de Françoise
étaient bien gardés. A l'autre bout du foyer, Claude
souriait à Suzanne ; il y avait sur son visage une tendresse servile.

— Le même sourire qu'avec moi, pensa Élisabeth et
une haine violente lui monta au cœur. Sans douceur,
elle lui parlerait sans douceur. Elle appuierait sa tête
contre les coussins et elle éclaterait d'un rire âpre.

La sonnerie retentit ; Élisabeth jeta un coup d'œil
dans une glace et elle vit ses cheveux roux, sa bouche
amère ; il y avait en elle quelque chose d'amer et de
fulgurant, sa résolution était prise, cette soirée serait
décisive. Il était tantôt excédé par Suzanne et tantôt
plein de pitié idiote, il n'en finissait pas de se détacher

d'elle. La nuit se fit dans la salle ; une image traversa Élisabeth, un revolver, un poignard, un flacon avec une tête de mort ; tuer. Claude ? Suzanne ? Moi-même ? Peu importait, ce sombre désir de meurtre gonflait puissamment le cœur. Elle soupira, elle n'était plus à l'âge des folles violences, ce serait trop facile. Non. Ce qu'il fallait, c'était le tenir quelque temps à distance, à distance ses lèvres, son haleine, ses mains, elle les désirait si fort, elle suffoquait de désir. Là-bas, sur la scène, voilà qu'on assassinait César ; Pierre courait en titubant à travers le Sénat, et moi c'est pour de vrai qu'on m'assassine, pensa-t-elle avec désespoir. C'était insultant, toute cette agitation vaine au milieu de leurs décors de carton alors qu'elle suait son agonie, dans sa chair, avec son sang, sans résurrection possible.

Élisabeth eut beau flâner un long moment sur le boulevard Montparnasse, il était seulement minuit vingt-cinq quand elle entra au Pôle Nord ; jamais elle ne réussissait à se mettre délibérément en retard ; et pourtant elle était sûre que Claude ne serait pas exact, Suzanne faisait exprès de le retenir auprès d'elle et elle comptait chaque minute comme une petite victoire. Élisabeth alluma une cigarette ; elle n'avait pas tellement envie que Claude fût là, mais l'idée de sa présence ailleurs était insupportable.

Elle sentit un pincement au cœur. C'était toutes les fois pareil ; quand elle le voyait apparaître en chair et en os, elle était saisie d'angoisse. Il était là, il tenait le bonheur d'Élisabeth entre ses mains et il avançait avec indifférence, sans se douter que chacun de ses gestes était une menace.

— Je suis si content de te voir, dit Claude, enfin une grande soirée à nous ? Il souriait avec empressement. Qu'est-ce que tu bois ? C'est de l'akvavit ? Je connais ce machin-là, c'est infect. Vous me donnerez un gin fizz.

— Tu es content, mais tu ménages tes plaisirs, dit Élisabeth, il est déjà une heure.

— Une heure moins sept, ma chérie.

— Une heure moins sept si tu veux, dit-elle avec un léger haussement d'épaules.

— Tu sais bien que ce n'est pas de ma faute, dit Claude.

— Naturellement, dit Élisabeth.

Claude s'assombrit.

— Je t'en prie, ma petite fille, ne fais pas cette vilaine figure. Suzanne m'a quitté avec une gueule sinistre, si tu te mets à bouder toi aussi, c'est la fin de tout. Je me réjouissais tant de retrouver ton bon sourire.

— Je ne souris pas tout le temps, dit Élisabeth blessée ; Claude était ahurissant d'inconscience parfois.

— C'est dommage, ça te va si bien, dit Claude ; il alluma une cigarette et regarda autour de lui avec bienveillance : Ce n'est pas mal, c'est un rien triste cet endroit, tu ne trouves pas ?

— Tu m'as déjà dit ça l'autre jour. Pour une fois que je te vois je ne tiens pas à ce qu'il y ait autour de nous une cohue.

— Ne sois pas mauvaise, dit Claude ; il posa sa main sur la main d'Élisabeth mais il avait l'air fâché ; elle retira sa main au bout d'une seconde ; ce début était maladroit ; une grande explication ne devait pas commencer par des chicanes mesquines.

— Dans l'ensemble, ç'a été un succès, dit Claude. Mais je n'ai pas été pris une minute. Je trouve que Labrousse ne sait pas au juste ce qu'il veut, il hésite entre une stylisation totale et un pur et simple réalisme.

— Il veut précisément cette nuance de transposition, dit Élisabeth.

— Mais non, ça n'est pas une nuance spéciale, dit Claude d'un ton coupant, c'est une suite de contradictions. L'assassinat de César ressemblait à un ballet funèbre et la veillée de Brutus sous la tente, on se serait cru revenu au temps du Théâtre libre.

Claude se trompait d'adresse, Élisabeth ne lui permettait pas de trancher ainsi les questions ; elle fut satisfaite parce que la réponse lui vint facilement aux lèvres.

— Cela dépend des situations, dit-elle vivement ; un assassinat exige d'être transposé sans quoi on tombe dans un style Grand-Guignol et une scène fantastique doit se jouer le plus réaliste possible, par contraste ; c'est trop évident.

— C'est bien ce que je dis, il n'y a aucune unité ; l'esthétique de Labrousse, c'est tout juste un certain opportunisme.

— Pas du tout, dit Élisabeth ; évidemment, il tient compte du texte ; tu es étonnant, d'autres fois tu lui reproches de prendre la mise en scène comme fin en soi ; décide-toi.

— C'est lui qui ne se décide pas, dit Claude, je voudrais bien qu'il réalise son fameux projet, d'écrire une pièce lui-même ; on saurait peut-être alors à quoi s'en tenir.

— Il le fera sûrement, dit Élisabeth, je pense même que ce sera l'année prochaine.

— Je serai curieux de voir ça. Sincèrement tu sais, j'admire beaucoup Labrousse, mais je ne comprends pas.

— C'est pourtant facile, dit Élisabeth.

— Tu me ferais plaisir en m'expliquant, dit Claude.

Élisabeth tapota longuement une cigarette contre la table ; l'esthétique de Pierre n'avait pas de mystère pour elle, elle s'en inspirait même pour sa peinture mais les mots lui manquaient ; elle revit ce tableau du Tintoret que Pierre aimait tant, il lui avait expliqué des choses sur les attitudes des personnages, elle ne se rappelait plus au juste quoi ; elle pensa à des gravures de Dürer, à un spectacle de marionnettes, aux ballets russes, à de vieux films muets, l'idée était là, familière, évidente, c'était agaçant comme tout.

— Évidemment ce n'est pas si simple qu'on puisse coller là-dessus une étiquette : réalisme, impressionnisme, vérisme ; si c'est ça que tu veux, dit-elle.

— Pourquoi es-tu gratuitement blessante ? dit Claude, je n'ai pas l'habitude de ce vocabulaire.

— Pardon, c'est toi qui as prononcé les mots de stylisation, d'opportunisme ; mais ne t'en défends pas, c'est trop comique ce souci que tu as de ne pas parler comme un professeur.

Claude redoutait par-dessus tout de sentir l'universitaire ; il fallait être juste, personne n'avait l'air moins académique que lui.

— Je te jure que de ce côté, je ne me sens pas en danger, dit-il sèchement, c'est toi qui apportes volontiers dans les discussions une espèce de lourdeur allemande.

— De la lourdeur... dit Élisabeth ; je sais bien, tu me taxes de pédantisme chaque fois que je te contredis. Tu es fantastique ; tu ne peux pas supporter la contradiction ; ce que tu entends par collaboration intellectuelle, c'est une approbation béate de toutes tes opinions ; demande ça à Suzanne, mais pas à moi ; j'ai le malheur d'avoir une cervelle et de prétendre m'en servir.

— Voilà bien ! Tout de suite de la véhémence, dit Claude.

Élisabeth se domina ; c'était odieux, il trouvait toujours le moyen de la mettre dans son tort.

— Je suis peut-être véhémente, dit-elle avec un calme écrasant, mais toi tu ne t'entends pas parler. On croirait que tu t'adresses à ta classe.

— On ne va pas encore se disputer, dit Claude d'un ton conciliant.

Elle le regarda avec rancune ; il était bien décidé ce soir à la combler de bonheur, il se sentait tendre et charmant et généreux ; il allait voir. Elle toussota pour éclaircir sa voix.

— Franchement, Claude, est-ce que tu trouves que l'expérience de ce mois ait été heureuse ? dit-elle.

— Quelle expérience ? dit-il.

Le sang monta aux joues d'Élisabeth et sa voix trembla un peu.

— Si nous avons conservé nos rapports après l'explication du mois dernier, c'était à titre d'expérience, l'as-tu oublié?

— Ah! oui..., dit Claude.

Il n'avait pas pris au sérieux l'idée d'une rupture ; naturellement, elle avait tout perdu en couchant avec lui le soir même. Elle resta un moment décontenancée.

— Eh bien, je crois que j'en arrive à la conclusion que la situation est impossible, dit-elle.

— Impossible? Pourquoi brusquement impossible? Qu'est-ce qui s'est passé de neuf?

— Justement, rien, dit Élisabeth.

— Alors, explique-toi, je ne comprends pas.

Elle hésita ; évidemment, il n'avait jamais parlé de quitter un jour sa femme, il n'avait jamais rien promis du tout, en un sens il était inattaquable.

— Vraiment, tu es content ainsi? dit Élisabeth, je mettais notre amour plus haut. Quelle intimité avons-nous? Nous nous voyons dans des restaurants, dans des bars, ou au lit. Ce sont des rencontres ; moi, je voulais une vie commune avec toi.

— Tu es en train de délirer, chérie, dit Claude. Pas d'intimité entre nous? Mais il n'y a pas une de mes pensées que je ne partage avec toi ; tu me comprends si merveilleusement.

— Oui, j'ai le meilleur de toi-même, dit Élisabeth brusquement. Au fond vois-tu, nous aurions dû nous borner à ce que tu appelais il y a deux ans une amitié idéologique ; mon tort, ç'a été de t'aimer.

— Mais puisque je t'aime, dit Claude.

— Oui, dit-elle. C'était agaçant, on ne pouvait lui faire aucun reproche précis, ou alors ce seraient des reproches mesquins.

— Alors? dit Claude.

— Alors rien, dit Élisabeth. Elle avait mis une tristesse infinie dans ces deux mots, mais Claude ne voulut pas s'en apercevoir ; il jeta à la ronde un regard

98

souriant, il était soulagé et déjà prêt à changer de sujet quand elle se hâta d'ajouter :

— Tu es si simple au fond ; tu ne t'es jamais rendu compte que je n'étais pas heureuse.

— Tu te tourmentes à plaisir, dit Claude.

— C'est peut-être que je t'aime trop, dit Élisabeth rêveusement. J'ai voulu te donner plus que tu ne pouvais recevoir. Et si l'on est sincère, donner c'est une manière d'exiger. Tout est de ma faute, je pense.

— Nous n'allons pas remettre notre amour en question chaque fois que nous nous voyons, dit Claude, je trouve ces conversations parfaitement oiseuses.

Élisabeth le regarda avec colère ; cette lucidité pathétique qui la rendait en ce moment si émouvante, il n'était même pas capable de la sentir ; à quoi ça servait-il ? Elle se sentit devenir brusquement cynique et dure.

— N'aie pas peur ; nous ne remettrons plus notre amour en question, dit-elle. C'est cela justement que je voulais te dire ; désormais nos rapports seront sur un tout autre plan.

— Quel plan ? Sur quel plan sont-ils ? Claude avait l'air très agacé.

— Je ne veux plus avoir avec toi qu'une amitié tranquille, dit-elle. Moi aussi, je suis fatiguée de ces complications. Seulement je ne croyais pas pouvoir cesser de t'aimer.

— Tu as cessé de m'aimer ? dit Claude d'un ton incrédule.

— Ça te semble vraiment si extraordinaire ? dit Élisabeth. Comprends-moi, je tiendrai toujours beau-coup à toi ; mais je n'attendrai plus rien de toi, et de mon côté je reprendrai ma liberté. N'est-ce pas mieux ainsi ?

— Tu divagues, dit Claude.

Le rouge monta au visage d'Élisabeth.

— Mais tu es insensé! Je te dis que je n'ai plus d'amour pour toi! Ça peut changer, un sentiment ; tu ne t'es même pas rendu compte que j'avais changé.

Claude la regarda avec perplexité.

— Depuis quand as-tu cessé de m'aimer ? Tu disais tout à l'heure que tu m'aimais trop ?

— Je t'ai trop aimé autrefois. Elle hésita. Je ne sais pas trop comment j'en suis venue là, mais c'est un fait ; ce n'est plus comme avant. Par exemple... elle ajouta très vite d'une voix un peu étranglée : avant, je n'aurais jamais pu coucher avec un autre que toi.

— Tu couches avec un type ?

— Ça t'ennuie ?

— Qui est-ce ? dit Claude avec curiosité.

— Ce n'est pas la peine, tu ne me crois pas.

— Si c'était vrai, tu aurais été assez loyale pour m'avertir, dit-il.

— C'est ce que je suis en train de faire, dit Élisabeth. Je t'avertis. Tu ne comptais quand même pas que j'allais te consulter ?

— Qui est-ce ? répéta Claude.

Son visage s'était altéré et Élisabeth eut peur soudain ; s'il souffrait, elle allait souffrir aussi.

— Guimiot, dit-elle d'une voix mal assurée. Tu sais, le coureur nu du premier acte.

C'était fait ; c'était irréparable, elle aurait beau nier, Claude ne croirait pas ses démentis. Elle n'avait pas même le temps de réfléchir ; il fallait aller de l'avant, sans rien voir ; dans l'ombre quelque chose d'horrible menaçait.

— Tu n'as pas mauvais goût, dit Claude. Quand as-tu fait sa connaissance ?

— Il y a une dizaine de jours. Il est tombé follement amoureux de moi.

Le visage de Claude restait impénétrable. Il s'était montré souvent soupçonneux et jaloux mais sans jamais l'avouer ; il se ferait sûrement hacher plutôt que de formuler un reproche, ce n'était pas plus rassurant.

— Après tout, c'est une solution, dit-il. J'ai souvent

pensé que c'était dommage pour un artiste de se limiter à une seule femme.

— Tu rattraperas vite le temps perdu, dit Élisabeth. Tiens, la petite Chanaux ne demande qu'à te tomber dans les bras.

— La petite Chanaux... Claude fit la moue. J'aimerais mieux Jeanne Harbley.

— Eh, ça se défend, dit Élisabeth.

Elle serra son mouchoir entre ses mains moites ; maintenant, elle connaissait le danger et c'était trop tard, il n'y avait aucun moyen de reculer. Elle n'avait pensé qu'à Suzanne ; il y avait toutes les autres femmes, des femmes jeunes et belles qui aimeraient Claude et qui sauraient se faire aimer.

— Tu ne crois pas que j'aurais mes chances ? dit Claude.

— Tu ne lui déplais certainement pas, dit Élisabeth.

C'était fou, elle était là en train de crâner et chaque mot qu'elle disait l'enlisait davantage. Si seulement on pouvait quitter ce ton de badinage. Elle avala sa salive et dit avec effort :

— Je ne voudrais pas que tu penses que j'ai manqué de franchise, Claude.

Il la regarda fixement ; elle rougit, elle ne savait plus comment poursuivre.

— Ç'a été une vraie surprise ; j'ai toujours compté t'en parler.

S'il continuait à la regarder comme ça, elle allait se mettre à pleurer, il ne fallait à aucun prix, ça serait lâche, elle ne devait pas lutter avec des armes de femme. Pourtant, ça simplifierait tout ; il mettrait un bras autour de ses épaules, elle s'effondrerait contre lui et le cauchemar prendrait fin.

— Tu m'as menti pendant dix jours, dit Claude. Je n'aurais jamais supporté de te mentir une heure. Je mettais nos rapports si haut.

Il avait parlé avec une dignité triste de justicier et Élisabeth eut un mouvement de révolte.

— Mais tu n'as pas été loyal avec moi, dit-elle. Tu m'as promis le meilleur de ta vie et jamais je ne t'ai eu à moi. Tu n'as pas cessé d'appartenir à Suzanne.

— Tu ne vas pas me reprocher d'avoir été correct avec Suzanne, dit Claude. La pitié, la reconnaissance seules m'ont dicté ma conduite envers elle, tu le sais bien.

— Je ne sais rien. Je sais que tu ne la quitterais pas pour moi.

— Il n'a jamais été question de ça, dit Claude.

— Mais si je posais la question ?

— Tu choisirais drôlement ton moment, dit-il avec dureté.

Élisabeth se tut ; jamais elle n'aurait dû parler de Suzanne, elle ne se contrôlait plus ; et il en profitait ; elle le voyait à nu, faible, égoïste, intéressé et pétri d'amour-propre mesquin ; il connaissait ses torts, mais avec une mauvaise foi impitoyable il voulait imposer de lui une image sans défaut ; il était incapable du moindre mouvement généreux ou sincère ; elle le haïssait.

— Suzanne est utile à ta carrière, dit-elle. Ton œuvre, ta pensée, ta carrière. Jamais tu n'as pensé à moi.

— Quelle bassesse! dit Claude. Je suis un arriviste, moi? Si tu crois ça, comment as-tu jamais pu tenir à moi?

On entendit un éclat de rire et des pas résonnèrent sur le dallage noir ; Françoise et Pierre donnaient le bras à Xavière et tous trois paraissaient hilares.

— Comme on se retrouve! dit Françoise.

— C'est un endroit sympathique, dit Élisabeth. Elle aurait voulu cacher son visage ; il lui semblait que sa peau était tendue à craquer, ça la tirait sous les yeux, autour de la bouche et par en dessous la chair était toute boursouflée. Alors vous avez semé les officiels?

— Oui, ça c'est à peu près tiré, dit Françoise.

Pourquoi Gerbert n'était-il pas avec eux ? Était-ce Pierre qui se défiait de son charme ? Ou Françoise qui craignait le charme de Xavière ; Xavière souriait, sans rien dire d'un air angélique et buté.

— Le succès n'est pas douteux, dit Claude, la critique sera sans doute sévère, mais le public a admirablement réagi.

— Ça a plutôt bien marché, dit Pierre. Il sourit cordialement. Il faudra qu'on se voie un de ces jours, nous allons avoir un peu de temps maintenant.

— Oui, il y a plusieurs choses dont je voudrais vous parler, dit Claude.

Soudain Élisabeth eut un éblouissement de souffrance ; elle vit son atelier vide, où aucun coup de téléphone ne serait plus attendu, le casier vide dans la loge du concierge, le restaurant vide, les rues vides. C'était impossible, elle ne voulait pas le perdre ; faible, égoïste, haïssable, ça n'avait pas d'importance, elle avait besoin de lui pour vivre ; elle accepterait n'importe quoi pour le garder.

— Non, ne faites rien auprès de Berger avant d'avoir la réponse de Nanteuil, disait Pierre, ça serait impolitique. Mais je suis sûr qu'il sera très intéressé.

— Téléphonez un de ces après-midi, dit Françoise. On fixera un rendez-vous.

Ils disparurent au fond de la salle.

— Mettons-nous là, on dirait une petite chapelle, dit Xavière. Cette voix trop suave agaçait les nerfs comme un crissement d'ongle sur de la soie.

— Elle est gentille, la gamine, dit Claude. C'est le nouvel amour de Labrousse ?

— Je suppose. Lui qui déteste tant se faire remarquer, leur entrée était plutôt bruyante.

Il y eut un silence.

— Ne restons pas ici, dit Élisabeth nerveusement, c'est odieux de les sentir dans notre dos.

— Ils ne s'occupent pas de nous, dit Claude.

— Tous ces gens c'est odieux, répéta Élisabeth. Sa

voix se brisa ; les larmes montaient, elle ne pouvait plus les retenir longtemps. Allons chez moi, dit-elle.

— Comme tu veux, dit Claude. Il appela le garçon et Élisabeth mit son manteau devant la glace. Son visage était défait. Au fond du miroir, elle les aperçut, c'était Xavière qui parlait ; elle faisait des gestes avec les mains et Françoise et Pierre la regardaient d'un air charmé. C'était quand même trop de légèreté ; ils pouvaient gaspiller leur temps avec n'importe quelle idiote, et en face d'Élisabeth ils étaient aveugles et sourds. S'ils avaient consenti à l'introduire avec Claude dans leur intimité, s'ils avaient accepté *Partage*... C'était leur faute. La colère secouait Élisabeth de la tête aux pieds, elle étouffait. Ils étaient heureux, ils riaient, est-ce qu'ils seraient heureux ainsi, éternellement, avec cette perfection écrasante ? Est-ce qu'un jour ils n'allaient pas descendre eux aussi au fond de cet enfer sordide ? Attendre en tremblant, appeler au secours en vain, supplier, rester seul dans les regrets, l'angoisse et un dégoût de soi sans fin. Si sûrs d'eux, si orgueilleux, si invulnérables. Ne trouverait-on pas un moyen de leur faire du mal, en guettant bien ?

En silence, Élisabeth monta dans l'auto de Claude ; ils n'échangèrent pas un mot jusqu'à sa porte.

— Je ne crois pas qu'il nous reste rien à nous dire, dit Claude quand il eut arrêté la voiture.

— On ne peut pas se quitter comme ça, dit Élisabeth. Monte une minute.

— Pour quoi faire ? dit Claude.

— Monte. Nous ne nous sommes pas expliqués, dit Élisabeth.

— Tu ne m'aimes plus, tu penses de moi des choses blessantes ; il n'y a rien à expliquer, dit Claude.

C'était du chantage, simplement, mais ce n'était pas possible de le laisser partir ; quand reviendrait-il ?

— Je tiens à toi, Claude, dit Élisabeth. Ces mots lui mirent les larmes aux yeux ; il la suivit. Elle monta l'escalier en pleurant à petits coups, sans se retenir ;

104

elle titubait un peu mais il ne prit pas son bras. Quand ils furent entrés dans l'atelier, Claude se mit à marcher de long en large d'un air sombre.

— Tu es libre de ne plus m'aimer, dit-il, mais il y avait entre nous autre chose que de l'amour, et ça, tu devais essayer de le sauver. Il jeta un coup d'œil sur le divan. Tu as couché ici, avec ce type ?

Élisabeth s'était laissée tomber sur un fauteuil.

— Je ne croyais pas que tu m'en voudrais, Claude, dit-elle, je ne veux pas te perdre pour une histoire pareille.

— Je ne suis pas jaloux d'un mauvais petit acteur, dit Claude, je t'en veux de ne m'avoir rien dit ; tu devais me parler avant. Et puis tu m'as dit des choses ce soir qui rendent même l'amitié impossible entre nous.

Jaloux, il était platement jaloux ; elle l'avait blessé dans son orgueil de mâle et il voulait la torturer. Elle s'en rendait compte, mais ça n'empêchait rien, cette voix coupante la déchirait.

— Je ne veux pas te perdre, répéta-t-elle. Elle se mit à sangloter franchement.

Observer des règles, jouer loyalement le jeu, c'était idiot, personne ne vous en savait gré. On croyait qu'un jour toutes les souffrances cachées se révéleraient et toutes les délicatesses et les luttes intérieures et qu'il resterait confondu d'admiration et de remords ; mais non, c'était tout simplement du bien perdu.

— Tu sais que je suis à bout, dit Claude, je traverse une crise morale et intellectuelle qui m'épuise, je n'avais d'autre appui que toi et c'est le moment que tu as choisi.

— Tu es injuste, Claude, dit-elle faiblement. Ses sanglots redoublèrent ; c'était une force qui l'emportait avec tant de violence que la dignité, la honte n'étaient plus que des mots futiles, on pouvait dire n'importe quoi. Je t'aimais trop, Claude, dit-elle, c'est parce que je t'aimais trop que j'ai voulu me délivrer de toi. Elle cacha son visage dans ses mains ; cet aveu passionné appelait Claude auprès d'elle ; qu'il la prenne dans ses bras, que tout soit effacé : elle ne se plaindrait plus jamais.

Elle releva la tête, il était adossé au mur, le coin de ses lèvres tremblaient nerveusement.

— Dis-moi quelque chose, dit-elle. Il regardait le divan d'un air mauvais, c'était facile de deviner ce qu'il voyait. Elle n'aurait pas dû le ramener ici, les images étaient trop présentes.

— Cesse donc de pleurer, dit-il, si tu t'es envoyé cette petite tapette, c'est que tu l'as bien voulu : sans doute tu y trouvais ton compte.

Élisabeth s'arrêta suffoquée ; il lui semblait avoir reçu un coup de poing en pleine poitrine. Elle ne pouvait pas supporter la grossièreté, c'était physique.

— Je te défends de me parler sur ce ton, dit-elle avec violence.

— Je le prendrai sur le ton qui me plaira, dit Claude en élevant la voix, je trouve formidable que tu viennes à présent te poser en victime.

— Ne crie pas, dit Élisabeth ; elle tremblait, il lui semblait entendre son grand-père, quand les veines de son front devenaient énormes et violettes. Je ne supporrai pas que tu cries.

Claude donna un coup de pied dans la cheminée.

— Tu voudrais que je te tienne les mains ? dit-il.

— Ne crie pas, dit Élisabeth d'une voix plus sourde ; ses dents commençaient à claquer, la crise de nerfs était proche.

— Je ne crie pas, je m'en vais, dit Claude. Avant qu'elle eût fait un geste, il fut dehors. Elle se précipita sur le palier.

— Claude, appela-t-elle, Claude.

Il ne tourna pas la tête, elle le vit disparaître et la porte d'entrée claqua. Elle rentra dans l'atelier et commença à se déshabiller ; elle ne tremblait plus. Sa tête était toute gonflée d'eau et de nuit ; elle devenait énorme et si lourde qu'elle l'entraînait vers l'abîme : le sommeil ou la mort, ou la folie, un gouffre sans fond où elle allait se perdre à jamais. Elle s'abattit sur le lit.

Quand Élisabeth rouvrit les yeux, la chambre était pleine de lumière ; elle avait dans la bouche un goût de saumure ; elle ne bougea pas. Dans la brûlure de ses paupières, dans le bruissement timide de ses tempes une souffrance perçait, mais encore émoussée par la fièvre et le sommeil ; si seulement elle arrivait à se rendormir jusqu'au lendemain. Ne rien décider, ne pas penser. Combien de temps pourrait-elle demeurer plongée dans cet engourdissement clément ? Faire la morte, faire la planche ; mais déjà il fallait un effort pour contracter ses paupières et ne rien voir ; elle s'enroula plus étroitement dans les draps tièdes ; de nouveau elle glissait vers l'oubli quand un coup de sonnette retentit.

Elle sauta du lit et son cœur se mit à battre avec violence. Était-ce déjà Claude ? Qu'est-ce qu'elle allait dire ? Elle jeta un coup d'œil sur la glace, elle n'avait pas l'air trop ravagée, mais le temps manquait pour choisir une attitude. Un instant elle eut envie de ne pas ouvrir, il la croirait morte ou disparue, il aurait peur ; elle prêta l'oreille. On n'entendait pas un souffle de l'autre côté de la porte ; peut-être déjà il avait tourné sur lui-même, lentement ; il descendait l'escalier, elle allait rester seule, réveillée et seule. Elle se jeta sur la porte et l'ouvrit. C'était Guimiot.

— Je dérange, dit-il avec un sourire.

— Non, entrez, dit Élisabeth. Elle le regarda avec une espèce d'horreur.

— Quelle heure est-il donc ?

— C'est midi, je crois ; vous dormiez ?

— Oui, dit Élisabeth ; elle tira les couvertures et tapota le lit ; malgré tout, il valait mieux que quelqu'un fût là. Donnez-moi une cigarette, dit-elle, et asseyez-vous.

Il l'agaçait à se promener comme un chat entre les meubles, il aimait jouer avec son corps ; sa démarche était glissante et souple, ses gestes gracieux et il en abusait.

— Je passe seulement, je ne veux pas gêner, dit-il.

107

Il abusait aussi de son sourire, un sourire mince qui retroussait ses yeux. C'est dommage que vous n'ayez pas pu venir hier soir ; on a bu le champagne jusqu'à cinq heures du matin. Mes amis m'ont dit que j'avais fait grande impression. Qu'est-ce que M. Labrousse a pensé ?

— C'était très bien, dit Élisabeth.

— Il paraît que Roseland voudrait faire ma connaissance. Il m'a trouvé une tête si intéressante. Il va bientôt faire jouer une nouvelle pièce.

— Vous croyez que c'est à votre tête qu'il en veut ? dit Élisabeth. Roseland ne cachait pas ses mœurs.

Guimiot caressa l'une à l'autre ses lèvres humides ; ses lèvres, ses yeux d'un bleu liquide, tout son visage évoquait un printemps mouillé.

— Est-ce que ma tête n'est pas intéressante ? dit-il avec coquetterie. Une petite tapette, doublée d'un gigolo, voilà ce qu'était Guimiot.

— Il n'y a pas une petite chose à manger par ici ?

— Allez voir à la cuisine, dit Élisabeth. Le souper, le gîte et le reste, pensa-t-elle durement. Ses visites lui rapportaient toujours quelque chose : un repas, une cravate, un peu d'argent qu'il empruntait et ne rendait pas. Aujourd'hui ça ne la faisait pas sourire.

— Vous voulez des œufs à la coque ? cria Guimiot.

— Non, je ne veux rien, dit-elle. Un bruit d'eau venait de la cuisine et un bruit de casseroles et de vaisselle. Elle n'avait pas même le courage de le mettre à la porte ; quand il serait parti, il faudrait penser.

— J'ai trouvé un peu de vin, dit Guimiot ; il installa sur un coin de la table une assiette, un verre, un couvert. Il n'y a pas de pain mais je ferai les œufs mollets; on peut manger des œufs mollets sans pain, n'est-ce pas ?

Il s'assit sur la table et balança ses jambes.

— Mes amis ont dit que c'était dommage que je n'aie qu'un si petit rôle. Vous ne pensez pas que M. Labrousse pourrait au moins me confier une doublure ?

— J'en ai dit un mot à Françoise Miquel, dit Élisabeth. Sa cigarette avait un goût âcre et sa tête était douloureuse. Ça ressemblait à un lendemain d'ivresse.

— Qu'est-ce que Mlle Miquel a répondu?

— Qu'il faudrait voir.

— Les gens disent toujours qu'il faudra voir, dit Guimiot d'un air sentencieux. C'est difficile, la vie. Il fit un bond vers la porte de la cuisine : Je crois que j'entends l'eau chanter.

Il m'a couru après parce que j'étais la sœur de Labrousse, pensa Élisabeth ; ce n'était pas nouveau, elle l'avait très bien su pendant ces dix jours ; mais maintenant, elle se le disait avec des mots ; elle ajouta : ça m'est bien égal. Elle le regarda sans amitié poser la casserole sur la table et ouvrir un œuf avec des gestes menus.

— Il y a une grosse dame, un peu vieille et très chic, qui a voulu me ramener chez moi en auto, hier soir.

— Une blonde avec un tas de bouclettes? dit Élisabeth.

— Oui. Je n'ai pas voulu à cause de mes amis. Elle avait l'air de connaître M. Labrousse.

— C'est notre tante, dit Élisabeth. Où avez-vous été souper avec vos amis?

— Au Topsy et puis on a traîné dans Montparnasse. On a rencontré au comptoir du Dôme le petit régisseur qui était complètement saoul.

— Gerbert? Avec qui était-il?

— Il y avait Tedesco et la petite Canzetti et Sazelat et encore un autre. Je crois que Canzetti est rentrée avec Tedesco. Il cassa le second œuf. Est-ce qu'il s'intéresse aux hommes, le petit régisseur?

— Pas que je sache, dit Élisabeth. S'il vous a fait des avances, c'est qu'il était noir.

— Il ne m'a pas fait d'avances, dit Guimiot d'un air choqué. C'étaient mes amis qui le trouvaient si beau.

Il sourit à Élisabeth avec une soudaine intimité. Pourquoi ne manges-tu pas ?

— Je n'ai pas faim, dit Élisabeth. Ça ne pouvait plus durer longtemps, bientôt elle allait souffrir, elle le sentait.

— C'est joli, ce vêtement, dit Guimiot en effleurant d'une main féminine la soie du pyjama ; la main se fit doucement insistante.

— Non, laisse, dit Élisabeth avec lassitude.

— Pourquoi ? Tu n'aimes plus ? dit Guimiot ; le ton suggérait une complicité crapuleuse mais Élisabeth ne résista plus ; il l'embrassait sur la nuque, derrière l'oreille ; de drôles de petits baisers, on aurait dit qu'il broutait. Ça retardait toujours le moment où il faudrait penser.

— Comme tu es froide, dit-il avec une sorte de suspicion ; la main avait glissé sous l'étoffe et, les yeux mi-clos, il la guettait ; Élisabeth abandonna sa bouche et ferma les yeux, elle ne pouvait supporter ce regard, un regard de professionnel : ces doigts experts qui semaient sur son corps une pluie de caresses duveteuses, elle sentait soudain que c'étaient des doigts de spécialiste, à la science aussi précise que ceux d'un masseur, d'un coiffeur, d'un dentiste ; Guimiot accomplissait avec conscience son travail de mâle, comment pouvait-elle accepter cette complaisance ironique ?

Elle fit un mouvement pour se dégager ; mais tout était si lourd en elle et si veule qu'avant de s'être redressée, elle sentit le corps nu de Guimiot contre le sien. Ça aussi ça faisait partie du métier, cette aisance à se dévêtir. C'était un corps fluide et tendre qui épousait trop facilement son corps. Les baisers lourds, les dures étreintes de Claude..., elle entrouvrit les yeux. Le plaisir ridait la bouche de Guimiot et lui faisait des yeux obliques ; à présent il ne pensait plus qu'à lui-même, avec une avidité de profiteur. Elle referma les yeux ; une humiliation brûlante la dévorait. Elle avait hâte que ce fût fini.

D'un mouvement câlin, Guimiot posa sa joue contre l'épaule d'Élisabeth. Elle appuya sa tête contre l'oreiller. Mais elle savait qu'elle ne dormirait plus. A présent ça y était, il n'y avait plus de secours ; on ne pouvait plus éviter de souffrir.

CHAPITRE V

— Trois cafés en tasse, dit Pierre.

— Vous êtes un obstiné, dit Gerbert. L'autre jour avec Vuillemin on a mesuré : les verres tiennent exactement autant.

— Après le repas, le café doit se boire en tasse, dit Pierre d'un ton sans réplique.

— Il prétend que le goût n'est pas le même, dit Françoise.

— C'est un dangereux rêveur ! dit Gerbert. Il médita un instant. A la grande rigueur on pourrait vous accorder que ça se refroidit moins vite dans les tasses.

— Pourquoi ça se refroidirait-il moins vite ? dit Françoise.

— La surface d'évaporation est plus réduite, dit Pierre avec aplomb.

— Là, vous déraillez, dit Gerbert. Ce qu'il y a, c'est que la porcelaine garde mieux la chaleur.

Ils étaient réjouissants quand ils débattaient un phénomène physique ; c'était d'ordinaire un fait qu'ils inventaient de toute pièce.

— Ça se refroidit tout juste pareil, dit Françoise.

— Vous l'entendez ? dit Pierre.

Gerbert mit un doigt sur ses lèvres avec une discrétion affectée ; Pierre hocha la tête d'un air qui en disait long ; c'était leur mimique habituelle pour marquer une complicité insolente ; mais aujourd'hui, ces gestes manquaient de conviction. Le déjeuner s'était traîné sans gaieté ; Gerbert semblait éteint ; on avait longue-

111

ment discuté sur les revendications italiennes : c'était
rare que la conversation s'enlisât dans de telles généra-
lités.

— Vous avez lu la critique de Soudet ce matin? dit
Françoise. Il n'en craint point : il soutient que c'est
trahir un texte que de le traduire intégralement.

— Ces vieux gâteux, dit Gerbert, ils n'osent pas
avouer que c'est Shakespeare qui les emmerde.

— Ça ne fait rien, on a la critique pour nous, dit
Françoise, c'est l'essentiel.

— Cinq rappels hier soir, j'ai compté, dit Gerbert.

— Je suis contente, dit Françoise. J'étais bien sûre
qu'on pouvait toucher les gens sans consentir aucune
concession. Elle se tourna gaiement vers Pierre. C'est
bien évident maintenant que tu n'es pas seulement un
théoricien, un expérimentateur de chambre close, un
esthéticien de chapelle. Le garçon de l'hôtel m'a dit qu'il
en avait pleuré quand on t'assassinait.

— J'ai toujours pensé que c'était un poète, dit Pierre.
Il sourit avec un peu de gêne ; l'enthousiasme de Françoise tomba. Au sortir de la générale, quatre jours plus
tôt, Pierre était tout fiévreux de plaisir et ils avaient
passé avec Xavière une nuit exaltée! mais dès le lendemain, ce sentiment de triomphe l'avait quitté. C'était
bien ainsi qu'il était : un échec lui eût été cuisant, mais
le succès ne lui semblait jamais qu'une étape insignifiante vers les tâches plus difficiles qu'il se proposait
aussitôt. Il ne tombait jamais dans les faiblesses de la
vanité mais il ignorait aussi la joie sereine du travail
bien fait. Il interrogea Gerbert du regard : Qu'est-ce
qu'on dit dans le clan Péclard?

— Oh! vous n'êtes pas du tout dans la ligne, dit
Gerbert. Vous savez, ils en tiennent pour le retour de
l'humain et toutes ces conneries. Quand même, ils vou-
draient bien savoir ce que vous avez au juste dans le
ventre?

Françoise était sûre de ne pas se tromper ; dans la cor-
dialité de Gerbert, il y avait quelque chose de contraint.

112

— Ils seront aux aguets l'an prochain quand tu monteras ta pièce, dit Françoise ; elle ajouta gaiement : à présent, après la réussite de *Jules César*, on est sûr que le public te suivra ; c'est fameux à penser.

— Ce sera bien si vous publiez votre livre en même temps, dit Gerbert.

— Tu seras plus qu'un notoire, tu vas être un vrai glorieux, dit Françoise.

Pierre eut un petit sourire.

— Si les petits cochons ne nous mangent pas, dit-il.

Les mots tombèrent sur Françoise comme une douche glacée.

— Tu ne penses pas qu'on se batte pour Djibouti ? dit-elle.

Pierre haussa les épaules.

— Je pense que nous avons été trop prompts à nous réjouir au moment de Munich ; bien des choses peuvent arriver d'ici l'an prochain.

Il y eut un court silence.

— Passez votre pièce en mars, dit Gerbert.

— C'est un mauvais moment, dit Françoise, et puis elle ne sera pas au point.

— La question n'est pas de jouer ma pièce à tout prix, dit Pierre, c'est plutôt de savoir dans quelle mesure ça garde un sens de jouer des pièces.

Françoise le regarda avec malaise ; huit jours plus tôt quand au Pôle Nord avec Xavière il s'était comparé à un insecte têtu, elle n'avait voulu voir là qu'une boutade ; mais il semblait qu'une vraie inquiétude fût née en lui.

— Tu me disais en septembre que, même si une guerre arrivait, il faudrait continuer à vivre.

— Certainement, mais de quelle façon ? Pierre considéra ses doigts d'un air vague. Écrire, mettre en scène, ce n'est quand même pas une fin en soi.

Il était vraiment perplexe et Françoise lui en voulut presque. Elle avait besoin de pouvoir croire tranquillement en lui.

— Si tu vas par là, qu'est-ce qui est une fin en soi ? dit-elle.

— C'est bien pour ça que rien n'est simple, dit Pierre. Son visage avait pris une expression brumeuse et presque stupide ; il avait cette tête-là les matins quand, les yeux roses de sommeil, il cherchait désespérément ses chaussettes à travers la chambre.

— Deux heures et demie, je les mets, dit Gerbert.

D'ordinaire, il ne partait jamais le premier ; il ne tenait à rien tant qu'aux moments qu'il passait avec Pierre.

— Xavière va encore être en retard, dit Françoise. C'est agaçant. La tante tient à ce qu'on arrive pour le porto d'ouverture, à trois heures tapant.

— Elle va s'assommer là-bas, dit Pierre, on aurait dû la retrouver après.

— Elle veut voir ce que c'est qu'un vernissage, dit Françoise. Je ne sais pas ce qu'elle s'imagine.

— Vous allez rire ! dit Gerbert.

— C'est un protégé de la tante, dit Françoise, ça ne peut pas s'éviter. Déjà j'ai manqué le dernier cocktail, il paraît que ça n'a pas fait beau.

Gerbert se leva et fit un petit salut à Pierre.

— A ce soir.

— A quelque jour, dit Françoise avec chaleur. Elle le regarda s'éloigner dans son grand pardessus qui lui battait les talons, un vieux pardessus de Péclard. Ça a plutôt ramé, dit-elle.

— Il est charmant, mais on n'a pas tant de choses à se dire, dit Pierre.

— Ça n'est jamais comme ça ; il m'a semblé tout morose. C'est peut-être parce qu'on l'a laissé tomber vendredi soir, mais c'était plausible qu'on veuille rentrer se coucher tout de suite, on était si crevés.

— A moins que quelqu'un ne nous ait rencontrés, dit Pierre.

— On s'est engouffrés au Pôle Nord et de là on a sauté dans un taxi ; il n'y a qu'Élisabeth, mais je l'ai prévenue. Françoise passa la main sur sa nuque et lissa ses cheveux. Ça serait ennuyeux, dit-elle. Pas tant le fait lui-même, mais le mensonge, ça le blesserait terriblement.

Gerbert avait gardé de son adolescence une susceptibilité un peu ombrageuse ; il redoutait par-dessus tout de se montrer importun. Pierre était la seule personne au monde qui comptât vraiment dans sa vie ; il acceptait volontiers d'avoir des obligations envers lui ; mais à condition de sentir que ce n'était pas par une espèce de devoir que Pierre s'occupait de lui.

— Non, il n'y a aucune chance, dit Pierre, d'ailleurs hier soir encore il était tout gai et amical.

— Il a peut-être des ennuis, dit Françoise. Ça l'attristait que Gerbert fût triste et de ne rien pouvoir pour lui ; elle aimait le savoir heureux ; ça la charmait cette vie unie et plaisante qu'il avait. Il travaillait avec goût et succès, il avait quelques camarades dont les talents divers l'enchantaient : Mollier qui jouait si bien du banjo, Barrisson qui parlait un argot impeccable, Castier qui tenait sans peine six pernods ; souvent le soir dans les cafés de Montparnasse il s'exerçait avec eux à résister aux pernods : le banjo lui réussissait mieux. Le reste du temps, il était volontiers solitaire : il allait au cinéma, il lisait, il se baladait dans Paris en caressant de petits rêves modestes et têtus.

— Pourquoi ne vient-elle pas, cette fille ? dit Pierre.

— Peut-être qu'elle dort encore, dit Françoise.

— Mais non, hier soir, quand elle a passé dans ma loge, elle a bien dit qu'elle se ferait réveiller, dit Pierre. Elle est peut-être malade, mais alors elle aurait téléphoné.

— Ça non, elle a une peur atroce du téléphone, ça lui paraît un instrument maléfique, dit Françoise. Mais je crois plutôt qu'elle a oublié l'heure.

— Elle n'oublie jamais l'heure que par mauvaise volonté, dit Pierre, et je ne vois pas pourquoi elle aurait soudain changé d'humeur.

— Ça lui arrive de changer, sans raison.

— Il y a toujours des raisons, dit Pierre avec un peu de nervosité. Il t'arrive de ne pas chercher à les approfondir, c'est plutôt ça. Le ton fut désagréable à Françoise ; elle n'était pourtant pas responsable.

— Allons la chercher, dit Pierre.

— Elle trouvera ça indiscret, dit Françoise. Peut-être traitait-elle un peu Xavière comme une mécanique, mais du moins elle avait soin d'en ménager les rouages délicats. C'était très ennuyeux de désobliger la tante Christine, seulement d'autre part Xavière prendrait fort mal qu'on vînt la relancer dans sa chambre.

— Mais c'est elle qui est incorrecte, dit Pierre. Françoise se leva. Après tout, il se pouvait que Xavière fût malade. Depuis son explication avec Pierre huit jours plus tôt, elle n'avait pas eu la moindre saute d'humeur ; la nuit qu'ils avaient passée tous trois, ce dernier vendredi après la générale, avait été d'une gaieté sans nuage.

L'hôtel était tout proche et ils y furent en un instant. Trois heures ; il ne restait plus une minute à perdre. Comme Françoise s'engouffrait dans l'escalier la propriétaire l'appela.

— Mademoiselle Miquel, vous allez voir Mlle Pagès ?

— Oui, pourquoi ? dit Françoise avec un peu de hauteur ; cette vieillarde plaintive n'était pas trop incommode, mais elle avait souvent des curiosités déplacées.

— Je voudrais vous dire un mot à son sujet ; la vieille hésitait au seuil du petit salon, mais Françoise ne l'y suivit pas. Mlle Pagès s'est plainte tout à l'heure que son lavabo fût bouché, je lui ai fait observer qu'elle y jetait du thé, des tampons d'ouate, des eaux sales. Elle ajouta : Sa chambre est dans un désordre ; il y a des mégots et des noyaux dans tous les coins et le couvre-lit est brûlé de partout.

— Si vous avez à vous plaindre de Mlle Pagès, adressez-vous à elle, dit Françoise.

— C'est ce que j'ai fait, dit la propriétaire, et elle m'a déclaré qu'elle ne resterait pas ici un jour de plus, je crois qu'elle fait ses valises. Vous comprenez, je ne suis pas en peine de louer mes chambres, j'ai des demandes tous les jours ; et je me séparerais volontiers d'une locataire pareille ; avec l'électricité qu'elle laisse allumée toute la nuit, vous ne savez pas à quel prix ça me revient. Elle ajouta d'un air bon : Seulement comme c'est une amie à vous je ne voudrais pas la mettre dans l'embarras ; je voulais vous dire que si elle change d'avis, je ne ferai pas de difficultés.

Depuis le temps que Françoise était dans la maison, on la traitait avec une sollicitude toute particulière. Elle comblait la bonne femme de billets de faveur et l'autre en était flattée ; et surtout, elle payait bien régulièrement son loyer.

— Je lui dirai, dit Françoise. Merci. Elle s'engagea dans l'escalier avec décision.

— Il ne faudrait pas qu'elle nous emmerde, cette taupe, dit Pierre. Il y a d'autres hôtels à Montparnasse.

— Je suis bien dans celui-ci, dit Françoise. Il était chaud et bien situé ; Françoise en aimait la population bariolée et les vilains papiers à fleurs.

— On frappe ? dit Françoise avec un peu d'hésitation. Pierre frappa ; la porte s'ouvrit avec une promptitude inattendue et Xavière apparut décoiffée, presque rouge ; elle avait retroussé les manches de sa blouse et sa jupe était poussiéreuse.

— Ah ! C'est vous ! dit-elle d'un air de tomber des nues.

C'était inutile d'essayer de prévoir l'accueil de Xavière, on se trompait toujours. Françoise et Pierre restèrent cloués sur place.

— Qu'est-ce que vous faites là dit Pierre.

La gorge de Xavière se gonfla.

— Je déménage, dit-elle d'un ton tragique. Le spectacle était atterrant. Françoise pensa vaguement à tante Christine dont les lèvres devaient commencer à se pincer, mais tout semblait futile au prix du cataclysme qui dévastait la chambre et le visage de Xavière. Trois valises béaient au milieu de la pièce ; les placards avaient

117

dégorgé sur le sol des monceaux de vêtements fripés, de papiers, d'objets de toilette.

— Et vous comptez avoir fini bientôt ? dit Pierre qui regardait avec sévérité le sanctuaire saccagé.

— Je n'en viendrai jamais à bout ! dit Xavière ; elle se laissa tomber sur un fauteuil et serra ses tempes entre ses doigts. Cette sorcière...

— Elle vient de me parler, dit Françoise. Elle m'a dit que vous restiez cette nuit encore si ça vous arrange.

— Ah ! dit Xavière ; un espoir passa dans ses yeux et s'éteignit aussitôt. Non, je dois m'en aller tout de suite.

Françoise eut pitié d'elle.

— Mais vous n'allez pas trouver de chambre ce soir même.

— Ah ! sûrement non, dit Xavière ; elle baissa la tête et demeura prostrée un grand moment ; comme fascinés, Françoise et Pierre contemplaient sans bouger le crâne doré.

— Alors, laissez tout ça, dit Françoise dans un brusque retour de conscience. Demain nous chercherons ensemble.

— Laisser ça ? dit Xavière. Mais je ne peux pas vivre une heure dans ce fatras.

— Je rangerai avec vous ce soir, dit Françoise. Xavière la regarda avec une gratitude plaintive. Écoutez, vous allez vous habiller et nous attendre au Dôme. Nous, nous filons au vernissage et dans une heure et demie nous sommes de retour.

Xavière sauta sur ses pieds et empoigna ses cheveux à pleine main.

— Ah ! J'aurais tant voulu y aller ! Je suis prête dans dix minutes, j'ai juste un coup de brosse à me donner.

— La tante est déjà en train de râler, dit Françoise.

Pierre haussa les épaules.

— De toute façon, le porto est manqué, dit-il d'un air fâché. Ce n'est plus la peine d'arriver là-bas avant cinq heures.

118

— Comme tu veux, dit Françoise. Mais ça va encore retomber sur moi.

— Après tout, tu t'en fous, dit Pierre.

— Vous lui ferez de beaux sourires, dit Xavière.

— Soit, dit Françoise. Tu nous inventeras une excuse.

— Je tâcherai, grommela Pierre.

— Alors, on vous attend dans ma chambre, dit Françoise.

Ils montèrent l'escalier.

— C'est un après-midi perdu, dit Pierre, on n'aura plus le temps d'aller nulle part en sortant de l'exposition.

— Je t'ai dit qu'elle n'était pas vivable, dit Françoise; elle s'approcha de la glace, avec cette coiffure en hauteur c'était difficile d'avoir une nuque bien nette. Pourvu qu'elle ne s'obstine pas à déménager.

— Tu n'as pas besoin de la suivre, dit Pierre. Il semblait outré ; avec Françoise, il était toujours si souriant qu'elle avait presque fini par oublier qu'il n'avait pas bon caractère ; pourtant au théâtre, ses colères étaient légendaires. S'il prenait l'affaire comme une injure personnelle, l'après-midi allait être grinçant.

— Je le ferai, tu le sais bien ; elle n'insistera pas mais elle tombera dans un désespoir noir.

Françoise parcourut sa chambre du regard.

— Mon bon petit hôtel ; heureusement il faut compter avec sa veulerie.

Pierre s'approcha des manuscrits empilés sur la table.

— Tu sais, dit-il. je crois que je vais retenir « Monsieur le Vent » ; ce type m'intéresse, il est à encourager. Je l'inviterai à dîner un de ces soirs pour que tu en juges.

— Il faudra aussi que je te passe « Hyacinthe », dit Françoise. Il me semble qu'il y a des promesses.

— Montre, dit Pierre ; il commença de feuilleter le manuscrit et Françoise se pencha sur son épaule pour lire avec lui. Elle n'était pas de bonne humeur ; seule avec Pierre, elle aurait vite expédié ce vernissage, mais avec Xavière les choses s'alourdissaient tout de suite : on avait l'impression de marcher dans la vie avec des kilos

119

de terre glaise sous ses semelles. Pierre n'aurait pas dû décider de l'attendre ; lui aussi, il avait l'air de s'être levé du mauvais pied. Il s'écoula près d'une demi-heure avant que Xavière frappât. Ils descendirent rapidement l'escalier.

— Où voulez-vous aller ? dit Françoise.

— Ça m'est égal, dit Xavière.

— Pour une heure qu'on a devant nous, dit Pierre, allons au Dôme.

— Comme il fait froid, dit Xavière, en serrant son foulard autour de sa figure.

— C'est à deux pas, dit Françoise.

— Nous n'avons pas la même notion des distances, dit Xavière dont le visage était crispé.

— Ni du temps, dit Pierre sèchement.

Françoise commençait à bien déchiffrer Xavière ; Xavière se savait dans son tort, elle pensait qu'on lui en voulait et elle prenait les devants ; et puis cet essai de déménagement l'avait épuisée. Françoise voulut lui saisir le bras : la nuit du vendredi, ils avaient toujours marché bras dessus bras dessous et d'un même pas.

— Non, dit Xavière, on ira plus vite séparément.

Le visage de Pierre s'assombrit encore ; Françoise redoutait qu'il ne se mît vraiment en colère. Ils s'assirent au fond du café.

— Vous savez, ça n'aura rien d'intéressant ce vernissage, dit Françoise, les protégés de la tante n'ont jamais une ombre de talent, elle a la main sûre.

— Je m'en moque bien, dit Xavière, c'est la cérémonie qui m'amuse ; la peinture m'assomme toujours.

— C'est parce que vous n'en avez jamais vu, dit Françoise, si vous veniez avec moi à des expositions ou même au Louvre...

— Ça ne changerait rien, dit Xavière ; elle fit une grimace ; c'est austère un tableau, c'est tout plat.

— Si vous vous y connaissiez un peu, vous y prendriez plaisir, j'en suis sûre, dit Françoise.

— C'est-à-dire que je comprendrais pourquoi ça

120

devrait me faire plaisir, dit Xavière. Jamais je ne me contenterai de ça, moi ; le jour où je ne sentirai plus rien, je ne me chercherai pas des raisons de sentir.

— Ce que vous appelez sentir, dans le fond c'est une manière de comprendre, dit Françoise, vous aimez la musique, eh bien!...

Xavière l'arrêta net.

— Vous savez, quand on parle de bonne ou de mauvaise musique, ça me passe par-dessus la tête, dit-elle avec une modestie agressive. Je ne comprends rien du tout ; j'aime les notes pour elles-mêmes : juste le son, ça me suffit. Elle regarda Françoise dans les yeux. Les joies de l'esprit, ça me fait horreur.

Quand Xavière était butée, c'était inutile de discuter. Françoise regarda Pierre avec reproche, c'était lui qui avait voulu qu'on attendît Xavière, il aurait pu au moins participer à la conversation au lieu de se retrancher derrière un sourire sardonique.

— Je vous préviens que la cérémonie, comme vous l'appelez, n'a rien du tout de drôle, dit Françoise. Juste des gens qui se font des politesses.

— Ah! Ça fera toujours du monde, du mouvement, dit Xavière sur un ton de revendication passionnée.

— Vous avez envie de distractions en ce moment?

— Si j'en ai envie! dit Xavière.

Ses yeux prirent un éclat sauvage.

— Être enfermée du matin au soir dans cette chambre, mais je deviendrai folle. Je ne peux plus m'y supporter, vous ne pouvez pas savoir comme je serai heureuse de la quitter.

— Qui vous empêche de sortir? dit Pierre.

— Vous dites que les dancings, entre femmes, ce n'est pas amusant ; mais Begramian ou Gerbert vous accompagneraient volontiers, ils dansent très bien, dit Françoise.

Xavière secoua la tête.

— Quand on décide de s'amuser sur commande c'est toujours piteux.

— Vous voulez que tout vous tombe du ciel comme une manne, dit Françoise, vous ne daignez pas lever le petit doigt et après ça vous vous en prenez au monde. Évidemment...

— Il doit y avoir des pays, dit Xavière d'un air rêveur, des pays chauds : la Grèce, la Sicile, on n'a sûrement pas besoin de lever un doigt.

Elle fronça les sourcils.

— Ici, il faut s'agripper des deux mains, et pour ramasser quoi?

— Même là-bas, dit Françoise.

Les yeux de Xavière devinrent brillants.

— Où est-ce cette île toute rouge et entourée d'eau bouillante? dit-elle avidement.

— Santorin, c'est en Grèce, dit Françoise, Mais je ne vous ai pas dit tout à fait ça. Il n'y a que les falaises qui soient rouges. Et la mer est bouillante seulement entre deux petits îlots noirs qui sont des crachats de volcan. Oh! Je me rappelle, dit-elle avec chaleur, un lac d'eau soufrée parmi ces laves ; c'était tout jaune et bordé d'une langue de terre noire comme l'anthracite ; juste de l'autre côté de cette bande noire il y avait la mer d'un bleu éblouissant.

Xavière la regardait avec une attention ardente.

— Quand je pense à tout ce que vous avez vu, dit-elle d'une voix pleine de reproche.

— Vous trouvez que c'est immérité, dit Pierre.

Xavière le toisa, elle désigna les banquettes de cuir sale, les tables douteuses.

— Dire qu'après ça, vous pouvez venir vous asseoir ici.

— A quoi ça avancerait de se consumer en regrets? dit Françoise.

— Bien sûr, vous ne voulez rien regretter, dit Xavière. Vous tenez tellement à être heureuse.

Elle regarda au loin.

— Moi, je ne suis pas née résignée.

Françoise fut touchée au vif ; ce parti pris de bonheur

qui lui semblait s'imposer avec tant d'évidence, on pouvait donc le repousser avec mépris ? A tort ou à raison, elle ne regardait plus les paroles de Xavière comme des boutades ; il y avait là tout un système de valeurs qui s'opposait au sien ; elle avait beau ne pas le reconnaître, c'était gênant qu'il existât.

— Ce n'est pas de la résignation, dit-elle vivement. Nous aimons Paris, ces rues, ces cafés.

— Comment peut-on aimer des endroits sordides, et des choses laides et toutes ces vilaines gens ? La voix de Xavière soulignait les épithètes avec dégoût.

— C'est que le monde tout entier nous intéresse, dit Françoise. Vous, vous êtes une petite esthète, il vous faut de la beauté toute crue, mais c'est un point de vue bien étroit.

— Il faudrait que je m'intéresse à cette soucoupe sous prétexte qu'elle se mêle d'exister ? dit Xavière.

Elle regarda la soucoupe d'un air irrité.

— C'est déjà bien assez qu'elle soit là.

Elle ajouta avec une naïveté voulue :

— J'aurais cru que quand on était artiste, c'est justement qu'on aimait les belles choses.

— Ça dépend ce qu'on appelle de belles choses, dit Pierre.

Xavière le dévisagea.

— Tiens, Vous écoutez, dit-elle avec une douceur étonnée, je vous croyais perdu dans des pensées profondes.

— J'écoute parfaitement, dit Pierre.

— Vous n'êtes pas de bonne humeur, dit Xavière qui restait souriante.

— Je suis d'excellente humeur, dit Pierre. Je trouve qu'on passe un délicieux après-midi. On va partir pour le vernissage, en sortant de là on aura juste le temps de manger un sandwich. C'est fort habile.

— Vous estimez que c'est de ma faute ? dit Xavière en découvrant ses dents.

— Je ne pense pas que ce soit la mienne, dit Pierre.

C'était exprès pour se montrer désagréable avec Xavière qu'il avait tenu à la retrouver au plus tôt. Il aurait pu penser un peu à moi, se dit Françoise avec rancune ; la situation n'était pas plaisante pour elle.

— C'est vrai, pour une fois que vous avez un moment libre, dit Xavière dont le rictus s'accentua, quel désastre s'il y a un peu de coulage.

Le reproche surprit Françoise. Avait-elle encore une fois mal déchiffré Xavière ? Il ne s'était pas passé que quatre jours depuis vendredi et la veille au théâtre Pierre avait salué Xavière fort aimablement ; pour se juger négligée, il fallait qu'elle tînt déjà beaucoup à lui.

Xavière se tourna vers Françoise.

— J'imaginais tout autrement la vie des écrivains et des artistes, dit-elle d'un ton mondain. Je ne croyais pas que c'était réglé comme ça, au coup de sonnette.

— Vous les auriez voulus errant dans la tempête et les cheveux au vent, dit Françoise qui, sous le regard moqueur de Pierre, se sentait devenir tout à fait stupide.

— Non. Baudelaire n'a pas les cheveux au vent, dit Xavière.

Elle reprit d'une voix sobre :

— En somme, à part lui et Rimbaud, les artistes, c'est juste comme des fonctionnaires.

— Parce que nous travaillons régulièrement à la petite journée ? dit Françoise.

Xavière eut une moue gentille.

— Et puis vous comptez vos heures de sommeil, vous prenez deux repas par jour, vous rendez des visites, vous n'allez jamais vous promener l'un sans l'autre. Ça ne peut sans doute pas être autrement...

— Mais vous trouvez ça désespérant ? dit Françoise avec un sourire forcé. Ce n'était pas une image flatteuse que Xavière leur proposait d'eux-mêmes.

— C'est drôle de s'asseoir chaque jour devant sa table pour aligner des phrases, dit Xavière. J'admets bien qu'on écrive, ajouta-t-elle vivement ; les mots, c'est voluptueux. Mais seulement quand l'envie vous en prend.

— On peut avoir envie d'une œuvre dans son ensemble, dit Françoise ; elle avait un peu le désir de se justifier aux yeux de Xavière.

— J'admire le niveau élevé de vos conversations, dit Pierre. Son sourire malveillant enveloppait Françoise autant que Xavière, et Françoise fut décontenancée ; est-ce qu'il pouvait la juger du dehors, comme une étrangère, elle qui n'arrivait pas à prendre le moindre recul devant lui ? C'était déloyal.

Xavière ne sourcilla pas.

— Ça devient une tâche, dit-elle.

Elle eut un rire indulgent.

— D'ailleurs, c'est bien votre manière de voir, vous transformez tout en devoir.

— Comment voulez-vous dire ? dit Françoise. Je vous assure que je ne me sens pas tellement ligotée.

Oui, elle s'expliquerait une bonne fois avec Xavière et elle lui dirait ce qu'elle pensait d'elle à son tour ; c'était très gentil de lui laisser prendre un tas de petites supériorités, mais Xavière en abusait.

— Vos rapports avec les gens, par exemple. Xavière compta sur ses doigts : Élisabeth, votre tante, Gerbert et tant d'autres. J'aimerais mieux vivre seule au monde et garder ma liberté.

— Vous ne comprenez pas qu'avoir des conduites à peu près constantes ce n'est pas un esclavage, dit Françoise agacée. C'est librement que nous essayons de ne pas trop peiner Élisabeth par exemple.

— Vous leur donnez des droits sur vous, dit Xavière avec dédain.

— Absolument pas, dit Françoise. Avec la tante, c'est une espèce de marché cynique parce qu'elle nous donne de l'argent. Élisabeth prend ce qu'on lui donne et Gerbert, on le voit parce que ça nous plaît.

— Oh ! Il se croit très bien des droits sur vous, dit Xavière d'un ton assuré.

— Personne au monde n'a moins que Gerbert conscience d'avoir des droits, dit Pierre tranquillement.

— Vous croyez ça ? dit Xavière, je sais le contraire.

— Qu'est-ce que vous pouvez savoir ? dit Françoise intriguée. Vous n'avez pas échangé trois mots avec lui.

Xavière hésita.

— Ce sont de ces intuitions dont un cœur bien né a le secret, dit Pierre.

— Eh bien ! Puisque vous voulez savoir, dit Xavière avec emportement, il a eu l'air d'un petit prince offensé quand j'ai dit hier soir que j'étais sortie vendredi avec vous.

— Vous lui avez dit ! dit Pierre.

— On vous avait recommandé de vous taire, dit Françoise.

— Ah ! ça m'a échappé, dit Xavière avec nonchalance. Je ne suis pas habituée à toutes ces politiques.

Françoise échangea avec Pierre un regard consterné. Xavière l'avait sûrement fait exprès, par basse jalousie. Elle n'avait rien d'une étourdie et elle n'était restée au foyer qu'un très petit moment.

— Voilà ce que c'est, dit Françoise, on n'aurait pas dû lui mentir.

— Eh ! Comment se serait-on douté ? dit Pierre.

Il mordillait ses ongles, il semblait profondément soucieux. C'était pour Gerbert un coup dont son aveugle confiance en Pierre ne se relèverait peut-être jamais. Françoise eut la gorge serrée en évoquant la petite âme désemparée qu'il promenait en ce moment dans Paris.

— Il faut faire quelque chose, dit-elle nerveusement.

— J'aurai une explication avec lui ce soir, dit Pierre, mais qu'expliquer ? L'avoir laissé choir, passe encore, mais le mensonge fait si gratuit.

— Ça fait toujours gratuit quand ça se découvre, dit Françoise.

Pierre regarda durement Xavière.

— Que lui avez-vous dit au juste ?

126

— Il me racontait comme ils s'étaient saoulés vendredi avec Tedesco et Canzetti, et comme ç'avait été
amusant ; j'ai dit que je regrettais tant de ne pas les
avoir rencontrés, mais qu'on était restés enfermés au
Pôle Nord et qu'on n'avait rien vu, dit Xavière d'un
ton boudeur.

Elle était d'autant plus déplaisante que c'était elle
qui avait insisté pour rester toute la nuit au Pôle Nord.

— C'est bien tout ce que vous avez dit ? dit Pierre.

— Mais oui, c'est tout, dit Xavière de mauvaise
grâce.

— Alors peut-être ça peut encore s'arranger, dit
Pierre en regardant Françoise ; je dirai qu'on était
absolument décidés à rentrer mais qu'à la dernière minute Xavière était si navrée qu'on s'est résignés à
veiller.

Xavière plissa la bouche.

— Il croira ou il ne croira pas, dit Françoise.

— Je ferai en sorte qu'il croie, dit Pierre, on a le béné-
fice de ne lui avoir jamais menti jusqu'ici.

— C'est vrai que tu es un saint Jean Bouche d'or,
dit Françoise. Tu devrais essayer de le voir tout de
suite.

— Et la tante ? Tant pis pour la tante !

— On y passera à six heures, dit Françoise nerveusement. Ça non, il faut qu'on y passe, elle ne nous le
pardonnerait pas.

Pierre se leva.

— Je vais téléphoner chez lui, dit-il.

Il s'éloigna. Françoise alluma une cigarette, par contenance ; elle tremblait de colère au-dedans, c'était odieux
d'imaginer Gerbert malheureux, et malheureux par
leur faute.

En silence, Xavière tiraillait ses cheveux.

— Après tout, il n'en mourra pas ce petit type, dit-
elle avec une insolence un peu contrainte.

— Je voudrais vous voir à sa place, dit Françoise
âprement.

127

Xavière se décontenança.

— Je ne pensais pas que c'était si grave, dit-elle.

— On vous avait prévenue, dit Françoise.

Il y eut un long silence. Avec un peu d'effroi, Françoise considéra cette vivante catastrophe qui envahissait sournoisement sa vie ; c'était Pierre qui par son respect, son estime avait brisé les digues où Françoise la contenait. Maintenant qu'elle était déchaînée, jusqu'où ça irait-il ? Le bilan de la journée était déjà honorable : l'irritation de la propriétaire, le vernissage plus qu'à demi manqué, la nervosité anxieuse de Pierre, la brouille avec Gerbert. En Françoise elle-même il y avait ce malaise qui s'était installé depuis huit jours ; c'était peut-être cela qui lui faisait le plus peur.

— Vous êtes fâchée ? murmura Xavière. Son visage consterné n'adoucit pas Françoise.

— Pourquoi avez-vous fait ça ? dit-elle.

— Je ne sais pas, dit Xavière à voix basse ; elle courba la tête. C'est bien fait, dit-elle encore plus bas, au moins vous saurez ce que je vaux, vous serez dégoûtée de moi ; c'est bien fait.

— Que je me dégoûte de vous ?

— Oui. Je ne mérite pas qu'on s'intéresse à moi, dit Xavière avec une violence désespérée. Vous me connaîtrez maintenant. Je vous l'ai dit, je ne vaux rien. Il fallait me laisser à Rouen.

Tous les reproches que Françoise avait aux lèvres devenaient vains auprès de ces accusations passionnées. Françoise se tut. Le café s'était rempli de gens et de fumées ; il y avait une tablée de réfugiés allemands qui suivaient avec attention une partie d'échecs ; à une table voisine, une espèce de folle, qui se croyait putain, seule devant un café-crème, faisait des grâces à un interlocuteur invisible.

— Il n'était pas là, dit Pierre.

— Tu as été bien long, dit Françoise.

— J'en ai profité pour faire un petit tour ; j'avais envie de m'aérer.

Il s'assit et alluma sa pipe ; il paraissait détendu.

— Je vais m'en aller, dit Xavière.

— Oui, il serait temps de partir, dit Françoise.

Personne ne bougea.

— Ce que je voudrais savoir, dit Pierre, c'est pourquoi vous lui avez dit ça ?

Il dévisageait Xavière avec un intérêt si vif qu'il avait balayé la colère.

— Je ne sais pas, dit encore une fois Xavière. Mais Pierre ne lâchait pas prise si vite.

— Mais si, vous savez, dit-il doucement.

Xavière haussa les épaules avec accablement.

— Je n'ai pas pu m'empêcher.

— Vous aviez quelque chose dans la tête, dit Pierre. Qu'est-ce que c'était ?

Il sourit.

— Vous vouliez nous être désagréable ?

— Oh ! Comment pouvez-vous penser ? dit-elle.

— Il vous semblait que ça donnait à Gerbert une supériorité sur vous, ce petit mystère ?

Dans les yeux de Xavière une lueur de blâme se réveilla.

— Je trouve toujours agaçant qu'on soit obligé de se cacher, dit-elle.

— C'est pour ça ? dit Pierre.

— Mais non. C'est venu comme ça, je vous dis, dit-elle d'un air torturé.

— Vous dites vous-même que ce secret vous agaçait.

— Mais c'était sans rapport, dit Xavière.

Françoise regarda la pendule avec impatience ; peu importaient les raisons de Xavière, sa conduite était injustifiable.

— Ça vous gênait, cette idée que nous devions des comptes à autrui ; je comprends : C'est déplaisant de sentir que les gens ne sont pas libres en face de vous, dit Pierre.

— Oui, un peu, dit Xavière, et puis...

— Et puis quoi? dit Pierre d'une voix amicale. Il avait l'air tout prêt à approuver Xavière.

— Non, c'est abject, dit Xavière. Elle cacha sa figure dans ses mains. Je suis abjecte, laissez-moi.

— Mais tout ça n'a rien d'abject, dit Pierre. Je voudrais vous comprendre. Il hésita : Était-ce une petite vengeance parce que Gerbert n'avait pas été aimable l'autre soir?

Xavière découvrit son visage : elle parut tout étonnée.

— Mais il avait été aimable, en tout cas bien autant que moi.

— Alors ce n'était pas pour le blesser? dit Pierre.

— Bien sûr que non. Elle hésita et dit d'un air de se jeter à l'eau : je voulais voir ce qui arriverait.

Françoise la regarda avec une inquiétude grandissante. Le visage de Pierre reflétait une curiosité si ardente qu'elle imitait la tendresse ; est-ce qu'il admettait la jalousie, la perversité, l'égoïsme dont Xavière faisait un aveu à peine voilé? Si Françoise avait décelé en elle-même l'aurore de tels sentiments, avec quelle décision elle les aurait combattus. Et Pierre souriait.

Xavière éclata soudain :

— Pourquoi me faites-vous dire tout ça? C'est pour mieux me mépriser? Mais vous ne me mépriserez pas plus que je ne fais moi-même!

— Comment pouvez-vous imaginer que je vous méprise! dit Pierre.

— Si vous me méprisez, dit Xavière, vous avez raison. Je ne sais pas me conduire! Je fais des dégâts partout. Oh! Il y a un malheur sur moi, gémit-elle passionnément.

Elle appuya la tête contre la banquette et tourna son visage vers le plafond pour empêcher ses larmes de couler ; son cou se gonflait convulsivement.

— Je suis sûr que cette histoire s'arrangera, dit Pierre d'une voix pressante. Ne vous désolez pas.

— Il n'y a pas que ça, dit Xavière. Il y a... tout.

Elle fixa dans le vide un regard farouche et dit à voix basse :

— Je me dégoûte, j'ai horreur de moi.

Bon gré, mal gré, Françoise fut émue par son accent ; on sentait que ces mots ne venaient pas de naître sur ses lèvres, elle les arrachait du plus profond d'elle-même ; pendant des heures et des heures au long de ses nuits sans sommeil elle avait dû amèrement les remâcher.

— Vous ne devez pas, dit Pierre. Nous, qui vous estimons tant...

— Pas maintenant, dit Xavière faiblement.

— Mais si, dit Pierre, je sens si bien ce vertige qui vous a prise.

Françoise eut un sursaut de révolte ; elle n'estimait pas tant Xavière ; elle n'excusait pas ce vertige ; Pierre n'avait pas le droit de parler en son nom. Il allait son chemin sans même se retourner vers elle et après ça il affirmait qu'elle l'avait suivi ; c'était trop d'outre-cuidance. Des pieds à la tête elle se sentait changée en bloc de plomb ; la séparation lui était cruelle, mais rien ne saurait la faire glisser sur cette pente de mirage au bout de laquelle s'ouvrait elle ne savait quel abîme.

— Des vertiges, des torpeurs, dit Xavière, voilà tout ce dont je suis capable.

Son visage était décoloré et des cernes mauves étaient apparus sous ses yeux ; elle était extraordinairement laide avec son nez rougi et ses cheveux pleureurs qui semblaient s'être soudain ternis. On ne pouvait pas douter qu'elle fût sincèrement bouleversée ; mais ça serait trop commode si les remords effaçaient tout, pensa Françoise.

Xavière poursuivit sur un ton morne de complainte.

— Quand j'étais à Rouen on pouvait encore me trouver des excuses, mais qu'ai-je fait depuis que je suis à Paris ?

Elle se remit à pleurer.

— Je ne sens plus rien, je ne suis plus rien.

Elle avait l'air de se débattre contre une douleur

physique dont elle eût été la victime irresponsable.

— Ça changera, dit Pierre, ayez confiance en nous, nous vous aiderons.

— On ne peut pas m'aider, dit Xavière dans une explosion de désespoir enfantin, je suis marquée! Les sanglots la suffoquaient; le buste droit, le visage en agonie, elle laissait sans résistance couler ses larmes et devant leur naïveté désarmante Françoise sentit son cœur fondre; elle aurait voulu trouver un geste, un mot, mais ça n'était pas facile, elle revenait de trop loin. Il y eut un long silence pesant; entre les glaces jaunies une journée fatiguée hésitait à mourir; les joueurs d'échecs n'avaient pas changé d'attitudes; un homme était venu s'asseoir à côté de la folle; elle semblait beaucoup moins folle à présent que son interlocuteur avait trouvé un corps.

— Je suis si lâche, dit Xavière, je devrais me tuer, il y a longtemps que j'aurais dû. Son visage se crispa. Je le ferai, dit-elle d'un ton de défi.

Pierre la regarda d'un air perplexe et navré et se tourna brusquement vers Françoise.

— Enfin! Tu vois dans quel état elle est! Essaie de la calmer, dit-il avec indignation.

— Que veux-tu que je fasse? dit Françoise dont la pitié se glaça aussitôt.

— Tu aurais dû depuis longtemps la prendre dans tes bras et lui dire... lui dire des choses, acheva-t-il.

En pensée les bras de Pierre enlaçaient Xavière et la berçaient, mais le respect, la décence, un tas de stricts interdits les paralysaient; c'est dans le corps de Françoise seulement qu'il pouvait incarner sa chaude compassion. Inerte, glacée, Françoise n'ébaucha pas un geste; la voix impérieuse de Pierre l'avait vidée de sa volonté propre, mais de tous ses muscles raidis elle se refusait à une intrusion étrangère. Pierre restait immobile aussi, tout empêtré de tendresse inutile. Un moment l'agonie de Xavière se poursuivit dans le silence.

— Calmez-vous, reprit Pierre doucement. Ayez

confiance en nous. Vous avez vécu au hasard jusqu'ici, mais une vie, c'est toute une entreprise. Nous allons y réfléchir ensemble et faire des plans.

— Il n'y a pas de plans à faire, dit Xavière sombrement. Non, je n'ai qu'à rentrer à Rouen, c'est le mieux.

— Rentrer à Rouen! Ça serait vraiment malin, dit Pierre. Vous voyez bien que nous ne vous en voulons pas.

Il jeta vers Françoise un regard impatient.

— Dis-lui au moins que tu ne lui en veux pas.

— Bien sûr, je ne vous en veux pas, dit Françoise d'une voix neutre.

A qui en voulait-elle? Elle avait l'impression pénible d'être divisée contre elle-même. Il était six heures déjà, mais on ne pouvait pas parler de s'en aller.

— Ne soyez pas tragique, dit Pierre, causons sagement.

Il y avait en lui quelque chose de si rassurant, de si solide, que Xavière s'apaisa un peu; elle le regarda avec une espèce de docilité.

— Ce qui vous manque le plus, dit Pierre, c'est d'avoir quelque chose à faire.

Xavière eut un geste de dérision.

— Pas des occupations pour remplir le temps; je comprends bien que vous êtes trop exigeante pour vous contenter de déguiser le vide, vous ne pouvez pas accepter simplement des distractions. Il faudrait une chose qui donne vraiment un sens à vos journées.

Avec désagrément Françoise reçut au vol la critique de Pierre; elle n'avait jamais proposé que des distractions à Xavière, une fois de plus elle ne l'avait pas prise assez au sérieux; et maintenant c'était par-dessus sa tête que Pierre cherchait une entente avec Xavière.

— Mais je vous dis que je ne suis bonne à rien, dit Xavière.

— Vous n'avez pas non plus essayé grand-chose, dit Pierre. Il sourit : Moi, j'aurais bien une idée.

— Quoi donc? dit-elle avec curiosité.

133

— Pourquoi ne feriez-vous pas du théâtre ?

Xavière écarquilla les yeux.

— Du théâtre ?

— Pourquoi non ? Vous avez un excellent physique, un sens profond de vos attitudes et de vos jeux de physionomie. Ça ne permet pas d'affirmer que vous aurez du talent ; mais enfin tout autorise à l'espérer.

— Je ne serai jamais capable, dit Xavière.

— Ça ne vous tenterait pas ?

— Bien sûr, dit Xavière, mais ça n'avance à rien.

— Vous avez une sensibilité et une intelligence qui ne sont pas données à tout le monde, dit Pierre. Ce sont de gros atouts.

Il la regarda sérieusement.

— Dame ! Il faudra travailler ; vous suivez les cours de l'école ; j'en fais deux moi-même, et Bahin et Rambert sont aimables comme tout.

Une lueur d'espoir passa dans les yeux de Xavière.

— Jamais je n'arriverai, dit-elle.

— Je vous donnerai des leçons personnelles pour vous débrouiller ; je vous jure que si vous avez une ombre de talent je vous le ferai sortir.

Xavière secoua la tête.

— C'est un beau rêve, dit-elle.

Françoise fit un effort de bonne volonté ; il se pou-vait que Xavière fût douée et de toute façon ce serait pain bénit si l'on arrivait à l'intéresser à quelque chose.

— Vous disiez ça pour votre venue à Paris, dit-elle. Et voyez, vous y voilà très bien.

— C'est vrai, dit Xavière.

Françoise sourit.

— Vous êtes tellement dans l'instant que n'importe quel avenir vous apparaît comme un rêve ; c'est du temps même que vous doutez.

Xavière eut un petit sourire.

— C'est si incertain, dit-elle.

— Êtes-vous à Paris ou non ? dit Françoise.

— Oui, mais ça n'est pas pareil, dit Xavière.

— Paris, il suffisait d'une fois pour y venir, dit Pierre gaiement. Et là, l'effort sera chaque fois à recommencer. Mais comptez sur nous ; nous avons de la volonté pour trois.

— Hélas! dit Xavière en souriant, vous en êtes effrayants.

Pierre poursuivit son avantage.

— Dès lundi vous allez venir au cours d'improvisation. Vous verrez, c'est juste comme ces jeux auxquels vous vous amusiez quand vous étiez petite. On vous demandera d'imaginer que vous déjeunez avec une amie, qu'on vous surprend en train de voler à un étalage ; vous devez en même temps inventer la scène et la jouer.

— Ça doit être très amusant, dit Xavière.

— Et puis vous choisirez tout de suite un rôle que vous commencerez à travailler ; du moins des fragments.

Pierre consulta Françoise du regard.

— Qu'est-ce qu'on pourrait lui conseiller ?

Françoise réfléchit.

— Quelque chose qui ne réclame pas trop de métier, mais qui ne la fasse pas non plus jouer simplement avec son charme naturel. *L'Occasion*, de Mérimée, par exemple.

L'idée l'amusait ; peut-être Xavière deviendrait-elle une actrice ; en tout cas ce serait intéressant d'essayer.

— Ça ne serait pas mal du tout, dit Pierre.

Xavière les regarda l'un et l'autre d'un air joyeux.

— J'aimerais tant être une actrice! Je pourrais jouer sur une vraie scène comme vous ?

— Bien sûr, dit Pierre, et peut-être dès l'an prochain pour un petit rôle.

— Oh! dit Xavière avec extase! Oh! je vais travailler, vous verrez.

Tout était si imprévu en elle, peut-être travaillerait-elle après tout ; Françoise se reprit à se charmer de l'avenir qu'elle lui imaginait.

135

— Demain, c'est dimanche, je ne peux pas, dit Pierre, mais jeudi je vous donnerai une première leçon de diction. Voulez-vous que je vous retrouve dans ma loge les lundis et jeudis, de trois heures à quatre heures ?

— Mais ça va vous déranger, dit Xavière.

— Ça m'intéressera au contraire, dit Pierre.

Xavière était toute rassérénée et Pierre rayonnait ; il fallait avouer qu'il avait réussi un tour presque athlétique en amenant Xavière du fond du désespoir jusqu'à cet état de confiance et de joie. Il en avait tout à fait oublié et Gerbert et le vernissage.

— Tu devrais téléphoner de nouveau à Gerbert, dit Françoise, ça serait mieux que tu le voies avant le spectacle.

— Tu crois ? dit Pierre.

— Tu ne le crois pas ? dit-elle un peu sèchement.

— Oui, dit Pierre à regret, j'y vais.

Xavière regarda la pendule.

— Oh! Voilà que je vous ai fait manquer le vernissage, dit-elle avec contrition.

— Ça ne fait rien, dit Françoise.

Ça faisait beaucoup au contraire, il faudrait qu'elle aille porter des excuses à la tante, le lendemain, et les excuses ne seraient pas acceptées.

— J'ai honte, dit Xavière doucement.

— Mais il ne faut pas, dit Françoise.

Les remords de Xavière et ses résolutions l'avaient vraiment touchée ; on ne pouvait pas la juger comme n'importe qui. Elle posa sa main sur la main de Xavière.

— Vous verrez, tout sera bien.

Xavière la contempla un instant avec dévotion.

— Quand je me vois et que je vous regarde! dit-elle avec un accent passionné, j'ai honte!

— C'est absurde, dit Françoise.

— Vous êtes sans tâche, dit Xavière d'une voix fervente.

— Oh! que non, dit Françoise.

Autrefois ces mots l'auraient fait seulement sourire, mais ils la gênaient aujourd'hui.

— Quelquefois la nuit, quand je pense à vous, dit Xavière, ça m'éblouit tellement, je ne peux plus croire que vous existiez pour de vrai.

Elle sourit.

— Et vous existez, dit-elle, avec une tendresse charmante.

Françoise le savait : l'amour que lui portait Xavière, c'est dans le secret de sa chambre et de la nuit qu'elle s'y abandonnait ; alors personne ne pouvait lui disputer l'image qu'elle portait en son cœur, et assise au creux de son fauteuil, les yeux au loin, elle la contemplait avec extase. La femme de chair et d'os qui appartenait à Pierre, à tout le monde et à soi-même ne percevait jamais que de pâles échos de ce culte jaloux.

— Je ne mérite pas que vous pensiez ça, dit Françoise avec une espèce de remords.

Pierre s'approchait gaiement.

— Il était là ; je lui ai dit d'être dès huit heures au théâtre, que je voudrais lui parler.

— Qu'est-ce qu'il a répondu ?

— Il a répondu : Bon !

— Ne recule devant aucun sophisme, dit Françoise.

— Fie-toi à moi, dit Pierre.

Il sourit à Xavière :

— Si on allait boire un verre au Pôle Nord avant de se quitter ?

— Oh ! Oui, allons au Pôle Nord, dit Xavière avec tendresse.

C'était là qu'ils avaient scellé leur amitié et l'endroit était devenu déjà légendaire et symbolique ; en sortant du café, Xavière prit d'elle-même le bras de Pierre et celui de Françoise et marchant tous trois d'un pas égal ils se dirigèrent en pèlerinage vers le bar.

Xavière ne voulut pas que Françoise l'aidât à ranger sa chambre ; par discrétion, et puis sans doute lui déplaisait-il qu'une main étrangère, fût-ce celle d'une divinité, touchât ses petites affaires. Françoise monta donc chez elle, passa une robe de chambre, et étala ses papiers sur sa table. C'était le plus souvent à cette heure-là, pendant que Pierre jouait, qu'elle s'occupait de son roman ; elle commença à relire les pages qu'elle avait écrites la veille, mais elle avait peine à se concentrer. Dans la chambre voisine le nègre donnait une leçon de claquettes à la putain blonde ; il y avait avec eux une petite Espagnole qui était barmaid au Topsy, Françoise reconnaissait leurs voix. Elle sortit une lime de son sac et se mit à limer ses ongles. Même si Pierre arrivait à convaincre Gerbert, est-ce qu'il ne resterait pas toujours une ombre entre eux ? Quelle tête la tante Christine ferait-elle demain ? Elle ne parvenait pas à écarter ces petites pensées déplaisantes. Mais surtout, ce qui ne passait pas, c'était cet après-midi que Pierre et elle avaient passé dans la désunion ; sans doute, dès qu'elle en aurait reparlé avec lui, cette impression pénible s'effacerait, mais en attendant cela pesait lourd sur le cœur. Elle regarda ses ongles. C'était stupide ; elle n'aurait pas dû attacher tant d'importance à un léger désaccord ; elle n'aurait pas dû se sentir en désarroi dès que l'approbation de Pierre lui manquait.

Ses ongles n'étaient pas bien taillés, ils restaient dissymétriques. Françoise reprit sa lime. Le tort qu'elle avait, c'était de reposer sur Pierre de tout son poids ; il y avait là une véritable faute, elle ne devait pas faire supporter à un autre la responsabilité d'elle-même. Elle secoua avec impatience la poussière de corne blanche qui s'accrochait à sa robe de chambre. Pour devenir totalement responsable d'elle-même, il lui aurait suffi de le vouloir ; mais elle ne le voulait pas réellement. Ce blâme même qu'elle s'adressait, elle demanderait encore à Pierre de l'approuver ; tout ce qu'elle pensait, c'était avec lui et pour lui ; un acte qu'elle tirât de soi, seule et qu'elle accomplît absolument sans rapport avec lui, un acte qui affirmât une authentique indépendance, elle ne pourrait même pas en imaginer. Ce n'était pas gênant, d'ailleurs, elle n'aurait jamais besoin de recours à soi contre Pierre.

Françoise rejeta sa lime. C'était absurde de perdre en ratiocinations trois précieuses heures de travail. Il était déjà arrivé à Pierre de s'intéresser très fort à d'autres femmes ; pourquoi donc se sentait-elle lésée ? Ce qui était inquiétant, c'était cette hostilité raidie qu'elle avait découverte en elle et qui n'était pas tout à fait dissipée. Elle hésita ; un instant elle fut tentée d'élucider clairement son malaise ; et puis elle fut prise de paresse. Elle se pencha sur ses papiers.

Il n'était guère plus de minuit lorsque Pierre revint du théâtre ; son visage était tout rougi par le froid.

— Tu as vu Gerbert ? dit Françoise anxieusement.

— Oui, c'est arrangé, dit Pierre avec gaieté ; il ôta son foulard et son pardessus. Il a commencé par dire que ça n'avait aucune importance, il ne voulait pas d'explication ; mais j'ai tenu bon ; j'ai plaidé qu'on ne prenait jamais de gants avec lui et que si l'on avait voulu le laisser choir, on le lui aurait dit froidement. Il est resté un peu défiant, mais c'était pour la forme.

— Tu es un véritable petit Bouche d'or, dit Françoise ; une espèce de rancune se mêlait à son soulagement ; ça l'irritait de se sentir complice de Xavière contre Gerbert et elle aurait voulu que Pierre en fût affecté, lui aussi, au lieu de frotter les mains béatement. Une petite entorse aux faits, ce n'était rien ; mais débiter des mensonges d'âme à âme, ça gâchait quelque chose entre les gens.

— C'est quand même drôlement moche ce que Xavière a fait là, dit-elle.

— Je t'ai trouvée bien sévère, dit Pierre ; il sourit. Ce que tu seras dure quand tu seras vieille !

— Au début, c'était toi le plus sévère des deux, dit Françoise, tu en étais presque insupportable.

Elle comprit avec un peu d'angoisse qu'il ne serait pas si facile d'effacer par une conversation amicale les malentendus de la journée ; dès qu'elle les évoquait, une aigreur agressive se réveillait en elle.

Pierre commença à défaire la cravate qu'il avait arborée en l'honneur du vernissage.

— Je trouvais d'une inqualifiable légèreté qu'elle eût oublié un rendez-vous avec nous, dit-il d'un ton offensé, mais avec un sourire qui raillait rétrospectivement son importance. Et puis quand j'ai été faire une petite promenade sédative, les faits me sont apparus sous un autre angle.

Sa bonne humeur insouciante redoubla la nervosité de Françoise.

— J'ai vu ; sa conduite avec Gerbert t'a soudain enclin à l'indulgence, tu l'aurais presque félicitée.

— Ça devenait trop sérieux pour être de la légèreté, dit Pierre ; j'ai pensé que tout ça : sa nervosité, son besoin de distraction, le rendez-vous oublié et la trahison d'hier soir, ça faisait tout un ensemble qui devait avoir une raison.

— Elle t'a dit la raison, dit Françoise.

— Il ne faut pas croire ce qu'elle dit sous prétexte qu'elle fait des histoires pour le dire, dit Pierre.

— Alors, ce n'est vraiment pas la peine de tant insister, dit Françoise qui repensait avec rancune à ces interminables interrogatoires.

— Elle ne ment pas non plus tout à fait. Il faut interpréter ses paroles, dit Pierre.

On aurait cru qu'on parlait d'une Pythie.

— Où veux-tu en venir ? dit Françoise impatientée.

Pierre eut un sourire de coin.

— Ça ne t'a pas frappée qu'elle m'ait en somme reproché de ne pas l'avoir revue depuis vendredi ?

— Oui, dit Françoise, ça prouve qu'elle commence à tenir à toi.

— Commencer, pour cette fille-là, et aller jusqu'au bout, je crois que c'est tout un, dit Pierre.

— Comment ça ?

— Je crois qu'elle a de fort bons sentiments pour moi, dit Pierre avec un air de fatuité en partie jouée mais qui trahissait une satisfaction intime. Françoise en fut choquée ; d'ordinaire la discrète muflerie de Pierre l'amusait, mais Pierre estimait Xavière, la tendresse qui au Pôle Nord rayonnait dans tous ses sourires n'avait pas été feinte ; ce ton cynique en devenait inquiétant.

— Je me demande en quoi ses bons sentiments pour toi excusent Xavière, dit-elle.

— Il faut se mettre à sa place, dit Pierre. Voilà une créature passionnée et orgueilleuse : je lui offre pompeusement mon amitié ; et la première fois qu'il est question de se revoir, j'ai l'air d'avoir des montagnes à soulever pour pouvoir lui accorder quelques heures. Ça l'a blessée.

— Pas sur le moment en tout cas, dit Françoise.

— Sans doute ; mais elle y a repensé ; et comme les jours suivants elle ne m'a pas vu à son gré, c'est devenu un terrible grief. Ajoute que c'est toi surtout qui as fait des résistances vendredi à propos de Gerbert : elle a beau t'aimer de tout son cœur, pour sa petite âme possessive, tu es quand même le plus grand obstacle entre elle et moi ; à travers le secret qu'on exigeait d'elle, elle a saisi tout un destin. Et elle a fait comme l'enfant qui d'un revers de main brouille les cartes lorsqu'il va perdre la partie.

— Tu lui en prêtes beaucoup, dit Françoise.

— Tu lui en prêtes toujours trop peu, dit Pierre avec impatience ; ce n'était pas la première fois de la journée qu'il prenait à propos de Xavière ce ton mordant.

— Je ne dis pas qu'elle se soit formulé tout ça explicitement, mais c'était le sens de son geste.

— Peut-être, dit Françoise.

Ainsi, si l'on en croyait Pierre, Xavière la regardait comme une indésirable dont elle était jalouse ; Françoise repensa avec désagrément à l'émotion qu'elle avait ressentie devant le visage dévot de Xavière ; il lui semblait avoir été jouée.

— C'est une explication ingénieuse, reprit-elle, mais je ne crois pas qu'en Xavière il y ait jamais aucune explication définitive : elle vit beaucoup trop selon ses humeurs.

— Mais justement ses humeurs sont à double fond, dit Pierre ; crois-tu qu'elle serait entrée en fureur à propos d'un lavabo si elle n'avait été déjà hors d'elle-même ? Ce déménagement, c'était une fuite ; et je suis sûr que c'est moi qu'elle fuyait parce qu'elle s'en voulait de tenir à moi.

— En somme tu penses qu'il y a une clef de toutes ses conduites et que cette clef, c'est une brusque passion pour toi ?

La lèvre de Pierre pointa légèrement en avant.

— Je ne dis pas que ce soit une passion, dit-il.

La phrase de Françoise l'avait agacé : de fait c'était le genre de mise au point brutale qu'ils reprochaient souvent à Élisabeth.

— Un véritable amour, dit Françoise, je ne pense pas que Xavière en soit capable. Elle réfléchit. Des extases, des désirs, du dépit, des exigences, soit ; mais cette espèce de consentement qu'il faut pour que toutes ces expériences, ça fasse un sentiment stable, on ne pourra jamais obtenir ça d'elle, je crois.

— C'est ce que l'avenir nous dira, dit Pierre dont le profil devint encore plus coupant.

Il ôta son veston et disparut derrière le paravent. Françoise commença à se déshabiller. Elle avait parlé sincèrement ; jamais elle ne prenait de précautions avec Pierre, il n'y avait rien en lui de dolent ni de secret dont on dût ne s'approcher que sur la pointe des pieds ; et elle avait eu tort. Ce soir il fallait retourner les mots dans sa bouche avant de parler.

— Évidemment, jamais elle ne t'avait regardé comme elle t'a regardé au Pôle Nord ce soir, dit Françoise.

— Tu as remarqué aussi ? dit Pierre.

La gorge de Françoise se serra ; cette phrase-là, ç'avait été une phrase concertée, une phrase pour étranger et elle avait atteint son but. Derrière le paravent, c'était un étranger qui se lavait les dents. Une idée la traversa. Si Xavière avait refusé son aide, n'était-ce pas surtout pour rester plus vite seule avec l'image de Pierre ? Il était possible qu'il eût deviné la vérité ; c'était bien un dialogue qui s'était poursuivi entre eux tout le jour ; c'était à Pierre que Xavière se livrait le plus volontiers et il y avait d'elle à lui une espèce de connivence. Eh bien ! C'était parfait ainsi ; ça la délivrait de cette histoire dont elle commençait à redouter le poids. Pierre avait déjà adopté Xavière beaucoup plus que Françoise n'avait jamais consenti à le faire ; elle la lui abandonnait. Désormais c'était à Pierre que Xavière appartenait.

CHAPITRE VI

— Nulle part on ne boit un aussi bon café qu'ici dit Françoise en reposant sa tasse sur la soucoupe.

Mme Miquel sourit.

— Évidemment, ce n'est pas ça qu'on te sert dans tes restaurants à prix fixe.

Elle feuilletait un journal de modes et Françoise vint s'asseoir sur le bras de son fauteuil. M. Miquel lisait *le Temps* au coin de la cheminée où flambait un feu de bois. Les choses n'avaient guère changé en vingt ans, c'en était oppressant. Quand Françoise se retrouvait dans cet appartement, il lui semblait que toutes ces années ne l'avaient menée nulle part : le temps s'étalait autour d'elle en une mare stagnante et douceâtre. Vivre, c'était vieillir, rien de plus.

— Il a vraiment bien parlé, Daladier, dit M. Miquel ; très ferme, très digne ; il ne cédera pas d'un pouce.

— On dit que personnellement Bonnet serait disposé à des concessions, dit Françoise, on prétend même qu'il aurait engagé par en dessous des négociations touchant Djibouti.

— Remarque qu'en soi les revendications italiennes n'ont rien d'exorbitant, dit M. Miquel, mais c'est le ton qui est inacceptable ; à aucun prix on ne peut consentir à transiger après une telle mise en demeure.

— Tu n'engagerais quand même pas une guerre sur une question de prestige ? dit Françoise.

— Nous ne pouvons pas non plus nous résigner à devenir une nation de second ordre, tapie derrière sa ligne Maginot.

— Non, dit Françoise. C'est difficile.

En évitant d'aborder jamais les questions de principe, elle arrivait facilement à une espèce d'entente avec ses parents.

— Tu crois que ça m'irait, ce genre de robe ? dit sa mère.

— Sûrement oui, maman, tu es si mince.

Elle regarda la pendule ; deux heures ; Pierre était déjà attablé devant un mauvais café ; Xavière était arrivée si tard à sa leçon les deux premières fois qu'ils avaient décidé aujourd'hui de se retrouver au Dôme une heure d'avance de manière à se mettre sûrement au travail au moment voulu ; peut-être était-elle déjà là, elle était imprévisible.

— Pour la centième de *Jules César* il me faudra une robe du soir, dit Françoise, je ne sais trop que choisir.

— Nous avons le temps d'y penser, dit Mme Miquel.

M. Miquel abaissa son journal.

— Tu comptes sur cent représentations ?

— Au moins ça, c'est plein tous les soirs.

Elle se secoua et marcha vers la glace ; cette atmosphère était déprimante.

— Il faut que je parte, dit-elle, j'ai un rendez-vous.

— Je n'aime pas cette mode de sortir sans chapeau,

dit Mme Miquel ; elle palpa le manteau de Françoise. Pourquoi n'as-tu pas acheté de la fourrure comme je t'avais dit ? Tu n'as rien sur le dos.

— Tu ne l'aimes pas ce trois-quarts ? je le trouve si joli, dit Françoise.

— C'est un manteau de demi-saison, dit sa mère ; elle haussa les épaules : Je me demande ce que tu fais de ton argent.

— Quand reviens-tu ? dit M. Miquel, mercredi soir, il y aura Maurice avec sa femme.

— Alors je viendrai jeudi soir, dit Françoise, j'aime mieux vous voir seuls.

Elle descendit lentement l'escalier, et s'engagea dans la rue de Médicis ; l'air était visqueux et mouillé ; mais elle se sentait mieux dehors que dans la bibliothèque tiède ; le temps s'était remis en marche, lentement : elle allait retrouver Gerbert, ça donnait du moins un petit sens à ces instants.

— Maintenant, Xavière est sûrement arrivée, pensa Françoise avec un léger pincement au cœur. Xavière avait mis sa robe bleue ou sa belle blouse rouge à rayures blanches, des rouleaux soigneux encadraient son visage et elle souriait ; quel était ce sourire inconnu ? Comment Pierre la regardait-il ? Françoise s'arrêta sur le bord du trottoir : elle avait la pénible impression d'être en exil. D'ordinaire, le centre de Paris, c'était juste l'endroit où elle se trouvait. Aujourd'hui, tout était changé. Le centre de Paris, c'était ce café où Pierre et Xavière étaient attablés et Françoise errait dans de vagues banlieues.

Françoise s'assit près d'un brasero à la terrasse des Deux Magots. Ce soir Pierre lui raconterait tout, mais depuis quelque temps elle n'avait plus tout à fait confiance dans les mots.

— Un café noir, dit-elle au garçon.

Une angoisse la traversa : ce n'était pas une souffrance précise, il fallait remonter très loin pour retrouver un pareil malaise. Un souvenir lui revint. La maison était vide ; on avait fermé les volets à cause du soleil et il faisait sombre ; sur le palier du premier étage, une petite fille collée contre le mur retenait sa respiration. C'était drôle de se trouver là toute seule alors que tout le monde était dans le jardin, c'était drôle et ça faisait peur ; les meubles avaient leur air de tous les jours, mais en même temps ils étaient tout changés : tout épais, tout lourds, tout secrets ; sous la bibliothèque et sous la console de marbre stagnait une ombre épaisse. On n'avait pas envie de se sauver mais on se sentait le cœur serré.

Le vieux veston était suspendu au dossier d'une chaise : sans doute Anna l'avait nettoyé à l'essence, ou encore elle venait de le sortir de la naphtaline et elle l'avait mis là à prendre l'air ; il était très vieux, il avait l'air très fatigué. Il était vieux et fatigué mais il ne pouvait pas se plaindre comme Françoise se plaignait quand elle s'était fait mal, il ne pouvait pas se dire « je suis un vieux veston fatigué ». C'était étrange ; Françoise essaya d'imaginer comment ça lui ferait si elle ne pouvait pas se dire « je suis Françoise, j'ai six ans, je suis dans la maison de grand-mère », si elle ne pouvait absolument rien se dire ; elle ferma les yeux. C'est comme si on n'existait pas ; et pourtant d'autres gens viendraient là, ils me verraient, ils parleraient de moi. Elle ouvrit les yeux ; elle voyait le veston, il existait et il ne s'en rendait pas compte, il y avait là quelque chose d'irritant, d'un peu effrayant. A quoi ça lui sert d'exister s'il ne sait pas ? Elle réfléchit ; peut-être il y aurait un moyen. Puisque moi je peux dire « moi », si je le disais pour lui ? C'était plutôt désappointant ; elle avait beau regarder le veston, ne plus voir que lui et dire très vite : « Je suis vieux, je suis fatigué », il ne se passait rien de neuf ; le veston restait là, indifférent, tout étranger, et elle était toujours Françoise. D'ailleurs, si elle devenait le veston, alors elle, Françoise, n'en saurait plus rien. Tout se mit à tourner dans sa tête et elle redescendit en courant au jardin.

146

Françoise but d'un trait sa tasse de café, il était presque froid ; c'était sans rapport, pourquoi repensait-elle à tout ça ? Elle regarda le ciel brouillé. Ce qu'il y avait en ce moment, c'est que le monde présent était hors de portée ; elle n'était pas seulement exilée de Paris, elle était exilée de l'univers entier. Les gens assis à la terrasse, les gens qui passaient dans la rue, ils ne pesaient pas sur le sol, c'étaient des ombres ; les maisons n'étaient qu'un décor sans relief, sans profondeur. Et Gerbert qui s'avançait en souriant n'était lui aussi qu'une ombre légère et charmante.

— Salut bien, dit-il.

Il avait son grand pardessus beige, une chemise à petits carreaux marron et jaune, une cravate jaune qui faisait ressortir son teint mat. Il s'habillait toujours avec grâce. Françoise était contente de le voir, mais elle comprit tout de suite qu'elle ne devait pas compter sur lui pour l'aider à reprendre sa place dans le monde ; ce serait tout juste un plaisant compagnon d'exil.

— Est-ce qu'on va toujours à la foire aux puces malgré ce sale temps ? dit Françoise.

— C'est juste de la bruine, dit Gerbert, il ne pleut pas.

Ils traversèrent la place et descendirent l'escalier du métro.

— Qu'est-ce que je vais bien lui raconter toute la journée ? pensa Françoise.

C'était la première fois depuis assez longtemps qu'elle sortait seule avec lui, et elle voulait être très aimable pour effacer les dernières ombres qu'avaient pu laisser en lui les explications de Pierre. Mais quoi ? Elle travaillait, Pierre travaillait aussi. Une vie de fonctionnaires, comme disait Xavière.

— J'ai cru que je n'arriverais jamais à me tirer, dit Gerbert. Il y avait foule à déjeuner : Michel et Lermière, et les Adelson, tout le gratin comme vous voyez ; ça se donnait la conversation : un vrai feu d'artifice ; c'était pénible. Péclard a fait une nouvelle chanson, contre la guerre, pour Dominique Orol ; ce n'est pas mal foutu, il faut être juste. Seulement ça n'avance pas à grand-chose leurs chansons.

— Des chansons, des discours, dit Françoise, jamais on n'a fait une telle consommation de mots.

— Oh ! les journaux en ce moment, c'est formidable, dit Gerbert dont un grand rire illumina le visage ; l'indignation chez lui prenait toujours la forme de l'hilarité.

— Qu'est-ce qu'ils nous servent comme plat sur le ressaisissement français ! Tout ça parce que l'Italie leur fout un peu moins les foies que l'Allemagne.

— De fait on ne fera pas la guerre pour Djibouti, dit Françoise.

— Je veux bien, dit Gerbert, mais que ça soit dans deux ans ou dans six mois, de penser qu'on y passera sûrement, ça n'encourage pas.

— C'est le moins qu'on puisse dire, dit Françoise. Avec Pierre elle avait l'insouciance plus facile, on verrait bien ce qu'on verrait. Mais Gerbert la mettait mal à l'aise : ce n'était pas gai d'être jeune en ces temps-ci. Elle le regarda avec un peu d'inquiétude. Qu'est-ce qu'il pensait au fond ? Sur lui, sur sa vie, sur le monde ? Il ne livrait jamais rien d'intime. Elle allait essayer tout à l'heure de parler sérieusement avec lui ; pour l'instant le bruit du métro rendait la conversation difficile. Elle regarda sur le mur noir du tunnel un lambeau d'affiche jaune. Même sa curiosité manquait de conviction aujourd'hui. C'était une journée blanche, une journée pour rien.

— Savez-vous que j'ai un petit espoir de tourner dans *Déluges* ? dit Gerbert, rien qu'une silhouette, mais ça rapporterait bien ? Il fronça les sourcils. Dès que j'ai un peu de sous, je m'achète une bagnole ; d'occasion, il y en a qui coûtent quatre fois rien.

— Ça serait bien fait, dit Françoise, vous me tuerez sûrement, mais j'irai avec vous.

Ils sortirent du métro.

— Ou alors, dit Gerbert, je monterai avec Mullier un théâtre de marionnettes. Begramian doit toujours nous aboucher avec *Images,* mais c'est un sauteur.

— C'est plaisant des marionnettes, dit Françoise.

— Seulement pour avoir une salle et un dispositif à soi, c'est les yeux de la tête, dit Gerbert.

— Ça viendra peut-être un jour, dit Françoise.

Aujourd'hui ça ne l'amusait pas, les projets de Gerbert ; elle se demandait même pourquoi à l'ordinaire elle trouvait à son existence un charme discret. Il était là, il sortait d'un repas ennuyeux chez Péclard, ce soir il jouerait pour la vingtième fois le rôle du Jeune Caton, ça n'avait rien de spécialement attendrissant. Françoise regarda autour d'elle ; elle aurait voulu trouver quelque chose qui parlât un peu au cœur mais cette longue avenue droite ne lui disait rien. Dans les petites voitures alignées au bord du trottoir on ne vendait que des marchandises austères : des cotonnades, des chaussettes, des savons.

— Prenons plutôt une de ces petites rues, dit-elle.

Ici les vieux souliers, les disques, les soies pourries, les cuvettes d'émail, les porcelaines ébréchées reposaient à même le sol boueux ; des femmes brunes vêtues de haillons éclatants étaient assises contre la palissade, sur des journaux ou sur de vieux tapis. Tout ça ne touchait pas non plus.

— Regardez, dit Gerbert, on trouverait sûrement des accessoires là-dedans.

Françoise regarda sans chaleur le bric-à-brac étalé à ses pieds ; évidemment, tous ces objets salis, ils avaient eu de drôles d'histoires ; mais ce qu'on voyait, c'étaient des bracelets, des poupées cassées, des étoffes déteintes sur lesquelles aucune légende n'était inscrite. Gerbert caressa de la main une boule de verre dans laquelle flottaient des confetti multicolores.

— On dirait une boule pour lire l'avenir, dit-il.

— C'est un presse-papier, dit Françoise.

149

La marchande les guettait du coin de l'œil ; c'était une grosse femme fardée aux cheveux ondulés ; son corps était enfoui dans des châles de laine et ses jambes enveloppées de vieux journaux ; elle aussi, elle était sans histoire, sans avenir, rien qu'une masse de chair transie. Et les palissades, les cabanes de tôle, les jardins misérables où s'amoncelaient des ferrailles rouillées, ça ne faisait pas comme d'habitude un univers sordide et attirant ; c'était là, tout tassé sur soi-même, inerte, informe.

— Qu'est-ce que c'est que cette histoire de tournée ? dit Gerbert. Bernheim en parle comme si ça devait se faire l'an prochain.

— Bernheim s'est mis ça en tête, dit Françoise, évidemment ! Il n'y a que les questions de sou qui l'intéressent ; mais Pierre ne veut pas du tout ; l'an prochain on a autre chose à faire.

Elle enjamba une flaque de boue. C'était juste comme jadis dans la maison de sa grand-mère quand elle avait refermé la porte sur la douceur du soir et les parfums du maquis : il y avait un grand moment du monde dont elle se sentait à jamais frustrée. Ailleurs quelque chose était en train de se vivre sans elle et il n'y avait que cette chose-là qui comptât. Cette fois on ne pouvait pas se dire : ça ne sait pas que ça existe, ça n'existe pas. Ça savait. Pierre ne perdait pas un des sourires de Xavière et Xavière recueillait avec une attention charmée tous les mots que Pierre lui disait ; ensemble leurs yeux reflétaient la loge de Pierre, avec le portrait de Shakespeare accroché au mur ; est-ce qu'ils travaillaient ? Ou est-ce qu'ils se reposaient en parlant du père de Xavière, de la volière pleine d'oiseaux, de l'odeur de l'écurie ?

— Xavière a-t-elle fait quelque chose hier au cours de diction ? dit Françoise.

Gerbert se mit à rire.

— Rambert lui a demandé de répéter : Dis-moi gros gras grand grain d'orge quand te dé-gros-gras-grandgrain-d'orge-ras-tu! Elle est devenue toute rouge et elle a regardé ses pieds sans articuler un son.

— Pensez-vous qu'elle soit douée ? dit Françoise.

— Elle est bien roulée, dit Gerbert.

Il saisit Françoise par le coude.

— Venez voir, dit-il brusquement ; il se fraya un passage dans la foule ; les gens faisaient cercle autour d'un parapluie grand ouvert qui reposait sur le sol boueux ; un homme étalait des cartes sur l'étoffe noire.

— Deux cents francs, dit une vieille femme en cheveux gris qui jetait autour d'elle des regards éperdus, deux cents francs! Ses lèvres tremblaient ; quelqu'un la repoussa rudement.

— Ce sont des voleurs, dit Françoise.

— C'est connu, dit Gerbert.

Françoise regarda avec curiosité le bonneteur aux mains trompeuses qui faisait prestement glisser sur la soie du parapluie trois morceaux de carton crasseux.

— Deux cents sur celle-ci, dit un homme en posant deux billets sur une des cartes ; il cligna de l'œil, malicieusement : un des coins était un peu corné et on apercevait le roi de cœur.

— Gagné, dit le bonneteur en retournant le roi. Les cartes coururent à nouveau sous ses doigts.

— Il est ici, suivez la carte, regardez bien, il est ici, ici, ici ; à deux cents francs le roi de cœur.

— Il est là, qui met cent francs avec moi ? dit un homme.

— Cent francs, voilà les cent francs, cria quelqu'un.

— Gagné, dit le bonneteur en jetant devant lui quatre billets froissés. Il faisait exprès de les laisser gagner, bien entendu, pour encourager le public. Ç'aurait été le moment de miser ; ce n'était pas difficile, Françoise devinait le roi à tout coup. C'était étourdissant de suivre le va-et-vient précipité des cartes ; elles glissaient, elles bondissaient, à droite, à gauche, au milieu, à gauche.

— C'est idiot, dit Françoise, on le voit chaque fois.

— Il est là, dit un homme.

— A quatre cents francs, dit le bonneteur.

L'homme se tourna vers Françoise.

— Je n'ai que deux cents, il est là, mettez deux cents francs avec moi, dit-il précipitamment.

A gauche, au milieu, à gauche, c'était bien là. Françoise posa deux billets sur la carte.

— Sept de trèfle, dit le bonneteur. Il prit les billets.

— Quelle bêtise! dit Françoise.

Elle restait interdite, comme la bonne femme tout à l'heure ; un petit geste si rapide, ce n'était pas possible que les billets fussent vraiment perdus, on pouvait sûrement revenir en arrière. Au prochain coup, en faisant bien attention...

— Venez, dit Gerbert, c'est tous des compères. Venez, vous allez perdre jusqu'au dernier sou.

Françoise le suivit.

— Je le sais bien pourtant qu'on ne gagne jamais, dit-elle avec colère.

C'était bien le genre de journée à faire des sottises pareilles, tout était absurde : les endroits, les gens, les mots qu'on disait. Comme il faisait froid! Mme Miquel avait raison, ce manteau était beaucoup trop léger.

— Si on allait boire un coup, proposa-t-elle.

— Je veux, dit Gerbert, allons dans le grand café chantant.

Déjà la nuit tombait ; la leçon était finie, mais sûrement ils ne s'étaient pas encore quittés ; où étaient-ils ? Peut-être étaient-ils retournés au Pôle Nord ; quand un endroit plaisait à Xavière, elle s'en faisait tout de suite un nid. Françoise évoqua les banquettes de cuir avec leurs gros clous cuivrés et les vitraux, et les abat-jour à carreaux rouges et blancs, mais c'était vain : les visages et les voix et le goût des cocktails à l'hydromel, tout avait revêtu un sens mystérieux qui se fût dissipé si Françoise avait poussé la porte. Tous deux auraient souri avec tendresse, Pierre aurait résumé leur conversation et elle aurait bu dans un verre avec une paille ; mais jamais, même pas par eux, le secret de leur tête-à-tête ne pourrait être dévoilé.

— C'est ce café-ci, dit Gerbert.

C'était une espèce de hangar chauffé par d'énormes braseros et plein de monde ; un orchestre accompagnait bruyamment un chanteur vêtu d'un uniforme de soldat.

— Je vais prendre un marc, dit Françoise, ça me réchauffera.

Cette bruine poisseuse avait pénétré jusqu'au fond de son âme, elle frissonna ; elle ne savait que faire de son corps ni de ses pensées. Elle regarda les femmes en galoches et tout enveloppées de gros châles qui buvaient sur le zinc des cafés arrosés ; pourquoi est-ce toujours violet, des châles ? se demanda-t-elle. Le soldat avait la face peinturlurée de rouge, il battait des mains d'un air coquin bien qu'il n'en fût pas encore au couplet obscène.

— Si vous vous voulez bien régler tout de suite, dit le garçon. Françoise trempa les lèvres dans son verre, un goût violent d'essence et de moisi remplit sa bouche. Gerbert brusquement éclata de rire.

— Qu'y a-t-il ? dit Françoise ; on lui aurait donné douze ans en ce moment.

— Ça me fait rire, les obscénités, dit-il avec confusion.

— Quel est ce mot qui vous fait rire à tout coup, dit Françoise.

— Gicler, dit Gerbert.

— Gicler ! dit Françoise.

— Ah ! Mais il faut que je le voie écrit ! dit Gerbert.

L'orchestre attaqua un paso doble ; sur l'estrade, à côté de l'accordéoniste, il y avait une grande poupée coiffée d'un sombrero qui paraissait presque vivante. Il y eut un silence.

— Il va encore penser qu'il nous ennuie, pensa Françoise avec regret. Pierre n'avait pas fait beaucoup d'effort pour regagner la confiance de Gerbert ; dans l'amitié la plus sincère il engageait si peu de lui-même ! Françoise essaya de s'arracher à sa torpeur ; il fallait qu'elle expliquât un peu à Gerbert pourquoi Xavière avait pris tant de place dans leur vie.

— Pierre croit que Xavière pourra devenir une actrice, dit Françoise.

— Oui, je sais, il a l'air de bien l'estimer, dit Gerbert avec une ombre de contrainte.

— C'est un drôle de personnage, dit Françoise, ça n'est pas simple des rapports avec elle.

— Elle est plutôt glaçante, dit Gerbert, on ne sait pas comment lui parler.

— Elle refuse toute politesse, dit Françoise ; c'est grand, mais assez incommode.

— A l'école, elle ne dit jamais un mot à personne ; elle reste dans un coin, avec tous ses cheveux sur la figure.

— C'est un des trucs qui l'exaspèrent le plus, dit Françoise, que nous soyons toujours aimables l'un avec l'autre, Pierre et moi.

Gerbert eut un geste d'étonnement.

— Elle sait pourtant bien comme c'est, entre vous ?

— Oui, mais elle voudrait qu'on reste libre à l'égard de ses sentiments ; la constance, ça lui semble ne s'obtenir qu'à coups de compromis et de mensonges.

— C'est marrant ! Elle devrait bien voir que vous n'avez pas besoin de ça, dit Gerbert.

— Évidemment, dit Françoise.

Elle regarda Gerbert avec un peu d'agacement ; un amour, c'était tout de même moins simple qu'il ne pensait. C'était plus fort que le temps, mais ça se vivait quand même dans le temps et il y avait instant par instant des inquiétudes, des renoncements, de menues tristesses ; bien sûr tout ça ne comptait guère, mais parce qu'on refusait d'en tenir compte : il fallait parfois un petit effort.

— Passez-moi une cigarette, dit-elle, ça donne une illusion de chaleur.

Gerbert lui tendit le paquet en souriant ; ce sourire, il était charmant et rien de plus, mais on aurait pu y découvrir une grâce bouleversante ; Françoise devinait quelle douceur elle eût trouvé à ces yeux verts si elle les avait aimés ; tous ces biens précieux, elle y avait renoncé sans même les avoir connus ; jamais elle ne les connaîtrait. Elle ne leur accordait aucun regret, mais enfin ils en auraient mérité.

— C'est à se fendre la pipe quand on voit Labrousse avec la petite Pagès, dit Gerbert, il a l'air de danser sur des œufs.

— Oui ; lui qui est si intéressé d'ordinaire par ce qu'il trouve chez les gens d'ambition, d'appétit, de courage, ça le change, dit Françoise. Personne n'a moins qu'elle le souci de sa vie.

— Est-ce qu'il tient vraiment à elle ? dit Gerbert.

— Tenir à quelqu'un, pour Pierre, ce n'est pas facile de dire ce que ça signifie, dit Françoise ; elle fixa avec incertitude la braise de sa cigarette. Jadis, quand elle parlait de Pierre, elle regardait en elle-même ; à présent pour déchiffrer ses traits, elle devait prendre du recul devant lui. C'était presque impossible de répondre à Gerbert : Pierre refusait toujours toute solidarité avec lui-même ; de chaque minute il exigeait un progrès et avec une fureur de renégat il offrait son passé en holocauste à son présent. On croyait le tenir enfermé avec soi dans une durable passion de tendresse, de sincérité, de souffrance et déjà il voguait comme un elfe à l'autre bout du temps ; il laissait entre vos mains un fantôme que du haut de ses vertus toutes fraîches il condamnait avec sévérité. Le pire était qu'il en voulait à ses dupes de pouvoir se satisfaire d'un simulacre, et d'un simulacre périmé. Elle écrasa le mégot dans le cendrier ; autrefois, elle trouvait ça amusant, que Pierre ne fût jamais retenu par l'instant. Mais elle-même, jusqu'à quel point était-elle défendue contre ces traîtres échappées ? Bien sûr, avec personne au monde Pierre n'aurait accepté de complicité contre elle ; mais avec

lui-même ? C'était entendu qu'il n'avait pas de vie intérieure, mais enfin il fallait de la complaisance pour croire
ça tout à fait. Françoise sentit que Gerbert la regardait à la dérobée et elle se ressaisit.

— Ce qu'il y a surtout, c'est qu'elle l'inquiète, dit-
elle.

— Comment ça ? dit Gerbert.

Il était tout surpris ; à lui aussi Pierre paraissait si
plein, si dur, si parfaitement fermé sur lui-même : on
n'imaginait aucune fissure par où l'inquiétude pût
s'insinuer. Et pourtant Xavière avait ébréché cette
tranquillité. Ou n'avait-elle fait que déceler une brèche
imperceptible ?

— Je vous l'ai dit souvent, si Pierre a tant misé sur le
théâtre, sur l'art en général, c'est par une espèce de
décision, dit Françoise. Et une décision, quand on
commence à s'interroger dessus, c'est toujours troublant. Elle sourit. Xavière est un vivant point d'inter-
rogation.

— Il est pourtant drôlement entêté sur le sujet,
dit Gerbert.

— Raison de plus. Ça le chatouille quand on lui soutient en face qu'il vaut autant avaler un café-crème
qu'écrire *Jules César*.

Le cœur de Françoise se serra ; pourrait-elle vraiment affirmer que pendant toutes ces années, Pierre
n'avait jamais été traversé d'aucun doute ? Ou est-ce
que simplement elle n'avait pas voulu s'en soucier ?

— Qu'est-ce que vous en pensez, vous ? dit Gerbert.

— Sur quoi ?

— Sur l'importance des cafés-crème ?

— Oh moi! dit Françoise ; elle revit un certain sourire de Xavière. Je tiens tellement à être heureuse,
dit-elle avec dédain.

— Je ne vois pas le rapport, dit Gerbert.

— C'est fatigant de s'interroger, dit-elle. C'est dangereux.

Au fond, elle ressemblait à Élisabeth ; une fois pour

156

toutes elle avait fait un acte de foi, et elle se reposait tranquillement sur des évidences périmées. Il aurait tout fallu remettre en question, par le début, mais ça demandait une force surhumaine.

— Et vous, dit-elle, qu'en pensez-vous?

— Oh! c'est comme on veut, dit Gerbert; il sourit. C'est selon qu'on a envie de boire ou d'écrire.

Françoise le regarda.

— Je me suis souvent demandé ce que vous attendiez de votre vie, dit-elle.

— Je voudrais d'abord être sûr qu'on me la laissera encore un petit temps, dit-il.

Françoise sourit.

— C'est légitime; mais supposons que vous ayez cette chance?

— Alors je ne sais pas, dit Gerbert; il réfléchit. Peut-être en d'autres temps j'aurais mieux su.

Françoise prit un air détaché; si Gerbert ne s'apercevait pas de l'importance de la question, peut-être répondrait-il.

— Mais vous êtes satisfait de votre existence ou non?

— Il y a de bons moments et d'autres moins bons, dit-il.

— Oui, dit Françoise un peu déçue; elle hésita. Si l'on se borne à ça, c'est un peu sinistre.

— Ça dépend des jours, dit Gerbert; il fit un effort. Tout ce qu'on peut dire sur sa vie, ça me semble toujours des mots.

— Être heureux ou malheureux, ce sont des mots pour vous?

— Oui; je ne vois pas bien ce que ça signifie.

— Mais vous êtes plutôt un gai, de votre naturel, dit Françoise.

— Je m'ennuie souvent, dit Gerbert.

Il avait dit ça avec tranquillité. Ça lui paraissait tout normal un long ennui traversé de petits éclats de plaisir. De bons moments, d'autres moins bons. Est-ce

157

qu'il n'avait pas raison, après tout? Est-ce que le reste
n'était pas illusion et littérature? On était là sur un
banc de bois dur; il faisait froid, il y avait des mili-
taires et des familles autour des tables. Pierre était
assis à une autre table avec Xavière, ils avaient fumé
des cigarettes et bu des verres et dit des mots : et ces
bruits, ces vapeurs ne s'étaient pas condensés en heures
mystérieuses dont Françoise dût envier l'intimité interdite; ils allaient se quitter et nulle part il ne subsiste-
rait de lien qui les rattachât l'un à l'autre. Il n'y avait
rien, nulle part, à envier ni à regretter, ni à craindre.
Le passé, l'avenir, l'amour, le bonheur, c'était juste du
bruit qu'on faisait avec sa bouche. Rien n'existait, que
les musiciens en blouse cramoisie et la poupée en robe
noire, avec un foulard rouge autour du cou; ses jupes
relevées sur un large jupon brodé découvraient des
jambes grêles. Elle était là; elle suffisait à remplir les
yeux qui pourraient se reposer sur elle pendant un éter-
nel présent.

— Donne-moi ta main, ma belle, je te dirai ta bonne
aventure. Françoise tressaillit et tendit machinalement
sa main à une bohémienne vêtue de jaune et violet.

— Les choses ne vont pas si bien pour toi que tu le
voudrais, mais prends patience, tu apprendras bientôt
une nouvelle qui te donnera du bonheur, dit la femme
d'un seul trait. Tu as de l'argent, ma belle, mais pas
tant que les gens croient, tu es orgueilleuse et c'est
pourquoi tu as des ennemis mais tu viendras à bout de
tous les ennuis. Si tu viens avec moi, ma belle, je te
dis un petit secret.

— Allez-y, dit Gerbert d'un ton pressant.

Françoise suivit la bohémienne qui tira de sa poche un
petit morceau de bois clair.

— Je te dis le secret : il y a un jeune homme brun, tu
l'aimes beaucoup mais tu n'es pas heureuse avec lui à
cause d'une jeune fille blonde. Ça, c'est une amulette,
tu la mets dans un petit mouchoir et tu la gardes sur
toi pendant trois jours et alors tu es heureuse avec le

jeune homme. A personne je ne la donne, c'est l'amulette la plus précieuse ; mais à toi je te la donne pour
cent francs.

— Merci, dit Françoise, je ne veux pas l'amulette.
Voilà pour la bonne aventure.

La femme saisit la pièce d'argent.

— Cent francs pour ton bonheur, ce n'est rien ;
combien tu veux payer pour ton bonheur ; vingt francs ?

— Rien du tout, dit Françoise.

Elle revint s'asseoir à côté de Gerbert.

— Qu'est-ce qu'elle a raconté ? dit Gerbert.

— Rien que des balivernes, dit Françoise ; elle sourit.
Elle m'offrait le bonheur pour vingt francs, mais je
trouve ça trop cher si, comme vous dites, ça n'est qu'un
mot.

— Je n'ai pas dit ça ! dit Gerbert tout effrayé de
s'être à ce point compromis.

— C'est peut-être vrai, dit Françoise, avec Pierre,
on se sert tant de mots ; mais qu'y a-t-il au juste dessous ?

L'angoisse qui la saisit soudain était si violente qu'elle
eut presque envie de crier ; c'était comme si brusquement le monde se fût vidé ; il n'y avait plus rien à
craindre, mais plus rien non plus à aimer. Il n'y avait
absolument rien. Elle allait retrouver Pierre, ils diraient
ensemble des phrases, et puis ils se quitteraient ; si
l'amitié de Pierre et de Xavière n'était qu'un mirage
creux, l'amour de Françoise et de Pierre n'existait pas
davantage ; il n'y avait rien qu'une addition indéfinie
d'instants indifférents ; rien qu'un grouillement désor-
donné de chair et de pensée, avec au bout la mort.

— Allons-nous-en, dit-elle brusquement.

Jamais Pierre n'arrivait en retard à un rendez-vous ;
quand Françoise entra dans le restaurant, il était déjà
assis à leur table habituelle ; elle eut un mouvement de
joie en le voyant, mais elle pensa aussitôt : nous n'avons

que deux heures devant nous, et son plaisir s'évanouit.

— As-tu passé un bon après-midi ? dit Pierre avec tendresse ; un large sourire arrondissait son visage et donnait à ses traits une espèce d'innocence.

— On a été à la foire aux puces, dit Françoise, Gerbert était bien plaisant, mais il faisait un temps poisseux. J'ai perdu deux cents francs au bonneteau.

— Comment as-tu fait ? Tu es trop bête ! dit Pierre. Il lui tendit la carte. Qu'est-ce que tu prends ?

— Un welsh, dit Françoise.

Pierre étudia le menu d'un air soucieux.

— Il n'y a pas d'œuf mayonnaise, dit-il ; son visage perplexe et déçu n'attendrit pas Françoise ; elle constata avec froideur que c'était un visage attendrissant.

— Alors deux welsh, dit Pierre.

— Ça t'intéresse que je te raconte de quoi on a parlé ? dit Françoise.

— Bien sûr ça m'intéresse, dit Pierre avec chaleur.

Elle lui jeta un regard défiant ; naguère, elle aurait pensé tout rondement « ça l'intéresse » et elle aurait vite tout raconté ; quand ils s'adressaient à elle, les mots, les sourires de Pierre, c'était Pierre lui-même ; soudain, ils lui apparaissaient comme des signes ambigus ; Pierre les avait délibérément produits ; il était caché derrière eux, on pouvait affirmer seulement : « il dit que ça l'intéresse » et rien de plus.

Elle posa la main sur le bras de Pierre.

— Raconte d'abord, dit-elle. Qu'as-tu fait de Xavière ? Avez-vous enfin travaillé ?

Pierre la regarda d'un air un peu penaud.

— Guère, dit-il.

— Décidément ! dit Françoise sans cacher sa contrariété ; il fallait que Xavière travaillât, pour son bien et pour le leur ; elle ne pouvait pas vivre pendant des années en parasite.

— On a passé les trois quarts de l'après-midi à s'engueuler, dit Pierre.

Françoise sentit qu'elle composait son visage, mais

sans trop savoir ce qu'elle redoutait d'y laisser paraître.

— A propos de quoi ? dit-elle.

— Justement à propos de son travail, dit Pierre ; il sourit dans le vide. Ce matin, au cours d'improvisation, Bahin lui a demandé de se promener dans un bois en cueillant des fleurs ; elle a répondu avec horreur qu'elle détestait les fleurs et elle n'a jamais voulu sortir de là. Elle m'a raconté ça tout fièrement et ça m'a mis hors de moi-même.

D'un air placide Pierre inonda de sauce anglaise son welsh fumant.

— Et alors ? dit Françoise avec impatience ; il prenait tout son temps, il ne soupçonnait pas comme c'était important pour elle, de savoir.

— Oh! Ça s'est donné! dit Pierre, elle a été ulcérée ; elle arrive tout en douceur et en sourires et sûre que j'allais lui tresser des couronnes et, moi, je la traîne dans la boue! Elle m'a expliqué, les poings serrés, mais avec cette politesse perfide que tu connais bien, que nous étions pires que des bourgeois parce que nous, c'est de confort moral que nous étions affamés. Ce n'était pas si faux, mais je me suis foutu dans une colère épouvantable ; on en restés une heure au Dôme, assis en face l'un de l'autre sans desserrer les dents.

Toutes ces théories sur la vie sans espoir, sur la vanité de l'effort, ça finissait par être agaçant. Françoise se contint : elle ne voulait pas passer son temps à critiquer Xavière.

— Ça devait être joyeux! dit-elle. C'était stupide cette gêne qui lui serrait la gorge ; elle n'en était tout de même pas à prendre des contenances devant Pierre.

— Ce n'est pas si désagréable de mijoter dans la colère, dit Pierre, je crois qu'elle ne déteste pas ça non plus ; mais elle a moins de résistance que moi, à la fin elle se décomposait ; alors j'ai tenté un rapprochement. Ç'a été dur parce qu'elle était farouchement ancrée dans la haine, mais j'ai fini par l'emporter. Il ajouta d'un air satisfait : On a signé une paix solennelle et pour sceller

161

la réconciliation elle m'a invité à prendre le thé dans sa chambre.

— Dans sa chambre ? dit Françoise ; il y avait longtemps que Xavière ne l'avait reçue dans sa chambre ; elle ressentit une petite brûlure de dépit.

— As-tu fini par lui arracher de bonnes résolutions ?

— On a parlé d'autre chose, dit Pierre. Je lui ai raconté des histoires sur nos voyages et l'on a imaginé qu'on en faisait un ensemble.

Il sourit.

— Nous avons improvisé un tas de petites scènes ; une rencontre au cœur du désert entre une excursionniste anglaise et un grand aventurier, tu vois le genre. Elle a de la fantaisie, si seulement elle arrivait à en tirer parti.

— Il faudrait la tenir ferme, dit Françoise avec un peu de reproche.

— Je le ferai, dit Pierre, ne me gronde pas.

Il eut un drôle de sourire, humble et confit.

— Elle m'a dit brusquement : je passe un moment formidable avec vous.

— Eh bien! C'est un succès, dit Françoise. Je passe un moment formidable avec vous... Était-elle debout, les yeux perdus dans le vague, ou assise au bord du divan et regardant Pierre bien en face ? Ce n'était pas la peine de demander ; comment définir la nuance précise de sa voix, le parfum qu'avait sa chambre à cette minute ? Les mots ne pouvaient que vous rapprocher du mystère mais sans le rendre moins impénétrable : il ne faisait qu'étendre sur le cœur une ombre plus froide.

— Je ne vois pas au juste où en sont ses sentiments pour moi, dit Pierre d'un air préoccupé, je gagne du terrain, il me semble ; mais c'est un terrain si mouvant.

— Tu gagnes de jour en jour, dit Françoise.

— Quand je l'ai quittée, elle était de nouveau sinistre, dit-il, elle s'en voulait de ne pas avoir pris sa leçon, et elle avait une crise de dégoût d'elle-même.

Il regarda Françoise d'un air sérieux.

— Tu seras bien gentille avec elle tout à l'heure.

— Je suis toujours gentille avec elle, dit Françoise avec un peu de froideur ; chaque fois que Pierre prétendait lui dicter sa conduite envers Xavière elle se contractait ; elle n'avait aucune envie d'aller voir Xavière et d'être gentille, maintenant que ça se présentait comme un devoir.

— C'est terrible cet amour-propre qu'elle a! dit Françoise. Il lui faudrait être sûre d'une réussite immédiate et éblouissante pour consentir à se risquer.

— Ce n'est pas seulement de l'amour-propre, dit Pierre.

— Quoi alors?

— Elle a dit cent fois que ça la dégoûtait de s'abaisser à tous ces calculs, à toute cette patience.

— Tu sens ça comme un abaissement, toi? dit Françoise.

— Moi, je n'ai pas de morale, dit Pierre.

— Sincèrement, tu crois que c'est par morale ce qu'elle en fait?

— Mais oui, en un sens, dit Pierre avec un peu d'agacement. Elle a une attitude bien définie devant la vie, avec laquelle elle ne transige pas : c'est ce que j'appelle une morale. Elle cherche la plénitude : c'est le genre d'exigence que nous avons toujours estimée.

— Il y a bien de la veulerie dans son cas, dit Françoise.

— La veulerie, qu'est-ce? dit Pierre, une façon de s'enfermer dans le présent ; c'est là seulement qu'elle trouve la plénitude ; si le présent ne donne rien elle se terre dans son coin comme une bête malade ; mais tu sais, quand on pousse l'inertie jusqu'au point où elle la pousse, le nom de veulerie ne convient plus, ça prend une espèce de puissance. Ni toi ni moi n'aurions la force de rester quarante-huit heures dans une chambre sans voir personne et sans rien faire.

— Je ne dis pas, dit Françoise ; elle éprouvait soudain un besoin douloureux de voir Xavière ; il y avait dans la voix de Pierre une chaleur insolite : l'admiration était pourtant un sentiment qu'il prétendait ignorer.

— En revanche, dit Pierre, quand une chose la touche, c'est saisissant la manière dont elle peut en jouir ; je me sens le sang si pauvre à côté d'elle ; pour un peu j'en serais humilié.

— Ça serait bien la première fois de ta vie que tu connaîtrais l'humilité, dit Françoise en essayant de rire.

— Je lui ai dit en la quittant qu'elle était une petite perle noire, dit Pierre gravement, elle a haussé les épaules mais je le pense vraiment. Tout est si pur en elle et si violent.

— Pourquoi noire ? dit Françoise.

— A cause de cette espèce de perversité qu'elle a. On dirait que c'est un besoin chez elle par moments de faire du mal, de se faire mal et de se faire haïr.

Il rêva un instant.

— C'est curieux, tu sais, souvent quand on lui dit qu'on l'estime elle se cabre, comme si elle avait peur ; elle se sent enchaînée par cette estime qu'on lui porte.

— Et elle a vite fait de secouer les chaînes, dit Françoise.

Elle hésitait ; elle avait presque envie de croire en cette figure séduisante ; si elle se sentait souvent séparée de Pierre, à présent, c'est qu'elle l'avait laissé s'avancer seul sur ces chemins d'admiration et de tendresse : leurs yeux ne contemplaient plus les mêmes images ; elle ne voyait qu'une enfant capricieuse là où Pierre apercevait une âme exigeante et farouche ; si elle consentait à le rejoindre, si elle renonçait à cette résistance obstinée...

— Il y a du vrai dans tout cela, dit-elle, je sens souvent quelque chose de pathétique en elle.

A nouveau elle se raidit tout entière ; ce masque attirant, c'était une ruse, elle ne céderait pas à cette sorcellerie ; ce qui arriverait si elle cédait, elle n'en avait pas idée : elle savait seulement qu'un danger la menaçait.

— Mais c'est impossible d'avoir une amitié avec elle, dit-elle âprement. Elle est d'un égoïsme trop monstrueux ; ce n'est pas même qu'elle se préfère aux autres

164

gens, elle n'a absolument pas le sens de leur existence.

— Elle t'aime bien fort pourtant, dit Pierre avec un peu de reproche, et tu es assez dure avec elle, tu sais.

— C'est un amour qui n'est pas plaisant, dit Françoise, elle me traite à la fois comme une idole et comme un paillasson. Peut-être, dans le secret de son âme, contemple-t-elle mon essence avec adoration ; mais ma pauvre personne de chair et d'os, elle en dispose avec une désinvolture plutôt gênante. Ça se comprend bien : une idole n'a jamais faim, ni sommeil, ni mal à la tête, on la révère sans lui demander son avis touchant le culte qu'on lui rend.

Pierre se mit à rire.

— Il y a du vrai ; mais tu vas me trouver partial : ça me touche cette incapacité où elle est d'avoir des rapports humains avec les gens.

Françoise sourit aussi.

— Je te trouve un peu partial, dit-elle.

Ils sortirent du restaurant ; il n'avait encore été question que de Xavière ; tous les moments qu'on ne passait pas avec elle, on les passait à parler d'elle, ça devenait une obsession. Françoise dévisagea Pierre avec tristesse : il n'avait posé aucune question, il était parfaitement indifférent à tout ce que Françoise avait bien pu penser dans la journée ; quand il l'écoutait avec un air d'intérêt, n'était-ce que par politesse ? Elle serra son bras contre le sien pour garder au moins un contact avec lui. Pierre pressa légèrement sa main.

— Tu sais, je regrette un peu de ne plus dormir chez toi, dit-il.

— Ta loge est pourtant bien belle maintenant, dit Françoise, toute repeinte à neuf.

C'était un peu effrayant. La phrase caressante, le petit geste tendre, elle n'y voyait qu'une intention de gentillesse : ce n'étaient pas des objets pleins ; ça ne touchait pas. Elle frissonna. C'était comme un déclic qui s'était produit malgré elle ; et maintenant que ça avait commencé, est-ce que le doute pouvait jamais être enrayé.

— Passe une bonne soirée, dit Pierre tendrement.

— Merci, à demain matin, dit Françoise.

Elle le regarda disparaître par la petite porte du théâtre et une souffrance aiguë la déchira. Derrière les phrases et les gestes, qu'y avait-il ? « Nous ne faisons qu'un. » A la faveur de cette confusion commode elle s'était toujours dispensée de s'inquiéter de Pierre ; mais ce n'était que des mots : ils étaient deux. Elle l'avait senti un soir au Pôle Nord ; c'est de cela que quelques jours plus tard elle avait fait grief à Pierre. Elle n'avait pas voulu approfondir sa gêne, elle s'était réfugiée dans la colère pour ne pas voir la vérité : mais Pierre n'était pas en faute, il n'avait pas changé. C'était elle qui pendant des années avait commis l'erreur de ne le regarder que comme une justification d'elle-même : elle s'avisait aujourd'hui qu'il vivait pour son propre compte, et la rançon de sa confiance étourdie, c'est qu'elle se trouvait soudain en présence d'un inconnu. Elle pressa le pas. La seule manière dont elle pût se rapprocher de Pierre, c'était de rejoindre Xavière et d'essayer de la voir comme il l'avait vue. Il était loin le temps où Xavière n'apparaissait à Françoise que comme un morceau de sa propre vie. A présent, c'était vers un monde étranger qui s'entrouvrirait à peine devant elle qu'elle se hâtait avec une anxiété avide et découragée.

Françoise demeura un instant immobile devant la porte ; cette chambre l'intimidait ; c'était vraiment un lieu sacré ; il s'y célébrait plus d'un culte, mais la divinité suprême vers qui montaient la fumée des cigarettes blondes et les parfums de thé et de lavande, c'était Xavière elle-même, telle que ses propres yeux la contemplaient.

Françoise frappa doucement.

— Entrez, dit une voix gaie.

Avec un peu de surprise Françoise poussa la porte ; debout dans sa longue robe d'intérieur verte et blanche,

166

Xavière souriait, tout amusée de l'étonnement qu'elle comptait bien susciter. Une lampe voilée de rouge jetait dans la pièce une lueur sanglante.

— Voulez-vous qu'on passe la soirée chez moi? dit Xavière. J'ai préparé un petit souper.

Près du lavabo, la bouillotte ronronnait sur un réchaud à alcool et Françoise distingua dans la pénombre deux assiettes chargées de sandwiches multicolores; il n'était pas question de refuser l'invitation : sous leur air timide, les invitations de Xavière étaient toujours des ordres impérieux.

— Que vous êtes gentille, dit-elle, si j'avais su que c'était un soir de gala je me serais habillée beau.

— Vous êtes très belle comme ça, dit Xavière avec tendresse. Installez-vous bien; regardez, j'ai acheté du thé vert, les petites feuilles ont encore l'air toute vivantes et vous allez voir comme c'est parfumé.

Elle gonfla ses joues et souffla de toutes ses forces sur la flamme du réchaud. Françoise eut honte de sa malveillance.

— C'est vrai que je suis dure, pensa-t-elle, je me rancis.

Que son ton était âpre tout à l'heure en parlant à Pierre! Le visage attentif que Xavière penchait sur la théière était pourtant bien désarmant.

— Est-ce que vous aimez le caviar rouge? dit Xavière.

— Oui, très bien, dit Françoise.

— Ah, tant mieux, j'avais si peur que vous ne l'aimiez pas.

Françoise regarda les sandwiches avec un peu d'appréhension; sur des morceaux de pain de seigle taillés en ronds, en carrés, en losanges s'étalaient des espèces de confitures bariolées; çà et là émergeaient un anchois, une olive, un rond de betterave.

— Il n'y en a pas deux pareils, dit Xavière avec fierté; elle versa dans une tasse le thé fumant. J'ai été obligée de mettre un tout petit peu de sauce tomate de loin en loin, dit-elle rapidement, ça faisait tellement plus joli, mais vous ne le sentirez même pas.

— Ils ont l'air délectables, dit Françoise avec résignation ; elle avait horreur de la tomate. Elle choisit le moins rouge des sandwiches ; il avait un goût étrange, mais ce n'était pas si mauvais.

— Vous avez vu que j'ai de nouvelles photos ? dit Xavière.

Sur le papier à ramages verts et rouges qui tapissait les murs, elle avait épinglé un lot de nus artistiques ; Françoise examina avec soin les longs dos courbés, les poitrines offertes.

— Je ne crois pas que M. Labrousse les ait trouvées jolies, dit Xavière avec une moue pincée.

— La blonde est peut-être un tout petit peu grasse, dit Françoise, mais la petite femme brune est charmante.

— Elle a une belle longue nuque qui ressemble à la vôtre, dit Xavière d'une voix caressante. Françoise lui sourit, elle se sentait soudain délivrée : toute la poésie mauvaise de cette journée s'était évanouie. Elle regarda le divan, les fauteuils, tendus d'une étoile à losanges jaunes, verts, rouges, comme un habit d'arlequin ; elle aimait ce chatoiement de couleurs hardies et fanées, et cette lumière funèbre et cette odeur de fleurs mortes et de chair vivante qui flottait toujours autour de Xavière ; de cette chambre, Pierre n'avait rien connu de plus et Xavière n'avait pas tourné vers lui de visage plus émouvant que celui qu'elle levait vers Françoise ; ces traits charmants composaient une honnête figure d'enfant et non un masque inquiétant de magicienne.

— Mangez encore des sandwiches, dit Xavière.

— Je n'ai vraiment plus faim, dit Françoise.

— Oh ! dit Xavière avec un visage navré, c'est que vous ne les aimez pas.

— Mais si je les aime, dit Françoise en tendant la main vers l'assiette ; elle connaissait bien cette tendre tyrannie. Xavière ne cherchait pas le plaisir d'autrui ;

168

elle s'enchantait égoïstement du plaisir de faire plaisir. Mais fallait-il l'en blâmer? N'était-elle pas aimable ainsi? Les yeux brillants de satisfaction, elle regardait Françoise absorber une épaisse purée de tomates : il aurait fallu être un roc pour ne pas être touchée de sa joie.

— Il m'est arrivé un grand bonheur tout à l'heure, dit Xavière d'un ton de confidence.

— Et quoi donc? dit Françoise.

— Le beau danseur nègre! dit Xavière. Il m'a adressé la parole.

— Prenez garde que la blonde ne vous arrache les yeux, dit Françoise.

— Je l'ai croisé dans l'escalier comme je remontais avec mon thé et tous mes petits paquets. Les yeux de Xavière s'illuminèrent. Qu'il était plaisant! Il avait un pardessus tout clair et un chapeau gris pâle, c'était si joli avec cette peau sombre. Mes paquets m'en sont tombés des mains. Il me les a ramassés avec un grand sourire et il m'a dit : « Bonsoir, Mademoiselle, bon appétit. »

— Et qu'est-ce que vous avez répondu? dit Françoise.

— Rien! dit Xavière d'un air scandalisé. Je me suis sauvée.

Elle sourit.

— Il est gracieux comme un chat, il a l'air aussi inconscient et aussi traître.

Françoise n'avait jamais très bien regardé ce nègre; à côté de Xavière, elle se sentait si sèche : que de souvenirs Xavière aurait rapportés de la foire aux puces; et elle n'avait su voir que des chiffons crasseux, des baraques trouées.

Xavière remplit de nouveau la tasse de Françoise.

— Avez-vous bien travaillé ce matin? demanda-t-elle d'un air tendre. Françoise sourit; c'était une avance décidée que Xavière lui faisait là; d'ordinaire elle haïssait ce travail auquel Françoise consacrait le meilleur de son temps.

— Assez bien, dit-elle. Mais j'ai dû partir à midi pour aller déjeuner chez ma mère.

— Est-ce qu'un jour je pourrai lire votre livre? dit Xavière avec une moue coquette.

— Bien sûr, dit Françoise. Je vous montrerai les premiers chapitres dès que vous voudrez.

— Qu'est-ce que ça raconte? dit Xavière.

Elle s'assit sur un coussin, les jambes ramassées sous elle et souffla légèrement sur son thé brûlant. Françoise la regarda avec un peu de remords, elle était touchée de cet intérêt que Xavière lui témoignait ; elle aurait dû essayer plus souvent d'avoir de vraies conversations avec elle.

— C'est sur ma jeunesse, dit Françoise ; je voudrais expliquer dans mon livre pourquoi on est souvent si disgracié quand on est jeune.

— Vous trouvez qu'on est disgracié? dit Xavière.

— Pas vous, dit Françoise. Vous êtes une âme bien née. Elle réfléchit.

— Voyez-vous, quand on est enfant, on se résigne facilement à être compté pour du beurre ; mais à dix-sept ans, ça change. On se met à vouloir exister, pour de bon, et comme du dedans de soi, on se sent toujours pareil, on fait bêtement appel à des garanties extérieures.

— Comment ça? dit Xavière.

— On cherche l'approbation des gens, on écrit ses pensées, on se compare à des modèles éprouvés. Tenez, regardez Élisabeth, dit Françoise. En un sens elle n'a jamais franchi ce stade. C'est une éternelle adolescente.

Xavière se mit à rire.

— Vous ne ressembliez sûrement pas à Élisabeth, dit-elle.

— En partie, dit Françoise. Élisabeth nous agace parce qu'elle nous écoute servilement, Pierre et moi, parce qu'elle se fabrique sans cesse. Mais si l'on essaie de la comprendre avec un peu de sympathie, on aperçoit dans tout cela un effort maladroit pour donner à sa vie et à sa personne une valeur sûre. Même son respect des formes sociales : le mariage, la notoriété, c'est encore une forme de ce souci.

Le visage de Xavière s'assombrit légèrement.

— Élisabeth est une pauvre chiffe vaniteuse, dit-elle. Et voilà tout !

— Non, ce n'est justement pas tout, dit Françoise. Il faut encore comprendre d'où ça vient.

Xavière haussa les épaules.

— A quoi ça sert d'essayer de comprendre des gens qui n'en valent pas la peine.

Françoise réprima un mouvement d'impatience ; Xavière se sentait lésée dès qu'on parlait de quelqu'un d'autre qu'elle avec indulgence ou même simplement avec impartialité.

— En un sens, tout le monde en vaut la peine, dit-elle à Xavière qui l'écoutait avec une attention boudeuse. Élisabeth est tout affolée quand elle regarde au-dedans d'elle-même parce qu'elle ne trouve que du vide et du creux ; elle ne se rend pas compte que c'est le sort commun ; les autres gens, au contraire, elle les voit du dehors, à travers des mots, des gestes, des visages qui sont du plein. Ça produit une espèce de mirage.

— C'est drôle, dit Xavière. D'ordinaire vous ne lui trouvez pas tant d'excuses.

— Mais il ne s'agit ni d'excuser ni de condamner, dit Françoise.

— J'ai déjà remarqué, dit Xavière. M. Labrousse et vous, vous prêtez toujours aux gens des tas de mystères. Mais ils sont bien plus simples que ça.

Françoise sourit ; c'était le reproche qu'un jour elle avait adressé à Pierre : de compliquer Xavière à plaisir.

— Ils sont simples si on les regarde en surface, dit-elle.

— Peut-être, dit Xavière d'un ton poli et négligent qui mettait décidément fin à la discussion. Elle posa sa tasse et sourit à Françoise d'un air engageant.

— Vous ne savez pas ce que la femme de chambre m'a raconté ? dit-elle ; c'est qu'au numéro 9 il y a un individu qui est à la fois un homme et une femme.

— Le 9, c'est donc pour ça qu'elle a cette tête dure et cette grosse voix! dit Françoise. Car il s'habille en femme votre individu. C'est celui-là?

— Oui, mais il a un nom d'homme. C'est un Autrichien; il paraît qu'à sa naissance on a hésité; finalement on l'a déclaré comme garçon; et puis vers quinze ans il lui est arrivé un accident spécifiquement féminin, mais ses parents n'ont pas fait changer l'état civil. Xavière ajouta à voix basse : d'ailleurs il a des cheveux sur la poitrine et d'autres particularités. Il a été célèbre dans son pays, on a tourné des films sur lui, il gagnait beaucoup d'argent.

— J'imagine, aux beaux temps de la psychanalyse et de la sexologie, ça devait être une aubaine là-bas d'être hermaphrodite, dit Françoise.

— Oui, mais quand il y a eu ces histoires politiques, vous savez, dit Xavière d'un air vague, on l'a chassé. Alors elle s'est réfugiée ici; elle n'a pas le sou et il paraît qu'elle est très malheureuse parce que son cœur la porte vers les hommes, mais les hommes n'en veulent pas du tout.

— Eh! la pauvre! C'est vrai; même les pédérastes, ça ne doit pas faire leur affaire, dit Françoise.

— Elle pleure tout le temps, dit Xavière d'un air navré; elle regarda Françoise. Ça n'est pourtant pas sa faute; comment peut-on vous chasser d'un pays parce que vous êtes fait d'une manière ou d'une autre? On n'a pas le droit.

— Les gouvernements ont les droits qu'ils prennent, dit Françoise.

— Je ne comprends pas ça, dit Xavière d'un ton de blâme. Est-ce qu'il n'y a aucun pays où l'on puisse faire ce qu'on veut?

— Aucun.

— Alors il faudrait partir sur une île déserte, dit Xavière.

— Même les îles désertes appartiennent à des gens à présent, dit Françoise. On est coincé.

— Oh, je trouverai un moyen, dit-elle.

— Je ne crois pas, dit Françoise, vous serez obligée comme tout le monde d'accepter un tas de choses qui ne vous plairont pas.

Elle sourit.

— C'est une idée qui vous révolte?

— Oui, dit Xavière.

Elle jeta à Françoise un regard de coin.

— Est-ce que M. Labrousse vous a dit qu'il n'était pas content de mon travail?

— Il m'a dit que vous en aviez longuement discuté. Françoise ajouta gaiement : il était tout flatté d'avoir été invité chez vous.

— Oh! Ça s'est trouvé comme ça, dit Xavière sèchement.

Elle tourna le dos pour aller remplir d'eau la casserole. Il y eut un petit silence. Pierre se trompait s'il croyait avoir obtenu son pardon : chez Xavière ce n'était jamais la dernière impression qui l'emportait. Elle avait dû repenser à cet après-midi avec colère et s'irriter par-dessus tout de la réconciliation finale.

Françoise la dévisagea. Cette réception charmante, est-ce que ce n'était pas tout simplement un exorcisme? N'avait-elle pas été dupée encore une fois? Le thé, les sandwiches, la belle robe verte n'étaient pas destinés à l'honorer, mais bien plutôt à retirer à Pierre un privilège étourdiment accordé. Sa gorge se serra. Non, ce n'était pas possible de se donner à cette amitié ; tout de suite on avait dans la bouche un goût faux, un goût de coupure de métal.

CHAPITRE VII

— Vous prendrez bien une coupe de fruits, dit Françoise ; elle joua des coudes pour frayer à Jeanne Harbley un passage vers le buffet. La tante Christine n'avait pas décollé de la table, elle souriait avec adoration à Guimiot qui mangeait un café glacé d'un air de condescendance. D'un coup d'œil, Françoise vérifia que les assiettes de sandwiches et de petits fours avaient encore bonne figure ; il y avait deux fois plus de monde qu'au réveillon de l'an passé.

— C'est charmant cette décoration, dit Jeanne Harbley.

Françoise répondit pour la dixième fois.

— C'est Begramian qui a installé ça, il a du goût.

Il avait eu quelque mérite à transformer si rapidement en salle de danse un champ de bataille romain, mais Françoise n'aimait pas beaucoup cette profusion de houx, de gui, de branches de sapin. Elle regarda autour d'elle, à la recherche de nouveaux visages.

— Comme c'est gentil d'être venue! Labrousse va être si content de vous voir.

— Où est-il le cher petit maître?

— Là-bas, avec Berger, il a bien besoin que vous alliez le distraire.

Blanche Bouguet n'était guère plus amusante que Berger, mais ça ferait un peu de changement. Pierre n'avait pas l'air à la fête ; de temps en temps il levait le nez d'un air soucieux ; il était inquiet de Xavière : il avait peur qu'elle ne se saoulât ou qu'elle ne s'enfuît. En ce moment elle était assise au bord du proscenium à côté de Gerbert ; leurs jambes se balançaient dans le vide et ils semblaient s'ennuyer ferme. Le phonographe jouait une rumba mais la cohue était trop épaisse pour qu'on pût danser.

— Tant pis pour Xavière! pensa Françoise ; la soirée était déjà assez pénible comme ça, ça deviendrait intolérable s'il fallait tenir compte de ses jugements et de ses humeurs.

— Tant pis, se répéta Françoise avec un peu d'indécision.

— Vous partez déjà? Quel dommage!

Elle suivit d'un œil satisfait la silhouette d'Abelson ;

quand tous les invités sérieux seraient partis, il n'y aurait plus tant de frais à faire. Françoise se dirigea vers Élisabeth ; il y avait une demi-heure qu'elle fumait adossée à un portant, le regard fixe, sans parler à personne ; mais traverser la scène, c'était toute une expédition.

— Comme c'est gentil d'être venu! Labrousse va être si content! Il est entre les pattes de Blanche Bouguet, essayez de le délivrer.

Françoise gagna quelques centimètres.

— Vous êtes éblouissante, Marie-Ange, ce bleu avec ce violet, c'est tellement beau.

— C'est un petit ensemble de chez Lanvin ; c'est gentil, n'est-ce pas ?

Encore quelques serrements de mains, quelques sourires, et Françoise se trouva aux côtés d'Élisabeth.

— C'est le coup dur, dit-elle avec entrain. Elle se sentait vraiment fatiguée, elle était souvent fatiguée ces temps-ci.

— Il y a de l'élégance, ce soir! dit Élisabeth ; toutes ces actrices, tu as remarqué comme elles ont de vilaines peaux.

La peau d'Élisabeth n'était pas belle non plus ; bouffie et tirant sur le jaune ; « elle se laisse aller » pensa Françoise ; c'était difficile de croire que six semaines plus tôt, le soir de la générale, elle était presque éclatante.

— Ce sont les fards, dit Françoise.

— Les corps sont formidables, dit Élisabeth avec impartialité. Quand on pense que Blanche Bouguet a plus de quarante ans!

Les corps étaient jeunes et les cheveux aux couleurs trop exactes, et même le ferme dessin des visages, mais cette jeunesse n'avait pas la fraîcheur des choses vivantes, c'était une jeunesse embaumée ; ni ride, ni patte d'oie ne marquait les chairs bien massées ; cet air usé autour des yeux n'en était que plus inquiétant. Ça vieillissait par en dessous ; ça pourrait vieillir encore longtemps sans que craquât la carapace bien lustrée et puis, un jour, d'un seul coup, cette coque brillante devenue mince comme un papier de soie tomberait en poussière ; alors on verrait apparaître une vieillarde parfaitement achevée avec ses rides, ses tavelures, ses veines gonflées, ses doigts noueux.

— Des femmes bien conservées, dit Françoise, c'est affreux cette expression ; je pense toujours à des conserves de homard et le garçon qui vous dit : « C'est aussi bon que du frais. »

— Je n'ai pas tant de préjugé en faveur de la jeunesse, dit Élisabeth. Ces petites gosses sont si mal fagotées, elles ne font aucun effet.

— Tu ne trouves pas Canzetti charmante avec sa grande jupe bohémienne, dit Françoise, et regarde la petite Éloy, et Chanaud ; évidemment, la coupe n'est pas impeccable...

Ces robes un peu gauches avaient toute la grâce des existences indécises dont elles reflétaient les ambitions, les rêves, les difficultés, les ressources ; la large ceinture jaune de Canzetti, les broderies dont Éloy avait semé son corsage, leur appartenaient aussi intimement que leurs sourires. C'était ainsi qu'Élisabeth s'habillait jadis.

— Je te réponds qu'elles donneraient gros, ces petites bonnes femmes, pour ressembler à Harbley ou à Bouguet, dit Élisabeth avec aigreur.

— Ça oui, si elles réussissent, elles seront juste comme les autres, dit Françoise.

Elle embrassa la scène d'un coup d'œil : les belles actrices arrivées, les débutantes, les ratés décents, c'était une foule de destinées séparées qui composaient ce grouillement confus, ça donnait un peu le vertige. A certains moments, il semblait à Françoise que ces vies étaient venues s'entrecroiser exprès pour elle en ce point de l'espace et du temps où elle se tenait ; à d'autres instants, ce n'était plus ça du tout. Les gens étaient éparpillés, chacun pour soi.

— En tous cas, Xavière est drôlement moche ce soir,

176

dit Élisabeth, ces fleurs qu'elle s'est fourrées dans les cheveux, c'est d'un mauvais goût !

Françoise avait passé un long moment avec Xavière à composer ce petit bouquet timide, mais elle ne voulut pas contredire Élisabeth ; il y avait déjà assez d'hostilité dans son regard quand on était du même avis qu'elle.

— Ils sont marrants tous les deux, dit Françoise.

Gerbert était en train d'allumer la cigarette de Xavière, mais il évitait avec soin son regard ; il était tout guindé dans un élégant complet sombre qu'il avait dû emprunter à Péclard. Xavière fixait obstinément le bout de ses petits souliers.

— Depuis que je les observe, ils n'ont pas échangé un mot, dit Élisabeth, ils sont timides comme deux amoureux.

— Ils se terrorisent, dit Françoise ; c'est dommage, ils auraient pu être de bons camarades.

La perfidie d'Élisabeth ne la touchait pas, sa tendresse pour Gerbert était pure de toute jalousie ; mais ce n'était pas agréable de se sentir si farouchement haïe. C'était presque une haine avouée ; jamais plus Élisabeth ne faisait de confidences ; toutes ses paroles, tous ses silences étaient de vivants reproches.

— Bernheim m'a dit que vous partiez sans doute en tournée l'an prochain, dit Élisabeth. Est-ce vrai ?

— Mais non, ce n'est pas vrai, dit Françoise ; il s'est mis dans la tête que Pierre finira par céder, il se trompe. L'hiver prochain Pierre montera sa pièce.

— Vous commencerez la saison par là ? dit Élisabeth.

— Je ne sais pas encore, dit Françoise.

— Ça serait dommage de partir en tournée, dit Élisabeth d'un air préoccupé.

— C'est bien mon avis, dit Françoise.

Elle se demanda avec un peu de surprise si Élisabeth espérait encore quelque chose de Pierre ; peut-être comptait-elle faire pour octobre une nouvelle tentative en faveur de Battier.

— Ça se vide un peu, dit-elle.

— Il faut que je voie Lise Malan, dit Élisabeth, il paraît qu'elle a quelque chose d'important à me dire.

— Moi, je vais au secours de Pierre, dit Françoise.

Pierre serrait des mains avec effusion, mais il avait beau faire, il ne savait pas mettre de chaleur dans ses sourires ; c'était un art que Mme Miquel avait pris grand soin d'enseigner à sa fille.

— Je me demande où elle en est avec Battier, pensa Françoise tout en prodiguant des adieux et des regrets. Élisabeth avait chassé Guimiot sous prétexte qu'il lui avait volé des cigarettes, elle s'était remise avec Claude, mais ça ne devait pas marcher, jamais elle n'avait été plus sinistre.

— Tiens, où donc Gerbert a-t-il passé ? dit Pierre.

Xavière était toute seule au milieu de la scène, les bras ballants.

— Pourquoi ne danse-t-on pas ? reprit-il. On a bien de la place.

Il y avait de la nervosité dans sa voix. Le cœur un peu serré, Françoise regarda ce visage qu'elle avait si longtemps aimé avec une paix aveugle ; elle avait appris à le déchiffrer ; il n'était pas rassurant ce soir, il semblait d'autant plus fragile qu'il était tendu et figé.

— Deux heures dix, dit-elle, il ne viendra plus personne.

Pierre était ainsi fait qu'il ne tirait pas beaucoup de joie des moments où Xavière se montrait aimable avec lui ; en revanche, le moindre de ses froncements de sourcil le déchirait de fureur ou de remords. Il avait besoin de la sentir en son pouvoir pour être en paix avec lui-même. Lorsque des gens s'interposaient entre elle et lui, il était toujours inquiet et irritable.

— Vous ne vous ennuyez pas trop ? dit Françoise.

— Non, dit Xavière. C'est seulement pénible d'entendre du bon jazz et de ne pas pouvoir danser.

— Mais on peut très bien danser maintenant, dit Pierre.

Il y eut un petit silence ; ils souriaient tous les trois, mais les mots ne leur venaient pas.

— Je vous apprendrai la rumba tout à l'heure, dit Xavière à Françoise avec un peu trop d'entrain.

— J'aime mieux m'en tenir au slow, dit Françoise, la rumba, je suis trop vieille.

— Comment pouvez-vous dire? dit Xavière ; elle regarda Pierre d'un air un peu plaintif. Elle danserait si bien si elle voulait.

— Tu n'es pas vieille pour deux sous! dit Pierre.

D'un seul coup en abordant Xavière il avait éclairé son visage et sa voix ; il en contrôlait les moindres nuances avec une précision inquiétante : il fallait qu'il fût sur le qui-vive, il ne possédait pas du tout cette gaieté légère et tendre qui brillait dans ses yeux.

— Juste l'âge d'Élisabeth, dit Françoise, je viens de la voir, ce n'est pas consolant.

— Qu'est-ce que tu viens nous parler d'Élisabeth, dit Pierre, tu ne t'es pas regardée.

— Elle ne se regarde jamais, dit Xavière avec regret. Il faudrait prendre un petit film un jour sans qu'elle s'en doute et puis on le projetterait devant elle par surprise ; elle serait bien forcée de se voir et elle serait tout étonnée.

— Elle aime bien s'imaginer qu'elle est une grosse dame mûre, dit Pierre. Si tu savais comme tu as l'air jeune!

— Mais je n'ai pas bien envie de danser, dit-elle. Ça la mettait mal à l'aise ce chœur d'attendrissements.

— Alors, voulez-vous bien que nous dansions tous deux? dit Pierre.

Françoise les suivit des yeux ; ils étaient plaisants à voir. Xavière dansait avec la légèreté d'une vapeur, elle ne tenait pas au sol ; Pierre, lui, c'était un corps lourd mais qu'on aurait dit soustrait par d'invisibles fils aux lois de la pesanteur : il avait la miraculeuse aisance d'une marionnette.

— J'aurais aimé savoir danser, pensa Françoise.

Il y avait dix ans qu'elle avait abandonné. Il était trop tard pour reprendre. Elle souleva un rideau et dans l'obscurité des coulisses alluma une cigarette ; ici au moins elle aurait un peu de répit. Trop tard. Jamais elle ne serait une femme qui possède l'exacte maîtrise de son corps ; ce qu'elle pourrait acquérir aujourd'hui, ça n'était pas intéressant : des enjolivements, des fioritures, ça lui resterait extérieur. C'était cela que ça signifiait trente ans : une femme faite. Elle était pour l'éternité une femme qui ne sait pas danser, une femme qui n'a eu qu'un amour dans sa vie, une femme qui n'a pas descendu en canoë les cañons du Colorado ni traversé à pied les plateaux du Tibet. Ces trente années, ce n'était pas seulement un passé qu'elle traînait derrière elle, elles s'étaient déposées tout autour d'elle, en elle-même, c'était son présent, son avenir, c'était la substance dont elle était faite. Aucun héroïsme, aucune absurdité n'y pourraient rien changer. Certes, elle avait tout le temps avant sa mort d'apprendre le russe, de lire Dante, de voir Bruges et Constantinople ; elle pouvait encore semer çà et là dans sa vie des incidents imprévus, des talents neufs ; mais ça n'en resterait pas moins jusqu'à la fin cette vie-ci et pas une autre ; et sa vie ne se distinguait pas d'elle-même. Avec un éblouissement douloureux, Françoise se sentit transpercée d'une lumière aride et blanche qui ne laissait en elle aucun recoin d'espoir ; un moment elle resta immobile à regarder briller dans la nuit le bout rouge de sa cigarette. Un petit rire, des chuchotements étouffés la tirèrent de sa torpeur : ces corridors sombres étaient toujours très recherchés. Elle s'éloigna sans bruit et regagna la scène ; les gens semblaient très bien s'amuser à présent.

— D'où sors-tu ? dit Pierre. Nous venons de causer un moment avec Paule Berger ; Xavière l'a trouvée très belle.

— Je l'ai vue, dit Françoise, je l'ai même invitée à rester jusqu'au matin.

Elle avait de l'amitié pour Paule ; seulement c'était

difficile de la voir sans son mari et sans le reste de leur bande.

— Elle est formidablement belle, dit Xavière, elle ne ressemble pas à tous ces grands mannequins.

— Elle a un peu trop l'air d'une nonne ou d'une évangéliste, dit Pierre.

Paule était en train de parler à Inès ; elle portait une longue robe montante en velours noir ; des bandeaux d'un blond roux encadraient son visage au large front lisse, aux orbites profondes.

— Les joues sont un peu ascétiques, dit Xavière, mais elle a une grande bouche si généreuse et des yeux si vivants.

— Des yeux transparents, dit Pierre ; il regarda Xavière et sourit. Moi j'aime quand des yeux sont lourds.

Pierre était un peu traître de parler de Paule sur ce ton ; il l'estimait bien d'ordinaire ; il prenait un plaisir mauvais à l'immoler gratuitement à Xavière.

— Elle est fameuse quand elle danse, dit Françoise ; c'est du mime, ce qu'elle fait, plutôt que de la danse ; la technique n'est pas très poussée, mais elle peut rendre à peu près n'importe quoi.

— Je voudrais tant la voir danser ! dit Xavière.

Pierre regarda Françoise.

— Tu devrais aller lui demander, dit-il.

— J'ai peur que ça ne soit indiscret, dit Françoise.

— Elle ne se fait pas prier d'habitude, dit Pierre.

— Elle m'intimide, dit Françoise.

Paule Berger était d'une affabilité parfaite avec tout le monde, mais on ne savait jamais ce qu'elle pensait.

— Vous avez déjà vu Françoise intimidée ? dit Pierre en riant. C'est bien la première fois de ma vie !

— Ce serait tellement plaisant ! dit Xavière.

— Bon, je vais y aller, dit Françoise.

Elle s'approcha en souriant de Paule Berger. Inès avait l'air abattue ; elle portait une étonnante robe de moire rouge et une résille d'or dans ses cheveux jaunes ; Paule la regardait dans les yeux, en discourant d'un ton

181

encourageant et un peu maternel. Elle se tourna vers Françoise avec vivacité.

— N'est-ce pas qu'au théâtre tous les dons ne servent de rien si l'on n'a pas le courage et la foi ?

— Sûrement, dit Françoise.

La question n'était pas là et Inès le savait bien, mais elle eut quand même l'air un peu contente.

— Je viens vous adresser une requête, dit Françoise ; elle se sentit rougir et elle eut un élan de colère contre Pierre et contre Xavière. Si ça vous ennuie le moins du monde dites-moi bien, mais ça nous ferait tant plaisir si vous vouliez nous danser quelque chose.

— Je veux bien, dit Paule, seulement je n'ai ni musique ni accessoires.

Elle eut un sourire d'excuse.

— Je danse avec un masque, à présent, et avec une longue robe.

— Ça doit être très beau, dit Françoise.

Paule regarda Inès avec hésitation.

— Tu peux m'accompagner la danse des machines, dit-elle, et puis la femme de ménage, je la donne sans musique. Seulement vous connaissez déjà ?

— Ça ne fait rien, j'aimerais revoir, dit Françoise. Vous êtes si gentille ; je vais arrêter le phono.

Xavière et Pierre la guettaient d'un air complice et amusé.

— Elle a accepté, dit Françoise.

— Tu es une bonne ambassadrice, dit Pierre.

Il avait l'air si naïvement heureux que Françoise en fut étonnée. Les yeux rivés sur Paule Berger, Xavière attendait avec extase : c'était cette joie enfantine que la figure de Pierre reflétait.

Paule s'avança au milieu de la scène ; elle n'était pas encore très connue du grand public mais ici tout le monde admirait son art ; Canzetti s'assit sur ses talons, sa grande jupe mauve étalée tout autour d'elle ; Éloy s'étendit sur le sol à quelques pas de Tedesco, dans une pose féline ; la tante Christine avait disparu et Guimiot,

182

debout à côté de Marc Antoine, lui souriait coquettement. Tous paraissaient intéressés. Inès plaqua au piano les premiers accords ; lentement, les bras de Paule s'animèrent, la machine endormie se mettait en marche ; le rythme s'accélérait peu à peu, mais Françoise ne voyait ni les bielles, ni les rouleaux ni tous ces mouvements d'acier; c'était Paule qu'elle voyait. Une femme de son âge ; une femme qui avait elle aussi son histoire, son travail, sa vie ; une femme qui dansait sans se soucier de Françoise et quand tout à l'heure elle lui sourirait, ce serait comme à une spectatrice parmi d'autres, Françoise n'était pour elle qu'un morceau du décor.

— Si seulement on pouvait tranquillement se préférer, pensa Françoise avec angoisse.

En cet instant il y avait des milliers de femmes de par la terre qui écoutaient avec émotion battre leurs cœurs. Chacun le sien ; chacun pour soi. Comment pouvait-elle croire qu'elle se tenait en un centre privilégié du monde? Il y avait Paule et Xavière et tant d'autres. On ne pouvait même pas se comparer.

La main de Françoise descendit lentement le long de sa jupe.

— Qu'est-ce que je suis, moi? se demanda-t-elle ; elle regarda Paule, elle regarda Xavière dont le visage rayonnait d'une admiration impudique ; ces femmes-là, on savait qui elles étaient ; elles avaient des souvenirs choisis, des goûts et des idées qui les définissaient, des caractères bien arrêtés que traduisaient les traits de leurs figures ; mais en elle-même Françoise ne distinguait aucune forme claire ; la lumière qui l'avait pénétrée tout à l'heure ne lui avait découvert que du vide. « Elle ne se regarde jamais », avait dit Xavière ; c'était vrai ; Françoise n'était attentive à son visage que pour le soigner comme un objet étranger ; elle cherchait dans son passé des paysages, des gens et non pas elle ; et même ses idées, ses goûts ne lui composaient pas une figure : c'était le reflet de vérités qui se découvraient à elle, comme les touffes de gui et de houx suspendues aux

183

cintres, elles ne lui appartenaient pas davantage.

— Je ne suis personne, pensa Françoise ; souvent elle s'était sentie fière de n'être pas enfermée comme les autres dans d'étroites petites limites individuelles : une nuit, à la Prairie, avec Élisabeth et Xavière, il n'y avait pas si longtemps. Une conscience nue en face du monde, c'est ainsi qu'elle se pensait. Elle toucha son visage : ce n'était pour elle qu'un masque blanc. Seulement voilà : tous ces gens le voyaient, et bon gré mal gré elle était aussi dans le monde, une parcelle de ce monde ; elle était une femme parmi d'autres et cette femme elle l'avait laissée pousser au hasard, sans lui imposer de contours ; elle était incapable de porter aucun jugement sur cette inconnue. Et pourtant Xavière la jugeait, elle la confrontait avec Paule ; laquelle préférait-elle ? Et Pierre ? Quand il la regardait, que voyait-il ? Elle tourna les yeux vers Pierre, mais Pierre ne la regardait pas.

Il regardait Xavière ; la bouche entrouverte, les yeux embués, Xavière respirait avec peine ; elle ne savait plus où elle était, elle semblait hors d'elle-même ; Françoise détourna les yeux avec gêne, l'insistance de Pierre était indiscrète et presque obscène ; ce visage de possédée n'était pas fait pour être vu. Cela au moins Françoise pouvait le savoir. : elle n'était pas capable de ces transes passionnées. Elle pouvait savoir avec beaucoup de certitude ce qu'elle n'était pas : c'était pénible de ne se connaître que comme une suite d'absences.

— Tu as vu la tête de Xavière ? dit Pierre.

— Oui, dit Françoise.

Il avait dit ces mots sans quitter Xavière des yeux.

— C'est ainsi, pensa Françoise ; pas plus que pour elle-même elle ne possédait pour lui de traits distincts ; invisible, informe, elle faisait confusément partie de lui ; il lui parlait comme à soi-même mais son regard demeurait rivé sur Xavière. Xavière était belle en cet instant, avec ses lèvres gonflées, et deux larmes qui coulaient sur ses joues blêmes.

On applaudit.

— Il faut aller remercier Paule, dit Françoise ; elle pensa « moi, je ne sens plus rien » ; à peine avait-elle regardé la danse, elle avait ressassé des pensées maniaques à la façon des vieilles femmes.

Paule accepta les compliments avec beaucoup de grâce ; Françoise l'admirait de savoir toujours si parfaitement se conduire.

— J'ai envie de faire chercher chez moi ma robe, mes disques et mes masques, dit-elle ; elle fixa sur Pierre ses grands yeux candides. J'aimerais savoir ce que vous en pensez.

— Je suis très curieux de voir dans quel sens vous avez travaillé, dit Pierre, il y a tant de possibilités diverses dans ce que vous venez de nous montrer.

Le phonographe jouait un paso doble ; de nouveau des couples se formèrent.

— Dansez cela avec moi, dit Paule à Françoise avec autorité.

Françoise la suivit docilement ; elle entendit Xavière qui disait à Pierre d'un ton boudeur :

— Non, moi je ne veux pas danser.

Elle eut un mouvement d'humeur. Voilà ! Elle était encore en faute, Xavière rageait et Pierre allait lui en vouloir de la rage de Xavière. Mais Paule conduisait si bien, c'était un plaisir de se laisser mener par elle ; Xavière ne savait pas du tout.

Il y avait une quinzaine de couples sur la scène ; d'autres étaient éparpillés dans les coulisses, dans les loges ; un groupe s'était installé aux fauteuils de balcon. Soudain, Gerbert jaillit d'une avant-scène en bondissant comme un elfe ; Marc Antoine le poursuivait en mimant autour de lui une danse de séduction ; c'était un homme au corps un peu épais mais plein de vivacité et de grâce. Gerbert semblait un tout petit peu ivre, sa grande mèche noire lui tombait dans les yeux, il s'arrêtait avec une coquetterie hésitante, puis il se dérobait en cachant pudiquement sa tête contre son épaule, il fuyait, il revenait d'un air timide et alléché.

— Ils sont charmants, dit Paule.

— Le plus piquant, dit Françoise, c'est que Ramblin a vraiment de ces goûts ; il ne s'en cache pas d'ailleurs.

— Je m'étais demandé si c'était un effet d'art ou de nature, ce côté efféminé qu'il a donné à Marc Antoine, dit Paule.

Françoise jeta un coup d'œil vers Pierre ; il parlait avec animation à Xavière qui ne semblait guère l'écouter ; elle regardait Gerbert d'un drôle d'air avide et charmé. Françoise fut blessée par ce regard : c'était comme une impérieuse et secrète prise de possession.

La musique s'arrêta et Françoise se sépara de Paule.

— Moi aussi je peux vous faire danser, dit Xavière en se saisissant de Françoise ; elle l'enlaça, les muscles tendus, et Françoise eut envie de sourire en sentant cette petite main qui se crispait sur sa taille ; avec tendresse, elle respira l'odeur de thé, de miel et de chair qui était l'odeur de Xavière.

— Si je pouvais l'avoir à moi, je l'aimerais, pensa-t-elle.

Cette petite fille impérieuse, ce n'était rien d'autre, elle non plus, qu'un petit morceau du monde tiède et désarmé.

Mais Xavière ne persévéra pas dans son effort : elle se reprit comme de coutume à danser pour elle-même sans se soucier de Françoise ; Françoise ne parvenait pas à la suivre.

— Ça ne marche pas bien, dit Xavière d'un air découragé. Je meurs de soif, ajouta-t-elle. Pas vous ?

— Il y a Élisabeth au buffet, dit Françoise.

— Qu'est-ce que ça peut faire, dit Xavière, je veux boire.

Élisabeth parlait avec Pierre ; elle avait beaucoup dansé et semblait un peu moins sinistre ; elle eut un petit rire de commère.

— J'étais en train de raconter à Pierre qu'Éloy a tourné toute la soirée autour de Tedesco, dit-elle ; Canzetti est folle de fureur.

186

— Elle est bien ce soir Éloy, dit Pierre, ça la change cette coiffure ; elle a plus de ressources physiques que je ne pensais.

— Guimiot me disait qu'elle se jette à la tête de tous les types, dit Élisabeth.

— A la tête, c'est une façon de parler, dit Françoise.

Le mot lui avait échappé ; Xavière ne sourcilla pas, peut-être n'avait-elle pas compris. Quand les conversations avec Élisabeth n'étaient pas tendues elles prenaient facilement un tour canaille. C'était gênant de sentir à côté de soi cette austère petite vertu.

— Ils la traitent comme le dernier des paillassons, dit Françoise. Ce qu'il y a de marrant avec ça, c'est qu'elle est vierge et qu'elle tient à le rester.

— C'est un complexe ? dit Élisabeth.

— C'est à cause de son teint, dit Françoise en riant.

Elle s'arrêta ; Pierre semblait au supplice.

— Vous ne dansez plus ? dit-il précipitamment à Xavière.

— Je suis fatiguée, dit Xavière.

— Ça vous intéresse, le théâtre ? dit Élisabeth de son air le plus allant. Vous avez vraiment la vocation ?

— Tu sais, au début, c'est plutôt ingrat, dit Françoise.

Il y eut un silence. Xavière n'était des pieds à la tête qu'un blâme vivant. Tout prenait un tel poids quand elle était là, c'en était accablant.

— Tu travailles, toi, en ce moment ? dit Pierre.

— Oui, ça va, dit Élisabeth ; elle ajouta d'un ton détaché : Lise Malan vient de me pressentir de la part de Dominique pour la décoration de son cabaret ; j'accepterai peut-être.

Françoise eut l'impression qu'elle aurait voulu garder le secret mais qu'elle n'avait pas su résister au désir de les éblouir.

— Accepte, dit Pierre, c'est une affaire d'avenir, Dominique va gagner des ors avec cette boîte.

— La petite Dominique, c'est drôle, dit Élisabeth en

187

riant. Les gens étaient définis une fois pour toutes pour elle. Tout changement était exclu de cet univers rigide où elle cherchait avec tant d'entêtement à s'assurer des repères.

— Elle a beaucoup de talent, dit Pierre.

— Elle a été charmante avec moi, elle m'a toujours énormément admirée, dit Élisabeth d'un ton objectif.

Françoise sentit le pied de Pierre qui écrasait douloureusement son pied.

— Il faut absolument que tu tiennes ta promesse, dit-il, tu es trop paresseuse ; Xavière va te faire danser cette rumba.

— Allons! dit Françoise d'un ton résigné ; elle entraîna Xavière.

— C'est pour décoller Élisabeth, dit-elle, dansons trois minutes.

Pierre traversa la scène d'un air affairé.

— Je vais vous attendre dans ton bureau, dit-il, on va boire un coup tranquillement là-haut.

— Est-ce qu'on invite Paule et Gerbert? dit Françoise.

— Non, pourquoi? Allons tous les trois, dit Pierre un peu sèchement.

Il disparut ; Françoise et Xavière le suivirent à peu de distance. Dans l'escalier elles croisèrent Begramian qui embrassait fougueusement la petite Chanaud ; une farandole traversa en courant le foyer du premier étage.

— On va enfin avoir un peu la paix, dit Pierre.

Françoise tira de son armoire une bouteille de champagne ; c'était un bon champagne réservé aux invités de choix ; il y avait aussi des sandwiches et des petits fours qu'on servirait à l'aube, avant de se séparer.

— Tiens, débouche-nous ça, dit-elle à Pierre, c'est formidable la poussière qu'on avale sur cette scène, ça dessèche la gorge.

Pierre fit sauter le bouchon avec adresse et remplit les verres.

— Passez-vous une bonne soirée ? dit-il à Xavière.

— Une soirée divine ! dit Xavière ; elle vida sa coupe d'un trait et se mit à rire.

— Mon Dieu ! Comme vous aviez l'air d'un monsieur important au début, quand vous parliez à ce gros type. Je croyais voir mon oncle !

— Et maintenant ? dit Pierre.

La tendresse qui affleurait à son visage était encore retenue et comme voilée ; il suffirait d'un pli de la bouche et une nappe d'indifférence bien lisse se reformerait sans un frisson.

— Maintenant, c'est de nouveau vous, dit Xavière en avançant un peu les lèvres.

Le visage de Pierre s'abandonna ; Françoise le considéra avec une sollicitude inquiète ; naguère, quand elle regardait Pierre, c'était le monde tout entier qu'elle apercevait à travers lui mais maintenant elle ne voyait que lui seul. Pierre était juste là où se trouvait son corps, ce corps qu'on pouvait enfermer dans un coup d'œil.

— Ce gros type ? dit Pierre, vous savez qui c'était ? Berger, le mari de Paule.

— Son mari ? Une seconde, Xavière parut déconcertée, puis elle dit d'un ton tranchant : Elle ne l'aime pas.

— Elle tient drôlement à lui, dit Pierre. Elle était mariée, elle avait un gosse et elle a divorcé pour l'épouser, ce qui a créé un tas de drames parce qu'elle est d'une famille très catholique. Vous n'avez jamais lu des romans de Masson ? C'est son père. Elle a assez le genre fille de grand homme.

— Elle ne l'aime pas d'amour, dit Xavière ; elle eut une moue blasée. Les gens confondent tellement !

— J'aime vos trésors d'expérience, dit Pierre gaiement ; il sourit à Françoise. Si tu l'avais entendue tout à l'heure : ce petit Gerbert, c'est ce genre de types qui s'aiment si profondément qu'ils ne se soucient même pas de plaire...

Il avait imité parfaitement la voix de Xavière qui lui jeta un regard amusé et fâché.

— Le plus fort, c'est qu'elle tombe souvent juste, dit Françoise.

— C'est une sorcière, dit Pierre avec tendresse.

Xavière riait d'un air sot comme lorsqu'elle était très contente.

— Ce qu'il y a, je crois, pour Paule Berger, c'est que c'est une passionnée à froid, dit Françoise.

— Ce n'est pas possible qu'elle soit froide, dit Xavière, j'ai tant aimé la seconde danse ; à la fin, quand elle vacille de fatigue, ça fait un épuisement si profond que ça en devient voluptueux.

Lentement les lèvres fraîches effeuillèrent le mot : voluptueux.

— Elle sait évoquer la sensualité, dit Pierre, mais je ne la crois pas sensuelle.

— C'est une femme qui sent exister son corps, dit Xavière avec un sourire de connivence secrète.

— Je ne sens pas exister mon corps, pensa Françoise ; c'était encore un point acquis mais ça n'avançait à rien d'enrichir indéfiniment ce négatif.

— Avec cette longue robe noire, dit Xavière, quand elle est immobile, elle fait penser à ces vierges toutes raides du Moyen Age, mais dès qu'elle bouge, c'est un bambou.

Françoise remplit de nouveau son verre ; elle n'était pas à la conversation ; elle aurait pu, elle aussi, faire des comparaisons sur les cheveux de Paule, sa taille souple, la courbe de ses bras, mais elle fût quand même restée à l'écart, parce que Pierre et Xavière s'intéressaient profondément à ce qu'ils disaient. Il y eut un grand moment tout blanc ; Françoise ne suivait plus les ingénieuses arabesques que les voix dessinaient dans l'air ; puis, de nouveau, elle entendit Pierre qui disait :

— Paule Berger, c'est une pathétique et le pathétique, c'est tout en fléchissements. Du tragique pur pour moi, c'était votre visage pendant que vous la regardiez.

Xavière rougit.

— Je me suis donnée en spectacle, dit-elle.

— Personne n'a remarqué, dit Pierre. Je vous envie de sentir les choses si fort.

Xavière fixa le fond de son verre.

— Les gens sont si drôles, dit-elle avec un air naïf. Ils ont applaudi, mais personne n'avait l'air vraiment touché. C'est peut-être parce que vous connaissez tant de choses, mais vous aussi, on dirait que vous ne faites pas de différences.

Elle secoua la tête et ajouta sévèrement :

— C'est bien étrange. Vous m'aviez parlé de Paule Berger, comme ça, en l'air, comme vous parlez d'une Harbley ; et cette soirée vous vous y êtes traîné juste comme vous auriez été à votre travail. Jamais je ne me suis tant amusée.

— C'est vrai, dit Pierre, je ne fais pas tant de différences.

Il s'arrêta ; on frappait à la porte.

— Excusez-moi, dit Inès, je suis venue vous prévenir ; Lise Malan va chanter ses dernières créations ; et puis Paule dansera, je lui ai apporté sa musique et ses masques.

— Nous descendons tout de suite, dit Françoise ; Inès referma la porte.

— On était si bien ici, dit Xavière, d'une voix boudeuse.

— Je me fous des chansons de Lise, dit Pierre, on descendra dans un quart d'heure.

Jamais il ne décidait, d'autorité, sans consulter Françoise ; elle sentit le sang qui lui montait aux joues.

— Ça n'est pas très gentil, dit-elle.

Sa voix lui parut plus sèche qu'elle ne l'aurait souhaité, mais elle avait trop bu pour se contrôler tout à fait. C'était une véritable inconduite que de ne pas descendre ; on n'allait pourtant pas se mettre à suivre Xavière sur ces chemins de caprice.

— Ils ne remarqueront même pas notre absence, dit Pierre d'un air rond.

Xavière lui sourit ; chaque fois qu'on lui sacrifiait quelque chose et surtout quelqu'un, un air de douceur angélique se répandait sur son visage.

— Il ne faudrait plus descendre d'ici jamais, jamais, dit-elle.

Elle rit.

— On fermerait la porte à clef et on nous monterait nos repas du dehors par une poulie.

— Et vous m'apprendriez à faire des différences, dit Pierre.

Il sourit affectueusement à Françoise.

— Cette petite sorcière, dit-il. Elle regarde les choses avec ses yeux tout neufs ; et voilà que les choses se mettent à exister pour nous, juste comme elle les voit. Les autres fois, on serrait des mains, il n'y avait qu'une suite de petits soucis : grâce à elle, c'est une vraie nuit de Noël que nous vivons cette année !

— Oui, dit Françoise.

Les mots de Pierre ne s'adressaient pas à elle ; ni à Xavière non plus ; Pierre avait parlé pour lui-même. C'était là le plus grand changement : jadis il vivait pour le théâtre, pour Françoise, pour des idées, on pouvait toujours collaborer avec lui ; mais ses rapports avec lui-même il n'y avait aucun moyen d'y participer. Françoise vida sa coupe. Il faudrait qu'elle se décide une bonne fois à regarder en face tous les changements qui s'étaient produits ; ça faisait des jours et des jours que toutes ses pensées avaient un goût aigre : à l'intérieur d'Élisabeth ça devait être comme ça. Il ne fallait pas faire comme Élisabeth.

— Je veux voir clair, se dit Françoise.

Mais sa tête était remplie d'un grand tournoiement rougeâtre et piquant.

— Il faut descendre, dit-elle brusquement.

— Oui, cette fois il faut, dit Pierre.

Le visage de Xavière se contracta.

— Mais je veux finir mon champagne, dit-elle.

— Buvez-le vite, dit Françoise.

— Mais je ne veux pas boire vite ; je veux boire en achevant ma cigarette.

Elle se rejeta en arrière.

— Je ne veux pas descendre.

— Vous vouliez tant voir danser Paule, dit Pierre. Venez, il faut absolument que nous descendions.

— Allez sans moi, dit Xavière ; elle se cala dans son fauteuil et répéta d'un air têtu : Je veux finir mon champagne.

— Alors à tout à l'heure, dit Françoise en poussant la porte.

— Elle va vider toutes les bouteilles, dit Pierre avec inquiétude.

— Elle est insupportable avec ses caprices, dit Françoise.

— Ce n'était pas du caprice, dit Pierre âprement. Elle était contente de nous avoir un peu à elle.

Du moment que Xavière semblait tenir à lui, il trouvait tout parfait, bien sûr ; Françoise faillit le lui dire, mais elle se tut ; il y avait beaucoup de ses réflexions qu'elle gardait pour elle à présent.

— Est-ce moi qui ai changé ? pensa-t-elle.

Elle était atterrée soudain de sentir combien elle avait mis d'hostilité dans sa pensée.

Paule portait une espèce de gandourah en laine blanche ; elle tenait à la main un masque de filet aux mailles serrées.

— Je suis intimidée, vous savez, dit-elle en souriant.

Il ne restait plus grand monde sur la scène ; Paule cacha son visage sous le masque, une musique violente éclata dans la coulisse et elle bondit ; elle mimait une tempête, elle était à elle seule tout un ouragan déchaîné. Des rythmes secs et lancinants inspirés des orchestres hindous soutenaient ses gestes. Dans la tête de Françoise, le brouillard se déchira ; elle voyait avec lucidité ce qu'il y avait entre Pierre et elle ; ils avaient édifié de belles constructions impeccables et ils s'abritaient à leur ombre, sans plus s'inquiéter de ce qu'elles pourraient bien contenir. Pierre répétait encore : « Nous ne faisons qu'un » et pourtant elle avait découvert qu'il vivait pour lui-même ; sans perdre sa forme parfaite, leur amour, leur vie se vidait lentement de sa substance ; comme ces grandes chenilles à la coque invulnérable mais qui portent dans leur chair molle de minuscules vermisseaux qui les récurent avec soin.

— Je vais lui parler, pensa Françoise. Elle se sentait soulagée ; il y avait là un danger, mais contre lequel ils allaient se défendre ensemble ; il ne fallait que se soucier plus attentivement de chaque instant. Elle se retourna vers Paule et s'appliqua à contempler ses beaux gestes sans plus se laisser distraire.

— Il faudra que vous donniez un récital le plus tôt possible, dit Pierre avec chaleur.

— Ah! je me demande, dit Paule anxieusement. Berger dit que ce n'est pas un art qui se suffise à soi-même.

— Vous devez être fatiguée, dit Françoise. J'ai du champagne convenable là-haut, on va aller le boire au foyer, ça sera plus confortable qu'ici.

Le plateau était trop vaste pour le peu de gens qui restaient et il était jonché de mégots, de noyaux, de lambeaux de papier.

— Vous allez emporter des disques et des verres, dit Françoise à Canzetti et à Inès.

Elle entraîna Pierre vers le tableau d'électricité et abaissa les manettes.

— Je voudrais qu'on lève vite la séance et qu'on aille faire un tour tous les deux seuls, dit-elle.

— Bien volontiers, dit Pierre ; il la regarda avec un peu de curiosité. Tu n'es pas bien ?

— Mais si, je suis bien, dit Françoise ; il y eut une nuance d'agacement dans sa voix ; Pierre ne semblait pas croire qu'elle fût vulnérable autrement que dans son corps.

— Mais je voudrais te voir. C'est déprimant ce genre de soirées.

194

Ils commencèrent à gravir l'escalier et Pierre lui prit le bras.

— Il m'a semblé que tu avais l'air triste, dit-il.

Elle haussa les épaules ; sa voix trembla un peu.

— Quand on regarde la vie des gens, Paule, Élisabeth, Inès, ça fait une si drôle d'impression ; on se demande comment on jugerait la sienne du dehors.

— Tu n'es pas contente de ta vie ? dit Pierre d'un ton inquiet.

Françoise sourit ; ce n'était pas bien grave, après tout dès qu'elle aurait expliqué les choses à Pierre, tout serait effacé.

— Ce qu'il y a, c'est qu'on ne peut pas avoir de preuves, commença-t-elle. Il faut un acte de foi.

Elle s'arrêta ; avec une expression tendue et presque douloureuse Pierre fixait en haut de l'escalier la porte derrière laquelle ils avaient laissé Xavière.

— Elle doit être ivre morte, dit-il.

Il lâcha le bras de Françoise et monta précipitamment les dernières marches.

— On n'entend rien.

Il resta un moment immobile ; l'inquiétude qui tirait son visage n'était pas, comme celle que Françoise lui avait inspirée, consentie avec tranquillité ; elle le déchirait malgré lui.

Françoise sentit le sang qui se retirait de ses joues ; s'il l'avait brusquement frappée le choc n'aurait pas été plus violent ; jamais elle n'oublierait comme ce bras amical s'était sans hésitation séparé du sien.

Pierre poussa la porte ; sur le plancher, devant la fenêtre, Xavière roulée en boule dormait profondément. Pierre se pencha sur elle. Françoise prit dans l'armoire un carton plein de nourritures, un panier de bouteilles et sortit sans un mot ; elle avait envie de s'enfuir n'importe où pour essayer de penser et pour pleurer. C'était donc là qu'ils en étaient venus : une moue de Xavière comptait plus que tout son désarroi à elle ; et pourtant Pierre continuait à dire qu'il l'aimait.

Le phonographe jouait une vieille rengaine mélancolique ; Canzetti prit le panier des mains de Françoise et s'installa derrière le bar ; elle passa les bouteilles à Ramblin et à Gerbert qui s'étaient juchés, avec Tedesco, sur des tabourets. Paule Berger, Inès, Éloy et Chanaud étaient assises près des grandes baies vitrées.

— Je voudrais un peu de champagne, dit Françoise.

Sa tête bourdonnait ; il lui semblait que quelque chose en elle, une artère ou ses côtes ou son cœur, allait éclater. Elle n'avait pas l'habitude de souffrir ; c'était proprement intolérable. Canzetti s'approcha en tenant avec précaution une coupe pleine ; sa longue jupe lui donnait la majesté d'une jeune prêtresse ; entre elle et Françoise, Éloy s'interposa brusquement, un verre à la main. Une seconde, Françoise hésita, puis elle prit le verre.

— Merci, dit-elle ; elle sourit à Canzetti d'un air d'excuse.

Canzetti jeta sur Éloy un coup d'œil railleur.

— On a les revanches qu'on peut, murmura-t-elle entre ses dents ; entre ses dents aussi, Éloy répondit quelque chose que Françoise n'entendit pas.

— Tu oses! Et devant Mlle Miquel! cria Canzetti.

Sa main s'abattit sur la joue rose d'Éloy ; un instant Éloy la regarda, déconcertée, puis elle se jeta sur elle ; elles se saisirent aux cheveux et se mirent à tournoyer sur place, les mâchoires crispées. Paule Berger s'élança.

— Mais à quoi pensez-vous ? dit-elle en imposant ses belles mains sur les épaules d'Éloy.

On entendit un rire aigu ; Xavière s'avançait, le regard fixe et blanche comme la craie. Pierre marchait derrière elle. Tous les visages se tournèrent vers eux. Le rire de Xavière s'arrêta net.

— C'est horrible cette musique, dit-elle ; elle marcha vers le phonographe d'un air sombre et décidé.

— Attendez, je vais mettre un autre disque, dit Pierre.

Françoise le regarda avec une souffrance étonnée. Jusqu'ici quand elle pensait : « nous sommes séparés », cette séparation restait encore un malheur commun qui les frappait ensemble, auquel ensemble ils allaient remédier. Maintenant elle comprenait ; être séparés, c'était vivre la séparation toute seule.

Le front contre la vitre, Éloy pleurait à petits coups. Françoise posa le bras autour de ses épaules ; elle éprouvait un peu de répugnance pour ce gros petit corps si souvent trituré et toujours intact, mais c'était là un alibi commode.

— Il ne faut pas pleurer, dit Françoise sans penser à rien ; ces larmes, cette chair tiède avaient quelque chose d'apaisant. Xavière dansait avec Paule, Gerbert avec Canzetti ; leurs visages étaient éteints, leurs mouvements fiévreux ; pour tous, cette nuit avait déjà une histoire qui se tournait en fatigue, en déception, en regret et qui leur barbouillait le cœur ; on sentait qu'ils redoutaient le moment du départ mais qu'ils ne trouvaient pas de plaisir à s'attarder ici ; ils avaient tous envie de se rouler en boule sur le sol et de dormir comme avait fait Xavière. Françoise elle-même n'avait d'autre désir. Dehors on commençait à distinguer sous le ciel pâlissant les silhouettes noires des arbres.

Françoise tressaillit. Pierre était à côté d'elle.

— Il faudrait faire une ronde avant de partir, tu viens avec moi ?

— Je viens, dit Françoise.

— Nous raccompagnerons Xavière et puis nous irons au Dôme tous les deux, dit Pierre, c'est si plaisant au petit matin.

— Oui, dit Françoise.

Il n'avait pas besoin d'être si gentil avec elle ; ce qu'elle aurait voulu de lui, c'était qu'une fois il tournât vers elle ce visage sans contrôle qu'il avait incliné vers Xavière endormie.

— Qu'y a-t-il ? dit Pierre.

La salle était plongée dans l'obscurité et il ne put pas voir que les lèvres de Françoise tremblaient ; elle se domina.

197

— Il n'y a rien ; que veux-tu qu'il y ait ? Je ne suis pas malade, la soirée a bien marché ; tout va bien.

Pierre lui saisit le poignet ; elle se dégagea brusquement.

— Peut-être j'ai un peu trop bu, dit-elle avec une espèce de rire.

— Assieds-toi là, dit Pierre ; il s'assit à côté d'elle au premier rang d'orchestre. Et dis-moi ce qui t'arrive. On dirait que tu m'en veux à moi ? Qu'est-ce que j'ai fait ?

— Tu n'as rien fait, dit-elle tendrement ; elle prit la main de Pierre, c'était injuste de lui en vouloir, il était tellement parfait avec elle. Naturellement tu n'as rien fait, répéta-t-elle d'une voix étranglée ; elle lâcha sa main.

— Ce n'est pas à cause de Xavière ? Ça ne peut rien changer entre nous, tu le sais bien ; mais tu sais aussi que si cette histoire t'est le moins du monde déplaisante, tu n'as qu'un mot à dire.

— Ce n'est pas la question, dit-elle vivement.

Ce n'était pas à coup de sacrifices qu'il pourrait lui rendre la joie ; bien sûr, dans ses actions concertées, il mettait toujours Françoise par-dessus tout ; mais ce n'était pas à cet homme bardé de moralité scrupuleuse et de tendresse réfléchie qu'elle s'adressait aujourd'hui ; elle aurait voulu l'atteindre, dans sa nudité, par-delà l'estime et les hiérarchies, et l'approbation de soi-même. Elle refoula ses larmes.

— Ce qu'il y a, c'est que j'ai l'impression que notre amour est en train de vieillir, dit-elle. Dès qu'elle eut dit ces mots, ses larmes coulèrent.

— Vieillir ? dit Pierre d'un air scandalisé. Mais mon amour pour toi n'a jamais été aussi fort ; pourquoi penses-tu ça ?

Naturellement il cherchait tout de suite à la rassurer et à se rassurer lui-même.

— Tu ne t'en rends même pas compte, dit-elle, ce n'est pas étonnant. Tu y tiens tellement à cet amour que tu l'as mis en sécurité hors du temps, hors de la vie, hors de portée ; de temps en temps tu y penses avec satisfaction, mais qu'est-ce qu'il est devenu, pour de vrai, tu ne regardes jamais.

Elle éclata en sanglots.

— Moi, je veux regarder, dit-elle en avalant ses larmes.

— Calme-toi, dit Pierre en la serrant contre lui, je crois que tu délires un peu.

Elle le repoussa ; il se trompait, elle ne parlait pas pour être calmée, ça serait trop simple s'il pouvait ainsi désarmer ses pensées.

— Je ne délire pas ; c'est peut-être parce que je suis saoule que je te parle ce soir, mais il y a des jours que je pense tout ça.

— Tu aurais pu le dire avant, dit Pierre avec irritation. Je ne comprends pas : qu'est-ce que tu me reproches ?

Il était sur la défensive ; il avait horreur d'être en faute.

— Je ne te reproche rien, dit Françoise, tu peux avoir la conscience absolument tranquille. Mais est-ce la seule chose qui compte ? cria-t-elle violemment.

— Cette scène n'a ni queue ni tête, dit Pierre, je t'aime, tu devrais bien le savoir, mais si ça t'amuse de ne pas le croire je n'ai aucun moyen de te le prouver.

— Croire, toujours croire, dit Françoise, c'est comme ça qu'Élisabeth arrive à croire que Battier l'aime et peut-être à croire qu'elle l'aime encore. Évidemment, ça donne de la sécurité. Tu as besoin que tes sentiments gardent toujours la même figure, il faut qu'ils soient autour de toi, bien rangés, immuables et même s'il ne reste plus rien dedans, ça t'est bien égal. C'est comme les sépulcres blanchis de l'Évangile, ça flamboie à l'extérieur, c'est solide, c'est fidèle, on peut même périodiquement les recrépir avec de belles paroles.

Elle eut une nouvelle poussée de larmes.

— Seulement il ne faut jamais les ouvrir, on n'y trouverait que cendre et poussière.

Elle répéta :

199

— Cendre et poussière ; c'était une aveuglante évidence. Hou! fit-elle en cachant son visage dans son bras replié.

Pierre abaissa son bras.

— Arrête de pleurer, dit-il, je voudrais qu'on cause raisonnablement.

Il allait trouver de beaux arguments et ça serait si commode d'y céder. Se mentir, comme Élisabeth, Françoise ne voulait pas, elle y voyait clair ; elle continua de sangloter avec entêtement.

— Mais, ce n'est pas si grave, dit Pierre doucement ; il effleura ses cheveux d'une caresse légère : elle sursauta.

— C'est grave, je suis sûre de ce que je dis ; tes sentiments, ils sont inaltérables, ils peuvent traverser les siècles parce que ce sont des momies. C'est comme ces bonnes femmes, dit-elle en évoquant soudain avec horreur le visage de Blanche Bouquet, ça bouge pas, c'est tout embaumé.

— Tu es extrêmement déplaisante, dit Pierre ; pleure ou discute, mais pas les deux à la fois.

Il se maîtrisa.

— Écoute, des transes, des battements de cœur, j'en ai rarement c'est entendu ; mais est-ce ça qui fait la réalité d'un amour ? Pourquoi est-ce qu'aujourd'hui brusquement ça t'indigne ? Tu m'as toujours connu comme ça.

— Tiens, ton amitié pour Gerbert, c'est pareil, dit Françoise, tu ne le vois plus jamais mais tu pousses des cris si je dis que ton affection pour lui a diminué.

— Je n'ai pas tant besoin de voir les gens, c'est vrai, dit Pierre.

— Tu n'as besoin de rien, dit Françoise, ça t'est bien égal.

Elle pleurait désespérément ; elle avait horreur de penser à cet instant où elle renoncerait aux larmes pour rentrer dans le monde des duperies clémentes ; il aurait fallu trouver une conjuration qui fixât à jamais la minute présente.

— Vous êtes là, dit une voix.

Françoise se redressa ; c'était étonnant comme ces irrésistibles sanglots pouvaient s'arrêter vite. La silhouette de Ramblin se détachait dans l'embrasure de la porte ; il s'approcha en riant.

— Je suis traqué ; la petite Éloy m'a entraîné dans un recoin obscur en m'expliquant combien le monde était méchant, et là elle a voulu se livrer sur moi aux dernières violences.

Il porta la main à son sexe d'un geste pudique de Vénus.

— J'ai eu toutes les peines du monde à défendre ma vertu.

— Elle n'a pas de chance ce soir, dit Pierre, elle a essayé en vain ses séductions sur Tedesco.

— Si Canzetti n'avait pas été là, je ne sais pas ce qui serait arrivé, dit Françoise.

— Remarquez que je n'ai pas de préjugés, dit Ramblin mais je trouve ces manières malsaines.

Il tendit l'oreille.

— Vous entendez ?

— Non, dit Françoise, qu'est-ce que c'est ?

— Quelqu'un respire.

Un bruit léger venait de la scène, ça ressemblait en effet à un souffle.

— Je me demande qui c'est, dit Ramblin.

Ils montèrent sur le plateau ; il faisait une nuit profonde.

— A droite, dit Pierre.

Un corps gisait derrière le rideau de velours ; ils se penchèrent.

— Guimiot ! Ça m'étonnait qu'il fût parti avant que la dernière bouteille fût vide.

Guimiot souriait aux anges, la tête appuyée sur son bras replié ; il était vraiment très joli.

— Je vais le secouer, dit Ramblin, et je vous le monte là-haut.

— Nous finissons notre tournée, dit Pierre.

Le foyer des artistes était vide ; Pierre referma la porte.

— Je voudrais bien que nous nous expliquions, dit-il, ça m'est tellement pénible que tu puisses mettre en doute notre amour.

Il avait un honnête visage soucieux et Françoise le regarda, tentée.

— Je ne pense pas que tu aies cessé de m'aimer, murmura-t-elle.

— Mais tu dis que c'est un vieux cadavre que nous traînons derrière nous ; c'est tellement injuste ! D'abord, toi, ce n'est pas vrai que je n'ai pas besoin de te voir, je m'ennuie dès que tu n'es pas là, et avec toi je ne m'ennuie jamais ; tout ce qui m'arrive, je pense aussitôt à te le dire, ça m'arrive avec toi : tu es ma vie, tu le sais bien. Je ne suis pas souvent bouleversé à propos de toi ; ça, c'est juste ; mais c'est parce que nous sommes heureux ; si tu étais malade, si tu me faisais des vacheries, je serais tout hors de moi.

Il dit ces derniers mots d'un air convaincu et placide qui arracha à Françoise un rire de tendresse ; elle prit son bras et ils montèrent ensemble vers les loges.

— Je suis ta vie, dit Françoise, mais vois-tu ce que je sens si fort ce soir, c'est que nos vies, elles sont là autour de nous, presque malgré nous, sans qu'on les choisisse. Moi non plus, tu ne me choisis plus jamais. Tu n'es plus libre de ne pas m'aimer.

— Le fait est que je t'aime, dit Pierre. Penses-tu vraiment que la liberté ça consiste à remettre les choses en question à chaque minute ? Nous avons dit si souvent à propos de Xavière qu'alors on devenait esclave de ses moindres humeurs.

— Oui, dit Françoise.

Elle était trop fatiguée pour bien se débrouiller dans ses pensées, mais elle revit le visage de Pierre quand il avait lâché son bras : c'était une irréfutable évidence.

— Et pourtant c'est d'instants pleins de toi que la vie est faite, dit-elle passionnément. Si chacun d'eux est vide, jamais tu ne me convaincras que ça donne un tout qui soit plein.

— Mais j'ai des tas d'instants pleins avec toi, dit Pierre, ça ne se voit pas ? Tu parles comme si j'étais un gros butor indifférent.

Françoise toucha son bras.

— Tu es si gentil, dit-elle. Seulement, tu comprends, on ne peut pas distinguer les moments pleins des vides, puisque tu es toujours également parfait.

— D'où tu conclus qu'ils sont tous vides ! dit Pierre, la belle logique ! C'est bon, j'aurai mes caprices désormais ?

Il regarda Françoise d'un air de reproche.

— Pourquoi es-tu morose comme ça, toi que j'aime tant ?

Françoise détourna la tête.

— Je ne sais pas ; c'est un peu un vertige. Elle hésita. Par exemple, tu m'écoutes toujours bien poliment quand je te parle de moi, que ça t'intéresse ou non ; alors je me demande, si tu étais moins poli, quand m'écouterais-tu ?

— Ça m'intéresse toujours, dit Pierre avec étonnement.

— Mais jamais tu ne poses de questions de toi-même.

— Je pense que dès que tu as quelque chose à dire, tu me le dis, dit Pierre.

Il la dévisagea avec un peu d'inquiétude.

— Quand est-ce arrivé ?

— Quoi ? dit Françoise.

— Que je n'ai pas posé de questions ?

— Quelquefois ces temps-ci, dit Françoise avec un petit rire. Tu avais l'air ailleurs.

Elle hésitait, incertaine ; devant la confiance de Pierre, elle avait honte ; chaque silence qu'elle avait observé à son égard, c'était une embûche où il était tombé avec tranquillité : il ne se doutait pas qu'elle lui tendît des pièges. N'était-ce pas elle qui avait changé ? N'était-ce pas elle qui mentait en parlant d'amour sans nuages, de bonheur, de jalousie vaincue ? Ses paroles, ses conduites, ne répondaient plus tout à fait aux mouvements de son cœur ; et lui continuait à la croire. Était-ce de la foi ou de l'indifférence ?

Les loges et les corridors étaient vides ; tout paraissait en ordre. Ils regagnèrent en silence le foyer des artistes et la scène ; Pierre s'assit au bord du proscenium.

— Je pense que j'ai eu des négligences à ton égard ces temps-ci, dit-il. Je pense que si vraiment j'avais été parfait avec toi, tu ne te serais pas inquiétée de cette perfection.

— Peut-être, dit Françoise ; on ne peut même pas parler de négligence, simplement.

Elle prit un temps pour raffermir sa voix.

— Il m'a semblé que dans les moments où tu te laissais aller sans contrainte, je ne comptais pas tellement pour toi.

— Autrement dit, je ne suis sincère que lorsque je suis en faute ? dit Pierre, et quand je suis correct avec toi, c'est par un effort de volonté ? Tu te rends compte du raisonnement ?

— Ça peut se soutenir, dit Françoise.

— Sûrement puisque mes attentions pour toi me condamnent autant que mes maladresses ; si tu pars de là, mes conduites te donneront toujours raison.

Pierre saisit l'épaule de Françoise.

— C'est faux, c'est ridiculement faux ; je n'ai pas pour toi un fonds d'indifférence qui ressortirait de temps en temps ; je tiens à toi, et quand par hasard à cause d'un ennui quelconque je le sens moins pendant cinq minutes, tu dis toi-même que ça se voit.

Il la regarda.

— Tu ne me crois pas ?

— Je te crois, dit Françoise.

Elle le croyait ; mais ce n'était pas exactement ça la question. Elle ne savait plus trop quelle était la question.

— Tu es sage, dit Pierre, mais ne recommence pas.

Il serra sa main.

— Je crois que je comprends bien comment ça peut te faire. Nous avons essayé de bâtir notre amour par-delà les instants, mais seuls les instants sont sûrs ; pour le reste on a besoin de foi ; et la foi est-ce courage ou paresse ?

— C'est ce que je me demandais tout à l'heure, dit Françoise.

— Je me le demande parfois pour mon travail, dit Pierre. Je m'irrite quand Xavière me dit que je m'y accroche par goût de sécurité morale ; et cependant ?

Le cœur de Françoise se serra ; c'était ce qu'elle pouvait le moins supporter, que Pierre remît son œuvre en question.

— Il y a de l'obstination aveugle dans mon cas, dit Pierre ; il sourit. Tu sais les abeilles, quand on fait un grand trou au fond de leurs cellules elles continuent à y cracher du miel avec le même bonheur : c'est un peu l'effet que je me fais.

— Tu ne le penses pas vraiment ? dit Françoise.

— D'autres fois je me vois comme un petit héros qui va droit son chemin parmi les ténèbres, dit Pierre en plissant le front d'un air résolu et stupide.

— Oui, tu es un petit héros, dit Françoise en riant.

— J'aimerais le croire, dit Pierre...

Il s'était levé mais restait immobile, adossé à un portant. Là-haut le phonographe jouait un tango ; ils dansaient toujours ; il fallait aller les retrouver.

— C'est marrant, dit Pierre, elle me gêne vraiment cette créature, avec sa morale qui nous met plus bas que terre. Il me semble que si elle m'aimait, je me retrouverais aussi sûr de moi qu'avant ; j'aurais l'impression d'avoir forcé son approbation.

— Tu es drôle, dit Françoise. Elle peut t'aimer tout en te blâmant.

— Ça ne serait plus qu'un blâme abstrait, dit Pierre. Me faire aimer d'elle, c'est m'imposer à elle, c'est m'introduire dans son monde et triompher d'après ses propres valeurs.

Il sourit.

— Tu sais bien que c'est le genre de triomphe dont j'ai un besoin maniaque.

— Je sais, dit Françoise.

Pierre la regarda gravement.

— Seulement je ne veux pas que cette coupable manie m'entraîne à gâcher quelque chose entre nous.

— Tu le disais toi-même, ça ne peut rien gâcher, dit Françoise.

— Ça ne peut rien gâcher d'essentiel, dit Pierre, mais en fait quand je suis inquiet à cause d'elle, je suis négligent à ton égard ; quand je la regarde je ne te regarde pas.

Sa voix se fit pressante.

— Je me demande si je ne ferais pas mieux d'arrêter cette histoire ; ce n'est pas de l'amour que j'ai pour elle, ça tient plutôt de la superstition ; si elle résiste, je me bute mais dès que je me crois sûr d'elle, elle me devient indifférente ; et si je décide de ne plus la voir, je sais bien que d'une minute à l'autre je cesserai d'y penser.

— Mais il n'y a aucune raison, dit Françoise vivement.

Certainement si Pierre prenait l'initiative de la rupture, il n'aurait pas de regret ; la vie reprendrait telle qu'elle était avant Xavière. Avec un peu d'étonnement, Françoise sentit que cette assurance n'éveillait en elle qu'une espèce de déception.

— Tu sais bien, dit Pierre en souriant, je ne peux rien recevoir de personne ; Xavière ne m'apporte absolument rien. Tu n'as aucun scrupule à avoir.

Il redevint grave.

— Réfléchis bien, c'est sérieux. Si tu penses qu'il y a là un danger quelconque pour notre amour, il faut le dire : c'est un danger que je ne veux courir à aucun prix.

Il y eut un silence ; la tête de Françoise était lourde ; elle ne sentait plus que sa tête, elle n'avait plus de corps ; et son cœur aussi se taisait. Comme si des épais-

206

seurs de fatigue et d'indifférence l'avaient séparée
d'elle-même. Sans jalousie, sans amour, sans âge, sans
nom, elle n'était plus devant sa propre vie qu'un témoin
calme et détaché.

— C'est tout réfléchi, dit-elle, il n'est pas question.

Pierre entoura tendrement de son bras les épaules de
Françoise et ils remontèrent vers le premier étage. Il
faisait jour à présent, tous les visages étaient tirés.
Françoise ouvrit la baie vitrée et fit un pas sur la terrasse ; le froid la saisit ; une nouvelle journée commençait.

— Et maintenant, que va-t-il arriver ? pensa-t-elle.

Mais quoi qu'il arrivât, elle n'aurait pu décider autrement qu'elle avait fait. Elle avait toujours refusé de
vivre parmi des rêves, mais elle n'acceptait pas davantage de s'enfermer dans un monde mutilé. Xavière existait et on ne devait pas la nier, il fallait assumer tous
les risques que son existence comportait.

— Rentre, dit Pierre, il fait trop froid.

Elle referma la vitre. Demain il y aurait peut-être des
souffrances et des larmes mais elle n'éprouvait aucune
compassion pour cette femme tourmentée qu'elle allait
bientôt redevenir. Elle regarda Paule, Gerbert, Pierre,
Xavière ; elle ne ressentait rien qu'une curiosité impersonnelle et si violente qu'elle avait la chaleur de
la joie.

CHAPITRE VIII

— Naturellement, dit Françoise, le rôle n'est pas
assez sorti, vous jouez beaucoup trop intérieur ; mais
vous sentez le personnage, toutes les nuances sont
justes.

Elle s'assit au bord du divan, à côté de Xavière et
la saisit aux épaules.

— Je vous jure sur votre propre tête que vous pouvez passer la scène à Labrousse ; c'est bien, vous savez, c'est vraiment bien.

C'était déjà un succès d'avoir obtenu que Xavière lui récitât son monologue ; il avait fallu la supplier pendant une heure et Françoise se sentait tout épuisée ; mais ça ne servait à rien si elle ne la décidait pas à présent à travailler avec Pierre.

— Je n'ose pas ! dit Xavière avec désespoir.

— Labrousse n'est pas si intimidant, dit Françoise avec un sourire.

— Oh si ! dit Xavière, comme professeur, il me fait peur.

— Tant pis, dit Françoise, voilà un mois que vous êtes sur cette scène, ça devient de la psychasthénie, il faut sortir de là.

— Mais je voudrais bien, dit Xavière.

— Écoutez, faites-moi confiance, dit Françoise avec chaleur. Je ne vous dirais pas d'affronter le jugement de Labrousse si je ne vous trouvais pas prête. Je me porte garante pour vous.

Elle regarda Xavière dans les yeux.

— Vous ne me croyez pas ?

— Je vous crois, dit Xavière, mais c'est tellement terrible de sentir qu'on vous juge.

— Quand on veut travailler, il faut balayer l'amour-propre, dit Françoise. Soyez courageuse : faites-le dès le début de votre leçon.

Xavière se recueillit.

— Je le ferai, dit-elle d'un air pénétré ; ses paupières battirent. Je voudrais tant que vous soyez un peu contente de moi.

— Je suis sûre que vous serez une vraie actrice, dit Françoise tendrement.

— Vous avez eu une bonne idée, dit Xavière dont le visage s'éclaira. Toute la fin se place bien mieux si je suis debout.

Elle se leva et dit avec vivacité :

— *Si cette branche a des feuilles en nombre pair, je*

208

lui remets la lettre... Onze, douze, treize, quatorze..., pair.

— Vous y êtes tout à fait, dit Françoise gaiement.

Les inflexions de voix, les visages de Xavière n'étaient encore que des indications, mais ingénieuses et charmantes ; si seulement on pouvait lui insuffler un peu de volonté, pensa Françoise : ça serait fatigant s'il fallait la porter ainsi à bout de bras jusqu'à la réussite.

— Voilà Labrousse, dit Françoise, il est minutieusement exact.

Elle ouvrit la porte, elle avait reconnu son pas. Pierre sourit gaiement.

— Salut bien! dit-il.

Il était écrasé par un lourd pardessus en poil de chameau qui lui donnait l'air d'un jeune ourson.

— Ah! que je me suis ennuyé : tout le jour j'ai fait des comptes avec Bernheim.

— Eh bien! Nous, nous n'avons pas perdu notre temps, dit Françoise. Xavière m'a passé sa scène de *l'Occasion* ; tu vas voir comme elle a bien travaillé.

Pierre se tourna vers Xavière d'un air encourageant.

— Je suis à vos ordres, dit-il.

Xavière avait si peur de se risquer dehors qu'elle avait fini par consentir à prendre ses leçons dans sa chambre ; mais elle ne bougea pas.

— Pas tout de suite, dit-elle d'une voix suppliante. On peut bien rester encore un petit moment.

Pierre consulta Françoise du regard.

— Tu veux bien nous garder un peu ?

— Restez jusqu'à six heures et demie, dit Françoise.

— Oui, rien qu'une petite demi-heure, dit Xavière en regardant tour à tour Françoise et Pierre.

— Tu as l'air un peu fatiguée, dit Pierre.

— Je crois que je commence une grippe, dit Françoise. C'est le temps.

C'était le temps, mais aussi le manque de sommeil ; Pierre avait une santé de fer et Xavière se rattrapait dans la journée, tous les deux se moquaient gentiment

209

de Françoise quand elle prétendait se coucher avant six heures.

— Qu'est-ce que Bernheim a raconté? dit-elle.

— Il m'a reparlé de ce projet de tournée, dit Pierre ; il hésita : évidemment les chiffres sont aguichants.

— Mais nous n'avons pas tant besoin d'argent, dit Françoise vivement.

— Une tournée, où ça? dit Xavière.

— En Grèce, en Égypte, au Maroc, dit Pierre ; il sourit. Le jour où ça se fera, on vous emmènera.

Françoise tressaillit ; ce n'était pas des mots en l'air, mais c'était déplaisant que Pierre eût pensé à les dire ; il avait la générosité légère. Si jamais ce voyage se faisait, elle était farouchement résolue à le faire seule avec lui : il faudrait bien traîner la troupe derrière soi mais ça ne comptait pas.

— Ça ne serait pas avant longtemps, dit-elle.

— Tu crois que ça serait si néfaste si on s'accordait un peu de vacances? dit Pierre d'un ton insinuant.

Cette fois, ce fut une tornade qui secoua Françoise de la tête aux pieds ; jamais Pierre n'avait seulement envisagé cette idée ; il était en plein élan. L'hiver prochain on monterait ses pièces, son livre devait sortir, il avait un tas de projets touchant le développement de l'école. Françoise avait tellement hâte qu'il arrivât à l'apogée de sa carrière et donnât enfin à son œuvre sa figure définitive. Elle eut peine à maîtriser le tremblement de sa voix.

— Ce n'est pas le moment, dit-elle. Tu sais bien qu'au théâtre c'est tellement une question d'opportunité ; après *Jules César*, on va attendre ta rentrée avec impatience : si tu laisses passer une année, les gens penseront déjà à autre chose.

— Tu parles d'or comme toujours, dit Pierre avec une ombre de regret.

— Comme vous êtes raisonnables! dit Xavière ; son visage exprimait une admiration sincère et scandalisée.

210

— Oh! Mais ça se fera sûrement un jour, dit Pierre gaiement. Ça sera si plaisant quand on débarquera à Athènes, à Alger, d'aller s'installer dans leurs petits théâtres miteux. Au sortir du spectacle, au lieu de s'asseoir au Dôme, on ira s'étendre sur des nattes au fond d'un café maure, à fumer du kif.

— Du kif ? dit Xavière d'un air charmé.

— C'est une plante opiacée qu'ils cultivent là-bas ; il paraît que ça donne des visions enchanteresses ; il ajouta d'un air déçu : quoique moi je n'en aie jamais eu.

— Ça ne m'étonne pas de vous, dit Xavière avec une indulgence tendre.

— On fume ça dans de charmantes petites pipes que les marchands vous fabriquent sur mesure, dit Pierre, vous serez fière d'avoir une petite pipe personnelle !

— Moi, j'aurai sûrement des visions, dit Xavière.

— Tu te rappelles Moulay Idriss ? dit Pierre en souriant à Françoise, quand on a fumé cette pipe que des Arabes sans doute rongés de syphilis se passaient de bouche en bouche ?

— Je me rappelle bien, dit Françoise.

— Tu n'en menais pas large, dit Pierre.

— Tu n'étais pas si fier non plus, dit Françoise.

Les mots avaient peine à passer, elle était toute contractée. Pourtant c'étaient des projets si lointains et elle savait bien que Pierre ne déciderait rien sans son aveu. Elle dirait non, c'était simple, il n'y avait pas à s'inquiéter. Non. Non, on ne partirait pas l'hiver prochain ; non, on n'emmènerait pas Xavière. Non. Elle frissonna ; elle devait avoir la fièvre, ses mains étaient moites et tout son corps brûlait.

— On va aller travailler, dit Pierre.

— Je vais travailler aussi, dit Françoise ; elle se força à sourire ; ils avaient dû sentir qu'il se passait quelque chose d'insolite en elle, il y avait eu une espèce de gêne. D'ordinaire, elle savait mieux se contrôler.

— On a encore cinq minutes, dit Xavière en souriant

d'un air boudeur ; elle soupira : seulement cinq minutes.

Ses yeux remontèrent vers le visage de Françoise puis se posèrent sur les mains aux ongles effilés ; jadis Françoise aurait été touchée de ce regard furtif et fervent, mais Pierre lui avait fait remarquer que souvent Xavière usait de cet alibi quand elle se sentait débordée par sa tendresse pour lui.

— Trois minutes, dit Xavière ; son regard s'était fixé sur le réveil ; le reproche se dissimulait à peine sous le regret ; « je ne suis pourtant pas si avare de moi-même », pensa Françoise ; évidemment, en comparaison de Pierre elle paraissait rapace ; il n'écrivait plus du tout ces temps-ci, il se gaspillait avec insouciance ; elle ne pouvait pas rivaliser avec lui, elle ne le voulait pas. De nouveau elle fut traversée d'un frisson brûlant.

Pierre se leva.

— A minuit je te retrouve ici ?

— Oui, je ne bougerai pas, dit Françoise, je t'attends pour souper.

Elle sourit à Xavière.

— Soyez courageuse, ça n'est qu'un moment à passer.

Xavière soupira.

— A demain, dit-elle.

— A demain, dit Françoise.

Elle s'assit devant sa table et regarda sans joie les feuilles blanches ; elle avait la tête lourde et une courbature au long de la nuque et du dos ; elle savait qu'elle allait mal travailler. Xavière avait encore grignoté une demi-heure, c'était terrible tout ce temps qu'elle dévorait. On n'avait plus jamais de loisir, ni de solitude, ni même simplement de repos ; on arrivait à un état de tension inhumaine. Non, elle dirait non ; de toutes ses forces tendues elle dirait non ; et Pierre l'écouterait.

Françoise sentit un fléchissement en elle, quelque chose chavira ; Pierre renoncerait facilement à ce voyage, il n'en avait pas un désir si violent ; et puis après ?

212

A quoi ça avancerait-il ? Ce qui était angoissant, c'est que de lui-même il ne se fût pas dressé contre ce projet ; tenait-il si peu à son œuvre ? En était-il déjà venu de la perplexité à une entière indifférence ? Ça ne rimait à rien de lui imposer du dehors le simulacre d'une foi qu'il ne possédait plus ; à quoi bon vouloir quelque chose pour lui, si c'était sans lui et même contre lui ? Les décisions que Françoise attendait de lui, c'est de sa volonté qu'elle les exigeait ; tout son bonheur reposait sur la libre volonté de Pierre et c'était précisément sur quoi elle n'avait aucune prise.

Elle tressaillit ; on montait l'escalier à pas précipités et des coups ébranlèrent la porte.

— Entrez, dit-elle.

Les deux visages apparurent ensemble dans l'embrasure, tous deux souriaient ; Xavière avait caché ses cheveux sous un gros capuchon écossais ; Pierre tenait sa pipe à la main.

— Est-ce que tu nous blâmes bien si nous remplaçons la leçon par une promenade dans la neige ? dit-il.

Le sang de Françoise ne fit qu'un tour ; elle s'était tant réjouie à imaginer la surprise de Pierre, la satisfaction de Xavière devant les éloges qu'il lui décernerait ; elle avait mis toute son âme à la faire travailler ; elle était bien naïve, jamais les leçons ne se passaient sérieusement et ils prétendaient encore lui faire prendre la responsabilité de leur paresse.

— Ça vous regarde, dit-elle, je n'ai rien à voir là-dedans.

Les sourires s'effacèrent ; cette voix sérieuse n'était pas prévue dans le jeu.

— Tu nous blâmes vraiment ? dit Pierre décontenancé.

Il regarda Xavière qui le regarda aussi avec incertitude ; ils avaient l'air de deux coupables. Pour la première fois, à cause de cette complicité où Françoise les enfermait, ils se dressaient devant elle comme un couple ; ils le sentaient et ils en étaient tout gênés.

— Mais non, dit Françoise, faites une bonne promenade.

Elle referma la porte un peu trop vite et resta adossée au mur ; ils descendaient l'escalier en silence, elle
devinait leurs visages penauds ; ils ne travailleraient pas
davantage, elle avait seulement gâché leur promenade ;
elle eut une espèce de sanglot. A quoi ça servait-il ? Elle
ne réussissait qu'à leur empoisonner leurs joies, et à se
rendre odieuse à ses propres yeux ; elle ne pouvait pas
vouloir à leur place, c'était une gageure. Brusquement
elle se jeta à plat ventre sur le lit et des larmes jaillirent ; c'était trop douloureux cette volonté raidie qu'elle
s'obstinait à garder en elle, il n'y avait qu'à laisser aller,
on verrait bien ce qui arriverait.

— On verra bien ce qui arrivera, répéta Françoise ;
elle se sentait à bout de forces, tout ce qu'elle désirait
c'était cette paix bienheureuse qui descend en flocons
blancs sur le marcheur épuisé ; il n'y avait qu'à renoncer à tout, à l'avenir de Xavière, à l'œuvre de Pierre, à
son propre bonheur, et elle connaîtrait le repos ; elle
serait défendue contre les crispations du cœur , les
spasmes de la gorge, cette sèche brûlure des yeux au
fond des orbites. C'était juste un petit geste à faire
ouvrir les mains, lâcher prise ; elle leva une main et
agita les doigts ; ils obéissaient, étonnés et dociles,
c'était déjà miraculeux cette soumission de mille petits
muscles ignorés ; à quoi bon exiger davantage ? Elle
hésita ; lâcher prise ; elle n'avait plus peur du lendemain, il n'y avait pas de lendemain ; mais elle apercevait autour d'elle un présent si nu, si glacé, que le
cœur lui manqua. C'était comme dans le grand café
chantant, avec Gerbert ; un éparpillement d'instants,
un grouillement de gestes et d'images sans suite ;
Françoise se leva d'un bond, c'était insoutenable ;
n'importe quelle souffrance valait mieux que cet abandon sans espoir au sein du vide et du chaos.

Elle enfila son manteau et enfonça jusqu'aux oreilles
une toque de fourrure ; il fallait se ressaisir, elle avait

214

besoin de s'entretenir avec elle-même, il y avait longtemps qu'elle aurait dû le faire au lieu de se jeter sur
son travail dès qu'elle avait une minute. Les larmes
avaient satiné ses paupières et bleui le cerne de ses
yeux : ça serait facile à réparer mais ce n'était même
pas la peine ; d'ici minuit elle ne verrait personne, elle
voulait se gorger de solitude pendant toutes ces heures.
Un moment elle resta devant la glace à regarder son
visage, c'était un visage qui ne disait rien ; il était collé
sur le devant de la tête comme une étiquette : Françoise
Miquel. Le visage de Xavière, au contraire, c'était un
intarissable chuchotement, c'était sans doute pour cela
qu'elle se souriait si mystérieusement dans les miroirs.
Françoise sortit de sa chambre et descendit l'escalier.
Les trottoirs étaient couverts de neige, il faisait un
froid piquant. Elle monta dans un autobus ; pour se
retrouver dans sa solitude, dans sa liberté, il fallait
s'évader de ce quartier.
  Du plat de la main Françoise effaça la buée qui couvrait la vitre ; des devantures illuminées, des réverbères,
des passants jaillirent de la nuit ; mais elle n'avait pas
l'impression de bouger, toutes ces apparitions se succé-
daient sans qu'elle changeât de place : c'était un voyage
dans le temps, hors de l'espace ; elle ferma les yeux. Se
ressaisir. Pierre et Xavière s'étaient dressés en face d'elle,
elle voulait à son tour se dresser en face d'eux ; se ressaisir, que ressaisir ? Ses idées fuyaient. Elle ne trouvait
absolument rien à penser.
  L'autobus s'arrêta au coin de la rue Damrémont et
Françoise descendit ; les rues de Montmartre étaient
figées dans la blancheur et le silence ; Françoise hésita,
tout embarrassée de sa liberté ; elle pouvait aller n'importe où ; elle n'avait aucune envie d'aller nulle part.
Machinalement elle commença de monter vers la butte ;
la neige résistait un peu sous les pieds puis cédait avec
un craquement soyeux ; on éprouvait un agacement déçu
à sentir fondre l'obstacle avant que l'effort fût achevé.
La neige, les cafés, les escaliers, les maisons... en quoi ça

me concerne-t-il ? pensa Françoise avec une espèce de stupeur ; elle se sentit envahie d'un ennui si mortel qu'elle eut les jambes coupées. Qu'est-ce que ça pouvait pour elle toutes ces choses étrangères ? C'était posé, à distance, ça n'effleurait même pas ce vide vertigineux dans lequel elle était happée. Un maëlstrom. On descendait en spirale de plus en plus profondément, il semblait qu'à la fin on allait toucher quelque chose : le calme, ou le désespoir, n'importe quoi de décisif ; mais on restait toujours à la même hauteur, au bord du vide. Françoise regarda autour d'elle avec détresse ; mais non, rien ne pouvait l'aider. C'est d'elle-même qu'il aurait fallu s'arracher un élan d'orgueil, ou de pitié pour soi, ou de tendresse. Elle avait mal dans le dos, dans les tempes ; et même cette douleur lui restait étrangère. Il aurait fallu que quelqu'un fût là pour dire : « Je suis fatiguée, je suis malheureuse » ; alors cet instant vague et souffreteux aurait pris avec dignité sa place dans une vie. Mais il n'y avait personne.

— C'est ma faute, pensa Françoise tout en gravissant lentement un escalier. C'était sa faute, Élisabeth avait raison, ça faisait des années qu'elle avait cessé d'être quelqu'un ; elle n'avait même plus de figure. La plus déshéritée des femmes pouvait du moins toucher avec amour sa propre main et elle regardait ses mains avec surprise. Notre passé, notre avenir, nos idées, notre amour... jamais elle ne disait « je ». Et cependant Pierre disposait de son propre avenir, et de son propre cœur ; il s'éloignait, il reculait aux confins de sa propre vie. Elle demeurait là, séparée de lui, séparée de tous, et sans lien avec soi-même ; délaissée et ne retrouvant dans ce délaissement aucune véritable solitude.

Elle s'appuya à la balustrade et regarda au-dessous d'elle une grande fumée bleue et glacée, c'était Paris ; ça s'étalait avec une indifférence insultante. Françoise se rejeta en arrière ; que faisait-elle là, dans le froid, avec ces coupoles blanches au-dessus de sa tête et à ses pieds ce gouffre qui se creusait jusqu'aux étoiles ? Elle descendit en courant les escaliers ; il fallait aller au cinéma ou téléphoner à quelqu'un.

— C'est minable, murmura-t-elle.

La solitude, ce n'était pas une denrée friable qui se laissât consommer par petits morceaux ; elle avait été puérile d'imaginer qu'elle pourrait s'y réfugier pendant une soirée ; elle devait totalement y renoncer tant qu'elle ne l'aurait pas totalement reconquise.

Une douleur lancinante lui coupa le souffle ; elle s'arrêta et porta les mains à ses côtes :

— Qu'est-ce que j'ai ?

Un grand frisson la secoua de la tête aux pieds ; elle était en sueur, sa tête bourdonnait :

— Je suis malade, pensa-t-elle avec une espèce de soulagement. Elle fit signe à un taxi. Il n'y avait plus rien à faire qu'à rentrer chez soi, à se mettre au lit et à essayer de dormir.

Une porte claqua sur le palier et quelqu'un traversa le couloir en traînant des savates ; ça devait être la putain blonde qui se levait ; dans la chambre du dessus, le phonographe du nègre jouait doucement : « Solitude. » Françoise ouvrit les yeux, la nuit était presque tombée ; ça faisait près de quarante-huit heures qu'elle reposait dans la chaleur des draps ; ce souffle léger à côté d'elle, c'était Xavière qui n'avait pas bougé du grand fauteuil depuis le départ de Pierre. Françoise respira profondément : le point douloureux n'avait pas disparu, elle en était plutôt contente, comme ça elle était tout à fait sûre d'être malade, c'était tellement reposant ; il n'y avait à se soucier de rien du tout, pas même de parler. Si seulement son pyjama n'avait pas été trempé de sueur, Françoise se serait sentie tout à fait bien : il collait au corps ; il y avait aussi sur le flanc droit une large plaque cuisante ; le docteur avait été indigné qu'on eût si mal posé les cataplasmes, mais c'était de sa faute, il aurait dû mieux s'expliquer.

On frappa doucement à la porte.

— Entrez, dit Xavière.

La tête du garçon d'étage apparut dans l'embrasure de la porte.

— Mademoiselle n'a besoin de rien ?

Il s'approcha timidement du lit ; toutes les heures il venait d'un air calamiteux proposer ses services.

— Merci bien, dit Françoise ; elle ne pouvait plus du tout parler tant elle avait le souffle court.

— Le docteur dit que Mademoiselle doit partir en clinique demain matin sans faute ; Mademoiselle ne veut pas que je téléphone quelque part ?

Françoise secoua la tête.

— Je ne compte pas partir, dit-elle.

Une bouffée de sang lui brûla le visage et son cœur se mit à battre avec violence ; pourquoi ce médecin avait-il ameuté les gens de l'hôtel ? Ils allaient le dire à Pierre ; et Xavière aussi le lui dirait ; elle-même savait qu'elle ne pourrait pas lui mentir. Pierre la forcerait à partir. Elle ne voulait pas, on ne l'emporterait tout de même pas malgré elle. Elle regarda la porte se refermer sur le valet de chambre, et ses yeux firent le tour de la pièce. Ça sentait la maladie ; depuis deux jours on n'avait fait ni le ménage ni le lit, on n'avait pas même ouvert la fenêtre. Sur la cheminée, Pierre, Xavière, Élisabeth avaient vainement amassé des nourritures alléchantes : le jambon s'était racorni ; les abricots s'étaient confits dans leur jus, la crème renversée s'était effondrée dans une mer de caramel. Ça commençait à ressembler à un logis de séquestrée ; mais c'était sa chambre et Françoise ne voulait pas la quitter ; elle aimait les chrysanthèmes écaillés qui décoraient le papier du mur et le tapis élimé et les rumeurs de l'hôtel. Sa chambre, sa vie ; elle voulait bien y demeurer prostrée et passive, mais non pas s'exiler entre des murs blancs et anonymes.

— Je ne veux pas qu'on m'enlève d'ici, dit-elle d'une voix étouffée ; de nouveau des ondes brûlantes la parcoururent et des larmes de nervosité lui montèrent aux yeux.

— Ne soyez pas triste, dit Xavière d'un air malheureux et passionné. Vous allez vite guérir.

Elle se jeta brusquement sur le lit et collant sa joue fraîche contre la joue fiévreuse elle se serra contre Françoise.

— Ma petite Xavière, murmura Françoise avec émotion ; elle entoura de ses bras le corps souple et chaud. Xavière pesait de tout son poids sur elle, elle ne pouvait plus respirer, mais elle ne voulait pas la laisser partir ; un matin elle l'avait ainsi pressée contre son cœur : pourquoi n'avait-elle pas su la garder ? Elle l'aimait tant, ce visage inquiet et gonflé de tendresse.

— Ma petite Xavière, répéta-t-elle ; un sanglot lui monta à la gorge ; non, elle ne partirait pas. Il y avait eu une erreur, elle voulait tout recommencer à neuf. Par morosité elle avait cru que Xavière s'était détachée d'elle, mais cet élan qui venait de jeter Xavière dans ses bras ne pouvait pas tromper ; jamais Françoise n'oublierait ses yeux cernés d'inquiétude et cet amour attentif et fiévreux que Xavière depuis deux jours lui prodiguait sans réticence.

Xavière s'écarta doucement de Françoise et se leva.

— Je vais m'en aller, dit-elle, j'entends le pas de Labrousse dans l'escalier.

— Je suis sûre qu'il voudra m'envoyer dans une clinique, dit Françoise nerveusement.

Pierre frappa et entra ; il avait l'air soucieux.

— Comment vas-tu ? dit-il en serrant la main de Françoise dans sa main ; il sourit à Xavière : A-t-elle été bien sage ?

— Ça va, dit Françoise à voix basse, j'étouffe un peu.

Elle voulut se relever mais une douleur aiguë lui déchira la poitrine.

— S'il vous plaît, vous frapperez chez moi quand vous vous en irez, dit Xavière en regardant Pierre aimablement. Je reviendrai.

— Ça n'est pas la peine, dit Françoise, vous devriez sortir un peu.

— Est-ce que je ne suis pas une bonne garde-malade ?
dit Xavière avec reproche.

— La meilleure des gardes-malades, dit Françoise
tendrement.

Xavière ferma sans bruit la porte derrière elle et
Pierre s'assit au chevet du lit.

— Alors, tu as vu le docteur ?

— Oui, dit Françoise avec défiance ; elle fit une
grimace ; elle ne voulait pas se mettre à pleurer mais
elle se sentait abolument sans contrôle.

— Fais venir une infirmière, mais laisse-moi ici, dit-
elle.

— Écoute, dit Pierre en posant la main sur son front.
Ils m'ont dit en bas que tu avais besoin d'être suivie de
tout près ; ce n'est pas grave, mais dès que le poumon
est touché, c'est quand même sérieux. Il te faut des piqûres, un tas de soins, et un médecin à portée de la main.
Un bon médecin. Ce vieillard n'est qu'un âne.

— Trouve un autre médecin et une infirmière, dit-elle.

Les larmes jaillirent ; de toutes les pauvres forces
qui lui restaient, elle continuait à résister ; elle ne lâchait
pas prise, elle ne se laisserait pas arracher à sa chambre,
à son passé, à sa vie ; mais elle n'avait plus aucun moyen
de se défendre, sa voix même n'était qu'un chuchotement.

— Je veux rester avec toi, dit-elle ; elle se mit à
pleurer tout à fait ; voilà qu'elle était à la merci d'autrui,
rien qu'un corps frissonnant de fièvre, sans vigueur,
sans parole et même sans pensée.

— Je serais toute la journée là-bas, dit Pierre, ça
sera juste pareil.

Il la regardait d'un air suppliant et bouleversé.

— Non, ça ne sera pas pareil, dit Françoise. Les
sanglots la suffoquèrent. C'est fini.

Elle était trop lasse pour bien distinguer ce qui était
en train de mourir dans la lumière jaune de la chambre,
mais elle ne voulait jamais s'en consoler. Elle avait tant
lutté ; il y avait longtemps qu'elle se sentait menacée ;

elle revit pêle-mêle les tables du Pôle Nord, les banquettes du Dôme, la chambre de Xavière, sa propre
chambre ; et elle se revoyait elle-même tendue, crispée
sur elle ne savait plus quel bien. Maintenant le moment
était venu ; elle avait beau garder ses mains fermées, et
s'accrocher dans un dernier sursaut, on l'enlèverait
malgré elle ; rien ne dépendait plus d'elle et il ne lui
restait d'autre révolte que les larmes.

Françoise eut la fièvre toute la nuit ; elle ne s'endor-
mit qu'à l'aube. Quand elle rouvrit les yeux un petit
soleil d'hiver éclairait la pièce et Pierre se penchait sur
le lit.

— L'ambulance est là, dit-il.

— Ah! dit Françoise.

Elle se rappelait qu'elle avait pleuré la veille au soir,
mais elle ne se souvenait plus bien pourquoi ; il n'y
avait plus que du vide en elle, elle était toute calme.

— Il faut que j'emporte des choses, dit-elle.

Xavière sourit.

— Nous avons fait vos bagages pendant que vous
dormiez. Des pyjamas, des mouchoirs, de l'eau de
Cologne. Je crois qu'on a rien oublié.

— Tu peux être tranquille, dit Pierre gaiement. Elle
a trouvé moyen de remplir la grosse valise.

— Vous l'auriez laissée partir comme une orpheline,
avec juste une brosse à dents dans un mouchoir, dit
Xavière. Elle s'approcha de Françoise et la regarda
anxieusement. Comment vous sentez-vous ? Ça ne va
pas trop vous fatiguer ?

— Je me sens très bien, dit Françoise.

Quelque chose s'était passé pendant qu'elle dormait ;
jamais, depuis des semaines et des semaines, elle n'avait
connu une pareille paix. Le visage de Xavière se décomposa ; elle prit la main de Françoise et la serra.

— Je les entends monter, dit-elle.

— Vous viendrez me voir tous les jours, dit Françoise.

— Oh oui, tous les jours, dit Xavière. Elle se pencha
sur Françoise et l'embrassa, ses yeux étaient pleins de

larmes ; Françoise lui sourit ; elle savait encore comment on sourit, mais non plus comment on peut être ému par des larmes, ni comment on peut être ému pour rien. Avec indifférence elle vit entrer les deux infirmiers qui la soulevèrent et l'étendirent sur un brancard. Une dernière fois elle sourit à Xavière qui se tenait pétrifiée à côté du lit vide et puis la porte se referma sur Xavière, sur la chambre, sur le passé. Françoise n'était plus qu'une masse inerte, pas même un corps organisé : on la descendait dans l'escalier, la tête la première, les pieds en l'air, juste un lourd colis que les brancardiers maniaient selon les lois de la pesanteur et leurs commodités personnelles.

— A bientôt, mademoiselle Miquel, guérissez-vous vite.

La patronne, le garçon d'étage et sa femme faisaient la haie dans le couloir.

— A bientôt, dit Françoise.

Un souffle froid lui fouettant le visage acheva de la réveiller. Il y avait un tas de gens massés devant la porte. Une malade qu'on embarque dans une voiture d'ambulance. Françoise avait vu ça souvent dans les rues de Paris.

— Mais cette fois la malade, c'est *moi*, pensa-t-elle avec étonnement ; elle n'y croyait pas tout à fait. La maladie, les accidents, toutes ces histoires tirées à des milliers d'exemplaires, elle avait toujours pensé que ça ne pouvait pas devenir son histoire ; elle s'était dit ça, à propos de la guerre ; ces malheurs impersonnels, anonymes, ne pouvaient pas lui arriver à elle. Comment est-ce que je peux moi être n'importe qui ? Et cependant elle était là, étendue dans la voiture qui démarrait sans secousse ; Pierre était assis à côté d'elle. Malade. C'était arrivé malgré tout. Est-ce qu'elle était devenue n'importe qui ? Était-ce pour cela qu'elle se trouvait si légère, délivrée d'elle-même et de toute son escorte étouffante de joies et de soucis ? Elle ferma les yeux ; sans secousse la voiture roulait et le temps glissait.

L'ambulance s'arrêta devant un grand jardin ; Pierre enroula étroitement la couverture autour de Françoise et on la transporta à travers les allées glacées, à travers des couloirs tapissés de linoléum. On l'étendit dans un grand lit et elle sentit avec délices sous sa joue, contre son corps, la fraîcheur de la toile neuve. Tout était si propre ici, si reposant. Une petite infirmière au visage olivâtre vint tapoter les oreillers et causer à voix basse avec Pierre.

— Je te laisse, dit Pierre, le médecin va passer te voir. Je reviendrai tout à l'heure.

— A tout à l'heure, dit Françoise.

Elle le laissait partir sans regret ; elle n'avait plus besoin de lui ; elle n'avait plus besoin que du médecin et de l'infirmière ; elle était une malade quelconque, le numéro 31, tout juste un cas banal de congestion pulmonaire. Les draps étaient frais, les murs blancs, et elle sentait en elle un immense bien-être ; voilà, il n'y avait qu'à s'abandonner, à renoncer, c'était si simple, pourquoi avait-elle tant hésité ? Maintenant, au lieu de ces infinis bavardages des rues, des visages, de sa propre tête, c'était le silence autour d'elle et elle ne désirait rien de plus. Dehors, le vent fit craquer une branche : dans ce vide parfait, le moindre bruit se propageait en larges ondes qu'on pouvait presque voir et toucher ; ça se répercutait à l'infini en milliers de vibrations qui demeuraient suspendues dans l'éther, hors du temps, et qui charmaient le cœur mieux qu'une musique. Sur le guéridon, l'infirmière avait posé une carafe d'orangeade transparente et rose ; il semblait à Françoise qu'elle ne se lasserait jamais de la regarder ; c'était là ; le miracle était que quelque chose fût là, sans effort, cette tendre fraîcheur ou n'importe quoi d'autre ; c'était là sans inquiétude et sans ennui et ça ne se lassait pas d'être ; pourquoi donc les yeux cesseraient-ils de s'en enchanter ? Oui, c'était juste ce que Françoise n'avait pas osé souhaiter, trois jours plus tôt : délivrée, comblée, elle reposait au creux de paisibles instants tout fermés

223

sur eux-mêmes, lisses et ronds comme des galets.

— Pouvez-vous vous soulever un peu ? dit le docteur ; il l'aida à se redresser. Ça va bien comme ça, ce ne sera pas long.

Il avait un air amical et pertinent ; il tira un appareil de sa trousse et l'appuya contre la poitrine de Françoise.

— Respirez à fond, dit-il.

Françoise respira ; c'était tout un travail, elle avait le souffle si court, dès qu'elle essayait d'aspirer profondément une violente douleur la déchirait.

— Comptez : un, deux, trois, dit le docteur.

Il auscultait le dos à présent, il frappait à petits coups sur la cage thoracique, comme un policier de cinéma explorant un mur suspect. Docilement Françoise comptait, toussait, respirait.

— Là, c'est fini, dit le docteur ; il disposa l'oreiller sous la tête de Françoise et la regarda avec bienveillance.

— C'est une petite infection pulmonaire ; on va tout de suite vous faire des piqûres pour soutenir le cœur.

— Ça sera long ? dit Françoise.

— Normalement, ça évolue en neuf jours ; mais vous aurez besoin d'une longue convalescence. Avez-vous déjà eu des ennuis avec vos poumons ?

— Non, dit Françoise. Pourquoi ? Vous croyez que j'ai le poumon touché ?

— On ne peut jamais savoir, dit le médecin d'un air vague ; il tapota la main de Françoise. Dès que vous irez mieux vous passerez à la radio et on verra ce qu'il faudra faire de vous.

— Vous allez m'envoyer en sanatorium ?

— Ce n'est pas dit, dit le docteur en souriant. De toute façon ce n'est pas terrible quelques mois de repos. Surtout ne vous inquiétez pas.

— Je ne m'inquiète pas, dit Françoise.

Le poumon touché. Des mois de sanatorium ; des années, peut-être. Comme c'était étrange. Toutes ces choses pouvaient donc arriver. Comme il était loin ce soir de réveillon où elle se croyait enfermée dans une vie toute faite ; rien n'était tracé encore. L'avenir s'étendait au loin, lisse et blanc comme les draps, comme les murs, une longue piste moelleuse de neige calme. Françoise était n'importe qui, et n'importe quoi soudain était devenu possible.

Françoise ouvrit les yeux ; elle aimait ces réveils qui ne l'arrachaient pas à son repos mais qui lui permettaient d'en prendre une conscience charmée ; elle n'avait même pas besoin de changer de position, elle était déjà tout assise ; elle s'était bien habituée à dormir ainsi ; le sommeil n'était plus pour elle une retraite voluptueuse et farouche, c'était une activité parmi d'autres, qui s'exerçait dans la même attitude que les autres. Elle regarda sans hâte les oranges, les livres que Pierre avait entassés sur la table de nuit ; une calme journée s'étendait à loisir devant elle.

— Tout à l'heure, on me fera une radioscopie, pensat-elle. Ça, c'était l'événement central autour duquel tous les autres incidents s'ordonnaient ; elle se sentait indifférente aux résultats de l'examen. Ce qui l'intéressait, c'était de franchir le seuil de cette chambre où elle était restée enfermée trois semaines. Il lui semblait être tout à fait guérie aujourd'hui ; sûrement elle pourrait sans peine se tenir debout et même marcher.

La matinée passa très vite ; tout en lui faisant sa toilette, la jeune infirmière maigre et brune qui s'occupait de Françoise lui tint un long discours sur le sort de la femme moderne et la beauté de l'instruction ; ensuite il y eut la visite du docteur. Mme Miquel arriva vers dix heures : elle apportait deux pyjamas repassés de frais, une liseuse en angora rose, des mandarines, de l'eau de Cologne ; elle assista au déjeuner et prodigua des remerciements à l'infirmière. Quand elle se fut retirée, Françoise étendit ses jambes, et, couchée sur le dos, le buste presque droit, elle laissa le monde glisser vers la nuit ; il glissait, puis il revenait vers la lumière, il glissait de nouveau : c'était un balancement très doux. Soudain ce balancement s'arrêta. Xavière se penchait sur le lit.

— Avez-vous bien passé la nuit ? dit Xavière.

— Avec ces petites gouttes, je dors toujours bien, dit Françoise.

La tête rejetée en arrière, un sourire vague aux lèvres, Xavière dénouait le foulard qui couvrait ses cheveux ; quand elle s'occupait d'elle-même il y avait toujours dans ses gestes quelque chose de rituel et de mystérieux ; le foulard glissa, elle redescendit sur terre. D'un air circonspect elle prit le flacon entre ses doigts.

— Il ne faut pas en prendre l'habitude, dit-elle. Après ça vous ne pourriez plus vous en passer ; vous auriez les yeux fixes et les narines pincées, vous feriez peur.

— Et vous conspireriez avec Labrousse pour me cacher toutes mes petites fioles, dit Françoise, mais je vous dépisterais.

Elle se mit à tousser, ça la fatiguait de parler.

— Moi, je ne me suis pas couchée de la nuit, dit Xavière avec fierté.

— Vous allez tout bien me raconter, dit Françoise.

La phrase de Xavière avait pénétré en elle comme l'acier du dentiste dans une dent morte, elle ne sentait rien que l'emplacement vide d'une angoisse qui n'existait plus. Pierre se fatigue trop, Xavière ne fera jamais rien : les pensées étaient là encore, mais désarmées et insensibles.

— J'ai quelque chose pour vous, dit Xavière.

Elle ôta son imperméable et tira d'une poche une petite boîte en carton nouée par une faveur verte. Françoise défit le nœud, souleva le couvercle, c'était rempli de ouate et de papier de soie ; sous le papier léger reposait un bouquet de perce-neige.

— Comme elles sont jolies, dit Françoise, elles ont l'air à la fois vivantes et artificielles.

Xavière souffla légèrement sur les corolles blanches.

— Elles ont passé la nuit elles aussi, mais ce matin je les ai mises au régime, elles se portent bien.

Elle se leva et versa de l'eau dans un verre puis elle y posa les fleurs. Son tailleur de velours noir amincissait encore son corps flexible ; elle n'avait plus rien d'une petite paysanne ; c'était une jeune fille achevée et sûre de sa grâce. Elle attira un fauteuil près du lit.

— On a vraiment passé une nuit formidable, dit-elle.

Presque chaque nuit elle retrouvait Pierre à la sortie du théâtre, et il n'y avait plus aucun nuage entre eux ; mais jamais encore Françoise n'avait vu sur son visage cette expression émue et recueillie ; ses lèvres s'avançaient un peu comme si elles ébauchaient une offrande et ses yeux souriaient. Sous le papier de soie, sous la ouate, précieusement enfermé dans une cassette bien close, c'était le souvenir de Pierre que Xavière caressait des lèvres et des yeux.

— Vous savez que depuis longtemps je voulais faire une grande tournée à Montmartre, dit Xavière, et puis ça ne s'arrangeait jamais.

Françoise sourit ; il y avait autour du quartier Montparnasse un cercle magique que Xavière ne se décidait jamais à franchir ; le froid, la fatigue l'arrêtaient aussitôt et elle se réfugiait peureusement au Dôme ou au Pôle Nord.

— Hier soir, Labrousse a fait un coup de force, dit Xavière, il m'a enlevée en taxi et m'a déposée place Pigalle. On ne savait pas trop où on voulait aller, on est partis en exploration.

Elle sourit.

— Il devait y avoir des langues de feu sur nos têtes car au bout de cinq minutes on s'est trouvés devant une petite maison toute rouge, avec une nuée de minuscules carreaux et des rideaux rouges aux fenêtres ; ça avait l'air tout intime et un peu louche. Je n'osais pas entrer, mais Labrousse a poussé gaillardement la porte ; c'était chaud comme une oreille et plein de monde ; on a quand même découvert une table dans un coin ; il y avait une nappe rose et de ravissantes serviettes roses, on aurait dit des pochettes de soie pour petits jeunes gens pas sérieux. Nous nous sommes assis là. Xavière prit un petit temps. Et nous avons mangé des choucroutes.

— Vous avez mangé une choucroute ? dit Françoise.

— Oui bien, dit Xavière tout heureuse d'avoir produit son effet. Et j'ai trouvé ça délectable.

Françoise devinait le regard intrépide et brillant de Xavière.

— Une choucroute aussi pour moi.

C'était une communion mystique qu'elle avait proposée à Pierre. Ils étaient assis côte à côte, un peu à l'écart ; ils regardaient les gens, puis ils se regardaient avec une amitié complice et heureuse. Il n'y avait rien d'inquiétant dans ces images, Françoise les évoquait avec tranquillité. Tout cela se passait par-delà les murs nus, par-delà le jardin de la clinique, dans un monde aussi chimérique que le monde noir et blanc du cinéma.

— Il y avait un drôle de public là-dedans, dit Xavière en fronçant la bouche d'un air faussement prude. Des trafiquants de coco, sûrement, des repris de justice. Le patron est un grand brun tout pâle, avec de grosses lèvres roses ; il a l'air d'un gangster. Pas d'une brute, d'un gangster assez raffiné pour être cruel.

Elle ajouta comme pour elle-même.

— Je voudrais séduire un homme comme ça.

— Qu'en feriez-vous ? dit Françoise.

Les lèvres de Xavière se retroussèrent sur ses dents blanches.

— Je le ferais souffrir, dit-elle d'un air voluptueux.

Françoise la regarda avec un peu de malaise ; cette austère petite vertu, ça semblait sacrilège de la penser comme une femme avec des désirs de femme ; mais elle cependant, comment se pensait-elle ? Quels rêves de sensualité et de coquetterie faisaient frémir son nez, sa bouche ? A quelle image d'elle-même cachée aux yeux de tous souriait-elle avec une mystérieuse connivence ? Xavière en cet instant sentait son corps, elle se

228

sentait femme et Françoise eut l'impression d'être dupée par une inconnue ironique dissimulée derrière les traits familiers.

Le rictus s'effaça et Xavière ajouta d'un ton enfantin :

— Et puis il m'emmènerait dans des fumeries d'opium et il me ferait connaître des criminels.

Elle rêva un instant.

— Peut-être en retournant là-bas tous les soirs, on finirait par se faire adopter. Nous avons commencé à nouer des connaissances : deux femmes qui étaient au bar complètement saoules.

Elle ajouta en confidence.

— Des pédérastes.

— Vous voulez dire des lesbiennes ? dit Françoise.

— Ce n'est pas la même chose ? dit Xavière en relevant les sourcils.

— Pédérastes, ça ne se dit que des hommes, dit Françoise.

— En tous cas c'était un ménage, dit Xavière avec une ombre d'impatience ; son visage s'anima. Il y en avait une aux cheveux coupés tout court qui avait vraiment l'air d'un jeune homme, un charmant petit jeune homme en train de se débaucher avec application ; l'autre, c'était la femme, elle était un peu plus âgée et assez belle, avec une robe de soie noire et une rose rouge à son corsage. Comme le petit jeune homme me charmait, Labrousse m'a dit que je devrais essayer de le séduire. Je lui ai lancé des œillades assassines, et elle est très bien venue à notre table, en m'offrant de boire dans son verre.

— Comment faites-vous des œillades ? dit Françoise.

— Comme ça, dit Xavière ; elle coula vers la carafe d'orangeade un regard sournois et provocant ; de nouveau Françoise fut gênée ; ce n'était pas que Xavière eût ce talent qui la déconcertait, c'était qu'elle parût s'en enchanter avec une telle complaisance.

— Alors, dit Françoise.

— Alors on l'a invitée à s'asseoir, dit Xavière.

La porte s'ouvrit sans bruit ; la jeune infirmière au visage olivâtre s'approcha du lit.

— C'est l'heure de la piqûre, dit-elle d'un ton allant.

Xavière se leva.

— Vous n'avez pas besoin de partir, dit l'infirmière qui remplissait la seringue d'un liquide vert. J'en ai pour une minute.

Xavière regarda Françoise d'un air malheureux où perçait un reproche.

— Je ne crie pas, vous savez, dit Françoise en souriant.

Xavière marcha vers la fenêtre et colla son front aux vitres. L'infirmière rabattit les couvertures, dénuda un morceau de cuisse ; la peau était toute marbrée de meurtrissures, et il y avait par en dessous un tas de petites boules dures ; d'un coup sec elle enfonça l'aiguille ; elle était adroite et ne faisait pas du tout mal.

— Là, c'est fini, dit-elle ; elle regarda Françoise d'un air un peu grondeur. Il ne faut pas trop parler, vous allez vous fatiguer.

— Je ne parle pas, dit Françoise.

L'infirmière lui sourit et sortit de la chambre.

— Quelle horrible bonne femme! dit Xavière.

— Elle est gentille, dit Françoise. Elle se sentait pleine d'une indulgence veule pour cette jeune fille habile et prévenante qui la soignait si bien.

— Comment peut-on être infirmière! dit Xavière ; elle jeta sur Françoise un coup d'œil peureux et dégoûté.

— Elle vous a fait mal?

— Mais non, on ne sent rien du tout.

Un frisson secoua Xavière ; elle était capable de frissonner pour de bon devant des images.

— Une aiguille s'enfonçant dans ma chair, je ne pourrais pas supporter ça.

— Si vous vous droguiez... dit Françoise.

Xavière rejeta la tête en arrière avec un petit rire dédaigneux.

— Ah! ça serait moi qui me le ferais. Moi, je peux me faire n'importe quoi.

Françoise reconnut ce ton de supériorité et de rancune.

Xavière jugeait les gens bien moins d'après leurs actes que d'après les situations dans lesquelles ils se trouvaient, fût-ce malgré eux. Elle avait bien voulu fermer les yeux parce qu'il s'agissait de Françoise, mais c'était une faute grave que d'être malade ; elle se le rappelait soudain.

— Vous seriez bien obligée de le supporter quand même, dit Françoise ; elle ajouta avec un peu de malveillance : ça vous arrivera peut-être un jour.

— Jamais, dit Xavière, je crèverais plutôt que de voir un médecin.

Sa morale interdisait les remèdes ; c'était mesquin de s'acharner à vivre si la vie se dérobait ; elle haïssait toute espèce d'acharnement comme un manque de désinvolture et d'orgueil.

— Elle se laisserait soigner comme une autre, pensa Françoise agacée ; mais c'était une faible consolation. Pour l'instant, Xavière était là, fraîche et libre, dans son tailleur noir ; une blouse écossaise au col strict faisait ressortir l'éclat lumineux de son visage ; ses cheveux brillaient. Françoise gisait, ligotée, à la merci des infirmières et des docteurs ; elle était maigre et laide, et tout infirme, à peine pouvait-elle parler. Elle sentait soudain la maladie en elle comme une humiliante souillure.

— Si vous me finissiez votre histoire, dit-elle.

— Est-ce qu'elle ne va pas encore venir nous déranger ? dit Xavière d'un ton maussade, elle ne frappe même pas.

— Je ne crois pas qu'elle revienne, dit Françoise.

— Eh bien! Elle a fait signe à son amie, dit Xavière avec un effort, et elles se sont installées à côté de nous, la plus jeune a fini son whisky et d'un coup elle s'est écroulée sur la table, les bras en avant, la joue appuyée

231

contre son coude comme un petit enfant ; elle riait et elle pleurait en même temps ; ses cheveux étaient en broussaille, elle avait des gouttes de sueur sur le front et pourtant elle restait toute propre et pure.

Xavière se tut, elle revoyait la scène dans sa tête.

— C'est si fort quelqu'un qui a été jusqu'au bout de quelque chose ; vraiment jusqu'au bout, dit-elle ; elle garda un moment les yeux dans le vague, puis elle reprit avec vivacité : l'autre la secouait, elle voulait absolument l'emmener ; elle faisait putain maternelle, vous savez, ces putains qui ne veulent pas laisser abîmer leur petit type à la fois par intérêt, par instinct de propriétaire, et par une espèce de pitié sale.

— Je vois, dit Françoise.

On aurait cru que Xavière avait passé des années de sa vie parmi les grues.

— Est-ce qu'on n'a pas frappé ? ajouta-t-elle en tendant l'oreille. Dites d'entrer s'il vous plaît.

— Entrez, dit Xavière d'une voix claire ; une ombre de mécontentement passa dans ses yeux.

La porte s'ouvrit.

— Salut, dit Gerbert ; avec un peu d'embarras il tendit la main à Xavière.

— Salut, répéta-t-il ; il s'approcha du lit.

— Que c'est aimable à vous d'être venu, dit Françoise.

Elle n'avait pas pensé à souhaiter sa visite mais elle était surprise et charmée de le voir ; il semblait qu'un vent vif fût entré dans la chambre balayant l'odeur de maladie et la tiédeur fade de l'air.

— Vous avez une drôle de tête, dit Gerbert en riant de sympathie. On dirait un chef sioux. Vous allez mieux ?

— Je suis guérie, dit Françoise. Ces trucs-là, ça se décide en neuf jours ; on crève ou la fièvre tombe. Asseyez-vous.

Gerbert enleva son foulard, un foulard de laine à grosses côtes d'une blancheur éclatante ; il s'assit sur un pouf au milieu de la chambre et regarda tour à tour Françoise et Xavière d'un air un peu traqué.

— Je n'ai plus de fièvre, mais je suis encore flageolante, dit Françoise. Tout à l'heure on doit me radioscoper et je crois que ça me fera un drôle d'effet de mettre les pieds hors du lit. On va m'examiner le poumon pour voir où ça en est au juste. Le docteur m'a dit que quand je suis arrivée ici, mon poumon droit était comme un morceau de foie ; et l'autre commençait doucement à se changer en foie lui aussi.

Elle eut une petite quinte de toux.

— J'espère qu'ils ont repris une consistance honnête. Vous vous rendez compte, si je devais faire des années de sana.

— Ça ne serait pas marrant, dit Gerbert ; ses yeux firent le tour de la pièce à la recherche d'une inspiration. Qu'est-ce que vous avez comme fleurs ! On dirait une chambre de fiancée !

— La corbeille, ce sont les élèves de l'école, dit Françoise ; le pot d'azalées, c'est Tedesco et Ramblin ; Paule Berger a envoyé les anémones.

Une nouvelle quinte la secoua.

— Voyez, vous toussez, dit Xavière avec une compassion un peu trop vive, l'infirmière vous avait défendu de parler.

— Vous êtes une sage garde-malade, dit Françoise, je me tais.

Il y eut un court silence.

— Et alors, qu'est-ce qu'elles sont devenues ces bonnes femmes ? demanda-t-elle.

— Elles sont parties, c'est tout, dit Xavière du bout des lèvres.

Avec un air de résolution héroïque, Gerbert rejeta en arrière la mèche de cheveux qui lui barrait le visage.

— Je voudrais bien que vous soyez guérie à temps pour venir voir mes marionnettes, dit-il, ça marche, vous savez, le spectacle sera prêt dans quinze jours.

— Mais vous en monterez d'autres dans l'année ? dit Françoise.

— Oui, maintenant qu'on a le local ; c'est des bons types, les types d'*Images* ; je n'aime pas ce qu'ils font, mais ils sont accommodants comme tout.

— Vous êtes content ?

— Je suis ravi, dit Gerbert.

— Xavière m'a dit que vos poupées étaient si jolies, dit Françoise.

— C'est con, j'aurais dû vous en apporter une, dit Gerbert ; là-bas ils ont des marionnettes à fils, mais nous ce sont des poupées comme au guignol, qu'on fait marcher à la main, c'est bien plus marrant. Elles sont en toile cirée avec de grandes jupes évasées qui cachent tout le bras : ça s'enfile comme des gants.

— C'est vous qui les avez faites ? dit Françoise.

— C'est Mollier et moi ; mais c'est moi qui ai eu toutes les idées, dit Gerbert sans modestie.

Il était si plein de son sujet qu'il en oubliait sa timidité.

— Ce n'est pas si commode à manœuvrer, vous savez, parce qu'il faut que les mouvements aient du rythme et de l'expression ; mais je commence à savoir faire. Vous n'imaginez pas tous les petits problèmes de mise en scène que ça pose. Rendez-vous compte ; il leva ses deux mains en l'air : on a une poupée à chaque main. Si l'on veut en envoyer une au bout de la scène, il faut trouver un prétexte pour bouger l'autre en même temps. Ça demande de l'invention.

— Je voudrais bien assister à une répétition, dit Françoise.

— En ce moment on travaille tous les jours, de cinq à huit, dit Gerbert. On monte une pièce à cinq personnages, et trois sketches. Il y avait si longtemps que je les avais dans ma tête !

Il se tourna vers Xavière.

— On comptait un peu sur vous hier, le rôle ne vous intéresse pas ?

— Comment ? Ça m'amuse énormément, dit Xavière d'un ton offensé.

— Alors, venez avec moi tout à l'heure, dit Gerbert.

Hier Chanaud a lu le rôle mais c'était affreux, elle parle comme si elle était sur une scène. C'est très difficile de trouver le diapason, dit-il à Françoise, il faut que la voix ait l'air de sortir des poupées.

— Mais j'ai peur de ne pas savoir faire, dit Xavière.

— Sûr que oui ; les quatre répliques que vous avez données l'autre jour, c'était juste ça.

Gerbert sourit d'un air enjôleur.

— Et vous savez, on partage les bénéfices entre les acteurs ; avec un peu de chance vous toucherez bien un petit cachet de cinq à six francs.

Françoise se renversa sur les oreillers ; elle était contente qu'ils se soient mis à parler entre eux, elle commençait à être fatiguée ; elle voulut étendre les jambes, mais le moindre mouvement exigeait toute une stratégie ; elle était assise sur un rond de caoutchouc saupoudré de talc, il y avait du caoutchouc sous ses talons et une espèce de cerceau d'osier soulevait les draps au-dessus de ses genoux ; sinon le frottement lui aurait irrité la peau. Elle réussit à s'allonger ; après leur départ, si Pierre n'arrivait pas tout de suite, elle dormirait un peu, elle avait la tête vague. Elle entendit Xavière qui disait :

— La grosse bonne femme se changeait soudain en montgolfière, ses jupes se retroussaient pour faire la nacelle du ballon et elle s'envolait dans les airs.

Elle parlait de marionnettes qu'elle avait vues à la foire de Rouen.

— Moi, à Palerme, j'ai vu jouer *Roland Furieux*, dit Françoise.

Elle ne poursuivit pas, elle n'avait pas envie de raconter. C'était dans une toute petite rue, près d'un marchand de raisin ; Pierre lui avait acheté une énorme grappe de muscat poisseux ; ça coûtait cinq sous la place et il n'y avait que des enfants dans la salle. La largeur des bancs était juste à la mesure de leurs petits derrières ; dans les entractes, un type circulait avec un plateau chargé de verres d'eau fraîche qu'il vendait un sou pièce

et puis il s'asseyait sur un banc près de la scène ; il tenait une longue gaule à la main et il frappait à grands
coups les enfants qui faisaient du bruit pendant le
spectacle. Sur les murs il y avait des espèces d'images
d'Épinal qui racontaient l'histoire de Roland ; les poupées étaient superbes et toutes raides dans leurs armu-
res de chevaliers. Françoise ferma les yeux. Il n'y avait
que deux ans, mais ça semblait déjà préhistorique ; tout
était devenu si compliqué maintenant, les sentiments, la
vie, l'Europe ; elle, ça lui était égal, parce qu'elle se
laissait flotter passivement comme une épave, mais il y
avait de noirs écueils partout à l'horizon ; elle flottait sur
un océan gris, tout autour d'elle s'étendaient des eaux
bitumeuses et soufrées, et elle faisait la planche sans
penser à rien, sans rien craindre et sans rien désirer. Elle
rouvrit les yeux.

La conversation était tombée ; Xavière regardait ses
pieds et Gerbert consultait anxieusement le pot d'azalées.

— Qu'est-ce que vous travaillez, en ce moment ? dit-il
enfin.

— L'Occasion, de Mérimée, dit Xavière.

Elle ne s'était toujours pas décidée à passer sa scène
avec Pierre.

— Et vous ? dit-elle.

— Octave dans Les Caprices de Marianne ; mais c'est
seulement pour donner la réplique à Canzetti.

Il y eut de nouveau un silence ; Xavière eut une moue
un peu haineuse.

— Canzetti est bonne en Marianne ?

— Je ne trouve pas que ce soit drôle pour elle, dit
Gerbert.

— Elle est vulgaire, dit Xavière.

Ils se turent avec embarras.

D'un mouvement de tête, Gerbert rejeta ses cheveux
en arrière.

— Vous savez que je passerai peut-être un numéro de
marionnettes chez Dominique Oryol ? Ça serait fameux
parce que la boîte a l'air de bien partir.

236

— Élisabeth m'en a parlé, dit Françoise.

— C'est elle qui m'a présenté. Elle fait la pluie et le beau temps dans la maison.

Il porta la main à sa bouche d'un air ravi et scandalisé :

— Non, mais, ce qu'elle la ramène à présent, c'est pas croyable !

— Elle est pleine aux as, on parle un peu d'elle ; ça lui change la vie, dit Françoise. Elle est devenue formidablement élégante.

— J'aime pas comme elle s'habille, dit Gerbert avec une partialité décidée.

C'était drôle de penser que là-bas, à Paris, les journées ne ressemblaient pas les unes aux autres ; il se passait des choses, ça bougeait, ça changeait. Mais tous ces remous lointains, ces papillotements confus, ça n'éveillait en Françoise aucune envie.

— Je dois être impasse Jules-Chaplain à cinq heures, dit Gerbert, il faut que je me tire.

Il regarda Xavière.

— Alors, vous venez avec moi ? Sans ça Chanaud ne va plus lâcher le rôle.

— Je viens, dit Xavière. Elle enfila son imperméable et noua avec soin son foulard sous son menton.

— Vous allez rester encore longtemps ici ? dit Gerbert.

— Une semaine j'espère, dit Françoise. Et puis je rentrerai chez moi.

— Au revoir, à demain, dit Xavière avec un peu de froideur.

— A demain, dit Françoise.

Elle sourit à Gerbert qui lui fit un petit salut de la main. Il ouvrit la porte et s'effaça devant Xavière d'un air inquiet ; il devait se demander de quoi il allait bien pouvoir parler. Françoise se rejeta en arrière sur les oreillers ; ça lui faisait plaisir de penser que Gerbert avait de l'affection pour elle ; naturellement, il y tenait infiniment moins qu'à Labrousse, mais c'était une sym-

237

pathie bien personnelle qui s'adressait vraiment à elle ;
elle aussi, elle l'aimait bien. On ne pouvait pas imaginer
de rapports plus plaisants que cette amitié sans exigence
et toujours pleine. Elle ferma les yeux ; elle était bien ;
des années de sanatorium... même cette idée n'éveillait
en elle aucune révolte. Dans quelques instants, elle allait
savoir : elle se sentait prête à accueillir n'importe quel
verdict.

La porte s'ouvrit doucement.

— Comment vas-tu ? dit Pierre.

Le sang monta au visage de Françoise ; c'était plus
que du plaisir que la présence de Pierre lui apportait.
Devant lui seul sa calme indifférence disparaissait.

— Je vais de mieux en mieux, dit-elle en retenant la
main de Pierre dans la sienne.

— C'est tout à l'heure qu'on te fait cette radio ?

— Oui. Mais tu sais, le médecin croit que le poumon
est bien remis.

— Pourvu qu'ils ne te fatiguent pas trop, dit Pierre.

— Je suis toute gaillarde aujourd'hui, dit-elle.

Son cœur se gonfla de tendresse ; comme elle avait été
injuste en comparant l'amour de Pierre à son vieux
sépulcre blanchi ! Grâce à cette maladie, elle en avait
touché du doigt la vivante plénitude. Ce n'était pas
seulement de sa présence constante, de ses coups de
téléphone, de ses attentions qu'elle lui savait gré : ce qui
lui avait été d'une douceur inoubliable, c'est que par-
delà sa tendresse consentie, elle avait aperçu en lui une anxiété passionnée qu'il n'avait pas choisie et qui le débor-
dait, en ce moment, c'était un visage sans contrôle
qu'il tournait vers elle ; on avait beau lui répéter qu'il
ne s'agissait guère que d'une formalité, l'inquiétude
le bouleversait. Il posa un paquet de livres sur le lit.

— Regarde ce que je t'ai choisi. Ça te plaît ?

Françoise regarda les titres : deux romans policiers, un
roman américain, quelques revues.

— Je comprends que ça me plaît, dit-elle, que tu es
gentil !

Pierre enleva son pardessus.

— J'ai croisé Gerbert et Xavière dans le jardin.

— Il l'emmenait répéter une pièce de marionnettes, dit Françoise. Ils sont marrants à voir ensemble. Ils passent de la volubilité la plus éperdue au plus noir silence.

— Oui, dit Pierre, ils sont marrants.

Il fit un pas vers la porte.

— On dirait qu'on vient.

— Quatre heures ; c'est le moment, dit Françoise.

L'infirmière entra, précédant avec importance deux brancardiers qui portaient un vaste fauteuil.

— Comment trouvez-vous notre malade ? dit-elle. J'espère qu'elle va supporter sagement sa petite expédition.

— Elle a bonne mine, dit Pierre.

— Je me sens très bien, dit Françoise.

Franchir le seuil de cette chambre après ces longs jours de claustration, c'était une véritable aventure. On la souleva, on l'enveloppa de couvertures, on l'installa dans le fauteuil ; c'était étrange de se trouver assise, ce n'était pas la même chose que d'être assise dans le lit ; ça faisait un peu tourner la tête.

— Ça va ? dit l'infirmière en tournant la poignée de la porte.

— Ça va bien, dit Françoise.

Elle regarda avec une surprise un peu scandalisée cette porte qui était en train de s'ouvrir sur le dehors : normalement, elle s'ouvrait pour laisser entrer les gens ; voilà qu'elle changeait soudain de sens, elle se transformait en une porte de sortie ; et la chambre aussi était scandaleuse, avec son lit vide, elle n'était plus ce cœur de la clinique où venaient aboutir les couloirs et les escaliers ; c'est le couloir tapissé d'un silencieux linoléum qui devenait l'artère vitale sur laquelle donnait une série indistincte de petites cases. Françoise eut l'impression d'avoir passé de l'autre côté du monde : c'était presque aussi étrange que de pénétrer à travers une glace.

239

On déposa le fauteuil dans une pièce carrelée et remplie d'instruments compliqués ; il faisait une terrible chaleur. Françoise ferma à demi les yeux, ce voyage dans l'au-delà la fatiguait.

— Est-ce que vous pouvez vous tenir debout deux minutes ? dit le médecin qui venait d'entrer.

— J'essaierai, dit Françoise ; elle n'était plus si sûre de ses forces.

Des bras robustes la mirent debout et la guidèrent parmi les instruments ; le sol fuyait en tourbillon sous ses pieds, ça lui donnait la nausée. Elle n'aurait jamais imaginé que ce fût un tel travail de marcher, la sueur perlait à grosses gouttes sur son front.

— Restez bien immobile, dit une voix.

On l'appliqua contre un appareil et une plaquette de bois vint se coller contre sa poitrine ; elle étouffait, elle n'arriverait pas à tenir deux minutes sans suffoquer. La nuit se fit soudain et le silence ; elle n'entendait plus que le sifflement court et précipité de sa respiration ; puis il y eut un déclic, un bruit sec et tout s'évanouit. Quand elle reprit conscience, elle était de nouveau couchée dans le fauteuil ; le médecin se penchait sur elle avec douceur et l'infirmière épongeait son front ruisselant.

— C'est fini, dit-il. Vos poumons sont superbes ; vous pouvez dormir en paix.

— Ça va mieux ? demanda l'infirmière.

Françoise fit un petit signe de tête ; elle était épuisée, il lui semblait que jamais elle ne retrouverait ses forces, il lui faudrait rester couchée toute sa vie. Elle s'abandonna contre le dossier du fauteuil et on l'emporta au long des couloirs ; sa tête était vide et lourde. Elle aperçut Pierre qui faisait les cent pas devant la porte de la chambre. Il lui sourit anxieusement.

— Ça va, murmura-t-elle.

Il fit un mouvement vers elle.

— Un petit moment s'il vous plaît, dit l'infirmière.

Françoise tourna la tête vers lui et en l'apercevant si solide sur ses propres jambes, elle fut envahie de détresse ;

comme elle était impuissante et infirme! Rien qu'un paquet inerte qu'on transportait à la force des bras.

— Maintenant vous allez bien vous reposer, dit l'infirmière ; elle arrangeait les oreillers, tirait les draps.

— Merci bien, dit Françoise en s'étendant avec délices. Vous voulez bien prévenir qu'on peut venir?

L'infirmière quitta la chambre ; il y eut derrière la porte un court conciliabule et Pierre entra ; Françoise le suivit des yeux avec envie : ça lui semblait si naturel de se déplacer à travers la chambre.

— Comme je suis content, dit-il. Il paraît que tu es saine comme l'œuf.

Il se pencha sur elle et l'embrassa ; la joie que reflétait son sourire réchauffa le cœur de Françoise ; il ne la créait pas exprès pour la lui dédier, il la vivait pour lui-même avec une entière gratuité ; son amour était redevenu une brillante évidence.

— Que tu avais l'air farouche sur la chaise à porteurs, dit-il avec tendresse.

— Je me suis à moitié trouvée mal, dit Françoise.

Pierre tira une cigarette de sa poche.

— Tu peux fumer ta pipe, tu sais, dit-elle.

— Jamais de la vie, dit Pierre ; il regarda la cigarette avec envie. Même ça, je ne devrais pas.

— Mais non, mon poumon est revenu, dit Françoise gaiement.

Pierre alluma sa cigarette.

— Et maintenant, on va bientôt te ramener chez toi ; tu vas voir quelle belle petite convalescence tu auras ; je te procurerai un phonographe et des disques, tu recevras des visites, tu seras comme un coq en pâte.

— Demain, je demanderai au docteur quand il me permettra de partir, dit Françoise. Elle soupira : mais il semble que plus jamais je ne pourrai marcher.

— Oh! ça viendra vite, dit Pierre, on t'assiéra sur ton fauteuil un petit moment chaque jour, et puis on te mettra debout quelques minutes et tu finiras par faire de vraies promenades.

Françoise lui sourit avec confiance.

— Il paraît que vous avez passé une soirée fameuse hier, Xavière et toi, dit-elle.

— On a découvert un endroit assez amusant, dit Pierre.

Il s'était soudain rembruni ; Françoise eut l'impression qu'elle venait de le replonger d'un seul coup dans un monde de pensées désagréables.

— Elle m'en a parlé avec les yeux hors de la tête, dit-elle déçue.

Pierre haussa les épaules.

— Quoi donc, dit-elle. Qu'est-ce que tu penses ?

— Oh ! c'est sans intérêt, dit Pierre avec un sourire réticent.

— Comme tu es drôle ! Tout m'intéresse, dit Françoise un peu anxieusement.

Pierre hésita.

— Alors ? dit Françoise ; elle regarda Pierre. Je t'en prie, dis-moi ce que tu as dans la tête.

Pierre hésita encore, puis il parut prendre son parti.

— Je me demande si elle n'est pas amoureuse de Gerbert.

Françoise le dévisagea avec stupéfaction.

— Comment veux-tu dire ?

— Juste ce que je dis, dit Pierre. Ça n'aurait rien que de naturel. Gerbert est beau et charmant ; il a le genre de grâce qui enchante Xavière. Il regarda vaguement la fenêtre. C'est même plus que probable, dit-il.

— Mais Xavière est bien trop occupée de toi, dit Françoise. Elle semblait chavirée par la nuit qu'elle venait de passer.

La lèvre de Pierre pointa en avant et Françoise retrouva avec malaise ce profil coupant et un peu cuistre qu'elle n'avait pas vu depuis longtemps.

— Naturellement, dit-il avec hauteur, je peux toujours faire passer un moment formidable à quelqu'un si je veux m'en donner la peine. Qu'est-ce que ça prouve ?

242

— Je ne comprends pas pourquoi tu penses ça ?
dit Françoise.

Pierre parut à peine l'entendre.

— Il s'agit de Xavière et non d'une Élisabeth,
dit-il ; que j'exerce une certaine séduction intellectuelle
sur elle, c'est certain ; mais elle ne fait sûrement pas
la faute de confondre.

Françoise sentit un petit choc de déplaisir ; c'est par
son charme intellectuel que Pierre s'était fait aimer
d'elle jadis.

— C'est une sensuelle, poursuivit-il, et sa sensualité
n'est pas frelatée. Elle aime bien ma conversation ; mais
elle souhaite les baisers d'un beau jeune homme.

Le déplaisir de Françoise s'accentua ; elle aimait les
baisers de Pierre. Est-ce qu'il l'en méprisait ? Mais ce
n'était pas d'elle qu'il s'agissait.

— Je suis sûre que Gerbert ne lui fait pas la cour,
dit-elle. D'abord il sait bien que tu t'intéresses à elle.

— Il ne sait rien du tout, dit Pierre, il ne sait jamais
que ce qu'on lui dit. Et puis ce n'est pas la question.

— Mais enfin tu as remarqué quelque chose entre
eux ? dit Françoise.

— Quand je les ai aperçus dans le jardin, ça m'a
frappé comme une évidence, dit Pierre qui commença de
se ronger un ongle. Tu n'as jamais vu comme elle le
regarde quand elle ne se croit pas observée : on dirait
qu'elle veut le manger.

Françoise se rappela certain regard avide qu'elle avait
surpris le soir du réveillon.

— Oui, dit-elle, mais elle était aussi en transes devant
Paule Berger ; ça fait des instantanés de passion, ça ne
fait pas vraiment un sentiment.

— Et tu ne te souviens pas comme elle était furieuse
quand on a plaisanté une fois sur la tante Christine et
Gerbert, dit Pierre ; il allait se manger le doigt jusqu'à
l'os s'il continuait ainsi.

— C'était le jour où elle a fait sa connaissance, dit
Françoise, tu ne prétends pas qu'elle l'aimait déjà.

— Pourquoi pas ? dit Pierre, il lui a plu tout de suite.

Françoise réfléchit ; elle avait laissé Xavière seule avec Gerbert ce soir-là, et quand elle l'avait retrouvée, Xavière était dans une étrange fureur ; Françoise s'était demandé s'il avait été impoli avec elle, mais peut-être au contraire lui en avait-elle voulu de trop lui plaire. Il y avait eu cette drôle d'indiscrétion quelques jours après...

— Qu'est-ce que tu penses ? dit Pierre nerveusement.

— J'essayais de me souvenir, dit-elle.

— Tu vois, tu hésites, dit Pierre d'un ton pressant. Oh ! Il y a un tas d'indices. Qu'est-ce qu'elle avait dans la tête quand elle a été lui raconter qu'on était sortis sans lui ?

— Tu pensais que c'était un début de sentiment pour toi.

— Il y avait de ça, c'est à ce moment qu'elle a commencé de s'intéresser à moi ; mais ça devait être plus compliqué encore. Peut-être regrettait-elle vraiment de ne pas avoir passé la soirée avec lui ; peut-être elle a cherché une complicité d'une minute avec lui contre nous. Ou encore elle a voulu se venger sur lui des désirs qu'il lui inspirait.

— En tout cas, ça ne donne aucun indice dans aucun sens, dit Françoise, c'est trop ambigu.

Elle se remonta un peu sur les oreillers ; ça la fatiguait, cette discussion, la sueur commençait à perler au creux de son dos et dans la paume de ses mains. Elle qui croyait que c'en était fini de toutes ces interprétations, ces exégèses où Pierre pouvait tourner en rond pendant des heures... Elle aurait voulu rester paisible et détachée, mais l'agitation fébrile de Pierre la gagnait.

— Tout à l'heure, elle ne m'a pas donné cette impression, reprit-elle.

De nouveau, la lèvre de Pierre s'épointa ; il eut une drôle d'expression, comme s'il se félicitait de garder à part soi la petite méchanceté qu'il était justement en train de dire.

244

— Tu ne vois que ce que tu veux bien voir, dit-il.
Françoise rougit.
— Il y a trois semaines que je suis retirée du monde.
— Mais il y avait déjà eu un tas de signes.
— Lesquels donc ? dit Françoise.
— Tous ceux qu'on a dit, dit Pierre vaguement.
— Ça ne fait pas lourd, dit Françoise.
Pierre eut l'air agacé.
— Je te dis que je sais ce qui en est, dit-il.
— Alors ne me demande pas, dit Françoise ; sa voix
trembla un peu ; devant cette dureté inattendue de
Pierre elle se sentait sans force et toute misérable.
Pierre la regarda avec remords.
— Je te fatigue avec mes histoires, dit-il dans un
élan de tendresse.
— Comment peux-tu penser ? dit Françoise. Il sem-
blait si tourmenté, elle aurait tant voulu l'aider. Sincè-
rement, tes preuves me semblent un peu fragiles.
— Chez Dominique, le soir de l'ouverture, elle a dansé
une fois avec lui : quand Gerbert l'a enlacée, Xavière
a frissonné de la tête aux pieds et elle a eu un sourire de
volupté qui ne pouvait pas tromper.
— Pourquoi ne le disais-tu pas ? dit Françoise.
Pierre haussa les épaules.
— Je ne sais pas.
Il rêva un instant.
— Si, je sais ; c'est le plus désagréable de mes sou-
venirs, celui qui a le plus de poids pour moi ; j'avais une
espèce de peur si je te le livrais de te faire partager mon
évidence et de la rendre définitive.
Il sourit.
— Je n'aurais pas cru en être arrivé là.
Françoise revit le visage de Xavière tandis qu'elle
parlait de Pierre : ses lèvres caressantes, son tendre
regard.
— Ça ne me semble pas tellement évident, dit-elle.
— Je vais lui parler ce soir, dit Pierre.
— Elle entrera en fureur.

Pierre sourit d'un air un peu grinçant.

— Mais non, elle aime beaucoup que je lui parle d'elle, elle pense que je sais apprécier toutes ses finesses ; c'est même le premier de mes mérites à ses yeux.

— Elle tient bien à toi, dit Françoise. Je pense que Gerbert la charme sur le moment mais que ça ne va pas plus loin.

Le visage de Pierre s'éclaira un peu, mais il restait tendu.

— Tu es sûre de ce que tu dis ?

— Sûre, on ne peut jamais être sûre, dit Françoise.

— Tu vois, tu n'es pas sûre, dit Pierre. Il la regardait presque avec menace, il avait besoin d'entendre d'elle des paroles apaisantes pour se sentir magiquement tranquillisé. Françoise se crispa, elle ne voulait pas traiter Pierre comme un enfant.

— Je ne suis pas un oracle, dit-elle.

— Combien de chances ça fait-il, selon toi, pour qu'elle soit amoureuse de Gerbert ?

— Ça ne peut se calculer, dit Françoise avec un peu d'impatience. Ça lui était pénible que Pierre se montrât si puéril, elle ne consentait pas à se faire sa complice.

— Tu peux toujours dire un chiffre, dit Pierre.

La fièvre avait dû beaucoup monter au cours de l'après-midi ; Françoise avait l'impression que tout son corps allait se dissoudre en sueur.

— Je ne sais pas ; dix pour cent, dit-elle au hasard.

— Pas plus de dix pour cent ?

— Écoute, comment veux-tu que je sache ?

— Tu n'y mets pas de bonne volonté, dit Pierre sèchement.

Françoise sentit une boule qui se formait dans sa gorge ; elle avait envie de pleurer ; ça serait simple de dire ce qu'il désirait entendre, de se laisser aller ; mais de nouveau il naissait en elle des résistances butées, de nouveau les choses avaient un sens, un prix et méritaient qu'on combattît pour elles : seulement, elle n'était pas à la hauteur de la lutte.

246

— C'est idiot, dit Pierre. Tu as raison, qu'est-ce que je viens te tracasser avec tout ça ?

Son visage se détendit.

— Remarque que je ne désire rien de plus de Xavière que ce que j'en ai ; mais ça me serait insupportable que quelqu'un d'autre pût en avoir davantage.

— Je comprends bien, dit Françoise.

Elle sourit, mais la paix ne redescendait pas en elle, Pierre avait brisé sa solitude et son repos, elle commençait à entrevoir un monde plein de richesses et d'obstacles, un monde où elle voulait aller le rejoindre pour désirer et craindre à ses côtés.

— Je vais lui parler ce soir, reprit-il. Demain, je te raconterai bien tout, mais je ne te tourmenterai plus, je te promets.

— Tu ne m'as pas tourmentée, dit Françoise. C'est moi qui t'ai forcé à parler, tu ne voulais pas.

— C'était un point trop sensible, dit Pierre en souriant. J'étais sûr que je ne serais pas capable d'en discuter de sang-froid. Ce n'est pas l'envie de t'en parler qui me manquait ; mais quand j'arrivais et que je te voyais avec ta pauvre figure maigre, tout le reste me semblait dérisoire.

— Je ne suis plus malade, dit Françoise. Il ne faut plus me ménager.

— Tu vois bien que je ne te ménage guère, dit Pierre ; il sourit. Je suis même honteux, on ne fait que parler de moi.

— Ça, on ne peut pas dire que tu sois un renfermé! dit Françoise. Tu es même d'une sincérité étonnante. Toi qui peux être un si grand sophiste dans les discussions : jamais tu ne triches avec toi-même.

— Je n'y ai pas de mérite, dit Pierre. Tu sais bien que je ne me sens jamais compromis par ce qui se passe en moi.

Il leva les yeux vers Françoise.

— Tu m'as dit l'autre jour une chose qui m'a frappé : que je mettais mes sentiments hors du temps, hors de l'espace, et que pour les garder intacts je négligeais de les vivre ; c'était un peu injuste. Mais pour ma propre personne, il me semble que je procède un peu ainsi : j'estime toujours que je suis ailleurs et que chaque moment particulier est sans importance.

— C'est vrai, dit Françoise. Tu te crois toujours supérieur à tout ce qui t'arrive.

— Et ainsi, je peux me permettre n'importe quoi, dit Pierre. Je me réfugie dans cette idée que je suis l'homme qui accomplit une certaine œuvre, l'homme qui a réussi avec toi un amour si parfait. Mais c'est trop commode. Tout le reste existe aussi.

— Oui, le reste existe, dit Françoise.

— Tu vois, ma sincérité est encore un moyen de tricher avec moi-même. C'est étonnant ce qu'on est rusé, ajouta Pierre d'un air pénétré.

— Oh ! nous dépisterons tes ruses, dit Françoise.

Elle lui sourit. De quoi s'inquiétait-elle ? Il pouvait bien s'interroger sur lui-même, il pouvait remettre le monde en question. Elle savait qu'elle n'avait rien à craindre de cette liberté qui le séparait d'elle. Jamais rien n'altérerait leur amour.

Françoise appuya sa tête contre l'oreiller. Midi. Elle avait encore devant elle un long moment de solitude, mais ce n'était plus la solitude égale et blanche du matin ; un ennui tiède s'était insinué dans la chambre, les fleurs avaient perdu leur lustre, l'orangeade sa fraîcheur ; les murs, les meubles lisses semblaient nus. Xavière. Pierre. Partout où se posaient les yeux, ils ne saisissaient que des absences. Françoise ferma les yeux. Pour la première fois depuis des semaines l'anxiété naissait en elle. Comment s'était passée la nuit ? Les questions indiscrètes de Pierre avaient dû blesser Xavière ; peut-être tout à l'heure, ils allaient se réconcilier au chevet de Françoise. « Et alors ? » Elle reconnaissait cette brûlure de la gorge, ces battements fébriles de son cœur

Pierre l'avait ramenée du fond des limbes et elle ne voulait plus y redescendre ; elle ne voulait plus rester ici. A présent, cette clinique n'était plus qu'un exil. Même la maladie n'avait pas suffi à lui rendre un destin solitaire : cet avenir qui se reformait à l'horizon, c'était son avenir auprès de Pierre. Notre avenir. Elle tendit l'oreille. Les jours passés, tranquillement installée au cœur de sa vie de malade, elle accueillait les visites comme un simple divertissement. Aujourd'hui, c'était différent. Pierre et Xavière s'avançaient pas après pas le long du couloir, ils avaient monté l'escalier, ils venaient de la gare, de Paris, du fond de leur vie ; c'est un morceau de cette vie qui allait s'écouler ici. Les pas s'arrêtèrent devant la porte.

— On peut entrer ? dit Pierre ; il poussa la porte. Il était là et Xavière avec lui. De leur absence à leur présence le passage avait été comme toujours insaisissable.

— L'infirmière nous a dit que tu avais très bien dormi.

— Oui ; dès que les piqûres auront cessé, je pourrai partir, dit Françoise.

— A condition d'être bien sage et de ne pas trop t'agiter, dit Pierre. Repose-toi bien et ne parle pas. C'est nous qui allons te raconter des histoires. Il sourit à Xavière. Nous avons un tas d'histoires à te raconter.

Il s'installa sur une chaise à côté du lit et Xavière s'assit sur le gros pouf carré ; elle avait dû se faire un shampooing le matin, une épaisse mousse dorée encadrait son visage ; les yeux, la bouche pâle avaient une expression caressante et secrète.

— Ça a très bien marché hier soir au théâtre, dit Pierre, la salle était chaude, on a eu un tas de rappels. Mais je ne sais trop pourquoi j'étais d'une humeur massacrante après la représentation.

— Tu étais nerveux dans l'après-midi, dit Françoise avec un demi-sourire.

— Oui, et puis sans doute le manque de sommeil se faisait sentir, je ne sais pas. Toujours est-il qu'en des-

cendant la rue de la Gaîté, j'ai tout de suite commencé
à me montrer insupportable.

Xavière eut une drôle de petite moue triangulaire.

— C'était un vrai petit aspic, tout sifflant et fielleux,
dit-elle. Moi, j'étais toute gaie en arrivant : j'avais
sagement répété pendant deux heures la princesse
chinoise ; j'avais un peu dormi, exprès pour être bien
fraîche, ajouta-t-elle avec reproche.

— Et dans ma mauvaiseté, je ne faisais que chercher
des prétextes pour m'irriter contre elle! dit Pierre. En
traversant le boulevard Montparnasse, elle a eu le
malheur de lâcher mon bras...

— A cause des autos, dit Xavière vivement, on ne
pouvait plus marcher au même pas, ce n'était pas
commode du tout.

— J'ai pris ça pour une insulte délibérée, dit Pierre
et j'ai été secoué d'une colère qui m'entrechoquait les
os.

Xavière regarda Françoise d'un air consterné.

— C'était terrible, il ne me disait plus rien, sauf de
loin en loin une phrase d'une politesse acide ; je ne
savais plus que faire de moi : je me sentais molestée si
injustement.

— J'imagine bien, dit Françoise en souriant.

— On avait décidé d'aller au Dôme, parce qu'on
le négligeait depuis quelque temps, dit Pierre. Xavière
a paru satisfaite de s'y retrouver et j'ai pensé que c'était
une manière de déprécier les dernières soirées que nous
avions passées ensemble à courir les aventures ; ça m'a
ancré dans ma fureur et je suis resté près d'une heure
tout noué de rage devant mon demi brune.

— J'essayais des sujets de conversation, dit Xavière.

— Elle était d'une patience vraiment angélique, dit
Pierre avec confusion, mais tous ses efforts de bonne
volonté, ça ne faisait que me mettre davantage hors
de moi. On se rend bien compte quand on est dans un
pareil état qu'on pourrait en sortir si l'on voulait, mais
on ne voit aucune raison de le vouloir, au contraire.

J'ai fini par exploser en reproches. Je lui ai dit qu'elle était inconsistante comme le vent, qu'on était sûr, si l'on passait une bonne soirée avec elle, que la suivante serait détestable.

Françoise se mit à rire.

— Mais qu'est-ce que tu as dans la tête quand tu es d'une telle mauvaise foi ?

— Je croyais sincèrement qu'elle m'avait accueilli avec réserve et réticence. Je le croyais parce qu'à l'avance, par morosité, je m'étais persuadé qu'elle allait être sur la défensive.

— Oui, dit Xavière d'un ton plaintif. Il m'a expliqué que c'était la peur de ne pas passer une soirée aussi parfaite que la veille qui l'avait mis dans cette humeur de rose.

Ils se sourirent avec une complicité tendre. Il semblait qu'il n'eût pas été question de Gerbert ; sans doute Pierre n'avait-il pas osé en parler, pour finir, et il s'était excusé avec de demi-vérités.

— Elle a eu l'air si douloureusement scandalisée, dit Pierre, que du coup j'ai été désarmé, je me suis senti tout honteux. Je lui ai raconté tout ce qui s'était passé dans ma tête depuis la sortie du théâtre ; il sourit à Xavière : et elle a eu assez de grandeur d'âme pour me pardonner.

Xavière lui rendit son sourire. Il y eut un très court silence.

— Et puis nous avons été d'accord pour constater que depuis longtemps toutes nos soirées étaient parfaites, dit Pierre, Xavière a bien voulu me dire que jamais elle ne s'ennuyait avec moi, et je lui ai dit que les moments que je passais avec elle comptaient parmi les plus précieux de toute mon existence.

Il ajouta rapidement et d'un ton enjoué qui ne sonnait pas tout à fait juste :

— Et nous avons convenu que ce n'était pas tellement étonnant puisque, en somme, nous nous aimions.

Malgré la légèreté de la voix, le mot tomba lourdement

dans la chambre et le silence se fit autour de lui. Xavière eut un sourire contraint. Françoise composa son visage ; il ne s'agissait que d'un mot, il y avait longtemps que les choses en étaient venues là, mais c'était un mot décisif et avant de le prononcer Pierre aurait pu la consulter. Elle n'était pas jalouse de lui, mais cette petite fille soyeuse et dorée qu'elle avait adoptée par un aigre petit matin, elle ne la perdait pas sans révolte.

Pierre reprit avec une aisance tranquille.

— Xavière m'a dit que jusque-là, elle n'avait jamais réalisé qu'il s'agissait d'un amour ; il sourit : elle constatait bien que les instants que nous passions ensemble étaient heureux et forts mais elle ne s'était pas avisée que c'était dû à ma présence.

Françoise regarda Xavière qui regardait le plancher d'un air neutre. Elle était injuste, Pierre l'avait consultée ; elle lui avait dit la première, il y avait déjà longtemps : « tu peux tomber amoureux d'elle » ; la nuit du réveillon, il lui avait proposé de renoncer à Xavière. Il avait tout à fait le droit de se sentir la conscience pure.

— Ça vous semblait un hasard magique ? dit Françoise gauchement.

D'un mouvement brusque, Xavière releva la tête.

— Mais non, dit-elle. Elle regarda Pierre : je savais bien que c'était grâce à vous, mais je pensais que c'était juste parce que vous étiez si intéressant et si plaisant. Pas pour... pour autre chose.

— Mais que pensez-vous maintenant ? Vous n'avez pas changé d'avis depuis hier ? dit Pierre d'un air engageant où perçait un peu d'inquiétude.

— Naturellement non, je ne suis pas une girouette, dit Xavière avec raideur.

— Vous pourriez vous être trompée, dit Pierre dont la voix hésitait entre la sécheresse et la douceur. Peut-être dans une minute d'exaltation avez-vous pris une amitié pour un amour.

— Est-ce que j'avais l'air exaltée hier soir ? dit Xavière avec un sourire crispé.

— Vous sembliez prise par l'instant, dit Pierre.

— Pas plus que d'habitude, dit Xavière. Elle saisit une mèche de ses cheveux et se mit à loucher vers elle d'un air niais et vicieux. Ce qu'il y a, dit-elle d'une voix traînante, c'est que ça fait tout de suite si lourd les grands mots.

Le visage de Pierre se ferma.

— Si les mots sont justes pourquoi en avoir peur ?

— Évidemment, dit Xavière en continuant de loucher affreusement.

— Un amour, ce n'est pas un secret honteux, dit Pierre, ça me semble de la faiblesse de ne pas vouloir regarder en face ce qui se passe en soi.

Xavière haussa les épaules.

— On ne se refait pas, dit-elle, je n'ai pas une âme publique.

Pierre eut un air déconcerté et souffreteux qui fit peine à Françoise ; il pouvait être si fragile, s'il choisissait de jeter bas toutes ses défenses et ses armes.

— Vous trouvez déplaisant qu'on discute là-dessus en trio ? dit-il, mais on en avait convenu hier soir. Peut-être aurait-il mieux valu que chaçun parle à Françoise seul à seul ? Il regarda Xavière avec hésitation ; elle lui lança un coup d'œil irrité.

— Ça m'est bien égal qu'on soit deux ou trois ou toute une foule, dit-elle, ce qui me semble drôle c'est de vous entendre me parler à moi de mes propres sentiments.

Elle se mit à rire nerveusement.

— C'est tellement drôle que je ne peux pas y croire. Est-ce que c'est vraiment de moi qu'il est question ? C'est moi que vous êtes en train de disséquer ? Et j'accepte ça, moi ?

— Pourquoi non ? C'est de vous et de moi qu'il s'agit, dit Pierre ; il eut un sourire timide : ça vous paraissait nature cette nuit.

— Cette nuit... dit Xavière ; elle eut un rictus presque douloureux. Vous aviez l'air de vivre les choses, pour une fois, et pas seulement de les parler.

— Vous êtes extrêmement déplaisante, dit Pierre.

Xavière plongea ses mains dans ses cheveux et les serra contre ses tempes.

— C'est insensé de pouvoir parler de soi-même comme si on était un morceau de bois, dit-elle avec violence.

— Vous ne pouvez vivre les choses que dans l'ombre, en cachette, dit Pierre d'un ton grinçant. Vous êtes incapable de les penser et de les vouloir au grand jour. Ce ne sont pas les mots qui vous gênent : ce qui vous irrite, c'est que je vous demande d'être d'accord aujourd'hui, de votre plein gré, avec ce que vous avez accepté hier soir par surprise.

Le visage de Xavière s'affaissa et elle regarda Pierre d'un air traqué. Françoise aurait voulu arrêter Pierre ; cette tension impérieuse qui durcissait ses traits, elle comprenait si bien qu'on en eût peur et qu'on voulût s'y dérober ; il n'était pas heureux en ce moment lui non plus, mais malgré sa fragilité, Françoise ne pouvait s'empêcher de le voir comme un homme acharné à son triomphe de mâle.

— Vous m'avez laissé dire que vous m'aimiez, reprit Pierre. Il est temps de vous reprendre. Ça ne m'étonnera pas du tout de constater que vous ne connaissez jamais rien de plus que des émotions d'un instant.

Il regarda Xavière d'un air mauvais.

— Allez, dites-moi franchement que vous ne m'aimez pas.

Xavière jeta un coup d'œil désespéré à Françoise.

— Oh! Je voudrais que rien de tout ça n'ait eu lieu, dit-elle avec détresse, c'était si bien avant! Pourquoi avez-vous tout gâché?

Pierre parut touché par cette explosion ; il regarda Xavière, puis Françoise, en hésitant.

— Laisse-la un peu respirer, dit Françoise, tu la harcèles.

Aimer, ne pas aimer ; comme Pierre devenait court et rationnel dans sa soif de certitude. Françoise comprenait de manière fraternelle le désarroi de Xavière ; elle-même, avec quels mots aurait-elle pu se décrire ? C'était si trouble au-dedans d'elle.

— Pardonnez-moi, dit Pierre, j'ai eu tort de m'irriter, c'est fini ; je ne veux pas que vous pensiez que quelque chose est gâché entre nous.

— Mais c'est gâché, vous voyez bien! dit Xavière ; ses lèvres tremblaient, elle était à bout de nerfs ; brusquement elle enfouit son visage dans ses mains.

— Oh! comment faire maintenant ? Comment faire ? dit-elle dans un chuchotement.

Pierre se pencha vers elle.

— Mais non, il ne s'est rien passé, rien n'a changé, dit-il d'un ton pressant.

Xavière laissa tomber ses mains sur ses genoux.

— C'est tellement lourd maintenant ; c'est comme une gangue tout autour de moi ; elle tremblait de la tête aux pieds. C'est tellement lourd.

— Ne croyez pas que j'attends rien de plus, je ne vous demande rien de plus. C'est juste comme avant, dit Pierre.

— Regardez comme c'est déjà, dit Xavière ; elle se redressa et renversa la tête en arrière pour retenir ses larmes, son cou se gonflait convulsivement. C'est un malheur, j'en suis sûre, je ne suis pas de force, dit-elle d'une voix entrecoupée.

Françoise la regardait, impuissante et navrée ; c'était comme une fois, au Dôme ; Pierre pouvait encore moins qu'alors se permettre aucun geste, ç'aurait été non plus seulement une hardiesse mais une outrecuidance. Françoise aurait voulu entourer de ses bras les épaules frémissantes et trouver des mots, mais elle gisait paralysée entre les draps ; aucun contact n'était possible, on ne pouvait dire que des phrases toutes raides et qui sonnaient faux par avance. Xavière se débattait sans secours parmi ces menaces écrasantes qu'elle apercevait tout autour d'elle, seule comme une hallucinée.

— Il n'y a aucun malheur à redouter entre nous trois, dit Françoise. Vous devriez avoir confiance. De quoi donc avez-vous peur ?

— J'ai peur, dit Xavière.

— Pierre est un petit aspic mais il siffle plus qu'il ne mord et puis nous l'apprivoiserons. N'est-ce pas, tu te laisseras apprivoiser ?

— Je ne sifflerai même plus, dit Pierre, je le jure.

— Alors ? dit Françoise.

Xavière respira profondément.

— J'ai peur, répéta-t-elle d'une voix fatiguée.

Comme la veille à la même heure, la porte s'ouvrit doucement et l'infirmière entra, une seringue à la main. Xavière se leva dans un sursaut et marcha vers la fenêtre.

— Ça ne sera pas long, dit l'infirmière. Pierre se leva et fit un pas comme s'il eût voulu rejoindre Xavière, mais il s'arrêta devant la cheminée.

— Est-ce que c'est la dernière piqûre ? dit Françoise.

— On vous en fera encore une demain, dit l'infirmière.

— Et après ça, je pourrai aussi bien achever de me guérir chez moi ?

— Vous êtes si pressée de nous quitter ? Il faut attendre que vos forces soient un peu revenues pour qu'on puisse vous transporter.

— Combien de temps ? Encore huit jours ?

— Huit ou dix jours.

L'infirmière enfonça l'aiguille.

— Là, c'est fini, dit-elle ; elle rabattit les draps et sortit avec un large sourire. Xavière se retourna tout d'une pièce.

— Je la déteste avec sa voix de miel, dit-elle haineusement. Un instant elle resta immobile au fond de la chambre, puis elle marcha vers le fauteuil où elle avait jeté son imperméable.

— Qu'est-ce que vous faites ? dit Françoise.

— Je vais prendre l'air, dit Xavière, j'étouffe ici. Pierre fit un mouvement. J'ai besoin d'être seule, dit-elle avec violence.

— Xavière ! Ne vous butez pas ! dit Pierre, revenez vous asseoir et causons raisonnablement.

— Causer! On n'a déjà que trop causé! dit Xavière. Elle enfila en hâte son manteau et marcha vers la porte.

— Ne partez pas comme ça, dit Pierre doucement. Il tendit la main et effleura son bras, Xavière se rejeta en arrière d'un bond.

— Vous n'allez pas me donner des ordres, à présent, dit-elle d'une voix blanche.

— Allez prendre l'air, dit Françoise, mais revenez me voir en fin de journée, vous voulez bien ?

Xavière la regarda.

— Je veux bien, dit-elle avec une espèce de docilité.

— Est-ce que je vous verrai à minuit ? dit Pierre d'un ton sec.

— Je ne sais pas, dit Xavière à voix presque basse. Elle poussa brusquement la porte et la referma sur elle.

Pierre marcha vers la fenêtre et resta un moment immobile, le front appuyé à la vitre : il la regardait partir.

— Voilà un beau gâchis, dit-il en revenant vers le lit.

— Mais aussi quelle maladresse! dit Françoise avec nervosité. Qu'est-ce qui t'a passé par la tête ? C'était la dernière chose à faire que de te ramener comme ça avec Xavière pour me raconter tout chaud votre conversation. La situation était gênante pour tout le monde ; même une fille moins ombrageuse ne l'aurait pas supportée.

— Eh! Que voulais-tu que je fasse ? dit Pierre. J'avais suggéré qu'elle vienne te voir seule, mais naturellement ça lui a paru au-dessus de ses forces, elle a dit que ce serait bien mieux de venir ensemble. Moi, il n'était pas question que je te parle sans elle, on aurait eu l'air de vouloir régler les choses en grandes personnes, par-dessus sa tête.

— Je ne dis pas, dit Françoise, c'était délicat. Elle ajouta avec un drôle de plaisir buté :

— En tout cas, ta solution n'était pas heureuse.

— Hier soir ça semblait si simple, dit Pierre. Il regar-

257

dait au loin d'un air absent. Nous découvrions notre amour, nous venions te le raconter, comme une belle histoire qui nous était arrivée.

Le sang monta aux joues de Françoise et son cœur se remplit de rancune ; elle le haïssait, ce rôle de divinité indifférente et bénisseuse qu'ils lui faisaient jouer, par commodité, sous prétexte de la révérer.

— Oui, et l'histoire en était sanctifiée d'avance, dit Françoise. Je comprends bien ; Xavière avait encore plus besoin que toi de penser que cette nuit me serait racontée.

Elle revit leur air complice et charmé quand ils étaient arrivés dans sa chambre ; ils lui apportaient leur amour, comme un beau cadeau, pour qu'elle le leur rendît transformé en vertu.

— Seulement Xavière n'imagine jamais les choses dans leur détail ; elle ne s'était pas avisée qu'il fallait se servir de mots ; elle a été horrifiée dès que tu as ouvert la bouche ; ça ne m'étonne pas d'elle, mais tu aurais dû prévoir le coup.

Pierre haussa les épaules.

— Je n'ai pas pensé à calculer, dit-il. Je ne me méfiais pas. Cette petite furie, si tu avais vu comme elle était fondante et donnée cette nuit. Quand j'ai prononcé le mot amour elle a un peu tressailli, mais son visage a consenti aussitôt. Je l'ai accompagnée chez elle.

Il sourit, mais il avait l'air de ne pas se sentir sourire ; ses yeux restaient vagues.

— En la quittant je l'ai prise dans mes bras et elle m'a tendu sa bouche. Ç'a été un baiser tout chaste, mais il y avait tant de tendresse dans son geste.

L'image traversa Françoise comme une brûlure ; Xavière, son tailleur noir, sa blouse écossaise et son cou blanc, Xavière souple et tiède entre les bras de Pierre, les yeux mi-clos, la bouche offerte. Jamais elle ne verrait ce visage. Elle fit un effort violent ; elle allait être injuste, elle ne voulait pas se laisser submerger par cette rancune grandissante.

— Tu ne lui proposes pas un amour facile, dit-elle. C'était naturel qu'elle prenne peur un moment. Nous n'avons pas l'habitude de la regarder sous cet angle : mais enfin, c'est une jeune fille et elle n'a jamais aimé. Ça compte malgré tout.

— Pourvu qu'elle ne fasse pas de sottise, dit Pierre.

— Que veux-tu qu'elle fasse ?

— Avec elle on ne sait jamais ; elle était dans un tel état.

Il regarda anxieusement Françoise.

— Tu essaieras de la rassurer, de bien tout lui expliquer. Il n'y a que toi qui puisses arranger les choses.

— J'essaierai, dit Françoise.

Elle le regarda, et la conversation qu'ils avaient eue la veille lui revint au cœur : trop longtemps elle l'avait aimé aveuglément pour ce qu'elle recevait de lui ; mais elle s'était promis de l'aimer pour lui-même et jusque dans cette liberté par où il lui échappait ; elle n'allait pas buter contre le premier obstacle. Elle lui sourit.

— Ce que je vais tâcher de bien lui faire comprendre, dit-elle, c'est que tu n'es pas un homme entre deux femmes, mais que nous formons tous les trois quelque chose de particulier, quelque chose de difficile peut-être, mais qui pourrait être beau et heureux.

— Je me demande si elle viendra à minuit, dit Pierre. Elle était tellement hors d'elle-même.

— Je tâcherai de la persuader, dit Françoise. Au fond tout ça n'est pas si grave.

Il y eut un petit silence.

— Et Gerbert ? dit Françoise. Il n'en est absolument plus question ?

— On en a à peine parlé, dit Pierre. Mais je crois que tu avais raison. Il la charme sur l'instant et, une minute après, elle n'y pense plus.

Il retourna une cigarette entre ses doigts.

— C'est pourtant ça qui a tout déclenché. Je trouvais nos rapports charmants tels qu'ils étaient ; je n'aurais pas essayé d'y rien changer si la jalousie n'avait pas réveillé mon impérialisme. C'est maladif, dès que je sens une résistance devant moi, je suis pris de vertige.

C'était vrai qu'il y avait en lui une dangereuse mécanique dont lui-même n'était pas le maître. La gorge de Françoise se serra.

— Tu finiras par coucher avec elle, dit-elle.

Aussitôt elle fut envahie d'une intolérable certitude ; cette perle noire, cet ange austère, avec ses mains caressantes d'homme, Pierre en ferait une femme pâmée ; déjà il avait écrasé ses lèvres contre les lèvres douces. Elle le regarda avec une espèce d'horreur.

— Tu sais bien que je ne suis pas un sensuel, dit Pierre. Tout ce que je demande, c'est de pouvoir retrouver n'importe quand des visages comme ceux de cette nuit, des moments où moi seul au monde existe pour elle.

— Mais c'est quasi inévitable, dit Françoise. Ton impérialisme ne va pas s'arrêter en route. Pour être sûr qu'elle t'aime toujours autant, tu lui demanderas chaque jour un peu davantage.

Il y avait dans sa voix une dureté hostile qui atteignit Pierre : il fit une espèce de grimace.

— Tu vas me dégoûter de moi-même, dit-il.

— Ça me fait toujours sacrilège, dit Françoise plus doucement, de penser Xavière comme une femme sexuée.

— Mais moi aussi, dit Pierre ; il alluma résolument une cigarette.

— Ce qu'il y a, c'est que je ne supporterais pas qu'elle couche avec un autre type.

De nouveau Françoise sentit cette intolérable morsure au cœur.

— C'est bien pourquoi tu seras amené à coucher avec elle, dit-elle, je ne dis pas tout de suite, mais dans six mois, dans un an.

Elle apercevait clairement chaque étape de ce chemin fatal qui mène des baisers aux caresses, des caresses aux derniers abandons ; par la faute de Pierre, Xavière allait y rouler comme n'importe qui. Pendant une minute elle le haït franchement.

— Tu sais ce que tu vas faire maintenant, dit-elle en contrôlant sa voix. Tu vas t'installer dans ton coin comme l'autre jour et travailler sagement. Je me reposerai un peu.

— C'est moi qui te fatigue, dit Pierre, j'oublie trop que tu es malade.

— Ce n'est pas toi, dit Françoise.

Elle ferma les yeux. Elle souffrait d'une mauvaise souffrance louche. Qu'est-ce qu'elle voulait au juste ? Que pouvait-elle vouloir ? Elle ne le savait pas ; mais c'était absurde d'avoir imaginé qu'elle pourrait se sauver par le renoncement ; elle tenait trop à Pierre et à Xavière, elle était trop engagée ; mille images douloureuses tourbillonnaient dans sa tête et lui déchiraient le cœur ; il lui semblait que le sang qui courait dans ses veines était empoisonné. Elle se tourna vers le mur et se mit à pleurer silencieusement.

Pierre quitta Françoise à sept heures. Elle avait fini de dîner, elle était trop fatiguée pour lire, elle ne pouvait rien faire d'autre qu'attendre Xavière. Allait-elle seulement venir ? C'était terrible de dépendre de cette volonté capricieuse sans avoir aucun moyen d'agir sur elle. Prisonnière. Françoise regarda les murs nus ; la chambre sentait la fièvre et la nuit ; l'infirmière avait enlevé les fleurs et éteint la lampe du plafond ; il ne restait qu'une cage de lumière triste autour du lit.

— Qu'est-ce que je veux ? se répéta Françoise avec angoisse.

Elle n'avait su que s'accrocher obstinément au passé ; elle avait laissé Pierre partir en avant tout seul ; et à présent qu'elle avait lâché prise, il était trop loin pour qu'elle pût le rejoindre ; c'était trop tard.

— Et s'il n'était pas trop tard ? se dit-elle.

Si elle se décidait enfin à se jeter en avant de toutes ses

forces, au lieu de rester sur place, les bras ballants et vides ? Elle se remonta un peu sur ses oreillers. Se donner elle aussi, sans réserve, c'était sa seule chance ; peut-être alors elle serait happée à son tour par cet avenir neuf où Pierre et Xavière l'avaient précédée. Elle regarda fiévreusement la porte. Elle le ferait, elle y était résolue ; il n'y avait absolument rien d'autre à faire. Que Xavière vienne seulement. Sept heures et demie ; ce n'était plus Xavière qu'elle attendait, les mains moites et la gorge sèche ; c'était sa vie, son avenir, et la résurrection de son bonheur.

On frappa doucement.

— Entrez, dit Françoise.

Rien ne bougea. Xavière devait craindre que Pierre ne fût encore là.

— Entrez, cria Françoise du plus fort qu'elle put ; mais sa voix était étranglée : Xavière allait partir sans l'entendre et elle n'avait aucun moyen de la rappeler.

Xavière entra.

— Je ne vous dérange pas, dit-elle.

— Mais non, j'espérais bien vous voir, dit Françoise.

Xavière s'assit auprès du lit.

— Où avez-vous été tout ce temps ? dit Françoise doucement.

— Je me suis promenée, dit Xavière.

— Comme vous étiez bouleversée, dit Françoise, pourquoi vous tourmentez-vous comme ça ? De quoi donc avez-vous si peur ? Il n'y a aucune raison.

Xavière baissa la tête ; elle semblait à bout de fatigue.

— J'ai été infecte tout à l'heure, dit-elle. Elle ajouta timidement : est-ce que Labrousse était très fâché ?

— Bien sûr que non, dit Françoise. Il était seulement tout inquiet.

Elle sourit.

— Mais vous le rassurerez.

Xavière regarda Françoise d'un air terrorisé.

— Je n'oserai pas aller le voir, dit-elle.

— Mais c'est absurde, dit Françoise ; à cause de la scène de tout à l'heure ?

— A cause de tout.

— Vous vous êtes effrayée pour un mot, dit Françoise, mais un mot, ça ne change rien. Vous n'imaginez pas qu'il va se croire des droits sur vous ?

— Vous avez vu, dit Xavière, ça a déjà fait un tel grabuge.

— C'est vous qui avez fait le grabuge parce que vous vous êtes affolée, dit Françoise. Elle sourit. Ce qui est nouveau vous inquiète toujours. Vous aviez peur de venir à Paris, peur de faire du théâtre. Et, pour finir, il ne vous est pas arrivé grand mal jusqu'ici ?

— Non, dit Xavière avec un pâle sourire.

Son visage décomposé par la fatigue et par l'angoisse semblait plus impalpable encore que de coutume ; il était fait pourtant d'une chair douce où Pierre avait posé ses lèvres ; un long moment Françoise contempla avec des yeux d'amoureuse cette femme que Pierre aimait.

— Tout pourrait être si bien au contraire, dit-elle. Un couple bien uni, c'est déjà beau, mais comme c'est plus riche encore trois personnes qui s'aiment les unes les autres de toutes leurs forces.

Elle prit un temps ; à présent le moment était venu de s'engager elle aussi et d'accepter ses risques.

— Car en somme c'est bien une espèce d'amour qu'il y a entre vous et moi ?

Xavière lui jeta un rapide regard.

— Oui, dit-elle à voix basse ; soudain une expression de tendresse enfantine arrondit son visage et dans un élan elle se pencha vers Françoise et l'embrassa.

— Comme vous êtes chaude, dit-elle. Vous avez la fièvre.

— Le soir j'ai toujours un peu la fièvre, dit Françoise ; elle sourit : mais je suis si heureuse que vous soyez là.

C'était tellement simple ; cet amour qui soudain lui gonflait le cœur de douceur, il avait toujours été à portée de sa main : il fallait seulement la tendre, cette main peureuse et avare.

— Voyez, s'il y a aussi un amour entre Labrousse et vous, comme ça fait un beau trio, tout bien équilibré, dit-elle. Ce n'est pas une forme de vie ordinaire, mais je ne la crois pas trop difficile pour nous. Ne pensez-vous pas ?

— Si, dit Xavière qui saisit la main de Françoise et la serra.

— Que je guérisse seulement, et vous verrez quelle belle vie nous aurons tous les trois, dit Françoise.

— Dans une semaine vous allez revenir ? dit Xavière.

— Si tout va bien, dit Françoise.

Elle reconnut d'un coup le douloureux raidissement de tout son corps : non, elle ne resterait pas plus long-temps dans cette clinique, c'en était fini de ce détache-ment paisible ; elle avait retrouvé toute son âpreté au bonheur.

— C'est tellement lugubre cet hôtel sans vous, dit Xavière. Autrefois, même quand je ne vous voyais pas de la journée, je vous sentais au-dessus de ma tête, j'entendais votre pas dans l'escalier. C'est si vide main-tenant.

— Mais je vais rentrer, dit Françoise émue. Jamais elle ne s'était doutée que Xavière fût si attentive à sa présence ; comme elle l'avait méconnue! Comme elle allait l'aimer pour rattraper le temps perdu. Elle pressa sa main et la regarda en silence. Les tempes bruissantes de fièvre, la gorge sèche, elle comprenait enfin quel mi-racle avait fait irruption dans sa vie. Elle était en train de se dessécher lentement à l'abri des constructions pa-tientes et des lourdes pensées de plomb, lorsque soudain, dans un éclatement de pureté et de liberté, tout ce monde trop humain était tombé en poussière ; il avait suffi du regard naïf de Xavière pour détruire cette prison et maintenant, sur cette terre délivrée, mille merveilles

264

allaient naître par la grâce de ce jeune ange exigeant. Un ange sombre avec de douces mains de femme, rouges comme des mains paysannes, avec des lèvres à l'odeur de miel, de tabac blond et de thé vert.

— Précieuse Xavière, dit Françoise.

Deuxième partie

Le regard d'Élisabeth fit le tour des murs capitonnés et se posa sur le petit théâtre rouge au fond de la salle. Pendant un temps, elle avait pensé avec orgueil : c'est mon œuvre. Mais il n'y avait pas de quoi être si fière ; il fallait bien que ce fût l'œuvre de quelqu'un.

— Il faut que je rentre, dit-elle. Pierre vient souper chez moi avec Françoise et la petite Pagès.

— Ah! Pagès me laisse tomber, dit Gerbert d'un air déçu.

Il n'avait pas pris le temps de se démaquiller ; avec ses paupières vertes et l'ocre épais qui couvrait ses joues, il était beaucoup plus beau qu'au naturel. C'était Élisabeth qui l'avait abouché avec Dominique et qui avait fait accepter son numéro de marionnettes. Elle avait joué un grand rôle dans l'organisation du cabaret. Elle eut un sourire amer. L'alcool, la fumée aidant, elle avait eu au cours des discussions l'impression grisante d'agir, mais c'était comme le reste de sa vie, des actions en toc. Elle avait compris pendant ces trois sombres journées : rien de ce qui lui arrivait n'était jamais vrai. Parfois, en regardant au loin dans le brouillard, on apercevait quelque chose qui ressemblait à un événement ou à un acte ; les gens pouvaient s'y laisser prendre : mais ce n'étaient que des trompe-l'œil grossiers.

— Elle vous laissera tomber plus souvent qu'à votre tour, dit Élisabeth.

269

A défaut de Xavière, c'était Lise qui reprenait son rôle et de l'avis d'Élisabeth, elle s'en tirait au moins aussi bien ; pourtant Gerbert paraissait contrarié. Élisabeth le sonda du regard.

— Elle semble douée, cette gosse, reprit-elle, mais dans tout ce qu'elle fait, elle manque de conviction, c'est dommage.

— Je comprends bien que ça ne l'amuse pas de venir ici tous les soirs, dit Gerbert avec un mouvement de recul qui n'échappa pas à Élisabeth. Elle soupçonnait depuis longtemps que Gerbert avait un petit sentiment pour Xavière. C'était amusant. Est-ce que Françoise s'en doutait ?

— Qu'est-ce que nous décidons pour votre portrait ? dit-elle ; mardi soir ? il me faut juste quelques croquis.

Ce qu'il aurait fallu savoir, c'est ce que Xavière pensait de Gerbert. Elle ne devait pas beaucoup se soucier de lui, on la tenait trop bien en main ; pourtant ses yeux brillaient drôlement, le soir de l'ouverture, quand elle avait dansé avec lui ; s'il lui faisait la cour, qu'est-ce qu'elle répondrait ?

— Mardi, si vous voulez, dit Gerbert.

Il était tellement timide ; de lui-même il n'oserait jamais un geste ; il ne soupçonnait même pas qu'il avait ses chances. Élisabeth effleura du bout des lèvres le front de Dominique.

— Au revoir, mon chou.

Elle poussa la porte ; il était tard, il fallait qu'elle marche vite si elle voulait arriver avant eux : elle avait reculé jusqu'à la dernière minute le moment de retomber dans la solitude. Elle s'arrangerait pour parler à Pierre ; la partie était perdue d'avance, mais elle voulait courir cette dernière chance. Elle serra les lèvres. Suzanne triomphait ; Nanteuil venait d'accepter « Partage » pour l'hiver prochain et Claude ruisselait de satisfaction stupide. Jamais il n'avait été si tendre que pendant ces trois jours et jamais elle ne l'avait haï davantage. Un arriviste, un vaniteux, un faible ; il était rivé à Suzanne pour l'éternité ; éternellement Élisabeth resterait une maîtresse tolérée et furtive. Au cours de ces journées, la vérité lui était apparue dans son intolérable crudité : c'est par lâcheté qu'elle s'était nourrie de vains espoirs, elle n'avait rien à attendre de Claude ; et pourtant elle accepterait n'importe quoi pour le garder, elle ne pouvait pas vivre sans lui. Elle n'avait même pas l'excuse d'un amour généreux, la souffrance et la rancune avaient tué tout amour. L'avait-elle même jamais aimé ? Était-elle capable d'aimer ? Elle pressa le pas. Il y avait eu Pierre. S'il lui avait donné sa vie, peut-être n'y aurait-il jamais eu en elle ces divisions ni ces mensonges. Peut-être pour elle aussi le monde aurait été plein et elle aurait connu la paix du cœur. Mais c'était fini maintenant ; elle se hâtait vers lui sans rien trouver en elle qu'un désir désespéré de lui faire du mal.

Elle monta l'escalier, alluma l'électricité. Avant de sortir elle avait dressé la table, et le souper avait vraiment bon air. Elle aussi elle avait bon air avec sa jupe plissée, sa veste écossaise et son maquillage soigné. Si l'on regardait tout ce décor dans une glace, on pouvait se croire en présence d'un vieux rêve réalisé. Quand elle avait vingt ans, dans sa petite chambre triste, elle préparait pour Pierre des tartines de rillettes, des carafes de gros vin rouge, et elle jouait à s'imaginer qu'elle lui offrait un souper fin avec du foie gras et du vieux Bourgogne. Maintenant le foie gras était sur la table, avec des tartines de caviar, et il y avait du xérès et de la vodka dans les bouteilles ; elle avait de l'argent, un tas de relations, une aurore de réputation. Et pourtant, elle continuait à se sentir en marge de la vie ; ce souper, ce n'était qu'une imitation de souper, dans une imitation de studio chic. Et elle n'était qu'une vivante parodie de la femme qu'elle prétendait être. Elle cassa un petit four entre ses doigts. Le jeu était amusant autrefois, il était l'anticipation d'un brillant avenir : elle n'avait plus d'avenir ; elle savait que nulle part, jamais, elle n'atteindrait le modèle authentique dont son présent n'était qu'une copie. Jamais elle ne connaîtrait rien d'autre que ces faux semblants. C'était un sort qui lui avait été jeté : elle changeait tout ce qu'elle touchait en carton-pâte.

La sonnerie de l'entrée brisa le silence. Est-ce qu'ils savaient que tout était faux ? Ils savaient sûrement. Elle jeta un dernier coup d'œil sur la table et sur son visage. Elle ouvrit la porte. Françoise s'encadra dans l'embrasure, elle tenait dans ses mains un bouquet d'anémones ; c'était la fleur qu'Élisabeth aimait le mieux : du moins Élisabeth en avait-elle ainsi décidé dix ans plus tôt.

— Tiens, j'ai trouvé ça tout à l'heure chez Banneau, dit Françoise.

— Tu es gentille, dit Élisabeth. Elles sont si jolies. Quelque chose mollit en elle. D'ailleurs ce n'était pas Françoise qu'elle haïssait.

— Entrez vite, dit-elle en les précédant dans l'atelier.

Cachée derrière le dos de Pierre, il y avait Xavière avec son air timide et niais. Élisabeth y était préparée, mais ça ne l'en irritait pas moins. Ils se rendaient franchement ridicules à traîner partout cette gosse après eux.

— Oh! que c'est joli! dit Xavière.

Elle regarda la pièce et puis Élisabeth avec un étonnement non dissimulé. Elle avait l'air de dire :

— Je n'aurais jamais cru ça d'elle.

— N'est-ce pas, c'est un charme cet atelier, dit Françoise. Elle ôta son manteau et s'assit.

— Enlevez votre manteau, vous aurez froid en sortant, dit Pierre à Xavière.

— Je préfère le garder, dit Xavière.

— Il fait très chaud ici, dit Françoise.

— Je vous assure que je n'ai pas trop chaud, dit Xavière avec une douceur têtue. Ils la considérèrent tous deux d'un air malheureux et se consultèrent du regard. Élisabeth réprima un mouvement d'épaule. Xavière ne saurait jamais s'habiller, elle portait un manteau de vieille dame, beaucoup trop large et trop sombre pour elle.

— J'espère que vous avez faim et soif, dit Élisabeth avec allant. Servez-vous, il faut faire honneur à mon souper.

— Je meurs de faim et de soif, dit Pierre. D'ailleurs c'est bien connu que je suis un affreux vorace. Il sourit et les autres sourirent aussi ; ils avaient tous trois l'air hilares et complices, au point qu'on aurait pu les croire ivres.

— Xérès ou vodka ? dit Élisabeth.

— Vodka, dirent-ils en chœur.

Pierre et Françoise préféraient le xérès, elle en était sûre ; est-ce que Xavière allait jusqu'à leur imposer ses goûts ? Elle remplit les verres. Pierre couchait avec Xavière, ça ne faisait aucun doute ; et les deux femmes ? C'était bien possible, ça formait un trio si parfaitement symétrique. On les rencontrait parfois deux par deux, ils devaient avoir établi un roulement ; mais le plus souvent ils se déplaçaient au grand complet, bras dessus, bras dessous et marchant du même pas.

— Je vous ai aperçus hier traversant le carrefour Montparnasse, dit-elle. Elle eut un petit rire : vous étiez drôles.

— Pourquoi drôles, dit Pierre.

— Vous vous teniez par le bras et vous sautiez d'un pied sur l'autre tous les trois ensemble.

Quand il s'engouait de quelqu'un ou de quelque chose, Pierre ne gardait aucune mesure, il avait toujours été comme ça. Que pouvait-il bien trouver en Xavière ? Avec ses cheveux jaunes, son visage éteint, ses mains rouges, elle n'avait rien de séduisant.

Elle se tourna vers Xavière.

— Vous ne voulez rien manger.

Xavière examinait les assiettes d'un air méfiant.

— Prenez une de ces tartines de caviar, dit Pierre. C'est délectable. Élisabeth, tu nous reçois comme des princes.

— Et elle est mise comme une princesse, dit Françoise. Ça te va drôlement·bien d'être chic.

— Ça va à tout le monde, dit Élisabeth.

Françoise aurait largement eu les moyens d'être aussi chic si elle avait daigné.

— Je crois que je vais goûter du caviar, dit Xavière d'un air méditatif. Elle prit un sandwich et mordit dedans. Pierre et Françoise la dévisageaient avec un air d'intérêt passionné.

— Comment trouvez-vous ça? dit Françoise.

Xavière se recueillit :

— C'est bon, dit-elle fermement.

Les deux visages se détendirent. Après ça, ce n'était évidemment pas sa faute si cette petite se prenait pour une divinité.

— Tu vas tout à fait bien maintenant? dit Élisabeth à Françoise.

— Jamais je n'ai été si gaillarde, dit Françoise. Ça m'a obligée à me reposer un bon coup, cette maladie, ça m'a fait un bien énorme.

Elle avait même un peu engraissée, elle était florissante. D'un air soupçonneux, Élisabeth la regarda engloutir une tartine de foie gras. Dans ce bonheur qu'ils étalaient si grossièrement est-ce que vraiment il n'y avait aucune fissure?

— Je voudrais bien que tu me montres tes dernières toiles? dit Pierre. Je n'ai rien vu de toi depuis si longtemps. Françoise m'a dit que tu avais changé de manière.

— Je suis en pleine évolution, dit Élisabeth avec une emphase ironique. Ses tableaux : des couleurs étalées sur des toiles de manière à ressembler à des tableaux ; elle passait ses journées à peindre pour se faire croire qu'elle était un peintre, mais ce n'était encore qu'un jeu lugubre.

Elle prit une de ses toiles, la posa sur le chevalet et alluma la lampe bleue. Voilà, ça faisait partie des rites. Elle allait leur montrer ses faux tableaux et ils lui décerneraient de faux éloges. Ils ne sauraient pas qu'elle savait : ce coup-ci, c'étaient eux les dupes.

— Mais en effet, c'est un changement radical! dit Pierre.

Il considéra le tableau d'un air de véritable intérêt : c'était un morceau d'arène espagnole avec une tête de taureau dans un coin et au milieu des fusils et des cadavres.

— Ça ne ressemble pas du tout à ton premier essai, dit Françoise, tu devrais le montrer aussi à Pierre, pour qu'il voie le passage.

Élisabeth sortit sa « Fusillade ».

— C'est intéressant, dit Pierre, mais c'est moins bon que l'autre. Je crois que tu as raison sur de tels sujets de renoncer à toute espèce de réalisme.

Élisabeth le scruta du regard, mais il semblait sincère.

— Tu as vu, c'est dans ce sens-là que je travaille maintenant, dit-elle. J'essaye d'utiliser l'incohérence et la liberté des surréalistes, mais en les dirigeant.

Elle sortit son « Camp de concentration », le « Paysage fasciste », la « Nuit de Pogrome » que Pierre étudia d'un air approbateur. Élisabeth jeta sur ses tableaux un coup d'œil perplexe. Somme toute, pour être un vrai peintre, n'était-ce pas seulement le public qui lui manquait ? Est-ce que dans la solitude tout artiste exigeant ne se prend pas pour un barbouilleur ? Le vrai peintre, c'est celui dont l'œuvre est vraie ; en un sens, Claude n'avait pas tous les torts quand il brûlait d'être joué sur une scène ; une œuvre devient vraie en se faisant connaître. Elle choisit une de ses plus récentes toiles : « Le Jeu de Massacre. » Comme elle la posait sur le chevalet, elle saisit un regard consterné que Xavière adressait à Françoise.

— Vous n'aimez pas la peinture? dit-elle avec un sourire sec.

— Je n'y comprends rien, dit Xavière d'un ton d'excuse.

Pierre se tourna vivement vers elle d'un air inquiet et Élisabeth sentit un bouillonnement de colère gronder dans son cœur. Ils avaient dû prévenir Xavière que c'était là une inévitable corvée, mais elle commençait à s'impatienter et la moindre de ses humeurs comptait plus que tout le destin d'Élisabeth.

— Qu'est-ce que tu en dis ? dit-elle.

C'était un tableau hardi et complexe qui méritait d'amples commentaires. Pierre y jeta un coup d'œil hâtif.

— J'aime beaucoup aussi, dit-il.

Visiblement il ne désirait plus qu'en finir.

Élisabeth retira la toile.

— Ça suffira pour aujourd'hui, dit-elle. Il ne faut pas martyriser cette petite.

Xavière lui lança un sombre regard ; elle comprenait qu'Élisabeth ne s'aveuglait pas sur son compte.

— Tu sais, si tu veux mettre un disque, dit Élisabeth à Françoise, tu peux très bien. Prends seulement une aiguille de bois à cause du locataire du dessous.

— Oh ! oui, dit Xavière avec empressement.

— Pourquoi ne tentes-tu pas une exposition cette année ? dit Pierre en allumant sa pipe. Je suis sûr que tu atteindrais le grand public.

— Le moment serait mal choisi, dit Élisabeth, c'est une époque beaucoup trop incertaine pour qu'il soit possible de lancer un nom nouveau.

— Le théâtre marche bien pourtant, dit Pierre.

Élisabeth le regarda en hésitant, puis elle dit à brûle-pourpoint.

— Sais-tu que Nanteuil a retenu la pièce de Claude ?

— Ah oui, dit Pierre d'un air vague. Claude est content ?

— Pas plus que ça, dit Élisabeth. Elle aspira longuement la fumée de sa cigarette. Moi, je suis navrée. C'est une des ces compromissions qui peuvent couler un type à jamais.

276

Elle rassembla son courage.

— Ah! si tu avais accepté *Partage*. Claude était lancé.

Pierre parut embarrassé ; il détestait dire non. Seulement il s'arrangeait d'ordinaire pour vous filer entre les doigts quand on voulait lui demander quelque chose.

— Écoute, dit-il. Veux-tu que j'essaye d'en parler encore une fois à Berger ? Justement nous allons déjeuner chez eux.

Xavière avait enlacé Françoise et elle lui faisait danser une rumba ; le visage de Françoise était crispé d'application comme si elle eût joué le salut de son âme.

— Berger ne reviendra pas sur son refus, dit Élisabeth. Un élan d'espoir absurde la traversa. Ce n'est pas lui qu'il faudrait, c'est toi seul. Écoute. Tu montes ta pièce l'hiver prochain ; mais pas dès le mois d'octobre ? Si seulement tu jouais *Partage* pendant quelques semaines ?

Elle attendit, le cœur battant. Pierre tirait sur sa pipe, il semblait mal à l'aise.

— Tu sais ce qui est le plus probable, dit-il enfin. C'est que l'an prochain nous partions en tournée à travers le monde.

— Le fameux projet de Bernheim ? dit Élisabeth avec méfiance. Mais je croyais que tu n'en voulais en aucune façon.

C'était une défaite, mais elle ne laisserait pas Pierre s'en tirer si facilement.

— C'est assez tentant, dit Pierre, on gagnerait de l'argent, on verrait du pays.

Il jeta un coup d'œil du côté de Françoise.

— Naturellement, ce n'est pas encore décidé.

Élisabeth réfléchit. Ils emmèneraient Xavière évidemment. Pierre semblait capable de tout pour un sourire d'elle ; peut-être était-il prêt à abandonner son œuvre pour s'offrir un an d'idylle triangulaire à travers la Méditerranée.

— Mais si vous ne partiez pas, reprit-elle.

— Si on ne partait pas , dit Pierre mollement.

— Oui, est-ce que tu prendrais *Partage* en octobre ?

Elle voulait lui arracher une réponse ferme ; il n'ai
mait pas revenir sur une parole donnée.

Pierre tira quelques bouffées de sa pipe.

— Somme toute, pourquoi pas ? dit-il sans conviction.

— Tu parles sérieusement ?

— Mais oui, dit Pierre d'un ton plus décidé. Si nous
restons, on peut très bien commencer la saison avec
Partage.

Il avait accepté bien vite ; il devait être absolument
certain de faire cette tournée Malgré tout, c'était une
imprudence. S'il ne réalisait pas ce projet, il allait se
trouver lié.

— Ça serait tellement formidable pour Claude ! dit-
elle, quand seras-tu tout à fait fixé ?

— Dans un ou deux mois, dit Pierre.

Il y eut un silence.

— S'il y avait un moyen d'empêcher ce départ,
pensa Élisabeth avec passion.

Françoise qui les guettait du coin de l'œil depuis un
moment s'approcha vivement.

— C'est à ton tour de danser, dit-elle à Pierre.
Xavière est infatigable, mais moi je n'en peux plus.

— Vous avez très bien dansé, dit Xavière ; elle sourit
d'un air bonhomme : vous voyez, il fallait juste un peu
de bonne volonté.

— Vous en avez eu pour deux, dit Françoise gaiement.

— Nous recommencerons, dit Xavière sur un ton de
menace tendre.

C'était agaçant au possible, ces inflexions mignardes
qu'ils avaient adoptées entre eux.

— Excuse-moi, dit Pierre. Il s'en alla choisir un
disque avec Xavière. Elle s'était enfin décidée à enlever
son manteau, elle avait un corps mince, mais où l'œil
exercé d'un peintre discernait une certaine tendance à

l'embonpoint ; elle aurait vite engraissé si elle ne se fût imposé un régime sévère.·

— Elle a raison de se surveiller, dit Élisabeth. Elle deviendrait facilement épaisse.

-- Xavière ? Françoise se mit à rire. C'est un roseau.

— Tu crois que c'est par hasard qu'elle ne mange rien ? dit Élisabeth.

— Ça n'est sûrement pas pour sa ligne, dit Françoise.

Elle avait l'air de trouver l'idée tout à fait burlesque ; elle avait gardé quelque lucidité pendant un temps, mais à présent elle était devenue aussi béatement stupide que Pierre. Comme si Xavière n'eût pas été une femme comme les autres ! Élisabeth l'avait percée à jour ; elle la voyait accessible à toutes les faiblesses humaines sous son masque de vierge blonde.

— Pierre m'a dit que vous partiez peut-être en tournée cet hiver, dit-elle. C'est sérieux ?

-- On en parle, dit Françoise. Elle parut embarrassée ; elle ne savait pas ce que Pierre avait dit et elle devait craindre de se compromettre.

Élisabeth remplit deux verres de vodka.

— Cette gosse, qu'est-ce que vous allez en faire ? dit-elle en secouant la tête. Je me demande bien.

-· En faire ? dit Françoise ; elle semblait interloquée. Elle fait du théâtre, tu sais bien.

— D'abord elle n'en fait pas, dit Élisabeth. Et puis, ce n'est pas ce que je veux dire.

Elle vida à demi son verre.

—· Elle ne va pas passer son existence à vos trousses ?

— Non, sans doute, dit Françoise.

— Elle n'a pas envie d'avoir une vie à elle : des amours, des aventures ?

Françoise eut un sourire de coin.

— Je ne crois pas qu'elle y pense beaucoup pour le moment.

— Pour le moment naturellement, dit Élisabeth.

Xavière dansait avec Pierre ; elle dansait très bien ; il y avait sur son visage un sourire d'une coquetterie vraiment impudique ; comment Françoise supportait-elle tout ça ? Coquette, sensuelle ; Élisabeth l'avait bien observée ; certainement elle était amoureuse de Pierre, mais c'était une fille sournoise et volage ; elle était capable de tout sacrifier au plaisir d'un instant. C'était en elle qu'on pourrait trouver la fissure.

— Qu'est-ce que devient ton amoureux ? dit Françoise.

— Moreau ? Nous avons eu une scène terrible, dit Élisabeth. A propos du pacifisme ; je me suis moquée de lui, et puis il s'est monté ; il a fini par manquer m'étrangler.

Elle fouilla dans son sac.

— Tiens, regarde sa dernière lettre.

— Je ne le trouve pas si bête, dit Françoise. Tu m'en avais dit tant de mal.

— Il jouit de l'estime universelle, dit Élisabeth.

Elle l'avait trouvé intéressant au début, elle s'était amusée à encourager son amour ; pourquoi s'était-elle à ce point dégoûtée de lui ? Elle vida son sac. C'est parce qu'il l'aimait ; c'était le meilleur moyen de se déconsidérer à ses yeux. Il lui restait au moins cet orgueil : de pouvoir mépriser les sentiments dérisoires qu'elle inspirait.

— Elle est correcte, cette lettre, dit Françoise. Qu'est-ce que tu as répondu ?

— J'étais bien embarrassée, dit Élisabeth, c'était bien difficile de lui expliquer que pas une minute, je n'avais pris cette histoire au sérieux. D'ailleurs...

Elle haussa les épaules ; comment s'y reconnaître ? Elle s'y perdait elle-même. Ce simulacre d'amitié qu'elle s'était fabriqué par désœuvrement pouvait bien revendiquer autant de réalité que la peinture, la politique, les ruptures avec Claude. Tout ça c'était du pareil au même, des comédies sans conséquence.

Elle reprit :

— Il m'a poursuivie jusque chez Dominique, pâle comme un mort, les yeux hors de la tête ; il faisait noir, il n'y avait personne dans la rue, c'était terrifiant.

Elle eut un petit rire. Elle ne pouvait pas s'empêcher de raconter ; pourtant elle n'avait pas eu peur, il n'y avait pas eu de scène ; tout juste un pauvre type hors de lui-même qui jetait au hasard des mots, des gestes gauches.

— Imagine, il m'a plaquée contre un réverbère et il m'a saisie à la gorge en me disant d'un air théâtral : je vous aurai, Élisabeth, ou je vous tuerai.

— Il a manqué t'étrangler pour de bon ? dit Françoise ; je croyais que c'était manière de parler.

— Mais non, dit Élisabeth, il semblait vraiment capable de tuer.

C'était agaçant, si on disait les choses juste comme elles étaient, les gens croyaient qu'elles n'étaient pas arrivées du tout ; et dès qu'ils se mettaient à croire, ils croyaient autre chose que ce qui avait été. Elle revit les yeux vitreux tout près de son visage et les lèvres blêmes qui s'approchaient de ses lèvres.

Je lui ai dit :

— Étranglez-moi, mais ne m'embrassez pas, et ses mains se sont resserrées sur mon cou.

— Eh bien, dit Françoise, ça aurait fait un beau crime passionnel.

— Oh! il a lâché prise tout de suite dit Élisabeth. J'ai dit : « C'est ridicule », et il a lâché prise.

Elle en avait éprouvé comme une déception, mais même s'il avait continué à serrer, continué jusqu'à ce qu'elle tombe, ça n'aurait pas été vraiment un crime ; tout juste un accident maladroit. Jamais, jamais rien ne lui arrivait pour de bon.

— Et c'est par amour du pacifisme qu'il voulait t'assassiner ? dit Françoise.

— Je l'avais indigné en lui disant que la guerre était le seul moyen de sortir de la crasse où nous vivons, dit Élisabeth.

— Je suis un peu comme lui, dit Françoise. Je craindrais que le remède ne soit pire que le mal.

— Et pourquoi? dit Élisabeth.

Elle haussa les épaules. La guerre. Pourquoi en avaient-ils tous si peur? Ça, du moins, c'était de la pierre dure, ça ne fondait pas en carton-pâte entre les mains. Quelque chose de réel enfin; de vraies actions seraient possibles. Organiser la révolution; à tout hasard elle avait commencé à apprendre le russe. Peut-être pourrait-elle enfin donner sa mesure; peut-être étaient-ce les circonstances qui étaient trop petites pour elle.

Pierre s'était rapproché:

— Est-ce que tu es tout à fait sûre que la guerre amènerait la révolution? dit-il. Et même alors ne crois-tu pas que ce serait payer bien cher?

— C'est que c'est une fanatique, dit Françoise avec un sourire affectueux. Elle mettrait l'Europe à feu et à sang pour servir la cause.

Élisabeth sourit.

— Une fanatique... dit-elle modestement; son sou-rire s'arrêta net. Sûrement ils ne se laissaient pas duper; ils savaient: c'était complètement creux en elle, la conviction était nulle part hors des mots, ça aussi c'était mensonge et comédie.

— Une fanatique! répéta-t-elle en éclatant d'un rire strident; ça c'était une trouvaille.

— Qu'est-ce qui te prend? dit Pierre d'un air gêné.

— Ce n'est rien, dit Élisabeth. Elle se tut. Elle avait été trop loin; j'ai été trop loin, se dit-elle; trop loin; mais alors ça aussi c'était donc fait exprès, ce dégoût cynique devant son personnage? Et ce mépris de ce dégoût qu'elle était en train de se fabriquer, n'était-il pas aussi comédie? Et ce doute même devant ce mépris... ça devenait affolant, si l'on se mettait à être sincère, on ne pouvait donc plus s'arrêter?

— On va te dire au revoir, dit Françoise. Il faut que nous nous en allions.

Élisabeth tressaillit; ils étaient tous les trois plantés en face d'elle et ils semblaient très mal à l'aise; elle avait dû avoir une drôle de figure pendant ce silence.

— Au revoir, je passerai au théâtre un de ces soirs, dit-elle en les accompagnant jusqu'à la porte. Elle regagna son atelier ; elle s'approcha de la table et se versa un grand verre de vodka qu'elle absorba d'un trait. Et si elle avait continué à rire ? Si elle leur avait crié : « Je sais, je sais que vous savez. » Ils auraient été étonnés. Mais à quoi bon ? Les pleurs, la révolte, ce serait une autre comédie plus fatigante et aussi vaine ; il n'y avait aucun moyen d'en sortir : en aucun point du monde ni d'elle-même aucune vérité ne lui avait été réservée.

Elle regarda les assiettes sales, les verres vides, le cendrier plein de mégots. Ils ne triompheraient pas toujours ; il y avait quelque chose à faire. Quelque chose où Gerbert était mêlé. Elle s'assit au bord du divan ; elle revoyait les joues nacrées et les cheveux blonds de Xavière, et le sourire béat de Pierre tandis qu'il dansait avec elle ; tout ça tournait en sarabande dans sa tête, mais demain, elle saurait mettre de l'ordre dans ses idées. Quelque chose à faire ; un acte authentique qui ferait couler de vraies larmes. A ce moment-là peut-être, elle sentirait qu'elle aussi elle vivait pour de bon. Alors, la tournée ne se ferait pas ; on jouerait la pièce de Claude. Alors...

— Je suis saoule, murmura-t-elle.

Il n'y avait qu'à dormir et à attendre le matin.

CHAPITRE II

— Deux noirs, un crème et des croissants, commanda Pierre. Il sourit à Xavière. Vous n'êtes pas trop fatiguée ?

— Quand je m'amuse, je ne suis jamais fatiguée, dit Xavière. Elle avait posé devant elle un sac plein de crevettes roses, deux énormes bananes et trois artichauts crus. Personne n'avait eu envie de rentrer dormir en rentrant de chez Élisabeth ; ils avaient été manger une soupe à l'oignon rue Montorgueil et ils s'étaient promenés à travers les Halles qui avaient enchanté Xavière.

— Que c'est plaisant le Dôme à cette heure-ci, dit Françoise. Le café était presque désert ; agenouillé sur le sol un homme en blouse bleue épongeait le carreau savonneux qui répandait une odeur de lessive. Comme le garçon posait les consommations sur la table, une grande Américaine en robe du soir lui envoya à la tête une boulette de papier.

— Elle en tient un bon coup, dit-il avec un sourire.

— C'est beau une Américaine saoule, dit Xavière d'un ton pénétré. Ce sont les seules personnes qui peuvent s'enivrer à mort sans devenir aussitôt des déchets.

Elle prit deux morceaux de sucre, les tint un moment en suspens au-dessus de son verre et les laissa tomber dans son café.

— Qu'est-ce que vous faites, petite malheureuse, dit Pierre. Vous ne pourrez plus le boire.

— Mais c'est exprès, c'est pour le neutraliser, dit Xavière ; elle regarda Françoise et Pierre d'un air de blâme. Vous ne vous rendez pas compte ; vous vous empoisonnez avec tous ces cafés.

— Vous pouvez parler, dit Françoise gaiement. Vous nous gavez de thé : c'est encore pire !

— Ah ! mais moi c'est méthodique, dit Xavière ; elle secoua la tête. Vous, vous buvez ça sans savoir, comme du petit lait.

Elle avait vraiment l'air reposé ; ses cheveux brillaient, ses yeux luisaient comme un émail. Françoise remarqua que l'iris clair était cerné de bleu sombre ; on n'avait jamais fini de découvrir ce visage. Xavière était une incessante nouveauté.

— Vous les entendez, dit Pierre.

Un couple chuchotait à mi-voix près de la fenêtre ; la jeune femme touchait avec coquetterie ses cheveux noirs enfermés dans une résille.

— C'est comme ça, disait-elle, personne n'a jamais vu mes cheveux, ils ne sont qu'à moi.

— Mais pourquoi? dit le jeune homme d'une voix passionnée.

— Ces bonnes femmes, dit Xavière avec une moue de mépris. Elle sont bien obligées de s'inventer du précieux, elles doivent se sentir tellement bon marché.

— C'est vrai, dit Françoise ; celle-ci réserve ses cheveux ; Éloy, c'est sa virginité et Canzetti, son art; ça leur permet d'offrir le reste aux quatre vents.

Xavière sourit légèrement, et Françoise saisit ce sourire avec un peu d'envie ; ça devait être une puissance de se sentir si précieuse à soi-même.

Depuis un moment Pierre fixait le fond de son verre, ses muscles s'étaient affaissés, ses yeux étaient troubles et une niaiserie douloureuse avait envahi ses traits.

— Vous ne vous sentez pas mieux depuis tout à l'heure? dit Xavière.

— Non, dit Pierre, non ; le pauvre Pierre ne se sent pas mieux.

Ils avaient commencé le jeu dans le taxi ; Françoise se divertissait toujours à le voir improviser des scènes, mais elle n'acceptait pour son compte que des emplois secondaires.

— Pierre n'est pas pauvre, Pierre se porte très bien, dit Xavière avec une douce autorité ; elle avança tout près du visage de Pierre un visage menaçant.

— N'est-ce pas que vous allez bien?

— Oui, je suis bien, dit Pierre précipitamment.

— Alors, souriez, dit Xavière.

Les lèvres de Pierre s'aplatirent et se tirèrent presque jusqu'aux oreilles ; en même temps le regard s'affola, un visage de torturé se crispait autour du sourire. C'était étonnant tout ce qu'il pouvait faire de sa figure. D'un coup, comme si un ressort eût craqué, le sourire retomba en une moue pleurarde. Xavière étouffa un rire, puis, avec le sérieux d'un hypnotiseur, passa la main devant le visage de Pierre de bas en haut. Le sourire se reforma ;

d'un air sournois, Pierre passa son doigt de haut en bas devant sa bouche et le sourire se défit. Xavière se mit à rire aux larmes.

— Quelle méthode employez-vous au juste, Mademoiselle? dit Françoise.

— Une méthode à moi, dit Xavière d'un air modeste. Un mélange de suggestion, d'intimidation et de raisonnement.

— Et vous obtenez de bons résultats?

— Étonnants! dit Xavière. Si vous saviez dans quel état il était quand je l'ai pris en main.

— C'est vrai qu'il faut toujours considérer le point de départ, dit Françoise. Pour l'instant le malade avait l'air bien atteint. Il mâchait avidement le tabac à même sa pipe, comme un âne à sa mangeoire; ses yeux étaient exorbités et il mâchait réellement le tabac.

— Grand Dieu, dit Xavière avec horreur.

Elle prit une voix posée.

— Écoutez bien, dit-elle, on ne doit manger que ce qui est comestible; le tabac n'est pas comestible, donc vous faites une faute en mangeant du tabac.

Pierre écouta docilement, puis il recommença à manger dans sa pipe.

— C'est bon, dit-il d'un air pénétré.

— Il faudrait tenter une psychanalyse, dit Françoise. Est-ce que dans son enfance, son père ne l'aurait pas battu avec une branche de sureau?

— Pourquoi ça? dit Xavière.

— Battu, passé à tabac, dit Françoise. Il mange le tabac pour effacer les coups; le tabac est aussi la moelle du sureau qu'il détruit par une assimilation symbolique.

Le visage de Pierre était en train de changer dangereusement; il devenait tout rouge, ses joues se gonflaient et ses yeux s'injectaient d'une buée rose.

— Ce n'est plus bon, dit-il d'un ton courroucé.

— Laissez ça, dit Xavière; elle lui prit la pipe des mains.

— Oh! dit Pierre, il regarda ses mains vides. Oh, oh,

286

oh! dit-il dans un long gémissement. Il renifla et soudain des larmes coulèrent de ses joues. Oh, je suis malheureux !

— Vous me faites peur, dit Xavière. Arrêtez.

— Oh! Je suis malheureux, dit Pierre. Il pleurait à chaudes larmes avec un terrible visage infantile.

— Arrêtez, dit Xavière dont les traits s'étaient contractés de peur. Pierre se mit à rire et s'essuya les yeux.

— Comme tu serais un idiot poétique, dit Françoise ; on pourrait aimer d'amour un idiot qui aurait une pareille figure.

— Toute chance n'est pas encore perdue, dit Pierre.

— Est-ce qu'il n'y a jamais de rôle d'idiot au théâtre ? dit Xavière.

— J'en connais un superbe, dans une pièce de Valle Inclam, mais c'est un rôle muet, dit Pierre.

— C'est dommage, dit Xavière d'un air ironique et tendre.

— Élisabeth t'a encore assommé avec la pièce de Claude ? dit Françoise. J'ai cru comprendre que tu t'étais défilé en disant qu'on partirait en tournée l'hiver prochain.

— Oui, dit Pierre d'un air absorbé ; il remua avec sa cuiller le café qui restait dans son verre. Et au fond pourquoi as-tu tant de répugnance pour ce projet ? dit-il. Si on ne le fait pas l'année prochaine, ce voyage, j'ai bien peur qu'on ne le fasse jamais.

Françoise eut un mouvement de déplaisir, mais si léger qu'elle en fut presque surprise ; tout était ouaté en elle et assourdi comme si une piqûre de cocaïne lui avait insensibilisé l'âme.

— Mais la pièce aussi risque de ne jamais être jouée, dit-elle.

— On pourra sans doute encore travailler dans des temps où on ne pourra plus guère sortir de France, dit Pierre avec mauvaise foi ; il haussa les épaules. Et puis ma pièce n'est pas une fin en soi ; nous avons tant travaillé dans notre vie, tu ne souhaites pas un peu de changement ?

Juste au moment où ils touchaient au but : elle aurait achevé son roman au cours de l'an prochain, et Pierre aurait enfin cueilli le fruit d'un travail de dix ans. Elle se rappelait très bien qu'un an d'absence représentait une espèce de désastre ; mais elle se le rappelait avec une indifférence veule.

— Oh! personnellement, tu sais comme j'aime voyager, dit-elle.

Ce n'était pas même la peine de lutter, elle se savait vaincue ; pas par Pierre : par elle-même. Cette ombre de résistance qui survivait en elle n'était pas assez forte pour qu'elle pût espérer mener la lutte jusqu'au bout.

— Ça ne te charme pas de nous imaginer tous les trois sur le pont du *Caïro-City*, regardant la côte grecque qui approche! dit Pierre. Il sourit à Xavière. On aperçoit au loin l'Acropole comme un tout petit monument ridicule. Nous prendrons vite un taxi qui nous emmènera à Athènes en cahotant, la route est toute cabossée.

— Et nous irons dîner dans les jardins du Zappéïon, dit Françoise ; elle regarda gaiement Xavière. Elle est bien capable d'aimer les crevettes grillées et les intestins de mouton et même le vin résiné.

— Sûr, j'aimerai, dit Xavière ; ce qui me dégoûte, c'est cette cuisine raisonnable qu'on fait en France ; là-bas, je mangerai comme un ogre, vous verrez.

— Pour ça, c'est à peu près aussi abominable qu'au restaurant chinois où vous vous êtes régalée, dit Françoise.

— Est-ce qu'on habitera dans ces quartiers qui sont tout en petites baraques de bois et de tôle ? dit Xavière.

— On ne peut pas, il n'y a pas d'hôtel, dit Pierre. Ce sont juste des cantonnements d'émigrants. Mais on y passera de grands moments.

Ce serait plaisant de voir tout ça, avec Xavière ; ses regards transfiguraient les moindres objets. En lui montrant tout à l'heure les bistrots des Halles, les monceaux de carottes, les clochards, il avait semblé à Françoise les découvrir pour la première fois. Françoise prit une poignée de crevettes roses, et commença à les décortiquer. Sous les yeux de Xavière, les quais grouillants du Pirée, les barques bleues, les enfants crasseux, les tavernes à l'odeur d'huile et de chair grillée révéleraient des richesses encore inconnues. Elle regarda Xavière, puis Pierre ; elle les aimait, ils s'aimaient, ils l'aimaient ; depuis des semaines ils vivaient tous trois dans un enchantement joyeux. Et comme cet instant était précieux, avec cette lumière de petit matin sur les banquettes vides du Dôme, l'odeur du carreau savonneux, ce goût léger de marée fraîche.

— Berger a de superbes photos de Grèce, dit Pierre, il faudra que je les lui demande tout à l'heure.

— C'est vrai que vous allez déjeuner chez ces gens, dit Xavière d'un air de bouderie tendre.

— S'il n'y avait que Paule on vous aurait emmenée, dit Françoise. Mais Berger, c'est tout de suite si officiel.

— Nous laisserons toute la troupe à Athènes, dit Pierre, et nous irons faire un grand tour à travers le Péloponnèse.

— A dos de mulet, dit Xavière.

— En partie à dos de mulet, dit Pierre.

— Et il nous arrivera un tas d'aventures, dit Françoise.

— Nous enlèverons une belle petite fille grecque, dit Pierre. Tu te souviens, la petite fille de Tripoli qui nous avait tant fait pitié ?

— Je me souviens bien, dit Françoise ; c'était sinistre de penser qu'elle croupirait sans doute toute sa vie durant à cette espèce de carrefour désertique.

Le visage de Xavière se renfrogna.

— Après ça, il faudra la traîner avec nous, ce serait bien encombrant, dit-elle.

— On l'expédierait à Paris, dit Françoise.

— Mais on l'y retrouverait, dit Xavière.

— Pourtant, dit Françoise, si vous appreniez qu'il y a dans un coin du monde quelqu'un de bien plaisant qui est tout captif et malheureux, vous ne lèveriez pas le doigt pour aller le chercher ?

— Non, dit Xavière d'un air buté ; ça me serait bien égal.

Elle regarda Pierre et Françoise et dit soudain âprement :

— Je ne voudrais personne d'autre avec nous.

C'était de l'enfantillage, mais Françoise sentit comme une lourde chape qui s'abattait sur ses épaules ; elle aurait dû se sentir libre après tous ces renoncements, et pourtant jamais elle n'avait moins que depuis ces dernières semaines connu le goût de la liberté. Elle avait même l'impression en ce moment d'être absolument ligotée.

— Vous avez raison, dit Pierre, nous avons déjà assez à faire tous les trois. Maintenant qu'on a réalisé un trio bien harmonieux, il faut en profiter sans s'occuper de rien d'autre.

— Pourtant si l'un de nous faisait une rencontre passionnante ? dit Françoise ; ça ferait une richesse commune : c'est toujours dommage de se limiter.

— Mais c'est encore si neuf ce que nous venons de construire, dit Pierre ; il faut d'abord que nous ayons tout un long temps derrière nous : après, chacun pourra courir les aventures, partir pour l'Amérique, adopter un petit Chinois. Mais pas avant... mettons cinq ans.

— Oui, dit Xavière avec chaleur.

— Tope là, dit Pierre, c'est un pacte ; pendant cinq ans chacun de nous se consacrera exclusivement au trio.

Il posa sa main ouverte sur la table.

— J'oubliais que vous n'aimiez pas ce geste, dit-il en souriant.

— Si, dit Xavière gravement, c'est un pacte.

Elle posa sa main contre la main de Pierre.

— Soit, dit Françoise en étendant aussi la main. Cinq ans, comme ces mots étaient pesants ; elle n'avait jamais craint de s'engager pour l'avenir. Mais c'est que l'avenir avait changé de caractère, ce n'était plus un libre élan de tout son être. Qu'est-ce que c'était ? Elle ne pouvait pas penser « mon avenir » parce qu'elle ne pouvait pas se séparer de Pierre et de Xavière ; mais il n'y avait plus moyen de dire : « notre avenir. » Ça avait un sens avec Pierre : ils projetaient ensemble les mêmes objets devant eux, une vie, une œuvre, un amour. Mais avec Xavière, tout ça ne signifiait plus rien. On ne pouvait pas vivre avec elle, mais seulement à côté d'elle. Malgré la douceur des dernières semaines, Françoise prenait peur à imaginer devant elles de longues années toutes semblables ; elles s'étalaient, étrangères et fatales, comme un noir tunnel dont il faudrait subir aveuglément les détours. Ce n'était pas vraiment un avenir : c'était une étendue de temps informe et nu.

— Ça semble drôle à l'heure qu'il est de faire des projets, dit Françoise. On s'est tellement habitué à vivre dans le provisoire.

— Pourtant tu n'as jamais beaucoup cru à la guerre, dit Pierre ; il sourit. Ne vas pas commencer maintenant que ça semble à peu près tassé.

— Je n'y pense pas positivement, dit Françoise, mais l'avenir est tout barré.

Ce n'était pas tant à cause de la guerre ; mais peu importait. Elle était déjà bien contente de pouvoir s'exprimer grâce à cette équivoque ; il y avait longtemps qu'elle avait cessé d'être d'une sincérité si exigeante.

— C'est vrai qu'on s'est mis tout doucement à vivre sans lendemain, dit Pierre ; presque tous les gens en sont là, je crois, même les plus optimistes.

— Ça dessèche tout, dit Françoise, les choses n'ont plus aucun prolongement.

— Tiens ! Je ne trouve pas, dit Pierre d'un air intéressé. Ça me les rend précieuses, au contraire, toutes ces menaces autour d'elles.

— Moi, tout me semble vain, dit Françoise. Comment te dire ? Avant, dans tout ce que j'entreprenais, j'avais l'impression d'être happée par les objets ; par exemple mon roman : il existait, il demandait à être écrit. Maintenant, écrire, c'est entasser des pages.

Elle repoussa de la main le monceau de petites carcasses roses qu'elle avait vidées de leur chair. La jeune femme aux cheveux sacrés était seule à présent devant deux verres vides ; elle avait perdu son air animé et passait pensivement un bâton de rouge sur ses lèvres.

— Ce qu'il y a, c'est qu'on est arraché à sa propre histoire, dit Pierre, mais ça me semble plutôt un enrichissement.

— Bien sûr, dit Françoise avec un sourire. Même à la guerre, tu trouveras encore moyen de t'enrichir.

— Mais comment voulez-vous que ça arrive une chose pareille ? dit Xavière brusquement ; elle eut un air de supériorité. Les gens ne sont quand même pas assez bêtes pour avoir envie de se faire tuer.

— On ne leur demande pas leur avis, dit Françoise.

— Ce sont quand même bien des gens qui décident et ils ne sont pas tous fous, dit Xavière avec un mépris hostile.

Les conversations sur la guerre ou la politique l'agaçaient toujours par leur frivolité oiseuse. Françoise fut cependant surprise de son ton agressif.

— Ils ne sont pas fous, mais ils sont débordés, dit Pierre. C'est une drôle de machine, la société, personne n'en est maître.

— Eh bien ! je ne comprends pas qu'on se laisse écraser par cette machine, dit Xavière.

— Que voulez-vous qu'on fasse ? dit Françoise.

— Qu'on ne courbe pas la tête comme un mouton, dit Xavière.

— Alors il faudrait entrer dans un parti politique, dit Françoise.

Xavière l'interrompit.

— Grands dieux ! Je ne voudrais pas m'y salir les mains.

— Alors vous serez un mouton, dit Pierre. C'est

toujours pareil. Vous ne pouvez lutter contre la société que d'une manière sociale.

— En tout cas, dit Xavière, dont le visage s'était coloré de fureur, si j'étais un type, quand on viendrait me chercher, je ne partirais pas.

— Vous seriez bien avancée, dit Françoise. On vous emmènerait entre deux gendarmes et si vous vous obstiniez, on vous collerait à un mur et on vous fusillerait.

Xavière eut une moue lointaine.

— C'est vrai que ça vous paraît si terrible de mourir, dit-elle.

Pour raisonner avec une mauvaise foi si épaisse, il fallait que Xavière fût ivre de colère. Françoise eut l'impression que c'était spécialement à elle que cette sortie s'adressait ; elle ne savait pas du tout quelle faute elle avait commise. Elle regarda Xavière avec souffrance. Ce visage parfumé, tout bruissant de tendresse, quelles pensées vénéneuses l'avaient soudain altéré ? Elles s'épanouissaient avec malignité sous ce petit front têtu, à l'abri des cheveux de soie, et Françoise était sans défense contre elles ; elle aimait Xavière, elle ne pouvait plus supporter sa haine.

— Vous disiez à l'instant que c'était révoltant de se laisser tuer, dit-elle.

— Mais ça n'est pas pareil si l'on meurt exprès, dit Xavière.

— Se tuer pour ne pas être tué, ce n'est pas mourir exprès, dit Françoise.

— En tout cas, je préférerais, dit Xavière. Elle ajouta d'un air absent et las : et puis il y a d'autres moyens ; on peut toujours déserter.

— Ce n'est pas si facile, vous savez, dit Pierre.

Le regard de Xavière s'adoucit ; elle adressa à Pierre un sourire insinuant.

— Vous le feriez, si c'était possible ? dit-elle.

— Non, dit Pierre, pour mille raisons. D'abord il faudrait renoncer à jamais revenir en France, et c'est là qu'est mon théâtre, mon public, c'est là que mon œuvre a un sens et des chances de laisser des traces.

Xavière soupira.

— C'est vrai, dit-elle d'un air triste et déçu. Vous traînez après vous tant de vieilles ferrailles.

Françoise tressaillit ; les phrases de Xavière étaient toujours à double sens. Est-ce qu'elle comptait aussi Françoise parmi les vieilles ferrailles ? Est-ce qu'elle reprochait à Pierre de lui garder un amour ? Françoise avait remarqué parfois de brusques silences quand elle brisait un tête-à-tête, de brèves morosités, lorsque Pierre s'adressait à elle un peu longuement ; elle avait passé outre, mais ça paraissait évident aujourd'hui : Xavière aurait voulu sentir Pierre libre et seul en face d'elle.

— Ces vieilles ferrailles, dit Pierre, mais c'est moi-même. On ne peut pas distinguer un type de ce qu'il sent, de ce qu'il aime, de la vie qu'il s'est bâtie.

Les yeux de Xavière étincelèrent.

— Eh bien moi, dit-elle avec un frémissement un peu théâtral, je partirais n'importe où, n'importe quand ; on ne devrait jamais dépendre d'un pays, ni d'un métier ; ni de personne, ni de rien, acheva-t-elle impétueusement.

— Mais c'est que vous ne comprenez pas que ce qu'on fait et ce qu'on est, c'est tout un, dit Pierre.

— Ça dépend qui on est, dit Xavière ; elle eut un sourire intime et plein de défi ; elle ne faisait rien et elle était Xavière ; elle l'était d'une manière indestructible.

Il y eut un petit silence et elle dit avec une modestie haineuse.

— Bien sûr, vous connaissez ces questions mieux que moi.

— Mais vous pensez qu'un peu de bon sens vaudrait mieux que tout ce savoir ? dit Pierre gaiement ; pourquoi vous êtes-vous mise soudain à nous haïr ?

— Moi, vous haïr ? dit Xavière.

Elle écarquillait de grands yeux innocents, mais sa bouche restait crispée.

— Il faudrait que je sois folle.

— Ça vous a agacée de nous entendre encore radoter sur la guerre alors qu'on était en train de faire des projets si plaisants ?

— Vous avez bien le droit de parler de ce qui vous plaît, dit Xavière.

— Vous croyez que nous nous amusons à faire du tragique à vide, dit Pierre ; mais je vous assure que non. La situation mérite qu'on la considère ; c'est important pour nous comme pour vous, le cours des événements.

— Je sais bien, dit Xavière avec un peu de confusion. Mais à quoi ça sert-il d'en parler ?

— A être prêts à tout, dit Pierre. Il sourit : Ce n'est pas de la prudence bourgeoise. Mais si vraiment vous avez horreur d'être écrasée dans le monde, si vous ne voulez pas être un mouton, il n'y a pas d'autre moyen que de recommencer par penser bien clairement votre situation.

— Mais je n'y comprends rien, dit Xavière d'un ton plaintif.

— On ne peut pas comprendre en un jour. D'abord, il faudrait vous mettre à lire les journaux.

Xavière pressa ses mains contre ses tempes.

— Oh! c'est tellement ennuyeux! dit-elle. On ne sait pas par quel bout les prendre.

— Ça, c'est vrai, dit Françoise ; si l'on n'est pas déjà au courant, ça vous fuit entre les doigts.

Son cœur restait serré de souffrances et de colère ; c'était par jalousie que Xavière haïssait ces conversations de grandes personnes auxquelles elle ne pouvait pas prendre part ; le fond de toute cette histoire, c'est qu'elle n'avait pu supporter que pendant un moment Pierre ne fût plus tourné vers elle.

— Eh bien, je sais ce que je ferai, dit Pierre ; un de ces jours, je vous ferai un grand exposé sur la politique et après ça je vous tiendrai régulièrement au courant. Vous savez, ce n'est pas tellement compliqué.

— Je veux bien, dit Xavière d'un air joyeux ; elle se pencha vers Françoise et Pierre. Vous avez vu Éloy ? Elle s'est installée à une table près de l'entrée, dans l'espoir de vous soutirer quelques mots au passage.

Éloy était en train de tremper un croissant dans un café-crème ; elle n'était pas maquillée ; elle avait un air timide et solitaire qui n'était pas déplaisant.

— On la verrait comme ça sans la connaître, on la trouverait sympathique, dit Françoise.

— Je suis sûre qu'elle vient déjeuner ici exprès pour vous rencontrer, dit Xavière.

— Elle en est bien capable, dit Pierre.

Le café s'était un peu rempli. A une table voisine une femme écrivait des lettres en regardant vers la caisse d'un air traqué ; elle devait craindre qu'un garçon ne la découvrît et ne l'obligeât à consommer ; mais aucun garçon ne se montrait, bien qu'un monsieur près de la fenêtre frappât sur la table à coups redoublés.

Pierre regarda la pendule.

— Il va falloir qu'on rentre, dit-il ; j'ai encore mille choses à faire avant d'aller déjeuner chez Berger.

— Oui, maintenant il faut que vous partiez, juste comme tout redevenait tout bien, dit Xavière avec reproche.

— Mais ça a été tout bien, dit Pierre ; une petite ombre de cinq minutes, qu'est-ce que c'est auprès de cette grande nuit ?

Xavière eut un sourire réticent et ils sortirent du Dôme en faisant de loin un petit salut à Éloy. Ça n'amusait pas beaucoup Françoise d'aller déjeuner chez Berger, mais elle était contente de voir Pierre un peu seul, de le voir en tout cas sans Xavière ; c'était une brève échappée sur le reste du monde : elle commençait à étouffer dans ce trio qui se refermait de plus en plus hermétiquement sur lui-même.

Xavière prit le bras de Françoise et celui de Pierre d'un air de bonne volonté, mais son visage restait morne. Ils traversèrent le carrefour et arrivèrent à l'hôtel sans mot dire. Dans le casier de Françoise il y avait un pneumatique.

— On dirait l'écriture de Paule, dit Françoise ; elle décacheta la lettre.

— Elle nous décommande, dit-elle ; elle nous invite à souper le 16 à la place.

— Oh! quelle aubaine! dit Xavière dont les yeux s'illuminèrent.

— Ça, c'est une chance, dit Pierre.

Françoise ne dit rien ; elle retournait le papier entre ses doigts ; si seulement elle ne l'avait pas décachetée devant Xavière elle aurait pu lui en dissimuler le contenu et passer la journée seule avec Pierre ; maintenant, c'était irrémédiable.

— On va monter se rafraîchir un peu, et puis on se retrouvera au Dôme, dit-elle.

— C'est samedi, dit Pierre. On pourra aller à la foire aux puces, on déjeunera dans le 'grand hangar bleu.

— Oui, que ce sera plaisant? Quelle aubaine! répéta Xavière avec enchantement.

Il y avait dans sa joie une insistance presque indiscrète. Ils montèrent l'escalier ; Xavière rentra chez elle. Pierre suivit Françoise dans sa chambre.

— Tu n'as pas trop sommeil? dit-il.

— Non, quand on se promène comme ça, ce n'est pas trop fatigant une nuit blanche, dit-elle.

Elle commença à se démaquiller ; après un bon tub froid, elle serait tout à fait reposée.

— Il fait beau, on va passer une charmante journée, dit Pierre.

— Si Xavière est aimable, dit Françoise.

— Elle le sera ; elle devient toujours morose quand elle pense qu'elle va nous quitter bientôt.

— Ce n'était pas la seule raison.

Elle hésita, elle avait peur que Pierre ne jugeât l'accusation monstrueuse.

— Je crois qu'elle a été fâchée que nous ayons cinq minutes de conversation personnelle.

Elle hésita encore.

— Je crois qu'elle est un peu jalouse.

— Elle est terriblement jalouse, dit Pierre, tu t'en aperçois seulement ?

— Je m'étais demandé si je ne me trompais pas, dit Françoise.

Ça lui faisait toujours un choc quand elle voyait Pierre accueillir avec sympathie des sentiments qu'elle combattait en elle-même de toutes ses forces.

— Elle est jalouse de moi, reprit-elle.

— Elle est jalouse de tout, dit Pierre : d'Éloy, de Berger, du théâtre, de la politique ; que nous pensions à la guerre, ça lui semble une infidélité de notre part, nous ne devrions nous soucier de rien d'autre qu'elle.

— C'est à moi qu'elle en voulait aujourd'hui, dit Françoise.

— Oui, parce que tu as fait des réserves touchant nos projets d'avenir ; elle est jalouse de toi pas seulement à cause de moi, mais par rapport à toi-même.

— Je sais bien, dit Françoise.

Si Pierre voulait lui ôter un poids du cœur, il s'y prenait mal, elle se sentait de plus en plus oppressée.

— Je trouve ça pénible, dit-elle, ça fait un amour sans aucune amitié ; on a l'impression d'être aimé contre soi, pas pour soi.

— Ça, c'est sa manière d'aimer, dit Pierre.

Il s'accommodait très bien de cet amour, il avait même l'impression d'avoir remporté une victoire sur Xavière. Tandis que Françoise se sentait douloureusement à la merci de ce cœur passionné et ombrageux, elle n'existait plus qu'à travers les sentiments capricieux que Xavière lui portait ; cette sorcière s'était emparé de son image et lui faisait subir à son gré les pires envoûtements. En ce moment, Françoise était une indésirable, une âme mesquine et desséchée ; il lui fallait attendre un sourire de Xavière pour retrouver quelque approbation de soi-même.

— Enfin, on verra bien de quelle humeur elle sera, dit-elle.

Mais c'était une vraie angoisse de dépendre à ce point dans son bonheur et jusque dans son être même de cette conscience étrangère et rebelle.

Françoise mordit sans joie dans une épaisse tranche de gâteau au chocolat ; les bouchées ne passaient pas. Elle en voulait à Pierre ; il savait bien que Xavière, fatiguée par une nuit blanche, allait sûrement se coucher tôt, et il aurait pu deviner qu'après le malentendu du matin, Françoise était avide de la voir longuement seule à seule. Quand Françoise avait relevé de maladie, ils avaient fait de stricts arrangements : un jour sur deux, elle sortait avec Xavière de sept heures à minuit, et l'autre jour Pierre voyait Xavière de deux heures à sept heures ; le reste du temps se distribuait au gré de chacun, mais les tête-à-tête avec Xavière étaient tabous : du moins, Françoise respectait scrupuleusement ces conventions ; Pierre en prenait beaucoup plus à son aise ; ce soir il avait vraiment exagéré en demandant d'un ton plaintif et badin qu'on ne le renvoyât pas avant qu'il partît pour le théâtre. Il ne semblait avoir aucun remords ; juché sur un haut tabouret à côté de Xavière, il lui racontait avec animation la vie de Rimbaud ; l'histoire était en train depuis la foire aux puces, mais elle avait été coupée de tant de digressions que Rimbaud n'avait pas encore rencontré Verlaine. Pierre parlait ; les phrases décrivaient Rimbaud, mais la voix semblait riche d'un tas d'allusions intimes et Xavière le regardait avec une espèce de docilité voluptueuse. Leurs rapports étaient presque chastes, et pourtant à travers quelques baisers, de légères caresses, il s'était créé entre eux une entente sensuelle qui transparaissait sous leur réserve. Françoise détourna les yeux ; elle aussi, d'ordinaire, elle aimait les récits de Pierre, mais ce soir, ni les inflexions de sa voix, ni ses plaisantes images, ni le tour imprévu de ses phrases ne parvenaient à la toucher ; elle éprouvait à son égard trop de rancune. Il prenait soin d'expliquer presque quotidiennement à Françoise que Xavière tenait à elle autant qu'à lui, mais il agissait volontiers comme si cette amitié de femmes lui avait paru négligeable. Certainement, il avait de loin la première place, mais ça ne justifiait pas son indiscrétion. Bien entendu, il n'avait pas été question de lui refuser ce qu'il demandait : il aurait été bouleversé de colère et peut-être Xavière aussi. Cependant en acceptant gaiement la présence de Pierre, Françoise semblait faire bon marché de Xavière. Françoise jeta un coup d'œil sur la glace qui couvrait derrière le bar toute la hauteur du mur : Xavière souriait à Pierre ; elle était évidemment satisfaite qu'il prétendît l'accaparer, mais ce n'était pas une raison pour qu'elle n'en voulût pas à Françoise de le laisser faire.

— Ah! j'imagine la tête de Mme Verlaine, dit Xavière dans un éclat de rire.

Françoise se sentit le cœur tout noyé de misère. Est-ce que Xavière la haïssait toujours? Elle avait été aimable tout l'après-midi, mais de manière superficielle, parce qu'il faisait beau et que le marché aux puces la charmait, ça ne signifiait rien du tout.

— Et que puis-je faire si elle me hait? pensa Françoise.

Elle porta son verre à ses lèvres et elle vit que ses mains tremblaient, elle avait bu trop de cafés dans la journée et l'impatience la rendait fébrile ; elle ne pouvait rien faire ; elle n'avait aucune prise sur cette petite âme butée ni même sur le beau corps de chair qui la défendait ; un corps tiède et souple, accessible à des mains d'homme mais qui se dressait devant Françoise comme une armure rigide. Elle ne pouvait qu'attendre sans bouger le verdict qui allait l'absoudre ou la condamner : ça faisait dix heures qu'elle attendait.

— C'est sordide, pensa-t-elle brusquement.

Elle avait passé la journée à épier chaque froncement de sourcil, chaque intonation de Xavière ; en ce moment encore elle n'était occupée que de cette minable angoisse, séparée de Pierre, et du plaisant décor dont la glace lui renvoyait le reflet, séparée d'elle-même.

— Et si elle me hait, quoi de plus ? se dit-elle avec révolte. Est-ce qu'on ne pouvait pas contempler la haine de Xavière en face, tout juste comme les gâteaux au fromage qui reposaient sur un plateau ? Ils étaient d'un beau jaune clair, décorés d'astragales roses, on aurait presque eu envie d'en manger si on eût ignoré leur goût aigre de nouveau-né. Cette petite tête ronde n'occupait pas beaucoup plus de place dans le monde, on l'enfermait dans un seul regard ; et ces brumes de haine qui s'en échappaient en tourbillon, si on les faisait rentrer dans leur boîte, on les tiendrait aussi à sa merci. Il n'y avait qu'un mot à dire : dans un écroulement plein de fracas la haine se résoudrait en une fumée exactement contenue dans le corps de Xavière et aussi inoffensive que le goût sur caché sous la crème jaune des gâteaux ; elle se sentait exister, mais ça ne faisait guère de différence, en vain se tordait-elle en volutes rageuses : on verrait tout juste passer sur le visage désarmé quelques remous imprévus et réglés comme des nuages au ciel.

— Ce sont tout juste des pensées dans sa tête, se dit Françoise.

Un instant, elle crut que les mots avaient agi, il n'y avait plus que de petites vignettes qui défilaient en désordre sous le crâne blond, et si on détournait les yeux on ne les apercevait même plus.

— Hélas, il faut que je m'en aille! voilà que je suis en retard, dit Pierre.

Il sauta à bas du tabouret et enfila son trench-coat ; il avait renoncé à ses foulards douillets de vieillard, il avait l'air tout jeune et gai ; Françoise eut un mouvement de tendresse vers lui, mais c'était une tendresse aussi solitaire que la rancune ; il souriait et ce sourire

301

restait posé devant elle sans se mêler aux mouvements de son cœur.

— Demain matin, à dix heures, au Dôme, dit Pierre.

— C'est entendu, à demain matin, dit Françoise. Elle serra sa main avec indifférence, et puis elle la vit se refermer sur celle de Xavière et c'est à travers le sourire de Xavière qu'elle comprit que l'étreinte de ces doigts était une caresse.

Pierre s'éloigna ; Xavière se tourna vers Françoise. Des pensées dans sa tête... c'était facile à dire, mais Françoise ne croyait pas à ce qu'elle avait dit, ça n'était qu'une feinte ; le mot magique, il aurait fallu qu'il jaillît du fond de son âme, mais son âme était tout engourdie. Le brouillard maléfique restait suspendu à travers le monde, il empoisonnait les bruits et les lumières, il pénétrait Françoise jusqu'aux moelles. Il fallait attendre qu'il se dissipât de lui-même ; attendre et guetter et souffrir, sordidement.

— Qu'est-ce que vous voulez que nous fassions, dit-elle.

— Ce que vous voudrez, dit Xavière avec un sourire charmant.

— Vous préférez qu'on se promène ou qu'on aille dans un endroit ?

Xavière hésita, elle devait avoir derrière la tête une idée bien arrêtée.

— Qu'est-ce que vous diriez de faire un tour au bal nègre, dit-elle.

— Mais c'est une excellente idée, dit Françoise, ça fait des siècles que nous n'y avons mis les pieds.

Elles sortirent du restaurant et Françoise prit le bras de Xavière. C'était une sortie pompeuse que Xavière proposait là : quand elle voulait marquer à Françoise son affection d'une manière particulière, elle choisissait volontiers de l'inviter à danser. Il se pouvait aussi qu'elle eût tout simplement envie d'aller au bal nègre pour son propre compte.

— Est-ce qu'on marche un peu ? dit-elle.

— Oui, suivons le boulevard Montparnasse, dit Xavière. Elle dégagea son bras.

— J'aime mieux que ce soit moi qui vous donne le bras, expliqua-t-elle.

Françoise se laissa faire avec soumission et comme les doigts de Xavière effleuraient les siens, elle s'en saisit doucement ; la main gantée de daim velouté s'abandonna dans sa main avec une confiance tendre. Une aube de bonheur se levait en Françoise, mais elle ne savait pas encore si elle devait vraiment y croire.

— Regardez, voilà la belle brune avec son hercule, dit Xavière.

Ils se tenaient tous les deux par la main ; la tête du lutteur était toute petite au-dessus d'énormes épaules ; la femme riait de toutes ses dents.

— Je commence à me sentir chez moi ici, dit Xavière en jetant un coup d'œil satisfait sur la terrasse du Dôme.

— Vous y avez mis le temps, dit Françoise.

Xavière poussa un petit soupir :

— Ah ! quand je me rappelle les vieilles rues de Rouen, le soir, autour de la cathédrale, mon cœur se fend !

— Vous n'aimiez pas trop quand vous y étiez, dit Françoise.

— C'était tellement poétique, dit Xavière.

— Vous retournerez voir votre famille ? dit Françoise.

— Sûrement, je compte bien y aller cet été, dit Xavière.

Sa tante lui écrivait chaque semaine ; ils avaient fini par prendre les choses beaucoup mieux qu'on ne pouvait l'espérer.

Brusquement les coins de sa bouche s'abaissèrent et elle eut un air usé de femme mûre.

— Je savais vivre en ce temps-là, c'est formidable comme je pouvais sentir les choses.

Les regrets de Xavière cachaient toujours quelque reproche ; Françoise se mit sur la défensive.

— Pourtant, je me rappelle, vous vous plaigniez déjà d'être desséchée, dit Françoise.

— Ça n'était pas comme maintenant, dit Xavière d'une voix sourde.

Elle baissa la tête et murmura :

— Maintenant, je suis diluée.

Avant que Françoise ait pu répondre, elle lui serra gaiement le bras.

— Si vous achetiez un de ces beaux caramels, dit-elle, en s'arrêtant devant un magasin rose et luisant comme une boîte de baptême.

Derrière la vitre, un grand plateau de bois tournait lentement sur lui-même, offrant aux regards alléchés des dattes fourrées, des noix confites, des truffes au chocolat.

— Achetez-vous quelque chose, dit Xavière d'un ton pressant.

— Pour une belle soirée pompeuse, il ne faut pas s'écœurer comme l'autre fois, dit Françoise.

— Oh! un ou deux petits caramels, dit Xavière, c'est sans danger.

Elle sourit.

— Elle a de si belles couleurs, cette boutique, j'ai l'impression d'entrer dans un dessin animé.

Françoise poussa la porte.

— Est-ce que vous ne voulez rien ? dit-elle.

— Je veux bien un loukhoum, dit Xavière.

Elle examinait les bonbons d'un air d'enchantement.

— Si on prenait aussi de ça, dit-elle, en désignant de minces sucres d'orge enveloppés de papier de soie. Ça a un si joli nom.

— Deux caramels, un loukhoum et un quart de doigts de fée, dit Françoise.

La vendeuse serra les bonbons dans une pochette de papier gaufré qui se fermait par une ficelle rose glissée dans une coulisse.

— J'achèterais les bonbons rien que pour le sac, dit Xavière. On dirait une aumônière. J'en ai déjà une demi-douzaine, ajouta-t-elle fièrement.

Elle tendit un caramel à Françoise et mordit dans le petit pavé gélatineux.

— Nous avons l'air de deux petites vieilles qui s'offrent des chatteries, dit Françoise, c'est honteux.

— Quand nous aurons quatre-vingts ans, nous nous traînerons en trottinant jusqu'à la confiserie et nous resterons deux heures à discuter devant la vitre sur le parfum des loukhoums, avec un peu de bave aux lèvres, dit Xavière. Les gens du quartier nous montreront du doigt.

— Et nous dirons en secouant la tête : ça n'est plus les caramels d'autrefois! dit Françoise, nous ne marcherons guère à plus petits pas qu'aujourd'hui.

Elles se sourirent ; quand elles flânaient sur le boulevard, elles adoptaient volontiers cette démarche d'octogénaires.

— Ça ne vous ennuie pas qu'on regarde les chapeaux, dit Xavière en s'immobilisant devant le magasin de modes.

— Voudriez-vous en acheter un, par hasard?

Xavière se mit à rire.

— Ce n'est pas que j'aurais horreur, c'est ma figure qui ne veut pas. Non, c'est pour vous que je regarde.

— Vous voulez que je porte un chapeau? dit Françoise.

— Vous seriez tellement plaisante avec un de ces petits canotiers, dit Xavière d'une voix suppliante. Imaginez votre figure là-dessous. Et quand vous iriez à une réunion chic, vous mettriez une grande voilette que vous attacheriez par-derrière avec un gros nœud.

Ses yeux brillaient.

— Oh! dites que vous le ferez.

— Ça m'intimide un peu, dit Françoise ; une voilette!

— Mais vous pouvez tout vous permettre, dit Xavière plaintivement. Ah! si vous me laissiez vous habiller!

— Eh bien! dit Françoise, gaiement, vous me choisirez mes vêtements de printemps. Je me remets entre vos mains.

Elle serra la main de Xavière ; comme elle pouvait être charmante! Il fallait excuser ses sautes d'humeur, la situation n'était pas facile et elle était si jeune. Françoise la regarda avec tendresse ; elle souhaitait si fort que Xavière eût une belle vie heureuse.

— Qu'est-ce que vous vouliez dire au juste tout à l'heure en vous plaignant d'être diluée ? demanda-t-elle doucement.

— Oh! rien de plus, dit Xavière.

— Mais encore.

— Comme ça.

— Je voudrais tant que vous soyez contente de votre existence, dit Françoise

Xavière ne répondit pas ; toute sa gaieté était tombée d'un coup.

— Vous trouvez qu'à vivre si intimement avec les gens, on perd quelque chose de soi-même, dit Françoise.

— Oui, dit Xavière, on devient un polype.

Il y avait eu une intention blessante dans sa voix ; Françoise pensa qu'en fait il ne semblait pas tant lui déplaire de vivre en société ; elle était même assez fâchée lorsque Pierre et Françoise faisaient une sortie sans elle.

— Cependant, il vous reste encore bien des moments de solitude, dit-elle.

— Mais ça n'est plus la même chose, dit Xavière, ça n'est plus de la vraie solitude.

— Je comprends, dit Françoise, ça ne fait plus que des intervalles blancs, tandis qu'avant c'était du plein.

— C'est bien ça, dit Xavière tristement.

Françoise réfléchit :

— Mais ne croyez-vous pas que ce serait différent si vous essayiez de faire quelque chose de vous-même ? C'est la meilleure manière de ne pas se diluer.

— Eh! que faire ? dit Xavière.

Elle avait un air tout piteux. De tout cœur, Françoise souhaita de l'aider, mais c'était difficile d'aider Xavière ; elle sourit.

— Une actrice, par exemple, dit-elle.

— Ah! une actrice, dit Xavière.

— Je suis tellement sûre que vous en deviendrez une

si seulement vous travailliez, dit Françoise avec chaleur.

— Mais non, dit Xavière d'un air las.

— Vous ne pouvez pas savoir.

— Justement, c'est tellement vain de travailler sans savoir.

Xavière haussa les épaules.

— La moindre de ces petites bonnes femmes croit qu'elle sera une actrice.

— Ça ne prouve pas que vous n'en serez pas une.

— Ça fait une chance sur cent, dit Xavière.

Françoise serra son bras un peu plus fort.

— Quel drôle de raisonnement, dit-elle. Écoutez, je crois qu'il n'y a pas à calculer ses chances ; on a tout à gagner d'un côté et rien à perdre de l'autre. Il faut miser sur la réussite.

— Oui, vous m'avez déjà expliqué, dit Xavière.

Elle secoua la tête d'un air méfiant.

— Je n'aime pas les actes de foi.

— Ce n'est pas un acte de foi, c'est un parı.

— C'est tout pareil.

Xavière eut une petite moue.

— C'est comme ça que Canzetti et Éloy se consolent.

— Oui, ça fait des mythes de compensation, c'est écœurant, dit Françoise. Mais il ne s'agit pas de rêver, il s'agit de vouloir, c'est différent!

— Élisabeth veut être un grand peintre, dit Xavière, c'est du joli.

— Je me demande, dit Françoise ; j'ai l'impression qu'elle met le mythe en action pour mieux y croire, mais qu'elle n'est pas capable de rien vouloir du fond du cœur.

Elle réfléchit.

— Il vous semble qu'on est quelque chose de tout fait une fois pour toutes, mais je ne pense pas ; j'ai l'impression qu'on se fait librement ce qu'on est. Ce n'est pas un hasard si Pierre était si ambitieux dans sa jeunesse. Vous savez ce qu'on a dit de Victor Hugo? que c'était un fou qui se croyait Victor Hugo.

— Je ne peux pas souffrir Victor Hugo, dit Xavière. Elle pressa le pas.

— Est-ce qu'on ne pourrait pas marcher un peu plus vite ? Il fait froid, vous ne trouvez pas ?

— Marchons plus vite, dit Françoise.

Elle reprit :

— Je voudrais tant vous convaincre. Pourquoi doutez-vous de vous ?

— Je ne veux pas me mentir, dit Xavière. Je trouve ignoble de croire, il n'y a rien de sûr, que ce qu'on touche.

Elle regarda son poing fermé avec un drôle de rictus haineux. Françoise la dévisagea avec inquiétude : qu'avait-elle dans la tête ? Bien sûr, pendant ces semaines de tranquille bonheur, elle ne s'était pas endormie ; il s'était passé mille choses en elle, à l'abri de ses sourires. Elle n'en avait rien oublié, tout était là, dans un coin et après de petits éclats, ça exploserait un beau jour.

Elles tournèrent le coin de la rue Blomet, on apercevait le gros cigare rouge du café-tabac.

— Prenez un de ces bonbons, dit Françoise pour faire diversion.

— Non, je ne les aime pas bien, dit Xavière.

Françoise serra entre ses doigts un des fins bâtonnets transparents.

— Je trouve qu'ils ont un goût plaisant, dit-elle, un goût tout sec et pur.

— Mais je hais la pureté, dit Xavière en tordant la bouche.

Françoise fut de nouveau traversée par l'angoisse. Qu'est-ce qui était trop pur ? La vie où ils enfermaient Xavière ? Les baisers de Pierre ? Elle-même ? Vous avez un profil si pur, lui disait parfois Xavière. Sur une porte, il y avait écrit en épaisses lettres blanches « Bal colonial » ; elles entrèrent ; une foule se pressait au comptoir, des visages noirs, jaune pâle, café au lait. Françoise prit la queue pour acheter deux tickets d'entrée : sept francs pour les dames, neuf francs pour les hommes ; cette

308

rumba de l'autre côté de la cloison lui brouillait toutes ses idées. Que s'était-il passé au juste ? Naturellement, c'était toujours trop court d'expliquer les réactions de Xavière par un caprice du moment, il aurait fallu repasser l'histoire de ces deux derniers mois, pour trouver la clef ; mais cependant les vieux griefs soigneusement enterrés ne devenaient jamais vivants qu'à travers une contrariété présente. Françoise essaya de se rappeler. Boulevard Montparnasse, la conversation était légère et simple ; et puis, au lieu de s'y abandonner, Françoise avait sauté soudain à de grands sujets. C'était justement par tendresse, mais ne savait-elle donc être tendre qu'avec des mots alors qu'il y avait cette main veloutée dans sa main et ces cheveux parfumés qui frôlaient sa joue ? Était-ce cela, sa maladroite pureté ?

— Tiens, voilà toute la clique de Dominique, dit Xavière en entrant dans la grande salle.

Il y avait la petite Chanaud, Lise Malan, Dourdin, Chaillet... Françoise leur adressa un signe de tête souriant tandis que Xavière coulait vers eux un regard endormi ; elle n'avait pas lâché le bras de Françoise, elle ne détestait pas quand elles entraient dans un endroit, qu'on les prît pour un couple : c'était un genre de provocation qui l'amusait.

— Cette table, là-bas, ce sera très bien, dit-elle.

— Je prendrai un punch martiniquais, dit Françoise.

— Moi aussi, un punch, dit Xavière.

Elle ajouta avec mépris :

— Je ne comprends pas qu'on dévisage quelqu'un avec cette grossièreté bovine. Je m'en fous, d'ailleurs.

Françoise éprouva un vrai plaisir à se sentir enveloppée avec elle par la niaise malveillance de toute cette bande comméreuse, il lui semblait qu'on les isolait ensemble du reste du monde et qu'on les enfermait dans un tête-à-tête passionné.

— Vous savez, je danserai dès que vous voudrez, dit Françoise. Je me sens inspirée ce soir.

Si l'on exceptait les rumbas, elle dansait assez correctement pour ne pas être ridicule.

Le visage de Xavière s'épanouit :

— C'est vrai, ça ne vous ennuie pas ?

Xavière l'enlaça avec autorité, elle dansait d'un air absorbé et sans regarder autour d'elle, mais elle n'était pas bovine, elle savait voir sans regarder, c'était même là un talent dont elle tirait beaucoup de fierté. Il lui plaisait décidément de s'afficher, ce n'était pas sans intention qu'elle serrait Françoise plus fort que de coutume et qu'elle lui souriait avec une coquetterie appuyée. Françoise lui rendit son sourire. La danse lui faisait un peu tourner la tête. Elle sentait contre sa poitrine les beaux seins tièdes de Xavière, elle respirait son haleine charmante ; était-ce du désir ? Mais que désirait-elle ? Ses lèvres contre ses lèvres ? Ce corps abandonné entre ses bras ? Elle ne pouvait rien imaginer, ce n'était qu'un besoin confus de garder tourné vers elle à jamais ce visage d'amoureuse et de pouvoir dire passionnément : elle est à moi.

— Vous avez très, très bien dansé, dit Xavière comme elles regagnaient leurs places.

Elle restait debout ; l'orchestre attaquait une rumba et un mulâtre s'inclinait devant elle avec un sourire cérémonieux. Françoise s'assit devant son punch et but une gorgée du liquide sirupeux. Dans cette grande pièce décorée de fresques pâles et qui ressemblait dans sa banalité à une salle de noces et banquets, on ne voyait guère que des visages de couleur : du noir d'ébène à l'ocre rosé, on trouvait là toutes les nuances de peau. Ces noirs dansaient avec une obscénité déchaînée, mais leurs mouvements avaient un rythme si pur que dans sa rudesse naïve cette rumba gardait le caractère sacré d'un rite primitif. Les blancs qui se mêlaient à eux avaient moins de bonheur ; les femmes surtout ressemblaient à de raides mécaniques ou à des hystériques en transes. Il n'y avait que Xavière dont la grâce parfaite défiât à la fois l'obscénité et la décence.

D'un signe de tête, Xavière déclina une nouvelle invitation et elle revint s'asseoir à côté de Françoise.

— Elles ont un diable dans la peau, ces négresses, dit-elle avec colère. Jamais je n'arriverai à danser comme ça.

Elle trempa ses lèvres dans son verre.

— Que c'est sucré! Je ne peux pas le boire, dit-elle.

— Vous dansez drôlement bien, vous savez, dit Françoise.

— Oui, pour une civilisée, dit Xavière d'un ton méprisant. Elle regardait fixement quelque chose au milieu de la piste.

— Elle danse encore avec ce petit créole, dit-elle ; ses yeux désignaient Lise Malan. Elle ne l'a pas lâché depuis que nous sommes arrivées. Elle ajouta d'un ton plaintif : il est honteusement joli.

C'était vrai qu'il était charmant, tout mince dans une veste cintrée couleur bois de rose. Des lèvres de Xavière s'échappa un gémissement plus plaintif encore :

— Ah! dit-elle, je donnerais un an de ma vie pour être pendant une heure cette négresse.

— Elle est belle, dit Françoise. Elle n'a pas des traits de négresse, vous ne croyez pas qu'elle a du sang indien ?

— Je ne sais pas, dit Xavière d'un air accablé.

L'admiration mettait un éclat de haine dans ses yeux.

— Ou alors, il faudrait être assez riche pour l'acheter et pour la séquestrer, dit Xavière. C'est Baudelaire qui avait fait ça, n'est-ce pas ? Vous imaginez, quand on rentre chez soi, au lieu d'un chien ou d'un chat, trouver cette somptueuse créature en train de ronronner au coin du feu de bois!

Un corps noir et nu couché de tout son long devant un feu de bois... était-ce cela que Xavière rêvait ? Jusqu'où allait son rêve ?

Je hais la pureté. Comment Françoise avait-elle pu méconnaître le dessin charnel de ce nez, de cette bouche! Les yeux avides, les mains, les dents aiguës que

311

découvraient les lèvres entrouvertes cherchaient quelque chose à saisir, quelque chose qui se touche. Xavière ne savait pas encore quoi : les sons, les couleurs, les parfums, les corps, tout lui était une proie. Ou bien est-ce qu'elle savait ?

— Venez danser, dit-elle brusquement.

Ses mains se refermèrent sur Françoise, mais ce n'était pas Françoise ni sa tendresse raisonnable qu'elles convoitaient. Le soir de leur première rencontre, il y avait eu dans les yeux de Xavière une flamme ivre, elle s'était éteinte, elle ne renaîtrait jamais plus. Comment m'aimerait-elle ? pensa Françoise avec souffrance. Fine et sèche, comme le goût méprisé des sucres d'orge, avec un dur visage trop serein, une âme transparente et pure, olympienne, disait Élisabeth ; Xavière n'aurait pas donné une heure de sa vie pour sentir en elle cette perfection glacée qu'elle vénérait religieusement. Me voilà donc, pensa Françoise en se considérant avec un peu d'horreur ; cette gaucherie maladroite existait à peine autrefois, quand elle n'y prenait pas garde : elle avait envahi maintenant toute sa personne et ses gestes, ses pensées mêmes, avaient des angles raides et cassants, son équilibre harmonieux s'était changé en stérilité vide ; ce bloc de blancheur translucide et nue, aux arêtes râpeuses, c'était elle, en dépit d'elle-même, irrémédiablement.

— Vous n'êtes pas fatiguée ? dit-elle à Xavière comme elles regagnaient leurs places.

Les yeux de Xavière étaient un peu cernés.

— Si, je suis fatiguée, dit Xavière. Je vieillis. Elle avança les lèvres. Et vous ?

— A peine, dit Françoise. La danse, le sommeil et le goût sucré du rhum blanc lui barbouillaient le cœur.

— Forcément, c'est toujours le soir qu'on se voit, dit Xavière. On ne peut pas être fraîches.

— C'est vrai, dit Françoise. Elle ajouta en hésitant : Labrousse n'est jamais libre le soir, on est bien obligés de lui garder les après-midi

— Oui, naturellement, dit Xavière dont le visage se ferma.

Françoise la regarda avec un brusque espoir plus douloureux que les regrets. Xavière lui reprochait-elle son effacement discret? Avait-elle souhaité que Françoise lui fît violence et s'imposât à son amour? Elle aurait pourtant dû comprendre que ce n'était pas de gaieté de cœur que Françoise se résignait à ce qu'elle lui préférât Pierre.

— On pourrait arranger les choses autrement, dit Françoise.

Xavière l'interrompit :

— Non, c'est très bien comme ça, dit-elle avec vivacité.

Une grimace fronça son visage. Cette idée d'arrangement lui faisait horreur, elle aurait voulu voir Pierre et Françoise tout entiers à sa merci, sans programme ; c'était quand même trop exiger. Elle sourit soudain :

— Ah! il s'est laissé prendre, dit-elle.

Le créole de Lise Malan s'approchait d'un air timide et engageant.

— Lui auriez-vous fait des avances? dit Françoise.

— Oh! ce n'est pas pour sa petite figure, dit Xavière. C'était juste pour embêter Lise.

Elle se leva et suivit sa conquête vers le milieu de la piste. Ç'avait été du travail discret, Françoise n'avait pas remarqué le moindre regard, ni le moindre sourire. Xavière n'aurait jamais fini de l'étonner ; elle prit le verre qu'elle avait à peine touché et le vida à demi : s'il avait pu lui livrer ce qui se passait sous ce crâne! Est-ce que Xavière lui en voulait d'avoir consenti à son amour pour Pierre?... Ce n'est pourtant pas moi qui lui ai demandé de l'aimer, pensa-t-elle avec révolte. Xavière avait librement choisi. Qu'est-ce qu'elle avait choisi au juste? Qu'est-ce qui était vrai, au fond de ces coquetteries, ces tendresses, ces jalousies? Y avait-il même une vérité? Françoise se sentit prête soudain à la haïr ; elle dansait, éclatante dans sa blouse blanche aux larges

313

manches, un peu de rose brûlait ses pommettes, elle tournait vers le créole un visage illuminé par le plaisir, elle était belle. Belle, solitaire, insouciante. Elle vivait pour son propre compte, avec la douceur ou la cruauté que lui dictait chaque instant, cette histoire où Françoise s'était engagée tout entière, et il fallait se débattre sans secours en face d'elle tandis qu'elle souriait d'un sourire méprisant ou approbateur. Qu'attendait-elle au juste ? Il fallait deviner ; il fallait tout deviner, ce que sentait Pierre, ce qui était bien, ce qui était mal et ce qu'on voulait soi-même au fond de son cœur. Françoise acheva de vider son verre. Elle n'y voyait plus clair, plus clair du tout. Il n'y avait que des débris informes autour d'elle, et le vide en elle et partout la nuit.

L'orchestre s'arrêta une minute, et puis la danse reprit ; Xavière était en face du créole, à quelques pas de lui, ils ne se touchaient pas et cependant un unique frémissement semblait parcourir leurs deux corps ; en cet instant, Xavière ne souhaitait être rien d'autre qu'elle même, sa propre grâce la comblait. Et brusquement, Françoise se trouva comblée, elle aussi ; elle n'était plus rien, qu'une femme noyée dans une foule, une minuscule parcelle du monde, et tout entière tendue vers cette infime paillette blonde dont elle n'était pas même capable de se saisir ; mais dans cette abjection où elle était tombée, voilà que lui était donné ce qu'elle avait souhaité en vain six mois plus tôt, au sein du bonheur : cette musique, ces visages, ces lumières se changeaient en regret, en attente, en amour, ils se confondaient avec elle et donnaient un sens irremplaçable à chaque battement de son cœur. Son bonheur avait éclaté, mais il retombait tout autour d'elle en une pluie d'instants passionnés.

Xavière revint vers la table en chancelant un peu.

— Il danse comme un petit dieu, dit-elle.

Elle se laissa aller en arrière sur sa chaise et son visage se décomposa d'un coup.

— Oh ! que je suis fatiguée, dit-elle.

— Voulez-vous qu'on rentre ? dit Françoise.

314

— Oh! oui, je voudrais tellement! dit Xavière d'une voix suppliante.

Elles sortirent du bal et arrêtèrent un taxi. Xavière s'affala sur la banquette et Françoise glissa son bras sous le sien ; en refermant sa main sur cette petite main morte, elle se sentit déchirée d'une espèce de joie. Qu'elle le voulût ou non, Xavière était rivée à elle par un lien plus fort que la haine ou l'amour ; Françoise n'était pas devant elle une proie parmi d'autres, elle était la substance même de sa vie, et les moments de passion, de plaisir, de convoitise n'auraient pas pu exister sans cette trame solide qui les soutenait ; tout ce qui arrivait à Xavière lui arrivait à travers Françoise, et fût-ce en dépit d'elle-même, Xavière lui appartenait.

Le taxi s'arrêta devant l'hôtel et elles montèrent rapidement l'escalier ; malgré la fatigue, la démarche de Xavière n'avait rien perdu de sa vivacité majestueuse, elle poussa la porte de sa chambre.

— J'entre juste une petite minute, dit Françoise.

— Rien que de me retrouver chez moi, je suis déjà moins fatiguée, dit Xavière.

Elle enleva sa jaquette et s'assit à côté de Françoise ; toute la précaire tranquillité de Françoise chavira. Xavière se tenait là, toute droite dans sa blouse éclatante, proche et souriante, hors d'atteinte ; aucun lien ne l'enchaînait sinon ce qu'elle décidait de se créer, on ne pouvait la tenir que d'elle-même.

— C'était une plaisante soirée, dit Françoise.

— Oui, dit Xavière, il faudra recommencer.

Françoise regarda autour d'elle avec anxiété ; la solitude allait se refermer sur Xavière, la solitude de sa chambre, et du sommeil et de ses rêves. Il n'y avait aucun moyen d'en forcer l'accès.

— Vous finirez par danser aussi bien que la négresse.

— Hélas! ce n'est pas possible, dit Xavière.

Le silence retomba lourdement, ce n'étaient pas les mots qui pouvaient quelque chose ; Françoise ne trouvait aucun geste, paralysée par la grâce intimidante de

315

ce beau corps qu'elle ne savait même pas désirer.

Les yeux de Xavière se plissèrent et elle étouffa un bâillement enfantin.

— Je crois que je m'endors sur place, dit-elle.

— Je vais vous laisser, dit Françoise. Elle se leva, sa gorge était serrée, mais il n'y avait rien d'autre à faire : elle n'avait rien su faire d'autre.

— Bonsoir, dit-elle.

Elle était debout près de la porte ; dans un élan, elle prit Xavière dans ses bras.

— Bonsoir, ma Xavière, dit-elle en effleurant sa joue.

Xavière s'abandonna, un instant elle resta contre son épaule, immobile et souple ; qu'attendait-elle ? Que Françoise la laissât aller ou qu'elle la serrât plus fort ? Elle se dégagea légèrement.

— Bonsoir, dit-elle d'un ton tout naturel.

C'était fini. Françoise monta l'escalier, elle avait honte de ce geste de tendresse inutile, elle se laissa tomber sur son lit, le cœur lourd.

— Avril, mai, juin, juillet, août, septembre, six mois d'instruction et je serai à point pour le casse-pipe, pensa Gerbert.

Il s'était planté devant la glace de la salle de bain et tortillait les pans de la superbe cravate qu'il venait d'emprunter à Péclard ; il aurait bien voulu savoir si, oui ou non, il aurait peur, mais ces trucs-là, c'était imprévisible ; le plus atroce à imaginer, c'était le froid ; quand on enlève ses souliers et qu'on s'aperçoit que les orteils sont restés au fond.

— Cette fois-ci il n'y a plus d'espoir, se dit-il avec résignation. Ça ne semblait pas croyable que des gens soient assez cinglés pour décider tranquillement de mettre le monde à feu et à sang ; mais le fait était que les troupes allemandes étaient entrées en Tchéquie et l'Angleterre était plutôt butée sur la question.

Gerbert considéra d'un air satisfait le beau nœud qu'il venait de confectionner ; il désapprouvait les cravates, mais il ne pouvait pas savoir où Labrousse et Françoise l'emmèneraient dîner : ils avaient tous deux un goût vicieux pour les sauces à la crème et Françoise avait beau dire, on se faisait remarquer quand on se ramenait en pull-over dans une de ces auberges avec des nappes à carreaux. Il enfila un veston et passa dans le salon ; l'appartement était vide ; sur le bureau de Péclard, il choisit avec soin deux cigares puis il entra dans la chambre de Jacqueline : gants, mouchoirs, rouge confusion, « arpège » de chez Lanvin ; on aurait pu nourrir une famille entière avec le prix de ces frivolités. Gerbert enfouit dans sa poche un paquet de Greys et un sac de chocolats ; c'était la seule faiblesse de Françoise, son amour pour les sucreries, on pouvait bien lui passer ça. Gerbert lui savait gré de porter souvent sans vergogne des souliers éculés, des bas égratignés ; dans sa chambre d'hôtel, aucune recherche charmante n'agaçait le regard : elle ne possédait ni bibelot, ni broderies, ni même un service à thé ; et puis on n'était pas obligé de faire des manières avec elle, elle était sans coquetterie, sans migraine, sans saute d'humeur, elle ne réclamait aucun égard ; on pouvait même se taire tranquillement à ses côtés. Gerbert fit claquer derrière lui la porte d'entrée et dévala les trois étages à toute vitesse ; quarante secondes, jamais Labrousse n'aurait descendu aussi vite ce petit escalier sombre et tordu, c'était par une chance injuste qu'il gagnait quelquefois dans les concours ; quarante secondes : sûrement Labrousse l'accuserait d'exagérer. Je dirai trente secondes, décida Gerbert ; comme ça, ça rétablirait la vérité. Il traversa la place Saint-Germain-des-Prés ; ils lui avaient donné rendez-vous au café de Flore ; l'endroit les amusait parce qu'ils n'y venaient pas souvent, mais pour lui, il en avait par-dessus la tête, de toute cette élite éclairée. L'année pro-

chaine, je changerai d'air, dit-il rageusement. Si Labrousse organisait cette tournée ça serait fameux : il
avait l'air bien décidé. Gerbert poussa la porte ; l'année
prochaine, il serait dans les tranchées, il n'y aurait plus
de question. Il traversa le café en souriant vaguement
à la ronde, puis son sourire s'élargit : pris un à un chacun
des trois était discrètement drôle, mais quand on les
voyait ensemble, alors c'était irrésistible.

— Pourquoi vous fendez-vous la pipe ? dit Labrousse.
Gerbert eut un geste d'impuissance :
— Mais parce que je vous vois, dit-il.
Ils étaient rangés sur la banquette, Françoise et
Labrousse encadrant Pagès ; il s'assit en face d'eux.
— Nous sommes si risibles ? dit Françoise.
— Vous ne vous rendez pas compte, dit Gerbert.
Labrousse jeta sur lui un regard de coin.
— Alors, ça vous dit quelque chose l'idée d'une petite
villégiature animée du côté du Rhin ?
— Ce que c'est moche, dit Gerbert. Vous qui disiez
que ça avait l'air de se tasser.
— On ne s'attendait pas à ce coup-là, dit Labrousse.
— On va y passer cette fois, c'est sûr, dit Gerbert.
— Je crois que nous avons beaucoup moins de
chances de nous en tirer qu'en septembre. L'Angleterre
a garanti expressément la Tchéquie, elle ne peut pas se
dégonfler.
Il y eut un court silence. Gerbert se sentait toujours
gêné en présence de Pagès ; Labrousse et Françoise eux-
mêmes semblaient mal à leur aise. Gerbert sortit les
cigares de sa poche et les tendit à Labrousse :
— Prenez, dit-il, c'est des gros.
Labrousse eut un petit sifflement approbateur.
— Péclard se met bien ! nous les fumerons au dessert.
— Voilà pour vous, dit Gerbert en posant les cigarettes et les chocolats devant Françoise.
— Oh ! merci, dit Françoise.
Le sourire qui éclaira son visage ressemblait un peu
à ceux dont si souvent elle enveloppait tendrement

Labrousse ; Gerbert en eut le cœur tout réchauffé, il y avait des moments où il croyait presque que Françoise avait de l'affection pour lui ; pourtant elle ne l'avait pas vu depuis bien longtemps, elle ne se souciait guère de lui, elle ne se souciait que de·Labrousse.

— Servez-vous, dit-elle, en passant le sac à la ronde.

Xavière secoua la tête d'un air réservé.

— Pas avant le dîner, dit Pierre. Tu vas te couper l'appétit.

Françoise mordit dans un bonbon, elle allait sûrement engloutir tout le paquet en quelques coups de dents, c'était monstrueux ce qu'elle pouvait ingurgiter de douceurs sans se donner mal au cœur.

— Qu'est-ce que vous prenez ? dit Labrousse.

— Un pernod, dit Gerbert.

— Pourquoi buvez-vous du pernod, puisque vous n'aimez pas ça ?

— Je n'aime pas le pernod, mais j'aime boire du pernod, dit Gerbert.

— Je vous reconnais bien là, dit Françoise en riant.

De nouveau, il y eut un silence ; Gerbert avait allumé sa pipe ; il se pencha vers son verre vide et expira lentement la fumée.

— Vous savez faire ça ? dit-il à Labrousse avec défi.

Le verre se remplissait de volutes crémeuses et louches.

— On dirait un ectoplasme, dit Françoise.

— Il n'y a qu'à souffler doucement, dit Pierre. Il tira une bouffée de sa pipe et se pencha à son tour d'un air appliqué.

— C'est bien fait, dit Gerbert avec condescendance, à la vôtre.

Il heurta son verre contre celui de Pierre et d'un trait absorba la fumée.

— Tu es bien fier, dit Françoise en souriant à Pierre dont le visage brillait de satisfaction. Elle regarda avec regret le paquet de chocolats, puis d'un geste décidé, elle le mit dans son sac. Vous savez, si on veut avoir le

319

temps de manger, on ferait bien de partir maintenant, dit-elle.

Une fois de plus, Gerbert se demanda pourquoi les gens lui trouvaient d'ordinaire un air dur et intimidant; elle ne jouait pas les petites filles, mais son visage était plein de gaieté, de vie et de robustes appétits ; elle semblait si bien à l'aise dans sa peau qu'on se sentait soi-même tout confortable auprès d'elle.

Labrousse se tourna vers Pagès et la regarda anxieusement.

— Vous avez bien compris? Vous allez prendre un taxi et lui dire : à l'Apollo, rue Blanche. Il vous arrêtera juste devant le cinéma et vous n'aurez qu'à entrer.

— C'est vraiment une histoire de cow-boys? dit Pagès d'un air soupçonneux.

— On ne peut pas plus, dit Françoise, c'est plein de grandes courses à cheval.

— Et de coups de revolver, et de terribles bagarres, dit Labrousse.

Ils étaient penchés sur Pagès comme deux démons tentateurs et leurs voix avaient un accent suppliant. Gerbert fit un effort héroïque pour réprimer le rire qui menaçait d'éclater. Il avala une gorgée de pernod, il espérait chaque fois que par miracle ce goût d'anis allait soudain lui devenir agréable, mais chaque fois il était traversé du même frisson nauséeux.

— Est-ce que le type est beau? dit Pagès.

— Il est plaisant comme tout, dit Françoise.

— Mais il n'est pas beau, dit Pagès d'un air buté.

— Ce n'est pas une beauté régulière, concéda Labrousse.

Pagès fit une moue désabusée.

— Je me méfie, celui que vous m'avez emmenée voir l'autre jour, avec sa tête de phoque, c'était déloyal.

— Il s'agit de William Powell, dit Françoise.

— Mais celui-ci, c'est bien différent, dit Labrousse d'un air implorant. Il est jeune et bien fait et tout sauvage.

— Oui, enfin je verrai bien, dit Pagès avec résignation.

— Vous serez chez Dominique à minuit ? demanda Gerbert.

— Bien entendu, dit Pagès d'un air offensé.

Gerbert accueillit sa réponse avec scepticisme, Pagès ne venait pour ainsi dire jamais.

— Je reste encore cinq minutes, dit-elle comme Françoise se levait.

— Bonne soirée, lui dit Françoise d'une voix chaude.

— Bonne soirée, dit Xavière. Son visage avait une drôle d'expression et elle baissa le nez aussitôt.

— Je me demande si elle ira au cinéma, dit Françoise en sortant du café. C'est stupide, je suis sûre que ça l'aurait charmée.

— Tu as vu, dit Labrousse. Elle a fait son possible pour rester aimable, mais elle n'a pas tenu jusqu'au bout, elle nous en veut.

— De quoi ? dit Gerbert.

— De ne pas passer la soirée avec elle, dit Labrousse.

— Mais vous n'aviez qu'à l'emmener, dit Gerbert. Ça lui était désagréable que ce dîner pût apparaître à Labrousse et à Françoise comme une entreprise compliquée.

— Jamais de la vie, dit Françoise. Ça n'aurait pas été du tout la même chose.

— C'est un petit tyran, cette fille, mais nous avons de la défense, dit Pierre gaiement.

Gerbert se sentit rasséréné mais il aurait bien voulu comprendre ce que Pagès représentait au juste pour Labrousse ; était-ce par affection pour Françoise qu'il tenait à elle ? Ou quoi ? Jamais il n'oserait lui demander ; il était tout aise quand par hasard Labrousse lui livrait un peu de lui-même, mais ce n'était pas à lui de l'interroger.

Labrousse arrêta un taxi.

— Qu'est-ce que vous diriez de dîner à la Grille ? dit Françoise.

— Ça serait bien, dit Gerbert. Peut-être il y aura encore du jambon aux haricots rouges. Il s'aperçut soudain qu'il avait faim et se frappa le front. Ah! je savais bien que j'avais oublié quelque chose.

— Quoi donc? dit Labrousse.

— A déjeuner, j'ai oublié de reprendre du bœuf, c'est trop con.

Le taxi s'arrêta devant le petit restaurant; une grille aux barreaux épais protégeait les vitres de la devanture; à droite en entrant il y avait un comptoir de zinc avec un tas de bouteilles alléchantes; la salle était vide. Seuls le patron et la caissière dînaient à une des tables de marbre, leurs serviettes nouées autour de leur cou.

— Ah! dit Gerbert en se frappant le front.

— Vous m'avez fait peur, dit Françoise. Qu'avez-vous oublié encore?

— J'ai oublié de vous dire que j'ai descendu l'escalier tout à l'heure en trente secondes.

— Vous mentez, dit Labrousse.

— J'étais sûr que vous ne voudriez pas le croire, dit Gerbert. Trente secondes exactement.

— Vous le referez sous mes yeux, dit Labrousse. N'empêche que je vous ai bien gratté dans les escaliers de Montmartre.

— J'ai glissé, dit Gerbert. Il s'empara de la carte : il y avait du jambon aux haricots rouges.

— C'est plutôt vide ici, dit Françoise.

— Il est très tôt, dit Labrousse, et puis tu sais que les gens se terrent chez eux dès qu'il y a un coup dur. On va jouer devant dix spectateurs ce soir. Il avait commandé des œufs mayonnaise et il pilait le jaune dans la sauce d'un air maniaque, il appelait ça faire des œufs mimosa.

— J'aime encore mieux que ça se décide une bonne fois, dit Gerbert. Ça n'est pas une vie de se dire chaque jour que c'est pour le lendemain.

— Ça fait toujours du temps de gagné, dit Françoise.

— C'est ce qu'on disait au moment de Munich, dit Labrousse, mais je crois bien que c'était une sottise. Ça ne sert à rien de reculer. Il prit la bouteille de beaujolais posée sur la table et remplit les verres. Non, ça ne peut pas durer indéfiniment, ces dérobades.

— Pourquoi pas, après tout ? dit Gerbert.

Françoise hésita .

— Est-ce que tout ne vaut pas mieux qu'une guerre ? dit-elle.

Labrousse haussa les épaules.

— Je ne sais pas.

— Si ça devenait trop moche par ici, vous pourriez toujours filer en Amérique, dit Gerbert. On vous accueillerait sûrement là-bas, vous êtes déjà connu.

— Et qu'est-ce que je ferais ? dit Labrousse.

— Je pense que beaucoup d'Américains parlent français. Et puis, tu apprendrais l'anglais, tu monterais tes pièces en anglais, dit Françoise.

— Ça ne m'intéresserait pas du tout, dit Labrousse. Quel sens cela peut-il avoir pour moi de travailler en exil ? Pour désirer laisser des traces dans le monde, il faut en être solidaire.

— L'Amérique aussi est un monde, dit Françoise.

— Mais ça n'est pas le mien.

— Il le sera le jour où tu l'adopteras.

Labrousse secoua la tête.

— Tu parles comme Xavière. Mais je ne peux pas, je suis trop engagé dans celui-ci.

— Tu es encore jeune, dit Françoise.

— Oui, mais, vois-tu, créer aux Américains un théâtre neuf, c'est une tâche qui ne me tente pas. Ce qui m'intéresse, c'est d'achever mon œuvre à moi, celle que j'ai commencée dans ma baraque des Gobelins avec l'argent que je tirais de la tante Christine à la sueur de mon corps. Labrousse regarda Françoise : tu ne comprends pas ça ?

— Si, dit Françoise.

Elle écoutait Labrousse d'un air d'attention passionnée qui mit en Gerbert une espèce de regret ; il lui était souvent arrivé de voir des femmes tourner vers lui des visages ardents ; il n'en éprouvait que de la gêne : ces tendresses épanouies lui semblaient indécentes ou tyranniques. Mais l'amour qui brillait dans les yeux de Françoise n'était ni désarmé ni impérieux. On aurait presque souhaité d'en inspirer un semblable.

— J'ai été formé par tout un passé, reprit Labrousse. Les Ballets russes, le Vieux-Colombier, Picasso, le surréalisme, je ne serais rien sans tout ça. Et bien sûr, je souhaite que l'art reçoive de moi un avenir original, mais qui soit l'avenir de cette tradition. On ne peut pas travailler dans le vide, ça ne mène à rien.

— Évidemment, aller s'installer avec armes et bagages au service d'une histoire qui n'est pas la tienne, ça ne serait guère satisfaisant, dit Françoise.

— Personnellement, j'aime autant aller poser des barbelés quelque part en Lorraine que de partir manger à New York du maïs bouilli.

— Je préférerais quand même le maïs, surtout si on le mange grillé, dit Françoise.

— Eh bien, moi, dit Gerbert, je vous jure que s'il y avait un moyen de foutre le camp au Venezuela ou à Saint-Domingue...

— Si la guerre éclate, je ne voudrais pas la manquer, dit Labrousse. Je vous avouerai même que j'en ai une espèce de curiosité.

— Vous êtes rien vicieux, dit Gerbert.

Il avait rêvé toute la journée à la guerre, mais ça glaçait les os d'entendre Labrousse en parler posément, comme si elle avait déjà été là. Elle était là, en effet, tapie entre le poêle ronflant et le comptoir de zinc aux reflets jaunes, et ce repas était une agape mortuaire. Des casques, des tanks, des uniformes, des camions vert-de-gris, une immense marée boueuse déferlaient sur le monde ; la terre était submergée par cette glu noirâtre où l'on s'enlisait, avec sur les épaules des vêtements de plomb à l'odeur de chien mouillé, tandis que des lueurs sinistres éclataient au ciel.

— Moi non plus, dit Françoise, je n'aimerais pas que quelque chose d'important se passe sans moi.

— A ce compte-là il aurait dû s'engager en Espagne, dit Gerbert, ou même partir pour la Chine.

— Ce n'est pas pareil, dit Labrousse.

— Je ne vois pas pourquoi, dit Gerbert.

— Il me semble qu'il y a une question de situation, dit Françoise. Je me rappelle quand j'étais à la Pointe du Raz et que Pierre voulait me forcer à partir avant la tempête, j'étais folle de désespoir ; je me serais sentie en faute si j'avais cédé. Tandis qu'en ce moment, il peut bien y avoir là-bas toutes les tempêtes du monde.

— Voilà, c'est exactement ça, dit Labrousse. Cette guerre-ci appartient à ma propre histoire et c'est pourquoi je ne consentirais pas à sauter par-dessus à pieds joints.

Son visage s'était éclairé de plaisir. Gerbert les regarda tous deux avec envie ; ça devait donner de la sécurité de se sentir si importants l'un pour l'autre. Peut-être que lui-même, s'il avait compté vraiment fort pour quelqu'un, il aurait compté un peu davantage à ses propres yeux ; il n'arrivait pas à accorder de valeur à sa vie ni à ses pensées.

— Vous vous rendez compte, dit Gerbert. Péclard connaît un médecin qui est devenu complètement toque-bombe à force de taillader des types ; le temps d'en opérer un, le copain d'à côté clabotait. Il paraît qu'il y en avait un, tout le temps qu'on le charcutait, il n'a pas arrêté de gueuler : Ah ! la douleur du genou ! Ah ! la douleur du genou ! Ça ne devait pas être marrant.

— Quand on en est là, il n'y a rien à faire qu'à gueuler, dit Labrousse. Mais vous savez, même ça, ça ne me révolte pas tant ; c'est un truc à vivre comme un autre.

— Si vous allez par là, tout peut être justifié, dit Gerbert. On n'a plus qu'à se croiser les bras.

— Ah! mais non, dit Labrousse. Vivre un truc, ça ne veut pas dire le subir stupidement ; j'accepterais de vivre à peu près n'importe quoi, justement parce que j'aurais toujours la ressource de le vivre librement.

— Drôle de liberté, dit Gerbert. Vous ne pourrez plus rien faire de ce qui vous intéresse.

Labrousse sourit.

— Vous savez, j'ai changé, je n'ai plus la mystique de l'œuvre d'art. Je peux très bien envisager d'autres activités.

Gerbert vida pensivement son verre. C'était drôle d'imaginer que Labrousse pouvait changer ; Gerbert l'avait toujours regardé comme immuable. Il avait des réponses pour toutes les questions ; on ne voyait pas lesquelles il pouvait encore se poser.

— Alors rien de vous empêche de partir pour l'Amérique, dit-il.

— Pour l'instant, dit Labrousse, il me semble que le meilleur usage à faire de ma liberté, c'est de défendre une civilisation qui est liée à toutes les valeurs auxquelles je tiens.

— Gerbert a quand même raison, dit Françoise. Tu trouverais justifié n'importe quel monde où il y aurait une place pour toi. Elle sourit : J'ai toujours soupçonné que tu te prenais pour Dieu le Père.

Ils avaient tous deux l'air joyeux. Ça stupéfiait toujours Gerbert de les voir ainsi s'animer pour des mots. Qu'est-ce que ça changeait aux choses ? Que pouvaient toutes ces paroles contre la chaleur du beaujolais qu'il était en train de boire, contre les gaz qui verdiraient ses poumons et la peur qui lui montait à la gorge ?

— Quoi, dit Labrousse, de quoi nous blâmez-vous ?

Gerbert tressaillit. Il ne s'attendait pas à être pris en flagrant délit de penser.

— Mais de rien du tout, dit-il.

— Vous aviez votre air de juge, dit Françoise. Elle lui tendit la carte. Vous ne voulez pas un dessert ?

— Je n'aime pas les desserts, dit Gerbert.

— Il y a de la tarte, vous aimez la tarte, dit Françoise.

— Oui, j'aime bien, mais j'ai la flemme, dit Gerbert.

Ils se mirent à rire.

— Êtes-vous trop fatigué pour un verre de vieux marc ? dit Labrousse.

— Non, ça se laisse toujours boire, dit Gerbert.

Labrousse commanda trois alcools et la serveuse apporta une grosse bonbonne poussiéreuse. Gerbert alluma une pipe. C'était marrant, même Labrousse, il avait besoin de s'inventer quelque chose à quoi il pût s'accrocher ; Gerbert n'arrivait pas à croire que sa sérénité fût tout à fait de bonne foi ; il tenait à ses idées, un peu comme Péclard à ses meubles. Françoise, elle, s'appuyait sur Labrousse ; comme ça les gens s'arrangeaient pour s'entourer d'un monde bien résistant où leurs vies prenaient un sens ; mais il y avait toujours quelque tricherie à la base. Si l'on regardait bien, sans vouloir se duper, on ne rencontrait derrière ces apparences imposantes qu'un poudroiement de petites impressions futiles ; la lumière jaune sur le zinc du comptoir, ce goût de nèfle pourrie au fond du marc ; ça ne se laissait pas attraper dans des phrases, il fallait le subir en silence, et puis ça disparaissait sans laisser de traces, et autre chose naissait aussi insaisissable. Rien que du sable et de l'eau, et c'était folie d'y rien vouloir construire. Même la mort, ça ne méritait pas tout le plat qu'on faisait autour ; bien sûr, c'était effrayant, mais seulement parce qu'on ne pouvait pas imaginer ce qu'on ressentirait.

— Être tué, ça passerait encore, dit Gerbert. Mais on peut aussi bien vivre avec la gueule cassée.

— Je sacrifierais encore bien une jambe, dit Labrousse.

— J'aimerais mieux un bras, dit Gerbert. J'ai vu un jeune Anglais à Marseille qui avait un crochet au lieu de main ; eh bien ! ça faisait plutôt distingué.

— Une jambe mécanique, ça ne se voit pas tant,

dit Labrousse. Un bras, c'est impossible à maquiller.

— C'est vrai qu'avec notre métier, on ne peut pas se permettre grand-chose, dit Gerbert. Une oreille arrachée, c'est une carrière foutue.

— Mais ça n'est pas possible, dit Françoise brusquement. Sa voix s'étrangla, son visage avait changé et d'un seul coup des larmes lui étaient montées aux yeux. Gerbert la trouva presque belle.

— On peut aussi très bien revenir sans blessure, dit Labrousse d'un ton conciliant... Et puis nous ne sommes pas encore partis. Il sourit à Françoise. Il ne faut pas déjà commencer à faire de mauvais rêves.

Françoise sourit à son tour avec effort.

— Ce qui est sûr, c'est que vous jouerez devant une salle vide ce soir, dit-elle.

— Oui, dit Labrousse. Ses yeux firent le tour du restaurant désert. Il faut quand même y aller, il est l'heure à présent.

— Moi, je rentre travailler, dit Françoise. Elle haussa les épaules. Quoique je ne sache pas trop quel courage je vais avoir.

Ils sortirent et Labrousse arrêta un taxi.

— Tu viens avec nous? dit-il.

— Non, j'aime mieux revenir à pied, dit Françoise. Elle serra la main de Labrousse et celle de Gerbert.

Il la regarda s'éloigner, les deux mains dans ses poches, à grands pas un peu maladroits. Maintenant il passerait sans doute près d'un mois sans la revoir.

— Montez, dit Labrousse en le poussant dans le taxi.

Gerbert ouvrit la porte de sa loge. Guimiot et Mercaton étaient déjà installés devant leurs coiffeuses, le cou et les bras badigeonnés d'ocre ; il leur serra distraitement la main, il n'avait pas de sympathie pour eux. Une odeur écœurante de crème et de brillantine empoisonnait la petite pièce surchauffée. Guimiot s'entêtait à garder les vitres fermées, il avait peur de s'enrhumer. Avec décision Gerbert marcha vers la fenêtre.

— S'il dit quelque chose, je lui casse la figure à cette petite tapette, pensa-t-il.

Il aurait bien aimé se bagarrer avec quelqu'un, ç'aurait été une détente, mais Guimiot ne broncha pas ; il promenait sur son visage une énorme houpette mauve, la poudre volait tout autour de lui et il éternua par deux fois d'un air malheureux. Gerbert était si sombre que ça ne le fit même pas rire. Il commença à se déshabiller : le veston, la cravate, les chaussures, les chaussettes, et tout à l'heure il faudrait de nouveau enfiler tout ça. Gerbert en était accablé par avance et puis il n'aimait pas bien exhiber sa peau devant des types.

— Qu'est-ce que je fous là ! se demanda-t-il brusquement en regardant autour de lui avec un étonnement qui était presque une souffrance ; il connaissait bien ces états-là, c'était le comble du désagréable ; comme si tout l'intérieur de lui-même se changeait en eau croupie ; ça le prenait souvent dans son enfance, surtout quand il voyait sa mère penchée sur un baquet parmi des vapeurs de lessive. Dans quelques jours, il astiquerait un fusil, il marcherait au pas dans une cour de caserne et puis on le mettrait à monter la garde dans un trou glacé ; c'était absurde ; mais en attendant, il étalait sur ses cuisses, un fond de teint de nuance peau rouge dont il aurait toutes les peines du monde à se décrasser, et ça n'était pas moins absurde.

— Ah ! merde, dit-il à haute voix. Il se rappelait soudain qu'Élisabeth allait venir ce soir faire un croquis de lui. Elle choisissait son jour.

La porte s'ouvrit et la tête de Ramblin apparut.

— Est-ce que quelqu'un a de la gomina ?

— J'en ai, dit Guimiot avec empressement. Il regardait Ramblin comme quelqu'un de riche et d'influent et il lui faisait une cour indiscrète.

— Merci, dit Ramblin froidement. Il saisit le flacon où tremblait une gelée rose et se tourna vers Gerbert. Ça va être plutôt froid ce soir ? Il y a trois chats perdus à l'orchestre et autant au balcon. Il partit soudain d'un grand rire et Gerbert se mit à rire de confiance ; il aimait bien ces accès de gaieté solitaire qui secouaient souvent Ramblin et puis il lui savait gré, tout pédéraste qu'il était, de n'avoir jamais tourné autour de lui.

— Tedesco est blanc ! dit Ramblin. Il croit qu'on va foutre tous les étrangers dans des camps de concentration. Canzetti lui tient les mains en sanglotant, Chanaud l'a déjà traité de sale métèque et elle gueule que les femmes françaises sauront faire leur devoir. Ça se donne, je vous jure.

Il collait avec soin ses boucles autour de son visage en se souriant dans la glace d'un air approbateur et sceptique.

— Mon petit Gerbert, tu peux me donner un peu de ton bleu ? dit Éloy.

Celle-là, elle s'arrangeait toujours pour entrer dans la loge des hommes quand ils étaient à poil ; elle était à moitié nue, un châle transparent voilait à peine ses seins de nourrice.

— Fous le camp, on n'est pas corrects, dit Gerbert.

— Et cache ça, dit Ramblin en tirant sur son châle ; il la suivit des yeux avec dégoût. Elle raconte qu'elle va s'engager comme infirmière, vous vous rendez compte de l'aubaine, tous ces pauvres mecs sans défense qui lui tomberont entre les pattes.

Il s'éloigna. Gerbert endossa son costume romain et se mit à maquiller son visage. Ça, c'était plutôt amusant, il aimait bien les travaux minutieux ; il avait inventé une nouvelle manière de se faire les yeux, il prolongeait la ligne des paupières par une espèce d'étoile du plus gracieux effet. Il jeta sur la glace un coup d'œil satisfait et descendit l'escalier. Au foyer, il y avait Élisabeth, assise sur une banquette, son carton à dessin sous le bras.

— J'arrive trop tôt ? dit-elle d'une voix mondaine. Elle était très chic ce soir, ça ne pouvait pas se nier ;

c'était sûrement un bon tailleur qui avait coupé cette veste, Gerbert était connaisseur.

— Je suis à vous dans dix minutes, dit Gerbert.

Il jeta un coup d'œil sur les décors, tout était en place et les accessoires disposés à portée de la main. Par une fente du rideau, il examina le public : il n'y avait pas plus de vingt spectateurs, ça sentait le désastre. Un sifflet entre les dents, Gerbert parcourut les couloirs pour faire descendre les acteurs, puis il vint s'asseoir avec résignation auprès d'Élisabeth.

— Ça ne va pas vous déranger ? dit-elle en commençant à déballer ses papiers.

— Mais non, il faut juste que je sois là pour veiller à ce qu'on ne fasse pas de bruit, dit Gerbert.

Les trois coups de gong résonnèrent dans le silence avec une solennité lugubre. Le rideau se leva. Le cortège de César était massé près de la porte qui donnait sur la scène. Labrousse entra, drapé dans sa toge blanche.

— Tiens, tu es là, dit-il à sa sœur.

— Comme tu vois, dit Élisabeth.

— Mais je croyais que tu ne faisais plus de portraits à présent, dit-il en regardant par-dessus son épaule.

— C'est une étude, dit Élisabeth ; à ne faire que des compositions on se gâcherait la main.

— Viens me voir tout à l'heure, dit Labrousse.

Il franchit le seuil de la porte et le cortège s'ébranla derrière lui.

— C'est drôle d'assister à une pièce des coulisses, dit Élisabeth, on voit comme c'est fabriqué.

Elle haussa les épaules. Gerbert la regarda avec gêne, il était toujours mal à l'aise devant elle, il ne comprenait pas bien ce qu'elle lui voulait ; de temps en temps il avait l'impression qu'elle était un peu folle.

— Restez comme ça, ne bougez pas, dit Élisabeth ; elle sourit, prise de scrupule. Ce n'est pas une pose fatigante ?

— Non, dit Gerbert.

Ce n'était pas fatigant du tout, mais ce qu'il y avait,

331

c'est qu'il se sentait con. Ramblin qui traversait le foyer lui jeta un regard narquois. Il y eut un silence. Toutes les portes étaient fermées et l'on entendait aucun bruit. Là-bas, les acteurs s'agitaient en face d'une salle vide. Élisabeth dessinait avec obstination pour ne pas se gâcher la main, et Gerbert était là, stupide. A quoi ça rime? pensa-t-il rageusement. Comme tout à l'heure dans sa loge, il sentit un vide au creux de l'estomac. Il y avait un souvenir qui lui revenait toujours à l'esprit quand il était de cette humeur ; une grosse araignée qu'il avait vue un soir, en Provence dans un voyage à pied ; elle était accrochée à un fil qui pendait d'un arbre, elle grimpait et puis elle se laissait tomber par saccades, elle grimpait de nouveau avec une patience harassante, on ne comprenait pas où elle puisait ce courage entêté, elle avait l'air terriblement seule au monde.

— Ça va durer encore quelque temps, votre numéro de marionnettes? dit Élisabeth.

— Dominique avait dit jusqu'à la fin de la semaine, dit Gerbert.

— Est-ce que Pagès a tout à fait lâché le rôle pour finir? dit Élisabeth.

— Elle m'a promis de venir ce soir, dit Gerbert.

Le crayon en suspens, Élisabeth regarda Gerbert dans les yeux.

— Qu'est-ce que vous pensez de Pagès?

— Elle est sympathique, dit Gerbert.

Élisabeth rit franchement.

— Évidemment, si vous êtes aussi timide qu'elle...

Elle se pencha sur son croquis et se remit à dessiner d'un air appliqué.

— Je ne suis pas timide, dit Gerbert. Il sentit avec fureur qu'il rougissait ; c'était trop bête, mais il avait horreur qu'on lui parlât de lui, et il ne pouvait pas même bouger pour cacher un peu sa figure.

— Il faut croire que si, dit Élisabeth gaiement.

— Pourquoi? dit Gerbert.

— Parce que sans ça, il ne vous aurait pas été bien

difficile de faire plus ample connaissance avec elle. Élisabeth leva les yeux et elle regarda Gerbert d'un air de bonne foi et de curiosité. Vous n'avez vraiment rien remarqué, ou vous faites semblant?

— Je ne comprends pas ce que vous voulez dire, dit Gerbert décontenancé.

— C'est charmant, dit Élisabeth, c'est si rare cette modestie de violette. Elle parlait dans le vide avec un air de confiance. Peut-être était-elle vraiment en train de devenir folle.

— Mais Pagès ne s'occupe pas de moi, dit Gerbert.

— Vous croyez? dit Élisabeth d'une voix ironique.

Gerbert ne répondit rien, c'était vrai que Pagès avait été drôle avec lui quelquefois mais ça ne prouvait pas grand-chose, elle ne s'intéressait à personne sinon à Françoise et à Labrousse. Élisabeth voulait s'amuser de lui, elle suçait la mine de son crayon avec un air agaçant.

— Elle ne vous plaît pas? dit-elle.

Gerbert haussa les épaules.

— Mais vous vous trompez, dit-il.

Il regarda autour de lui avec gêne. Élisabeth avait toujours été indiscrète, elle parlait sans se rendre compte, pour le plaisir de parler. Mais ce coup-ci, elle charriait franchement.

— Cinq minutes, dit-il en se levant, c'est le moment des acclamations.

Les figurants étaient venus s'asseoir à l'autre bout du foyer, il leur fit un signe et ouvrit doucement la porte qui donnait sur le plateau; on n'entendait pas les voix des acteurs, mais Gerbert se guidait sur la musique qui accompagnait en sourdine le dialogue de Cassius et de Casca; chaque soir il éprouvait la même émotion tandis qu'il guettait l'apparition du thème annonçant que le peuple offrait la couronne à César; il croyait presque à la solennité ambiguë et décevante de cet instant. Il leva la main et une grande clameur couvrit les derniers accords du piano. De nouveau il guetta dans le silence que soulignait un lointain murmure de voix, puis la brève mélodie se fit entendre, et un cri sortit de toutes les bouches ; la troisième fois, quelques mots à peine esquissèrent le thème et les voix s'élevèrent avec un reboublement de violence.

— Maintenant on est tranquilles pour un moment, dit Gerbert en reprenant la pose. Il était quand même intrigué, il plaisait, ça il le savait, il plaisait même trop, mais Pagès, ce serait flatteur.

— Je l'ai aperçue ce soir, Pagès, dit-il au bout d'un instant. Je vous jure qu'elle n'avait pas l'air de me vouloir du bien.

— Comment ça ? dit Élisabeth.

— Elle râlait parce que je devais dîner avec Françoise et Labrousse.

— Ah ! je vois, dit Élisabeth ; elle est jalouse comme un tigre, cette petite fille ; elle a dû vous haïr en effet, mais ça ne prouve rien. Élisabeth donna quelques coups de crayon en silence. Gerbert aurait bien voulu l'interroger plus avant, mais il n'arrivait pas à formuler aucune question qui ne lui parût indiscrète.

— C'est encombrant d'avoir une petite personne comme ça dans sa vie, dit Élisabeth. Françoise et Labrousse ont beau être dévoués, elle leur pèse lourd sur les bras.

Gerbert se rappela l'incident de ce soir, et le ton bonhomme de Labrousse :

« C'est un petit tyran, cette fille, mais nous avons de la défense. »

Il se rappelait bien les visages et les intonations des gens, seulement il ne savait pas passer au travers pour saisir ce qu'ils avaient dans la tête ; ça demeurait devant lui précis et opaque, sans qu'il arrivât à se faire aucune idée claire. Il hésita. C'était une occasion inespérée de pouvoir un peu se renseigner.

— Je ne comprends pas bien quels sentiments ils ont pour elle, dit-il.

— Vous savez comme ils sont, dit Élisabeth, ils tiennent tellement l'un à l'autre, leurs rapports avec les gens, c'est toujours léger ou alors c'est un jeu. Elle se pencha sur son dessin d'un air tout à fait absorbé.

— Ça les amuse d'avoir une fille adoptive, mais je crois que ça commence un peu aussi à les empoisonner.

Gerbert hésita :

— Labrousse couvait Pagès des yeux avec tant de sollicitude parfois.

Élisabeth se mit à rire.

— Vous n'imaginez tout de même pas que Pierre est amoureux de Pagès ? dit-elle.

— Bien sûr que non, dit Gerbert. Il était tout étranglé de colère, cette bonne femme était une vraie gaupe avec ses manières de sœur aînée.

— Observez-la, dit Élisabeth en reprenant un air sérieux. Je suis sûre de ce que je dis : vous n'auriez qu'à lever un doigt. Elle ajouta avec une lourde ironie : Il est vrai qu'il faudrait lever le doigt.

Le cabaret de Dominique était aussi désert que les Tréteaux ; le spectacle s'était déroulé devant dix habitués aux visages funèbres. Le cœur de Gerbert se serra tandis qu'il rangeait dans une valise la petite princesse de toile cirée ; c'était peut-être le dernier soir. Demain, une pluie de poussière grise allait s'abattre sur l'Europe, noyant les poupées fragiles, les décors, les zincs des bistrots et tous les arcs-en-ciel de lumière qui brillaient dans les rues de Montparnasse. Sa main s'attarda sur le visage lisse et froid : un véritable enterrement.

— On dirait une morte, dit Pagès.

Gerbert tressaillit ; Pagès nouait un foulard sous son menton tout en regardant les petits corps glacés alignés au fond de la boîte.

— C'est honnête à vous d'être venue ce soir, dit-il, ça marche tellement mieux quand vous êtes là.

— Mais j'avais dit que je viendrais, dit-elle avec une dignité étonnée.

Elle était arrivée juste pour le lever du rideau et ils

n'avaient pas eu le temps d'échanger trois mots. Gerbert lui jeta un rapide coup d'œil ; si seulement il trouvait quelque chose à lui dire, il avait bien envie de la retenir un instant. Somme toute, elle n'était pas si intimidante que ça ; avec ce fichu sur sa tête, elle avait même l'air joufflue.

— Vous avez été au cinéma ? demanda-t-il.

— Non, dit Xavière. Elle tourmentait les franges de son écharpe. C'était trop loin.

Gerbert se mit à rire.

— Les taxis, ça rapproche bien.

— Oh! dit Xavière d'un air averti, je ne m'y fie pas. Elle sourit aimablement. Vous avez bien dîné ?

— J'ai mangé un jambon aux haricots rouges qui était un miracle, dit Gerbert avec élan. Il s'arrêta confus : mais vous, ça vous écœure, les histoires de bectance.

Pagès leva les sourcils, on les aurait dit dessinés aux pinceaux, comme sur un masque japonais.

— Qui vous a dit ça ? c'est une légende idiote.

Gerbert pensa avec satisfaction qu'il était en train de devenir psychologue, car il lui apparut clairement que Xavière râlait encore contre Françoise et Labrousse.

— Vous n'allez pas prétendre que vous êtes portée sur la gueule ? dit-il en riant.

— C'est parce que je suis blonde, dit Xavière d'un air peiné. Alors tout le monde me croit éthérée.

— Chiche que vous ne venez pas manger un hamburger steak avec moi ? dit Gerbert. C'était parti sans réflexion et il fut tout aussitôt consterné de sa hardiesse.

Les yeux de Xavière brillèrent gaiement.

— Chiche que j'en mange un, dit-elle.

— Eh bien, allons, dit Gerbert. Il s'effaça pour la laisser passer. Qu'est-ce que je vais pouvoir lui dire ? se demanda-t-il tout inquiet. Il était quand même un peu fier, on ne pourrait pas dire qu'il n'avait pas levé le doigt. D'ordinaire, il se trouvait toujours devancé.

— Ah! comme il fait froid, dit Pagès.

— Allons à la Coupole, c'est à cinq minutes, dit Gerbert.

Pagès regarda autour d'elle d'un air de détresse.

— Il n'y a rien de plus près?

— Le hamburger steak se mange à la Coupole, dit Gerbert fermement.

C'était toujours comme ça, les bonnes femmes, ça avait trop froid ou trop chaud, ça exigeait trop de précautions pour être de bons compagnons. Gerbert avait eu de la tendresse pour certaines parce qu'il aimait bien qu'on l'aimât, mais c'était irrémédiable, il s'ennuyait avec elles ; s'il avait eu la chance d'être pédéraste, il n'aurait fréquenté que des hommes. Après ça, c'était toute une affaire si l'on voulait les plaquer, surtout qu'il n'aimait pas faire souffrir ; elles finissaient par comprendre, à la longue, mais elles prenaient leur temps. Annie était en train de comprendre, c'était la troisième fois qu'il loupait un rendez-vous sans prévenir. Gerbert regarda avec tendresse la façade de la Coupole ; ces jeux de lumière lui chaviraient le cœur presque aussi mélancoliquement qu'un air de jazz.

— Vous voyez que ce n'était pas loin, dit-il.

— C'est parce que vous avez de grandes jambes, dit Xavière en le toisant d'un air approbateur, j'aime bien les gens qui marchent vite.

Avant de pousser la porte-tambour, Gerbert se retourna vers elle.

— Vous avez toujours envie d'un hamburger? demanda-t-il.

Xavière hésita :

— A vrai dire, je n'en ai pas très, très envie, j'ai surtout soif.

Elle le regardait d'un air d'excuse ; elle avait vraiment une bonne tête avec ses grosses pommettes et cette frange enfantine qui dépassait sous son fichu. Une idée audacieuse traversa Gerbert.

— En ce cas, si nous descendions plutôt au dancing? dit-il. Il essaya timidement un sourire qui lui réussissait

souvent. Je vous donnerais une petite leçon de claquettes.

— Oh ce serait fameux! dit Pagès avec un tel élan
qu'il en fut un peu suffoqué. Elle arracha son foulard
d'un geste vif et se mit à dévaler l'escalier rouge en
enjambant les marches deux par deux. Gerbert se
demanda avec surprise s'il n'y avait pas quelque vérité
dans les insinuations d'Élisabeth. Pagès était toujours
si réservée avec les gens! Et ce soir, elle accueillait
avec tant d'empressement les moindres avances.

— On s'installe ici, dit-il en désignant une table.

— Oui, ça sera plaisant comme tout, dit Pagès. Elle
regarda autour d'elle d'un air ravi ; il semblait que
devant la menace d'une catastrophe la danse fût un
meilleur refuge que les spectacles d'art car il y avait
quelques couples sur la piste.

— Oh! j'adore ce genre de décorations, dit Pagès.
Son nez se fronça. Devant ses jeux de physionomie,
Gerbert avait souvent de la peine à garder son sérieux.
Chez Dominique, tout est si parcimonieux, c'est ce qu'ils
appellent le bon goût. Elle eut une petite moue et
regarda Gerbert d'un air complice. Vous ne trouvez pas
que ça fait avare ? leur genre d'esprit aussi, leurs plai-
santeries : tout semble tiré au cordeau.

— Oh! que oui, dit Gerbert. Ce sont des gens qui
ont le rire austère. Ils me font penser à ce philosophe
dont Labrousse m'a parlé qui riait en voyant une tangente
à un cercle : parce que ça ressemble à un angle et que
ça n'en est pas un.

— Vous vous moquez de moi, dit Pagès.

— Je vous jure, dit Gerbert, ça lui paraissait le
comble du comique, mais c'était un triste entre les
tristes.

— Pourtant on dirait qu'il ne perdait pas une occasion de s'amuser, dit Pagès.

Gerbert se mit à rire.

— Est-ce que vous avez jamais entendu Charpini ?
Ça alors, j'appelle ça un drôle, surtout quand il chante

Carmen : « Ma mère, je la vois » et que Brancato cherche partout « mais où ? Ici ? Où est-elle, la pauvre femme ? » J'en pleure à grosses larmes à chaque coup.

— Non, dit Pagès d'un air navré, jamais je n'ai rien entendu de vraiment drôle, J'aimerais tant.

— Eh bien, il faudra qu'on y aille une fois, dit Gerbert. Et Georgius ? Vous ne connaissez pas Georgius ?

— Non, dit Pagès en lui jetant un regard pitoyable.

— Peut-être vous trouverez stupide, dit Gerbert avec hésitation. C'est plein de grosses astuces, ses chansons, et même de calembours. Il imaginait mal Pagès écoutant Georgius avec délices.

— Je suis sûre que ça m'amuserait, dit-elle avec avidité.

— Qu'est-ce que vous voulez boire ? dit Gerbert.

— Un whisky, dit Pagès.

— Alors, deux whiskies, commanda Gerbert. Vous aimez ça ?

— Non, dit Pagès avec une grimace. Ça sent la teinture d'iode.

— Mais vous aimez en boire, c'est comme moi pour le pernod, dit Gerbert. Mais j'aime le whisky, ajouta-t-il avec scrupule. Il sourit hardiment. Est-ce qu'on danse ce tango ?

— Sûr, dit Pagès. Elle se leva et lissa sa jupe du plat de sa main. Gerbert l'enlaça ; il se rappelait qu'elle dansait bien, mieux qu'Annie, mieux que Canzetti, mais ce soir, la perfection de ses gestes lui parut miraculeuse ; une odeur légère et tendre montait de ses cheveux blonds ; un moment Gerbert s'abandonna sans pensée au rythme de la danse, au chant des guitares, au poudroiement orangé des lumières, à la douceur de tenir entre ses bras un corps souple.

— J'ai été trop con, pensa-t-il brusquement. Ça faisait des semaines qu'il aurait dû l'inviter à sortir, et maintenant la caserne le guettait, c'était trop tard, cette nuit n'aurait pas de lendemain. Son cœur se serra. Dans sa vie, tout était toujours resté sans lendemain. Il admirait de loin les belles histoires passionnées, mais un grand amour, c'était comme l'ambition, ça n'aurait été possible que dans un monde où les choses auraient eu du poids, où les mots qu'on disait, les gestes qu'on faisait auraient laissé des traces, et Gerbert avait l'impression d'avoir été parqué dans une salle d'attente dont aucun avenir ne lui ouvrirait jamais la porte. Soudain, comme l'orchestre faisait une pause, l'angoisse qu'il avait traînée tout le soir se changea en panique. Toutes ces années qui avaient glissé entre ses doigts ne lui avaient jamais paru qu'un temps inutile et provisoire, mais elles composaient son unique existence, il n'en connaîtrait jamais aucune autre. Quand il serait étendu dans un champ, raide et boueux, avec sa plaque d'identité au poignet, il n'y aurait absolument plus rien.

— Allons boire un coup de whisky, dit-il.

Xavière lui sourit docilement. Comme ils regagnaient leur table, ils avisèrent une bouquetière qui leur tendit une corbeille pleine de fleurs. Gerbert s'arrêta et choisit une rose rouge. Il la posa devant Xavière qui l'épingla à son corsage.

CHAPITRE IV

Françoise jeta un dernier coup d'œil à la glace ; pour une fois, pas un détail ne clochait ; elle avait épilé avec soin ses sourcils, ses cheveux relevés dégageaient une nuque bien nette, ses ongles brillaient comme des rubis. La perspective de cette soirée l'amusait ; elle avait de l'affection pour Paule Berger ; les sorties qu'on faisait avec elle étaient toujours plaisantes. Paule avait convenu de les conduire ce soir dans une boîte espagnole qui reproduisait exactement une maison de danse sévillane et Françoise se réjouissait d'être arrachée pour quelques heures à l'atmosphère tendue, passionnée, étouffante dans laquelle Pierre et Xavière l'enfermaient ;

340

elle se sentait fraîche et pleine de vie et prête à goûter pour son propre compte la beauté de Paule, le charme du spectacle, et la poésie de Séville que ressusciteraient tout à l'heure le chant des guitares et le goût du manzanilla.

Minuit moins cinq ; il n'y avait plus à hésiter ; si l'on ne voulait pas que cette nuit fût gâchée, il fallait descendre frapper chez Xavière. Pierre les attendait au théâtre à minuit et il allait s'affoler s'il ne les voyait pas arriver à l'heure dite. Elle relut encore une fois le papier rose où s'étalait à l'encre verte la grande écriture de Xavière :

« Excusez-moi pour cet après-midi, mais je voudrais me reposer afin d'être ce soir en bon état ; à onze heures et demie, je serai dans votre chambre. Je vous embrasse tendrement. » Françoise avait trouvé ce mot sous sa porte au matin et elle s'était demandé anxieusement avec Pierre ce que Xavière avait bien pu faire de sa nuit pour vouloir dormir toute la journée. Je vous embrasse tendrement, ça ne signifiait rien, c'était une formule creuse. Quand on l'avait laissée au Flore, la veille au soir, avant d'aller dîner avec Gerbert, Xavière était toute rancuneuse et on ne pouvait pas prévoir son humeur d'aujourd'hui. Françoise jeta sur ses épaules une cape neuve en lainage léger, elle prit son sac, de beaux gants que sa mère lui avait offerts et elle descendit l'escalier. Même si Xavière était maussade et si Pierre s'en offensait, elle était décidée à prendre leurs démêlés à la légère. Elle frappa. Derrière la porte, il y eut un vague bruissement ; on aurait cru entendre palpiter les secrètes pensées que Xavière caressait dans sa solitude.

— Qu'est-ce que c'est ? dit une voix endormie.

— C'est moi, dit Françoise. Cette fois, rien ne bougea. Malgré ses résolutions joyeuses, Françoise reconnut avec écœurement cette angoisse qu'elle éprouvait toujours en attendant que le visage de Xavière apparût. Serait-elle souriante ou renfrognée ? Quoi qu'on en eût, le sens de toute cette soirée, le sens du monde entier pendant ce soir allait dépendre de l'éclat de ses yeux. Une minute s'écoula, avant que la porte s'ouvrît.

— Je ne suis pas du tout prête, dit Xavière d'une voix morne.

C'était chaque fois la même chose et chaque fois aussi déconcertant. Xavière était en peignoir, ses cheveux broussailleux tombaient sur sa face jaune et bouffie. Derrière elle, le lit défait paraissait encore chaud et on sentait que les volets n'avaient pas été ouverts de la journée. La pièce était pleine de fumée et d'une odeur âcre d'alcool à brûler ; mais ce qui rendait cet air irres-pirable, plus que l'alcool et le tabac, c'étaient tous les désirs inassouvis et tout l'ennui et les rancœurs qui s'étaient déposés au cours des heures, au cours des jours et des semaines, entre ces murs bariolés comme une vision de fièvre.

— Je vais vous attendre, dit Françoise avec indéci-sion.

— Mais je ne suis pas habillée, dit Xavière. Elle haussa les épaules d'un air de résignation douloureuse. Non, dit-elle, allez sans moi.

Inerte et consternée, Françoise demeurait sur le seuil de la pièce ; depuis qu'elle avait vu apparaître au cœur de Xavière la jalousie et la haine, cette retraite lui fai-sait peur. Ce n'était pas seulement un sanctuaire où Xavière célébrait son propre culte : c'était une serre chaude où s'épanouissait une végétation luxuriante et vénéneuse, c'était un cachot d'hallucinée dont l'atmos-phère moite collait au corps.

— Écoutez-moi, dit-elle. Je vais chercher Labrousse et dans vingt minutes, nous passons vous prendre. Ne pouvez-vous pas vous préparer en vingt minutes ?

Le visage de Xavière se réveilla soudain.

— Bien sûr que si, vous allez voir, je peux faire vite quand je veux.

Françoise descendit les deux derniers étages. C'était agaçant, cette soirée s'annonçait mal ; ça faisait plu-sieurs jours qu'il y avait cataclysme dans l'air et il faudrait bien que ça finisse par éclater. C'était surtout entre Xavière et Françoise que les choses n'allaient pas bien ; ce maladroit élan de tendresse, samedi, après le bal nègre, n'avait rien arrangé du tout. Françoise pressa le pas. C'était presque insaisissable : un sourire faux, une phrase ambiguë suffisaient à empoisonner toute une sortie souriante. Ce soir encore elle ferait mine de ne rien remarquer, mais elle savait que Xavière ne laissait rien échapper sans intention.

Il n'était guère que minuit dix quand Françoise entra dans la loge de Pierre ; il avait déjà enfilé son pardessus et fumait sa pipe, assis sur le bord du divan ; il leva la tête et regarda Françoise avec une dureté soupçonneuse.

— Tu es seule ? dit-il

— Xavière nous attend, elle n'était pas tout à fait prête, dit Françoise. Elle avait beau s'être aguerrie, son cœur se serra. Pierre ne lui avait même pas souri, jamais encore elle n'avait reçu de lui pareil accueil.

— Tu l'as vue ? Comment était-elle ?

Elle le dévisagea avec étonnement. Pourquoi semblait-il bouleversé ? Ses affaires à lui marchaient tout à fait bien ; les querelles que pouvait lui faire Xavière n'étaient jamais que des querelles d'amoureuse.

— Elle avait l'air morne et fatiguée, elle a passé la journée dans sa chambre à dormir, à fumer et à boire du thé.

Pierre se leva :

— Tu sais ce qu'elle a fait cette nuit ? dit-il.

— Quoi ? dit Françoise. Elle se raidit. Quelque chose de désagréable se préparait.

— Elle a dansé avec Gerbert jusqu'à cinq heures du matin, dit Pierre d'un ton presque triomphant.

— Ah ! Et alors ? dit Françoise.

Elle était décontenancée ; c'était la première fois que Gerbert et Xavière sortaient ensemble et dans cette vie fiévreuse et compliquée dont elle essayait difficilement d'assurer l'équilibre, la moindre nouveauté était grosse de menaces.

— Gerbert avait l'air enchanté, avec même une légère touche de fatuité, poursuivit Pierre.

— Qu'est-ce qu'il a dit ? dit Françoise. Elle n'aurait pas su le nommer, ce sentiment équivoque qui venait de s'installer en elle, mais sa couleur trouble ne l'étonnait pas. Au fond de toutes ses joies à présent il y avait une saveur moisie et ses pires ennuis lui donnaient une sorte de plaisir grinçant.

— Il trouve qu'elle danse royalement bien, et qu'elle est sympathique, dit Pierre sèchement. Il avait l'air profondément contrarié et Françoise fut soulagée de penser que son accueil brutal n'était pas sans excuse. Elle est restée cloîtrée toute la journée, reprit Pierre. C'est toujours ce qu'elle fait quand un truc l'a remuée, elle se terre pour ruminer à loisir.

Il ferma la porte de sa loge et ils sortirent du théâtre.

— Pourquoi ne préviens-tu pas Gerbert que tu tiens à elle ? dit Françoise après un silence. Tu n'aurais qu'un mot à dire.

Le profil de Pierre s'aiguisa.

— Je crois bien qu'il a essayé de me sonder, dit-il avec un rire désagréable. Il avait un air gêné et tâtonnant qui ne manquait pas de saveur. Pierre ajouta d'un ton encore plus grinçant : Je lui ai prodigué les encouragements.

— Alors, évidemment ! Comment veux-tu qu'il se doute ? dit Françoise. Tu as toujours affecté devant lui un air si détaché.

— Tu ne voudrais pas que j'accroche au dos de Xavière un écriteau avec les mots : « Chasse gardée », dit Pierre d'une voix cinglante. Il se mordit un ongle. Il n'a qu'à deviner.

Le sang monta au visage de Françoise. Pierre mettait son orgueil à se montrer beau joueur, mais il n'acceptait pas loyalement la perspective d'un échec ; il était buté et injuste en ce moment et elle l'estimait trop pour ne pas le haïr de cette faiblesse.

— Tu sais bien qu'il n'est pas psychologue, dit-elle.

344

Et puis, ajouta-t-elle âprement, tu m'as expliqué toi-même, à propos de nos rapports, que quand on respecte profondément quelqu'un, on se refuse à lui crocheter l'âme sans son aveu.

— Mais je ne reproche rien à personne, dit Pierre d'un ton glacé, tout est très bien ainsi.

Elle le regarda avec rancune, il était tourmenté, mais sa souffrance était trop agressive pour inspirer aucune pitié. Elle fit pourtant un effort de bonne volonté.

— Je me demande si ce n'est pas beaucoup par colère contre nous que Xavière a été aimable avec lui, dit-elle.

— Peut-être, dit Pierre, mais le fait est qu'elle n'a pas eu envie de rentrer avant l'aube et qu'elle s'est dépensée pour lui. Il haussa rageusement les épaules. Et maintenant on va avoir Paule sur les bras, on ne pourra même pas s'expliquer.

Françoise sentit le cœur lui manquer. Quand Pierre était obligé de mâcher en silence ses inquiétudes et ses griefs, il avait l'art de changer l'écoulement du temps en une lente et savante torture ; rien n'était plus redoutable que ces explications rentrées. Cette soirée dont elle se réjouissait, ce n'était plus une partie de plaisir ; en quelques mots, Pierre l'avait déjà transformée en une pesante corvée.

— Reste ici, je monte chercher Xavière, dit-elle en arrivant devant l'hôtel. Elle gravit rapidement les deux étages. Est-ce qu'aucune libre échappée ne serait jamais plus possible ? Est-ce que cette fois encore, il ne lui serait permis de jeter sur les visages, les décors, que des coups d'œils furtifs ? Elle avait envie de le briser, ce cercle magique où elle se trouvait retenue avec Pierre et Xavière et qui la séparait de tout le reste du monde.

Françoise frappa. La porte s'ouvrit aussitôt.

— Vous voyez, je me suis vite dépêchée, dit Xavière. On avait peine à croire que c'était là la séquestrée jaune et fiévreuse de tout à l'heure. Son visage était uni et clair, ses cheveux tombaient en plis égaux sur ses épaules, elle avait mis sa robe bleue et épinglé à son corsage une rose un peu défraîchie.

— Ça m'amuse tellement d'aller dans un dancing espagnol, dit-elle avec animation. On verra de vrais Espagnols, n'est-ce pas ?

— Bien sûr, dit Françoise. Il y aura de belles danseuses et des guitaristes et des castagnettes.

— Allons vite, dit Xavière. Du bout des doigts, elle effleura le manteau de Françoise. J'aime tant cette cape, dit-elle. Ça me fait penser à un domino de bal masqué. Vous êtes très belle, ajouta-t-elle avec admiration.

Françoise eut un sourire gêné, Xavière n'était pas du tout dans la note, elle allait être péniblement surprise quand elle apercevrait le visage fermé de Pierre ; elle descendait l'escalier avec de grands bonds joyeux.

— Voilà que je vous ai fait attendre, dit-elle gaiement en tendant la main à Pierre.

— Ça n'a aucune importance, dit Pierre d'une voix si sèche que Xavière le regarda avec étonnement. Il se détourna et fit signe à un taxi.

— Nous allons d'abord chercher Paule, pour qu'elle nous montre l'endroit, dit Françoise. Il paraît que c'est très difficile à trouver quand on ne connaît pas.

Xavière s'assit auprès d'elle sur la banquette du fond.

— Tu peux te mettre entre nous deux, il y a bien la place, dit Françoise en souriant à Pierre.

Pierre rabattit le strapontin.

— Merci, dit-il, je serai très bien.

Le sourire de Françoise retomba ; s'il voulait s'entêter à bouder, il n'y avait qu'à le laisser faire. Il ne réussirait pas à lui gâcher cette sortie. Elle se tourna vers Xavière.

— Alors, il paraît que vous avez dansé cette nuit ? Vous vous êtes bien amusée ?

— Oh! oui, Gerbert danse merveilleusement, dit Xavière d'un ton tout naturel. On a été au sous-sol de la Coupole, il vous a dit ? Il y avait un excellent orchestre.

Elle battit un peu des paupières et avança les lèvres comme pour tendre à Pierre son sourire.

346

— Votre cinéma m'a fait peur, dit elle, je suis restée au Flore jusqu'à minuit.

Pierre la toisa d'un air malveillant.

— Mais vous étiez bien libre, dit-il.

Xavière resta un moment interdite, puis son visage eut un frémissement hautain et de nouveau ses yeux se posèrent sur Françoise.

— Il faudra que nous retournions là-bas ensemble, dit-elle. Finalement, on peut très bien aller au dancing entre femmes. Samedi, au bal nègre, c'était plaisant comme tout.

— Moi, je veux très bien, dit Françoise ; elle regarda gaiement Xavière. Voilà que vous vous débauchez! Ça va vous faire deux nuits blanches de suite.

— C'est bien pour ça que je me suis reposée tout le jour, dit Xavière. Je voulais être fraîche pour sortir avec vous.

Françoise soutint sans sourciller le regard sarcastique de Pierre ; vraiment il exagérait, il n'y avait pas lieu de faire un pareil visage parce que Xavière s'était plu à danser avec Gerbert. D'ailleurs il se savait en faute, mais il se retranchait dans une supériorité hargneuse d'où il s'autorisait à fouler aux pieds de la bonne foi, le savoir-vivre et toute espèce de morale.

Françoise avait décidé de l'aimer jusque dans sa liberté, mais il y avait encore dans une telle résolution un optimisme trop facile. Si Pierre était libre, il ne dépendait plus d'elle seule de l'aimer, car il pouvait se rendre librement haïssable. C'est ce qu'il était en train de faire en ce moment.

Le taxi s'arrêta.

— Vous montez avec nous chez Paule ? dit Françoise.

— Oh oui, vous m'avez dit que c'était si joli chez elle, dit Xavière.

Françoise ouvrit la portière.

— Allez toutes les deux, je vous attends, dit Pierre.

— Comme tu veux, dit Françoise. Xavière lui prit le bras et elles franchirent la porte cochère.

— Je suis tellement contente de voir son bel appartement, dit Xavière. Elle avait l'air d'une toute petite fille heureuse et Françoise serra son bras. Même si cette tendresse naissait d'une rancune contre Pierre, elle était douce à recevoir ; peut-être d'ailleurs, pendant cette longue journée de retraite, Xavière avait-elle purifié son cœur. A l'allégresse que cet espoir mit en elle, Françoise mesura combien l'hostilité de Xavière lui avait été douloureuse.

Françoise sonna, une femme de chambre vint leur ouvrir et les introduisit dans une immense pièce au plafond haut.

— Je vais prévenir Madame, dit-elle.

Xavière tourna lentement sur elle-même et dit avec extase :

— Comme c'est beau !

Ses yeux se posèrent tour à tour sur le lustre multicolore, sur le coffre de pirate tout clouté de cuivre terni, sur le lit de parade que couvrait une vieille soie rouge brodée de caravelles bleues, sur la glace vénitienne suspendue au fond de l'alcôve ; autour de sa surface polie s'enroulaient des arabesques de verre brillantes et capricieuses comme une floraison de givre. Françoise fut traversée d'une vague envie : c'était une chance de pouvoir inscrire ses traits dans la soie, le verre filé et le bois précieux, car à l'horizon de ces objets judicieusement disparates que son goût sûr avait choisis, se dressait la figure de Paule : c'était elle que Xavière contemplait avec ravissement dans les masques japonais, les carafons glauques, les poupées de coquillages toutes raides sous un globe de verre. Ainsi qu'au dernier bal nègre, qu'au soir de réveillon, Françoise se sentait par contraste lisse et nue comme ces têtes sans visage des tableaux de Chirico.

— Bonjour, que je suis contente de vous voir ! dit Paule. Elle s'approchait, les mains jetées en avant de son corps, d'un pas vif qui contrastait avec la majesté de sa longue robe noire ; un bouquet de velours sombre teinté de jaune soulignait sa taille. Elle saisit à bras tendus les mains de Xavière et les garda un moment dans les siennes. « Elle ressemble de plus en plus à un Fra Angelico », dit-elle.

Xavière baissa la tête avec confusion, Paule lâcha ses mains.

— Je suis toute prête, dit-elle, en endossant un court manteau de renard argenté.

Elles descendirent l'escalier. A l'approche de Paule, Pierre s'arracha un sourire.

— Vous aviez du monde ce soir au théâtre ? demanda Paule comme le taxi démarrait.

— Vingt-cinq personnes, dit Pierre. Nous allons faire relâche. De toute façon, on commence à répéter *Monsieur le Vent* et nous devions finir d'ici une semaine.

— Nous avons moins de chance, dit Paule. La pièce était juste en train de partir. Vous ne trouvez pas que c'est un peu étrange cette manière qu'ont les gens de se recroqueviller sur eux-mêmes quand les événements sont inquiétants ? Même la marchande de violettes à côté de chez moi me disait qu'elle n'a pas vendu trois bouquets pendant ces deux jours.

Le taxi s'arrêta dans une petite rue grimpante ; Paule et Xavière firent quelques pas pendant que Pierre réglait le taxi ; Xavière contemplait Paule avec un air fasciné.

— Je vais avoir bonne mine à me ramener dans cette boîte flanqué de trois femmes, grommela Pierre entre ses dents.

Il regardait avec rancune l'impasse sombre dans laquelle Paule s'engageait. Toutes les maisons semblaient endormies. Sur une petite porte de bois, tout au fond, il y avait écrit en lettres délavées « Sévillana ».

— J'ai téléphoné qu'on nous garde une bonne table, dit Paule.

Elle entra la première et s'avança vivement vers un homme au visage bronzé qui devait être le patron ; ils échangèrent quelques mots en souriant ; la salle était toute petite, au milieu du plafond, il y avait un projecteur qui déversait une lumière rosée sur la piste où des couples se pressaient : le reste de la pièce était plongé dans la pénombre. Paule se dirigea vers une des tables rangées contre le mur et que des cloisons de bois séparaient les unes des autres.

— Comme c'est plaisant! dit Françoise. C'est disposé tout juste comme à Séville.

Elle fut sur le point de se tourner vers Pierre ; elle se rappelait les belles soirées qu'ils avaient passées, deux ans plus tôt, dans une maison de danse près d'Alameda, mais Pierre n'était pas d'humeur à évoquer des souvenirs. Il commandait sans gaieté au garçon une bouteille de manzanilla. Françoise regarda autour d'elle ; elle aimait ces premiers instants où les décors et les gens ne formaient encore qu'un ensemble vague, noyé dans les fumées du tabac ; c'était une joie de penser que ce spectacle confus allait peu à peu s'éclairer et se résoudre en une foule de détails et d'épisodes captivants.

— Ce que j'aime bien ici, dit Paule, c'est qu'il n'y a pas de faux pittoresque.

— Oui, on ne peut pas faire plus dépouillé, dit Françoise.

Les tables étaient de bois grossier, ainsi que les tabourets qui servaient de siège et que le bar derrière lequel s'empilaient des tonnelets de vin espagnol ; rien ne charmait le regard, sauf sur l'estrade où se dressait un piano, les belles guitares luisantes que les musiciens en complets clairs tenaient en travers de leurs genoux.

— Vous devriez ôter votre manteau, dit Paule en touchant l'épaule de Xavière.

Xavière sourit ; depuis qu'on était monté dans le taxi, elle n'avait pas quitté Paule des yeux ; elle enleva son vêtement avec une docilité de somnambule.

— Quelle charmante robe! dit Paule.

Pierre fixa sur Xavière un regard perçant.

— Mais pourquoi gardez-vous cette rose? Elle est fanée, dit-il sèchement.

Xavière le toisa, elle détacha lentement la rose de son

350

corsage et la déposa dans le verre de manzanilla qu'un garçon venait de placer devant elle.

— Vous croyez que ça lui rendra des forces ? dit Françoise.

— Pourquoi pas ? dit Xavière en surveillant du coin de l'œil la fleur malade.

— Les guitaristes sont bons, n'est-ce pas ? dit Paule. Ils ont le vrai style flamenco. Ce sont eux qui donnent toute l'atmosphère. Elle regarda vers le bar. J'avais peur que ce ne soit vide, mais les Espagnols ne sont pas si touchés par les événements.

— Elles sont étonnantes, ces femmes, dit Françoise. Elles ont des couches de fard sur la peau et pourtant ça ne leur donne pas l'air artificiel, leur visage demeure tout vivant et animal.

Elle examinait l'une après l'autre les petites Espagnoles grasses aux faces violemment maquillées sous d'épaisses chevelures noires ; elles étaient toutes pareilles aux femmes de Séville qui, dans les soirs d'été, portaient contre l'oreille des bouquets de fleurs de nard au lourd parfum.

— Et comme elles dansent! dit Paule. Je viens souvent ici les admirer. Au repos elles sont toutes rebondies et basses sur pattes, on les croirait lourdes, mais dès qu'elles se mettent en mouvement, leurs corps deviennent si ailés et si nobles.

Françoise trempa ses lèvres dans son verre ; cette saveur de noix sèche ressuscitait pour elle l'ombre clémente des bars sévillans où elle se gorgeait avec Pierre d'olives et d'anchois tandis que le soleil écrasait les rues ; elle tourna les yeux vers lui, elle aurait voulu évoquer avec lui ces belles vacances. Mais Pierre gardait rivés sur Xavière des yeux malveillants.

— Eh bien, ça n'a pas été long, dit-il.

La rose pendait lamentablement sur sa tige avec un air d'intoxiquée, elle était devenue toute jaune et ses pétales s'étaient roussis. Xavière la prit doucement entre ses doigts.

— Oui, je crois qu'elle est tout à fait morte, dit-elle.

Elle la jeta sur la table, puis elle regarda Pierre avec défi ; elle saisit son verre et le vida d'un trait. Paule ouvrit de grands yeux étonnés.

— Ça a-t-il bon goût une âme de rose ? dit Pierre.

Xavière se rejeta en arrière et alluma une cigarette sans répondre. Il y eut un silence gêné. Paule sourit à Françoise.

— Vous voulez bien qu'on essaye ce paso doble ? dit-elle avec un évident désir de faire diversion.

— Quand je danse avec vous, j'ai presque l'illusion de savoir, dit Françoise en se levant.

Pierre et Xavière restèrent à côté l'un de l'autre sans échanger un mot ; Xavière suivait d'un air charmé la fumée de sa cigarette.

— Ce projet de récital, où en est-il ? dit Françoise au bout d'un instant.

— Si la situation s'éclaircit, j'essaierai quelque chose en mai, dit Paule.

— Ce sera sûrement un succès, dit Françoise.

— Peut-être. Un nuage passa sur la figure de Paule. Mais ce n'est pas tant ça qui m'intéresse. J'aurais tant voulu trouver un moyen d'introduire dans le théâtre le style de mes danses.

— Mais vous le faites un peu, dit Françoise, votre plastique est si parfaite.

— Ça ne suffit pas, dit Paule. Je suis sûre qu'il y aurait quelque chose à chercher, quelque chose de vraiment neuf. De nouveau sa physionomie s'assombrit. Seulement il faudrait tâtonner, risquer...

Françoise la regarda avec une sympathie émue. Quand Paule avait renié son passé pour se jeter dans les bras de Berger, elle avait cru commencer à ses côtés une vie aventureuse et héroïque, et Berger ne faisait plus à présent qu'exploiter en bon commerçant une réputation acquise. Paule lui avait consenti trop de sacrifices pour s'avouer sa déception, mais Françoise pouvait deviner les fissures douloureuses de cet amour, de ce bonheur qu'elle continuait d'affirmer. Quelque chose d'amer lui monta à la gorge. Dans la case où elle les avait laissés, Pierre et Xavière se taisaient toujours. Pierre fumait, la tête un peu baissée, Xavière le dévisageait avec une expression furtive et désolée. Comme elle était libre! Libre de son cœur, de ses pensées, libre de souffrir, de douter, de haïr. Aucun passé, aucun serment, aucune fidélité à soi-même ne la ligotait.

Le chant des guitares mourut. Paule et Françoise regagnèrent leur place. Françoise vit avec un peu d'inquiétude que la bouteille de manzanilla était vide et que les yeux de Xavière avaient un éclat trop vif sous les longs cils teintés de bleu.

— Vous allez voir la danseuse, dit Paule. Je la trouve de grande classe.

Une femme mûre et potelée dans son costume espagnol s'avançait au milieu de la piste ; sa face s'épanouissait, toute ronde, sous les cheveux noirs séparés au milieu par une raie et couronnés d'un peigne rouge comme son châle. Elle sourit à la ronde tandis que le guitariste tirait de son instrument quelques gammes sèches ; il commença à jouer ; lentement le buste de la femme se redressa, elle éleva en l'air de beaux bras jeunes, ses doigts firent claquer les castagnettes et son corps se mit à bondir avec une légèreté enfantine. La large jupe fleurie tournait en tourbillon autour de ses jambes musclées.

— Comme elle est devenue belle soudain, dit Françoise en se tournant vers Xavière.

Xavière ne répondit rien. Dans ses contemplations passionnées, elle n'acceptait personne à ses côtés. Ses pommettes étaient roses, elle ne contrôlait plus son visage et ses regards suivaient les mouvements de la danseuse avec un ravissement hébété. Françoise vida son verre. Elle savait bien qu'on ne pouvait jamais se fondre avec Xavière dans une action ou dans un sentiment commun, mais après la douceur qu'elle avait éprouvée tout à l'heure à retrouver sa tendresse, il lui était dur de ne plus exister pour elle. Elle fixa de nouveau la danseuse. Elle souriait à présent à un galant imaginaire, elle l'aguichait, elle se refusait, elle tombait enfin dans ses bras, et puis elle fut une sorcière aux gestes pleins de dangereux mystère. Après cela, elle mima une joyeuse paysanne, tournant, la tête folle, les yeux écarquillés, dans une fête de village. La jeunesse, la gaieté étourdie évoquées par sa danse prenaient dans ce corps vieillissant, où elles s'épanouissaient, une émouvante pureté. Françoise ne put s'empêcher de jeter encore un coup d'œil vers Xavière ; elle eut un sursaut de surprise : Xavière ne regardait plus, elle avait baissé la tête, elle tenait dans sa main droite une cigarette à demi consumée et elle l'approchait lentement de sa main gauche. Françoise eut peine à réprimer un cri ; Xavière appliquait le tison rouge contre sa peau et un sourire aigu retroussait ses lèvres ; c'était un sourire intime et solitaire comme un sourire de folle, un sourire voluptueux et torturé de femme en proie au plaisir, on pouvait à peine en soutenir la vue, il recélait quelque chose d'horrible.

La danseuse avait fini son numéro, elle saluait au milieu des applaudissements. Paule avait tourné la tête, elle écarquilla sans rien dire de grands yeux interrogateurs. Pierre avait remarqué depuis longtemps le manège de Xavière ; puisque personne ne jugeait bon de parler, Françoise se contint et pourtant ce qui se passait là était intolérable. Les lèvres arrondies dans une moue coquette et mièvre, Xavière soufflait délicatement sur les cendres qui recouvraient sa brûlure ; quand elle eut dispersé ce petit matelas protecteur, elle colla de nouveau contre la plaie mise à nu le bout embrasé de sa cigarette. Françoise eut un haut-le-corps ; ce n'était pas seulement sa chair qui se révoltait ; elle se sentait atteinte d'une façon plus profonde et plus irrémédiable, jusqu'au cœur de son être. Derrière ce rictus maniaque, un danger menaçait, plus définitif que tous ceux qu'elle avait jamais imaginés. Quelque chose était là, qui s'étreignait soi-même avec avidité, qui existait pour soi-même avec certitude ; on ne pouvait pas s'en approcher même en pensée, au moment où elle touchait au but, la pensée se dissolvait ; ce n'était aucun objet saisissable, c'était un incessant jaillissement et une fuite incessante, transparente pour soi seule et à jamais impénétrable. On ne pourrait que tourner en rond tout autour dans une exclusion éternelle.

— C'est idiot, dit-elle, vous allez vous brûler jusqu'à l'os.

Xavière releva la tête et regarda autour d'elle d'un air un peu hagard.

— Ça ne fait pas mal, dit-elle.

Paule lui prit le poignet.

— Dans un moment, vous aurez terriblement mal, lui dit-elle. Quel enfantillage !

La blessure était grosse comme une pièce de dix sous et elle semblait très profonde.

— Je vous jure que je ne sens rien, dit Xavière en retirant sa main. Elle la regarda d'un air complice et satisfait. C'est voluptueux, une brûlure, dit-elle.

La danseuse s'approcha, elle tenait un plateau d'une main et de l'autre une de ces cruches à deux embouchures dont les Espagnols se servent pour boire à la régalade.

— Qui veut boire à ma santé ? dit-elle.

Pierre mit un billet sur le plateau et Paule prit la carafe ; elle dit quelques mots à la femme en espagnol, puis elle renversa la tête en arrière et dirigea avec adresse vers sa bouche un jet de vin rouge qu'elle interrompit d'un mouvement sec.

— A vous, dit-elle à Pierre.

Pierre saisit l'instrument et le considéra d'un air inquiet, puis il renversa la tête en portant l'embouchure jusqu'au bord de ses lèvres.

— Non, pas comme ça, dit la femme.

D'une main ferme, elle éloigna la carafe. Pierre laissa un instant le vin couler dans sa bouche, puis il fit un mouvement pour reprendre sa respiration et le liquide inonda sa cravate.

— Merde ! dit-il avec fureur.

La danseuse se mit à rire et à l'invectiver en espagnol. Il avait l'air si dépité qu'un grand éclat de gaieté rajeunit les traits austères de Paule. Françoise réussit avec peine une faible grimace. La peur s'était installée en elle et rien ne pouvait l'en distraire. Cette fois-ci, c'était par-delà son bonheur même qu'elle se sentait en péril.

— Nous restons encore un moment, n'est-ce pas ? dit Pierre.

— Si ça ne vous ennuie pas, dit Xavière timidement.

Paule venait de partir. C'était à sa gaieté tranquille que cette soirée avait dû tout son charme. Elle les avait initiés l'un après l'autre aux figures les plus rares du paso doble et du tango, elle avait invité à leur table la danseuse et avait obtenu qu'elle leur chantât de beaux airs populaires que toute l'assistance avait repris en chœur. Ils avaient bu beaucoup de manzanilla ; Pierre avait fini par se dérider, il avait repris toute sa bonne humeur. Xavière ne semblait pas souffrir de sa brûlure ; mille sentiments contradictoires et violents s'étaient tour à tour reflétés sur ses traits. Pour Françoise seule, le temps avait passé lourdement. La musique, les chants, la danse, rien n'avait pu briser l'angoisse qui la paralysait : depuis le moment où Xavière s'était brûlé la main, elle ne pouvait plus détacher sa pensée de ce visage torturé et extatique dont le souvenir la faisait frissonner. Elle se tourna vers Pierre, elle avait besoin de retrouver un contact avec lui, mais elle s'était trop violemment séparée de lui, elle n'arrivait plus à le rejoindre. Elle était seule. Pierre et Xavière parlaient, et leurs voix semblaient venir de très loin.

— Pourquoi avez-vous fait ça ? disait Pierre en touchant la main de Xavière.

Xavière lui jeta un regard suppliant. Tout son visage n'était qu'un tendre fléchissement. C'était à cause d'elle que Françoise s'était raidie contre Pierre au point de ne pouvoir même plus lui sourire, et Xavière s'était depuis longtemps réconciliée silencieusement avec lui, elle semblait prête à chavirer dans ses bras.

— Pourquoi? répéta Pierre. Il considéra un moment la main meurtrie.

— Je jurerais que c'est une brûlure sacrée, dit-il.

Xavière souriait, en lui offrant un visage sans défense.

— Une brûlure expiatoire, reprit-il.

— Oui, dit Xavière. J'ai été si bassement sentimentale avec cette rose. J'en ai eu honte!

— C'était le souvenir de la soirée d'hier que vous avez voulu ensevelir en vous? Pierre parlait d'un ton amical, mais il était tendu.

Xavière écarquilla des yeux admiratifs.

— Comment savez-vous? dit-elle. Elle paraissait subjuguée par cette sorcellerie.

— Cette rose fanée, c'était facile à deviner, dit Pierre.

— C'était ridicule ce geste, un geste de comédienne, dit Xavière. Mais c'est vous qui m'avez provoquée, ajouta-t-elle coquettement.

Son sourire s'était fait chaud comme un baiser et Françoise se demanda avec malaise pourquoi elle se trouvait là, en train d'assister à ce tête-à-tête amoureux ; sa place n'était pas ici. Mais où était sa place? Sûrement nulle part ailleurs. En cet instant, elle se sentait effacée du monde.

— Moi! dit Pierre.

— Vous aviez votre air sarcastique, vous me jetiez des regards torves, dit Xavière avec tendresse.

— Oui, j'ai été désagréable, dit Pierre. Je m'en excuse. Mais c'est que je vous sentais occupée de tout autre chose que de nous.

— Vous devez avoir des antennes, dit Xavière. Vous étiez déjà tout sifflant avant que j'aie ouvert la bouche. Elle secoua la tête : seulement elles sont de mauvaise qualité.

— Je me suis tout de suite douté que Gerbert vous avait envoûtée, dit Pierre avec brusquerie.

- Envoûtée? dit Xavière, elle plissa le front. Mais que vous a-t-il donc raconté, ce petit type?

Pierre ne l'avait pas fait exprès, il était incapable de bassesse, mais sa phrase contenait une insinuation déplaisante contre Gerbert.

— Il n'a rien raconté, dit Pierre, mais il était charmé de sa soirée et c'est rare que vous preniez la peine de charmer les gens.

— J'aurais dû m'en douter, dit Xavière avec rage. Dès qu'on est un peu poli avec un type, il se fait tout de suite des idées! Dieu sait ce qu'il a été s'inventer dans sa maigre petite cervelle!

— Et puis si vous êtes restée enfermée tout le jour, dit Pierre, c'était bien pour ruminer le romanesque de cette soirée.

— C'était du romanesque soufflé, dit-elle avec humeur.

— Il vous semble tel en ce moment, dit Pierre.

— Mais non, je l'ai su tout de suite, dit Xavière avec impatience. Elle regarda Pierre bien en face. J'ai voulu que cette soirée me semblât merveilleuse, dit-elle. Comprenez-vous?

Il y eut un silence; on ne saurait jamais ce que pendant ces vingt-quatre heures Gerbert avait au juste représenté pour elle, et déjà, elle l'avait oublié elle-même. Ce qui était sûr, c'est qu'en cet instant, elle le reniait avec sincérité.

— C'était une revanche contre nous, dit Pierre.

— Oui, dit Xavière à voix basse.

— Mais nous n'avions pas dîné avec Gerbert depuis des siècles, il fallait que nous le voyions un moment, dit Pierre avec un ton d'excuse.

— Je sais bien, dit Xavière, mais ça m'agace toujours que vous vous laissiez ronger par tous ces gens.

— Vous êtes une petite personne exclusive, dit Pierre.

— Je ne peux pas me refaire, dit Xavière avec accablement.

— N'essayez pas, dit Pierre tendrement. Votre exclusivisme, ce n'est pas de la jalousie mesquine, ça va avec

358

votre intransigeance, avec votre violence de sentiments. Vous ne seriez plus la même si on vous l'ôtait.

— Ah! ce serait si bien s'il n'y avait que nous trois au monde! dit Xavière. Son regard eut un éclat passionné. Rien que nous trois!

Françoise sourit avec effort. Elle avait souffert souvent de la connivence de Pierre et de Xavière, mais ce soir, c'était sa propre condamnation qu'elle y découvrait. La jalousie, la rancune, ces sentiments qu'elle avait toujours refusés, voilà qu'ils en parlaient tous deux comme de beaux objets encombrants et précieux qu'il fallait manier avec des précautions respectueuses ; elle aurait pu, elle aussi, rencontrer en elle ces richesses inquiétantes ; pourquoi leur avait-elle préféré les vieilles consignes creuses que Xavière hardiment repoussait du pied ? Bien des fois, elle avait été traversée de jalousie, elle avait été tentée de haïr Pierre, de vouloir du mal à Xavière, mais sous le vain prétexte de se garder pure, elle avait fait le vide en elle. Avec une tranquille audace, Xavière choisissait de s'affirmer tout entière ; en récompense, elle pesait lourd sur la terre et Pierre se tournait vers elle avec un intérêt passionné. Françoise n'avait pas osé être elle-même, et elle comprenait dans une explosion de souffrance que cette hypocrite lâcheté l'avait conduite à n'être rien du tout.

Elle leva les yeux, Xavière parlait.

— J'aime bien quand vous avez l'air fatigué, disait-elle. Vous devenez tout diaphane. Elle jeta au visage de Pierre un brusque sourire. Vous ressemblez à votre fantôme. Vous étiez beau en fantôme.

Françoise considéra Pierre ; c'était vrai qu'il était pâle ; cette fragilité nerveuse que reflétaient en cet instant ses traits tirés l'avait souvent émue aux larmes, mais elle était trop coupée de lui pour être touchée par ce visage : c'était seulement à travers le sourire de Xavière qu'elle en devinait l'attrait romanesque.

— Mais vous savez bien que je ne veux plus être un fantôme, dit Pierre.

— Ah! mais un fantôme, ce n'est pas un cadavre, dit Xavière. C'est un être vivant. Seulement son corps lui vient de l'âme, il n'a pas de chair en trop, il n'a ni faim, ni soif, ni sommeil. Ses yeux se posèrent sur le front de Pierre, sur ses mains, de longues mains dures et déliées que Françoise touchait souvent avec amour mais qu'elle ne pensait jamais à regarder. Et puis ce que je trouve poétique, c'est qu'il n'est pas rivé au sol : où qu'il soit, il est en même temps ailleurs.

— Je ne suis nulle part ailleurs qu'ici, dit Pierre.

Il souriait à Xavière avec tendresse ; Françoise se rappelait encore avec quelle douceur elle avait accueilli souvent de tels sourires, mais elle n'était plus capable de les envier.

— Oui, dit Xavière, mais je ne sais pas comment dire : vous êtes là parce que vous le voulez bien. Vous n'avez pas l'air enfermé.

— Est-ce que j'ai souvent l'air enfermé ?

Xavière hésita :

— Quelquefois. Elle sourit avec coquetterie. Quand vous parlez avec des messieurs sérieux, on dirait presque que vous en êtes un vous-même.

— Je me souviens, quand vous avez fait ma connaissance, vous me preniez volontiers pour un vilain important !

— Vous avez changé, dit Xavière.

Elle l'enveloppa d'un regard heureux et fier de propriétaire. Elle pensait l'avoir changé ; était-ce vrai ? Ce n'était plus à Françoise d'en juger ; cette nuit, pour son cœur desséché, les plus précieuses richesses sombraient dans l'indifférence ; il fallait bien se fier à cette sombre ardeur qui brillait dans les yeux de Xavière avec un éclat neuf.

— Tu as l'air tout accablée, dit Pierre.

Françoise tressaillit, c'était à elle qu'il s'adressait et il semblait anxieux. Elle essaya de contrôler sa voix.

— Je crois que j'ai trop bu, dit-elle.

Les mots s'étranglaient dans sa gorge. Pierre la regardait d'un air navré.

— Tu m'as trouvé absolument odieux pendant toute cette soirée, dit-il avec remords.

D'un geste spontané, il posa la main sur la sienne. Elle réussit à lui sourire ; elle était touchée de sa sollicitude, mais même cette tendresse qu'il ranimait en elle ne pouvait l'arracher à son angoisse solitaire.

— Tu as été un peu odieux, dit-elle en prenant sa main.

— Pardonne-moi, dit Pierre, je n'étais pas bien maître de moi. Il était si bouleversé de lui avoir fait de la peine que si leur amour seul eût été en jeu, Françoise se fût trouvée rassérénée. Voilà que je t'ai gâché cette sortie, dit-il, toi qui t'en réjouissais tant.

— Il n'y a rien de gâché, dit Françoise ; elle fit un effort et ajouta plus gaiement : nous avons encore du temps devant nous, c'est plaisant d'être ici. Elle se tournait vers Xavière : N'est-ce pas ? Paule n'avait pas menti, c'est un bon endroit.

Xavière eut un rire bizarre.

— Vous ne trouvez pas qu'on a l'air de touristes américains en train de visiter « Paris la Nuit ». Nous sommes installés un peu à l'écart, pour ne pas nous salir, et nous regardons, sans toucher à rien...

Le visage de Pierre s'assombrit.

— Quoi ! vous voudriez que nous fassions claquer nos doigts en criant : « Ollé ! » dit-il.

Xavière haussa les épaules.

— Qu'est-ce que vous voudriez ? dit Pierre.

— Je ne voudrais rien, dit Xavière froidement. Je dis ce qui est.

Ça reprenait ; à nouveau corrosive comme un acide, la haine s'échappait de Xavière en lourdes volutes ; c'était inutile de se défendre contre cette morsure déchirante, il n'y avait qu'à subir et à attendre, mais Françoise se sentait à bout de forces. Pierre n'était pas si résigné. Xavière ne lui faisait pas peur.

— Pourquoi est-ce que vous nous haïssez soudain ? dit-il avec dureté.

Xavière éclata d'un rire strident.

— Ah ! non, vous n'allez pas recommencer, dit-elle. Ses joues étaient en feu et sa bouche crispée, elle paraissait au comble de l'exaspération. Je ne passe pas mon temps à vous haïr, j'écoute la musique.

— Vous nous haïssez, reprit Pierre.

— Absolument pas, dit Xavière. Elle reprit sa respiration : Ce n'est pas la première fois que je m'étonne que vous preniez plaisir à regarder les choses du dehors, comme si c'étaient des décors de théâtre. Elle toucha sa poitrine : moi, dit-elle avec un sourire passionné, je suis en chair et en os, comprenez-vous ?

Pierre jeta à Françoise un regard navré, il hésita, puis parut faire un effort sur lui-même.

— Qu'est-ce qui s'est passé ? dit-il d'un ton plus conciliant.

— Il ne s'est rien passé, dit Xavière.

— Vous avez trouvé que nous faisions couple, dit Pierre.

Xavière le regarda dans les yeux.

— Exactement, dit-elle avec hauteur.

Françoise serra les dents, elle fut traversée d'une envie farouche de battre Xavière, de la fouler aux pieds ; elle passait des heures à écouter patiemment ses duos avec Pierre, et Xavière lui refusait le droit d'échanger avec lui le moindre signe amical ! C'était trop, ça ne pouvait pas durer ainsi : elle ne le supporterait plus.

— Vous êtes drôlement injuste, dit Pierre avec colère. Si Françoise était triste, c'était par suite de mon attitude envers vous. Je ne crois pas que ce soient là des rapports de couple.

Sans répondre, Xavière se pencha en avant. A une table voisine, une jeune femme venait de se lever et elle commençait à déclamer d'une voix rauque un poème espagnol ; un grand silence se fit et tous les regards se posèrent sur elle. Même si l'on ne comprenait pas le sens des mots, on était pris aux entrailles par cet accent passionné, par ce visage que défigurait une ardeur pathétique ; le poème parlait de haine et de mort, peut-être aussi d'espoir, et à travers ses sursauts et ses plaintes, c'était l'Espagne déchirée qui se faisait soudain présente à tous les cœurs. Le feu et le sang avaient chassé des rues les guitares, les chansons, les châles éclatants, les fleurs de nard ; les maisons de danse s'étaient effondrées et les bombes avaient crevé les outres gonflées de vin ; dans la chaude douceur des soirs rôdaient la peur et la faim. Les chants flamencos, la saveur des vins dont on se grisait, ce n'était plus que l'évocation funèbre d'un passé défunt. Pendant un moment, les yeux fixés sur la bouche rouge et tragique, Françoise s'abandonna aux images désolées que suscitait l'âpre incantation ; elle aurait voulu se perdre corps et âme dans ces appels, dans ces regrets qui tressaillaient sous les mystérieuses sonorités. Elle tourna la tête ; elle pouvait ne plus penser à elle-même, mais non pas oublier que Xavière se tenait à ses côtés. Xavière ne regardait plus la femme, elle fixait le vide ; une cigarette se consumait entre ses doigts et la braise commençait à atteindre sa chair sans qu'elle parût s'en apercevoir ; elle semblait plongée dans une extase hystérique. Françoise passa la main sur son front ; elle était en sueur, l'atmosphère était étouffante et au-dedans d'elle-même, ses pensées brûlaient comme des flammes. Cette présence ennemie qui s'était révélée tout à l'heure dans un sourire de folle devenait de plus en plus proche, il n'y avait plus moyen d'en éviter le dévoilement terrifiant ; jour après jour, minute après minute, Françoise avait fui le danger, mais c'en était fait, elle l'avait enfin rencontré cet infranchissable obstacle qu'elle avait pressenti sous des formes incertaines depuis sa plus petite enfance : à travers la jouissance maniaque de Xavière, à travers sa haine et sa jalousie, le scandale éclatait, aussi monstrueux, aussi définitif que la mort ; en face de Françoise, et cependant sans elle, quelque chose existait comme une condamnation sans recours : libre, absolue, irréductible, une conscience étrangère se dressait. C'était comme la mort, une totale négation, une éternelle absence, et cependant par une contradiction bouleversante, ce gouffre de néant pouvait se rendre présent à soi-même et se faire exister pour soi avec plénitude ; l'univers tout entier s'engloutissait en lui, et Françoise, à jamais dépossédée du monde, se dissolvait elle-même dans ce vide dont aucun mot, aucune image ne pouvait cerner le contour infini.

— Faites attention, dit Pierre.

Il se pencha sur Xavière et détacha de ses doigts le tison rouge ; elle le dévisagea comme au sortir d'un cauchemar, puis elle regarda Françoise. Brusquement, elle leur prit à chacun une main, ses paumes étaient brûlantes. Françoise frissonna au contact des doigts fiévreux qui se crispaient sur les siens ; elle aurait voulu retirer sa main, détourner la tête, parler à Pierre, mais elle ne pouvait plus faire un mouvement ; rivée à Xavière, elle considérait avec stupeur ce corps qui se laissait toucher, et ce beau visage visible derrière lequel se dérobait une présence scandaleuse. Longtemps, Xavière n'avait été qu'un fragment de la vie de Françoise ; elle était soudain devenue l'unique réalité souveraine et Françoise n'avait plus que la pâle consistance d'une image.

— Pourquoi elle plutôt que moi ? pensa Françoise avec passion ; il n'y aurait eu qu'un mot à dire, il n'y avait qu'à dire « C'est moi. » Mais ce mot, il aurait fallu y croire, il aurait fallu savoir se choisir ; ça faisait des semaines que Françoise n'était plus capable de réduire en inoffensives fumées la haine, la tendresse, les pensées de Xavière ; elle les avait laissées mordre sur elle, elle avait fait d'elle-même une proie. Librement, à travers ses résistances et ses révoltes, elle s'était employée à se détruire elle-même ; elle assistait à son histoire comme un témoin indifférent, sans jamais oser s'affirmer, tandis que des pieds à la tête, Xavière n'était qu'une vivante affirmation de soi. Elle se faisait exister avec une force si sûre que Françoise fascinée s'était laissé emporter à la préférer à elle-même et à se supprimer. Elle s'était mise à voir avec les yeux de Xavière les endroits, les gens, les sourires de Pierre ; elle en était venue à ne plus se connaître qu'à travers les sentiments que Xavière lui portait, et maintenant elle cherchait à se confondre avec elle : mais dans cet effort impossible, elle ne réussissait qu'à s'anéantir.

Les guitares poursuivaient leur chant monotone et l'air flambait comme un vent de sirocco ; les mains de Xavière n'avaient pas lâché leur proie, son visage figé n'exprimait rien. Pierre non plus n'avait pas bougé ; on aurait cru qu'un même enchantement les avait tous trois changés en marbre. Des images traversèrent Françoise : un vieux veston, une clairière abandonnée, un coin du Pôle Nord où Pierre et Xavière vivaient loin d'elle un mystérieux tête-à-tête. Déjà il lui était arrivé de sentir comme ce soir son être se dissoudre au profit d'êtres inaccessibles, mais jamais elle n'avait réalisé avec une lucidité si parfaite son propre anéantissement. Si au moins plus rien n'était demeuré d'elle ; mais il restait une vague phosphorescence qui traînait à la surface des choses, parmi des milliers et des milliers de vains feux follets. La tension qui la raidissait se brisa soudain et elle éclata en sanglots silencieux.

Ce fut la rupture du charme. Xavière retira ses mains. Pierre parla :

— Si nous partions, dit-il.

Françoise se leva ; d'un seul coup, elle se vida de toute pensée et son corps se mit docilement en mouvement. Elle prit sa cape sur son bras et traversa la salle. L'air froid du dehors sécha ses larmes mais son tremblement intérieur ne s'arrêtait pas. Pierre lui toucha l'épaule.

— Tu n'es pas bien, dit-il avec inquiétude.

Françoise fit une grimace d'excuse.

— J'ai décidément trop bu, dit-elle.

Xavière marchait à quelques pas devant eux, raide comme une automate.

— Celle-là aussi, elle en tient un bon coup, dit Pierre.

Nous allons la rentrer et puis nous causerons tranquillement.

— Oui, dit Françoise.

La fraîcheur de la nuit la tendresse de Pierre lui rendaient un peu de paix. Ils rejoignirent Xavière et la prirent chacun par un bras.

— Je crois que ça nous ferait du bien de marcher un peu, dit Pierre.

Xavière ne répondit rien. Au milieu de son visage blême, ses lèvres étaient contractées dans un rictus de pierre. Ils descendirent la rue en silence, le jour naissait. Xavière s'arrêta soudain.

— Où sommes-nous ? dit-elle.

— A la Trinité, dit Pierre.

— Ah! dit Xavière, je crois que j'ai été un peu ivre.

— Je crois aussi, dit Pierre gaiement. Comment vous sentez-vous ?

— Je ne sais pas, dit Xavière, je ne sais pas ce qui s'est passé. Elle plissa le front d'un air douloureux. Je revois une femme très belle qui parlait espagnol, et puis il y a un trou noir.

— Vous l'avez regardée un moment, dit Pierre ; vous fumiez cigarette sur cigarette et il fallait vous enlever les mégots d'entre les doigts, vous les laissiez vous brûler sans rien sentir. Et puis vous avez paru vous réveiller un peu, vous nous avez pris la main.

— Ah! oui, dit Xavière, elle frissonna. On était au fond de l'enfer, je croyais qu'on n'en sortirait plus jamais.

— Vous êtes restée un grand moment comme si vous aviez été changée en statue, dit Pierre, et puis Françoise s'est mise à pleurer.

— Je me souviens, dit Xavière avec un vague sourire. Ses paupières s'abaissèrent et elle dit d'une voix lointaine : j'ai été si contente quand elle a pleuré ; c'est juste ce que j'aurais voulu faire.

Pendant une seconde, Françoise regarda avec horreur le tendre visage implacable où jamais elle n'avait vu se refléter aucune de ses joies ni de ses peines. Pas une minute pendant cette soirée Xavière ne s'était souciée de sa détresse ; elle n'avait vu ses larmes que pour s'en réjouir. Françoise s'arracha du bras de Xavière et elle se mit à courir en avant comme si une tornade l'eût emportée. Des sanglots de révolte la secouèrent ; son angoisse, ses pleurs, cette nuit de torture, c'était à elle que ça appartenait et elle ne permettrait pas que Xavière les lui dérobât ; elle fuirait jusqu'au bout du monde pour échapper à ses tentacules avides qui voulaient la dévorer toute vive. Elle entendit des pas précipités derrière elle et une main solide l'arrêta.

— Qu'y a-t-il, dit Pierre. Je t'en prie, calme-toi.

— Je ne veux pas, dit Françoise. Je ne veux pas. Elle s'abattit en larmes sur son épaule. Quand elle releva la tête, elle vit Xavière qui s'était approchée et qui la regardait avec une curiosité consternée ; mais elle avait perdu toute pudeur, plus rien ne pouvait la toucher à présent. Pierre les poussa dans un taxi et elle continua à pleurer sans retenue.

— Nous voilà arrivés, dit Pierre.

Françoise monta l'escalier quatre à quatre sans regarder derrière elle, et elle s'effondra sur le divan. Sa tête lui faisait mal. Il y eut un bruit de voix à l'étage au-dessous, et presque aussitôt la porte s'ouvrit.

— Qu'est-ce qui se passe ? dit Pierre. Il s'approcha vivement d'elle et la prit dans ses bras ; elle se serra contre lui et pendant un long moment il n'y eut plus que le vide et la nuit et une caresse légère qui effleurait ses cheveux.

— Mon cher amour, que t'arrive-t-il ? Parle-moi, dit la voix de Pierre. Elle ouvrit les yeux. Dans la lumière du petit matin, la chambre avait une fraîcheur insolite, on sentait qu'elle n'avait pas été touchée par la nuit ; avec surprise, Françoise se retrouvait devant des formes familières dont son regard s'emparait tranquillement. Pas plus que l'idée de la mort, l'idée de cette réalité refusée n'était indéfiniment soutenable : il fallait bien retomber dans la plénitude des choses et de soi-même.

Mais elle restait bouleversée comme au sortir d'une agonie : plus jamais elle n'oublierait.

— Je ne sais pas, dit-elle. Elle lui sourit faiblement. Tout était si lourd.

— C'est moi qui t'ai fait de la peine ?

Elle saisit ses mains.

— Non, dit-elle.

— C'est à cause de Xavière ?

Françoise haussa les épaules avec impuissance ; c'était trop difficile à expliquer, elle avait trop mal à la tête.

— Ça t'a été odieux de voir qu'elle était jalouse de toi, dit Pierre ; il y avait du remords dans sa voix. Moi aussi, je l'ai trouvée insupportable, ça ne peut pas continuer, je vais lui parler dès demain.

Françoise sursauta :

— Tu ne peux pas faire ça, dit-elle. Elle te haïra.

— Tant pis, dit Pierre.

Il se leva et fit quelques pas dans la chambre, puis il revint vers elle.

— Je me sens coupable, dit-il. Je me suis reposé bêtement sur les bons sentiments que cette fille me porte, mais ce n'est pas d'une moche petite tentative de séduction qu'il s'agissait. Nous voulions bâtir un vrai trio, une vie à trois bien équilibrée où personne ne se serait sacrifié ; c'était peut-être une gageure, mais au moins ça méritait d'être essayé ! Tandis que si Xavière se conduit comme une petite garce jalouse, si tu es une pauvre victime pendant que je m'amuse à faire le joli cœur, notre histoire devient ignoble. Son visage était fermé et sa voix dure. Je lui parlerai, répéta-t-il.

Françoise le regarda tendrement. Les faiblesses qu'il avait pu avoir, il les jugeait avec autant de sévérité qu'elle-même ; elle le retrouvait tout entier dans sa force, sa lucidité, son refus orgueilleux de toute bassesse. Mais même ce parfait accord qui ressuscitait entre eux ne lui rendait pas le bonheur ; elle se sentait épuisée et lâche devant de nouvelles complications possibles.

— Tu ne prétends pas lui faire admettre qu'elle est

368

jalouse de moi par amour pour toi ? dit-elle avec lassitude.

— J'aurais sans doute l'air d'un fat et elle sera ivre de rage, dit Pierre, mais j'en courrai le risque.

— Non, dit Françoise. Si Pierre allait perdre Xavière, à son tour elle se sentirait coupable d'une manière insupportable. Non, je t'en prie. D'ailleurs ça n'est pas pour cela que j'ai pleuré.

— Pour quoi alors ?

— Tu vas te moquer de moi, dit-elle avec un faible sourire. Elle eut une lueur d'espoir ; peut-être si elle arrivait à enfermer dans des phrases son angoisse, elle pourrait s'en arracher. C'est parce que j'ai découvert qu'elle avait une conscience comme la mienne ; est-ce que ça t'est déjà arrivé de sentir comme du dedans la conscience d'autrui ? De nouveau elle était tremblante, les mots ne la délivraient pas. C'est inacceptable, tu sais.

Pierre la regardait d'un air un peu incrédule.

— Tu penses que je suis saoule, dit Françoise. Par ailleurs je le suis, c'est vrai, mais ça ne change rien. Pourquoi es-tu si étonné ? Elle se leva brusquement : Si je te disais que j'ai peur de la mort, tu comprendrais ; eh bien! ça, c'est aussi réel et aussi terrifiant. Naturellement chacun sait bien qu'il n'est pas seul au monde ; ce sont des choses qu'on dit, comme on dit qu'on crèvera un jour. Mais quand on se met à le croire...

Elle s'appuya contre le mur, la chambre tournait autour d'elle. Pierre la prit par le bras :

— Écoute, tu ne penses pas que tu devrais te reposer ? Je ne prends pas ce que tu me dis à la légère, mais il vaudra mieux en parler calmement quand tu auras un peu dormi.

— Il n'y a rien à en dire, dit Françoise. De nouveau ses larmes coulèrent, elle était fatiguée à mourir.

— Viens te reposer, dit Pierre.

Il l'étendit sur le lit, lui enleva ses souliers et jeta sur elle une couverture.

— Moi, j'ai plutôt envie de prendre l'air, dit-il. Mais

je vais rester avec toi jusqu'à ce que tu t'endormes.

Il s'assit près d'elle et elle pressa sa main contre sa joue. Ce soir, l'amour de Pierre ne suffisait plus à lui donner la paix ; il ne pouvait pas la défendre contre cette chose qui s'était révélée aujourd'hui ; elle était hors d'atteinte, Françoise n'en sentait même plus le mystérieux frôlement, et cependant elle continuait d'exister implacablement. Les fatigues, les ennuis, les désastres même que Xavière avait apportés avec elle en s'installant à Paris, Françoise les avait acceptés de grand cœur parce que c'étaient là des moments de sa propre vie ; mais ce qui s'était passé dans la nuit était d'une autre espèce : elle ne pouvait pas se l'annexer. Voilà que maintenant le monde se dressait en face d'elle comme un immense interdit : c'était la faillite de son existence même qui venait de se consommer.

CHAPITRE V

Françoise adressa un sourire à la concierge et traversa la cour intérieure où moisissaient de vieux décors ; elle monta rapidement le petit escalier de bois vert. Depuis quelques jours le théâtre faisait relâche et elle se réjouissait de passer une longue soirée avec Pierre ; il y avait vingt-quatre heures qu'elle ne l'avait pas vu et un peu d'inquiétude se mêlait à son impatience ; elle ne réussissait jamais à attendre d'un cœur calme le récit de ses sorties avec Xavière ; elles se ressemblaient toutes, cependant : il y avait des baisers, des disputes, de tendres réconciliations, des conversations passionnées, de longs silences. Françoise poussa la porte. Pierre était penché sur le tiroir d'une commode, brassant des liasses de papiers à pleines mains. Il courut vers elle.

— Ah ! que le temps m'a paru long sans te voir, lui dit-il. Que j'ai maudit Bernheim avec ses déjeuners d'affaires ! Ils ne m'ont lâché qu'à l'heure de la répétition.

370

Il prit Françoise par les épaules. Qu'est-ce que tu es devenue ?

— J'ai mille choses à te raconter, dit Françoise.

Elle toucha ses cheveux, sa nuque ; chaque fois qu'elle le retrouvait, elle aimait bien s'assurer qu'il était en chair et en os.

— Qu'étais-tu en train de faire ? Tu mets de l'ordre ?

— Oh ! j'y renonce, c'est désespéré, dit Pierre en jetant vers la commode un regard rancuneux. D'ailleurs ça n'est plus si urgent, ajouta-t-il.

— Ça sentait nettement la détente à cette générale, dit Françoise.

— Oui, je crois qu'on a échappé encore une fois ; pour combien de temps, c'est une autre affaire. Pierre frotta sa pipe contre son nez pour la faire reluire. Ça été un succès ?

— On a beaucoup ri ; je ne suis pas sûre que c'était là l'effet escompté, mais en tout cas je me suis bien amusée. Blanche Bouguet voulait me retenir à souper mais je me suis enfuie avec Ramblin. Il m'a baladée dans je ne sais combien de bars, mais j'ai tenu le coup. Ça ne m'a pas empêchée de bien travailler toute la journée.

— Tu vas me parler en détail de la pièce, et de Bouguet et de Ramblin. Tu veux un petit verre de quelque chose ?

— Donne-moi un petit whisky, dit Françoise. Et puis dis-moi d'abord ce que tu as fait, toi ? As-tu passé une bonne soirée avec Xavière ?

— Hou ! fit Pierre ; il leva les mains au ciel : tu n'as pas idée d'une pareille corrida. Heureusement, ça s'est bien fini, mais pendant deux heures on est resté côte à côte dans un coin du Pôle Nord, tremblant de haine. Jamais encore, il n'y avait eu de drame si noir.

Il sortit de son armoire une bouteille de *Vat 69* et il remplit à demi deux verres.

— Qu'est-ce qui est arrivé ? dit Françoise.

— Eh bien, j'ai enfin abordé la question de sa jalousie envers toi, dit Pierre.

— Tu n'aurais pas dû, dit Françoise.

— Je t'avais dit que j'étais farouchement décidé.

— Comment as-tu amené ça ?

— On a parlé de son exclusivisme et je lui ai dit que dans l'ensemble c'était chez elle quelque chose de fort et d'estimable, mais qu'il y avait un cas où ça n'avait pas de place, c'était à l'intérieur du trio. Elle en a convenu volontiers, mais quand j'ai ajouté qu'elle donnait cependant l'impression d'être jalouse de toi, elle est devenue rouge de surprise et de colère.

— Tu n'étais pas dans une situation facile, dit Françoise.

— Non, dit Pierre, j'aurais pu lui paraître ridicule ou odieux. Mais elle n'est pas mesquine, c'est seulement le fond de l'accusation qui l'a bouleversée ; elle s'est débattue avec frénésie mais j'ai tenu bon, je lui ai rappelé un tas d'exemples. Elle en a pleuré de rage, elle me haïssait si fort que j'en étais effrayé, j'ai cru qu'elle allait mourir de suffocation.

Françoise le regarda anxieusement.

— Es-tu bien sûr au moins qu'elle ne te garde pas rancune ?

— Tout à fait sûr, dit Pierre. Moi aussi je me suis mis en colère au début. Mais ensuite je lui ai bien expliqué que je n'avais cherché qu'à lui venir en aide, parce qu'elle était en train de devenir odieuse à tes yeux. Je lui ai fait comprendre comme c'était difficile, ce que nous nous proposions de réaliser tous les trois et comme ça réclamait de chacun une bonne volonté entière. Quand elle a été bien persuadée qu'il n'y avait eu aucun blâme dans mes paroles, que je l'avais seulement mise en garde contre un danger, elle a cessé de m'en vouloir. Je crois que non seulement elle m'a pardonné, mais qu'elle a décidé de faire un grand effort sur elle-même.

— Si c'est vrai, elle a bien du mérite, dit Françoise. Elle eut un élan de confiance.

— Nous avons causé beaucoup plus sincèrement que d'habitude, dit Pierre, et j'ai l'impression qu'après cette

372

conversation quelque chose s'est dénoué en elle. Tu sais, cet air qu'elle a de réserver toujours le meilleur d'elle-même, ça avait disparu ; elle semblait être tout entière avec moi, sans aucune réticence, comme si elle ne voyait plus d'obstacle à accepter ouvertement de m'aimer.

— Quand elle a eu reconnu franchement sa jalousie, elle en a peut-être été délivrée, dit Françoise. Elle prit une cigarette et regarda Pierre avec tendresse.

— Pourquoi souris-tu ? dit Pierre.

— Ça m'amuse toujours, cette manière que tu as de regarder comme des vertus morales les bons sentiments qu'on te porte. C'est encore une façon de te prendre pour Dieu en personne.

— Il y a de ça, dit Pierre avec confusion. Il sourit dans le vague et son visage revêtit une espèce d'innocence heureuse que Françoise ne lui avait vue que dans le sommeil. Elle m'a invité à prendre le thé chez elle et pour la première fois, quand je l'ai embrassée, elle m'a rendu mes baisers. Jusqu'à trois heures du matin, elle est restée dans mes bras avec un air de total abandon.

Françoise sentit une petite morsure au cœur ; elle aussi il faudrait qu'elle apprît à se vaincre. Ça lui était toujours douloureux que Pierre pût étreindre ce corps dont elle n'eût même pas su accueillir le don.

— Je t'ai dit que tu finirais par coucher avec elle. D'un sourire elle essaya d'atténuer la brutalité de ces mots.

Pierre eut un geste évasif.

— Ça dépendra d'elle, dit-il. Moi, bien sûr... mais je ne voudrais pas l'entraîner à rien qui pût lui déplaire.

— Elle n'a pas un tempérament de vestale, dit Françoise.

Dès qu'elle les eut prononcées, ces paroles entrèrent cruellement en elle et un peu de sang lui monta au visage ; elle avait horreur de regarder Xavière comme une femme avec des appétits de femme, mais la vérité s'imposait : je hais la pureté, je suis en chair et en os :

373

de toutes ses forces Xavière se révoltait contre cette chasteté trouble à laquelle on la condamnait ; dans ses mauvaises humeurs, perçait une âpre revendication.

— Certainement pas, dit Pierre, et même je pense qu'elle ne sera heureuse que lorsqu'elle aura trouvé un équilibre sensuel. Elle est en crise en ce moment, tu ne crois pas ?

— Si, je le crois tout à fait, dit Françoise.

Peut-être étaient-ce justement les baisers, les caresses de Pierre qui avaient éveillé les sens de Xavière ; sûrement les choses ne pourraient pas en rester là. Françoise regarda attentivement ses doigts ; elle finirait par s'habituer à cette idée, déjà le désagrément lui semblait un peu moins vif. Puisqu'elle était sûre de l'amour de Pierre, de la tendresse de Xavière, aucune image ne serait plus nocive.

— Ce n'est pas ordinaire ce que nous réclamons d'elle, dit Pierre. Nous n'avons pu imaginer un pareil mode de vie que parce qu'il y a entre nous deux un amour exceptionnel, et elle ne peut s'y plier que parce qu'elle est elle-même quelqu'un d'exceptionnel. On comprend bien qu'elle ait des moments d'incertitude et même de révolte.

— Oui, il faut nous donner du temps, dit Françoise.

Elle se leva, s'approcha du tiroir que Pierre avait laissé ouvert et plongea ses mains dans les papiers épars. Elle-même avait péché par défiance, elle avait tenu rigueur à Pierre de manques souvent bien légers, elle avait gardé pour elle un tas de pensées qu'elle aurait dû lui livrer et souvent elle avait moins cherché à le comprendre qu'à le combattre. Elle saisit une vieille photographie et sourit. Vêtu d'une tunique grecque, une perruque bouclée sur sa tête, Pierre regardait le ciel d'un air tout jeune et dur.

— Voilà comment tu étais la première fois que tu m'es apparu, dit-elle. Tu n'as guère vieilli.

— Ni toi, dit Pierre. Il vint auprès d'elle et se pencha sur le tiroir.

— Je voudrais qu'on regarde tout ça ensemble, dit Françoise.

— Oui, dit Pierre, c'est plein de choses amusantes. Il se redressa et passa sa main sur le bras de Françoise. Penses-tu que nous ayons eu tort de nous engager dans cette histoire? demanda-t-il anxieusement. Crois-tu que nous réussirons à la mener à bien?

— J'en ai douté quelquefois, dit Françoise, mais ce soir, je reprends espoir.

Elle s'écarta de la commode et revint s'asseoir devant son verre de whisky.

— Où est-ce que tu en es, toi? dit Pierre en s'asseyant en face d'elle.

— Moi? dit Françoise. Quand elle était de sang-froid, ça l'intimidait toujours un peu de parler d'elle.

— Oui, dit Pierre. Est-ce que tu continues à sentir l'existence de Xavière comme un scandale?

— Tu sais, ça ne me vient jamais que par éclairs, dit Françoise.

— Mais ça te revient de temps en temps? dit Pierre avec insistance.

— Forcément, dit Françoise.

— Tu m'étonnes, dit Pierre, je ne connais que toi qui sois capable de verser des larmes en découvrant chez autrui une conscience semblable à la tienne.

— Tu trouves ça stupide?

— Bien sûr que non, dit Pierre. C'est bien vrai que chacun expérimente sa propre conscience comme un absolu. Comment plusieurs absolus seraient-ils compatibles? C'est aussi mystérieux que la naissance ou que la mort. C'est même un tel problème que toutes les philosophies s'y cassent les dents.

— Alors, de quoi t'étonnes-tu? dit Françoise.

— Ce qui me surprend, c'est que tu sois touchée d'une manière si concrète par une situation métaphysique.

— Mais c'est du concret, dit Françoise, tout le sens de ma vie se trouve mis en jeu.

— Je ne dis pas, dit Pierre. Il la considéra avec curiosité. C'est quand même exceptionnel ce pouvoir que tu as de vivre une idée corps et âme.

— Mais pour moi, une idée, ce n'est pas théorique, dit Françoise, ça s'éprouve, ou si ça reste théorique, ça ne compte pas. Elle sourit : sinon, je n'aurais pas attendu Xavière pour m'aviser que ma conscience n'était pas unique au monde.

Pierre passa pensivement un doigt sur sa lèvre inférieure.

— Je comprends bien que tu aies fait cette découverte à propos de Xavière, dit-il.

— Oui, dit Françoise. Avec toi, je n'ai jamais été gênée, parce que je ne te distingue guère de moi-même.

— Et puis entre nous, il y a réciprocité, dit Pierre.

— Comment veux-tu dire?

— Dans le moment où tu me reconnais une conscience, tu sais que je t'en reconnais une aussi. Ça change tout.

— Peut-être, dit Françoise. Elle regarda avec perplexité le fond de son verre. En somme, c'est ça l'amitié : chacun renonce à sa propre prépondérance. Mais si l'un des deux refuse d'y renoncer?

— En ce cas-là, l'amitié est impossible, dit Pierre.

— Et alors, comment s'en tirer?

— Je ne sais pas, dit Pierre.

Xavière ne se renonçait jamais; si haut qu'elle vous situât, même lorsqu'elle vous chérissait, on restait un objet pour elle.

— C'est sans remède, dit Françoise.

Elle sourit. Il faudrait tuer Xavière... Elle se leva et marcha vers la fenêtre. Ce soir Xavière ne pesait pas lourd sur son cœur. Elle souleva le rideau; elle aimait cette petite place calme où les gens du quartier venaient prendre le frais; un vieillard assis sur un banc tirait des nourritures d'une poche en papier, un enfant courait autour d'un arbre dont la lumière d'un réverbère découpait les feuillages avec une précision

métallique. Pierre était libre. Elle était seule. Mais au
sein de cette séparation, ils pourraient retrouver une
union aussi essentielle que celle dont elle rêvait jadis
avec trop de facilité.

— A quoi penses-tu? dit Pierre.

Elle prit son visage dans ses mains et le couvrit de
baisers sans rien répondre.

— Comme on a passé une bonne soirée, dit Françoise.
Elle serra joyeusement le bras de Pierre. Longtemps
ils avaient regardé ensemble des photos, relu de vieilles
lettres, et puis ils avaient fait un grand tour par les
quais, le Châtelet, les Halles en parlant du roman de
Françoise, de leur jeunesse, de l'avenir de l'Europe;
c'était la première fois depuis des semaines qu'ils avaient
eu une si longue conversation, libre et désintéressée.
Enfin ce cercle de passion et de souci où la sorcellerie
de Xavière les retenait s'était rompu et ils se retrou-
vaient tout mêlés l'un à l'autre au cœur du monde
immense. Derrière eux, le passé s'étendait, sans limites;
les continents, les océans s'étalaient en larges nappes
sur la surface du globe, et la miraculeuse certitude
d'exister parmi ces innombrables richesses échappait
même aux bornes trop étroites de l'espace et du temps.

— Tiens, il y a de la lumière chez Xavière, dit Pierre.

Françoise tressaillit; après cette libre envolée, elle
n'atterrissait pas sans un choc douloureux dans la petite
rue sombre devant son hôtel; il était deux heures du
matin; avec un air de policier aux aguets, Pierre
considérait une fenêtre éclairée dans la façade noire.

— Qu'est-ce que ça a d'étonnant? dit Françoise.

— Rien, dit Pierre. Il poussa la porte et monta
l'escalier d'un pas hâtif; sur le palier du second étage,
il s'arrêta; dans le silence s'élevait un murmure de
voix.

— On parle chez elle, dit Pierre. Il restait immobile,
l'oreille tendue; à quelques marches au-dessous de lui,

la main sur la rampe, Françoise s'immobilisa aussi. « Qui ça peut-il bien être ? » dit-il.

— Avec qui devait-elle sortir ce soir ? dit Françoise.

— Elle n'avait aucun projet, dit Pierre. Il fit un pas : Je veux savoir qui c'est.

Il fit encore un pas et le plancher craqua.

— On va t'entendre, dit Françoise.

Pierre hésita, puis il se pencha et se mit à délacer ses souliers. Un désespoir plus amer que tous ceux qu'elle avait jamais connus, submergea Françoise. Pierre s'avançait à pas de loup entre les murs jaunes, il collait l'oreille contre la porte ; d'un coup d'éponge, tout avait été effacé : cette soirée heureuse, et Françoise et le monde ; il n'y avait plus que ce corridor silencieux, et le panneau de bois, et ces voix chuchotantes. Françoise le regarda avec détresse ; dans ce visage maniaque et traqué, elle avait peine à reconnaître la figure aimée qui lui souriait tout à l'heure avec tant de tendresse. Elle monta les dernières marches ; il lui semblait s'être laissée leurrer par la précaire lucidité d'un fou qu'un souffle suffisait à rejeter dans le délire ; ces heures raisonnables et détendues n'avaient été qu'une rémission sans lendemain, jamais il n'y aurait de guérison. Pierre revint vers elle sur la pointe des pieds.

— C'est Gerbert, dit-il à voix basse. Je m'en doutais.

Ses souliers à la main, il monta le dernier étage.

— Eh bien, ça n'a rien de bien mystérieux, dit Françoise en entrant dans la chambre. Ils sont sortis ensemble et il l'a raccompagnée chez elle.

— Elle ne m'avait pas dit qu'elle devait le voir, dit Pierre. Pourquoi me l'a-t-elle caché ? Ou alors c'est une décision qu'elle a prise brusquement.

Françoise avait enlevé son manteau, elle fit glisser sa robe et passa son peignoir.

— Ils ont dû se rencontrer, dit-elle.

— Ils ne vont plus chez Dominique. Non, il a fallu qu'elle aille le chercher tout exprès.

— A moins que ce ne soit lui, dit Françoise.

— Il ne se serait jamais permis de l'inviter à la dernière minute.

Pierre s'était assis au bord du divan et il regardait d'un air perplexe ses pieds déchaussés.

— Elle a sans doute eu envie de danser, dit Françoise.

— Une envie si violente qu'elle lui a téléphoné, elle qui s'évanouit de peur devant un téléphone, ou qu'elle est descendue jusqu'à Saint-Germain-des-Prés, elle qui est incapable de faire trois pas hors de Montparnasse ! Pierre continuait à regarder ses pieds ; la chaussette droite était trouée et l'on apercevait un petit bout d'orteil qui semblait le fasciner.

— Il y a quelque chose là-dessous, dit-il.

— Que veux-tu qu'il y ait ? dit Françoise. Elle brossait ses cheveux avec résignation ; depuis combien de temps durait-elle cette discussion indéfinie et toujours neuve ? Qu'a fait Xavière ? Que fera-t-elle ? Que pense-t-elle ? Pourquoi ? Soir après soir, l'obsession renaissait aussi harassante, aussi vaine, avec ce goût de fièvre dans la bouche, et cette désolation du cœur, et cette fatigue du corps sommeilleux. Quand les questions auraient enfin trouvé une réponse, d'autres questions, toutes pareilles, reprendraient la ronde implacable : Que veut Xavière ? Que dira-t-elle ? Comment ? Pourquoi ? Il n'y avait aucun moyen de les arrêter.

— Je ne comprends pas, dit Pierre ; elle était si tendre, hier soir, si abandonnée, si confiante.

— Mais qui te dit qu'elle a changé ? dit Françoise ; de toute façon, ce n'est pas criminel, une soirée avec Gerbert.

— Jamais personne d'autre que toi et moi n'est entré dans sa chambre, dit Pierre. Si elle y a invité Gerbert, ou bien c'est une revanche contre moi, c'est donc qu'elle s'est mise à me haïr ; ou elle a spontanément eu envie de le faire venir chez elle : alors c'est qu'il lui plaît bien fort. Il balançait ses pieds d'un air perplexe et stupide. Ça peut être les deux à la fois.

— C'est peut-être aussi un simple caprice, dit Fran-

379

çoise sans conviction. La réconciliation de la veille avec Pierre avait sûrement été sincère, il y avait un genre de feinte dont Xavière était incapable ; mais il ne fallait pas se fier avec elle aux sourires de la dernière heure ; ils n'annonçaient que de précaires accalmies : dès qu'elle avait quitté les gens, Xavière se mettait aussitôt à repasser la situation et il arrivait bien souvent qu'après l'avoir laissée, au sortir d'une explication, apaisée, raisonnable et tendre, on la retrouvât enflammée de haine.

Pierre haussa les épaules.

— Tu sais bien que non, dit-il.

Françoise fit un pas vers lui.

— Tu penses qu'elle t'en veut à cause de cette conversation ? Je regrette tant.

— Tu n'as rien à regretter, dit Pierre brusquement. Elle devrait pouvoir supporter qu'on lui dise la vérité.

Il se leva et fit quelques pas à travers la chambre. Françoise l'avait vu souvent tourmenté, mais cette fois, il semblait se débattre contre une souffrance insupportable : elle aurait voulu l'en délivrer, la défiance rancuneuse avec laquelle elle le regardait d'ordinaire quand il s'infligeait des inquiétudes et des ennuis avait fondu devant la détresse de son visage. Mais plus rien ne dépendait d'elle.

— Tu ne te couches pas ? demanda-t-elle.

— Si, dit Pierre.

Elle passa derrière le paravent et écrasa sur sa figure une crème à l'odeur d'orange. L'anxiété de Pierre la gagnait. Juste au-dessous d'elle, séparée par quelques lattes de bois et un peu de plâtre, il y avait Xavière avec son imprévisible visage et Gerbert qui la regardait ; elle avait allumé la lampe de chevet, toute petite sous son abat-jour sanglant, et les mots étouffés se frayaient leur chemin à travers la pénombre enfumée. Que disaient-ils ? Étaient-ils assis côte à côte ? Se touchaient-ils ? On pouvait imaginer le visage de Gerbert, il était toujours pareil à lui-même, mais que devenait-il dans

380

le cœur de Xavière ? Était-il désirable, attendrissant, cruel, indifférent ? Était-ce un bel objet de contemplation, un ennemi ou une proie ? Les voix ne montaient pas jusqu'à la chambre. Françoise n'entendait qu'un froissement d'étoffes de l'autre côté du paravent et le tic-tac du réveil qui s'amplifiait dans le silence comme à travers les vapeurs de la fièvre.

— Tu es prêt ? dit Françoise.

— Oui, dit Pierre. Il était en pyjama, pieds nus à côté de la porte ; il l'entrouvrit doucement. On n'entend plus rien, dit-il. Je me demande si Gerbert est encore là.

Françoise s'approcha.

— Non, on n'entend absolument rien.

— Je vais aller voir, dit Pierre.

Françoise posa la main sur son bras.

— Prends garde, ce serait tellement déplaisant s'ils te rencontraient.

— Il n'y a aucun danger, dit Pierre.

Par la porte entrebâillée, Françoise le suivit un moment des yeux et puis elle prit un tampon d'ouate, un flacon de dissolvant et se mit à frotter minutieusement ses ongles : un doigt, un autre doigt ; dans l'ourlet, il restait des traces roses ; si l'on pouvait s'absorber dans chaque minute, jamais le malheur ne se frayerait un chemin jusqu'au cœur, il avait besoin d'une complicité. Françoise sursauta, deux pieds nus frôlaient le plancher.

— Eh bien ? dit-elle.

— C'était absolument silencieux, dit Pierre. Il restait adossé à la porte. Ils étaient certainement en train de s'embrasser.

— Ou plus probablement Gerbert était parti, dit Françoise.

— Non, si l'on avait ouvert et fermé la porte, j'aurais entendu.

— En tout cas, ils pouvaient se taire sans s'embrasser, dit Françoise.

— Si elle l'a ramené chez elle, c'est qu'elle avait envie de lui tomber dans les bras, dit Pierre.

— Ce n'est pas forcé, dit Françoise.

— J'en suis sûr, dit Pierre.

Ce ton péremptoire ne lui était pas ordinaire ; Françoise se contracta.

— Je ne vois pas Xavière ramenant un type chez elle pour l'embrasser, ou alors il faudrait qu'il soit évanoui. Que Gerbert puisse se douter qu'il lui plaît, mais elle en deviendrait folle! Tu as bien vu comme elle s'est mise à le haïr quand elle l'a soupçonné de la moindre fatuité.

Pierre dévisagea Françoise d'un air bizarre :

— Ne peux-tu pas te fier à mon sens psychologique? Je te dis qu'ils s'embrassaient.

— Tu n'es pas infaillible, dit Françoise.

— Peut-être, mais quand il s'agit de Xavière, toi, tu te trompes à tout coup, dit Pierre.

— C'est ce qu'il faudrait prouver, dit Françoise.

Pierre eut un sourire narquois et presque méchant :

— Si je te disais que je les ai vus? dit-il.

Françoise fut déconcertée, pourquoi s'était-il ainsi joué d'elle?

— Tu les as vus, dit-elle d'une voix mal assurée.

— Oui, j'ai regardé par le trou de la serrure. Ils étaient sur le divan, ils s'embrassaient.

Françoise se sentait de plus en plus mal à l'aise. Il y avait quelque chose de gêné et de faux dans l'expression de Pierre.

— Pourquoi ne me l'as-tu pas dit tout de suite? dit-elle.

— Je voulais savoir si tu me ferais crédit, dit Pierre avec un petit rire désagréable.

Françoise eut peine à refouler ses larmes. Pierre avait donc fait exprès de la prendre en faute! Toute cette étrange manœuvre supposait une hostilité qu'elle n'avait jamais soupçonnée ; était-ce possible qu'il nourrît contre elle de secrètes rancunes?

— Tu te prends pour un oracle, dit-elle sèchement.

Elle se glissa entre les draps tandis que Pierre disparaissait derrière le paravent ; sa gorge brûlait ; après une soirée si unie, si tendre, ce brusque éclat de haine était inconcevable, mais était-ce bien le même homme, celui qui, tout à l'heure, lui parlait d'elle avec tant de sollicitude, et cet espion furtif, penché devant un trou de serrure, avec un rictus de jaloux trompé ? Elle ne pouvait se défendre d'une horreur véritable devant cette indiscrétion têtue et fébrile. Couchée sur le dos, les mains croisées sous la nuque, elle retenait sa pensée comme on retient son souffle afin de reculer le moment de souffrir, mais cette crispation même était pire qu'une douleur pleine et définitive. Elle tourna les yeux vers Pierre qui s'approchait ; la fatigue amollissait la chair de son visage sans adoucir ses traits, sous la tête dure et fermée, la blancheur du cou paraissait obscène. Elle se recula vers le mur. Pierre s'étendit à côté d'elle et posa sa main sur l'interrupteur. Pour la première fois de leur vie, ils allaient s'endormir comme deux ennemis. Françoise gardait les yeux ouverts, elle avait peur de ce qui arriverait dès qu'elle s'abandonnerait.

— Tu n'as pas sommeil, dit Pierre.

Elle ne bougea pas.

— Non, dit-elle.

— Qu'est-ce que tu penses ?

Elle ne répondit rien, elle ne pourrait pas former un mot de plus sans se mettre à pleurer.

— Tu me trouves haïssable, dit Pierre.

Elle se maîtrisa.

— Je pense que, toi, tu es sur le chemin de me haïr, dit-elle.

— Moi ! dit Pierre. Elle sentit sa main sur son épaule et elle vit qu'il tournait vers elle un visage bouleversé. Je ne veux pas que tu penses une chose pareille, ce serait le coup le plus dur.

— Tu en avais bien l'air, dit-elle d'une voix étranglée.

— Comment as-tu pu croire ? dit Pierre. Que moi je te haïsse, toi ?

Son accent exprimait un désespoir poignant et soudain,

dans un déchirement de joie et de douleur, Françoise aperçut des larmes dans ses yeux ; vers lui elle se jeta sans plus retenir ses sanglots : jamais elle n'avait vu pleurer Pierre.

— Non, je ne pense pas, dit-elle, ce serait si horrible.

Pierre la serra contre lui.

— Je t'aime, dit-il à voix basse.

— Moi aussi, je t'aime, dit Françoise.

Appuyée contre son épaule, elle continuait à pleurer, mais à présent ses larmes étaient douces. Jamais elle n'oublierait comme les yeux de Pierre s'étaient mouillés à cause d'elle.

— Tu sais, dit Pierre, je t'ai menti tout à l'heure.

— Comment ça ? dit Françoise.

— Ce n'est pas vrai que j'ai voulu t'éprouver ; j'avais honte d'avoir regardé, c'est pour ça que je ne te l'ai pas dit tout de suite.

— Ah! dit Françoise, c'est pour ça que tu avais l'air si louche!

— Je voulais que tu saches qu'ils s'embrassaient, mais j'espérais que tu me croirais sur parole, je t'en ai voulu de me forcer à dire la vérité.

— Je croyais que tu avais agi par pure malveillance, dit Françoise, ça me paraissait atroce. Elle caressa doucement le front de Pierre. C'est drôle, je n'aurais jamais supposé que tu puisses éprouver de la honte.

— Tu n'imagines pas comme je me suis senti sordide, à errer en pyjama dans ce couloir et à épier par ce trou de serrure.

— Je sais bien, c'est sordide, la passion, dit Françoise.

Elle était rassérénée ; Pierre ne lui semblait plus monstrueux puisqu'il était capable de se juger lucidement.

— C'est sordide, répéta Pierre ; il regardait fixement le plafond. Je ne peux pas supporter l'idée qu'elle est en train d'embrasser Gerbert.

— Je comprends, dit Françoise. Elle pressa sa joue contre la sienne. Jusqu'à cette nuit, elle s'était toujours efforcée de tenir à distance les déplaisirs de Pierre ;

ç'avait été là peut-être une instinctive prudence, car à présent qu'elle essayait de vivre avec lui son désarroi, la souffrance qui fondait sur elle était insupportable.

— Nous devrions tâcher de dormir, dit Pierre.

— Oui, dit-elle. Elle ferma les yeux. Elle savait que Pierre n'avait pas envie de dormir. Elle non plus, elle ne pouvait détacher sa pensée de ce divan au-dessous d'elle où Gerbert et Xavière s'étreignaient bouche contre bouche. Qu'est-ce que Xavière cherchait dans ses bras ? Une revanche contre Pierre ? L'assouvissement de ses sens ? Était-ce le hasard qui lui avait fait choisir cette proie plutôt qu'une autre ? Ou était-ce déjà lui qu'elle convoitait lorsqu'elle réclamait d'un air farouche quelque chose à toucher ? Les paupières de Françoise s'alourdissaient ; elle revit en un brusque éclair le visage de Gerbert, ses joues brunes, ses longs cils de femme. Aimait-il Xavière ? Était-il capable d'aimer ? Est-ce qu'il l'aurait aimée, si elle l'avait voulu ? Pourquoi n'avait-il pas su le vouloir ? Comme toutes les vieilles raisons paraissaient creuses ! Ou était-ce elle qui ne savait plus maintenant retrouver leur sens difficile ? En tout cas c'était Xavière qu'il embrassait. Ses yeux devinrent durs comme de la pierre ; pendant un moment, elle entendit encore un souffle égal à côté d'elle, puis elle n'entendit plus rien.

Brusquement Françoise reprit conscience ; il y avait une épaisse couche de brume derrière elle, elle avait dû dormir longtemps ; elle ouvrit les yeux ; dans la chambre, la nuit s'était éclairée ; Pierre était assis sur son séant, il semblait tout à fait réveillé.

— Quelle heure est-il ? dit-elle.

— Il est cinq heures, dit Pierre.

— Tu n'as pas dormi ?

— Si, un peu. Il regarda la porte. Je voudrais savoir si Gerbert est parti.

— Il n'a pas dû rester toute la nuit, dit Françoise.

— Je vais aller voir, dit Pierre.

Il rejeta les couvertures et sortit du lit. Cette fois Françoise n'essaya pas de le retenir, elle aussi elle avait envie de savoir. Elle se leva et le suivit sur le palier ; un jour gris s'était glissé dans l'escalier, toute la maison dormait. Elle se pencha sur la rampe, le cœur battant. Qu'est-ce qui allait arriver maintenant ?

Au bout d'un moment, Pierre réapparut au bas des marches et lui fit signe. Elle descendit à son tour.

— La clef est dans la serrure, on ne voit plus rien, mais je crois qu'elle est seule. On dirait qu'elle pleure.

Françoise s'approcha de la porte, elle entendit un léger cliquetis, comme si Xavière avait posé une tasse sur une soucoupe, et puis il y eut un bruit sourd, et un sanglot, et un autre sanglot plus fort, toute une cascade de sanglots désespérés et indiscrets. Xavière avait dû tomber à genoux devant le divan ou se jeter de tout son long sur le sol ; elle gardait toujours tant de retenue dans ses pires tristesses, on ne pouvait pas croire que cette plainte animale s'échappât de son corps.

— Tu ne penses pas qu'elle est saoule ? dit Françoise.

Il n'y avait que la boisson qui pût ainsi faire perdre à Xavière tout contrôle sur elle-même.

— Je suppose que si, dit Pierre.

Ils restaient devant la porte, angoissés et impuissants. Aucun prétexte ne permettait de frapper à cette heure de la nuit, et pourtant c'était un supplice que d'imaginer Xavière prostrée, sanglotante, en proie à tous les cauchemars de l'ivresse et de la solitude.

— Ne restons pas là, dit enfin Françoise. Les sanglots s'étaient atténués ; ils s'étaient changés en un petit râle douloureux. Nous saurons tout dans quelques heures, ajouta-t-elle.

Ils remontèrent lentement dans la chambre ; ni l'un ni l'autre n'avait la force d'inventer de nouvelles conjectures, ce n'était pas avec des mots qu'on se délivrerait de cette peur indistincte où se répercutait sans fin le gémissement de Xavière. Quel était son mal ? Pourrait-on l'en guérir ? Françoise se jeta sur le lit et se laissa couler sans défense au fond de la fatigue, de la crainte et de la douleur.

Quand Françoise se réveilla, la lumière filtrait à travers les persiennes, il était dix heures du matin. Pierre dormait, les bras en corbeille au-dessus de sa tête, d'un air angélique et désarmé. Françoise se souleva sur son coude ; sous la porte il y avait un bout de papier rose qui passait. D'un seul coup, toute la nuit lui remonta au cœur, avec ses allées et venues fiévreuses et ses images lancinantes ; elle sortit brusquement du lit. La feuille avait été coupée par le milieu ; sur le fragment déchiqueté de grands jambages en composaient des mots informes et qui chevauchaient les uns sur les autres. Françoise déchiffra le début du message : « Je suis tellement dégoûtée de moi, j'aurais dû me jeter par la fenêtre mais je n'aurai pas le courage. Ne me pardonnez pas, vous devriez me tuer demain matin vous-même si j'ai été trop lâche. » Les dernières phrases étaient tout à fait illisibles ; en bas de la page, il y avait en grosses lettres tremblées « Pas de pardon. »

— Qu'est-ce que c'est ? dit Pierre.

Il était assis au bord du lit, les cheveux broussailleux, les yeux encore noyés de sommeil, mais dans cette brume perçait une anxiété précise.

Françoise lui tendit le papier.

— Elle était bel et bien saoule, dit-elle. Regarde l'écriture.

— Pas de pardon, dit Pierre. Il parcourut rapidement les lignes vertes. Va vite voir ce qu'elle devient, dit-il. Frappe chez elle.

Il y avait de la panique dans ses yeux.

— J'y vais, dit Françoise. Elle enfila ses mules et descendit en hâte l'escalier, ses jambes tremblaient. Et si Xavière était devenue brusquement folle ? Est-ce qu'elle allait être étendue sans vie derrière la porte ? Ou traquée dans un coin avec des yeux hagards ? Il y avait une tache rose sur la porte, Françoise s'approcha : sur le panneau de bois, un morceau de papier était fixé avec une punaise. C'était l'autre moitié de la feuille déchirée.

Xavière avait écrit en grosses lettres : « Pas de pardon »

et en dessous s'enchevêtrait tout un gribouillage illisible. Françoise se pencha vers la serrure, mais la clef obstruait l'ouverture ; elle frappa. Il y eut un léger craquement mais personne ne répondit. Xavière était probablement endormie.

Françoise hésita un moment, puis elle arracha le papier et regagna sa chambre.

— Je n'ai pas osé frapper, dit-elle. Je crois qu'elle dort. Regarde ce qu'elle avait épinglé à sa porte.

— C'est illisible, dit Pierre. Il considéra un moment les signes mystérieux. Il y a le mot « indigne ». Ce qui est sûr, c'est qu'elle était complètement hors d'elle-même. Il réfléchit. Est-ce qu'elle était déjà saoule quand elle a embrassé Gerbert ? L'avait-elle fait exprès pour se donner du cœur, parce qu'elle comptait me jouer un sale tour ? Ou se sont-ils saoulés ensemble sans préméditation ?

— Elle a pleuré, elle a écrit ce mot et après ça elle a dû s'endormir, dit Françoise. Elle aurait voulu être sûre que Xavière reposait bien paisiblement sur son lit.

Elle poussa les persiennes et le jour entra dans la pièce ; avec étonnement, elle contempla un instant cette rue affairée, lucide, où toutes choses avaient un air raisonnable. Et puis elle se retourna vers la chambre engluée d'angoisse où les pensées obsédantes poursuivaient leur ronde sans trêve.

— Je vais quand même aller frapper, dit-elle. On ne peut pas rester comme ça, sans savoir. Si elle avait avalé quelque drogue ! Dieu sait dans quel état elle est.

— Oui, frappe jusqu'à ce qu'elle réponde, dit Pierre.

Françoise descendit l'escalier ; ça faisait des heures qu'elle n'arrêtait pas de descendre et de remonter, tantôt sur ses jambes et tantôt en pensée ; les sanglots de Xavière retentissaient encore en elle ; elle avait dû rester prostrée longtemps, et puis elle s'était penchée à la fenêtre ; ce vertige de dégoût qui lui avait tordu le cœur était affreux à imaginer. Françoise frappa, son cœur battait à se rompre, rien ne répondit. Elle frappa plus fort. Une voix assourdie murmura :

— Qui est là ?

— C'est moi, dit Françoise.

— Qu'est-ce qu'il y a ? dit la voix.

— Je voulais savoir si vous n'étiez pas malade, dit Françoise.

— Non, dit Xavière. Je dormais.

Françoise se sentit tout embarrassée. Il faisait jour, Xavière reposait dans sa chambre, elle parlait d'une voix bien vivante. C'était un matin normal où le goût tragique de la nuit semblait tout à fait hors de propos.

— C'était à cause de cette nuit, dit Françoise. Vous allez vraiment bien ?

— Mais oui, je vais bien, je veux dormir, dit Xavière avec humeur.

Françoise hésita encore un instant ; elle portait en son cœur la place vide d'un cataclysme que ces réponses maussades étaient loin d'avoir comblée, ça faisait une drôle d'impression décevante et fade. C'était impossible d'insister davantage ; elle regagna sa chambre. Après ces râles plaintifs et ces appels pathétiques, on ne se résignait pas sans peine à entrer dans une journée familière et morne.

— Elle dormait, dit-elle à Pierre. Elle a paru trouver fort déplacé que je vienne la réveiller.

— Elle ne t'a pas ouvert ? dit Pierre.

— Non, dit Françoise.

— Je me demande si elle viendra à midi au rendez-vous. Je ne pense pas.

— Je ne pense pas non plus.

Ils firent leur toilette en silence. C'était vain d'ordonner avec des mots, des pensées qui ne menaient nulle part. Quand ils furent prêts, ils sortirent de la chambre et se dirigèrent d'un commun accord vers le Dôme.

— Tu sais ce qu'il faudrait faire, dit Pierre. Il faudrait téléphoner à Gerbert de venir nous rejoindre. Il nous renseignerait.

— Sous quel prétexte ? dit Françoise.

— Dis-lui ce qui en est : que Xavière a écrit un mot

389

extravagant et se barricade dans sa chambre, que nous sommes inquiets et voudrions des éclaircissements.

— Bon, je vais y aller, dit Françoise en entrant dans le café. Commande-moi un café noir.

Elle descendit l'escalier et donna à la téléphoniste le numéro de Gerbert ; elle se sentait aussi nerveuse que Pierre. Que s'était-il passé au juste cette nuit ? Seulement des baisers ? Qu'est-ce qu'ils attendaient l'un de l'autre ? Qu'allait-il arriver ?

— Allô, dit la téléphoniste. Ne quittez pas, on vous parle.

Françoise entra dans la cabine.

— Allô, je voudrais parler à M. Gerbert, s'il vous plaît.

— C'est lui-même, dit Gerbert. Qui est à l'appareil ?

— C'est Françoise. Est-ce que vous pourriez venir nous rejoindre au Dôme ? On vous expliquera pourquoi.

— Entendu, dit Gerbert. Je serai là dans dix minutes.

— Ça va, dit Françoise. Elle posa quarante sous dans la soucoupe et remonta vers le café. A une table du fond, les journaux étalés devant elle et une cigarette aux lèvres, il y avait Élisabeth. Pierre était assis à côté d'elle, le visage noué de colère.

— Tiens ! Tu étais là, dit Françoise. Élisabeth n'ignorait pas qu'ils venaient là presque chaque matin, elle s'était sûrement installée là pour les guetter. Est-ce qu'elle savait quelque chose ?

— J'étais entrée lire les journaux et écrire quelques lettres, dit Élisabeth. Elle ajouta avec une espèce de satisfaction : Ça ne va pas fort.

— Non, dit Françoise. Elle remarqua que Pierre n'avait pas commandé de consommation, il voulait sûrement partir au plus vite.

Élisabeth eut un rire amusé.

— Qu'est-ce que vous avez tous les deux ce matin ? On dirait deux croque-morts.

Françoise hésita.

— Xavière s'est saoulée cette nuit, dit Pierre. Elle a écrit un mot de folle en disant qu'elle voulait se tuer, et maintenant elle refuse de nous ouvrir. Il haussa les épaules. Elle est capable de faire n'importe quelle connerie.

— Il faut même que nous retournions à l'hôtel au plus vite, dit Françoise. Je ne me sens pas du tout tranquille.

— Allez! elle ne se tuera pas, dit Élisabeth. Elle fixa le bout de sa cigarette. Je l'ai rencontrée cette nuit sur le boulevard Raspail, elle faisait des entrechats avec Gerbert, je vous jure qu'elle ne pensait pas à se tuer.

— Est-ce qu'elle avait déjà l'air saoule? dit Françoise.

— Elle a toujours plus ou moins l'air droguée, dit Élisabeth. Je ne peux pas te dire. Elle secoua la tête. Vous la prenez beaucoup trop au sérieux. Je sais bien ce qu'il lui faudrait : vous devriez la mettre dans une société de gymnastique où on la forcerait à faire huit heures de sport par jour et à manger des beefsteaks ; elle s'en porterait beaucoup mieux, croyez-moi.

— Nous allons voir ce qu'elle devient, dit Pierre en se levant.

Ils serrèrent la main d'Élisabeth et quittèrent le café.

— J'ai tout de suite dit qu'on était juste venus téléphoner, dit Pierre.

— Oui, mais j'ai donné rendez-vous ici à Gerbert, dit Françoise.

— On va l'attendre dehors, dit Pierre, et on le saisira au vol.

Ils se mirent à arpenter le trottoir en silence.

— Si Élisabeth sort et nous trouve là, de quoi aurons-nous l'air? dit Françoise.

— Oh! je m'en fous, dit Pierre nerveusement.

— Elle les a rencontrés cette nuit, et elle est venue flairer le vent, dit Françoise. Ce qu'elle peut nous haïr!

Pierre ne répondit rien, ses yeux étaient rivés sur la bouche du métro. Françoise surveillait avec appréhension la terrasse du café, elle n'aurait pas aimé être surprise par Élisabeth en ce moment de désarroi.

— Le voilà, dit Pierre.

Gerbert s'approchait en souriant; il avait sous les yeux de grands cernes qui lui mangeaient la moitié des joues. Les traits de Pierre s'éclairèrent.

— Salut à vous, fuyons vite, dit-il avec un bon sourire. Il y a Élisabeth qui nous guette là-dedans. Nous allons nous cacher dans le café d'en face.

— Ça ne vous a pas dérangé de venir? dit Françoise.

Elle était gênée. Gerbert allait trouver cette démarche étrange, il avait déjà l'air tout contraint.

— Non, pas du tout, dit-il.

Ils s'assirent à une table et Pierre commanda trois cafés. Lui seul paraissait à son aise.

— Regardez ce qu'on a trouvé ce matin sous notre porte, dit-il en tirant de sa poche la lettre de Xavière. Françoise a frappé chez elle et elle a refusé d'ouvrir. Vous pourrez peut-être nous renseigner, on a entendu votre voix cette nuit : elle était saoule ou quoi? Dans quel état l'avez-vous laissée?

— Elle n'était pas saoule, dit Gerbert, mais on avait remonté une bouteille de whisky, elle l'a peut-être bue après. Il s'arrêta et rejeta en arrière sa mèche de cheveux d'un air embarrassé. Il faut que je vous dise, j'ai couché avec elle cette nuit, dit-il.

Il y eut un court silence.

— Il n'y a pas de quoi vouloir se jeter par la fenêtre, dit Pierre avec rondeur.

Françoise le regarda avec un peu d'admiration. Comme il savait bien feindre! Pour un peu, elle aurait été dupe elle-même.

— On imagine bien que pour elle, c'est tout un drame, dit-elle avec contrainte. Sûrement, cette nouvelle n'avait pas pris Pierre au dépourvu, il avait dû se jurer de faire bonne contenance. Mais quand Gerbert serait parti, à quelle colère, à quelle explosion de souffrance devait-on s'attendre?

— Elle est venue me trouver aux Deux Magots, dit Gerbert. On a causé un moment et elle m'a invité à aller chez elle. Là, je ne sais plus comment c'est arrivé, mais

392

elle m'est tombée sur la bouche et on en est venus à coucher ensemble.

Il regardait obstinément son verre d'un air penaud et vaguement irrité.

— Il y a longtemps que c'était dans l'air! dit Pierre.

— Et vous pensez qu'après votre départ, elle s'est jetée sur le whisky, dit Françoise.

— C'est probable, dit Gerbert. Il redressa la tête. Elle m'a foutu à la porte, et pourtant je vous jure que ce n'est pas moi qui l'ai cherchée, dit-il d'un air revendicateur. Son visage se détendit. Ce qu'elle a pu m'agonir! J'en étais pétrifié! On aurait cru que je l'avais violée.

— C'est bien sa manière de faire, dit Françoise.

Gerbert regarda Pierre avec une soudaine timidité.

— Vous ne me blâmez pas?

— Et de quoi donc? dit Pierre.

— Je ne sais pas, dit Gerbert avec embarras. Elle est si jeune. Je ne sais pas, acheva-t-il en rougissant légèrement.

— Ne lui faites pas de gosse, c'est tout ce qu'on vous demande, dit Pierre.

Françoise écrasa avec malaise sa cigarette dans la soucoupe. La duplicité de Pierre la gênait, c'était plus qu'une comédie. En ce moment il considérait avec dérision sa propre personne et tout ce qui lui tenait à cœur; mais ce calme farouche ne s'obtenait qu'au prix d'une tension pénible à imaginer.

— Oh! vous pouvez être tranquille, dit Gerbert. Il ajouta d'un air préoccupé : Je me demande si elle reviendra.

— Si elle reviendra où? dit Françoise.

— Je lui ai dit en partant qu'elle saurait où me trouver, mais que moi je n'irai pas la chercher, dit Gerbert avec dignité.

— Oh! vous irez quand même, dit Françoise.

— Sûr que non, dit Gerbert d'un air outré. Il ne faut pas qu'elle s'imagine qu'elle va me faire marcher.

— Ne vous frappez pas, elle reviendra, dit Pierre. Elle est orgueilleuse à ses heures, mais elle n'a pas de conduite, elle aura envie de vous voir et elle se trouvera de bonnes raisons. Il tira une bouffée de sa pipe.

— Vous avez l'impression qu'elle est amoureuse de vous, ou quoi?

— Je ne comprends pas bien, dit Gerbert. Quelquefois je l'avais embrassée, mais ça n'avait pas toujours l'air de lui plaire. -

— Tu devrais aller voir ce qu'elle devient, dit Pierre.

— Mais elle m'a déjà envoyée coucher, dit Françoise.

— Tant pis, insiste jusqu'à ce qu'elle te reçoive. Il ne faut pas la laisser seule. Dieu sait quelles idées elle a pu se mettre en tête. Pierre sourit : J'irais bien moi-même, mais je ne crois pas que ce soit opportun.

— Ne lui dites pas que vous m'avez vu, dit Gerbert avec inquiétude.

— N'ayez pas peur, dit Françoise.

— Et rappelle-lui qu'on l'attend à midi, dit Pierre.

Françoise sortit du café et s'engagea dans la rue Delambre. Elle détestait ce rôle d'intermédiaire que Pierre et Xavière lui faisaient trop souvent jouer et qui la rendait odieuse tour à tour à l'un ou à l'autre ; mais aujourd'hui elle était décidée à s'y donner de tout cœur, elle avait vraiment peur pour eux.

Elle monta l'escalier et frappa. Xavière ouvrit la porte. Son teint était jaune, ses paupières bouffies, mais elle était habillée avec soin. Elle avait passé du rouge sur ses lèvres et du rimmel sur ses cils.

— Je viens prendre de vos nouvelles, dit Françoise gaiement.

Xavière coula vers elle un regard morne.

— Mes nouvelles? Je ne suis pas malade.

— Vous m'avez écrit une lettre qui m'a fait tellement peur, dit Françoise.

— J'ai écrit, moi? dit Xavière.

— Regardez, dit Françoise, en lui tendant le papier rose.

— Ah! je me rappelle vaguement, dit Xavière
Elle s'assit sur le divan à côté de Françoise. Je me suis
saoulée d'une manière ignoble, dit-elle.

— J'ai cru que vous vouliez vraiment vous tuer,
dit Françoise. C'est pour ça que j'ai frappé ce matin.

Xavière considéra le papier avec dégoût.

— J'étais encore plus saoule que je ne pensais, dit-
elle. Elle passa la main sur son front. J'ai rencontré Gerbert aux Deux Magots et je ne sais plus trop pourquoi ;
on est remonté chez moi avec une bouteille de whisky ;
on en a bu un peu ensemble et après son départ, j'ai
vidé la bouteille. Elle regarda au loin, la bouche entrouverte dans un vague rictus. Oui, je me rappelle maintenant que je suis restée longtemps à la fenêtre en pen-
sant que je devrais me jeter en bas. Et puis j'ai eu
froid.

— Eh bien! ça aurait été gai, si on m'avait ramené
votre petit cadavre, dit Françoise.

Xavière frissonna.

— En tout cas, ça n'est pas comme ça que je me
tuerai, dit-elle.

Son visage s'affaissa. Jamais Françoise ne lui avait
vu un air si misérable ; elle eut un grand élan vers elle,
elle aurait tant voulu l'aider! Mais il aurait fallu que
Xavière acceptât cette aide.

— Pourquoi donc avez-vous pensé à vous tuer?
dit-elle doucement. Est-ce que vous êtes si malheureuse?

Le regard de Xavière chavira et ses traits furent
transfigurés par une extase de souffrance. Françoise se
sentit d'un coup arrachée à elle-même et dévorée par
cette intolérable douleur. Elle enlaça Xavière et la
serra contre elle.

— Ma petite Xavière aimée, qu'y a-t-il ? Dites-moi?

De tout son poids, Xavière se laissa aller sur son
épaule et elle éclata en sanglots.

— Qu'y a-t-il? répéta Françoise.

— J'ai honte, dit Xavière.

— Pourquoi honte ? Parce que vous vous êtes saoulée ?

Xavière ravala ses larmes et dit d'une voix mouillée d'enfant :

— Pour ça, pour tout, je ne sais pas me conduire. Je me suis disputée avec Gerbert, je l'ai mis à la porte, j'ai été infecte. Et puis, j'ai écrit cette lettre idiote. Et puis... Elle gémit et recommença à pleurer.

— Et puis quoi? dit Françoise.

— Et puis rien, vous trouvez que ça ne suffit pas? Je me sens crasseuse, dit Xavière. Elle se moucha d'un air pitoyable.

— Tout ça n'est pas si grave, dit Françoise. La belle souffrance généreuse qui, un instant, lui avait rempli le cœur était devenue tout étriquée et aigre ; au sein de son désespoir, Xavière gardait un contrôle si exact d'elle-même... Comme elle mentait avec abandon!

— Il ne faut pas vous bouleverser ainsi.

— Excusez-moi, dit Xavière. Elle essuya ses yeux et dit avec rage : Je ne me saoulerai plus jamais.

Ç'avait été folie d'espérer une minute que Xavière se tournerait vers Françoise comme vers une amie pour décharger son cœur, elle avait trop d'orgueil et trop peu de courage. Il y eut un silence. Françoise se sentait angoissée de pitié devant cet avenir qui menaçait Xavière et qu'on ne pouvait pas conjurer. Xavière allait sans doute perdre Pierre à jamais et ses rapports avec Françoise seraient eux-mêmes touchés par une telle rupture. Françoise ne réussirait pas à les sauver si Xavière se refusait à tout effort.

— Labrousse nous attend pour déjeuner, dit Françoise.

Xavière se rejeta en arrière.

— Oh! je ne veux pas y aller.

— Pourquoi?

— Je suis toute pâteuse et fatiguée, dit Xavière.

— Ce n'est pas une raison.

— Je ne veux pas, dit Xavière. Elle repoussa Françoise d'un air traqué. Je ne veux pas voir Labrousse en ce moment.

Françoise l'entoura de son bras. Comme elle aurait

voulu lui arracher la vérité! Xavière ne soupçonnait pas à quel point elle avait besoin de secours.

— De quoi donc avez-vous peur ? dit-elle.

— Il va penser que je me suis saoulée exprès, à cause de la nuit d'avant, parce que j'avais été si bien avec lui, dit Xavière. Il y aura encore une explication, et j'en ai assez, assez, assez. Elle fondit en larmes.

Françoise la serra plus fort et dit vaguement :

— Il n'y a rien à expliquer.

— Si, il y a tout à expliquer, dit Xavière. Les larmes coulaient sans retenue sur ses joues et tout son visage n'était plus qu'une grosse masse douloureuse.

— Chaque fois que je vois Gerbert, Labrousse croit que je suis mal avec lui et il m'en veut. Je ne peux plus le supporter, je ne veux plus le voir, cria-t-elle au paroxysme du désespoir.

— Si vous alliez le voir au contraire, dit Françoise, si de vous-même vous lui parliez, je suis sûre que ça arrangerait les choses.

— Non, il n'y a rien à faire, dit Xavière, tout est fini, il va me haïr. Sa tête s'abattit sur les genoux de Françoise, elle hoquetait. Comme elle allait être malheureuse! Et comme en ce moment Pierre était en train de souffrir!

Françoise se sentit déchirée et les larmes lui vinrent aux yeux. Pourquoi tout leur amour ne leur servait-il qu'à se torturer les uns les autres. A présent, c'était un noir enfer qui les attendait.

Xavière releva la tête et elle regarda Françoise avec stupeur.

— Vous pleurez à cause de moi, dit-elle. Vous pleurez! Oh! Je ne veux pas.

Dans un élan, elle prit entre ses mains le visage de Françoise et se mit à l'embrasser avec une dévotion exaltée ; c'étaient là des baisers sacrés qui purifiaient Xavière de toutes les souillures et qui lui rendaient le respect d'elle-même. Sous ces lèvres douces, Françoise se sentait si noble, si éthérée, si divine, que son cœur se souleva : elle souhaitait une amitié humaine, et non ce culte fanatique et impérieux dont il lui fallait être l'idole docile.

— Je ne mérite pas que vous pleuriez sur moi, dit Xavière. Quand je vois ce que vous êtes et ce que je suis! Si vous saviez ce que je suis! et c'est à cause de moi que vous pleurez!

Françoise lui rendit ses baisers ; c'était bien à elle malgré tout que s'adressait cette violence de tendresse et d'humilité. Sur les joues de Xavière, mêlé au goût salé des larmes, elle retrouvait le souvenir de ces heures où, dans un petit café ensommeillé, elle s'était promis de la rendre heureuse. Elle avait mal réussi, mais si seulement Xavière y consentait, elle saurait, à quel prix que ce fût, la protéger du monde entier.

— Je ne veux pas qu'il vous arrive du mal, dit-elle passionnément.

Xavière secoua la tête :

— Vous ne me connaissez pas, vous avez tort de m'aimer.

— Je vous aime, je n'y peux rien, dit Françoise avec un sourire.

— Vous avez tort, répéta Xavière dans un sanglot.

— Ça vous est si difficile de vivre, dit Françoise. Laissez-moi vous aider.

Elle aurait voulu dire à Xavière : je sais tout, ça ne change rien entre nous ; mais elle ne pouvait pas parler sans trahir Gerbert, elle restait encombrée de sa miséricorde inutile qui ne trouvait aucune faute précise où se poser. Si seulement Xavière se décidait à un aveu, elle saurait la consoler, la rassurer ; contre Pierre lui-même, elle la défendrait.

— Dites-moi ce qui vous bouleverse tant, dit-elle d'un ton pressant. Dites-le moi.

Dans le visage de Xavière quelque chose vacilla. Françoise attendait, suspendue à ses lèvres ; d'une seule phrase Xavière allait créer ce que Françoise désirait depuis si longtemps : une union totale qui confondrait leurs joies, leurs inquiétudes, leurs tourments.

— Je ne peux pas vous dire, dit Xavière avec désespoir. Elle reprit sa respiration et dit plus calmement : Il n'y a rien à dire.

Dans un élan de rage impuissante, Françoise souhaita de serrer dans ses mains cette petite tête dure jusqu'à la faire éclater ; il n'y avait donc aucun moyen de forcer la retraite de Xavière ? Obstinément, malgré la douceur, malgré la violence, elle demeurait retranchée dans sa réserve agressive. Un cataclysme allait s'abattre sur elle et Françoise était condamnée à demeurer à l'écart comme un témoin inutile.

— Je pourrais vous aider, j'en suis sûre, dit-elle d'une voix où tremblait la colère.

— Personne ne peut m'aider, dit Xavière. Elle rejeta la tête en arrière et du bout des doigts arrangea ses cheveux. Je vous ai déjà dit que je ne valais rien, je vous ai prévenue, ajouta-t-elle avec impatience. Elle avait repris son air farouche et lointain.

Françoise ne pouvait plus insister sans indiscrétion. Elle s'était sentie prête à se donner à Xavière sans réserve et si ce don avait été accepté, elle aurait été délivrée à la fois d'elle-même et de cette douloureuse présence étrangère qui sans cesse lui barrait la route ; mais Xavière l'avait repoussée. Elle voulait bien pleurer devant Françoise, mais non pas lui permettre de partager ses larmes. Françoise se retrouvait seule devant une conscience solitaire et rétive. Elle effleura du doigt la main de Xavière que défigurait une grosse excroissance.

— C'est tout à fait guéri, cette brûlure ? dit-elle.

— C'est fini, dit Xavière ; elle considéra sa main. Jamais je n'aurais cru que ça puisse faire si mal.

— Aussi, vous lui avez infligé de drôles de traitements, dit Françoise. Elle se tut, découragée. Il faut que je m'en aille. Vraiment, vous ne voulez pas venir ?

— Non, dit Xavière.

— Qu'est-ce que je dirai à Labrousse ?

Xavière haussa les épaules comme si la question ne l'eût pas concernée.

— Ce que vous voudrez.

Françoise se leva.

— Je tâcherai d'arranger ça, dit-elle. Au revoir.

— Au revoir, dit Xavière.

Françoise retint sa main.

— Ça me fait deuil, de vous laisser là toute fatiguée et morne.

Xavière eut un faible sourire.

— Les lendemains d'ivresse, c'est toujours comme ça, dit-elle. Elle resta assise au bord du divan, comme pétrifiée et Françoise quitta la chambre.

En dépit de tout, elle essaierait de défendre Xavière ; ce serait une lutte solitaire et sans joie puisque Xavière elle-même refusait de se tenir à ses côtés, et elle n'envisageait pas sans appréhension l'inimitié qu'elle allait susciter chez Pierre si elle protégeait Xavière contre lui. Mais elle se sentait rivée à Xavière par un lien qu'elle ne choisissait pas. Elle descendit lentement la rue, elle avait envie d'appuyer le front contre un réverbère et de pleurer.

Pierre était assis à la même place que lorsqu'elle l'avait quitté. Il était seul.

— Alors, tu l'as vue, dit-il.

— Je l'ai vue, elle a sangloté sans arrêt, elle était bouleversée.

— Est-ce qu'elle vient ?

— Non, elle a une peur horrible de te voir. Françoise regarda Pierre et choisit ses mots avec soin : Je crois qu'elle craint que tu ne devines tout, et c'est l'idée de te perdre qui la met au désespoir.

Pierre ricana :

— Elle ne me perdra pas sans que nous ayons eu une jolie petite explication. J'ai plus d'une chose à lui dire. Naturellement, elle ne t'a rien raconté ?

— Non, rien. Elle a dit seulement que Gerbert était

venu chez elle, qu'elle l'avait mis à la porte et qu'elle
s'était saoulée après son départ. Françoise haussa les
épaules avec découragement.

— Un moment, j'ai cru qu'elle allait parler.

— Je lui ferai bien sortir la vérité, dit Pierre.

— Prends garde, dit Françoise. Elle a beau te croire
sorcier, elle soupçonnera que tu sais, si tu insistes trop.

Le visage de Pierre se ferma davantage :

— Je m'arrangerai, dit-il. Au besoin, je lui dirai que
j'ai regardé par le trou de la serrure.

Françoise alluma une cigarette, par contenance ; sa
main tremblait. Elle n'imaginait pas sans horreur l'humiliation de Xavière si elle croyait que Pierre l'avait
vue ; il saurait trouver des mots implacables.

— Ne la pousse pas à bout, dit-elle. Elle finira par
faire un malheur.

— Mais non, elle est bien trop lâche, dit Pierre.

— Je ne dis pas qu'elle se tuera, mais elle repartira
pour Rouen et sa vie sera foutue, dit Françoise.

— Elle fera ce qui lui plaira, dit Pierre avec colère.
Mais je te jure que je lui rendrai la monnaie de sa
pièce.

Françoise baissa la tête. Xavière avait été coupable
envers Pierre, elle l'avait blessé jusqu'au fond de l'âme.
Françoise ressentait avec violence cette blessure ; si elle
avait pu se fasciner uniquement sur elle, tout aurait été
plus simple. Mais elle voyait aussi le visage décomposé
de Xavière.

— Tu n'imagines pas, reprit Pierre plus doucement,
comme elle avait été tendre avec moi. Rien ne l'obligeait
à cette comédie passionnée. Sa voix se durcit à nouveau.
Elle n'est que coquetterie, et caprice, et traîtrise. Elle a
couché avec Gerbert uniquement par un retour de haine,
pour ôter toute valeur à notre réconciliation, pour me
duper, pour se venger. Elle n'a pas manqué son coup,
mais ça lui coûtera cher!

— Écoute, dit Françoise. Je ne peux pas t'empêcher
d'agir à ta guise. Mais accorde-moi une chose : ne lui dis

pas que moi je sais. Sinon elle ne pourra plus supporter de vivre auprès de moi.

Pierre la regarda.

— Soit, dit-il. Je prétendrai avoir gardé le secret.

Françoise posa la main sur son bras et elle fut envahie d'une détresse amère. Elle l'aimait et pour sauver Xavière avec qui aucun amour n'était possible, elle se dressait devant lui comme une étrangère ; peut-être demain deviendrait-il son ennemi. Il allait souffrir, se venger, haïr, sans elle, et même malgré elle ; elle le rejetait dans sa solitude, elle qui n'avait jamais souhaité que d'être unie à lui ! Elle retira sa main ; il regardait au loin ; elle l'avait déjà perdu.

CHAPITRE VI

Françoise jeta un dernier coup d'œil vers Éloy et Tedesco qui poursuivaient sur la scène un dialogue passionné.

— Je m'en vais, chuchota-t-elle.

— Tu parleras à Xavière ? dit Pierre.

— Oui, je t'ai promis, dit Françoise.

Elle regarda Pierre avec souffrance. Xavière s'obstinait à le fuir et il s'entêtait à vouloir une explication avec elle ; sa nervosité n'avait pas cessé de grandir pendant ces trois jours. Quand il n'épiloguait pas sur les sentiments de Xavière, il tombait dans de noirs silences ; auprès de lui, les heures étaient si lourdes que Françoise avait accueilli avec soulagement, comme une espèce d'alibi, la répétition de cet après-midi.

— Comment saurai-je si elle accepte ? dit Pierre.

— Tu verras bien à huit heures si elle est là ou non.

— Mais ça sera insupportable d'attendre sans savoir, dit Pierre.

Françoise haussa les épaules avec impuissance, elle était presque sûre que cette démarche serait vaine, mais si elle le disait à Pierre, il douterait de sa bonne volonté.

— Où la retrouves-tu ? dit Pierre.

— Aux Deux Magots.

— Eh bien! Je téléphonerai dans une heure, tu me diras ce qu'elle a décidé.

Françoise retint une protestation. Elle n'avait déjà que trop d'occasions de contredire Pierre et dans leurs moindres discussions à présent il y avait quelque chose d'âpre et de défiant qui lui tordait le cœur.

— C'est entendu, dit-elle.

Elle se leva et gagna l'allée centrale. Après-demain, c'était la répétition générale ; elle ne s'en souciait guère, ni Pierre non plus. Huit mois plus tôt, dans cette même salle, on achevait de répéter *Jules César* ; on distinguait dans la pénombre les mêmes têtes blondes et brunes ; Pierre était assis dans le même fauteuil, les yeux fixés sur le plateau qu'éclairait comme aujourd'hui le feu des projecteurs. Mais tout était devenu si différent! Naguère, un sourire de Canzetti, un geste de Paule, le pli d'une robe, c'était le reflet ou l'ébauche d'une histoire captivante ; une inflexion de voix, la couleur d'un buisson se détachaient avec un éclat fiévreux sur un vaste horizon d'espoir ; dans l'ombre des fauteuils rouges tout un avenir était tapi. Françoise sortit du théâtre. La passion avait tari les richesses du passé, et dans ce présent aride il n'y avait plus rien à aimer, plus rien à penser ; les rues avaient dépouillé les souvenirs et les promesses qui jadis prolongeaient à l'infini leur existence; elles n'étaient plus, sous le ciel incertain troué de brèves échappées bleues, que des distances à franchir.

Françoise s'assit à la terrasse du café ; il flottait dans l'air une odeur humide de brou de noix ; c'était la saison où les autres années on commençait à penser à des routes brûlantes, à des pics ombragés. Françoise évoqua le visage hâlé de Gerbert, son long corps courbé sous un sac de montagne. Où en était-il avec Xavière ? Françoise savait qu'elle avait été le rejoindre dès le soir qui avait suivi la nuit tragique et qu'ils avaient fait la paix ; tout

en affectant à l'égard de Gerbert la plus grande indifférence, Xavière avouait qu'elle le voyait souvent. Quels
sentiments éprouvait-il pour elle?

— Salut, dit Xavière gaiement. Elle s'assit et posa
devant Françoise un petit bouquet de muguet. C'est
pour vous, dit-elle.

— Comme vous êtes gentille, dit Françoise.

— Il faut l'épingler à votre corsage. dit Xavière.

Françoise obéit en souriant. Elle ne l'ignorait pas,
cette affection confiante qui riait dans les yeux de Xavière n'était qu'un mirage ; Xavière ne se souciait guère
d'elle et acceptait avec aisance de lui mentir ; derrière ses
sourires enjôleurs il y avait peut-être des remords, et
sûrement une satisfaction charmée à l'idée que Françoise se laissait duper sans résistance ; sans doute aussi
Xavière cherchait-elle une alliance contre Pierre. Mais
si impur que fût son cœur, Françoise était sensible aux
séductions de son traître visage. Dans sa blouse écossaise aux couleurs fraîches, Xavière avait un air tout
printanier ; une gaieté limpide animait ses traits sans
mystère.

— Quel temps plaisant, dit-elle. Je suis toute fière de
moi : j'ai marché deux heures comme un homme et je ne
suis pas du tout fatiguée.

— Moi, je regrette, dit Françoise. Je n'ai guère profité
du soleil. J'ai passé l'après-midi au théâtre.

Son cœur se serra ; elle aurait aimé s'abandonner aux
illusions charmantes que Xavière créait pour elle avec
tant de grâce ; elles se seraient raconté des histoires, elles
seraient descendues vers la Seine, à petits pas, en échan-
geant des phrases tendres. Mais même cette fragile
douceur lui était refusée, il fallait tout de suite engager
une discussion épineuse qui altérerait le sourire de Xavière et ferait bouillonner mille venins cachés.

— Est-ce que ça marche bien? dit Xavière avec un
intérêt empressé.

— Pas trop mal, je pense que ça tiendra trois ou
quatre semaines, le temps de finir la saison.

Françoise prit une cigarette et la fit tourner entre ses doigts.

— Pourquoi ne venez-vous pas aux répétitions? Labrousse m'a encore demandé si vous aviez décidé de ne plus le voir.

Le visage de Xavière se renfrogna. Elle haussa légèrement les épaules.

— Pourquoi pense-t-il ça? C'est stupide.

— Voilà trois jours que vous l'évitez, dit Françoise.

— Je ne l'évite pas, j'ai manqué un rendez-vous parce que je me suis trompée d'heure.

— Et un autre parce que vous étiez fatiguée, dit Françoise. Il m'a chargée de vous demander si vous pouviez le prendre à huit heures au théâtre.

Xavière détourna la tête.

— A huit heures? Je ne suis pas libre, dit-elle.

Françoise examina avec appréhension le profil fuyant et maussade qui se cachait sous les lourds cheveux blonds.

— Vous êtes sûre? dit-elle.

Gerbert ne sortait pas ce soir avec Xavière. Pierre s'était renseigné avant de fixer une heure.

— Oui, je suis libre, dit Xavière. Mais je veux me coucher tôt.

— Vous pouvez voir Labrousse à huit heures et vous coucher tôt.

Xavière redressa la tête et un éclair de fureur passa dans ses yeux.

— Vous savez bien que non! Il faudra s'expliquer jusqu'à quatre heures du matin!

Françoise haussa les épaules.

— Avouez franchement que vous ne voulez plus le revoir, dit-elle. Mais alors, donnez-lui des raisons.

— Il va encore m'adresser des reproches, dit Xavière d'une voix traînante. Je suis sûre qu'il me hait en ce moment.

C'était vrai que Pierre ne désirait cette rencontre que pour rompre avec Xavière d'une manière éclatante;

mais peut-être si elle acceptait de le voir, elle saurait désarmer sa colère ; en se dérobant encore une fois, elle achèverait de l'exaspérer.

— Je ne pense pas en effet qu'il vous porte de très bons sentiments, dit-elle. Mais de toute façon, vous ne gagnez rien à vous terrer, il saura bien vous trouver, vous feriez mieux d'aller lui parler ce soir même.

Elle regarda Xavière avec impatience.

— Faites un effort, dit-elle.

Le visage de Xavière s'affaissa.

— Il me fait peur, dit-elle.

— Écoutez, dit Françoise en posant la main sur le bras de Xavière. Vous ne voudriez pas que Labrousse cesse définitivement de vous voir ?

— Il ne voudra plus me voir ? dit Xavière.

— Il ne voudra sûrement plus, si vous continuez à vous buter.

Xavière baissa la tête avec accablement. Combien de fois déjà Françoise avait-elle contemplé sans courage ce crâne doré où il était si difficile de faire entrer des pensées raisonnables !

— Il va me téléphoner dans un instant, reprit-elle. Acceptez ce rendez-vous.

Xavière ne répondit pas.

— Si vous voulez, j'irai le voir avant vous. J'essaierai de lui expliquer.

— Non, dit Xavière avec violence. J'en ai assez de vos histoires. Je ne veux pas y aller.

— Vous préférez une rupture, dit Françoise. Réfléchissez, c'est à cela que vous allez arriver.

— Tant pis, dit Xavière d'un air fatal.

Françoise cassa entre ses doigts une tige de muguet. Il n'y avait rien à tirer de Xavière, sa lâcheté aggravait encore sa trahison. Mais elle se leurrait si elle croyait pouvoir échapper à Pierre, il serait capable de venir frapper chez elle au milieu de la nuit.

— Vous dites tant pis parce que vous n'envisagez jamais sérieusement l'avenir.

— Oh! dit Xavière. De toute façon, on ne pouvait arriver à rien, Labrousse et moi.

Elle plongea ses mains dans ses cheveux, dénudant ses tempes désertiques ; une passion de haine et de souffrance gonflait sa face, où la bouche s'entrouvrait dans un rictus semblable à la blessure d'un fruit trop mûr ; par cette plaie béante, éclatait au soleil une pulpe secrète et vénéneuse. On ne pouvait arriver à rien. C'était Pierre tout entier que Xavière avait convoité et puisqu'elle ne pouvait le posséder sans partage, elle renonçait à lui dans une rancœur furieuse qui enveloppait Françoise avec lui.

Françoise garda le silence. Xavière lui rendait difficile le combat qu'elle s'était promis de livrer pour elle ; démasquée, impuissante, la jalousie de Xavière n'avait rien perdu de sa violence ; elle n'aurait accordé à Françoise un peu de vraie tendresse que si elle eût réussi à lui prendre Pierre corps et âme.

— On demande Mlle Miquel au téléphone, cria une voix.

Françoise se leva.

— Dites que vous acceptez, dit-elle d'un ton pressant.

Xavière lui jeta un regard implorant et secoua la tête.

Françoise descendit l'escalier, entra dans la cabine et saisit l'écouteur.

— Allô, c'est Françoise, dit-elle.

— Alors, dit Pierre. Est-ce qu'elle vient ou non ?

— C'est toujours pareil, dit Françoise, elle a trop peur. Je ne suis pas arrivée à la convaincre. Elle a paru angoissée comme tout, quand je l'ai prévenue que tu finirais par rompre avec elle.

— Ça va, dit Pierre. Elle n'y perdra rien.

— J'ai fait tout ce que j'ai pu, dit Françoise.

— Je sais, tu es bien gentille, dit Pierre. Sa voix était sèche.

Il raccrocha. Françoise revint s'asseoir à côté de Xavière, qui l'accueillit avec un sourire dégagé.

407

— Vous savez, dit Xavière, jamais aucun chapeau ne vous a été aussi bien que ce petit canotier.

Françoise sourit sans conviction.

— Vous me choisirez toujours mes chapeaux, dit-elle.

— Greta vous a suivie des yeux avec l'air dépité comme tout. Ça la rend malade quand elle voit une autre femme aussi élégante qu'elle.

— Elle a un bien joli tailleur, dit Françoise.

Elle se sentait presque soulagée ; le sort en était jeté : en refusant obstinément son appui, ses conseils, Xavière la déchargeait du dur souci d'assurer son bonheur. Ses yeux firent le tour de la terrasse où les manteaux clairs, les vestes légères, les chapeaux de paille faisaient une première apparition timide. Et soudain, elle éprouva comme les autres années, un désir vivant de soleil, de verdure, de marche têtue au flanc des collines.

Xavière la regarda par en dessous avec un sourire insinuant.

— Vous avez vu la première communiante ? dit-elle. Comme c'est triste, les filles de cet âge, avec leur poitrine en foie de veau.

Elle avait l'air de vouloir arracher Françoise à des préoccupations affligeantes, qui ne l'eussent pas concernée ; toute sa personne exprimait une sérénité insouciante et bonhomme ; Françoise jeta un coup d'œil docile sur la famille endimanchée qui traversait la place.

— Est-ce qu'on vous a jamais fait faire votre première communion ? demanda-t-elle.

— Je comprends, dit Xavière. Elle se mit à rire avec trop d'animation. J'avais exigé qu'il y ait des roses brodées du haut en bas de ma robe. Mon pauvre père avait fini par céder.

Elle s'arrêta net. Françoise suivit la direction de son regard et elle aperçut Pierre qui refermait la portière d'un taxi. Le sang lui monta au visage. Pierre avait-il oublié sa promesse ? S'il parlait à Xavière devant elle il ne pourrait pas feindre d'avoir gardé le secret de sa honteuse découverte.

— Salut, dit Pierre. Il attira une chaise et s'assit avec aisance. Il paraît que vous n'êtes pas encore libre ce soir, dit-il à Xavière.

Xavière continuait à le fixer d'un air médusé.

— J'ai pensé qu'il fallait conjurer ce mauvais sort qui s'acharne sur nos rendez-vous. Pierre eut un sourire très aimable. Pourquoi me fuyez-vous depuis trois jours?

Françoise se leva ; elle ne voulait pas que Pierre confondît Xavière en sa présence et elle sentait sous sa politesse une décision impitoyable.

— Je crois qu'il vaudrait mieux que vous vous expliquiez sans moi, dit-elle.

Xavière agrippa son bras.

— Non, restez, dit-elle d'une voix éteinte.

— Lâchez-moi, dit Françoise doucement. Ce que Pierre a à vous dire ne me regarde pas.

— Restez, ou je pars, dit Xavière les dents serrées.

— Reste donc, dit Pierre avec impatience. Tu vois bien qu'elle va prendre une crise hystérique.

Il se retourna vers Xavière, il n'y avait plus trace d'aménité sur son visage.

— Je voudrais bien savoir pourquoi je vous épouvante à ce point?

Françoise se rassit et Xavière lâcha son bras ; elle avala sa salive et parut reprendre toute sa dignité.

— Vous ne m'épouvantez pas, dit-elle.

— On dirait bien que si, dit Pierre. Il plongea son regard dans les yeux de Xavière. D'ailleurs je peux vous expliquer pourquoi.

— Alors ne le demandez pas, dit Xavière.

— J'aurais aimé l'apprendre de votre bouche, dit Pierre. Il fit une pause un peu théâtrale et dit sans la quitter des yeux : Vous avez peur que je ne lise dans votre cœur et que je ne vous dise tout haut ce que j'y vois.

Le visage de Xavière se contracta :

— Je sais que vous avez la tête pleine de sales pensées ; elles me font horreur et je ne veux pas les connaître, dit-elle avec dégoût.

— Ce n'est pas de ma faute à moi si les pensées que vous inspirez sont malpropres, dit Pierre.

— En tout cas, gardez-les pour vous, dit Xavière.

— Je regrette, dit Pierre. Mais je suis venu tout exprès pour vous les exposer.

Il prit un temps. Maintenant qu'il tenait Xavière en son pouvoir, il semblait calme et presque amusé à l'idée de conduire la scène à sa guise. Sa voix, ses sourires, ses pauses, tout était si soigneusement calculé que Françoise eut une lueur d'espoir. Ce qu'il cherchait, c'était à réduire Xavière à sa merci, mais s'il y réussissait sans effort, peut-être lui épargnerait-il de trop dures vérités, peut-être se laisserait-il convaincre de ne pas rompre avec elle.

— Vous semblez ne plus désirer me voir, reprit-il. Je vous ferai sans doute plaisir en vous disant que moi non plus je n'ai pas envie de poursuivre nos rapports. Seulement, moi, je n'ai pas l'habitude de laisser tomber les gens sans leur donner mes raisons.

D'un seul coup, la précaire dignité de Xavière s'écroula ; ses yeux écarquillés, sa bouche entrouverte n'exprimaient plus qu'un désarroi incrédule. Il était impossible que la sincérité de cette angoisse ne parvînt pas à toucher Pierre.

— Mais qu'est-ce que je vous ai fait ? dit Xavière.

— Vous ne m'avez rien fait, dit Pierre. D'ailleurs vous ne me devez rien, je ne me suis jamais reconnu aucun droit sur vous. Il prit un air sec et détaché. Non, simplement, j'ai fini par comprendre qui vous étiez et alors cette histoire a cessé de m'intéresser.

Xavière regarda tout autour d'elle comme si elle eût cherché quelque part un secours ; ses mains étaient crispées, elle semblait passionnément désireuse de lutter, de se défendre, mais sans doute ne trouvait-elle aucune phrase qui ne lui parût pleine d'embûches. Françoise avait voulu lui souffler son rôle ; elle en était sûre à présent, Pierre ne tenait pas à couper tous les ponts derrière lui, il espérait que sa dureté même arracherait à Xavière des accents qui le fléchiraient.

— C'est à cause de ces rendez-vous manqués ? dit enfin Xavière d'une voix lamentable.

— C'est à cause des raisons qui vous les ont fait manquer, dit Pierre. Il attendit un instant ; Xavière n'ajoutait rien. Vous aviez honte de vous-même, reprit-il.

Xavière se redressa dans un sursaut.

— Je n'avais pas honte. Seulement j'étais sûre que vous étiez furieux contre moi. Vous êtes toujours furieux quand je vois Gerbert, et comme je me suis saoulée avec lui... Elle haussa les épaules d'un air méprisant.

— Mais je trouverais parfait que vous ayez de l'amitié pour Gerbert, ou même de l'amour, dit Pierre. Vous ne pourriez pas mieux choisir Cette fois, la colère qui grondait dans sa voix n'était pas mesurée. Mais vous êtes incapable d'un sentiment pur : vous n'avez jamais vu en lui qu'un instrument destiné à calmer votre orgueil, à assouvir vos colères. Il arrêta d'un geste les protestations de Xavière. Vous l'avez avoué vous-même, quand vous avez fait du romanesque avec lui, c'était par jalousie, et ce n'est pas pour ses beaux yeux que vous l'avez ramené chez vous l'autre nuit.

— J'étais sûre que vous alliez penser ça, dit Xavière. J'en étais sûre. Elle serra les dents et deux larmes de rage coulèrent sur ses joues.

— Parce que vous saviez que c'est vrai, dit Pierre. Je vais vous dire, moi, ce qui s'est passé. Quand je vous ai forcée à reconnaître votre jalousie infernale, vous avez tremblé de fureur ; vous accueillez en vous n'importe quelle bassesse, mais à condition que ça demeure dans l'ombre ; vous avez été confondue que toute votre coquetterie ait échoué à me cacher les bas-fonds de

411

votre petite âme. Ce que vous exigez des gens, c'est une admiration béate ; toute vérité vous offense.

Françoise le regarda avec appréhension, elle aurait voulu l'arrêter ; il semblait débordé par ses propres paroles et il perdait son calme, la dureté de son visage n'était plus jouée.

— C'est trop injuste, dit Xavière. J'ai tout de suite cessé de vous haïr!

— Mais non, dit Pierre. Il aurait fallu être naïf pour le croire. Vous n'avez jamais cessé ; seulement, pour se donner pleinement à une haine, il faudrait être moins veule que vous ; c'est fatigant de haïr, vous vous êtes accordé un petit repos. Vous étiez tranquille, vous saviez bien que dès que ça vous arrangerait vous retrouveriez toute votre rancune, alors vous l'avez mise de côté quelques heures parce que vous aviez envie de vous faire embrasser.

Le visage de Xavière se convulsa.

— Je n'avais aucune envie que *vous* m'embrassiez, dit-elle avec éclat.

— C'est possible, dit Pierre. Il eut un sourire grinçant. Mais vous aviez envie d'être embrassée et j'étais là. Il la toisa des pieds à la tête et dit d'une voix canaille : Remarquez, je ne m'en plains pas, c'est agréable de vous embrasser, j'y ai trouvé mon compte autant que vous.

Xavière reprit sa respiration, elle regardait Pierre avec une horreur si pure qu'elle paraissait presque apaisée, mais des larmes silencieuses démentaient le calme hystérique de ses traits.

— C'est ignoble ce que vous dites là, murmura-t-elle.

— Qu'est-ce qui est ignoble, dit Pierre avec violence, sinon votre conduite ? Tous vos rapports avec moi n'ont été que jalousie, orgueil, perfidie. Vous n'avez eu de cesse que vous ne m'ayez eu à vos pieds ; vous n'aviez encore aucune amitié pour moi que dans votre exclusivisme infantile, vous avez essayé par dépit de me brouiller avec Gerbert ; ensuite, vous avez été jalouse de

Françoise au point de compromettre votre amitié avec elle ; quand je vous ai conjurée de faire un effort pour construire avec nous des rapports humains, sans égoïsme et sans caprice, vous n'avez su que me haïr. Et pour finir, le cœur plein de cette haine, vous êtes tombée dans mes bras parce que vous aviez besoin de caresses.

— Vous mentez, dit Xavière. Vous inventez tout.

— Pourquoi m'avez-vous embrassé ? dit Pierre. Ce n'était pas pour me faire plaisir, ça supposerait une générosité dont personne n'a jamais vu chez vous aucune trace, et d'ailleurs je ne vous en demandais pas tant.

— Ah ! comme je regrette ces baisers, dit Xavière les dents serrées !

— Je le suppose, dit Pierre avec un sourire venimeux. Seulement vous n'avez pas su vous les refuser, parce que vous ne savez jamais rien vous refuser. Vous vouliez me haïr, cette nuit-là, mais mon amour vous restait précieux. Il haussa les épaules. Dire que j'ai pu prendre ces incohérences pour de la complexité d'âme !

— J'ai voulu être polie avec vous, dit Xavière.

Elle avait cherché à être insultante, mais elle ne contrôlait plus sa voix où tremblaient des sanglots. Françoise aurait voulu arrêter cette exécution ; c'était assez, Xavière ne pourrait plus relever la tête devant Pierre. Mais Pierre était buté à présent, il irait jusqu'au bout.

— C'est pousser trop loin la politesse, dit-il. La vérité c'est que vous avez été d'une coquetterie sans scrupule ; nos rapports continuaient à vous plaire, alors vous entendiez les garder intacts et vous vous réserviez de me haïr par en dessous. Je vous connais bien, vous n'êtes pas même capable d'une manœuvre concertée, vous êtes dupe vous-même de votre sournoiserie.

Xavière eut un petit rire.

— C'est facile, ces belles constructions en l'air. Je n'étais pas du tout si passionnée que vous dites, cette nuit-là et, d'autre part, je ne vous haïssais pas. Elle regarda Pierre avec un peu plus d'assurance, elle devait commencer à croire que ses affirmations ne reposaient sur aucun fait. C'est vous qui inventez que je vous haïssais, parce que vous choisissez toujours l'interprétation la plus moche.

— Je ne parle pas en l'air, dit Pierre d'un ton où perçait la menace. Je sais ce que je dis. Vous me haïssiez sans avoir le courage de le penser en ma présence ; dès que vous m'avez eu quitté, par fureur contre votre faiblesse vous avez aussitôt cherché une revanche, mais vous n avez encore été capable, dans votre lâcheté, que d une revanche secrète.

— Qu'est-ce que vous voulez dire ? dit Xavière.

— C'étai' bien combiné. J'aurais continué à vous adorer sans défiance, et vous auriez accepté mes hommages tout en me bafouant, c'est bien le genre de triomphe dont vous pouvez vous délecter. Le malheur c'est que vous êtes trop impotente pour réussir un beau mensonge, vous vous croyez rouée, mais vos ruses sont cousues de grosse ficelle, on lit en vous comme dans un livre, vous ne savez même pas prendre les précautions élémentaires pour dissimuler vos trahisons.

Une terreur abjecte s'était répandue sur les traits de Xavière.

— Je ne comprends pas, dit-elle.

— Vous ne comprenez pas ? dit Pierre.

Il y eut un silence. Françoise lui jeta un regard implorant, mais il n'avait pas du tout d'amitié pour elle en cet instant ; s'il se rappelait sa promesse, il n'hésiterait pas à la fouler délibérément aux pieds.

— Pensez-vous me faire croire que vous avez ramené Gerbert chez vous par hasard ? dit Pierre. Vous l'avez saoulé à dessein, parce que vous aviez décidé de sang-froid de coucher avec lui pour vous venger de moi.

— Ah ! voilà donc ! dit Xavière. Voilà bien les ignominies que vous pouvez imaginer !

— Ne prenez pas la peine de nier, dit Pierre. Je n'imagine rien, je sais.

Xavière le regarda d'un air rusé et triomphant de folle.

— Vous oserez prétendre que Gerbert a inventé ces ordures ?

De nouveau Françoise adressa à Pierre en silence un appel désespéré ; il ne pouvait pas accabler Xavière si durement, il ne pouvait pas trahir la confiance naïve de Gerbert. Pierre hésita :

— Naturellement Gerbert ne m'a parlé de rien, dit-il enfin.

— Alors ? dit Xavière. Vous voyez...

— Mais j'ai des yeux et des oreilles, dit Pierre. Et je m'en sers à l'occasion. C'est facile de regarder par un trou de serrure.

— Vous... Xavière porta la main à son cou, sa gorge se gonfla comme si elle allait suffoquer. Vous n'avez pas fait ça ? dit-elle.

— Non ! je me serais gêné ! dit Pierre en ricanant. Mais avec quelqu'un comme vous, tous les procédés sont permis.

Xavière regarda Pierre, puis Françoise dans un égarement de colère impuissante ; elle haletait. Françoise cherchait en vain un mot, un geste, elle avait peur que Xavière ne se mît à hurler ou à briser des verres devant tous les gens.

— Je vous ai vue, dit Pierre.

— Oh ! ça suffit, dit Françoise. Tais-toi.

Xavière s'était levée. Elle porta ses mains à ses tempes, des larmes ruisselaient sur son visage. Brusquement elle fonça devant elle.

— Je vais l'accompagner, dit Françoise.

— Si tu veux, dit Pierre.

Il se renversa en arrière avec affectation et sortit sa pipe de sa poche. Françoise traversa la place en courant. Xavière marchait à pas rapides, le corps raidi, la tête levée vers le ciel. Françoise la rattrapa et elles remontèrent en silence un morceau de la rue de Rennes. Xavière se tourna brusquement vers Françoise.

— Laissez-moi, dit-elle d'une voix étouffée.

— Non, dit Françoise. Je ne vous quitterai pas.

— Je veux rentrer chez moi, dit Xavière.

— Je rentre avec vous, dit Françoise. Elle fit signe à un taxi. Montez, dit-elle avec décision.

Xavière obéit. Elle appuya sa tête contre les coussins et fixa le plafond ; un rictus retroussa sa lèvre supérieure.

— Cet homme, je lui jouerai un sale tour, dit-elle.

Françoise lui toucha le bras.

— Xavière, murmura-t-elle.

Xavière frémit et se recula dans un sursaut.

— Ne me touchez pas, dit-elle avec violence.

Elle dévisagea Françoise d'un air hagard comme si une pensée nouvelle l'eût traversée.

— Vous le saviez, dit-elle. Vous saviez tout.

Françoise ne répondit rien. Le taxi s'arrêta, elle régla la course et monta hâtivement derrière Xavière. Xavière avait laissé la porte de sa chambre entrouverte, elle s'était adossée au lavabo, les yeux bouffis, échevelée, les joues marbrées de taches roses, elle semblait possédée par un démon furieux dont les soubresauts blessaient son corps fragile.

— Ainsi, pendant tous ces jours, vous m'avez laissée vous parler, et vous saviez que je mentais! dit-elle.

— Ce n'était pas ma faute si Pierre m'avait tout dit et je ne voulais pas en tenir compte, dit Françoise.

— Comme vous avez dû rire de moi! dit Xavière.

— Xavière! Je n'ai jamais pensé à rire, dit Françoise en faisant un pas vers elle.

— N'approchez pas, dit Xavière dans un cri. Je ne veux plus vous voir. Je veux m'en aller pour toujours.

— Calmez-vous, dit Françoise. Tout cela est stupide. Il ne s'est rien passé entre nous, ces histoires avec Labrousse, je n'y suis pour rien.

Xavière avait saisi une serviette et elle tirait sur les franges avec violence.

— J'accepte votre argent, dit-elle. Je me laisse entretenir par vous! Vous vous rendez compte.

— Vous délirez, dit Françoise. Je reviendrai vous voir quand vous aurez votre sang-froid.

Xavière lâcha la serviette.

— Oui, dit-elle, allez-vous-en.

Elle marcha vers le divan et s'abattit de tout son long en sanglotant.

Françoise hésita, puis elle sortit doucement de la chambre ferma la porte et remonta chez elle. Elle n'était pas très inquiète ; Xavière était encore plus veule qu'orgueilleuse, elle n'aurait pas l'absurde courage de ruiner sa vie en rentrant à Rouen. Ce qu'il y avait, c'est que jamais elle ne pardonnerait à Françoise l'indiscutable supériorité que celle-ci avait prise sur elle, ce serait un grief de plus, après tant d'autres. Françoise enleva son chapeau et se regarda dans la glace. Elle n'avait plus même la force de se sentir accablée, elle ne regrettait plus une amitié impossible, elle ne trouvait en elle aucune rancune contre Pierre. Tout ce qu'il lui restait à faire, c'était à essayer de sauver patiemment, tristement, les pauvres restes d'une vie dont elle avait tiré tant d'orgueil ; elle persuaderait Xavière de rester à Paris, elle tâcherait de gagner la confiance de Pierre. Elle adressa à son image un faible sourire. Après toutes ces années d'exigences passionnées, de sérénité triomphante et d'âpreté au bonheur, allait-elle devenir comme tant d'autres, une femme résignée ?

CHAPITRE VII

Françoise écrasa dans sa soucoupe le bout de sa cigarette.

— Tu vas avoir le courage de travailler par cette chaleur ?

— Ça ne me gêne pas, dit Pierre, Qu'est-ce que tu fais, toi, cet après-midi ?

Ils étaient assis sur la terrasse qui attenait à la loge de Pierre et où ils venaient de déjeuner. Au-dessous d'eux, la petite place du théâtre semblait accablée par le lourd ciel bleu.

— Je vais aux Ursulines, avec Xavière. Il y a un festival Charlot.

La lèvre de Pierre pointa en avant.

— Tu ne la quittes plus, dit-il.

— Elle est tellement déjetée, dit Françoise.

Xavière n'était pas rentrée à Rouen, mais bien que Françoise s'occupât beaucoup d'elle et qu'elle vît souvent Gerbert, depuis un mois elle traînait comme un corps sans âme, à travers l'été éclatant.

— Je viendrai te chercher à six heures, dit Françoise. Ça te va ?

— Parfaitement, dit Pierre. Il ajouta avec un sourire contraint : Amuse-toi bien.

Françoise lui sourit en retour, mais dès qu'elle eut quitté la pièce, toute sa faible gaieté se dissipa. Quand elle était toute seule à présent, il faisait toujours gris dans son cœur. Certes, Pierre ne lui reprochait pas même en pensée d'avoir gardé Xavière auprès d'elle, mais rien ne pouvait empêcher qu'elle ne parût désormais à ses yeux tout imprégnée d'une présence détestée ; sans cesse, à travers elle, c'était Xavière que Pierre apercevait par transparence.

L'horloge du carrefour Vavin marquait deux heures et demie. Françoise hâta le pas ; elle apercevait Xavière assise à la terrasse du Dôme dans une blouse d'un blanc éblouissant ; ses cheveux brillaient. Vue de loin, elle paraissait éclatante. Mais son visage était terne et son regard éteint.

— Je suis en retard, dit Françoise.

— J'arrive seulement, dit Xavière.

— Comment allez-vous ?

— Il fait chaud, dit Xavière dans un soupir.

Françoise s'assit à côté d'elle. Avec étonnement, elle respira, mêlée au parfum de tabac blond et de thé qui

418

flottait toujours autour de Xavière, une étrange odeur d'hôpital.

— Avez-vous bien dormi cette nuit? dit Françoise.

— On n'a pas dansé, j'étais trop crevée, dit Xavière. Elle fit une moue : et Gerbert avait mal à la tête.

Elle parlait volontiers de Gerbert, mais Françoise ne s'y laissait pas prendre ; ce n'était pas par amitié que Xavière lui faisait parfois des confidences, c'était pour refuser toute solidarité avec Gerbert. Elle devait tenir très fort à lui physiquement et elle prenait volontiers sa revanche en le jugeant avec sévérité.

— Moi, j'ai fait une grande promenade avec Labrousse, dit Françoise. Sur les berges de la Seine, c'était une nuit somptueuse. Elle s'arrêta. Xavière ne feignait même pas l'intérêt, elle regardait au loin d'un air harassé.

— Il faudrait partir si nous voulons aller au cinéma, dit Françoise.

— Oui, dit Xavière.

Elle se leva et prit le bras de Françoise. C'était un geste machinal, elle ne paraissait sentir aucune présence auprès d'elle. Françoise se mit à son pas. En ce moment, dans la lourde chaleur de sa loge, Pierre était en train de travailler. Elle aurait pu, elle aussi, s'enfermer paisiblement dans sa chambre et écrire ; autrefois, elle n'aurait pas manqué de se jeter avec âpreté sur ces grandes heures vides ; le théâtre était fermé, elle avait du loisir et elle ne savait que le gaspiller. Ce n'était même pas qu'elle se crût déjà en vacances, mais elle avait totalement perdu le sens des disciplines passées.

— Vous avez toujours envie d'aller au cinéma? dit-elle.

— Je ne sais pas, dit Xavière. Je crois que j'aimerais encore mieux me promener.

Françoise eut un recul apeuré devant ce désert d'ennui tiède qui soudain s'étalait sous ses pas ; il allait donc falloir traverser sans secours cette grande étendue de temps! Xavière n'était pas d'humeur à causer mais sa présence ne permettait pas de goûter un véritable silence où l'on pût s'entretenir avec soi-même.

— Eh bien, promenons-nous, dit Françoise.

La chaussée sentait le goudron, elle collait aux pieds ; on était pris au dépourvu par ces premières chaleurs orageuses. Françoise se sentait changée en une masse fade et cotonneuse.

— Êtes-vous encore fatiguée aujourd'hui ? dit-elle d'une voix affectueuse.

— Je suis toujours fatiguée, dit Xavière. Je deviens une vieille femme. Elle jeta sur Françoise un regard endormi. Excusez-moi, je ne suis pas un bon compagnon.

— Que vous êtes sotte ! Vous savez bien que je suis toujours contente d'être avec vous, dit Françoise.

Xavière ne répondit pas à son sourire, elle s'était déjà refermée sur elle-même. Jamais Françoise n'arriverait à lui faire comprendre qu'elle ne lui demandait pas de déployer pour elle la grâce de son corps, ni les séductions de son esprit, mais seulement de la laisser participer à sa vie. Pendant tout ce mois, elle avait essayé avec persévérance de se rapprocher d'elle, mais Xavière s'obstinait à demeurer cette étrangère dont la présence refusée étendait sur Françoise une ombre menaçante. Il y avait des moments où Françoise s'absorbait en elle-même, et d'autres où elle était tout entière donnée à Xavière, mais souvent elle ressentait à nouveau dans l'angoisse cette dualité qu'un sourire maniaque lui avait révélée un soir. Le seul moyen d'en détruire la réalité scandaleuse, ç'aurait été de s'oublier avec Xavière dans une unique amitié ; au cours de ces longues semaines, Françoise en avait éprouvé le besoin d'une manière de plus en plus aiguë. Mais Xavière ne s'oublierait jamais.

Un long chant sanglotant perça l'épaisseur brûlante de l'air ; au coin d'une rue déserte, un homme assis sur un pliant tenait une scie entre ses genoux ; au gémissement de l'instrument, sa voix mêlait des paroles plaintives :

> *Il pleut sur la route*
> *Dans la nuit j'écou-ou-te*
> *Le cœur en dérou-ou-te*
> *Le bruit de tes pas.*

Françoise serra le bras de Xavière ; cette musique veule dans cette solitude torride lui paraissait l'image même de son cœur. Le bras resta contre le sien, abandonné et insensible ; même à travers ce beau corps tangible on ne pouvait pas atteindre Xavière. Françoise eut envie de s'asseoir au bord du trottoir et de n'en plus bouger.

— Si nous allions dans un endroit, dit-elle. Il fait trop chaud pour marcher. Elle n'avait plus la force de continuer à errer au hasard sous le ciel uniforme.

— Oh oui ! Je voudrais m'asseoir ; dit Xavière. Mais où aller ?

— Voulez-vous qu'on retourne au café maure qui nous avait charmées une fois ? C'est tout près d'ici.

— Alors, allons-y, dit Xavière.

Elles tournèrent le coin de la rue ; c'était déjà plus réconfortant de marcher vers un but.

— C'était la première fois que nous passions ensemble une belle longue journée, dit Françoise. Vous rappelez-vous ?

— Ça me fait lointain, dit Xavière. Que j'étais jeune alors !

— Il n'y a pas un an, dit Françoise.

Elle aussi, elle avait vieilli depuis ce proche hiver. En ce temps-là, elle vivait sans se poser de questions, le monde autour d'elle était vaste et riche, et il lui appartenait ; elle aimait Pierre et Pierre l'aimait, elle se donnait même parfois le luxe de trouver son bonheur monotone. Elle poussa la porte, elle reconnut les tapis de laine, les plateaux de cuivre, les lanternes multicolores ; l'endroit n'avait pas changé. La danseuse et les musiciens étaient assis sur leurs talons dans la niche du fond et causaient entre eux.

— Comme c'est devenu triste, dit Xavière.

— C'est qu'il est encore tôt, ça va sans doute se remplir, dit Françoise. Voulez-vous qu'on aille autre part ?

— Oh non, restons là, dit Xavière.

Elles s'assirent à la même place qu'autrefois, sur les coussins rugueux, et commandèrent des thés à la menthe. De nouveau, en s'installant près de Xavière, Françoise respira l'odeur insolite qui l'avait intriguée au Dôme.

— Avec quoi vous êtes-vous lavé les cheveux aujourd'hui ? dit-elle.

Xavière effleura de ses doigts une mèche soyeuse.

— Je ne me suis pas lavé les cheveux, dit-elle étonnée.

— Ils sentent la pharmacie, dit Françoise.

Xavière eut un sourire d'intelligence, qu'elle réprima aussitôt.

— Je n'y ai pas touché, répéta-t-elle.

Son visage s'assombrit et elle alluma une cigarette d'un air un peu fatal. Françoise posa doucement la main sur son bras.

— Comme vous êtes morne, dit-elle. Il ne faut pas vous laisser aller comme ça !

— Qu'y puis-je ? dit Xavière. Je n'ai pas le caractère gai.

— Mais vous ne faites aucun effort, pourquoi n'avez-vous pas pris les livres que j'avais préparés pour vous ?

— Je ne peux pas lire quand je suis sinistre, dit Xavière.

— Pourquoi ne travaillez-vous pas avec Gerbert ? Ça serait le meilleur remède, de mettre sur pied une bonne scène.

Xavière haussa les épaules.

— On ne peut pas travailler avec Gerbert ! Il joue pour son propre compte, il n'est pas capable de rien indiquer, autant travailler avec un mur. Elle ajouta d'un ton coupant : Et puis je n'aime pas ce qu'il fait, c'est petit.

— Vous êtes injuste, dit Françoise. Il manque un peu de tempérament, mais il est intelligent et sensible.

— Ça ne suffit pas, dit Xavière. Son visage se contracta : Je hais la médiocrité, dit-elle rageusement.

— Il est jeune, il n'a pas beaucoup de métier. Mais je crois qu'il fera quelque chose, dit Françoise.

Xavière secoua la tête.

— Si au moins il était franchement mauvais, il y aurait de l'espoir, mais il est plat. Il est tout juste capable de reproduire correctement ce que Labrousse lui indique.

Xavière avait beaucoup de griefs contre Gerbert, mais un des plus cuisants, c'était assurément son admiration pour Labrousse. Gerbert prétendait qu'elle n'était jamais si hargneuse avec lui que lorsqu'il venait de voir Pierre ou même Françoise.

— C'est dommage, dit Françoise. Ça vous changerait l'existence si vous travailliez un peu.

Elle regarda Xavière avec lassitude. Elle ne voyait vraiment pas ce qu'on pouvait faire pour elle. Soudain, elle reconnut cette odeur qui s'exhalait de la personne de Xavière.

— Mais c'est l'éther que vous sentez, dit-elle avec surprise.

Xavière détourna la tête sans répondre.

— Qu'est-ce que vous faites avec de l'éther ? dit Françoise.

— Rien, dit Xavière.

— Mais encore ?

— J'en ai respiré un petit peu, dit Xavière. C'est agréable.

— C'est la première fois que vous en prenez, ou ça vous est déjà arrivé ?

— Oh ! ça m'arrive quelquefois, dit Xavière avec une mauvaise grâce étudiée.

Françoise eut l'impression qu'elle n'était pas fâchée de voir son secret découvert.

— Faites attention, dit Françoise. Vous allez vous abrutir ou vous abîmer.

— Pour ce que j'ai à perdre, dit Xavière.

— Pourquoi faites-vous ça ?

— Je ne peux plus me saouler, ça me rend malade, dit Xavière.

— Vous vous rendrez encore bien plus malade, dit Françoise.

— Pensez, dit Xavière. On n'a qu'à approcher un coton de son nez et pendant des heures, on ne se sent plus vivre.

Françoise lui prit la main.

— Êtes-vous tellement malheureuse ? dit-elle. Qu'est-ce qui ne va pas ? Dites-moi ?

Elle savait bien ce qui faisait souffrir Xavière, mais elle ne pouvait pas le lui faire avouer de but en blanc.

— Sauf pour le travail, vous vous entendez bien avec Gerbert ? reprit-elle.

Elle épia la réponse avec un intérêt qui ne lui était pas inspiré par le seul souci de Xavière.

— Oh ! Gerbert ! oui. Xavière haussa les épaules. Il ne compte pas beaucoup, vous savez.

— Vous tenez pourtant bien à lui, dit Françoise.

— Je tiens toujours à ce qui m'appartient, dit Xavière. Elle ajouta d'un air farouche : C'est reposant d'avoir quelqu'un pour soi seule. Sa voix mollit : mais enfin, ça fait juste un objet plaisant dans mon existence, rien de plus.

Françoise se glaça, elle se sentait personnellement insultée par l'accent dédaigneux de Xavière.

— Ce n'est donc pas à cause de lui que vous êtes triste ?

— Non, dit Xavière.

Elle avait l'air si désarmé et pitoyable que la brève hostilité de Françoise se dissipa.

— Ce n'est pas non plus ma faute ? dit-elle. Vous êtes contente de nos rapports ?

— Oh! oui, dit Xavière. Elle eut un petit sourire gentil qui retomba aussitôt. Soudain son visage s'anima. Je m'ennuie, dit-elle avec passion. Je m'ennuie ignoblement.

Françoise ne répondit rien ; c'était l'absence de Pierre qui causait un tel vide dans l'existence de Xavière, il aurait fallu le lui rendre, mais Françoise craignait bien que ce ne fût impossible ; elle vida son verre de thé ; le café s'était un peu rempli et depuis un moment les musiciens soufflaient dans leurs flûtes nasillardes ; la danseuse s'avança au milieu de la pièce et un frémissement parcourut son corps.

— Comme elle a de grosses hanches, dit Xavière avec dégoût, elle a engraissé.

— Elle a toujours été grosse, dit Françoise.

— C'est bien possible, dit Xavière. Il en fallait si peu autrefois pour m'éblouir. Son regard fit lentement le tour des murs. J'ai bien changé.

— Par le fait, tout ça c'est du toc, dit Françoise. Maintenant vous n'aimez que ce qui est vraiment beau, ça n'est pas à regretter.

— Mais non, dit Xavière. Maintenant plus rien ne me touche! Elle battit des paupières et dit d'une voix traînarde : Je suis usée.

— Vous vous complaisez à penser ça, dit Françoise agacée, mais ce sont des mots : vous n'êtes pas usée, vous êtes simplement morose.

Xavière la regarda d'un air malheureux.

— Vous vous laissez aller, dit Françoise gentiment. Il ne faut pas continuer comme ça. Écoutez : d'abord vous allez me promettre de ne plus prendre de l'éther.

— Mais vous ne vous rendez pas compte, dit Xavière. C'est terrible ces journées qui n'en finissent pas.

— C'est sérieux, vous savez. Vous allez complètement vous détruire, si vous ne cessez pas.

— Personne n'y perdra grand-chose, dit Xavière.

— En tout cas, moi, dit Françoise tendrement.

— Oh! fit Xavière d'un air incrédule.

— Que voulez-vous dire? dit Françoise.

— Vous ne devez déjà pas tant m'estimer, dit Xavière.

Françoise fut désagréablement surprise. Xavière ne semblait pas souvent touchée de sa tendresse, mais du moins elle n'avait jamais paru la mettre en doute.

— Comment! dit Françoise. Vous savez bien à quel point je vous ai toujours estimée.

— Autrefois, oui, vous pensiez du bien de moi, dit Xavière.

— Et pourquoi moins maintenant?

— C'est une impression, dit Xavière mollement.

— Pourtant, jamais nous ne nous sommes vues davantage, jamais je n'ai cherché une intimité plus profonde avec vous, dit Françoise déconcertée.

— Parce que vous avez pitié de moi, dit Xavière. Elle eut un rire douloureux. Voilà où j'en suis, moi! Je suis quelqu'un dont on a pitié!

— Mais c'est faux, dit Françoise. Qu'est-ce qui vous a mis ça en tête?

Xavière fixa d'un air buté le tison de sa cigarette.

— Expliquez-vous, dit Françoise. On n'affirme pas des choses pareilles sans raisons.

Xavière hésita et de nouveau Françoise crut sentir avec désagrément qu'à travers ses réticences et ses silences, c'était Xavière qui avait mené à son gré cette conversation.

— Ça serait naturel que vous fussiez dégoûtée de moi, dit Xavière. Vous avez de bonnes raisons de me mépriser.

— C'est toujours cette vieille histoire, dit Françoise. Mais nous nous étions si bien expliquées! J'ai bien compris que vous n'ayez pas voulu tout de suite me parler de vos rapports avec Gerbert, et vous avez convenu qu'à ma place, vous auriez comme moi gardé le silence.

— Oui, dit Xavière.

Françoise le savait, avec elle, aucune explication n'était définitive. Xavière devait encore se réveiller la nuit dans la fureur en se rappelant avec quelle aisance Françoise l'avait dupée pendant trois jours.

— Labrousse et vous, vous pensez tellement les mêmes choses, reprit Xavière. Et il se fait de moi une idée si ignoble.

— Ça ne regarde que lui, dit Françoise.

Ces mots lui coûtaient un effort, c'était à l'égard de Pierre une espèce de reniement, et pourtant ils n'exprimeraient que la vérité, elle avait bel et bien refusé de prendre parti pour lui.

— Vous me croyez par trop influençable, dit-elle. D'ailleurs il ne me parle presque jamais de vous.

— Il doit tellement me haïr, dit Xavière tristement.

Il y eut un silence.

— Et vous? Est-ce que vous le haïssez? dit Françoise.

Son cœur se serra; tout cet entretien n'avait eu d'autre but que de lui suggérer cette question, elle commençait à entrevoir vers quelle issue elle était en train de s'acheminer.

— Moi? dit Xavière. Elle jeta sur Françoise un regard suppliant. Je ne le hais pas, dit-elle.

— Il est persuadé du contraire, dit Françoise. Docile au désir de Xavière, elle poursuivit : Vous accepteriez de le revoir?

Xavière haussa les épaules.

— Il n'en a pas envie.

— Je ne sais pas, dit Françoise. S'il savait que vous le regrettez, ça changerait les choses.

— Naturellement, je le regrette, dit Xavière lentement. Elle ajouta avec une désinvolture maladroite : Vous supposez bien que Labrousse n'est pas quelqu'un qu'on puisse cesser de voir sans regret.

Françoise considéra un instant la grosse figure blême d'où s'échappaient des effluves pharmaceutiques; cet orgueil que Xavière gardait dans sa détresse était si pitoyable que Françoise dit presque malgré elle :

— Je pourrai peut-être essayer de lui parler.

— Oh! ça ne servira à rien, dit Xavière.

— Ce n'est pas sûr, dit Françoise.

C'était fait, la décision s'était prise d'elle-même et Françoise savait que maintenant elle ne pourrait plus s'empêcher de la mettre à exécution. Pierre l'écouterait avec un visage mauvais, il lui répondrait sans douceur et ses phrases blessantes lui découvriraient à lui-même l'étendue de son inimitié contre elle. Elle baissa la tête avec accablement.

— Qu'est-ce que vous lui direz? dit Xavière d'une voix insinuante.

— Que nous avons parlé de lui, dit Françoise. Que vous n'avez manifesté aucune haine, bien au contraire. Que pour votre part, si seulement il oubliait ses griefs, vous seriez heureuse de retrouver son amitié.

Elle fixa vaguement une tenture bariolée. Pierre affectait de se désintéresser de Xavière, mais dès qu'on prononçait son nom, on le sentait aux aguets ; il l'avait croisée une fois rue Delambre et Françoise avait vu passer dans ses yeux un désir hagard de courir vers elle. Peut-être accepterait-il de la revoir pour la torturer de plus près, peut-être alors serait-il reconquis par elle. Mais ni l'assouvissement de sa rancune, ni la résurrection de son amour inquiet ne le rapprocheraient de Françoise. Le seul rapprochement possible, ç'aurait été de renvoyer Xavière à Rouen et de recommencer à neuf une vie sans elle.

Xavière secoua la tête.

— Ça ne vaut pas la peine, dit-elle avec une résignation douloureuse.

— Je peux toujours essayer.

Xavière haussa les épaules, comme si elle déclinait toute responsabilité.

— Oh! faites comme vous voudrez, dit-elle.

Françoise eut un mouvement de colère. C'était

Xavière qui l'avait amenée jusque-là, avec son odeur d'éther et son visage à fendre l'âme, et maintenant elle se retirait comme à son habitude dans une indifférence hautaine, s'épargnant ainsi la honte d'un échec ou un devoir de gratitude.

— Je vais essayer, dit Françoise.

Elle n'avait plus aucun espoir de réussir avec Xavière cette amitié qui, seule, aurait pu la sauver, mais du moins aurait-elle tout fait pour la mériter.

— Tout à l'heure même, je parlerai à Pierre, dit-elle.

Quand Françoise entra dans la loge de Pierre, il était encore assis devant sa table de travail, sa pipe entre les dents, hirsute et l'air joyeux.

— Comme tu es studieux, dit-elle. Tu n'as pas bougé tout ce temps?

— Tu verras, je crois que j'ai fait du bon ouvrage, dit Pierre; il pivota sur sa chaise. Et toi? Tu as été contente? C'était un bon programme?

— Oh! on n'a pas été au cinéma, il fallait s'y attendre. On a traîné dans les rues, il faisait honteusement chaud. Françoise s'assit sur un coussin au bord de la terrasse; l'air avait un peu fraîchi, les cimes des platanes frémissaient faiblement. Je suis contente d'aller faire un tour avec Gerbert, j'en ai assez de Paris.

— Je vais encore passer mes jours à trembler, dit Pierre. Tu m'enverras bien sagement une dépêche chaque soir : Ne suis pas encore morte.

Françoise lui sourit. Pierre était satisfait de sa journée, son visage était gai et tendre; il y avait comme ça des moments où on aurait pu croire que rien n'avait changé depuis l'été dernier.

— Tu n'as rien à craindre, dit Françoise. Il est encore trop tôt pour faire de la vraie montagne. Nous irons dans les Cévennes ou dans le Cantal.

— Vous n'allez pas passer la soirée à faire des plans, dit Pierre d'un ton craintif.

429

— N'aie pas peur, nous t'épargnerons, dit Françoise. Elle sourit de nouveau, un peu timidement. Nous deux aussi, nous aurons bientôt des plans à faire.

— C'est vrai, dans un petit mois, nous partons, dit Pierre.

— Et il faudra finir par décider où, dit Françoise.

— Je pense qu'en tout cas, nous resterons en France, dit Pierre. On doit s'attendre à une période de tension vers le milieu d'août, et même s'il ne se passe rien, ça ne serait pas agréable de se trouver au bout du monde.

— Nous avions parlé de Cordes et du Midi, dit Françoise. Elle ajouta en riant : Forcément, il y aurait un peu de paysage, mais on verrait un tas de petites villes. Tu aimes bien les petites villes?

Elle regarda Pierre avec espoir ; quand ils seraient tous deux seule à seul, loin de Paris, peut-être ne perdrait-il plus cet air amical et détendu. Comme elle avait hâte de l'emmener avec elle pour de longues semaines.

— Ça me charmerait de me balader avec toi dans Albi, dans Cordes, dans Toulouse, dit Pierre. Et tu verras, je ferai honnêtement une grande marche de temps en temps.

— Moi, je resterai sans grogner dans les cafés tant que tu voudras, dit Françoise en riant.

— Qu'est-ce que tu feras de Xavière? dit Pierre.

— Sa famille veut très bien la recevoir pour les vacances ; elle ira à Rouen, ça ne lui fera pas de mal de se refaire une santé.

Françoise détourna la tête ; si Pierre se réconciliait avec Xavière, que deviendraient tous ces projets heureux? Il pourrait se reprendre de passion pour elle et ressusciter le trio ; il faudrait l'emmener avec eux en voyage. La gorge de Françoise se contracta : jamais elle n'avait rien désiré si âprement que ce long tête-à-tête.

— Elle est malade? dit Pierre d'un ton froid.

— Elle est plutôt en mauvais état, dit Françoise.

Il ne fallait pas parler ; il fallait laisser la haine de Pierre mourir lentement dans l'indifférence, il était déjà en marche vers la guerison. Encore un mois et sous le ciel du Midi, cette année fiévreuse ne serait plus qu'un souvenir. Il n'y avait qu'à ne rien ajouter et changer de sujet. Déjà Pierre ouvrait la bouche, il allait parler d'autre chose, mais Françoise le prévint.

— Tu ne sais pas ce qu'elle a été imaginer? Elle s'est mise à prendre de l'éther.

— Ingénieux, dit Pierre. A quelle fin?

— Elle est malheureuse comme les briques, dit Françoise. C'était plus fort qu'elle, elle tremblait devant le danger, mais il l'attirait irrésistiblement, elle n'avait jamais su s'en tenir aux conduites prudentes.

— La pauvre petite, dit Pierre avec une grosse ironie. Qu'est-ce qui lui arrive donc?

Françoise roula un mouchoir entre ses mains moites.

— Tu as laissé un vide dans sa vie, dit-elle d'un ton badin qui sonna faux.

Le visage de Pierre se durcit.

— J'en suis navré, dit-il. Mais qu'est-ce que tu veux que j'y fasse?

Françoise serra son mouchoir plus fort; comme la blessure était encore vivante! Dès les premiers mots, Pierre s'était mis sur la défensive, ce n'était déjà plus à un ami qu'elle parlait. Elle rassembla son courage.

— Tu n'envisages absolument pas de la revoir un jour?

Pierre lui jeta un regard froid.

— Ah! dit-il, elle t'a chargée de me sonder?

La voix de Françoise se durcit à son tour.

— C'est moi qui le lui ai proposé, dit-elle. Quand j'ai compris qu'elle te regrettait si fort.

— Je vois, dit Pierre. Elle t'a fendu le cœur avec ses comédies d'éthéromane.

Françoise rougit. Elle savait qu'il y avait eu de la complaisance dans le tragique de Xavière et qu'elle s'était laissé manœuvrer, mais devant le ton coupant de Pierre, elle se buta.

— C'est trop facile, dit-elle. Que tu te foutes du

sort de Xavière, soit, mais le fait est qu'elle est plus bas que terre et que c'est à cause de toi!

— A cause de moi! dit Pierre. Vraiment tu en as d'excellentes! Il se leva et vint se planter devant Françoise en ricanant : Tu veux que chaque soir je la mène par la main dans le lit de Gerbert? C'est ça qu'il lui faut pour que sa petite âme soit sereine?

Françoise fit un effort sur elle-même, elle ne gagnerait rien à se mettre en colère.

— Tu sais bien que tu lui as dit en la quittant des choses si cruelles que même une personne moins orgueilleuse qu'elle ne s'en serait pas relevée. Toi seul peux les effacer.

— Excuse-moi, dit Pierre. Je ne t'empêche pas de pratiquer le pardon des injures, mais moi, je ne me sens pas une vocation de sœur de charité.

Françoise se sentit blessée au vif par ce ton méprisant.

— Après tout, ce n'était pas un tel crime de coucher avec Gerbert, elle était libre, elle ne t'avait rien promis. Ça t'a été pénible, mais tu sais bien que tu en prendrais ton parti, si tu voulais. Elle se jeta dans un fauteuil. Je trouve que c'est sexuel et mesquin, cette rancune que tu lui gardes. Tu fais type qui en veut à une femme qu'il n'a pas eue. Ça ne me semble pas digne de toi.

Elle attendit avec inquiétude. Le coup avait porté. Un éclat de haine passa dans les yeux de Pierre.

— Je lui en veux d'avoir été coquette et traître. Pourquoi m'a-t-elle laissé l'embrasser? Pourquoi tous ces tendres sourires? Pourquoi a-t-elle prétendu m'aimer?

— Mais elle était sincère, elle tient à toi, dit Françoise. De durs souvenirs lui remontaient soudain au cœur. Et puis, c'est toi-même qui as exigé son amour, dit-elle. Tu sais bien qu'elle a été bouleversée quand tu as prononcé ce mot pour la première fois.

— Tu insinues qu'elle ne m'aimait pas? dit Pierre.

Jamais encore il n'avait regardé Françoise avec une hostilité si décidée.

— Je ne dis pas ça, dit Françoise. Je dis qu'il y a quelque chose de forcé dans cet amour, au sens où l'on force l'éclosion d'une plante ; tu réclamais toujours davantage, en intimité, en intensité.

— Tu reconstruis drôlement l'histoire, dit Pierre avec un sourire malveillant. C'est elle qui a fini par se montrer si exigeante qu'il a fallu l'arrêter parce qu'elle ne me demandait rien moins que de te sacrifier.

D'un seul coup, Françoise se décomposa. C'était vrai, c'était par loyauté envers elle que Pierre avait perdu Xavière. En était-il venu à la regretter ? Ce qu'il avait accompli dans un élan si spontané, lui en faisait-il à présent un grief ?

— Si elle m'avait eu tout à elle, elle était prête à m'aimer de passion, reprit Pierre. Elle a couché avec Gerbert pour me punir de ne pas te fouler aux pieds : avoue que tout ça fait plutôt moche. Ça m'étonne que tu prennes son parti !

— Je ne prends pas son parti, dit Françoise faiblement. Elle sentit que ses lèvres commençaient à trembler. D'un mot, Pierre avait éveillé en elle de cuisantes rancunes ; pourquoi s'obstinait-elle à se ranger aux côtés de Xavière ? Elle est si malheureuse, murmura-t-elle.

Elle pressa ses doigts contre ses paupières, elle ne voulait pas pleurer, mais elle se trouvait soudain plongée au sein d'un désespoir sans fond, elle n'y voyait plus du tout clair, elle était lasse de chercher à s'orienter. Tout ce qu'elle savait, c'est qu'elle aimait Pierre, et lui seul.

— Crois-tu que je sois tellement heureux ? dit Pierre.

Il se fit en Françoise un déchirement si aigu qu'un cri lui monta aux lèvres, elle serra les dents mais les larmes jaillirent. Toute la souffrance de Pierre refluait sur son cœur ; rien d'autre sur terre ne comptait que son amour, et pendant tout ce mois, où il avait eu besoin d'elle, elle l'avait laissé se débattre seul ; il était trop tard pour lui demander pardon, elle s'était trop éloignée de lui pour qu'il souhaitât encore son secours.

— Ne pleure pas, dit Pierre avec un peu d'impatience. Il la regardait sans sympathie ; elle savait bien qu'après s'être dressée contre lui elle n'avait pas le droit de lui infliger encore ses larmes, mais elle n'était plus qu'un chaos de douleur et de remords. Je t'en prie, calme-toi, dit Pierre.

Elle ne pouvait pas se calmer, elle l'avait perdu, par sa faute, elle n'aurait pas assez de toute sa vie pour le pleurer. Elle enfouit son visage dans ses mains. Pierre marchait de long en large à travers la pièce, mais elle ne se souciait même plus de lui, elle avait perdu tout contrôle sur son corps, et ses pensées lui échappaient, elle n'était plus qu'une vieille machine déréglée.

Soudain, elle sentit la main de Pierre sur son épaule, elle leva les yeux.

— Tu me hais à présent, dit-elle.

— Mais non, je ne te hais pas, dit-il avec un sourire contraint.

Elle s'accrocha à sa main.

— Tu sais, dit-elle d'une voix entrecoupée, je ne suis pas si amie avec Xavière, mais je me sens de telles responsabilités ; il y a dix mois, elle était jeune, passionnée, pleine d'espoir, maintenant c'est un pauvre déchet.

— A Rouen aussi, elle était minable, elle parlait tout le temps de se tuer, dit Pierre.

— Ça n'était pas pareil, dit Françoise.

Elle eut un nouveau sanglot ; c'était torturant, dès qu'elle revoyait la face pâle de Xavière, elle ne pouvait plus se résoudre à la sacrifier, fût-ce pour le bonheur de Pierre. Un moment, elle demeura immobile, la main rivée à cette main qui reposait inerte sur son épaule. Pierre la regardait. Il dit enfin :

— Qu'est-ce que tu veux que je fasse ? Son visage était crispé.

Françoise lâcha sa main et s'essuya les yeux.

— Je ne veux plus rien, dit-elle.

— Qu'est-ce que tu voulais tout à l'heure? dit-il
en maîtrisant avec peine son impatience.

Elle se leva et marcha vers la terrasse; elle avait
peur de lui demander quelque chose; ce qu'il lui accor-
derait de mauvais cœur ne ferait que les séparer davantage; elle revint vers lui.

— Je pensais que si tu la revoyais, tu retrouverais
peut-être de l'amitié pour elle, elle tient tellement à
toi.

Pierre coupa court.

— C'est bon, je la reverrai, dit-il.

Il alla s'accouder à la balustrade et Françoise le
suivit. La tête baissée, il contemplait le terre-plein où
sautillaient quelques pigeons. Françoise fixa sa nuque
ronde; à nouveau le remords la déchira; alors qu'il
s'appliquait honnêtement à retrouver la paix, elle venait
de le rejeter dans la tourmente. Elle revit le sourire
joyeux dont il l'avait accueillie; à présent, elle avait
devant elle un homme plein d'amertume qui s'apprêtait
à subir avec une docilité révoltée une exigence à laquelle
il ne consentait pas. Souvent, elle avait demandé des
choses à Pierre, mais au temps de leur union, jamais
ce que l'un accordait à l'autre ne pouvait être ressenti
comme un sacrifice; cette fois, elle avait mis Pierre dans
la situation de lui céder avec rancune. Elle toucha ses
tempes. Elle avait mal à la tête et ses yeux brûlaient.

— Qu'est-ce qu'elle fait ce soir? dit Pierre brusquement.

Françoise tressaillit.

— Rien que je sache.

— Eh bien! téléphone-lui donc. Tant qu'à faire,
j'aime mieux régler cette affaire le plus tôt possible.

Pierre se mordit un ongle avec nervosité. Françoise
marcha vers le téléphone.

— Et Gerbert?

— Tu le verras sans moi.

Françoise composa le numéro de l'hôtel; elle la recon-

435

naissait cette dure barre de fer qui lui coupait l'estomac ;
toutes les affres anciennes allaient renaître. Jamais
Pierre n'aurait avec Xavière une amitié calme, déjà sa
précipitation annonçait les futurs orages.

— Allô! Vous pouvez m'appeler Mlle Pagès? dit-elle.

— Tout de suite, ne quittez pas.

Elle entendit le claquement des talons sur le plancher,
une rumeur : on criait le nom de Xavière dans l'escalier.
Le cœur de Françoise se mit à battre, la nervosité de
Pierre la gagnait.

— Allô, dit la voix inquiète de Xavière. Pierre prit
l'écouteur.

— C'est Françoise. Est-ce que vous êtes libre ce
soir ?

— Oui, pourquoi ?

— Labrousse fait demander s'il peut venir vous
voir.

Il n'y eut pas de réponse.

— Allô, répéta Françoise.

— Venir maintenant ? dit Xavière.

— Ça vous dérange ?

— Non, ça ne me dérange pas.

Françoise resta un moment sans plus savoir que
dire.

— Alors c'est entendu, dit-elle. Il vient tout de
suite.

Elle raccrocha.

— Tu me fais faire un impair, dit Pierre d'un air
mécontent. Elle n'avait pas du tout envie que je vienne.

— Je crois plutôt qu'elle était émue, dit Françoise.

Ils se turent, le silence se prolongea un long moment.

— Je vais y aller, dit Pierre.

— Rentre chez moi pour me dire comment ça aura
tourné, dit Françoise.

— C'est entendu, à cette nuit, dit Pierre. Je pense
que je serai là de bonne heure.

Françoise s'approcha de la fenêtre et le regarda traverser la place, puis elle revint s'asseoir dans le fauteuil

et y demeura prostrée, il lui semblait qu'elle venait de
faire un choix définitif, et c'était le malheur qu'elle avait
choisi. Elle sursauta ; on frappait à la porte.

— Entrez, dit-elle.

Gerbert entra. Avec étonnement, Françoise aperçut
le frais visage qu'encadraient des cheveux noirs et lisses
comme des cheveux de Chinoise. Devant la blancheur
de ce sourire, les ombres massées en son cœur se déchi-
rèrent. Elle se rappelait soudain qu'il y avait au monde
des choses à aimer qui n'étaient ni Xavière, ni Pierre ;
il y avait des cimes neigeuses, des pins ensoleillés, des
auberges, des routes, des gens et des histoires. Il y avait
ces yeux rieurs qui se posaient sur elle avec amitié.

Françoise ouvrit les yeux et les referma aussitôt,
l'aube naissait déjà. Elle était sûre de n'avoir pas dormi,
elle avait entendu sonner toutes les heures, et cependant
il ne lui semblait pas s'être couchée depuis plus de quelques instants. Quand elle était rentrée à minuit, après
avoir élaboré avec Gerbert un plan détaillé de leur
voyage, Pierre n'était pas là encore ; elle avait lu quelques minutes, et puis elle avait éteint la lumière et cherché le sommeil. C'était naturel que l'explication avec
Xavière se fût prolongée, elle ne voulait se poser aucune
question sur son issue, elle ne voulait pas sentir à nouveau un étau lui serrer la gorge, elle ne voulait pas attendre. Elle n'avait pas réussi à s'endormir mais elle avait
glissé dans une torpeur où les bruits, les images se réper-
cutaient à l'infini, comme au temps fiévreux de sa maladie ; les heures lui avaient paru courtes. Peut-être arri-
verait-elle à traverser sans angoisse la fin de la nuit.

Elle tressaillit, elle entendait des pas dans l'escalier ;
les marches craquaient trop lourdement, ce n'était pas
Pierre, déjà les pas continuaient vers les étages supé-
rieurs. Elle se retourna vers le mur ; si elle commençait
à épier les rumeurs de la nuit, à compter les minutes,
ç'allait être infernal, elle voulait rester calme. C'était

437

déjà beaucoup d'être étendue dans son lit, bien au chaud ; en cet instant, il y avait des clochards couchés sur les durs trottoirs des Halles, et des voyageurs harassés debout dans des couloirs de train, des soldats montaient la garde aux portes des casernes.

Elle se recroquevilla plus étroitement entre les draps. Sûrement au cours de ces longues heures, Pierre et Xavière s'étaient plus d'une fois haïs, puis réconciliés, mais comment savoir si dans cette aube naissante c'était l'amour ou la rancune qui triomphait ? Elle voyait une table rouge dans une grande salle presque déserte, et par-dessus les verres vides, deux visages tantôt extatiques et tantôt furieux. Elle essaya de fixer l'une après l'autre chaque image ; aucune ne recelait de menace : au point où en étaient les choses, il ne restait plus rien qui pût encore être menacé. Seulement il aurait fallu s'arrêter sur l'une d'elles avec certitude. C'était ce vide indécis qui finissait par affoler le cœur.

La chambre s'éclairait faiblement. Tout à l'heure Pierre serait là, mais on ne pouvait pas s'installer à l'avance dans cette minute que sa présence comblerait, on ne pouvait même pas se sentir emporté vers elle, car sa place n'était pas déjà fixée. Françoise avait connu des attentes qui ressemblaient à des courses affolées, mais ici elle piétinait sur place. Des attentes, des fuites, toute l'année s'était passée ainsi. Et maintenant qu'allait-on se mettre à espérer ? Un équilibre heureux de leur trio ? Sa rupture définitive ? Ni l'un, ni l'autre ne serait jamais possible puisqu'il n'y avait aucun moyen de faire alliance avec Xavière, ni de se délivrer d'elle. Même un exil ne supprimerait pas cette existence qui ne se laissait pas annexer. Françoise se rappelait comme elle l'avait d'abord niée par son indifférence ; mais l'indifférence avait été vaincue ; l'amitié venait d'échouer. Il ne restait aucun salut. On pouvait fuir, mais il faudrait bien revenir, et ce seraient d'autres attentes, et d'autres fuites, sans fin.

438

Françoise tendit le bras vers son réveil. Sept heures. Dehors il faisait grand jour, tout son corps était déjà en alerte et l'immobilité se changeait en ennui. Elle rejeta les couvertures et commença sa toilette ; elle s'aperçut avec surprise qu'une fois debout, dans le jour et la tête claire, elle avait envie de pleurer. Elle se lava, se maquilla et s'habilla lentement. Elle ne se sentait pas nerveuse, mais elle ne savait pas que faire d'elle-même. Une fois prête, elle s'étendit à nouveau sur son lit ; en cet instant, il n'y avait nulle part au monde aucune place pour elle ; rien ne l'attirait dehors, mais ici rien ne la retenait qu'une absence, elle n'était plus qu'un appel vide, coupée de toute plénitude et de toute présence au point que les murs mêmes de sa chambre l'étonnaient. Françoise se redressa. Cette fois, elle reconnaissait ce pas. Elle composa son visage et bondit vers la porte. Pierre lui sourit.

— Tu es déjà levée ? dit-il. J'espère que tu ne t'es pas inquiétée ?

— Non, dit Françoise. Je pensais bien que vous aviez tant de choses à vous dire. Elle le dévisagea. Il était clair que, quant à lui, il ne sortait pas du néant. Dans son teint vif, dans son regard animé, dans ses gestes, se reflétait la plénitude des heures qu'il venait de vivre. Alors ? dit-elle.

Pierre prit un air confus et joyeux que Françoise connaissait bien.

— Alors, tout recommence, dit-il. Il toucha le bras de Françoise. Je te raconterai en détail, mais Xavière nous attend pour le petit déjeuner, j'ai dit que nous revenions tout de suite.

Françoise enfila une veste. Elle venait de perdre sa dernière chance de reconquérir avec Pierre une intimité paisible et pure, mais cette chance, à peine avait-elle osé y croire quelques minutes ; elle était trop lasse à présent pour le regret ni pour l'espoir. Elle descendit l'escalier ; l'idée de se retrouver en trio n'éveillait plus guère en elle qu'une anxiété résignée.

— Résume-moi en quelques mots ce qui s'est passé, dit-elle.

— Eh bien, je me suis donc ramené hier soir à son hôtel, dit Pierre. J'ai tout de suite senti qu'elle était très émue et ça m'a ému moi-même. Nous sommes restés là un moment à causer tout bêtement de la pluie et du beau temps, et puis nous avons été au Pôle Nord et nous avons eu une immense explication. Pierre se tut un instant et il reprit, de ce ton fat et nerveux qui avait toujours été pénible à Françoise : J'ai l'impression qu'il ne faudrait pas en faire beaucoup pour qu'elle laisse tomber Gerbert.

— Tu lui as demandé de rompre ? dit Françoise.

— Je ne veux pas être la cinquième roue du carrosse, dit Pierre.

Gerbert ne s'était pas inquiété de la brouille survenue entre Pierre et Xavière ; toute leur amitié ne lui avait jamais paru reposer que sur un caprice, il allait être durement mortifié en apprenant la vérité. Au fond, Pierre aurait mieux fait de le mettre dès le début au courant de la situation, Gerbert aurait renoncé sans effort à conquérir Xavière ; à présent, il ne tenait pas profondément à elle, mais il lui serait sûrement désagréable de la perdre.

— Quand tu seras partie en voyage, reprit Pierre, je prendrai Xavière en main et au bout de la semaine, si la question ne s'est pas réglée d'elle-même, je la mettrai en demeure de choisir.

— Oui, dit Françoise. Elle hésita : Il faudra que tu expliques toute l'histoire à Gerbert, sinon tu auras l'air d'un beau salaud.

— Je lui expliquerai, dit Pierre vivement. Je lui dirai que je n'ai pas voulu user d'autorité sur lui mais que j'ai estimé avoir le droit de lutter d'égal à égal. Il regarda Françoise sans beaucoup d'assurance. Tu n'es pas de cet avis ?

— Ça se défend, dit Françoise.

En un sens, c'était vrai que Pierre n'avait aucune

raison de se sacrifier pour Gerbert, mais Gerbert n'avait pas non plus mérité la dure déception qui l'attendait. Françoise poussa du pied un petit caillou rond. Sans doute fallait-il renoncer à trouver la solution juste pour aucun problème ; il semblait bien depuis un temps que quelque parti qu'on prit, on dût toujours avoir tort. Et d'ailleurs, personne ne se souciait plus beaucoup de savoir ce qui était bien ou mal, elle-même se désintéressait de la question.

Ils entrèrent dans le Dôme. Xavière était assise à une table, la tête baissée. Françoise effleura son épaule.

— Bonjour, dit-elle en souriant.

Xavière tressaillit et leva vers Françoise un visage égaré, puis elle sourit à son tour, avec contrainte.

— Je ne pensais pas que c'était déjà vous, dit-elle.

Françoise s'assit à côté d'elle. Quelque chose dans cet accueil lui était douloureusement familier.

— Comme vous voilà fraîche ! dit Pierre.

Xavière avait dû profiter de l'absence de Pierre pour se refaire minutieusement une figure ; son teint était uni et clair, ses lèvres brillantes, ses cheveux lustrés.

— Pourtant, je suis fatiguée, dit Xavière. Ses yeux se posèrent tour à tour sur Françoise et sur Pierre et elle mit la main devant sa bouche en étouffant un petit bâillement. Je crois même que j'ai envie d'aller dormir, dit-elle avec un air confus et tendre qui ne s'adressait pas à Françoise.

— Maintenant ? dit Pierre. Vous avez toute la journée.

Le visage de Xavière se ferma.

— Mais je me sens mal dans ma peau, dit-elle. Un frémissement de ses bras fit flotter les larges manches de sa blouse. C'est désagréable de garder le même vêtement pendant des heures.

— Prenez au moins un café avec nous, dit Pierre d'un ton déçu.

— Si vous voulez, dit Xavière.

Pierre commanda trois cafés. Françoise prit un croissant et commença à le manger par petites bouchées ;

elle n'avait pas le courage d'essayer une phrase aimable, elle avait vécu cette scène déjà plus de vingt fois, elle était écœurée à l'avance de ce ton allant, de ces sourires enjoués qu'elle sentait au bord de ses lèvres et de ce dépit irrité qui montait en elle ; Xavière regardait ses doigts d'un air endormi. Pendant un long moment, personne ne souffla mot.

— Qu'est-ce que tu as fait avec Gerbert ? dit Pierre.

— Nous avons dîné à la Grille et organisé notre voyage, dit Françoise. Je pense que nous partirons après-demain.

— Vous allez encore grimper sur des montagnes, dit Xavière d'une voix morne.

— Oui, dit Françoise sèchement. Vous trouvez ça absurde ?

Xavière leva les sourcils.

— Si ça vous amuse, dit-elle.

Le silence retomba. Pierre les regarda l'une après l'autre d'un air inquiet.

— Vous avez l'air aussi ensommeillées l'une que l'autre, dit-il avec reproche.

— Ce n'est pas une bonne heure pour voir des gens, dit Xavière.

— Pourtant, je me souviens d'un moment bien plaisant que nous avons passé ici à la même heure, dit Pierre.

— Oh ! ça n'avait pas été tellement plaisant, dit Xavière.

Françoise se rappelait bien ce matin à l'odeur savonneuse : c'était là que pour la première fois la jalousie de Xavière s'était ouvertement déclarée ; après tous ses efforts pour la désarmer, elle la retrouvait aujourd'hui intacte. En cet instant, ce n'était pas seulement sa présence, c'était son existence même que Xavière aurait voulu effacer.

Xavière repoussa son verre.

— Je vais rentrer, dit-elle avec décision.

— Reposez-vous bien surtout, dit Françoise d'un ton ironique.

442

Xavière lui tendit la main sans répondre. Elle fit un vague sourire à Pierre et traversa rapidement le café.

— C'est une déroute, dit Françoise.

— Oui, dit Pierre. Il semblait contrarié. Pourtant elle a eu l'air très contente quand je lui ai demandé de nous attendre.

— Sans doute elle n'avait pas envie de te quitter, dit Françoise. Elle eut un petit rire. Mais quel choc ça lui a fait quand elle m'a vue devant elle.

— Ça va encore être infernal, dit Pierre. Il considéra d'un œil sombre la porte par laquelle Xavière était sortie. Je me demande si ça vaut la peine de recommencer, on ne s'en tirera jamais.

— Comment t'a-t-elle parlé de moi ? dit Françoise.

Pierre hésita.

— Elle avait l'air bien avec toi, dit-il.

— Mais encore ? Elle regarda avec agacement le visage perplexe de Pierre. C'était lui à présent qui se croyait obligé de la ménager : Elle a bien quelques petits griefs ?

— Elle semble t'en vouloir un petit peu, avoua Pierre. Je pense qu'elle se rend compte que tu ne l'aimes pas avec passion.

Françoise se raidit.

— Qu'est-ce qu'elle dit au juste ?

— Elle m'a dit que j'étais la seule personne qui ne prétendît pas traiter ses humeurs à coups de douches froides, dit Pierre. Sous l'indifférence de sa voix, perçait une légère satisfaction de s'être senti à ce point irremplaçable. Et puis à un moment elle m'a déclaré d'un air charmé : Vous et moi, nous ne sommes pas des créatures morales, nous sommes capables de faire des actes crasseux. Et comme je protestais, elle a ajouté : C'est à cause de Françoise que vous tenez à paraître moral, mais au fond vous êtes aussi traître que moi et vous avez l'âme aussi noire.

Françoise rougit. Elle commençait, elle aussi, à la sentir comme une tare ridicule, cette moralité légendaire

443

dont on riait sous cape avec indulgence ; il ne se passerait peut-être plus longtemps avant qu'elle s'en affranchisse. Elle regarda Pierre ; son visage avait une expression indécise qui ne reflétait pas une très bonne conscience, on voyait bien que les paroles de Xavière l'avaient vaguement flatté.

— Cette tentative de réconciliation, je suppose qu'elle me la reproche comme une preuve de tiédeur, dit-elle.

— Je ne sais pas, dit Pierre.

— Qu'est-ce qu'il y a eu encore ? dit Françoise. Déballe tout, ajouta-t-elle avec impatience.

— Eh bien, elle a fait une allusion rancuneuse à ce qu'elle appelle les amours de dévouement.

— Comment ça ?

— Elle m'exposait son caractère, et elle m'a dit avec une feinte humilité : Je sais bien, je suis souvent très incommode avec les gens, mais que voulez-vous ? Moi, je ne suis pas faite pour les amours de dévouement.

Françoise demeura déconcertée ; c'était une perfidie à double tranchant : Xavière reprochait à Pierre de demeurer sensible à un si triste amour, et pour son propre compte, elle le repoussait âprement. Françoise avait été loin de soupçonner l'étendue de cette hostilité où se mêlaient la jalousie et le dépit.

— C'est tout ? dit-elle.

— Il me semble, dit Pierre.

Ce n'était pas tout, mais Françoise se sentit soudain lasse d'interroger ; elle en savait assez pour avoir sur les lèvres le goût perfide de cette nuit où la rancune triomphante de Xavière avait arraché à Pierre mille menues trahisons.

— D'ailleurs, tu sais, je m'en fous de ses sentiments, dit-elle.

C'était vrai. En ce point extrême du malheur, plus rien soudain n'avait d'importance. A cause de Xavière, elle avait presque perdu Pierre, et Xavière ne lui rendait en échange que dédain et jalousie. Aussitôt réconciliée avec Pierre, Xavière avait essayé d'établir entre

444

eux une complicité sournoise dont il ne se défendait qu'à demi. Cet abandon où tous les deux laissaient Françoise était une désolation si totale qu'il n'y restait même plus place pour la colère ni pour les larmes. Françoise n'espérait plus rien de Pierre et son indifférence ne la touchait plus. En face de Xavière, elle sentait avec une espèce de joie se lever en elle quelque chose de noir et d'amer qu'elle ne connaissait pas encore et qui était presque une délivrance : puissante, libre, s'épanouissant enfin sans contrainte, c'était la haine.

CHAPITRE VIII

— Je crois qu'on arrive enfin, dit Gerbert.
— Oui, c'est une maison qu'on voit là-haut, dit Françoise.

Ils avaient beaucoup marché dans la journée et depuis deux heures, ils montaient durement ; la nuit tombait, il faisait froid ; Françoise regarda avec tendresse Gerbert qui la précédait dans le sentier abrupt ; ils marchaient tous deux d'un même pas, une même fatigue heureuse les habitait et ensemble ils évoquaient en silence le vin rouge, la soupe, le feu qu'ils espéraient trouver là-haut ; ces arrivées dans des villages désolés ressemblaient toujours à une aventure. Ils ne pouvaient pas deviner s'ils allaient s'asseoir au bout d'une table bruyante, dans une cuisine paysanne, ou s'ils dîneraient seuls au fond d'une auberge vide, où s'ils échoueraient dans un petit hôtel bourgeois déjà peuplé de villégiaturants. En tout cas, ils jetteraient leurs sacs dans un coin, et les muscles détendus, le cœur satisfait, ils passeraient côte à côte des heures tranquilles à se raconter cette journée qu'ils venaient de vivre ensemble, à dresser leurs plans pour demain. C'est vers la chaleur de cette intimité que Françoise se hâtait, plus que vers l'omelette opulente et les durs alcools campagnards. Une rafale de vent lui fouetta le visage. Ils arrivaient à un col qui dominait un éventail de vallées perdues dans un crépuscule indistinct.

— On ne va pas pouvoir planter la tente, dit-elle. Le sol est tout mouillé.

— On trouvera sûrement une grange, dit Gerbert.

Une grange. Françoise sentit un vide nauséeux qui se creusait en elle. Trois jours plus tôt, ils avaient couché dans une grange. Ils s'étaient endormis à quelques pas l'un de l'autre, mais dans le sommeil, le corps de Gerbert avait glissé vers le sien, il avait jeté les bras autour d'elle. Avec un vague regret, elle avait pensé : il me prend pour une autre, et elle avait retenu son souffle pour ne pas l'éveiller. Elle avait fait un rêve. Elle se trouvait, en rêve, dans cette même grange et Gerbert les yeux grands ouverts la serrait dans ses bras ; elle s'y abandonnait, le cœur plein de douceur et de sécurité et puis dans ce bien-être tendre, une angoisse perçait. C'est un rêve, disait-elle, ce n'est pas vrai. Gerbert l'avait serrée plus fort en disant gaiement : C'est bien vrai, ce serait trop bête si ça n'était pas vrai. Un peu plus tard, un éclat de lumière avait traversé ses paupières ; elle s'était retrouvée dans le foin, serrée contre Gerbert, et rien n'était vrai.

— Vous m'avez envoyé vos cheveux dans la figure pendant toute la nuit, avait-elle dit en riant.

— C'est vous qui n'avez pas cessé de me bourrer de coups de coude, avait répondu Gerbert indigné.

Elle n'envisageait pas sans détresse de revivre demain un semblable réveil. Sous la tente, rencognée dans un espace étroit, elle se sentait protégée par la dureté du sol, l'inconfort, et le piquet de bois qui la séparait de Gerbert. Mais elle savait que tout à l'heure, elle n'aurait pas le courage de creuser son lit loin du sien. La vague nostalgie qu'elle avait traînée tous ces jours, c'était inutile d'essayer encore de la prendre à la légère ; pendant deux heures de montée silencieuse, elle n'avait cessé de grandir, elle était devenue un désir étouffant. Cette nuit, pendant que Gerbert dormirait avec innocence, elle allait rêver, regretter et souffrir, vainement.

— Vous ne pensez pas que c'est un café, ici? dit Gerbert.

Sur le mur de la maison s'étalait une affiche rouge qui portait en grosses lettres le mot *Byrrh*, et il y avait au-dessus de la porte une poignée de branchages desséchés.

— Ça y ressemble, dit Françoise.

Ils montèrent trois marches et entrèrent dans une grande salle chaude qui sentait la soupe et le bois mort. Il y avait deux femmes assises sur un banc qui pelaient des pommes de terre, et trois paysans attablés devant des verres de vin rouge.

— Messieurs-dames, dit Gerbert.

Tous les regards s'étaient tournés vers lui. Il s'avança vers les deux femmes :

— Est-ce qu'on pourrait manger quelque chose, s'il vous plaît?

Les femmes le considérèrent avec méfiance.

— Comme ça vous venez de loin? dit la plus vieille des deux.

— Nous sommes montés de Burzet, dit Françoise.

— Ça fait un bout de chemin, dit l'autre femme.

— C'est bien pour ça, on a faim, dit Françoise.

— Mais vous n'êtes pas de Burzet, reprit la vieille avec un air de blâme.

— Non, nous sommes de Paris, dit Gerbert.

Il y eut un silence; les femmes se consultèrent du regard.

— C'est que je n'ai pas grand-chose à vous donner, dit la vieille.

— Vous n'avez pas des œufs? Ou un bout de pâté? N'importe quoi..., dit Françoise.

La vieille haussa les épaules.

— Des œufs, oui, on a bien des œufs. Elle se leva et essuya ses mains à son tablier bleu. Si vous voulez passer par là, dit-elle comme à contrecœur.

Ils la suivirent dans une pièce au plafond bas où

flambait un feu de bois ; ça ressemblait à une salle à manger provinciale et bourgeoise, il y avait une table ronde, un bahut chargé de bibelots et sur les fauteuils des coussins de satin orange avec des applications en velours noir.

— Apportez-nous tout de suite une bouteille de vin rouge, s'il vous plaît, dit Gerbert. Il aida Françoise à enlever son sac et posa le sien.

— On est comme des rois ici, dit-il d'un air satisfait.

— Oui, c'est confortable comme tout, dit Françoise.

Elle s'approcha du feu ; elle savait bien ce qui manquait à cette soirée accueillante ; si seulement elle avait pu toucher la main de Gerbert, lui sourire avec une tendresse avouée, alors les flammes, l'odeur du dîner, les chats et les pierrots de velours noirs auraient gaiement comblé son cœur ; mais tout cela restait épars autour d'elle, sans la toucher, ça lui semblait presque absurde de se trouver là.

L'aubergiste revint avec une bouteille d'un gros vin épais.

— Vous n'auriez pas, par hasard, une grange où nous pourrions passer la nuit ? demanda Gerbert.

La femme disposait les couverts sur la toile cirée, elle leva la tête.

— Vous n'allez pas coucher dans une grange ? dit-elle avec un air scandalisé. Elle réfléchit. Ce n'est pas de chance, j'aurais bien une chambre, mais il y a mon fils qui était parti facteur qui vient de rentrer au pays.

— Nous serions très bien dans le foin si seulement on ne vous dérangeait pas, dit Françoise. Nous avons des couvertures. Elle désigna les sacs. Seulement il fait trop froid pour qu'on puisse planter la tente.

— Moi, ça ne me dérange pas, dit la femme. Elle quitta la pièce et apporta une soupière fumante. Ça va toujours vous réchauffer un peu, dit-elle d'une voix aimable.

Gerbert remplit les assiettes et Françoise s'assit en face de lui.

— Elle s'apprivoise, dit Gerbert quand ils se retrouvèrent seuls. Tout s'arrange au mieux.

— Au mieux, dit Françoise avec conviction.

Elle regarda furtivement Gerbert ; la gaieté qui éclairait son visage ressemblait à de la tendresse ; était-il vraiment hors d'atteinte ? Où était-ce seulement qu'elle n'avait jamais osé tendre la main vers lui ? Qui la retenait ? Ce n'était ni Pierre, ni Xavière ; elle ne devait plus rien à Xavière qui s'apprêtait d'ailleurs à trahir Gerbert. Ils étaient seuls, en haut d'un col battu des vents, séparés du reste du monde, et leur histoire ne concernait personne d'autre qu'eux.

— Je vais faire un truc qui va vous écœurer, dit Gerbert d'un ton menaçant.

— Quoi donc ? dit-elle.

— Je vais verser ce vin dans mon bouillon. Il joignit le geste à la parole.

— Ça doit être ignoble, dit Françoise.

Gerbert porta à sa bouche une cuiller du liquide sanglant.

— C'est un délice, dit-il. Essayez.

— Pas pour l'or du monde, dit Françoise.

Elle but une gorgée de vin ; ses paumes étaient moites. Devant ses rêves, ses désirs, elle avait toujours passé outre, mais elle avait horreur à présent de cette sagesse effacée ; pourquoi ne se décidait-elle pas à vouloir ce qu'elle souhaitait ?

— Ça avait l'air fameux, la vue qu'on a du col, dit-elle. Je pense que demain on aura une belle journée.

Gerbert lui jeta un regard torve :

— Vous allez encore nous faire lever aux aurores ?

— Ne vous plaignez pas ; le technicien sérieux est dès cinq heures du matin sur les cimes.

— C'est un fol, dit Gerbert. Moi, avant huit heures, je suis une larve.

— Je sais, dit Françoise. Elle sourit. Vous savez, si

449

vous faites un voyage en Grèce, il faut être en route avant l'aube.

— Oui, mais alors, on fait la sieste, dit Gerbert. Il médita. Je voudrais bien que ça ne rate pas, ce projet de tournée.

— Pour peu qu'il y ait encore de la tension, dit Françoise, j'ai bien peur que ce soit à l'eau.

Gerbert se coupa avec décision un gros morceau de pain.

— En tout cas, moi je trouverai une combine. Je ne reste pas en France l'année prochaine. Son visage s'anima. Il paraît qu'à l'île Maurice, il y aurait des sacs d'or à ramasser.

— Pourquoi à l'île Maurice?

— C'est Ramblin qui m'a dit ça ; il y a plein de types riches à millions qui paieraient n'importe quoi pour qu'on les distraie un peu.

La porte s'ouvrit et l'aubergiste entra, elle apportait une grosse omelette bourrée de pommes de terre.

— Mais c'est somptueux, dit Françoise. Elle se servit et passa le plat à Gerbert. Tenez, je vous laisse le plus gros morceau.

— C'est tout pour moi?

— C'est tout pour vous.

— Vous êtes bien honnête, dit Gerbert.

Elle lui jeta un rapide regard.

— Est-ce que je ne suis pas toujours honnête avec vous ? dit-elle. Il y avait eu dans sa voix une hardiesse dont elle se sentit gênée.

— Si, il faut dire ce qui est, dit Gerbert sans sourciller.

Françoise malaxait entre ses doigts une boulette de mie de pain. Ce qu'il fallait, c'était se cramponner sans relâche à cette décision devant laquelle elle s'était trouvée soudain ; elle ne savait pas par quel moyen, mais quelque chose devait arriver avant demain.

— Vous voudriez partir pour longtemps? dit-elle.

— Un an ou deux, dit Gerbert.

— Xavière vous en voudra à mort, dit Françoise avec mauvaise foi. Elle fit rouler sur la table la petite boule grise et dit d'un ton dégagé : Ça ne vous ennuierait pas de la quitter ?

— Au contraire, dit Gerbert avec élan.

Françoise baissa la tête ; il s'était fait en elle une explosion de lumière si violente qu'elle craignait qu'elle ne fût visible du dehors.

— Pourquoi ? Elle vous pèse tant ? Je croyais que vous teniez quand même un peu à elle ?

Elle était contente de penser qu'au retour de ce voyage, si Xavière rompait avec lui, Gerbert n'en souffrirait guère ; mais ce n'était pas la raison de cette joie indécente qui venait d'éclater en elle.

— Elle ne me pèse pas si je pense que ça va bientôt finir, dit Gerbert. Mais de temps en temps, je me demande si ça ne commence pas comme ça les collages : j'aurais horreur.

— Même si vous aimiez la bonne femme ? dit Françoise.

Elle lui tendit son verre qu'il remplit bord à bord, elle était angoissée maintenant. Il était là, en face d'elle, seul, sans attache, absolument libre. Sa jeunesse, le respect qu'il avait toujours eu pour Pierre et pour elle ne permettaient pas d'attendre de lui aucun geste. Si elle voulait que quelque chose arrive, Françoise ne pouvait compter que sur elle-même.

— Je ne crois pas que j'aimerai jamais aucune femme, dit Gerbert.

— Pourquoi ? dit Françoise. Elle était si tendue que sa main tremblait ; elle se pencha et but une gorgée sans toucher le verre de ses doigts.

— Je ne sais pas, dit Gerbert. Il hésita. On ne peut rien faire avec une quille : ni se promener, ni se saouler, ni rien, ça ne comprend pas la plaisanterie et puis il faut un tas de manières avec elles, on se sent tout le temps en faute. Il ajouta avec conviction : J'aime bien, avec les gens, quand je peux être juste comme je suis.

451

— Ne vous gênez pas pour moi, dit Françoise.

Gerbert eut un grand rire.

— Oh vous! Vous êtes comme un type! dit-il avec sympathie.

— C'est vrai, vous ne m'avez jamais prise pour une femme, dit Françoise.

Elle sentit sur ses lèvres un drôle de sourire. Gerbert la regarda avec curiosité. Elle détourna la tête et vida son verre. Elle était mal embarquée, elle aurait honte d'user avec Gerbert de coquetterie maladroite; il aurait mieux valu poursuivre franchement : ça vous étonnerait bien si je vous proposais de coucher avec moi? Ou quelque chose de ce genre. Mais ses lèvres refusaient de former ces mots. Elle désigna le plat vide.

— Vous pensez qu'elle va nous donner encore autre chose? dit-elle. Sa voix ne sonna pas comme elle aurait voulu.

— Je ne suppose pas, dit Gerbert.

Le silence avait trop duré déjà, quelque chose d'équivoque s'était glissé dans l'air.

— En tout cas, on pourrait redemander du vin, dit-elle.

De nouveau Gerbert la regarda d'un air un peu inquiet.

— Une demi-bouteille, dit-il. Elle sourit. Il aimait les situations simples, est-ce qu'il devinait pourquoi elle avait besoin du secours de l'ivresse?

— Madame, s'il vous plaît, appela Gerbert.

La vieille entra et posa sur la table un morceau de bœuf bouilli entouré de légumes.

— Qu'est-ce que vous voudrez après ça, du fromage? De la confiture?

— Je crois qu'on n'aura plus faim, dit Gerbert. Apportez-nous encore un peu de vin, s'il vous plaît.

— Pourquoi cette vieille folle a-t-elle commencé par dire qu'il n'y avait rien à manger? dit Françoise.

— Ils sont souvent comme ça les gens par ici, dit Gerbert. Je pense que ça ne les intéresse pas tant de

452

gagner vingt balles, et ils se disent qu'on va être déran-
geants.

— C'est quelque chose comme ça, dit Françoise.

La femme revenait avec une bouteille. Réflexion
faite, Françoise décida de ne plus boire qu'un verre ou
deux. Elle ne voulait pas que Gerbert pût attribuer sa
conduite à un égarement passager.

— En somme, reprit-elle, ce que vous reprochez à
l'amour, c'est qu'on ne s'y sent pas à l'aise. Mais ne
croyez-vous pas qu'on s'appauvrit bien la vie si l'on
refuse tout rapport profond avec les gens?

— Mais il y a d'autres rapports profonds que l'amour,
dit Gerbert vivement. Moi, je mets l'amitié bien au-
dessus. Je m'arrangerais très bien d'une vie où il n'y
aurait que des amitiés.

Il regardait Françoise avec un peu d'insistance. Voulait-il lui aussi lui faire comprendre quelque chose? Que
c'était une vraie amitié qu'il éprouvait pour elle et
qu'elle lui était précieuse? Il en disait rarement aussi long
sur lui-même: il y avait en lui ce soir une espèce d'accueil.

— Par le fait, je ne pourrais jamais aimer quelqu'un
pour qui je n'aurais pas d'abord une amitié, dit Françoise.

Elle avait mis la phrase au présent, mais elle lui
avait donné un ton indifférent et positif; elle aurait
voulu ajouter quelque chose, mais aucune des phrases
qui lui venaient aux lèvres ne parvint à en sortir. Elle
finit par dire : Une amitié tout court, je trouve que
c'est sec.

— Je ne trouve pas, dit Gerbert.

Il s'était un peu hérissé; il pensait à Pierre, il pensait qu'on ne pouvait tenir à personne plus qu'il tenait
à Pierre.

— Oui, au fond, vous avez raison, dit Françoise.

Elle posa sa fourchette et vint s'asseoir auprès du
feu; Gerbert se leva aussi et prit près de la cheminée
une grosse bûche ronde qu'il disposa adroitement sur
les chenets.

— Maintenant vous allez fumer une bonne pipe, dit Françoise. Elle ajouta sans réprimer un élan de tendresse : J'aime bien vous voir fumer la pipe.

Elle tendit sa main aux flammes ; elle était bien, il y avait presque une amitié déclarée ce soir entre Gerbert et elle, pourquoi demander quelque chose de plus ? Il avait la tête un peu penchée, il tirait sur sa pipe avec précaution et le feu dorait son visage. Elle cassa un bout de bois mort et le jeta dans le foyer. Rien ne pourrait plus tuer cette envie qui lui était venue de tenir cette tête entre ses mains.

— Qu'est-ce qu'on fait demain ? dit Gerbert.

— On va monter au Gerbier-de-Jonc, puis au Mézenc. Elle se leva et fouilla dans son sac. Je ne sais pas au juste par où il vaut mieux redescendre. Elle étala une carte sur le sol, ouvrit le guide et s'étendit à plat sur le plancher.

— Vous voulez voir ?

— Non, je me fie à vous, dit Gerbert.

Elle considéra distraitement le réseau de petites routes bordées de vert et piquetées de taches bleues qui désignaient les points de vue ; que serait demain ? La réponse n'était pas sur la carte. Elle ne voulait pas que ce voyage s'achevât dans des regrets qui se tourneraient à présent en remords et en haine contre elle-même : elle allait parler. Mais savait-elle seulement si Gerbert aurait plaisir à l'embrasser ? Il n'y avait probablement jamais pensé ; elle ne supporterait pas qu'il lui cédât par complaisance. Le sang lui monta au visage ; elle se rappelait Élisabeth : une femme qui prend ; cette idée lui faisait horreur. Elle leva les yeux vers Gerbert et se sentit un peu rassurée. Il avait trop d'affection pour elle et trop d'estime pour ricaner d'elle en secret ; ce qu'il fallait, c'était lui ménager la possibilité d'un franc refus. Mais comment s'y prendre ?

Elle tressaillit. La plus jeune des deux femmes se tenait devant elle, balançant à bout de bras une grosse lampe tempête.

454

— Si vous voulez aller dormir, dit-elle. Je vais vous conduire.

— Oui, merci bien, dit Françoise.

Gerbert prit les deux sacs et ils sortirent de la maison. Il faisait une nuit de poix et le vent soufflait en tornade ; devant eux le rond de lumière vacillant éclairait un terrain boueux.

— Je ne sais pas si vous serez trop bien, dit la femme. Il y a un carreau cassé et puis les vaches font du bruit dans l'étable à côté.

— Oh! ça ne nous gênera pas, dit Françoise.

La femme s'arrêta et poussa un lourd montant de bois ; Françoise respira avec bonheur l'odeur du foin ; c'était une très vaste grange, on discernait parmi les meules des bûches, des caisses, une brouette.

— Vous n'avez pas d'allumettes au moins, dit la femme.

— Non, j'ai une lampe électrique, dit Gerbert.

— Alors, bonne nuit, dit-elle.

Gerbert repoussa la porte et tourna la clef.

— Où va-t-on se mettre ? dit Françoise.

Gerbert promena sur le sol et sur les murs un maigre faisceau de lumière.

— Dans le coin du fond, ne pensez-vous pas ? Le foin est bien épais et l'on sera loin de la porte.

Ils s'avancèrent avec précaution. Françoise n'avait plus une goutte d'eau dans la bouche. Le moment était venu ou jamais ; il lui restait environ dix minutes, car Gerbert s'endormait toujours comme une souche ; et elle ne voyait absolument pas par quel biais aborder la question.

— Vous entendez ce vent, dit Gerbert. On sera mieux ici que sous la tente. Les murs de la grange tremblaient sous la rafale ; une vache à côté donna un coup de pied dans la cloison et secoua ses chaînes.

— Vous allez voir comme je vais faire une belle installation, dit Gerbert.

Il posa la lampe électrique sur une planche où il

rangea soigneusement sa pipe, sa montre, son porte
feuille. Françoise sortit de son sac son duvet et un
pyjama de flanelle. Elle s'éloigna de quelques pas et se
déshabilla dans l'ombre. Elle n'avait plus aucune idée
en tête, seulement cette dure consigne qui lui barrait
l'estomac. Elle n'avait plus le temps d'inventer aucun
détour, mais elle ne lâchait pas prise : si la lampe s'étei-
gnait avant qu'elle eût parlé, elle appellerait : « Gerbert! » et elle dirait d'un trait : « Vous n'avez jamais
pensé que nous pourrions coucher ensemble? » Ce qui
se passerait après n'aurait plus d'importance ; elle
n'avait plus qu'une envie, c'était de se délivrer de
cette obsession.

— Comme vous êtes industrieux, dit-elle en revenant vers la lumière.

Gerbert avait disposé les duvets côte à côte et fabriqué des oreillers en bourrant de foin deux pull-overs.
Il s'éloigna et Françoise se glissa à mi-corps dans son
sac de couchage. Son cœur battait à tout rompre.
Un instant, elle eut envie de tout abandonner et de
s'enfuir dans le sommeil.

— Ce qu'on est bien dans le foin, dit Gerbert en
s'étendant à côté d'elle. Il plaça la lampe électrique
sur une poutre, derrière eux. Françoise le regarda
et de nouveau elle fut traversée d'un désir torturant
de sentir sa bouche sous ses lèvres.

— On a eu une fameuse journée, reprit-il. C'est un
bon pays.

Il était couché sur le dos, souriant, il ne paraissait
pas trop pressé de dormir.

— Oui, j'ai bien aimé ce dîner et ce feu de bois
devant lequel on discutait comme des vieux.

— Pourquoi comme des vieux? dit Gerbert.

— Nous parlions sur l'amour, l'amitié, comme des
gens tout rassis et qui sont hors du jeu.

Il y avait eu dans sa voix une ironie rancuneuse qui
n'échappa pas à Gerbert ; il lui jeta un coup d'œil
gêné.

— Vous avez fait de beaux plans pour demain ? demanda-t-il après un court silence.

— Oui, ce n'était pas compliqué, dit Françoise.

Elle laissa tomber ; elle sentait sans déplaisir que l'atmosphère s'alourdissait. Gerbert fit un nouvel effort.

— Ce lac dont vous parliez, ce serait plaisant si l'on pouvait s'y baigner.

— On pourra sans doute, dit Françoise.

Elle se renferma dans un silence buté. D'ordinaire jamais la conversation ne chômait entre eux. Gerbert finirait bien par flairer quelque chose.

— Regardez ce que je sais faire, dit-il brusquement.

Il éleva les mains au-dessus de sa tête et agita les doigts ; la lampe projeta sur le mur qui lui faisait face un vague profil d'animal.

— Que vous êtes habile! dit Françoise.

— Je sais aussi faire un juge, dit Gerbert.

Elle était sûre maintenant qu'il cherchait une contenance ; la gorge contractée, elle le regarda fabriquer avec application des ombres de lapin, de chameau, de girafe. Quand il eut épuisé ses dernières ressources, il abaissa les mains.

— C'est bien, les ombres chinoises, commença-t-il avec volubilité. Presque aussi bien que les marionnettes. Vous n'avez jamais vu les silhouettes que Begramian avait dessinées ? Seulement il nous manquait un scénario ; l'année prochaine on essaiera de reprendre ça.

Il s'arrêta court, il ne pouvait plus feindre de ne pas s'apercevoir que Françoise ne l'écoutait pas. Elle s'était retournée sur le ventre et fixait la lampe électrique dont la lumière pâlissait.

— La pile est usée, dit-il. Elle va s'éteindre.

Françoise ne répondit rien ; malgré le courant d'air froid qui venait du carreau cassé, elle était en sueur, elle avait l'impression d'être arrêtée au-dessus d'un abîme, sans pouvoir ni avancer, ni reculer ; elle était sans pensée, sans désir, et tout à coup la situation lui parut simplement absurde. Elle sourit nerveusement.

— Pourquoi souriez-vous? dit Gerbert.

— Pour rien, dit Françoise.

Ses lèvres se mirent à trembler ; de toute son âme
elle avait appelé cette question et maintenant elle
avait peur.

— Vous avez pensé quelque chose? dit Gerbert.

— Non, dit-elle, ce n'était rien.

Brusquement, des larmes lui montèrent aux yeux,
elle était à bout de nerfs. Elle en avait trop fait à présent, c'était Gerbert lui-même qui la forcerait à parler,
et peut-être cette amitié si plaisante qu'il y avait entre
eux allait être gâchée à jamais.

— D'ailleurs, je sais ce que vous avez pensé, dit
Gerbert d'un ton de défi.

— Qu'est-ce que c'était? dit Françoise.

Gerbert eut un geste hautain :

— Je ne le dirai pas.

— Dites-le, dit Françoise, et moi je vous dirai si
c'était ça.

— Non, dites la première, dit Gerbert.

Un instant ils se toisèrent comme deux ennemis.
Françoise fit le vide en elle et les mots franchirent enfin
ses lèvres.

— Je riais en me demandant quelle tête vous feriez,
vous qui n'aimez pas les complications, si je vous proposais de coucher avec moi.

— Je croyais que vous pensiez que j'avais envie de
vous embrasser et que je n'osais pas, dit Gerbert.

— Je n'ai jamais imaginé que *vous* aviez envie de
m'embrasser, dit Françoise avec hauteur. Il y eut un
silence, ses tempes bourdonnaient. C'en était fait à
présent, elle avait parlé. Eh bien, répondez : quelle
tête feriez-vous? dit-elle.

Gerbert se recroquevilla sur lui-même, il ne quittait
pas Françoise des yeux et tout son visage s'était mis
sur la défensive.

— Ce n'est pas que je n'aimerais pas, dit-il. Mais ça
m'intimiderait trop.

Françoise reprit sa respiration et elle réussit à sourire avec bonne grâce.

— C'est habilement répondu, dit-elle ; elle acheva d'affermir sa voix. Vous avez raison, ça serait artificiel et gênant.

Elle tendit sa main vers la lampe ; il fallait éteindre au plus vite et se réfugier dans la nuit ; elle allait pleurer un bon coup, mais du moins elle ne traînerait plus cette obsession après elle. Tout ce dont elle avait peur, c'est que leur réveil ne fût trouble, au matin.

— Bonne nuit, dit-elle.

Gerbert la dévisageait obstinément, d'un air farouche et incertain.

— J'étais persuadé qu'avant de partir en voyage vous aviez parié avec Labrousse que j'essaierais de vous embrasser.

La main de Françoise retomba.

— Je ne suis pas si fat, dit-elle. Je sais bien que vous me prenez pour un homme.

— Ce n'est pas vrai, dit Gerbert. Son élan s'arrêta net, et de nouveau une ombre méfiante passa sur son visage. J'aurais horreur d'être dans votre vie ce que des Canzetti sont pour Labrousse.

Françoise hésita :

— Vous voulez dire, avoir avec moi une histoire que je prendrais à la légère ?

— Oui, dit Gerbert.

— Mais je ne prends jamais rien à la légère, dit Françoise.

Gerbert la regarda en hésitant.

— Je croyais que vous vous en étiez aperçue et que ça vous amusait, dit-il.

— De quoi ?

— Que j'avais envie de vous embrasser : l'autre nuit, dans la grange, et hier au bord du ruisseau. Il se rétracta encore davantage et dit avec une espèce de colère : J'avais décidé qu'en rentrant à Paris, je vous embrasse-

459

rais sur le quai de la gare. Seulement je pensais que vous me ririez au nez.

— Moi! dit Françoise. C'était la joie qui lui mettait maintenant le feu aux joues.

— Sans ça, il y aurait eu un tas de fois où j'aurais voulu. J'aimerais vous embrasser.

Il restait tassé dans son duvet, immobile, avec l'air traqué. Françoise mesura du regard la distance qui le séparait d'elle et prit son élan.

— Eh bien, faites-le, stupide petit Gerbert, dit-elle en lui tendant sa bouche.

Quelques instants plus tard, Françoise effleurait avec une précaution étonnée ce jeune corps lisse et dur qui lui avait paru si longtemps intouchable; elle ne rêvait pas, cette fois; c'était pour de vrai qu'elle le tenait tout éveillé, serré contre elle. La main de Gerbert caressait son dos, sa nuque, elle se posa sur sa tête et s'y arrêta.

— J'aime bien la forme de votre crâne, murmura Gerbert; il ajouta d'une voix qu'elle ne lui connaissait pas : Ça me fait drôle de vous embrasser.

La lampe s'était éteinte, le vent continuait à faire rage et la vitre brisée laissait passer un souffle froid. Françoise posa sa joue contre l'épaule de Gerbert; abandonnée contre lui, détendue, elle n'éprouvait plus de gêne à lui parler.

— Vous savez, dit-elle, ce n'est pas seulement par sensualité que j'avais envie d'être dans vos bras : c'était surtout par tendresse.

— C'est vrai? dit Gerbert avec un accent de joie.

— Bien sûr, c'est vrai. Vous n'avez jamais senti comme j'avais de la tendresse pour vous?

Les doigts de Gerbert se crispèrent sur son épaule.

— Ça, ça me fait plaisir, dit-il, ça, ça me fait vraiment plaisir.

— Mais ça ne crevait pas les yeux? dit Françoise.

— Que non, dit Gerbert. Vous étiez sèche comme une trique. Et même ça m'était pénible quand je vous

voyais regarder Labrousse ou Xavière d'une certaine
façon : je me disais que, avec moi, vous n'auriez jamais
de ces visages.

— C'était vous qui me parliez dur, dit Françoise.
Gerbert se blottit contre elle.

— Pourtant, je vous ai toujours aimée bien fort,
dit-il. Très, très fort même.

— Vous le cachiez bien, dit Françoise. Elle posa ses
lèvres sur les paupières aux longs cils. La première
fois que j'ai eu envie de prendre cette tête comme
ça entre mes mains, c'était dans mon bureau, la veille
du retour de Pierre. Vous souvenez-vous ? Vous
dormiez sur mon épaule, vous ne vous occupiez pas
de moi, mais j'étais quand même contente de vous
savoir là.

— Oh! j'étais bien un peu reveillé, dit Gerbert. Moi
aussi, j'aimais bien vous sentir contre moi, mais
je croyais que vous me prêtiez votre épaule comme
vous m'auriez prêté un coussin, ajouta-t-il d'un air
étonné.

— Vous vous trompiez, dit Françoise. Elle passa la
main dans les doux cheveux noirs. Et vous savez, ce
rêve que je vous ai raconté l'autre jour, dans la grange,
quand vous me disiez : mais non, ce n'est pas un rêve,
ça serait trop bête si ça n'était pas vrai... Je vous ai
menti, ce n'était pas parce que nous nous promenions
dans New York que j'avais peur d'un réveil. C'est
parce que j'étais dans vos bras, juste comme en ce
moment.

— Est-ce possible ? dit Gerbert. Il baissa la voix.
J'avais si peur le matin que vous me soupçonniez de
n'avoir pas vraiment dormi ; j'avais fait seulement
semblant pour pouvoir vous serrer contre moi. C'était
malhonnête, mais j'en avais tant envie!

— Eh bien! j'étais loin de me douter, dit Françoise.
Elle se mit à rire. Nous aurions pu jouer longtemps à
cache-cache. J'ai bien fait de me jeter grossièrement
à votre tête.

— Vous? dit Gerbert. Vous ne vous êtes pas jetée du tout, vous ne vouliez rien dire.

— Vous prétendez que c'est grâce à vous que nous en sommes venus là? dit Françoise.

— J'en ai fait autant que vous. J'ai laissé la lampe allumée et j'ai entretenu la conversation pour vous empêcher de dormir.

— Quelle hardiesse! dit Françoise. Si vous saviez de quel air vous m'avez regardée pendant le dîner quand j'ai tenté de maigres avances.

— Je croyais que vous commenciez à être saoule, dit Gerbert.

Françoise pressa sa joue contre la sienne.

— Je suis contente de ne pas m'être découragée, dit-elle.

— Moi aussi, dit Gerbert, je suis content.

Il posa sur sa bouche des lèvres chaudes et elle sentit son corps qui se collait étroitement au sien.

Le taxi filait entre les marronniers du boulevard Arago. Au-dessus des hautes maisons, le ciel bleu était pur comme un ciel de montagne. Avec un sourire timide, Gerbert entoura de son bras les épaules de Françoise; elle s'appuya contre lui.

— Vous êtes toujours content? dit-elle.

— Oui, je suis content, dit Gerbert. Il la regarda avec confiance. Ce qui me fait plaisir, c'est qu'il me semble que vous tenez vraiment à moi. Alors ça me serait presque égal de ne plus vous voir pendant long-temps. Ça n'a pas l'air aimable ce que je dis là, mais ça l'est très bien.

— Je comprends, dit Françoise.

Une petite marée d'émotion lui monta à la gorge. Elle se rappelait le petit déjeuner à l'auberge, après leur première nuit; ils se regardaient en souriant, avec une surprise charmée et un peu de gêne; ils étaient partis sur la route en se tenant par un doigt comme des fiancés suisses. Dans un pré au pied du Gerbier-de-Jonc, Gerbert avait cueilli une petite fleur bleu sombre et l'avait donnée à Françoise.

— C'est bête, dit-elle. Ça ne devrait pas être, mais je n'aime pas penser que ce soir quelqu'un d'autre dormira près de vous.

— Je n'aime pas non plus, dit Gerbert à voix basse. Il ajouta avec une sorte de détresse : Je voudrais qu'il n'y ait que vous qui m'aimiez.

— Je vous aime très fort, dit Françoise.

- Jamais je n'ai aimé une femme comme je vous aime, dit Gerbert. Et de loin, de très loin.

Les yeux de Françoise s'embuèrent. Gerbert ne s'enracinerait nulle part, il n'appartiendrait jamais à personne. Mais il lui donnait, sans réserve, tout ce qu'il pouvait donner de lui.

— Cher, cher petit Gerbert, dit-elle en l'embrassant.

Le taxi s'était arrêté. Elle resta un moment en face de lui, le regard trouble, sans se décider à lâcher ses doigts. Elle éprouvait une angoisse physique, comme si elle avait dû se jeter d'un bond dans une eau profonde.

— Au revoir, dit-elle brusquement. A demain.

— A demain, dit Gerbert.

Elle franchit la petite porte du théâtre.

— Monsieur Labrousse est là-haut ?

— Sûrement oui. Il n'a même pas encore sonné, dit la concierge.

— Vous monterez deux cafés au lait, s'il vous plaît, dit Françoise. Avec des toasts.

Elle traversa la cour. Son cœur battait d'un espoir incrédule. La lettre était vieille de trois jours ; Pierre avait pu se raviser ; mais c'était bien dans son caractère, quand il avait une fois renoncé à une chose, de s'en trouver entièrement détaché. Elle frappa.

— Entrez, dit une voix endormie.

Elle alluma. Pierre ouvrit deux yeux roses. Il était tout enroulé dans ses draps, il avait l'air béat et paresseux d'une énorme larve.

— On dirait que tu dormais, dit-elle gaiement.

Elle s'assit au bord de son lit et l'embrassa :

— Comme tu es chaud. Tu me donnes envie de me coucher.

Elle avait bien dormi, étendue de tout son long sur une banquette, mais ces draps blancs semblaient si douillets.

— Eh, comme je suis content que tu sois là! dit Pierre. Il se frotta les yeux. Attends, je vais me lever.

Elle marcha vers la fenêtre et tira les rideaux tandis qu'il endossait une superbe robe de chambre en velours rouge taillée dans un costume de théâtre.

— Que tu as belle mine, dit Pierre.

— Je me suis reposée, dit Françoise. Elle sourit. Tu as reçu ma lettre?

— Oui, dit Pierre. Il sourit aussi. Tu sais, je n'ai pas été si étonné.

— Ce n'est pas tant d'avoir couché avec Gerbert qui m'a surprise, dit Françoise. C'est la manière dont il semble tenir à moi.

— Et toi? dit Pierre avec tendresse.

— Moi aussi, dit Françoise. Je tiens très fort à lui. Et puis, ce qui me charme, c'est que nos rapports soient devenus si profonds tout en gardant leur légèreté.

— Oui, c'est bien fait, dit Pierre. C'est une chance pour lui comme pour toi.

Il souriait, mais il y avait une ombre de réticence dans sa voix.

— Tu ne vois rien à blâmer là-dedans? dit Françoise.

— Bien sûr que non, dit Pierre.

On frappa.

— Voilà le petit déjeuner, dit la concierge.

Elle posa le plateau sur une table. Françoise saisit un morceau de pain grillé ; il était tout croustillant à la surface et moelleux au-dedans ; elle l'enduisit de beurre et remplit les bols de café au lait.

— Un vrai café au lait, dit-elle. De vrais toasts. C'est

bien agréable. Si tu avais vu cette mélasse noire que Gerbert nous fabriquait.

— Dieu m'en garde, dit Pierre. Il avait l'air préoccupé.

— Qu'est-ce que tu penses? dit Françoise avec un peu d'inquiétude.

— Oh! rien, dit Pierre. Il hésita : Si je suis un peu perplexe, c'est à cause de Xavière. C'est vache pour elle ce qui arrive là!

Le sang de Françoise ne fit qu'un tour.

— Xavière! dit-elle. Mais je ne me pardonnerais plus de lui faire aucun sacrifice.

— Oh! ne crois pas que je me permette de rien te reprocher, dit Pierre vivement. Mais ce qui me consterne un peu, c'est que je viens justement de la décider à construire avec Gerbert des rapports solides et propres.

— Évidemment, ça tombe mal, dit Françoise avec un petit rire. Elle le dévisagea : Où en es-tu au juste avec elle? Comment est-ce que ça s'est passé?

— Oh! c'est bien simple, dit Pierre. Il hésita une seconde : Quand je t'ai quittée, tu te souviens, je voulais l'obliger à rompre. Mais dès que nous avons parlé de Gerbert, j'ai senti des résistances plus fortes que je ne le supposais ; elle tient énormément à lui quoi qu'elle en dise. Ça m'a fait hésiter. Si j'avais insisté, je crois que je l'aurais emporté. Mais je me suis demandé si j'en avais vraiment envie.

— Oui, dit Françoise.

Elle n'osait pas encore croire aux promesses de cette voix raisonnable, de ce visage confiant.

— La première fois que je l'ai revue, j'ai été secoué. Pierre haussa les épaules : Et puis quand je l'ai eue à ma disposition, du soir au matin, repentante, pleine de bonne volonté, presque amoureuse, elle a perdu soudain toute importance à mes yeux.

— Tu as quand même le caractère mal fait, dit Françoise gaiement.

— Non, dit Pierre. Tu comprends, si elle s'était

465

jetée dans mes bras, sans réserve, j'aurais sûrement été remué ; peut-être aussi d'ailleurs je me serais piqué au jeu si elle était restée sur la défensive. Mais je la voyais à la fois si avide de me reconquérir et si anxieuse de ne rien me sacrifier, ça ne m'a guère inspiré qu'une pitié un peu dégoûtée.

— Alors ? dit Françoise.

— Un moment j'ai quand même été tenté de me buter, dit Pierre. Mais je me sentais tellement détaché d'elle que ça m'a paru malhonnête : à son égard, au tien, à l'égard de Gerbert. Il se tut un moment : Et puis, quand une histoire est finie, c'est fini, dit-il, il n'y a rien à faire. Sa coucherie avec Gerbert, la scène que nous avons eue, ce que j'ai pensé sur elle et sur moi, tout ça c'est de l'irréparable. Déjà, le premier matin au Dôme, quand elle a repiqué un accès de jalousie, j'ai été écœuré à l'idée que tout allait recommencer.

Françoise accueillit sans scandale la joie mauvaise qui envahissait son cœur ; ça lui avait coûté trop cher naguère de vouloir se garder l'âme pure.

— Mais tu continues quand même à la voir ? demanda-t-elle.

— Bien sûr, dit Pierre. Il est même entendu qu'il existe à présent entre nous une amitié irremplaçable.

— Elle ne t'en a pas voulu quand elle a su que tu n'étais plus passionné pour elle ?

— Oh ! j'ai été habile, dit Pierre. J'ai feint de ne m'effacer qu'à regret, mais en même temps, je la persuadais, puisqu'elle répugnait à sacrifier Gerbert, de se donner pleinement à cet amour. Il regarda Françoise. Je ne lui veux plus aucun mal, tu sais. Comme tu m'as dit une fois, il ne m'appartient pas de faire le justicier. Si elle a eu des torts, j'en ai eu moi aussi.

— Nous en avons tous eu, dit Françoise.

— Toi et moi, nous nous sommes tirés sans dommage de cette expérience, dit Pierre. Je voudrais qu'elle s'en tire aussi bien. Il se mordit pensivement un ongle. Tu as un peu bouleversé mes plans.

— Ce n'est pas de chance, dit Françoise avec indifférence. Mais elle n'avait qu'à ne pas affecter tant de mépris pour Gerbert.

— Est-ce que ça t'aurait arrêtée? dit Pierre tendrement.

— Il aurait tenu à elle davantage si elle s'était montrée plus sincère, dit Françoise. Ça aurait bien changé les choses.

— Enfin, ce qui est fait est fait, dit Pierre. Il faudra seulement bien prendre garde à ce qu'elle ne se doute de rien. Tu te rends compte? Elle n'aurait plus qu'à se jeter à l'eau.

— Elle ne se doutera de rien, dit Françoise.

Elle n'avait aucun désir de réduire Xavière au désespoir, on pouvait bien lui accorder une ration quotidienne de mensonges apaisants. Méprisée, dupée, ce n'était plus elle qui disputerait à Françoise sa place dans le monde.

Françoise se regarda dans la glace. A la longue, le caprice, l'intransigeance, l'égoisme superbe, toutes ces valeurs truquées, avaient dévoilé leur faiblesse et c'étaient les vieilles vertus dédaignées qui remportaient la victoire.

— J'ai gagné, pensa Françoise avec triomphe.

De nouveau, elle existait seule, sans obstacle au cœur de sa propre destinée. Calfeutrée dans son monde illusoire et vide, Xavière n'était plus rien qu'une vaine palpitation vivante.

CHAPITRE IX

Élisabeth traversa l'hôtel désert et s'avança jusqu'au jardin. Près d'une grotte de rocaille dont l'ombre les enveloppait, ils étaient assis tous les deux. Pierre écrivait, Françoise était à demi couchée dans un transatlantique ; aucun des deux ne bougeait, on aurait dit un tableau vivant. Élisabeth resta clouée sur place : dès qu'ils l'apercevraient, ils changeraient de visage, il ne fallait pas se montrer avant d'avoir déchiffré leur secret. Pierre leva la tête et dit quelques mots à Françoise en souriant. Qu'avait-il dit ? Ça n'avançait à rien de contempler son sweat-shirt blanc, sa peau bronzée. Par-delà leurs gestes et leurs visages, la vérité de leur bonheur restait cachée. Cette semaine d'intimité quotidienne laissait au cœur d'Élisabeth un goût aussi décevant que les entrevues furtives de Paris.

— Vos valises sont prêtes ? dit-elle.

— Oui. J'ai fait retenir deux places dans l'autocar, dit Pierre. Nous avons encore une heure devant nous.

Élisabeth toucha du doigt les papiers étalés devant lui :

— Qu'est-ce que c'est que ce factum ? Tu commences un roman ?

— C'est une lettre à Xavière, dit Françoise en souriant.

— Eh bien, elle ne doit pas se sentir oubliée, dit Élisabeth. Elle n'arrivait pas à comprendre que l'intervention de Gerbert n'eût altéré en rien l'harmonie du trio. Tu la feras revenir à Paris cette année ?

— Sûrement, dit Françoise. A moins qu'il n'y ait vraiment des bombardements.

Élisabeth regarda autour d'elle ; le jardin s'avançait en terrasse au-dessus d'une vaste plaine verte et rose. Il était tout petit ; autour des plates-bandes une main capricieuse avait planté des coquillages et de gros cailloux biscornus ; des oiseaux empaillés nichaient dans des édifices de rocaille et parmi les fleurs rutilaient des boules de métal, des cabochons de verre, des figures en papier brillant. La guerre semblait si loin. On avait presque besoin de faire effort pour ne pas l'oublier.

— Votre train va être bondé, dit-elle.

— Oui, tout le monde déguerpit, dit Pierre. Nous sommes les derniers clients.

— Hélas! dit Françoise. Je l'aimais tant notre petit hôtel.

Pierre posa la main sur la sienne :

— Nous reviendrons. Même s'il y a la guerre, même si elle est longue, elle finira bien un jour.

— Comment finira-t-elle ? dit pensivement Élisabeth.

Le soir tombait. Ils étaient là, trois intellectuels français qui méditaient et devisaient dans la paix inquiète d'un village de France, en face de la guerre qui se levait. Sous sa trompeuse simplicité, cet instant avait la grandeur d'une page d'histoire.

— Ah! voilà le goûter, dit Françoise.

Une femme de chambre s'approchait, portant un plateau chargé de bière, de sirops, de confitures, de biscuits.

— Tu veux de la confiture ou du miel ? dit Françoise d'un air animé.

— Ça m'est égal, dit Élisabeth avec humeur.

On aurait dit qu'ils faisaient exprès d'éviter les conversations sérieuses. A la longue, ce genre d'élégance devenait agaçant. Elle regarda Françoise. Avec sa robe de toile et ses cheveux flottants, elle avait l'air très jeune. Élisabeth se demanda soudain si la sérénité qu'on admirait en elle n'était pas en partie faite d'étourderie.

— On va avoir une drôle d'existence, reprit-elle.

— J'ai surtout peur qu'on ne s'ennuie mortellement, dit Françoise.

— Ça sera passionnant au contraire, dit Élisabeth.

Elle ne savait pas exactement ce qu'elle ferait ; le pacte germano-soviétique lui avait porté un coup au cœur. Mais elle était sûre que sa force ne serait pas gaspillée.

Pierre mordit dans une tartine de miel et sourit à Françoise :

— C'est drôle de penser que demain matin nous serons à Paris, dit-il.

— Je me demande si beaucoup de gens seront rentrés, dit Françoise.

— En tout cas, il y aura Gerbert. Le visage de Pierre s'illumina. Demain soir sans faute, nous irons au cinéma. Il y a un tas de nouveaux films américains qui passent en ce moment.

Paris. Aux terrasses de Saint-Germain-des-Prés, les femmes en robes légères buvaient des orangeades glacées ; de grandes photographies alléchantes s'étalaient des Champs-Élysées à l'Étoile. Bientôt toute cette douceur nonchalante allait s'éteindre. Le cœur d'Élisabeth se serra ; elle n'avait pas su en jouir. C'était Pierre qui lui avait donné l'horreur de la frivolité ; cependant pour son propre compte, il ne se montrait pas si rigoriste. Elle l'avait senti avec irritation pendant toute cette semaine : tandis qu'elle vivait, les yeux rivés sur eux comme sur des modèles exigeants, ils s'abandonnaient tranquillement à leurs caprices.

— Tu devrais aller régler la note, dit Françoise.

— J'y vais, dit Pierre. Il se leva. Aïe, dit-il. Sacrés petits cailloux. Il ramassa ses sandales.

— Pourquoi as-tu toujours les pieds nus ? dit Élisabeth.

— Il prétend que ses ampoules ne sont pas encore guéries, dit Françoise.

— C'est vrai, dit Pierre. Tu m'as tant fait marcher.

— On a fait un si beau voyage, dit Françoise avec un soupir.

Pierre s'éloigna. Dans quelques jours, ils seraient séparés. Pierre ne serait plus sous son treillis de toile qu'un soldat anonyme et solitaire. Françoise verrait le théâtre fermé, ses amis disséminés. Et cependant, Claude se morfondrait à Limoges, loin de Suzanne. Élisabeth fixa l'horizon bleu où venaient se fondre les roses et les verts de la plaine. Dans la tragique lumière de l'histoire, les gens se trouvaient dépouillés de leur mystère inquiétant. Tout était calme ; le monde entier était en suspens et dans cette attente universelle, Élisabeth se sentit accordée sans crainte, sans désir à l'immobilité du soir.

470

Il lui semblait qu'un long répit lui était enfin accordé où plus rien n'était exigé d'elle.

— Voilà, tout est en ordre, dit Pierre. Les valises sont dans le car.

Il s'assit. Lui aussi, avec ses joues lustrées par le soleil et son sweat-shirt blanc, il avait l'air tout rajeuni. Brusquement, quelque chose d'inconnu, d'oublié, gonfla le cœur d'Élisabeth. Il allait partir. Bientôt il serait loin, au fond d'une zone inaccessible et dangereuse, elle n'allait plus le revoir d'ici longtemps. Comment n'avait-elle pas su profiter de sa présence?

— Prends donc des biscuits, dit Françoise. Ils sont très bons.

— Merci, dit Élisabeth. Je n'ai pas faim.

La souffrance qui la traversait ne ressemblait pas à celles dont elle avait l'habitude ; c'était quelque chose d'inclément, d'irrémédiable. Et si je ne le revois plus jamais? pensa-t-elle. Elle sentit que le sang se retirait de son visage.

— C'est à Nancy que tu dois rejoindre? dit-elle.

— Oui, ça n'est pas un endroit bien dangereux, dit Pierre.

— Mais tu n'y resteras pas éternellement. Tu ne seras pas trop héroïque au moins?

— Fie-toi à moi, dit Pierre en riant.

Élisabeth le regarda avec angoisse. Il pouvait mourir, Pierre. Mon frère. Je ne vais pas le laisser partir sans lui dire... Que lui dire? Cet homme ironique assis en face d'elle n'avait aucun besoin de sa tendresse.

— Je t'enverrai de beaux paquets, dit-elle.

— C'est vrai, je recevrai des paquets, dit Pierre. C'est si agréable.

Il souriait d'un air affectueux où ne se lisait aucune arrière-pensée ; souvent, pendant cette semaine, il avait eu de tels visages. Pourquoi était-elle si défiante? Pourquoi avait-elle perdu à jamais toutes les joies de l'amitié? Qu'avait-elle cherché? A quoi bon ces luttes et ces haines? Pierre parlait.

— Tu sais, dit Françoise, nous ferions bien d'aller.

— Allons, dit Pierre.

Ils se levèrent. Élisabeth les suivit, la gorge contractée : Je ne veux pas qu'on me le tue, pensa-t-elle désespérément. Elle marchait à côté de lui sans même oser lui prendre le bras. Pourquoi avait-elle rendu impossibles les gestes, les paroles sincères ? A présent, les mouvements spontanés de son cœur lui semblaient insolites. Et elle aurait donné sa vie pour le sauver.

— Que de monde ! dit Françoise.

Il y avait foule autour du petit autobus flamboyant. Le conducteur se tenait debout sur le toit parmi les valises, les malles, les caisses ; un homme perché sur une échelle à l'arrière du car lui tendit une bicyclette. Françoise mit le nez contre une vitre.

— Nos places sont gardées, dit-elle avec satisfaction.

— Vous voyagerez dans le couloir, je crains, dit Élisabeth.

— Nous avons du sommeil d'avance, dit Pierre.

Ils se mirent à tourner autour du petit autobus. Plus que quelques minutes. Rien qu'un mot, un geste ; qu'il sache... Je n'oserai pas. Élisabeth regarda Pierre avec désespoir. Est-ce que tout n'aurait pas pu être différent ? N'aurait-elle pas pu vivre toutes ces années auprès d'eux dans la confiance et la joie au lieu de se défendre contre un danger imaginaire ?

— En voiture, cria le chauffeur.

— C'est trop tard, pensa Élisabeth avec égarement. C'était son passé, sa personne entière qu'il aurait fallu pulvériser pour pouvoir s'élancer vers Pierre et tomber dans ses bras. Trop tard. Elle n'était plus maîtresse du moment présent. Son visage même ne lui obéissait pas.

— A bientôt, dit Françoise.

Elle embrassa Élisabeth et regagna sa place.

— Au revoir, dit Pierre.

Il serra hâtivement la main de sa sœur et la regarda en souriant. Elle sentit que les larmes lui montaient aux yeux ; elle le saisit aux épaules et posa ses lèvres sur sa joue :

— Tu feras bien attention, dit-elle.

— N'aie pas peur, dit Pierre.

Il lui donna un rapide baiser et monta dans la voiture ; un moment encore son visage s'encadra dans la fenêtre ouverte. Le car s'ébranla. Il agita la main. Élisabeth secoua son mouchoir et lorsque l'autobus eut disparu derrière le rempart, elle tourna les talons.

— Pour rien, murmura-t-elle. Tout cela pour rien.

Elle pressa son mouchoir contre ses lèvres et se mit à courir vers l'hôtel.

Les yeux grands ouverts, Françoise fixait le plafond. A côté d'elle, Pierre dormait à moitié dévêtu. Françoise avait un peu sommeillé, mais dans la rue un grand cri avait traversé la nuit et elle s'était réveillée ; elle avait si peur des cauchemars qu'elle n'avait plus refermé les yeux. Les rideaux n'étaient pas tirés et le clair de lune entrait dans la chambre. Elle ne souffrait pas, elle ne pensait rien, elle était seulement étonnée de la facilité avec laquelle le cataclysme prenait place dans le cours naturel de sa vie. Elle se pencha vers Pierre.

— Il est presque trois heures, dit-elle.

Pierre gémit, s'étira. Elle alluma l'électricité. Des valises béantes, des musettes à demi pleines, des boîtes de conserve, des chaussettes, jonchaient en désordre le plancher. Françoise fixa les chrysanthèmes rouges épanouis sur le papier du mur et l'angoisse la prit à la gorge. Demain, ils s'étaleraient à la même place, avec la même obstination inerte ; le décor où se vivrait l'absence de Pierre était déjà planté. Jusqu'ici, la séparation attendue était demeurée une menace vide, mais cette chambre, c'était l'avenir réalisé ; il était là, pleinement présent, dans sa désolation irrémédiable.

— Tu as bien tout ce qu'il te faut ? dit-elle.

— Je crois que oui, dit Pierre. Il avait revêtu son

plus vieux complet et il entassait dans ses poches son portefeuille, son stylo, sa blague à tabac.

— C'est bête, pour finir, qu'on ne t'ait pas acheté des chaussures de marche, dit-elle. Je sais bien ce que je vais faire, je vais te donner mes souliers de ski. Tu y étais très bien.

— Je ne veux pas te prendre tes pauvres souliers, dit Pierre.

— Tu m'en achèteras des neufs quand nous retournerons aux sports d'hiver, dit-elle tristement.

Elle les sortit du fond d'un placard et les lui tendit, puis elle rangea dans une musette le linge et les provisions.

— Tu ne prends pas ta pipe d'écume?

— Non, je la garde pour mes permissions, dit Pierre, Veilles-y bien.

— N'aie pas peur, dit Françoise.

La pipe d'un beau blond doré reposait dans son étui comme dans un petit cercueil. Françoise abaissa le couvercle et enferma le tout dans un tiroir. Elle se retourna vers Pierre. Il avait mis les souliers, il était assis au bord du lit et se rongeait un ongle, ses yeux étaient roses et son visage avait l'expression idiote qu'il s'amusait à prendre autrefois dans certains de ses jeux avec Xavière. Françoise resta debout en face de lui, sans savoir que faire d'elle-même. Tout le jour, ils avaient parlé, mais maintenant il n'y avait plus rien à dire. Il mordillait un ongle, et elle le regardait agacée, résignée et vide.

— Est-ce que nous allons? dit-elle enfin.

— Allons, dit Pierre.

Il passa ses deux musettes en bandoulière et sortit de la chambre. Françoise referma derrière eux cette porte qu'il ne devait plus franchir avant des mois et ses jambes fléchirent en descendant l'escalier.

— Nous avons le temps de boire un coup au Dôme, dit Pierre. Mais il faudra nous méfier, ça ne sera pas facile de trouver un taxi.

Ils sortirent de l'hôtel et prirent pour la dernière fois le chemin si souvent parcouru. La lune s'était couchée et il faisait sombre. Depuis plusieurs nuits déjà, le ciel de Paris s'était éteint, il ne restait dans les rues que quelques lumignons jaunes dont les lueurs se traînaient au ras du sol. La vapeur rose qui jadis signalait de loin le carrefour Montparnasse s'était dissipée ; cependant les terrasses des cafés brillaient encore faiblement.

— A partir de demain, tout ferme à onze heures, dit Françoise. C'est la dernière nuit de l'avant-guerre.

Ils s'assirent à la terrasse ; le café était plein de gens, de bruits et de fumée ; il y avait une bande de très jeunes gens qui chantaient ; une nuée d'officiers en uniforme avait jailli du sol au cours de la nuit, ils s'étaient répandus par groupes autour des tables ; des femmes les harcelaient avec des rires qui restaient sans écho. La dernière nuit, les dernières heures. L'éclat nerveux des voix contrastait avec l'inertie des visages.

— La vie sera étrange ici, dit Pierre.

— Oui, dit Françoise. Je te raconterai bien tout.

— Pourvu que Xavière ne te soit pas trop pesante. On n'aurait peut-être pas dû la faire revenir si vite.

— Non, c'est mieux que tu l'aies revue, dit Françoise. Ça n'aurait vraiment pas été la peine d'écrire toutes ces longues lettres pour en détruire l'effet d'un seul coup. Et puis, il faut qu'elle soit près de Gerbert pendant ces derniers jours. Elle ne pouvait pas rester à Rouen.

Xavière. Ce n'était guère qu'un souvenir, une adresse sur une enveloppe, un fragment insignifiant de l'avenir ; elle avait peine à croire que dans quelques heures elle allait la voir en chair et en os.

— Tant que Gerbert sera à Versailles, tu pourras sûrement l'apercevoir de temps en temps, dit Pierre.

— Ne t'inquiète pas pour moi, dit Françoise. Je m'en tirerai toujours.

Elle posa la main sur la sienne. Il allait partir. Rien

d'autre ne comptait. Un long moment ils restèrent sans rien dire, à regarder mourir la paix.

— Je me demande s'il y aura foule, là-bas, dit Françoise en se levant.

— Je ne pense pas, les trois quarts des types ont déjà été rappelés, dit Pierre.

Ils errèrent un moment sur le boulevard et Pierre héla un taxi.

— A la gare de la Villette, dit-il au chauffeur.

Ils traversèrent Paris en silence. Les dernières étoiles pâlissaient. Pierre avait un léger sourire aux lèvres, il n'était pas tendu, il avait plutôt un air appliqué d'enfant. Françoise sentait en elle le calme de la fièvre.

— Sommes-nous arrivés? dit-elle avec surprise.

Le taxi s'arrêtait au bord d'une petite place toute ronde et déserte. Un poteau se dressait au milieu du terre-plein central, et contre le poteau il y avait deux gendarmes aux képis galonnés d'argent. Pierre paya le taxi et s'approcha d'eux.

— Ça n'est pas ici le centre de rassemblement? demanda-t-il en leur tendant son livret militaire.

Un des gendarmes désigna un petit bout de papier fixé au poteau de bois.

— Il faut que vous alliez à la gare de l'Est, dit-il.

Pierre parut déconcerté ; puis il leva vers le gendarme un de ces visages naïfs dont l'ingénuité imprévue touchait toujours Françoise au cœur.

— J'ai le temps d'y aller à pied?

Le gendarme se mit à rire.

— On ne chauffera sûrement pas un train exprès pour vous, ce n'est pas la peine de tant vous presser.

Pierre revint vers Françoise. Il avait l'air tout petit et absurde sur cette place abandonnée, avec ses deux musettes et ses souliers de ski aux pieds. Il sembla à Françoise qu'elle n'avait pas eu assez de ces dix ans pour lui faire savoir à quel point elle l'aimait.

— Nous avons encore un petit délai, dit-il. Et elle vit dans son sourire qu'il savait tout ce qu'il y avait à savoir.

Ils partirent à travers les petites rues où l'aube naissait. Il faisait doux, dans le ciel les nuages se teintaient de rose. On aurait dit une promenade toute pareille à celles qu'ils avaient faites si souvent après de grandes nuits de travail. En haut des escaliers qui descendaient vers la gare, ils s'arrêtèrent ; les rails luisants, docilement contenus à leur source entre les trottoirs d'asphalte, s'échappaient soudain, enchevêtraient leurs cours et s'enfuyaient vers l'infini ; un moment ils regardèrent les longs toits plats des trains rangés au bord des quais où dix cadrans noirs aux aiguilles blanches marquaient chacun cinq heures et demie.

— C'est ici qu'il va y avoir foule, dit Françoise avec un peu d'appréhension.

Elle imaginait des gendarmes, des officiers et toute une cohue civile comme elle en avait vu photographiés dans les journaux. Mais le hall de la gare était presque vide, on n'apercevait pas le moindre uniforme. Il y avait quelques familles assises parmi des tas de ballots et des isolés portant la musette en bandoulière.

Pierre s'approcha d'un guichet, puis il revint vers Françoise.

— Le premier train part à six heures dix-neuf. J'irai m'installer à six heures pour avoir une place assise. Il lui prit le bras. On peut encore faire un petit tour, dit-il.

— C'est drôle ce départ, dit Françoise. Je ne me l'imaginais pas comme ça ; tout a l'air tellement gratuit.

— Oui, on ne sent nulle part aucune contrainte, dit Pierre. Je n'ai même pas reçu un bout de papier pour me convoquer, personne n'est venu me chercher, je demande l'heure de mon train, comme un civil, j'ai presque l'impression de partir de ma propre initiative.

— Et pourtant on sait que tu ne peux pas rester, on dirait que c'est une fatalité intérieure qui te pousse, dit Françoise.

Ils firent quelques pas hors de la gare, le ciel était clair et tendre au-dessus des avenues désertes.

— On ne voit plus un taxi, dit Pierre, et les métros sont arrêtés. Comment vas-tu rentrer?

— A pied, dit Françoise. J'irai voir Xavière, et puis je rangerai ton bureau. Sa voix s'étrangla. Tu m'écriras bien tout de suite?

— Dans le train même, dit Pierre. Mais sûrement les lettres n'arriveront pas d'ici un bon temps. Tu seras patiente?

— Oh! je me sens de la patience à revendre, dit-elle.

Ils suivirent un peu le boulevard. Dans le petit matin, le calme des rues semblait tout normal, la guerre n'était nulle part. Il y avait seulement ces affiches collées aux murs : une grande, enrubannée de tricolore, qui était un appel au peuple français, et une petite, modeste, décorée de drapeaux noirs et blancs sur fond blanc qui était l'ordre de mobilisation générale.

— Je vais aller à présent, dit Pierre.

Ils rentrèrent dans la gare. Au-dessus des portillons, une pancarte annonçait que l'accès des quais était réservé aux voyageurs. Quelques couples s'étreignaient auprès de la barrière et soudain, en les regardant, des larmes montèrent aux yeux de Françoise. En devenant anonyme, l'événement qu'elle était en train de vivre se faisait saisissable ; sur ces visages étrangers, dans leurs sourires tremblants, tout le tragique de la séparation se révélait. Elle se retourna vers Pierre, elle ne voulait pas s'émouvoir ; elle se retrouva plongée dans un moment indistinct dont le goût âcre et fuyant n'était pas même une douleur.

— Au revoir, dit Pierre. Il la serra doucement contre lui, la regarda une dernière fois et tourna le dos.

Il franchit la porte. Elle le regarda disparaître, d'un pas rapide et trop décidé, qui laissait deviner la tension de son visage. A son tour, elle se retourna. Deux femmes se retournèrent en même temps qu'elle ; d'un seul coup leurs visages se défirent et l'une d'elles se mit à pleurer. Françoise se raidit et marcha vers la sortie. C'était inutile de pleurer, elle aurait beau sangloter pendant des heures, il lui resterait toujours autant de larmes à verser. Elle partit d'un grand pas régulier, son pas de voyage, à travers le calme insolite de Paris. Le malheur n'était encore visible nulle part, ni dans la tiédeur de l'air, ni dans les feuillages dorés des arbres, ni dans la fraîche odeur de légumes qui venaient des Halles ; tant qu'elle continuerait à marcher, il demeurerait insaisissable, mais il lui semblait que si elle s'arrêtait jamais, alors cette présence sournoise qu'elle sentait autour d'elle refluerait sur son cœur et le ferait éclater.

Elle traversa la place du Châtelet et remonta le boulevard Saint-Michel. On avait vidé le bassin du Luxembourg dont le fond s'étalait aux yeux, rongé d'une lèpre marécageuse. Dans la rue Vavin, Françoise acheta un journal. Il fallait attendre encore un grand moment avant d'aller frapper chez Xavière et Françoise décida de s'asseoir au Dôme. Elle ne se souciait guère de Xavière mais elle était contente d'avoir quelque chose de fixe à faire dans sa matinée.

Elle entra dans le café et soudain le sang afflua à ses joues. A une table, près de la fenêtre, elle apercevait un crâne blond et une tête brune ; elle hésita, mais c'était trop tard pour reculer, Gerbert et Xavière l'avaient déjà aperçue ; elle était si molle et si brisée qu'un frisson nerveux la secoua comme elle approchait de leur table.

— Comment allez-vous ? dit-elle à Xavière en retenant sa main.

— Je vais bien, dit Xavière d'un ton de confidence. Elle dévisagea Françoise. Vous, vous avez l'air fatiguée.

— Je viens de conduire Labrousse au train, dit Françoise. J'ai peu dormi.

Son cœur battait. Depuis des semaines, Xavière n'était plus rien qu'une vague image qu'on tirait de soi-même. Et la voilà qui ressuscitait soudain, dans une robe inconnue au tissu bleu imprimé de petites fleurs, plus blonde qu'aucun souvenir ; ses lèvres au dessin oublié s'ouvraient dans un sourire tout neuf ; elle ne s'était pas changée en un fantôme docile, c'était sa présence de chair et d'os qu'il fallait de nouveau affronter.

— Moi, je me suis promenée toute la nuit, dit Xavière. C'est beau, ces rues toutes noires. On dirait la fin du monde.

Elle avait passé toutes ces heures avec Gerbert. Pour lui aussi, elle était redevenue une présence tangible ; comment l'avait-il accueillie en son cœur ? Son visage n'exprimait rien.

— Ce sera encore pire quand les cafés seront fermés, dit Françoise.

— Oui, ça c'est lugubre, dit Xavière. Ses yeux s'illuminèrent. Est-ce que vous pensez qu'on sera bombardés pour de vrai ?

— Peut-être, dit Françoise.

— Ça doit être fameux d'entendre les sirènes dans la nuit et de voir les gens courir de tous les côtés comme des rats.

Françoise eut un sourire contraint, la puérilité voulue de Xavière l'agaçait.

— On vous forcera à descendre à la cave, dit-elle.

— Oh! je ne descendrai pas, dit Xavière.

Il y eut un court silence.

— A tout à l'heure, dit Françoise. Vous n'aurez qu'à me prendre ici, je vais m'installer dans le fond.

— A tout à l'heure, dit Xavière.

Françoise s'assit devant une table et alluma une cigarette. Sa main tremblait, elle était étonnée de la violence de son désarroi. Sans doute était-ce la tension de ces dernières heures qui, en se brisant, la laissait ainsi désarmée. Elle se sentait rejetée vers des espaces incertains, déracinée, ballottée, sans aucun recours en elle-même. Elle avait accepté avec sérénité l'idée d'une vie dépouillée et inquiète. Mais l'existence de Xavière l'avait toujours menacée par-delà les contours mêmes de sa vie et c'était cette ancienne angoisse qu'elle reconnaissait avec épouvante.

CHAPITRE X

— Quel dommage, je n'ai plus d'huile, dit Xavière.
Elle regarda d'un air consterné la fenêtre que recou-
vrait à mi-hauteur une couche de peinture bleue.

— Vous avez fait du beau travail, dit Françoise.

— Oh, ça! Je crois bien qu'Inès ne pourra plus
jamais ravoir ses vitres.

Inès avait fui Paris au lendemain de la première
fausse alerte et Françoise avait sous-loué son appartement. Dans la chambre de l'hôtel Bayard, le souvenir
de Pierre était trop présent, et par ces nuits tragiques
où Paris n'offrait plus ni lumière, ni refuge, on éprouvait le besoin d'un foyer.

— Il me faut de l'huile, dit Xavière.

— On n'en trouve plus nulle part, dit Françoise.
Elle était en train d'écrire en grosses lettres l'adresse
d'un colis de livres et de tabac qu'elle destinait à
Pierre.

— On ne trouve plus rien, dit Xavière avec colère.
Elle se jeta dans un fauteuil. Alors, c'est comme si je
n'avais rien fait, dit-elle d'une voix sombre.

Elle était enveloppée d'un long peignoir de bure
qu'une cordelière serrait autour de sa taille ; elle enfouit
ses mains dans les larges manches de son vêtement ;
avec ses cheveux nettement coupés et qui tombaient
tout raides autour de sa figure, elle avait l'air d'un petit
moine.

Françoise posa sa plume. L'ampoule électrique,
emmitouflée d'une écharpe de soie, déversait dans la
pièce une faible lumière violette.

— Je devrais aller travailler, pensa Françoise. Mais
le cœur lui manquait. Sa vie avait perdu toute consistance, c'était une substance molle dans laquelle on
croyait s'enliser à chaque pas ; et puis on rebondissait,
juste assez pour aller s'engluer un peu plus loin, avec à

chaque seconde l'espoir d'un engloutissement définitif, à chaque seconde l'espoir d'un sol soudain raffermi. Il n'y avait plus d'avenir. Seul, le passé restait réel et c'est en Xavière que le passé s'incarnait.

— Vous avez des nouvelles de Gerbert? dit Françoise. Comment s'arrange-t-il de la vie de caserne?

Elle avait revu Gerbert dix jours plus tôt, un après-midi de dimanche. Mais ça n'aurait pas été naturel qu'elle ne posât jamais de question sur lui.

— Il a l'air de ne pas s'ennuyer, dit Xavière. Elle eut un petit sourire intime. Surtout qu'il aime bien s'indigner.

Son visage reflétait la tendre certitude d'une totale possession.

— Les occasions ne doivent pas lui manquer, dit Françoise.

— Ce qui le tracasse, dit Xavière, d'un air indulgent et charmé, c'est de savoir s'il aura peur.

— C'est difficile de se représenter les choses à l'avance.

— Oh! il est comme moi, dit Xavière. Il a des images.

Il y eut un silence.

— Vous savez qu'on a mis Bergmann dans un camp de concentration? dit Françoise. C'est vache, le sort des exilés politiques.

— Bah! dit Xavière. Ce sont tous des espions.

— Pas tous, dit Françoise. Il y a beaucoup d'authentiques antifascistes qu'on emprisonne au nom d'une guerre antifasciste.

Xavière eut une moue de mépris.

— Pour ce que les gens sont intéressants, dit-elle. Ça ne fait pas tellement deuil qu'on leur marche un peu sur les pieds.

Françoise regarda avec un peu de répulsion le frais visage cruel.

— Si on ne s'intéresse pas aux gens, je me demande ce qui reste, dit-elle.

— Oh! mais nous ne sommes pas faites de la même

manière, dit Xavière en l'enveloppant d'un regard méprisant et malin.

Françoise se tut. Les conversations avec Xavière dégénéraient aussitôt en confrontations haineuses. Ce qui transparaissait dans l'accent de Xavière, dans ses sourires sournois, c'était tout autre chose à présent qu'une hostilité enfantine et capricieuse : une vraie haine de femme. Jamais elle ne pardonnerait à Françoise d'avoir gardé l'amour de Pierre.

— Si on mettait un disque ? dit Françoise.

— Comme vous voudrez, dit Xavière.

Françoise posa sur le plateau du phonographe le premier disque de *Petrouchka*.

— C'est toujours la même chose, dit Xavière avec colère.

— On n'a pas le choix, dit Françoise.

Xavière frappa du pied.

— Est-ce que ça va durer longtemps ? dit-elle les dents serrées.

— Quoi ? dit Françoise.

— Les rues noires, les boutiques vides, les cafés qui ferment à onze heures. Toute cette histoire, ajouta-t-elle avec un soubresaut de rage.

— Ça risque de durer, dit Françoise.

Xavière empoigna ses cheveux à pleines mains.

— Mais je deviendrai folle, dit-elle.

— On ne devient pas fou si vite, dit Françoise.

— Je ne suis pas patiente, moi, dit Xavière sur un ton de désespoir haineux. Ça ne me suffit pas de contempler les événements du fond d'un sépulcre ! Ça ne me suffit pas de me dire que les gens continuent d'exister à l'autre bout du monde si je ne peux pas les toucher.

Françoise rougit. Il aurait fallu ne jamais rien dire à Xavière. Tout ce qu'on lui disait, elle le retournait aussitôt contre vous. Xavière regarda Françoise.

— Vous avez de la chance d'être si raisonnable, dit-elle avec une humilité ambiguë.

— Il suffit de ne pas se prendre au tragique, dit Françoise sèchement.

— Oh! on a plus ou moins de dispositions, dit Xavière.

Françoise regarda les murs nus, les vitres bleues qui semblaient défendre l'intérieur d'un tombeau. Ça devrait m'être égal, pensa-t-elle avec souffrance. Mais elle avait beau faire, pendant ces trois semaines, elle n'avait guère quitté Xavière ; elle allait continuer à vivre auprès d'elle jusqu'à ce que la guerre s'achevât ; elle ne pouvait plus nier cette présence ennemie qui étendait sur elle, sur le monde entier, une ombre pernicieuse.

La sonnerie de la porte d'entrée déchira le silence. Françoise enfila le long corridor.

— Qu'est-ce que c'est?

Sa concierge lui tendit une enveloppe sans timbre libellée par une main inconnue.

— Un monsieur vient de poser ça.

— Merci, dit Françoise.

Elle décacheta la lettre. C'était l'écriture de Gerbert. « Je suis à Paris. Je vous attends au café Rey. J'ai toute ma soirée. »

Françoise enfouit le papier dans son sac. Elle entra dans sa chambre, prit son manteau, ses gants. Son cœur éclatait de plaisir. Elle essaya de composer son visage et regagna la chambre de Xavière.

— Ma mère me demande de venir faire un bridge, dit-elle.

— Ah! vous partez, dit Xavière d'un air de blâme.

— Je serai de retour vers minuit. Vous ne bougez pas d'ici?

— Où voulez-vous que j'aille? dit Xavière.

— Alors, à tout à l'heure, dit Françoise.

Elle descendit l'escalier sans lumière et enfila la rue en courant. Des femmes faisaient les cent pas sur le trottoir de la rue Montparnasse, portant en bandoulière le cylindre gris qui renfermait leur masque à gaz. Derrière le mur du cimetière, une chouette hulula. Françoise s'arrêta, à bout de souffle, au coin de la rue de la Gaîté. Un grand brasier rouge et sombre luisait sur l'avenue du Maine : le café Rey. Avec leurs rideaux tirés, leurs lumières étouffées, tous les endroits publics avaient pris un air aguichant de mauvais lieu. Françoise écarta les tentures qui barraient l'entrée. Gerbert était assis devant un verre de marc, près de l'orgue de cinéma. Il avait posé son calot sur la table. Ses cheveux étaient coupés court. Il semblait ridiculement jeune sous son uniforme kaki.

— Comme c'est bien que vous ayez pu venir! dit Françoise.

Elle saisit sa main et leurs doigts se mêlèrent.

— Ça a fini par marcher, cette combine?

— Oui, dit Gerbert. Mais je n'ai pas pu vous prévenir. Je ne savais à l'avance si je réussirais à me tirer. Il sourit. Je suis content. C'est très facile. Je pourrai recommencer de temps en temps.

— Ça permettra d'attendre les dimanches, dit Françoise. Il y a si peu de dimanches dans le mois. Elle le regarda avec regret. Surtout qu'il faudra que vous voyiez Xavière.

— Il faudra, dit Gerbert mollement.

— Vous savez, j'ai des nouvelles toutes fraîches de Labrousse, dit Françoise. Une longue lettre. Il mène une vie tout à fait bucolique. Il villégiature chez un curé de Lorraine qui le gorge de tarte aux mirabelles et de poulet à la crème.

— C'est moche, dit Gerbert. Quand il aura sa première permission, je serai loin. On ne se reverra pas avant des éternités.

— Oui. Si seulement on pouvait continuer a ne pas se battre, dit Françoise.

Elle regarda les banquettes rutilantes ou si souvent elle s'était assise auprès de Pierre. Il y avait foule au comptoir et devant les tables ; cependant les lourdes étoffes bleues qui masquaient les vitres donnaient à cette brasserie grouillante quelque chose d'intime et de clandestin.

— J'aurais pas horreur de me battre, dit Gerbert. Ça doit être moins moche que de pourrir au fond d'une caserne.

— Vous vous ennuyez salement, pauvre chien? dit Françoise.

— C'est pas croyable ce qu'on peut se faire chier, dit Gerbert. Il se mit à rire : Avant-hier, le capitaine m'a convoqué. Il voulait savoir pourquoi je n'étais pas élève-officier. Il avait appris que je bouffais tous les soirs à la Brasserie Chanteclerc. Il m'a dit à peu près : « Vous avez de l'argent, votre place est parmi les officiers. »

— Qu'est-ce que vous avez répondu?

— J'ai dit que j'aimais pas les officiers, dit Gerbert avec dignité.

— Vous avez dû vous faire très mal voir

— Plutôt, dit Gerbert. Quand j'ai quitté le capitaine, il était vert. Il hocha la tête. Il ne faudra pas que je raconte ça à Xavière.

— Elle voudrait que vous soyez officier?

— Oui. Elle pense qu'on se verrait davantage. C'est marrant les bonnes femmes, dit Gerbert d'un ton pénétré. Elles croient que les histoires sentimentales, il n'y a que ça qui compte.

— Xavière n'a plus que vous, dit Françoise.

— Je sais, dit Gerbert. C'est bien ça qui me fait lourd. Il sourit : Moi, j'étais fait pour être célibataire.

— En ce cas, vous voilà bien mal parti, dit Françoise gaiement.

— Tomate, dit Gerbert en lui donnant une bourrade. Avec vous ça n'a pas de rapport. Il la regarda avec chaleur. Ce qui est fameux entre nous, c'est qu'il y a une telle amitié. Jamais je ne suis gêné devant vous, je peux vous dire n'importe quoi, et je me sens libre.

— Oui, c'est bien de s'aimer si fort tout en restant libres, dit Françoise.

Elle pressa sa main ; plus encore qu'à la douceur de le voir et de le toucher, elle tenait à cette confiance passionnée qu'il lui accordait.

486

— Qu'est-ce que vous voulez faire de cette soirée?
dit-elle gaiement.

— Je ne peux pas aller dans les beaux endroits avec
ce costume, dit Gerbert.

— Non. Mais que penseriez-vous, par exemple, de
descendre à pied vers les Halles, d'aller manger un steak
chez Benjamin et de remonter ensuite vers le Dôme?

— Ça va, dit Gerbert. On prendra un pernod en
route. C'est formidable comme je tiens le pernod maintenant.

Il se leva et écarta devant Françoise les rideaux
bleus.

— Qu'est-ce qu'on peut boire au régiment! Je rentre
bourré tous les soirs.

La lune s'était levée, elle baignait les arbres et les
toits : un vrai clair de lune de campagne. Sur la longue
avenue déserte, une auto passa, ses phares bleus ressemblaient à d'énormes saphirs.

— C'est fameux, dit Gerbert en regardant la nuit.

— Oui, les nuits de clair de lune, c'est fameux, dit
Françoise. Mais quand il fait noir, ça n'a rien de gai. Ce
qu'on a de mieux à faire c'est de rester terré chez soi.
Elle poussa du coude Gerbert : Vous avez vu comme
les agents ont de beaux casques neufs? dit-elle.

— C'est martial, dit Gerbert. Il prit le bras de Françoise. Infortunée chienne, ça ne doit pas être gai cette
vie, dit-il. Il n'y a plus personne à Paris?

— Il y a Élisabeth. Elle me prêterait volontiers son
épaule pour pleurer, mais je l'évite le plus possible, dit
Françoise. C'est marrant, elle n'a jamais eu l'air plus
prospère. Claude est à Bordeaux. Mais du moment qu'il
est seul, sans Suzanne, je pense qu'elle s'arrange très
bien de son absence.

— Qu'est-ce que vous faites toute la journée, dit
Gerbert. Vous avez recommencé à travailler?

— Pas encore. Non. Je traîne du matin au soir avec
Xavière. On fait de la cuisine, on se cherche des coif-
fures. On écoute de vieux disques. Nous n'avons jamais

été aussi intimes. Françoise haussa les épaules. Et je suis sûre qu'elle ne m'a jamais autant haïe.

— Vous pensez? dit Gerbert.

— J'en suis sûre, dit Françoise. Elle ne vous parle jamais de nos rapports?

— Pas souvent, dit Gerbert. Elle se méfie. Elle pense que je suis de votre parti.

— Comment ça? dit Françoise. Parce que vous me défendez quand elle m'attaque?

— Oui, dit Gerbert. On se dispute toujours quand elle me parle de vous.

Françoise sentit une morsure au cœur. Qu'est-ce que Xavière pouvait bien raconter sur elle?

— Que dit-elle donc? dit Françoise.

— Oh! Elle dit n'importe quoi, dit Gerbert.

— Vous savez, vous pouvez me dire, dit Françoise. Au point où nous en sommes, il n'y a plus rien à cacher entre nous.

— Je parlais en général, dit Gerbert.

Ils firent quelques pas en silence. Un coup de sifflet les fit sursauter. Un chef d'îlot barbu braquait sa lampe électrique vers une fenêtre d'où filtrait un mince rai de lumière.

— C'est la fête pour ces vieillards, dit Gerbert.

— Je comprends, dit Françoise. Les premiers jours on nous a menacées de tirer des coups de revolver dans nos fenêtres. Nous avons camouflé toutes les lampes et maintenant Xavière badigeonne les vitres en bleu.

Xavière. Naturellement. Elle parlait de Françoise. Et peut-être de Pierre. C'était agaçant de l'imaginer trônant avec complaisance au cœur de son petit univers bien agencé.

— Est-ce que Xavière vous a jamais parlé de Labrousse? dit Françoise.

— Elle m'en a parlé, dit Gerbert d'une voix neutre.

— Elle vous a raconté toute l'histoire, dit Françoise d'un ton affirmatif.

— Oui, dit Gerbert.

Le sang monta aux joues de Françoise. Mon histoire
Sous ce crâne blond, la pensée de Françoise avait pris
une forme irrémédiable et inconnue, et c'est sous cette
forme étrangère que Gerbert en avait reçu la confidence.

— Alors, vous savez que Labrousse a tenu à elle?
dit Françoise.

Gerbert se tut.

— Je regrette tant, dit-il. Pourquoi Labrousse ne
m'a-t-il pas prévenu?

— Il ne voulait pas, par orgueil, dit Françoise. Elle
serra le bras de Gerbert. Je ne vous ai pas raconté,
parce que j'avais peur justement que vous ne vous
fassiez des idées, dit-elle. Mais n'ayez crainte. Labrousse
ne vous en a jamais voulu. Et même pour finir, il a été
très content que l'histoire se soit terminée ainsi.

Gerbert la regarda d'un air méfiant :

— Il a été content?

— Mais oui, dit Françoise. Elle n'est plus rien pour
lui, vous savez.

— Vraiment? dit Gerbert. Il semblait incrédule. Que
croyait-il? Françoise regarda avec angoisse le clocher
de Saint-Germain-des-Prés qui se découpait sur le ciel
métallique, pur et calme comme un clocher de village.

— Qu'est-ce qu'elle prétend? dit-elle. Que Labrousse
l'aime encore passionnément?

— A peu près, dit Gerbert avec confusion.

— Eh bien, elle se trompe drôlement, dit Françoise.

Sa voix tremblait. Si Pierre avait été là, elle eût ri
avec dédain, mais elle était loin de lui, elle pouvait
seulement se dire à elle-même : « Il n'aime que moi. »
C'était intolérable qu'une certitude contraire existât
quelque part au monde.

— Je voudrais qu'elle voie comment il parle d'elle
dans ses lettres, reprit-elle. Elle serait édifiée. C'est par
pitié qu'il garde le simulacre d'une amitié. Elle regarda
Gerbert avec défi. Comment explique-t-elle qu'il ait
renoncé à elle?

— Elle dit que c'est elle qui n'a plus voulu de ces rapports.

— Ah! je vois, dit Françoise. Et pourquoi?

Gerbert la regarda d'un air embarrassé.

— Elle prétend qu'elle ne l'aimait pas? dit Françoise.

Elle serrait son mouchoir entre ses mains moites.

— Non, dit Gerbert.

— Alors?

— Elle dit que ça vous était désagréable, dit-il d'un ton incertain.

— Elle a dit ça? dit Françoise.

L'émotion lui coupait la voix. Des larmes de rage lui montaient aux yeux :

— La petite garce!

Gerbert ne répondit rien. Il semblait au comble de la confusion. Françoise ricana :

— En somme, Pierre l'aime éperdument, et elle repousse cet amour par égard pour moi, parce que je suis dévorée de jalousie?

— J'ai bien pensé qu'elle arrangeait les choses à sa manière, dit Gerbert d'un ton consolant.

Ils traversèrent la Seine. Françoise se pencha au-dessus de la balustrade et regarda les eaux d'un noir poli où se reflétait le disque de la lune. Je ne le supporterai pas, se dit-elle avec désespoir. Là-bas, dans la lumière mortuaire de sa chambre, Xavière était assise, enveloppée de son peignoir brun, maussade et maléfique ; l'amour désolé de Pierre caressait humblement ses pieds. Et Françoise errait dans les rues, dédaignée, contente des vieux restes d'une tendresse fatiguée. Elle aurait voulu cacher sa figure.

— Elle a menti, dit-elle.

Gerbert la serra contre lui.

— Mais je suppose bien, dit-il.

Il semblait inquiet. Elle serra les lèvres. Elle pourrait lui parler, lui dire la vérité. Il la croirait. Mais, elle aurait beau faire. Là-bas, la jeune héroïne, la douce figure sacrifiée continuerait à sentir dans sa chair le goût enivrant et noble de sa vie.

— A elle aussi, je parlerai, pensa Françoise. Elle saura la vérité.

— Je vais lui parler.

Françoise traversa la place de Rennes. La lune brillait au-dessus de la rue déserte et des maisons aveugles, elle brillait sur les plaines nues, sur les bois où des hommes casqués veillaient. Dans la nuit impersonnelle et tragique, cette colère qui bouleversait le cœur de Françoise, c'était toute sa part sur terre. La perle noire, la précieuse, l'ensorceleuse, la généreuse. Une femelle, pensa-t-elle avec passion. Elle monta l'escalier. Elle était là, tapie derrière la porte, dans son nid de mensonges ; de nouveau elle allait se saisir de Françoise et la faire entrer de force dans son histoire. Cette femme délaissée, armée d'une aigre patience, ce sera moi. Françoise poussa la porte et frappa chez Xavière.

— Entrez.

Une odeur sirupeuse et fade avait envahi la chambre. Xavière était perchée sur un escabeau et elle barbouillait une vitre de bleu. Elle descendit de son perchoir.

— Regardez ce que j'ai trouvé, dit-elle.

Elle tenait à la main un flacon rempli d'un liquide doré. D'un geste théâtral elle le tendit à Françoise. Sur l'étiquette, il y avait écrit : Ambre solaire.

— C'était dans le cabinet de toilette. Ça remplace très bien l'huile, dit-elle. Elle regarda la fenêtre en hésitant. Vous ne croyez pas qu'il faudrait passer encore une couche ?

— Oh ! comme catafalque, c'est déjà assez réussi, dit Françoise.

Elle ôta son manteau. Parler. Comment parler ? Elle ne pouvait pas faire état des confidences de Gerbert ; et pourtant elle ne pouvait pas vivre dans cet air empoisonné. Entre les vitres lisses et bleues, dans l'odeur poisseuse de l'ambre solaire, la passion dépitée de Pierre, la basse jalousie de Françoise existaient avec évidence. Il fallait les pulvériser. Xavière seule pouvait les pulvériser.

— Je vais faire un peu de thé, dit Xavière.

Il y avait un réchaud à gaz dans sa chambre. Elle y posa une casserole pleine d'eau et vint s'asseoir en face de Françoise.

— C'était amusant ce bridge? dit-elle d'un ton dédaigneux.

— Je n'y allais pas pour m'amuser, dit Françoise.

Il y eut un silence. Le regard de Xavière tomba sur le paquet que Françoise avait préparé pour Pierre.

— Vous avez fait un beau paquet, dit-elle avec un mince sourire.

— Je pense que Labrousse sera content d'avoir des livres, dit Françoise.

Le sourire de Xavière demeurait niaisement étalé sur ses lèvres tandis qu'elle pinçait la ficelle entre ses doigts.

— Vous pensez qu'il *peut* lire? dit-elle.

— Il travaille, il lit. Pourquoi non?

— Oui, vous m'avez dit qu'il est plein de courage, qu'il fait même de la culture physique. Xavière leva les sourcils : Je le voyais tout autrement.

— C'est pourtant ce qu'il dit dans sa lettre, dit Françoise.

— Évidemment, dit Xavière.

Elle tira sur la ficelle et la relâcha, il y eut un claquement mou. Elle rêva un moment, puis elle regarda Françoise d'un air candide.

— Vous ne croyez pas que, dans les lettres, on ne raconte jamais les choses telles qu'elles sont? même si on ne veut pas du tout mentir, ajouta-t-elle poliment. Juste parce qu'on raconte à quelqu'un?

Françoise sentit la colère lui barrer la gorge.

— Je crois que Pierre dit exactement ce qu'il veut dire, dit-elle avec âpreté.

492

— Oh! je suppose bien, en effet, qu'il ne pleure pas dans les coins comme un petit enfant, dit Xavière.

Elle avait posé sa main sur le paquet de livres.

— Je suis peut-être mal faite, dit-elle pensivement. Mais quand les gens sont absents, ça me semble si vain d'essayer de garder des rapports avec eux. On peut penser à eux. Mais écrire des lettres, envoyer des colis. Elle eut une petite moue : J'aimerais encore mieux faire tourner les tables.

Françoise la regarda avec une rage impuissante. N'y avait-il aucun moyen d'anéantir cet orgueil insolent? Dans l'esprit de Xavière, autour du souvenir de Pierre, c'étaient Marthe et Marie qui s'affrontaient. Marthe jouait les marraines de guerre, elle recueillait en retour une gratitude déférente, et c'est à Marie que pensait l'absent lorsque du fond de sa solitude il levait avec nostalgie vers le ciel d'automne un visage grave et pâle. Xavière eût serré passionnément entre ses bras le corps vivant de Pierre que Françoise se fût sentie moins atteinte que par cette mystérieuse caresse dont elle enveloppait son image.

— Ce qu'il faudrait savoir, c'est si les gens en question partagent ce point de vue, dit Françoise.

Xavière eut un petit sourire.

— Oui, naturellement, dit-elle.

— Vous voulez dire que ça vous est égal, le point de vue des autres? dit Françoise.

— Ils n'attachent pas tous tant d'importance aux écritures, dit Xavière.

Elle se leva :

— Vous voulez du thé? dit-elle.

Elle remplit deux tasses. Françoise porta le thé à ses lèvres. Sa main tremblait. Elle revoyait le dos de Pierre, harnaché de ses deux musettes, comme il disparaissait sur le quai de la gare de l'Est, elle revit le visage qu'il avait tourné vers elle un instant plus tôt. Elle aurait voulu maintenir en elle cette pure image, mais ce n'était qu'une image qui tirait sa force des seuls

493

battements de son cœur, ça ne pouvait pas suffire en face de cette femme de chair et d'os. Dans ces yeux vivants se reflétaient la face fatiguée de Françoise, son profil sans douceur. Une voix chuchotait : Il ne l'aime plus, il ne peut plus l'aimer.

— Je crois que vous vous faites de Labrousse une idée bien romantique, dit Françoise abruptement. Vous savez, il ne souffre des choses que dans la mesure où il veut en souffrir. Il n'y tient qu'autant qu'il consent à y tenir.

Xavière fit une petite moue :

— Vous croyez.

Son accent était plus insolent qu'une dénégation brutale.

— Je le sais, dit Françoise. Je connais bien Labrousse.

— On ne connaît jamais les gens, dit Xavière.

Françoise la regarda avec fureur. Ne pouvait-on avoir aucune prise sur cette cervelle butée?

— Mais lui et moi, c'est différent, dit-elle. Nous avons toujours tout partagé. Absolument tout.

— Pourquoi me dites-vous ça? dit Xavière avec hauteur.

— Vous croyez être seule à comprendre Labrousse, dit Françoise. Son visage brûlait : Vous pensez que je me fais de lui une image grossière et simple.

Xavière la regarda, médusée. Jamais Françoise ne lui avait parlé sur ce ton.

— Vous avez vos idées sur lui, j'ai les miennes, dit-elle sèchement.

— Vous choisissez les idées qui vous arrangent, dit Françoise.

Elle avait parlé avec tant d'assurance que Xavière eut une espèce de recul :

— Qu'est-ce que vous voulez dire? dit-elle.

Françoise serra les lèvres. Comme elle avait envie de lui dire en face : « Vous croyez qu'il vous aime, mais c'est juste de la pitié qu'il a pour vous. » Déjà le sourire insolent de Xavière s'était défait. Quelques mots seulement et ses yeux se rempliraient de larmes. Ce beau corps orgueilleux s'affaisserait. Xavière la regardait intensément, elle avait peur.

— Je ne veux rien dire de particulier, dit Françoise avec lassitude. En général, vous croyez ce qu'il vous est commode de croire.

— Par exemple, dit Xavière.

— Eh bien! par exemple, dit Françoise d'une voix plus calme, Labrousse vous a écrit qu'il n'avait pas besoin de recevoir de lettres pour penser aux gens, c'était une manière gentille d'excuser votre silence. Mais vous vous êtes persuadée qu'il croyait à des communions d'âme par-delà les mots.

La lèvre de Xavière se retroussa sur ses dents blanches.

— Comment savez-vous ce qu'il m'a écrit?

— Il m'en a parlé dans une lettre, dit Françoise.

Le regard de Xavière se posa sur le sac à main de Françoise.

— Ah! Il vous parle de moi dans ses lettres? dit-elle.

— A l'occasion, dit Françoise. Sa main se crispa sur la pochette de cuir noir. Jeter les lettres sur les genoux de Xavière. Dans le dégoût et la fureur, Xavière elle-même proclamerait sa défaite ; il n'y avait pas de victoire possible sans son aveu. Françoise se retrouverait solitaire, souveraine, à jamais délivrée.

Xavière se rencoigna dans son fauteuil, elle eut une espèce de frisson :

— J'ai horreur de penser qu'on parle de moi, dit-elle.

Elle était toute tassée sur elle-même avec un air un peu hagard. Françoise se sentit soudain très fatiguée. L'héroïne arrogante qu'elle souhaitait si passionnément vaincre n'était plus nulle part, il restait une pauvre victime traquée dont il n'y avait aucune vengeance à tirer. Elle se leva.

— Je vais dormir, dit-elle. A demain. N'oubliez pas de fermer le robinet du gaz.

— Bonne nuit, dit Xavière sans lever la tête.

Françoise regagna sa chambre. Elle ouvrit son secrétaire, sortit de son sac les lettres de Pierre et les rangea dans un tiroir à côté des lettres de Gerbert. Il n'y aurait pas de victoire. Il n'y aurait jamais de délivrance. Elle ferma son secrétaire et enfouit la clef dans son sac.

— Garçon! appela Françoise.

C'était une belle journée ensoleillée. Le déjeuner avait été plus tendu encore que de coutume et dès le début de l'après-midi, Françoise était venue s'asseoir avec un livre à la terrasse du Dôme. Maintenant, il commençait à faire frais.

— C'est huit francs, dit le garçon.

Françoise ouvrit son porte-monnaie et en tira un billet. Elle regarda avec surprise le fond de la pochette. C'était là qu'elle avait rangé la clef de son secrétaire, la veille au soir.

Elle vida nerveusement son sac. Le poudrier. Le bâton de rouge. Le peigne. Il fallait que la clef fût quelque part. Elle ne s'était pas séparée de son sac une minute. Elle retourna le sac, le secoua. Son cœur se mit à battre avec violence. Une minute. Le temps de porter le plateau du déjeuner de la cuisine dans la chambre de Xavière. Et Xavière était dans la cuisine.

Du revers de la main, elle fit tomber pêle-mêle dans son sac les objets épars sur la table et elle partit en courant. Six heures. Si Xavière avait la clef, il ne restait aucun espoir.

— C'est impossible!

Elle courait. Tout son corps bourdonnait. Elle sentait son cœur entre ses côtes, sous son crâne, au bout de ses doigts. Elle monta l'escalier. La maison était silencieuse et la porte d'entrée gardait son aspect quotidien. Dans le corridor flottait encore une odeur d'ambre solaire. Françoise respira profondément. Elle avait dû perdre la clef sans s'en apercevoir. S'il s'était passé quelque chose, il lui semblait qu'il y aurait eu des signes dans les airs. Elle poussa la porte de sa chambre. Le secrétaire était ouvert. Il y avait des lettres de Pierre et de Gerbert éparpillées sur le tapis.

« Xavière sait. » Les murs de la chambre se mirent à tourner. Une nuit âcre et brûlante venait de s'abattre sur le monde. Françoise se laissa tomber sur un fauteuil, écrasée par un poids mortel. Son amour pour Gerbert était là devant elle, noir comme la trahison.

« Elle sait. » Elle était entrée dans la chambre pour lire les lettres de Pierre. Elle comptait glisser de nouveau la clef dans le sac ou la cacher sous le lit. Et puis elle avait vu l'écriture de Gerbert : « Chère, chère Françoise. » Elle avait couru au bas de la dernière page : « Je vous aime. » Ligne après ligne, elle avait lu.

Françoise se leva, enfila le long corridor. Elle ne pensait rien. Devant elle et en elle cette nuit de bitume. Elle s'approcha de la porte de Xavière et frappa. Il n'y eut pas de réponse. La clef était à l'intérieur, dans la serrure. Xavière n'était pas sortie. Françoise frappa de nouveau. Ce fut le même silence de mort. Elle s'est tuée, pensa-t-elle. Elle s'appuya au mur. Xavière avait pu avaler un somnifère, elle avait pu ouvrir le gaz. Elle écouta. On n'entendait toujours rien. Françoise colla l'oreille contre la porte. Dans sa terreur, une espèce d'espoir perçait. C'était une issue, la seule issue imaginable. Mais non ; Xavière n'employait que des calmants inoffensifs ; le gaz, on en aurait senti l'odeur. De toute façon, elle ne serait encore qu'endormie. Françoise donna dans la porte un coup violent.

— Allez-vous-en, dit une voix sourde.

Françoise essuya son front en sueur. Xavière vivait. La trahison de Françoise vivait.

— Ouvrez-moi, cria Françoise.

Elle ne savait pas ce qu'elle dirait. Mais elle voulait voir Xavière, tout de suite.

— Ouvrez, répéta-t-elle, en secouant la porte.

La porte s'ouvrit. Xavière était enveloppée de sa robe de chambre. Elle avait les yeux secs

— Qu'est-ce que vous me voulez? dit-elle.

Françoise passa devant elle et alla s'asseoir près de la table. Rien n'avait changé depuis le déjeuner. Pourtant, derrière chacun de ces meubles familiers, quelque chose d'horrible guettait.

— Je veux m'expliquer avec vous, dit Françoise.

— Je ne vous demande rien, dit Xavière.

Elle fixait sur Françoise des yeux brûlants, ses joues étaient en feu, elle était belle.

— Écoutez-moi, je vous en supplie, dit Françoise.

Les lèvres de Xavière se mirent à trembler.

— Pourquoi venez-vous encore me torturer? Vous n'êtes pas contente comme ça? Vous ne m'avez pas fait assez de mal?

Elle se jeta sur le lit et cacha son visage dans ses mains :

— Ah! Vous m'avez bien eue, dit-elle.

— Xavière, murmura Françoise.

Elle regarda autour d'elle avec détresse. Est-ce que rien ne viendrait à son secours?

— Xavière! reprit-elle d'une voix suppliante. Quand cette histoire a commencé, je ne savais pas que vous aimiez Gerbert, il ne s'en doutait pas non plus.

Xavière écarta ses mains. Un rictus tordait sa bouche.

— Cette petite crapule, dit-elle lentement. Ça ne m'étonne pas de lui, ce n'est qu'un sale petit type.

Elle regarda Françoise en plein visage :

— Mais vous! dit-elle. Vous! Comme vous vous êtes moquée de moi.

Un intolérable sourire découvrait ses dents pures.

— Je ne me suis pas moquée de vous, dit Françoise. Je me suis seulement souciée de moi plus que de vous. Mais vous ne m'aviez pas laissé beaucoup de raisons de vous aimer.

— Je sais, dit Xavière. Vous étiez jalouse de moi parce que Labrousse m'aimait. Vous l'avez dégoûté de moi et pour mieux vous venger, vous m'avez pris Gerbert. Gardez-le, il est à vous. C'est un beau trésor que je ne vous disputerai pas.

Les mots se pressaient dans sa bouche avec tant de violence qu'ils semblaient la suffoquer. Françoise considéra avec horreur cette femme que contemplaient les yeux fulgurants de Xavière, cette femme qui était elle.

— Ça n'est pas vrai, dit-elle.

Elle respira profondément. C'était vain de tenter une défense. Plus rien ne pouvait la sauver.

— Gerbert vous aime, dit-elle d'une voix plus calme. Il a fait une faute envers vous. Mais à ce moment-là, il avait tant de griefs contre vous! Vous parler ensuite, c'était difficile, il n'a pas encore eu le temps de construire rien de solide avec vous.

Elle se pencha vers Xavière et dit d'un ton pressant :

— Essayez de lui pardonner. Plus jamais vous ne me trouverez sur votre chemin.

Elle serra ses mains l'une contre l'autre ; une prière silencieuse montait en elle : — Que tout soit effacé et je renonce à Gerbert! Je n'aime plus Gerbert, je ne l'ai jamais aimé, il n'y a pas eu de trahison.

Les yeux de Xavière lancèrent un éclair.

— Gardez vos cadeaux, dit-elle avec violence. Et partez d'ici, partez tout de suite.

Françoise hésita.

— Allez-vous-en, pour l'amour de Dieu, dit Xavière.

— Je m'en vais, dit Françoise.

Elle traversa le couloir, elle titubait comme une aveugle, les larmes brûlaient ses yeux : « J'ai été jalouse d'elle. Je lui ai pris Gerbert. » Les larmes brûlaient, les mots brûlaient comme un fer rouge. Elle s'assit au bord du divan et répéta hébétée : « J'ai fait cela. C'est moi. » Dans les ténèbres, le visage de Gerbert brûlait d'un feu noir, et les lettres sur le tapis étaient noires comme un pacte infernal. Elle porta son mouchoir à ses lèvres. Une lave noire et torride coulait dans ses veines. Elle aurait voulu mourir.

« C'est moi pour toujours. » Il y aurait une aube. Il y aurait un lendemain. Xavière partirait pour Rouen. Chaque matin du fond d'une sombre maison de province elle s'éveillerait avec ce désespoir au cœur. Chaque matin renaîtrait cette femme détestée qui était désormais Françoise. Elle revit le visage de Xavière décomposé par la souffrance. Mon crime. Il existait pour toujours.

Elle ferma les yeux. Les larmes coulaient, la lave brûlante coulait et consumait le cœur. Un long temps passa. Très loin, sur une autre terre, elle aperçut soudain un tendre sourire clair : « Eh bien, embrassez-moi, stupide petit Gerbert. » Le vent soufflait, les vaches remuaient leur chaîne dans l'étable, une jeune tête confiante s'appuyait sur son épaule et la voix disait : « Je suis content, je suis si content. » Il lui avait donné une petite fleur. Elle ouvrit les yeux. Cette histoire aussi était vraie. Légère et tendre comme le vent du matin sur les prairies humides. Comment cet amour innocent était-il devenu cette sordide trahison ?

« Non, dit-elle, non. » Elle se leva et s'approcha de la fenêtre. On avait caché le globe du réverbère sous un masque de fer noir et dentelé comme un loup vénitien. Sa lumière jaune ressemblait à un regard. Elle se détourna, alluma l'électricité. Son image jaillit soudain au fond du miroir. Elle lui fit face : « Non, répéta-t-elle. Je ne suis pas cette femme. »

C'était une longue histoire. Elle fixa l'image. Il y avait longtemps qu'on essayait de la lui ravir. Rigide comme une consigne. Austère et pure comme un glaçon. Dévouée, dédaignée, butée dans les morales creuses. Et elle avait dit : « Non. » Mais elle l'avait dit tout bas ; c'est en cachette qu'elle avait embrassé Gerbert. « N'est-ce pas moi ? » Souvent elle hésitait, fascinée. Et maintenant, elle était tombée dans le piège, elle était à la merci de cette conscience vorace qui avait attendu dans l'ombre le moment de l'engloutir. Jalouse, traîtresse, criminelle. On ne pouvait pas se défendre avec des mots timides et des actes furtifs. Xavière existait, la trahison existait. Elle existe en chair et en os, ma criminelle figure.

Elle n'existera plus.

Soudain un grand calme descendit en Françoise. Le temps venait de s'arrêter. Françoise était seule dans un ciel glacé. C'était une solitude si solennelle et si définitive qu'elle ressemblait à la mort.

C'est elle ou moi. Ce sera moi.

Il y eut un bruit de pas dans le couloir, de l'eau coula dans la salle de bains. Xavière rentra dans sa chambre. Françoise marcha vers la cuisine et ferma le compteur à gaz. Elle frappa. Peut-être y avait-il encore un moyen d'échapper...

— Pourquoi revenez-vous encore? dit Xavière.

Elle était dans son lit, accoudée sur les oreillers ; sa lampe de chevet était seule allumée ; sur la table de nuit un verre d'eau était préparé près d'un tube de belladénal.

— Je voudrais que nous causions, dit Françoise. Elle fit un pas et s'adossa à la commode sur laquelle le réchaud à gaz était posé.

— Qu'est-ce que vous comptez faire à présent? dit-elle.

— Est-ce que ça vous regarde? dit Xavière.

— J'ai été coupable envers vous, dit Françoise. Je ne vous demande pas de me pardonner. Mais écoutez, ne rendez pas ma faute irréparable. Sa voix tremblait de passion. Si seulement elle pouvait convaincre Xavière... Pendant bien longtemps je n'ai eu d'autre souci que votre bonheur, vous n'avez jamais pensé au mien. Vous savez bien que je ne suis pas sans excuse. Faites un effort, au nom de notre passé. Laissez-moi une chance de ne pas me sentir odieusement criminelle.

Xavière la regardait d'un air vide.

— Continuez à vivre à Paris, reprit Françoise. Reprenez votre travail au théâtre. Vous irez vous installer où vous voudrez, vous ne me reverrez jamais...

501

— J'accepterais votre argent? dit Xavière. J'aimerais mieux crever sur l'heure.

Sa voix, son visage ne laissaient aucun espoir.

— Soyez généreuse, acceptez, dit Françoise. Épar-
gnez-moi ce remords d'avoir ruiné votre avenir.

— J'aimerais mieux crever, répéta Xavière avec
violence.

— Au moins, revoyez Gerbert, dit Françoise. Ne le
condamnez pas sans lui avoir parlé.

— C'est vous qui venez me donner des conseils?
dit Xavière.

Françoise posa sa main sur le réchaud à gaz et ouvrit
le robinet.

— Ce ne sont pas des conseils, ce sont des prières,
dit-elle.

— Des prières! Xavière se mit à rire. Vous perdez
votre temps. Je ne suis pas une belle âme.

— C'est bien, dit Françoise. Adieu.

Elle fit un pas vers la porte et contempla en silence
cette face enfantine et blême qu'elle ne reverrait plus
vivante.

— Adieu, répéta-t-elle.

— Et ne revenez pas, dit Xavière d'une voix rageuse.

Françoise l'entendit qui bondissait hors de son lit et
qui poussait le verrou derrière elle. Le rai de lumière
qui filtrait sous la porte s'éteignit.

— Et maintenant? se dit Françoise.

Elle resta debout, surveillant la porte de Xavière.
Seule. Sans appui. Ne reposant plus que sur elle-même.
Elle attendit un long moment, puis elle entra dans la
cuisine et posa la main sur le levier du compteur. Sa
main se crispa. Ça semblait impossible. En face de sa
solitude, hors de l'espace, hors du temps, il y avait cette
présence ennemie qui depuis si longtemps l'écrasait de
son ombre aveugle ; elle était là, n'existant que pour
soi, tout entière réfléchie en elle-même, réduisant au
néant tout ce qu'elle excluait ; elle enfermait le monde
entier dans sa propre solitude triomphante, elle s'épa-

nouissait sans limites, infinie, unique ; tout ce qu'elle
était, elle le tirait d'elle-même, elle se refusait à toute
emprise, elle était l'absolue séparation. Et cependant
il suffisait d'abaisser ce levier pour l'anéantir. Anéantir
une conscience. Comment puis-je ? pensa Françoise.
Mais comment se pouvait-il qu'une conscience existât
qui ne fût pas la sienne ? Alors, c'était elle qui n'existait pas. Elle répéta : « Elle ou moi. » Elle abaissa le
levier.

Elle rentra dans sa chambre, ramassa les lettres
éparses sur le sol, les jeta dans la cheminée. Elle frotta
une allumette et regarda brûler les lettres. La porte de
Xavière était fermée de l'intérieur. On croirait à un
accident ou à un suicide. « De toute façon, il n'y aura
pas de preuves », pensa-t-elle.

Elle se déshabilla et enfila un pyjama. « Demain
matin, elle sera morte. » Elle s'assit, face au couloir
sombre. Xavière dormait. A chaque minute son sommeil
s'épaississait. Il restait encore sur le lit une forme vivante, mais déjà ce n'était plus personne. Il n'y avait
plus personne. Françoise était seule.

Seule. Elle avait agi seule. Aussi seule que dans la
mort. Un jour Pierre saurait. Mais même lui ne connaîtrait de cet acte que des dehors. Personne ne pourrait
la condamner ni l'absoudre. Son acte n'appartenait
qu'à elle. « C'est moi qui le veux. » C'était sa volonté qui
était en train de s'accomplir, plus rien ne la séparait
d'elle-même. Elle avait enfin choisi. Elle s'était choisie.

DU MÊME AUTEUR

LA LONGUE MARCHE, essai sur la Chine (1957).

MÉMOIRES D'UNE JEUNE FILLE RANGÉE (1958) (Folio n° 786).

LA FORCE DE L'ÂGE (1960) (Folio n° 1782).

LA FORCE DES CHOSES (1963) (Folio n°s 764 et 765).

LA VIEILLESSE (1970).

TOUT COMPTE FAIT (1972) (Folio n° 1022).

LES ÉCRITS DE SIMONE DE BEAUVOIR, La vie - L'écriture (1979), par Claude Francis et Fernande Gontier. Avec en appendice des textes inédits ou retrouvés.

LA CÉRÉMONIE DES ADIEUX, suivi de ENTRETIENS AVEC JEAN-PAUL SARTRE, août-septembre 1974 (1981) (Folio n° 1805).

LETTRES À SARTRE. Tome I : 1930-1939. Tome II : 1940-1963 (1990). *Édition établie, présentée et annotée par Sylvie Le Bon de Beauvoir.*

JOURNAL DE GUERRE, septembre 1939–janvier 1941 (1990). *Édition établie, présentée et annotée par Sylvie Le Bon de Beauvoir.*

LETTRES À NELSON ALGREN. Un amour transatlantique, 1947-1964 (1997). *Texte établi, traduit de l'anglais, présenté et annoté par Sylvie Le Bon de Beauvoir* (Folio n° 3169).

CORRESPONDANCE CROISÉE SIMONE DE BEAUVOIR -JACQUES-LAURENT BOST, 1937-1940 (2004). *Édition établie, présentée et annotée par Sylvie Le Bon de Beauvoir.*

CAHIERS DE JEUNESSE, 1926-1930 (2008). *Texte établi, édité et présenté par Sylvie Le Bon de Beauvoir.*

Témoignage

DJAMILA BOUPACHA (1962), en collaboration avec Gisèle Halimi.

Scénario

SIMONE DE BEAUVOIR (1979), un film écrit et réalisé par Josée Dayan et Malka Ribowska.

Aux Éditions du Mercure de France

Entretiens

SIMONE DE BEAUVOIR AUJOURD'HUI. Six entretiens avec Alice Schwarzer (1983). Réédité en 2008.

Impression CPI Bussière
à Saint-Amand (Cher), le 15 mars 2010.
Dépôt légal : mars 2010.
1ᵉʳ dépôt légal dans la collection : avril 1972.
Numéro d'imprimeur : 100936/1
ISBN 978-2-07-036768-9 /Imprimé en France.

toiser — eye up + down
canneille — Scoundrel
naguère — Not long ago —
formerly
alléchant — allureng
depouiller — deprive
méfier — be careful
enchevretrer — tangle (up)
tracasser — worry bother
aguicher — entice
Grouiller — swarming
fulgurante — dazzlem